ALEXANDRA POTTER

Ermittlerin in Sachen Liebe

GOLDMANN
Lesen erleben

Buch

Die Autorin Ruby Miller ist in ihren Dreißigern, Single und lebt mit ihrem Hund Heathcliff in einem hübschen viktorianischen Mietshaus in London. Rubys Bücher verkaufen sich gut. Ihr Thema: die Liebe. Die kleine, die große – die für ein ganzes Leben. Und bis vor gar nicht allzu langer Zeit glaubte Ruby selbst, ihren Mr Right gefunden zu haben. Sie und ihr Freund wollten sogar den Bund fürs Leben schließen. Doch eine Woche vor der geplanten Hochzeit musste Ruby erfahren, dass ihr Verlobter sie nach Strich und Faden betrogen hat. Seitdem ist nichts mehr, wie es war. Ruby Miller hat den Glauben an die Liebe verloren. Um ihren Ex zu vergessen und ihre Schreibblockade zu überwinden, beschließt sie, ihre Schwester in Indien zu besuchen. Geplant ist eine Woche Stranderholung: Cocktails schlürfen, die Seele baumeln lassen, vielleicht ein bisschen Yoga machen – doch stattdessen erwartet Ruby auf dem fremden Kontinent das Abenteuer ihres Lebens. Auf einer exotischen Reise, inmitten von Magie und überwältigender Farbenpracht, zwischen Palästen und Hochzeiten, trifft Ruby auf unzählige Lebens- und Liebesgeschichten voller Sehnsucht und Glück. Doch wird sie auch ihr eigenes Happy End dort finden?

Weitere Informationen zur Autorin
sowie zu lieferbaren Titeln
finden Sie am Ende des Buches.

Alexandra Potter

Ermittlerin in Sachen Liebe

Roman

Aus dem Englischen
von Stefanie Retterbush

GOLDMANN

Die Originalausgabe erschien 2014 unter dem Titel
»The Love Detective« bei Hodder and Stoughton,
an Hachette Livre UK company, London.

Dieses Buch ist auch als E-Book erhältlich.

MIX
Papier aus verantwortungsvollen Quellen
FSC® C014496

Verlagsgruppe Random House FSC® N001967
Das FSC®-zertifizierte Papier *Pamo House* für dieses Buch
liefert Arctic Paper Mochenwangen GmbH.

1. Auflage
Taschenbuchausgabe Oktober 2014

Umschlaggestaltung: UNO Werbeagentur München
Umschlagillustration: FinePic®, München
Redaktion: Patrick Frankenbach
LT · Herstellung: Str.
Satz: omnisatz GmbH, Berlin
Druck und Bindung: GGP Media GmbH, Pößneck
Printed in Germany
ISBN: 978-3-442-47911-5
www.goldmann-verlag.de

Denn die Liebe
ist das größte aller Geheimnisse …

Erstes Kapitel

Sein dunkles Haar glänzte in der Sonne, als er sich zu ihr umdrehte und ihre Hand ergriff.

»Ich liebe dich, Suzie. Ich habe dich von dem Augenblick an geliebt, als ich dich zum ersten Mal gesehen habe. Willst du mich heiraten?«

Suzie schaute in Richs hübsches Gesicht. Es verschlug ihr die Sprache.

»Suzie?«, flüsterte er und steckte ihr einen funkelnden Diamantring an den Finger. »Was sagst du dazu?«

Im ersten Moment fehlten ihr die Worte.

Dann, plötzlich, sprudelten sie nur so aus ihr heraus.

»Dazu sage ich: Du bist ein verlogener, betrügerischer Mistkerl, der es mit Miriam vom Marketing treibt!« Und damit riss sie sich den Ring vom Finger und schleuderte ihn Rich so fest an den Kopf, dass er von seiner Stirn abprallte wie ein Flummi. »Scher dich zum Teufel!«

Argh, nein!

Das sollte sie doch gar nicht sagen!

Entsetzt starre ich auf meinen Computerbildschirm und drücke dann auf LÖSCHEN. Ich halte die Taste gedrückt und sehe zu, wie der Cursor rückwärtsläuft und die Worte verschlingt wie Pac Man, bis alles verschwunden ist.

Und wieder sitze ich da und stiere auf eine leere Seite.

Mist.

Noch im Flanellpyjama hocke ich in meinem Arbeitszimmer am Schreibtisch. Wobei mein Arbeitszimmer genau genommen nur eine Ecke des Wohnzimmers ist, bestehend aus einem wackligen IKEA-Bücherregal, einem Drucker, dem andauernd die Tinte ausgeht (ständig sind die Kartuschen leer, und haben Sie mal *gesehen*, was die Dinger kosten? Also ehrlich, man könnte meinen, die seien vergoldet), und einer Orchidee – mein kläglicher Versuch, ein wenig hippen Designerchic zu verbreiten. Leider hat das Pflänzchen schon nach kurzer Zeit sämtliche Blüten abgeworfen und ist jetzt nur noch ein nacktes Ästchen, das dürr aus einem Blumentopf ragt.

Komisch, in der *Elle Decor* sehen die immer ganz anders aus.

Ich drücke meine heißgeliebte Wärmflasche fest an die Brust (die blöde Heizung spinnt mal wieder) und schaue ein Weilchen auf eine plötzliche Eingebung hoffend auf den blinkenden Eingabezeiger. Schließlich gebe ich auf und logge mich ins Online-Banking ein, um einen Blick auf meinen heillos überzogenen Dispo zu werfen.

Und da denken die meisten Leute, Schriftstellerin sei ein glamouröser Beruf.

Wobei, früher hab ich das auch geglaubt.

Jahrelang habe ich tagein, tagaus im Büro gesessen und davon geträumt, einen Roman zu schreiben. Schriftstellerin zu werden. Das wäre ja so aufregend! Ausbrechen aus dem öden, engen Städteplanungsbüro und im schicken Designer-Outfit eintauchen in einen schillernden Jetset-Lifestyle (und ganz nebenbei ein paar Bestseller schreiben). Abends dann angesagte Literaturpartys besuchen, bei denen man sich in geistreichen Unterhaltungen und Gratis-Champagner ergeht.

Bis ich mich dann eines Tages tatsächlich hinsetzte und den Roman schrieb, von dem ich die ganze Zeit geredet hatte, einen Vertrag bekam, nach London zog und mir meinen Traum verwirklichte!

Woraufhin ich einsehen musste, dass Schriftstellerin zu sein hauptsächlich bedeutet, selten den Pyjama auszuziehen, viele unnütze Dinge auf eBay zu ersteigern und ständig Selbstgespräche zu führen.

»Wuff …«

Oder sich mit Heathcliff, seines Zeichens Kurzhaardackel, zu unterhalten.

Ein weiteres hohes, schrilles Bellen reißt mich aus meinen Gedanken, und mein Blick geht zu Heathcliff, der sich die Schnauze am Fenster plattdrückt und zähnefletschend die Katze unserer Nachbarin anbellt, seine Erz-Nemesis. Heathcliff leidet unter einer Art Selbstwahrnehmungsstörung, denn er scheint felsenfest davon überzeugt, ein blutrünstiger Deutscher Schäferhund zu sein. Tatsächlich sieht er eher aus wie ein lustiger Zugluftstopper und legt sich ständig mit anderen Tieren an, die doppelt so groß sind. Selbst die Tigerkatze von nebenan ist größer als er.

»Hey, Kumpel, ignorier sie einfach, die will dich doch bloß ärgern.«

Und damit nehme ich den kleinen, wienerwürstchenförmigen Hund auf den Arm und kitzle ihm den Bauch, was er mit fröhlichem Gesichtablecken quittiert. Ich habe ihn aus dem örtlichen Tierheim gerettet, wobei ich mich nach allem, was im letzten Jahr passiert ist, inzwischen ernsthaft frage, wer hier eigentlich wen gerettet hat …

Ich lasse Heathcliff vom Arm, woraufhin er Mrs Flannagans Tigerkatze, die jetzt im Garten auf und ab stolziert, als wolle sie ihm eine lange Nase drehen und die Zunge rausstrecken, umgehend den Krieg erklärt, und setze mich wieder an den Rechner. Geistesabwesend greife ich nach der Kaffeetasse und trinke einen großen Schluck.

Um ihn gleich wieder auszuspucken. Igitt, der ist ja eiskalt!

Angewidert verziehe ich das Gesicht, tappe in die Küche, schalte den Wasserkocher ein und öffne den Kühlschrank, dessen Tür gepflastert ist mit einem wilden Durcheinander aus Lieferservice-Flyern, To-do-Listen und Fotos. Ich greife nach der Milch, und mein Blick fällt auf eins der Bilder – ich und die Mädels, wie wir Arm in Arm angeschickert in die Kamera grinsen.

Dieses Bild entlockt mir immer wieder ein Lächeln. Inzwischen sehen wir alle uns nur noch selten, so vielbeschäftigt und kreuz und quer über den Globus verstreut, wie wir sind. Das Foto wurde an meinem letzten Geburtstag geschossen. Wir hatten es tatsächlich geschafft, uns alle hier in London zu treffen, um gemeinsam ein paar Cocktails zu trinken. Ich bleibe stehen und schaue mir das Bild zum ungefähr tausendsten Mal an.

Ganz links, das ist Harriet. Sie zeigt ungewollt etwas zu viel von ihrem berühmt-berüchtigten Dekolleté. Harriet ist kürzlich nach Paris gezogen, der Arbeit wegen, und schwelgt nun in französischer Lebensart, zu der auch Rotwein, Käse und andere Vollfett-Lebensmittel gehören.

Wobei sie es mit der Gott-in-Frankreich-Geschichte womöglich etwas übertrieben hat, denn gestern habe ich von ihr eine Mail bekommen, in der sie jammerte: *Es stimmt, französische Frauen werden nicht fett. Aber, verflucht, ich bin einfach keine Französin. Merde!* Zum Beweis hatte sie ein Foto angehängt von sich in einer schlabberigen Jogginghose mit der Unterschrift: *Die einzigen Hosen, die mir noch passen, haben einen Gummibund.*

Als jemand, der für sämtliche Tätigkeiten weite Yogahosen trägt (außer um Yoga zu machen), habe ich ihr geantwortet, sie solle sich deswegen nicht grämen. Worauf sie erbost zurückschoss: *Du verstehst das nicht! Wir sind hier in Paris! Der Modehauptstadt der Welt! Ich bin geächtet!*

Merke: niemals nach Paris ziehen.

Neben ihr, mit Armen, bei deren Anblick ich immer hektisch nach einer langärmeligen Strickjacke suchen will, ist Molly. Molly ist Pilates-Lehrerin und wohnt in Los Angeles, hat aber mal einen Kurs in London gegeben, der versprach, die Teilnehmer zu »Beleben, verwandeln und stärken«. Ich persönlich fühlte mich danach eher »hundskaputt, steif und schlapp«, aber dafür konnte Molly nichts. Sie ist eine wunderbare Lehrerin und mittlerweile eine ebenso wunderbare Freundin. Wobei sie mich jedes Mal, wenn wir uns sehen, mit meiner Rumpfmuskulatur aufzieht. Oder vielmehr, mit deren mangelhafter Ausbildung. Ein bisschen Training könnte wirklich nicht schaden, denke ich beim Anblick des kleinen Speckröllchens, das über den Gummibund wabbelt, und ziehe rasch den Bauch ein.

Die Dritte im Bunde ist Rachel. Kurzsichtig blinzelt sie in die Kamera, weil sie es nicht ausstehen kann, mit Brille fotografiert zu werden. Sie kam gerade von der Arbeit und trägt noch ihr Bürokostüm. Rachel arbeitet als Anwältin in einer großen Kanzlei und hat immer alle Hände voll zu tun mit irgendwelchen mordswichtigen Fällen. Ich persönlich finde ja, sie arbeitet zu viel. Sie ist permanent gestresst und ständig irgendwo auf Geschäftsreise. Urlaub ist für sie ein Fremdwort. Irgendwann hatte sie so viele Überstunden angehäuft, dass die Personalabteilung ihr eine ganze Woche lang verbot, ins Büro zu kommen. Also blieb sie zu Hause und arbeitete dort *noch mehr* als in der Kanzlei.

Ganz rechts, das ist meine kleine Schwester Amy. Wobei niemand auf die Idee käme, uns für Schwestern zu halten. Wir sehen uns kein bisschen ähnlich. Ich habe braune Augen und braune Haare, sie ist blond und blauäugig. Außerdem ist sie ganze zehn Jahre jünger als ich. Meine Eltern bezeichnen sie liebevoll als »unseren entzückenden kleinen Unfall«. Was ganz gut zu Amy passt, denn sie hat den Kopf in den Wolken und ist ein Missgeschick auf zwei Beinen. Als große Schwester fühle ich mich immer ein bisschen verantwortlich für sie. Schon an dem Tag, als sie geboren wurde, sagte man mir, ich solle »gut auf deine kleine Schwester aufpassen«. Was ich dann auch gemacht habe. Wie oft musste ich ihr schon aus der Patsche helfen, wenn sie mal wieder vollkommen nichtsahnend in irgendwelche Schwierigkeiten geraten ist.

Was ihr allerdings an bodenständiger Vernunft fehlt, macht sie mit ihrem klugen Köpfchen wieder wett. Amy hat einen messerscharfen Verstand. Sie möchte als Archäologin arbeiten, aber obwohl sie ihr Studium mit Auszeichnung abgeschlossen hat, findet sie einfach keinen Job. Weshalb sie seit nunmehr einem Jahr unermüdlich Bewerbungen schreibt und sich von einem Aushilfsjob zum nächsten hangelt. Sie hat als Fahrradkurier gearbeitet (schlimm, denn sie hat einfach überhaupt keinen Orientierungssinn), gekellnert (schlimmer, denn sie kann kaum eine Tasse Tee auf ihrem Teller mit Toast balancieren, geschweige denn vier Hauptgerichte einschließlich Beilagensalat unfallfrei an den Tisch tragen) und sich als Gassigängerin versucht (am schlimmsten, weil ihr zwei Hunde weggelaufen sind; glücklicherweise haben beide von allein nach Hause zurückgefunden).

Vor etwa einem halben Jahr hatte sie schließlich die Nase voll von der ewigen Jobsuche und davon, ständig bei Freunden auf der Couch zu kampieren, und so beschloss sie, sehr zur Bestürzung unserer Eltern, auf Weltreise zu gehen. Als hätte sie ihnen nicht schon genug schlaflose Nächte bereitet, sind die beiden, seit Amy den Rucksack geschultert und ihnen in Heathrow zum Abschied fröhlich zugewunken hatte, fast krank vor Sorge. Ich gebe mir Mühe, sie ein bisschen zu beruhigen – schließlich ist sie einundzwanzig, alt genug also, um selbst auf sich aufzupassen.

Und außerdem amüsiert sie sich, ihrer Facebook-Seite nach zu urteilen, prächtig. Ich meine, was soll schon groß passieren, wenn man den ganzen Tag in Goa am Strand liegt?

Wobei, wenn ich so darüber nachdenke, will ich die Antwort gar nicht wissen.

Aber wie dem auch sei, die gute Nachricht ist, dass eins der Museen, bei denen sie sich beworben hat, ihr eine Stelle in einem Forschungsprojekt angeboten hat. Und nicht nur das, es ist auch noch eine der prestigeträchtigsten archäologischen Forschungsstellen und Archive überhaupt in London, und in zwei Wochen geht es los! Sie kommt also wieder nach Hause. Ich weiß gar nicht, wer sich mehr darüber freut. Amy – oder unsere Eltern.

Und dann bin da noch ich, Ruby Miller, in der Mitte, ein bisschen eingequetscht zwischen den anderen, die Arme weinselig um meine Freundinnen geschlungen. Ehrlich gesagt ist das Foto nicht besonders schmeichelhaft. Damals hatte ich mir gerade so einen Schimmerpuder gekauft, weil die Verkäuferin mich bequatscht und mir versichert hatte, das sei das Einzige, was zwischen mir und einem strahlend frischen, jugendlichen Teint, wie ihn die Cover-Models der *Vogue* haben, stünde.

Aber als ich dann nach Hause kam und die Anleitung durchlas, stand da, man solle es nur ganz sparsam auf die Wangenknochen stäuben. Leicht gesagt. Ich *habe* gar keine Wangenknochen. Also habe ich es stattdessen gleichmäßig über das ganze Gesicht verteilt. Das Ergebnis war ein kugelrundes, glänzendes Mondgesicht. Kein Scherz. Der Blitz spiegelt sich in meinem Gesicht.

Ich bin Single und Mitte dreißig und wohne mit Heathcliff in einer Wohnung in einem alten umgebauten viktorianischen Stadthaus im Westen von London. Nicht unbedingt riesig und nicht unbedingt die hellste Wohnung, aber immerhin gehört zu dem Apartment ein ganz entzückender kleiner Garten mit einem richtigen Apfelbaum und einem Kamelienstrauch, der den ganzen Sommer über blüht. Wobei in England »der ganze Sommer« mehr oder minder eine kurze sonnige Woche irgendwann Ende Mai ist. Trotzdem, Heathcliff liebt es, selbst im Regen draußen herumzuschnüffeln, und ich mag es, beim Arbeiten hinauszuschauen.

Wobei mir das Schreiben nie wie Arbeit vorkommt. Nicht nur, weil ich im Pyjama am Schreibtisch herumlümmeln kann, sondern weil es für mich viel mehr ist als bloß ein Job. Es ist, als trete ich aus meiner Welt hinaus in eine andere. Ich lerne neue Menschen kennen, mit denen ich lache, wenn sie glücklich sind, und weine, wenn sie traurig sind. Und meine Heldin wird meine beste Freundin.

Und – *das ist das Allertollste überhaupt* – ich verliebe mich jedes Mal ein wenig in meinen Helden.

Die Menschen fragen mich immer, was für Bücher ich schreibe. Gemeinhin würde man sie wohl als Liebesromane bezeichnen (ausgenommen dieser fiese Journalist vom *Weekly Telegraph*, der sie als etwas bezeichnet hat, das ich hier nicht wiedergeben möchte), aber ich finde, genauso gut könnte man sie auch Detektivgeschichten nennen.

Denn warum verlieben sich zwei Menschen ineinander? Diese Frage stellen sich Menschen überall auf der Welt, in einer Million verschiedener Sprachen. *Was ist Liebe?* ist die beliebteste Google-Suche im Netz. Und doch scheint es niemand so recht zu wissen. Selbst die ausgewiesenen Experten sind sich uneins. Wissenschaftler verbreiten hochkomplizierte Theorien über Chemie und Botenstoffe, über Pheromone und Neurotransmitter, während Philosophen Lobhudeleien auf die Liebe anstimmen und Psychotherapeuten sie analysieren. Aber sie entzieht sich einfach jeder Definition.

Wie George Harrison so treffend sagte, sie ist *»etwas«*. Ein nicht greifbares, flüchtiges Gefühl, das weder Sinn noch Verstand kennt. Sich an keine Regeln hält. Sich keine Grenzen setzen lässt. Für jeden Menschen ist sie anders, und doch empfinden wir alle dasselbe. Sie ist unerklärlich. Sie ist wie Vertrauen oder Hoffnung …

Oder Magie.

Inzwischen habe ich drei Romane über dieses Thema geschrieben, und noch immer suche ich nach der Antwort. Man könnte fast sagen, ich bin eine Detektivin, eine Ermittlerin in Sachen Liebe. Nicht wie Sherlock Holmes mit Pfeife, Mütze und Lupe. Nein, ich suche nicht nach Indizien für ein Verbrechen, auch wenn ich schon stundenlang mit meiner Freundin Rachel darüber gerätselt habe, warum sich ihre Online-Bekanntschaft nach einer Verabredung einfach nicht mehr bei ihr meldet. Was gewissermaßen auch ein Verbrechen ist.

Denn, das können Sie mir glauben, sie ist *tausend Mal* netter als er.

Ständig erzählen meine Freunde mir Geschichten aus ihrem mehr oder minder aufregenden Liebesleben. Ich weiß schon nicht mehr, wie oft wir bis in die Nacht dagesessen und eine kryptische Nachricht von einem Verehrer analysiert oder irgendwen gegoogelt haben, um herauszufinden, ob derjenige wirklich geschieden ist (und nein, war er nicht; die ganze Firmenwebseite war gepflastert mit Bildern von ihm und seiner Frau; der armen Harriet hat es das Herz gebrochen).

Aber nur ein Ass beim Googeln zu sein reicht mir nicht. Was die Liebe angeht, bin ich Detektivin aus Leidenschaft, denn Geschichten von Liebe und Romantik haben mich schon immer fasziniert. Am liebsten beschäftige ich mich damit, wie zwei Menschen sich kennengelernt haben und was sie aneinander anziehend finden. Gebannt höre ich mir an, wie sie über Chemie sprechen und sich wundern, wie es sein kann, dass zwei Menschen sich – durch unglaubliches Glück, durch gutes Timing oder Schicksal oder alles zusammen – ineinander verlieben.

Und weil Detektive sich mit der Aufklärung von Geheimnissen befassen … Was ist die Liebe, wenn nicht das größte Geheimnis aller Zeiten?

Ich meine, man denke doch nur an Prinz Charles und Camilla!

Oder an mich und Sam.

Beim Gedanken an Sam spüre ich wieder den altbekannten Knoten im Magen. Denn wenn das mal nicht Ironie des

Schicksals ist: Während meine Heldinnen sich reihenweise verlieben und es immer ein märchenhaftes Happy End für sie gibt, kann man das von mir und meinem Liebesleben nicht unbedingt behaupten. Es heißt immer, als Autor solle man über das schreiben, was man kennt, aber wenn das stimmt, dann sollte ich wohl besser Horrorstorys verfassen.

Wie sollte man es sonst beschreiben, wenn man eine Woche vor der Hochzeit nach Hause kommt und seinen Verlobten in flagranti im Bett mit einer anderen erwischt?

Ich weiß. Es klingt wie ein abgedroschenes Klischee, und das war es auch. Aber nur weil es ein Klischee ist, tut es deshalb nicht weniger weh. Nein, man sitzt nicht nur da mit gebrochenem Herzen, sondern fühlt sich auch noch zum Gespött gemacht.

Wie dem auch sei, das ist alles längst vergessen.

Ich schnappe mir die Milch, mache den Kühlschrank wieder zu und schalte den Wasserkocher noch mal ein. Während der fröhlich losblubbert und lustig vor sich hinkocht, ohne sich wie vorgesehen abzuschalten, füllt die Küche sich rasch mit dicken Dampfschwaden, die sich an den kalten Fensterscheiben niederschlagen. Was mich daran erinnert, noch einen weiteren Punkt auf meine To-do-Liste zu setzen.

Also greife ich zum Kuli und kritzele »Neuen Wasserkocher kaufen« auf einen der Zettel an der Kühlschranktür.

Ich liebe Listen. Ich liebe es, Sachen durchzustreichen, die ich erledigt habe. Dann fühle ich mich immer wie ein großes Organisationstalent. Ich verrate Ihnen ganz im Vertrauen ein kleines Geheimnis: Manchmal schreibe ich sogar Dinge auf die Liste, die ich schon erledigt habe, nur um sie gleich wieder durchzustreichen.

Wie zum Beispiel »Mittagessen mit Diana. Freitag um 12.30 h«.

Sehen Sie, und dann nehme ich den Stift und streiche es gleich wieder durch.

Moment mal … ich stutze. Wenn man zu Hause arbeitet, verliert man manchmal den Überblick, welcher Tag gerade ist. Rasch gehe ich im Geiste die Wochentage durch. Mist, verflixter, Freitag ist ja *heute*! Mein Blick geht zur Uhr an der Mikrowelle. Ist es wirklich schon so spät?

Mistimist.

Hektisch lasse ich den halb gemachten Kaffee stehen, stürze ins Schlafzimmer, springe in meine Klamotten und versuche, schnell noch meine widerspenstigen Haare zu bändigen. Was ich gleich wieder erfolglos aufgebe. Stattdessen setze ich in Windeseile eine Wollmütze auf und schnappe mir den Mantel.

Heathcliff kläfft ganz aufgeregt. Er kann es nicht ausstehen, wenn ich ohne ihn weggehe und ihn allein zu Hause lasse. »Heathcliff, schau mal! Da ist das Kätzchen!«, schwindele ich, um ihn abzulenken. Während er zur Terrassentür jagt, flitze ich unauffällig nach draußen.

Ehrlich. Den eigenen Hund zu belügen. Wie tief kann man noch sinken?

Immer zwei Stufen auf einmal nehmend renne ich runter zur Straße und hetze zur U-Bahn.

Zweites Kapitel

Es ist ein typischer Januartag in London. Kalt, grau und nass kommt die Stadt mir mürrisch und lustlos vor. Nicht mal das Wetter gibt sich Mühe; statt wenigstens wie aus Eimern zu schütten, nieselt es bloß halbherzig. Aber ich habe keine Zeit, noch mal zurückzugehen und einen Schirm zu suchen. Und selbst wenn, der Wind würde ihn sicher in null Komma nix umstülpen. Also verziehe ich nur unwillig das Gesicht, klappe den Kragen hoch, ziehe den Kopf ein und stemme mich gegen den Wind.

Mit der U-Bahn fahre ich bis Baker Street und laufe dann zur Marylebone High Street. Diana ist meine Agentin, und wir sind in dem kleinen italienischen Café an der Ecke verabredet. Vor meiner Karriere als Schriftstellerin habe ich mir ein Geschäftsessen mit Agenten immer als sehr glamouröse Angelegenheit vorgestellt. Teure Restaurants, dicke Geschäftsabschlüsse, aber die Wirklichkeit ist nicht ganz so schillernd. Meistens treffen wir uns in einem gemütlichen Café, und statt geistreich das tagespolitische Geschehen zu kommentieren, tratschen wir über Männer.

Und weil ich mich so schrecklich beeilt habe, bin ich jetzt sogar ein paar Minuten zu früh dran. Diana ist noch nicht da, als ich durchs Schaufenster hineinluge, ist sie nirgendwo zu sehen. Prima, dann kann ich ja noch schnell nach nebenan und eine Glückwunschkarte für meine Eltern kaufen – in zwei Wochen haben sie ihren Hochzeitstag.

Denn gleich neben dem Café ist mein allerliebster Lieblingsbuchladen von ganz London. Womöglich sogar der ganzen Welt. Ich öffne die Tür, und schon beim Reingehen durchströmt mich ein wonniges Hochgefühl. Ich stehe in einem alten Buchladen aus der Zeit Edwards VII., mit wunderschönen deckenhohen Bücherregalen und einer knarrenden Holztreppe, und da die Bücher hier nicht thematisch, sondern nach Ländern sortiert sind, ist es mehr als nur ein Buchladen. Es ist eine Reise um die Welt.

Zielstrebig marschiere ich an Malaysia und Afrika vorbei zum Kartenständer, den ich kurz drehe, und auf Anhieb habe ich schon die perfekte Karte für Mum und Dad gefunden. Zufrieden drehe ich mich um und will zur Kasse gehen.

Bleibe dann aber abrupt stehen.

Moment mal …

In einer dunklen Ecke des Ladens drückt sich eine stattliche grauhaarige Dame in einem Columbo-Trenchcoat mit hochgeklapptem Kragen herum, auf der Nase eine überdimensionale Sonnenbrille, und benimmt sich wirklich sehr verdächtig. Hektisch kaugummikauend zieht sie etliche Bücher aus dem Großbritannien-Regal und schaut sich dann um, ob irgendwer sie beobachtet.

Das ist doch Diana. Wobei sie mich anscheinend noch nicht gesehen hat. Was um alles auf der Welt *macht* sie denn da?

Gerade will ich ihren Namen rufen, da lässt sie die Bücher in einer einzigen geschmeidigen Bewegung einfach unter dem Mantel verschwinden.

Ach du lieber Himmel. *Sie klaut!*

Entsetzt muss ich mit ansehen, wie sie zielstrebig auf den Ausgang zusteuert und dabei geflissentlich den Blicken der Verkäufer ausweicht. Ich traue meinen Augen kaum. Im ersten Moment bin ich vor Schreck wie versteinert, dann komme ich schlagartig zu mir. Ich kann nicht einfach dastehen und tatenlos zusehen, wie sie in ihr Unglück rennt. Ich muss etwas tun. Ich muss sie aufhalten, ehe sie auf frischer Tat ertappt wird. Diana ist nicht nur meine Agentin, sondern auch eine gute Freundin.

Plötzlich habe ich schon die Schlagzeilen vor Augen:

ERFOLGREICHE LITERATURAGENTIN IN LONDON BEIM BÜCHERDIEBSTAHL ERWISCHT

»Ich weiß auch nicht, was mich dazu getrieben hat«, jammerte die blamierte Diana Diamond, als sie in Handschellen abgeführt wurde. »Mein Ruf und meine Karriere sind ruiniert!«

Wild entschlossen, sofort einzuschreiten, stürme ich auf sie zu wie ein Rugbyspieler. Sie mag zwar über eins achtzig groß sein, aber wenn's sein muss, werfe ich sie um und ringe sie zu Boden.

»Diana!«, rufe ich laut und versperre ihr den Weg.

Sie schaut überrascht auf, und als sie mich sieht, verzieht sich ihr Gesicht zu einem strahlenden Lächeln. »Hey, Süße!«, ruft sie mit ihrem unüberhörbaren New Yorker Akzent. »Du siehst toll aus, wie immer!«

»Du aber auch«, entgegne ich lächelnd und versuche, nicht auf den dicken Knubbel unter ihrem Trench zu schielen. Mir fehlen die Worte. Die Situation erinnert mich an meine Schulzeit; damals hatte eine meiner Klassenkameradinnen ganz schrecklichen Mundgeruch, und wir wussten einfach nicht, wie wir es ihr sagen sollten. Schließlich habe ich ihr eine Schachtel Atemfrische-Pastillen gekauft in der Hoffnung, dass sie den Wink mit dem Zaunpfahl versteht.

Aber diese Situation erfordert wohl etwas mehr als eine Lutschpastille.

»Ich dachte mir, ich springe mal eben rein und schaue mir an, was die Konkurrenz so treibt«, erklärt sie lachend. »Alte Gewohnheit von mir.«

Vielleicht ist sie Kleptomanin. Vielleicht kann sie nicht anders.

Vielleicht ist es eine Zwangsstörung, eine richtige Krankheit, die sie mir bisher verschwiegen hat.

»Aber hey, lass uns doch rübergehen, dann essen wir eine Kleinigkeit und quatschen ein bisschen.«

Mist. Ich muss sie aufhalten. Aber wie? Wie nur?

Sie will an mir vorbeigehen, und mir bleibt keine andere Wahl. Todesmutig stelle ich mich ihr in den Weg.

»Hoppla!«, ruft sie lachend, als wir beinahe zusammenstoßen, und macht einen Schritt zur Seite. Ich tue es ihr gleich. Wieder weicht sie mir lachend aus. Ich folge ihr wie ein Spiegelbild. Hin und her, vor und zurück wie bei einem seltsamen Tanz, bis sie schließlich entnervt aufstöhnt. »Ruby, alles okay mit dir?«, fragt sie, schiebt sich die Sonnenbrille in die Haare und schaut mich durchdringend an. »Du benimmst dich wirklich sehr eigenartig.«

»*Ich* benehme mich eigenartig?«, poltere ich ungehalten, reiße mich aber rasch zusammen und senke die Stimme. »Du hast Bücher unter dem Mantel versteckt«, zische ich entrüstet.

»Ich weiß«, erwidert sie ungerührt.

Ich bin ehrlich schockiert. Himmel, wie *dreist* sie es auch noch zugibt.

»Das sind alles deine Bücher«, erklärt sie trocken und schlägt kurz den Mantel zurück. Ich sehe einen ganzen Stapel meines neuesten Romans, den sie im Mantelfutter versteckt hat.

Vollkommen fassungslos starre ich sie an. »Aber warum klaust du meine Bücher?«, flüstere ich.

Worauf sie den Kopf in den Nacken legt und in kehliges Gelächter ausbricht. »Die wollte ich doch nicht klauen, du Dummchen!« Und damit rauscht sie an mir vorbei zum »Bücher der Woche«-Tisch und macht sich daran, die Auslage umzuarrangieren.

»Was tust du denn da?«, zische ich entsetzt und stürze zu ihr.

»Na, wenn sie da hinten im Regal stehen, sieht sie doch kein

Mensch, oder?«, fragt sie, schiebt rücksichtslos ein paar Promis-packen-aus-Bestseller beiseite und knallt stattdessen meine Bücher schwungvoll mitten auf den Tisch. Dann verteilt sie das Ganze gleichmäßig über die Auslage, nimmt ein Buch und wedelt damit vor meiner Nase herum.

»Kommen Sie, und kaufen Sie diesen Roman von Ruby Miller«, trompetet sie laut einer älteren Dame zu, die gerade in der Ecke mit den russischen Klassikern stöbert. Die alte Dame schaut von ihrem Dostojewski auf und betrachtet sie skeptisch durch die Brille.

»Wirklich toll, und trieft nur so vor Sex«, versichert Diana augenzwinkernd.

Oh mein Gott.

»Entschuldigen Sie bitte vielmals, ignorieren Sie meine Freundin einfach«, stammele ich mit hochrotem Kopf. »Sie ist Amerikanerin«, erkläre ich, fasse Diana entschlossen am Ellbogen und dirigiere sie zum Ausgang.

»Was hast du denn gegen Sex?«, protestiert sie.

Bilde ich mir das ein, oder wird sie immer lauter? Etliche Kunden haben sich bereits nach uns umgedreht und starren uns mit offenen Mündern an. Entschlossen schubse ich sie nach draußen vor die Tür.

»Ich schreibe Liebesgeschichten, keine Pornos!«, empöre ich mich, kaum dass wir auf der Straße stehen.

»Na und?«, fragt sie achselzuckend. »Sex sells.«

Worauf ich sie nur mit einem abfälligen Blick bedenke. Nachdem *Fifty Shades of Grey* für so viel Furore gesorgt hat, liegt sie mir ständig in den Ohren, ich solle es doch mal mit erotischer Frauenliteratur versuchen. Aber das kann ich nicht. Nie im Leben. Einmal habe ich beim Sex schmutzige Sachen zu meinem Freund gesagt – auf seinen ausdrücklichen Wunsch, wie ich betonen möchte –, und es war mir todpeinlich. Ich kann das einfach nicht. Nicht dass ich prüde wäre, ich nenne mein bestes Stück nicht »die vordere Öffnung« wie meine Freundin Harriet, aber ich kann das *Sie-wissen-schon*-Wort nicht mal laut aussprechen, geschweige denn schreiben. Man stelle sich nur vor, meine Eltern würden das lesen!

Mir wird siedend heiß bei dem Gedanken. Himmel, nein. Lieber nicht.

Rasch flüchten wir vor dem Regen, der sich nun doch noch entschlossen hat, Ernst zu machen, und in Bindfäden vom Himmel regnet, in das Café nebenan. Sofort kommt eine Kellnerin, führt uns an einen Tisch und nimmt unsere Bestellung auf.

»Und, wie läuft es mit dem neuen Buch?«, fragt Diana. Sie kommt immer gleich ohne Umschweife zur Sache.

Ich habe ein flaues Gefühl im Magen bei dem Gedanken daran, wie ich vorhin vor dem Rechner saß und auf den leeren Bildschirm gestarrt habe. »Langsam«, entgegne ich ausweichend.

»Wie viel hast du denn schon geschrieben?«

»Ähm, du meinst, wie viele Seiten genau?«, versuche ich Zeit zu schinden.

»Ich kann es nämlich kaum erwarten, endlich was davon zu lesen!«, plappert sie munter weiter. »Ich dachte, du könntest mir vielleicht die ersten ein-, zweihundert Seiten oder so mailen, dann habe ich auf dem Rückflug nach New York was zu schmökern.«

Diana arbeitet für eine Literaturagentur mit Sitz in London, die in New York eine Zweigstelle hat, weshalb sie ständig hin- und herfliegt. Klingt aufregend, bedeutet aber in Wirklichkeit nur, sich von minderwertigem Flugzeugfraß zu ernähren und permanent unter Jetlag zu leiden.

»Also, die Sache ist die …« Ich schlucke schwer. Mist. Ich muss die Karten auf den Tisch legen. »Es gibt nichts zu lesen«, platze ich heraus.

Erst wird es ganz still, und dann …

»Nichts?« Selbst Diana, die nicht so leicht zu erschüttern ist, die bei Verlegern notfalls mit Klauen und Zähnen für meine Rechte kämpft und die einfach nichts aus dem Konzept bringt, wirkt leicht beunruhigt.

»Nein, noch nicht«, erkläre ich hastig. »Aber das ist nur eine ganz harmlose kleine Schreibblockade. Das wird schon«, versichere ich, wobei ich nicht so genau weiß, ob ich damit eher sie oder mich beruhigen will.

»Klar wird das«, pflichtet sie mir aufmunternd bei. Anscheinend ist ihr gerade wieder eingefallen, dass es ihr Job ist, mich, wo es nur geht, zu unterstützen und zu ermutigen. »Du brauchst ein bisschen Inspiration. Ich habe genau das Richtige für dich. Also, pass auf, da ist so ein Mann …«

»Nein«, falle ich ihr energisch kopfschüttelnd ins Wort.

»Was soll das heißen, nein? Du weißt ja noch gar nicht, was ich sagen wollte.«

Worauf ich sie nur vielsagend ansehe. »Ist der Papst katholisch?«

»Was?« Mit weit aufgerissenen Augen und Unschuldsmiene schaut sie mich an. »Ich bin deine Agentin; unfassbar, dass du mir nicht vertraust.«

Sofort zwackt mich ein Gewissensbiss. »Tut mir leid«, entschuldige ich mich schnell und fühle mich richtig mies, ihr niedere Absichten unterstellt zu haben. »Ich dachte tatsächlich, du willst mich schon wieder verkuppeln.«

Sie wird puterrot. »Also, *verkuppeln* würde ich es jetzt nicht unbedingt nennen.«

Augenblick mal …

»Wieso, wie würdest du es denn nennen?«, frage ich misstrauisch.

»Es ist mehr ein Gefallen. Es geht um den Freund eines Freundes, der Ende des Monats nach London kommt. Er kennt hier niemanden«, erklärt sie knapp, noch ehe ich einen Pieps sagen kann. »Und ich habe versprochen, dass du dich mit ihm auf einen Kaffee triffst. Mehr nicht«, sagt sie mit einem strahlenden Lächeln.

»Tja, dann muss ich dich leider enttäuschen«, entgegne ich sehr bestimmt.

Missbilligend runzelt sie die Stirn. »Ach komm, Ruby. Nur auf eine kleine Tasse Kaffee.«

»Genau so haben Sam und ich uns kennengelernt. In der Warteschlange bei Starbucks. Schon vergessen? In einem Moment spendiert er mir einen Cappuccino und fragt nach meiner Telefonnummer, achtzehn Monate später betrügt er mich, und ich muss die Hochzeit absagen.«

»Ich weiß, und das ist wirklich ätzend, aber das ist inzwischen über ein Jahr her …«

»Für mich fühlt es sich immer noch an, als sei es gestern gewesen«, entgegne ich leise.

Sie beugt sich über den Tisch und drückt mitfühlend meine Hand. »Ich weiß, Süße«, sagt sie sanft, »aber du darfst den Glauben an die Liebe nicht verlieren.«

»Und warum nicht?«, frage ich hitzig.

»Weil du sonst als Ladenhüter im Regal liegen bleibst, genau wie deine Bücher«, witzelt sie. Sie will mich zum Lachen bringen, aber ihre Bemerkung bestärkt mich noch in meinem Widerstand.

»Mir doch egal«, brumme ich achselzuckend und lehne mich zurück. »Wer weiß, vielleicht ist es ja besser so.«

Schockiert schaut Diana mich an.

»Ja, warum denn nicht?«, blaffe ich, und der Gedanke, gerade gedacht, glimmt auf wie eine glühende Kohle, aus der eine Flamme züngelt. »Ich war immer eine rettungslose Romantikerin, habe von Liebe und Hochzeit und Märchen-Happy-Ends geträumt … Und ja, ich weiß, es ist nicht immer leicht«, füge ich rasch hinzu, ehe sie mich unterbricht, »aber ich habe nie die Hoffnung aufgegeben – wie die Beatles schon sagten: ›All you need is love‹.« Ich breche ab und starre auf den Tisch. Aufgewühlt drehe ich die Serviette zusammen, und in meinem Kopf geht es drunter und drüber. Es brodelt in mir, die Emotionen kochen hoch; all der Schmerz, die vielen Enttäuschungen, die mein armes gebrochenes Herz ertragen musste. »Aber weißt du was? Ich mach da nicht mehr mit. Die Beatles haben ja keine Ahnung, das ist alles Käse …«

»Das kannst du doch so nicht sagen!«, protestiert Diana.

»Doch, ich kann«, gebe ich zurück.

Es ist, als hätte mir jemand den Schleier von den Augen gezogen. Als zerfiele alles, woran ich immer felsenfest geglaubt habe, woran ich mich im Leben festgehalten habe, um mich herum zu Staub, und plötzlich sehe ich die nackte Wahrheit. »Ich bin ja nicht die Einzige, der es so geht. Schau dir doch nur meine Freundinnen an!«, schimpfe ich nur mühsam beherrscht. »Alle sind von der Liebe enttäuscht. Sieh dir Harriet an. Die hat gerade erfahren, dass der Mann, mit dem sie sich seit einiger Zeit trifft, noch verheiratet ist! Oder Molly: Ihr Freund ist bindungsunfähig und hat ihr auch nach sieben Jahren Beziehung noch immer keinen Antrag gemacht. Und was ist mit Rachel? Sie ist seit Ewigkeiten Single, weil jedes Date in einer Katastrophe endet …«

»Und genau aus diesem Grund bringst du auch nichts Gescheites zu Papier«, unterbricht Diana mich.

Ich verstumme und schaue sie an.

»Du hast keine simple Schreibblockade. Du glaubst einfach nicht mehr an das, was du da schreibst. Du glaubst nicht mehr an die wahre Liebe, Ruby«, stellt sie fest und schaut mich lange durchdringend an. »Du hast den Glauben an die Liebe verloren.«

Ich sage keinen Ton, ihre Worte hallen durch meinen Kopf, aber diesmal wettere ich nicht dagegen.

Ich kann die Augen nicht mehr davor verschließen. Monatelang habe ich versucht, die Angst zu ignorieren; habe versucht, mich daran festzuklammern, dass ich trotz allem immer noch dieselbe bin – die Frau, die an die große Liebe glaubt. Die große, echte, wahre Liebe. Die Himmel und Hölle bewegen und Berge versetzen und ohne die man nicht leben kann. Eine Liebe, die Menschen unglaubliche, verrückte, wunderbare Dinge tun lässt. Und trotz allem, was passiert ist, obwohl ihr Herz mit Füßen getreten, gebrochen und weggeworfen wurde, will ich diese Frau nicht loslassen.

Dabei ist sie längst nicht mehr da, wie ich nun einsehen muss.

»Du hast Recht«, wispere ich leise. »Ich glaube, ich habe den Glauben an die Liebe verloren.«

Die Kellnerin, die meine Gnocchi und Dianas Spaghetti marinara bringt, unterbricht uns. Weil sie hektisch herumwuselt und noch einen Teller für die Schalen bringt und ein Fingerschälchen mit einer Zitronenscheibe, ist Diana abgelenkt. Als die Kellnerin endlich fertig ist, widmen wir uns schweigend dem Essen.

Ein paar kurze Augenblicke später hört Diana zwischen zwei Bissen auf zu kauen. »Du brauchst ein bisschen Urlaub«, erklärt sie entschieden. »Wieso nimmst du dir nicht eine kleine Auszeit? Klappst den Laptop zu, schaltest das Handy aus und legst dich ein paar Tage irgendwo an den Strand.«

»An den Strand? Ich kann mich doch nicht einfach irgendwo an den Strand legen«, stöhne ich, aber sie walzt meinen Protest einfach platt.

»Das würde dir sicher guttun. Mal ehrlich, wann hast du dir das letzte Mal einen Urlaub gegönnt?«, fragt sie und sieht mich vielsagend an.

»Vorletztes Jahr. Sam und ich waren zum Radfahren in Norwegen. Du weißt ja, er hatte ein Faible für Aktivurlaube.«

»Das ist doch kein Urlaub. Urlaub heißt, im Bikini am Strand zu liegen, und nicht, sich mit Fleecepulli und Rucksack auf einem Fahrrad abzustrampeln.«

Ich muss lächeln. »Ich weiß, aber es geht einfach nicht, ich habe zu viel zu tun …«

»Vertrau mir, ich bin deine Agentin, ich weiß, was das Beste für dich ist. *Schau mal* …« Und dann weist sie mit der Gabel zum Fenster. Mein Blick folgt dem Besteck, und ich sehe die kleine alte Dame aus dem Buchladen. Sie sitzt dort an einem Tisch, nippt an ihrem Cappuccino und ist ganz in ein Buch vertieft. Allerdings ist es nicht Dostojewski, sondern einer meiner Romane.

Ich drehe mich wieder zu Diana um, die mich mit hochgezogenen Augenbrauen anschaut. »Tust du jetzt, was ich dir sage?« Mit der Gabel fuchtelt sie beängstigend nahe vor meiner Nase herum. »Ein Urlaub würde dir guttun. *Also, worauf wartest du noch?*«

Drittes Kapitel

Als ich nach Hause komme, dämmert es schon. Es regnet in Strömen, und ich stecke gerade den Schlüssel ins Schloss, als ich hinter mir auf der Treppe lautes Gerumpel höre. Mir bleibt vor Schreck fast das Herz stehen, und zittrig vor Angst drehe ich mich um.

»Wer ist da?«, knurre ich, so tief und brummig ich nur kann.

Eine dunkle Gestalt. Dann raschelt es in den Büschen. Ach du liebes bisschen! Gerade wenn man denkt, es kann nicht schlimmer kommen, wird man hinterrücks überfallen! Noch dazu vor der eigenen Haustür!

Von Panik und Entsetzen gepackt versuche ich, mein vor Schreck lahmgelegtes Hirn zu reaktivieren. Ich muss jetzt schnell sein und meinen Angreifer überrumpeln. Angriff ist die beste Verteidigung …

»Ruby, Liebes, sind Sie das?«

Auf einmal höre ich eine zittrige Stimme.

»Mrs Flannagan!«, rufe ich erleichtert. »Was machen Sie denn da?«

»Tut mir leid, habe ich Sie erschreckt?« Das Außenlicht geht an, und auf der anderen Seite der Hecke erscheint unvermittelt ein runzeliges Gesicht unter einer Plastikregenhaube.

»Nein, gar nicht, wie kommen Sie denn darauf?«, schwindele ich und komme mir reichlich dumm vor, dass meine kleine, silbergrauhaarige Nachbarin mich beinahe zu Tode erschreckt hätte. Mrs Flannagan geht auf die achtzig zu, ist verwitwet und raucht wie ein Schlot. Seit achtundfünfzig Jahren wohnt sie in der Wohnung nebenan. Oft halten wir über die Gartenmauer ein kleines Schwätzchen. Zum Rauchen geht sie gerne vor die Tür. Inzwischen geht sie am Stock, weil sie so wacklig auf den Beinen ist, aber mindestens dreimal am Tag steht sie vor der Tür und pafft ihre Rauchzeichen in den Himmel, wie sie es schon seit über einem halben Jahrhundert macht.

»Ich komme gerade vom Einkaufen, ich musste ein paar Sachen besorgen.«

»Warten Sie, ich helfe Ihnen«, rufe ich, laufe rasch zu ihr und nehme ihr den Trolley ab, den sie gerade hinter sich die Treppe hinunterzubugsieren versucht.

»Ach, das ist aber wirklich nett, meine Liebe«, bedankt sie sich lächelnd. »Eigentlich hatte ich ja gehofft, ein großer, starker Mann käme vorbei und würde mir aus der Not helfen, aber Sie tun's auch …« Und dann gluckst sie vergnügt, und aus dem Glucksen wird ein rasselnder Husten.

»Sie sollten wirklich aufhören zu rauchen«, tadele ich und hake dann den Arm in den Trolleygriff, damit ich eine Hand frei habe und ihr die restlichen Stufen hinunterhelfen kann, die ganz glitschig sind vom Regen.

»Dann hätte ich ja gar kein Laster mehr«, brummt sie.

Rasch nehme ich den Schlüssel aus dem Versteck unter dem Geranientopf auf ihrem Fensterbrett – obwohl ich ihr immer wieder sage, dass das kein Versteck ist, sondern eher eine Einladung, die Wohnung auszuräumen, weigert sie sich hartnäckig, den Schlüssel anderswo zu deponieren –, schließe die Tür auf und helfe ihr nach drinnen. Dort werden wir gleich von ihrer Tigerkatze begrüßt, die Mrs Flannagan um die strumpfsockigen Knöchel streicht.

»Was haben Sie für eins?«

»Was meinen Sie?« Ich knipse das Licht im Flur an, gehe in die Küche und mache mich daran, ihre Einkäufe zu verstauen: Tee in den Schrank links, Rosinenbrötchen in den Brotschrank, Milch in den Küchenschrank … Ich habe das schon so oft gemacht, ich weiß ganz genau, wo alles hingehört. Sogar, dass sie den Karamellpudding in der Büchse aus unerfindlichen Gründen neben der Schuhwichse aufbewahrt, sodass ich immer befürchte, eines Tages könne sie die Dosen verwechseln und schwarze Schuhcreme mit Vanillesoße essen.

»Ihr Laster«, sagt sie, als verstünde sich das doch von selbst. Nachdem sie rasch in die karierten Hausschuhe geschlüpft ist, schlurft sie in die Küche und schaltet den Wasserkocher ein.

»Ach, ich habe keins«, entgegne ich lachend und greife nach der Teekanne. Mrs Flannagan brüht ihren Tee noch ganz altmodisch: »Beutel in der Tasse? Nicht mit mir!«

Eine knochige Hand auf dem Krückstock schaut sie mich durch ihre großen, dicken Brillengläser an. »Jedes junge Mädchen sollte ein Laster haben, wissen Sie«, sagt sie und schnalzt mit der Zunge, »ob es nun Alkohol ist, Zigaretten, Männer …«

»Mrs Flannagan!«, protestiere ich lachend und werde glatt ein bisschen rot.

»Tun Sie doch nicht so schockiert, meine Liebe! Ich war auch mal jung, wissen Sie …« Sie bricht ab und kichert leise beim Gedanken an ihre wilde Jugend. »Vernünftig sein können Sie noch lange genug, wenn Sie erst mal in meinem Alter sind. Bis dahin sollten Sie auch mal über die Stränge schlagen, ein bisschen aufmüpfig sein.« Hinter den dicken Brillengläsern funkeln ihre Augen schelmisch. »Tun Sie was Dummes, Unüberlegtes, etwas, *das nicht gut für Sie ist.*«

»Ich trinke meinen Tee mit Zucker«, entgegne ich und lasse einen ganzen Teelöffel voll in meine Tasse rieseln, »und wenn Sie mir versprechen, es niemandem zu sagen, verrate ich Ihnen ein kleines Geheimnis …«

Mrs Flannagan beugt sich mit ihren Silberlöckchen zu mir herüber.

»Ich habe die Rechnung fürs Kabelfernsehen nicht bezahlt.«

Entsetzt schaut sie mich an.

»Mache ich aber noch«, versichere ich schnell, »das steht ganz oben auf meiner Liste!«

»Wenn ich daran denke, wie ich in Ihrem Alter auf den Putz gehauen habe«, brummt sie und schüttelt missbilligend den Kopf. »Damals war ich keinen Abend zu Hause, und Fernsehen – so was hatten wir gar nicht.« Sie schaut mich an, und in ihrem Blick liegt etwas, das verdächtig nach Mitleid aussieht.

Die Wände zwischen unseren Wohnungen sind dünn wie Papier, und seit Sam und ich uns getrennt haben, sitze ich abends meistens allein auf der Couch und schaue Trash-TV. Ich weiß schon gar nicht mehr, wie oft ich schon auf dem Sofa eingeschlafen und erst in den frühen Morgenstunden wieder aufgewacht bin, während im Hintergrund der Fernseher plärrte.

Geflissentlich weiche ich ihrem missbilligenden Blick aus und hantiere geschäftig mit der Teekanne, während sie ins Wohnzimmer tapert und es sich im Ohrensessel vor dem Kamin gemütlich macht. Sofort ist ihre Katze Snoopy zur Stelle, springt ihr in den Schoß und hat sich flugs zusammengeringelt, als könne sie kein Wässerchen trüben.

»Wissen Sie, dass sie Heathcliff immer noch bis aufs Blut reizt?«, sage ich und reiche ihr eine Tasse.

»Sie macht einfach jedem schöne Augen, genau wie ihr Frauchen«, entgegnet Mrs Flannagan lächelnd und tätschelt der Katze liebevoll den Kopf.

Ich muss lachen und nippe an meinem Tee. Gleich neben ihr auf der Anrichte stehen Dutzende gerahmte Fotos, die meisten von ihren Enkeln (neun, nach der letzten Zählung), aber in der Mitte, in einem herzförmigen Rahmen, ist ein Bild von ihr und ihrem verstorbenen Mann Alf. Es wurde nicht allzu lange vor seinem Tod aufgenommen. Händchen haltend sitzen die beiden in Liegestühlen am Meer. Ich werde plötzlich ganz wehmütig. Solche Liebesgeschichten werden heute gar nicht mehr geschrieben.

»Tja, ich gehe dann mal wieder nach nebenan.« Mein Blick geht zur Uhr. Es ist schon spät, und Heathcliff wartet sicher bereits ungeduldig auf sein Futter.

»Aber natürlich, lassen Sie sich von mir nicht aufhalten, ich weiß doch, wie viel ihr jungen Leute immer um die Ohren habt«, entgegnet sie lächelnd. »Es ist Freitagabend. Haben Sie was Schönes vor?«

Ich zögere. Eigentlich war ich mit Rachel auf einen Drink verabredet, aber sie hat abgesagt, weil sie wegen eines schrecklich wichtigen Falles Überstunden machen muss. Die arme Rachel schuftet wie ein Pferd, ich habe sie seit Wochen nicht mehr gesehen. Aber wenn ich ganz ehrlich bin, war ich nicht besonders traurig über ihre Absage. Irgendwie ist mir momentan nicht nach Ausgehen. Wobei, der Spaß daran ist mir schon länger vergangen; eigentlich seit …

Plötzlich muss ich an unsere Verlobungsfeier denken, ich im roten Kleid, berauscht von Champagner und Glückseligkeit, die Arme um Sam geschlungen, wie wir zu einem alten Sam-Cooke-Song durch das Wohnzimmer tanzten. Es war ein lauer Sommerabend. Alles war warm und wunderbar. Die Zukunft lag vor uns wie eine funkelnde Verheißung, voller Träume und Hoffnungen, die blitzten und blinkten wie Sterne am Nachthimmel.

In diesem Augenblick schien alles möglich. Alles war so wundervoll. Und obwohl es schon spät war und unsere Freunde und Verwandten längst gegangen waren, weiß ich noch, wie ich dachte, dass alles, was ich mir je gewünscht hatte, dort in diesem Zimmer war.

Aber egal. Wie gesagt, es ist schon eine Weile her, dass mir nach Ausgehen zumute war.

»Ja, ich bin verabredet«, schwindele ich und kreuze die Finger hinterm Rücken. Eigentlich möchte ich Mrs Flannagan nicht anlügen, aber ich kann ihr auch nicht die Wahrheit sagen: dass ich nichts weiter vorhabe, als eine Pizza zu bestellen und mir mit Heathcliff irgendwelche Wiederholungen im Fernsehen anzuschauen.

»Na dann, viel Spaß, meine Liebe«, sagt sie lächelnd.

Sofort zwickt mich das schlechte Gewissen. »Danke, ich werd's versuchen«, antworte ich strahlend und winke ihr kurz zu. Dann gehe ich nach draußen.

Wieder in meiner Wohnung schleudere ich zuerst die Schuhe von den Füßen, nehme die Post von der Fußmatte und tappe ins Wohnzimmer. Heathcliff steht neben seinem Futternapf Wache. Also gebe ich ihm erst mal was zu fressen. Dann setze ich mich an den Schreibtisch. Der leere Bildschirm erwartet mich wie ein übellauniger Mitbewohner, aber ich ignoriere ihn und öffne stattdessen meine Post.

Rechnungen, Kontoauszüge, Werbesendungen … das Übliche halt. Gerade will ich den ganzen Stapel schon auf den stetig wachsenden Papierberg legen, um mich bei Gelegenheit darum zu kümmern, als mir etwas ins Auge sticht. Eine Postkarte. Jetzt bin ich neugierig. Auf der Vorderseite das Bild eines traumschönen palmenbestandenen Strands in Goa im Süden Indiens. Ich drehe sie um.

Hi, Rubes! Es ist ein Traum! Wünschte, du wärst hier!
Kuss, Amy

Der Regen, der gegen die Fensterscheiben prasselt, lenkt mich ab. Ich drehe mich um und schaue hinaus. Draußen ist es inzwischen stockfinster, und ich muss die Schreibtischlampe anknipsen. Der kleine Garten verschwindet in der Dunkelheit, und stattdessen sehe ich mein Spiegelbild in der Scheibe. Blass, die Schultern gebeugt, die Haare nachlässig mit einem Gummiband zusammengezurrt, sehe ich aus wie ein verhärmtes Mütterchen von mindestens hundert Jahren. Im ersten Augenblick erkenne ich mich kaum wieder.

Früher dachte ich immer, mit dreißig hätte ich mein Leben im Griff: Karriere, Mann, *eine Zukunft.* Und eine ganze Weile schien alles nach Plan zu laufen. Mein erster Roman wurde veröffentlicht, ich lernte Sam kennen, wir planten unsere Hochzeit – es war, als fügten sich die Fundamente wie von Zauberhand zusammen, und ich bräuchte meine Zukunft nur noch darauf aufzubauen.

Und für ein paar schwindelerregend schöne Augenblicke war das Leben perfekt. Ich hatte, was die Zeitschriftenartikel einhellig zu einem Ding der Unmöglichkeit erklären: *Ich hatte alles.*

Bis zu jenem verhängnisvollen Tag, bis zu dem Bruchteil einer Sekunde, den es braucht, einen Türgriff zu drehen. Der Tag, an dem ich feststellen musste, dass die Zeitschriften doch Recht hatten. Ich hatte nicht alles. Ich hatte einen Verlobten, der mich mit einer anderen Frau betrog.

Und *bum*, einfach so, stürzte dieses Fundament, das ich so sorgfältig errichtet hatte, die Zukunft, die ich, naiv, wie ich war, so fröhlich Stein auf Stein darauf aufbauen wollte, in sich zusammen und begrub mich unter den Trümmern meiner Träume, unter diesem Betrug und unter mehr Tränen, als ich je geglaubt hätte, dass ein Mensch sie zu weinen vermag. Von wegen, er hat mir das Herz gebrochen. Sam hat mir das Herz herausgerissen und es zertrampelt, bis nichts mehr davon übrig war.

Ein Glück, dass der Rettungsdienst sofort zur Stelle war, um mich unter Schutt und Geröll hervorzuziehen. Wobei es in meinem Fall nicht Polizei, Sanitäter oder Feuerwehr waren, die mir zu Hilfe eilten, sondern meine Freundinnen mit Gordon's Gin und einem Ausflug ins städtische Tierheim. Mit der Zeit wurde es langsam besser. Und jetzt geht es mir wieder gut. Besser noch als gut. Ich habe meinen Beruf, ich bin gesund, ich habe meine Freunde und meine Familie, und wenn mir nach Kuscheln ist, habe ich Heathcliff. Ich bin ein Glückskind.

Und trotzdem … durchdringend starre ich mein Spiegelbild an. Und trotzdem komme ich mir manchmal irgendwie so verloren vor. Als funktionierte ich bloß. Als läge mein altes Ich immer noch unter den Trümmern begraben, und ganz gleich was ich auch tue, ich finde es einfach nicht mehr wieder.

Ein Windstoß rüttelt an den Scheiben, und plötzlich fliegt das Fenster auf. Das habe ich wohl vorhin nicht richtig geschlossen. Hastig springe ich auf und schlage es wieder zu. In der eisigen Winterluft zitternd fummele ich an dem alten Griff herum. Himmel, ist das kalt da draußen. Vielleicht hatte Diana ja doch Recht. Vielleicht sollte ich mir ein paar Tage Urlaub gönnen. Sonne, Meer und Strand. Vielleicht hilft ein Tapetenwechsel meiner Fantasie wieder auf die Sprünge, und meine Schreibblockade löst sich von selbst.

Mein Blick geht zu der Postkarte, die der Windstoß aufgewirbelt hat und die flatternd zu Boden gefallen ist. Meine Hand greift danach. Ich war noch nie in Indien. Indien, das klingt so zauberhaft, so exotisch. Und ich muss schon sagen, der Strand ist wirklich ein Traum …

Ohne lange nachzudenken, setze ich mich wieder an den Schreibtisch, greife zur Maus, öffne Expedia und suche einen Flug nach Goa. In einer Woche kommt meine Schwester nach Hause, also ist das Ganze wohl eine ziemliche Schnapsidee. Ich meine, bestimmt bekomme ich ohnehin keinen Last-Minute-Flug mehr … Ach, sieh da, es gibt einen Flieger gleich morgen früh!

Ich zögere, und im Geiste gehe ich schon die Liste durch mit all den Dingen, die noch zu erledigen wären, mit all den Gründen, weshalb ich jetzt nicht einfach alles stehen und liegen lassen und in einen Flieger steigen kann. Mein gesunder Menschenverstand schreit zusammen mit jeder Faser meines Körpers, mit jedem Knochen in meinem Leib gegen diesen hirnrissigen Einfall an. Ein Urlaub ist doch nicht die Lösung aller Probleme. Nein, ich muss hierbleiben. Ich habe einen Abgabetermin einzuhalten, Rechnungen zu bezahlen, ich muss die Wäsche aus der Reinigung abholen, zu meinem jährlichen Kontrolltermin beim Zahnarzt …

»Vernünftig sein können Sie noch lange genug, wenn Sie erst mal in meinem Alter sind.« Mrs Flannagans Worte hallen mir in den Ohren.

Und es ist ja bloß für *eine* Woche.

Noch ehe ich es mir wieder anders überlegen kann, klicke ich auf Buchen.

Denn mal ehrlich, was soll in einer Woche schon passieren?

Viertes Kapitel

Zwei Langstreckenflüge, eingequetscht in der letzten Reihe gleich neben den Toiletten, in einem Sitz, dessen Lehne sich nicht zurückklappen lässt, einmal Umsteigen mit Verspätung am Flughafen Dubai, wo ein Cappuccino neun Pfund kostet, sowie etliche Turbulenzen später bin ich schließlich in Goa.

Puh.

Wenn ich beim Abflug in Heathrow wie eine Hundertjährige ausgesehen habe, dann wirke ich jetzt mindestens doppelt so alt, denke ich mit Grausen, als mein Blick bei der Gepäckausgabe auf das Gespenst mit den Tränensäcken fällt, das mir da aus der spiegelnden Fensterscheibe entgegenstarrt.

Aber jetzt bin ich da, versuche ich mich zu trösten. In Indien! Im Urlaub!

So erschöpft ich nach der langen Anreise bin, jetzt freue ich mich richtig auf den Urlaub. Es musste zwar ganz schnell gehen, aber trotzdem habe ich vorher an alles gedacht:

URLAUBSLISTE

~~1. Blumen gießen~~

(Sprich, die halbtote Grünlilie im Badezimmer)

~~2. Zeitschaltuhr für Beleuchtung einschalten~~

(Wobei, mal ehrlich, würde sich ein potenzieller Einbrecher von so einem billigen Trick wirklich abschrecken lassen?)

~~3. Heathcliff zu Mrs Flannagan bringen~~

Sie hat angeboten, sich um ihn zu kümmern, und ich habe ihr genaueste Anweisungen gegeben, wie er sich am liebsten das Bäuchlein kraulen lässt und dass sie ihm auf keinen Fall zu viele Leckerlis zustecken soll. Als er das letzte Mal übers Wochenende bei ihr war, war er danach beinahe so breit wie lang und passte kaum noch durch seine Hundeklappe. Wobei er nicht gerade begeistert schien, dass ich ihn ausgerechnet bei seiner Erz-Nemesis zurückgelassen habe, Snoopy, der Katze, die auf der Stelle in Heathcliffs Körbchen gestiegen ist und es sich dort demonstrativ gemütlich gemacht hat. Aber das mache ich wieder gut. Irgendwie.

~~4. Immodium kaufen~~

(Und Insektenschutzmittel, ein Antiseptikum, Pflaster, Handdesinfektionsmittel, Kopfschmerztabletten, Tampons … Ich hatte keine Zeit mehr, vorher einkaufen zu gehen, also musste ich alles am Flughafen besorgen … ach, was soll's, ich nehme einfach die ganze Apotheke mit, nur für alle Fälle.)

~~5. Reiseführer besorgen~~

(Ich bin gerne auf alle Eventualitäten vorbereitet. Siehe oben.)

Und last, but not least:

~~6. Laptop zuklappen!~~

Endlich entdecke ich meinen Koffer auf dem Gepäckkarussell. Ich schnappe ihn mir und muss ein Gähnen unterdrücken, während ich entschlossenen Schrittes auf den Ausgang zusteuere. Ein paar Tage Sonne, Meer und Entspannung, und schon bin ich ein neuer Mensch.

Es ist, als beträte ich eine Sauna.

Die automatischen Schiebetüren öffnen sich, und ich trete aus dem kühlen, klimatisierten Gebäude in die tropische Hitze.

Es ist noch früh am Morgen, und die Dunkelheit klammert sich noch an den neuen Tag, doch die Hitze ist schon jetzt erdrückend. Ich werde begrüßt von einer bunten Menschenmenge, die allesamt auf Freunde und Verwandte zu warten scheinen. Die Ankömmlinge werden mit strahlenden Gesichtern und lautem Geschrei begrüßt.

Und dann der Geruch: Die Luft riecht nach einer durchdringenden Mischung aus Diesel und Weihrauch, und ich atme sie gierig in tiefen Zügen ein. Es *riecht* nach Indien. Ich werde immer hibbeliger und bleibe einen Moment stehen, um all die vielen neuen Eindrücke auf mich wirken zu lassen. Zu beobachten. Anzukommen. Aber das geht nicht. Es ist, als stünde man im Schwimmbad auf dem Sprungturm. Es gibt kein Zurück. Da hilft nur ein beherzter Sprung kopfüber ins kalte Wasser.

Also nehme ich meinen Koffer und marschiere strammen Schrittes mitten ins Getümmel. Suchend schaue ich mich um. Gestern habe ich meiner Schwester gesimst und ihr gesagt, dass ich heute ankomme. Worauf sie ganz aufgeregt zurückschrieb und unbedingt meine Flugnummer wissen wollte, damit sie mich am Flughafen abholen kann.

Aber sie ist nirgendwo zu sehen.

Mein Blick wandert über die Gesichter der Wartenden, aber ich sehe nur ein Meer glänzender schwarzer Haare und keinen einzigen blonden Schopf weit und breit. Wie immer, denke ich und fange schon wieder an, mich zu ärgern. Wieso wundert mich das nicht? Das sieht ihr mal wieder ähnlich. Immer kommt sie zu spät. Oder findet den Treffpunkt nicht.

Oder hat es völlig vergessen.

Ich muss an das vergangene Jahr denken, als ich im strömenden Regen am Leicester Square stand und auf sie gewartet habe. Ich hatte mich gerade von Sam getrennt, und wir waren fürs Kino verabredet. Aber sie kam einfach nicht. Und ging auch nicht ans Handy. (Das ist auch typisch meine kleine Schwester.

Sie hat die wirklich nervtötende Angewohnheit, nie ans Telefon zu gehen; entweder weil sie es nicht hört oder weil sie vergessen hat, ihr Guthaben aufzuladen, oder weil der Akku leer ist. Oder, der Klassiker unter den Entschuldigungen: *weil sie vergessen hat, es anzuschalten.*) Also bin ich an jenem Samstagabend notgedrungen allein ins Kino gegangen und habe zwischen lauter knutschenden Paaren gesessen und mir *Was passiert, wenn es passiert ist* angesehen.

Glauben Sie mir, die Narben sieht man heute noch.

»Brauchen Taxi?« Ein kleiner, drahtiger Mann erscheint wie aus dem Nichts neben mir.

»Nein danke, geht schon«, lehne ich höflich lächelnd ab und will weitergehen.

Aber keine zwei Schritte weiter stürzt sich schon der Nächste auf mich. »Taxi, Ma'am?«

»Ähm, nein danke«, wehre ich kopfschüttelnd ab. Was wiederum die Schweißperlchen, die mir auf die Stirn getreten sind, in Bewegung versetzt. In Strömen laufen sie mir über das Gesicht. »Danke, alles bestens.«

Zweifelnd schaut er mich an, und wer würde es ihm verdenken? Ich bin dem Wetter entsprechend gekleidet – allerdings dem im winterlichen London, nicht dem im sommerlichen Südindien – und trage schwarze Leggins, eine schwarze Strickjacke und schwarze Stiefel. Glauben Sie mir, es sieht wirklich ganz und gar nicht danach aus, als sei alles bestens.

Bestens wäre es, ich säße zu Hause auf der Couch, könnte die Beine hochlegen, gemütlich eine Tasse Tee trinken und ein bisschen in der neuen *In Touch* blättern. Bestens wäre es, nicht bei fünfunddreißig Grad Hitze mit geschwollenen Knöcheln in Stretchklamotten herumzulaufen und beinahe zu verdunsten.

Und dann fällt plötzlich eine ganze Meute Taxifahrer über mich her. »Miss! Taxi! Sie brauchen Taxi? Ich nehme Sie mit! Wohin Sie wollen? *Taxi! Miss!*«

Irgendwie erinnert mich das an eine Tierdoku, die ich mal gesehen habe. Da haben Löwen eine Elefantenherde eingekreist. Einer der Elefanten hat den Anschluss an die Herde verloren, und kaum war er hilflos, allein und verwundbar, *zack*, haben die Löwen sich auf ihn gestürzt.

Im Kopf höre ich schon David Attenboroughs Stimme:

»Die Taxifahrer umkreisen die Menge der ankommenden Passagiere, hungrig lauern sie auf das Fahrgeld, dann plötzlich haben sie ihr Opfer ausgemacht ... mit Jetlag und völlig orientierungslos steht sie da, allein und vergessen. Auf der Suche nach ihrer Angehörigen entfernt sie sich unbedacht ein paar Schritte von der Menge und ist den Angreifern nun schutzlos ausgeliefert ...«

Ich kann gerade wirklich nachempfinden, wie diesem armen Elefanten zumute gewesen sein muss (glauben Sie mir, Sie müssten mal meine Knöchel sehen), und denke noch, das war's, wieso sich noch wehren, wieso meine Schwester nicht einfach abschreiben und mich gottergeben zu einer der wartenden Taxen führen lassen, da ertönt plötzlich eine Stimme:

»Rubes!«

Ich höre meinen Namen und wirbele auf dem Absatz herum, und da sehe ich auch schon einen verstrubbelten Blondschopf durch die Menge auf mich zukommen, dazu zwei lange, schlanke, gebräunte Arme, an denen jede Menge Armreifen klimpern, als sie wild in der Luft herumrudern. Ich sehe sie auf mich zukommen, und dann teilt sich mit einem Mal die Menschenmenge, und heraus stürzt meine kleine Schwester.

»Du bist ja schon da!«, japst sie ganz außer Atem, fällt mir um den Hals und schlingt die langen, bereiften Arme um mich.

Meine Schwester tut immer ganz erstaunt, dass man schon da ist, wenn sie zu spät kommt. Als sei es ihr ein unergründliches Rätsel, wie um alles auf der Welt das passieren konnte.

»Na ja, mein Flieger ist schon vor einer Stunde gelandet«, entgegne ich und nehme sie fest in die Arme.

»Ach, seid ihr früher angekommen?«

»Nein, genau pünktlich«, erwidere ich ein bisschen trotzig. »Hast du meine SMS nicht bekommen?«

Worauf sie mich nur verständnislos anschaut.

Gerade will ich sie daran erinnern, dass ich ihr sämtliche Flugdaten geschickt habe, lasse es dann aber doch lieber sein. Ich will mich nicht gleich bei der Ankunft mit ihr streiten. Denn wie ich mich und meine kleine Schwester kenne, bleibt dafür später noch genügend Zeit.

»Wie geht's dir denn so?«, frage ich und wechsele rasch das Thema. Ich trete einen Schritt zurück und schaue sie mir genauer an. Ihre Haare sind, von der Sonne ausgebleicht, noch heller geworden, sie ist braun gebrannt, und statt des üblichen Topshop-Outfits trägt sie jetzt einen bestickten rosa Kaftan und dazu eine seidene Haremshose in leuchtend bunten Farben. Neben mir im rabenschwarzen Sack-und-Asche-Look sieht sie aus wie im Farbenrausch.

»Perfekt!«, entgegnet sie grinsend, und ihre Zähne strahlen hell gegen ihren gebräunten Teint. »Und dir, Rubes?« Fröhlich hüpft sie um mich herum.

»Ein bisschen müde vom Jetlag«, entgegne ich und fühle mich neben ihr uralt und aschfahl. In solchen Momenten kann ich fast nicht glauben, dass uns nur zehn Jahre Altersunterschied trennen. Es ist, als sprächen wir nicht mal dieselbe Sprache.

»Tja, dann nehmen wir uns am besten ein Tuk-Tuk und fahren erst mal zurück.« Und damit schnappt sie sich meinen Koffer und bahnt sich zielstrebig einen Weg durch die Menge.

»Ein *Tuk-Tuk*?«, frage ich etwas verunsichert.

Aber sie flitzt in ihren Flipflops unbeirrt weiter, und ich muss mich beeilen, um nicht den Anschluss zu verlieren. In Stiefeln und Leggins schwitzend wie ein Schwein muss ich hilflos mit ansehen, wie sie mitten auf die vielbefahrene Straße zusteuert.

»Vorsicht!«, kreische ich entsetzt, als sie sich beherzt in das unübersichtliche Verkehrschaos stürzt und anfängt, wie eine Wilde zu winken. »Du wirst noch überfahren …«

Ach du lieber Himmel. Ich bin noch nicht mal fünf Minuten da, und schon führe ich mich auf wie meine eigene Mutter.

Eine knallbunte Rikscha hält mit schwindelerregendem Tempo genau auf sie zu, und ich muss mir vor Schreck die Augen zuhalten.

»So, bitte sehr!«, ruft sie fröhlich, und als ich die Augen wieder öffne, sehe ich zu meiner Erleichterung, dass ich noch eine Schwester habe und dass sie nicht plattgefahren auf der Straße liegt, sondern gerade dabei ist, meine Tasche auf dem Rücksitz zu verstauen. »Hey, alles okay?«, fragt sie und schaut mich mit großen Augen an. »Du guckst so besorgt.«

»Ich? Ich gucke doch nicht besorgt!«, protestiere ich.

Das ist natürlich eine glatte Lüge. Ich gucke immer besorgt, wenn ich mit meiner kleinen Schwester zusammen bin. Das eine gibt es nicht ohne das andere. Ein bisschen wie PMS und Schokolade.

»Ich bin bloß ein bisschen nervös …« Misstrauisch beäuge ich das Tuk-Tuk, das mit ohrenbetäubendem Lärm riesige Abgaswolken ausspuckt. Im Grunde genommen ist es nicht mehr als ein Roller mit aufgesetztem Beiwagen. Es gibt weder Türen noch Sicherheitsgurte. »Ist das auch sicher?«, frage ich skeptisch.

»Natürlich ist das nicht sicher«, entgegnet sie lachend. »Wir sind hier in Indien! Komm schon, steig ein!«

Nach kurzem Zögern schiebe ich alle Ängste und Bedenken beiseite und versuche, mein Handgepäck irgendwie in dem kleinen Gefährt zu verstauen. Der handliche Samsonite-Rollkoffer mag dazu entworfen worden sein, in die Gepäckfächer eines Flugzeugs zu passen, aber an das begrenzte Platzangebot in einem Tuk-Tuk haben die Designer offenbar nicht gedacht.

»Verdammt, das passt einfach nicht. Wir müssen doch ein

Taxi nehmen«, seufze ich mit einem Anflug von Bedauern in der Stimme, wobei ich insgeheim heilfroh bin, dieser Höllenfahrt doch noch zu entgehen. Meine David-Attenborough-Alpträume von eben sind vergessen. Nichts erscheint mir verlockender als die Aussicht auf eine beschauliche Autofahrt in einem klimatisierten Taxi.

Aber ich habe nicht mit der Entschlossenheit des Fahrers gerechnet, der sich die lukrative Fuhre auf keinen Fall entgehen lassen will. Ehe ich michs versehe, ist er vom Sitz gesprungen und wuchtet mein Gepäck beherzt aufs Dach.

»Geht das auch?«, frage ich etwas beunruhigt, als er den Koffer mit einer Schnur festbindet.

»Kein Problem«, entgegnet er und strahlt mich mit einem blendend weißen Zahnpastalächeln an. Dann schwingt er sich wieder hinters Steuer und winkt mir einzusteigen.

»Da sind zerbrechliche Sachen drin«, setze ich noch hinzu und klettere hinter meiner Schwester auf den Sitz. Die ist schon hineingehopst wie jemand, für den eine Fahrt mit dem Tuk-Tuk genauso selbstverständlich ist wie die mit dem Linienbus. »Und ich habe ein bisschen Angst, dass …«

Der Fahrer tritt aufs Gas, und ich werde nach vorne katapultiert, als das Tuk-Tuk losprescht.

»Autsch … umpf … ’tschuldigung«, stammele ich und schlage mir das Bein an, als ich das Gleichgewicht verliere und meiner Schwester kopfüber in den Schoß falle.

»Hörst du jetzt endlich auf, dir Sorgen zu machen!«, schimpft Amy lachend, während ich mich mühsam wieder aufrappele. »Du bist im Urlaub!«

»Ich weiß, dass ich im Urlaub bin«, entgegne ich nickend, hechte auf den Rücksitz und klammere mich fest, als ginge es um mein Leben, als wir mit Vollgas um eine Kurve brausen. »Es ist bloß … du kennst mich doch, ich will nicht, dass meine Kamera kaputtgeht …«

»Du willst mir doch nicht allen Ernstes erzählen, du wärst für solche Fälle nicht versichert?«, schnaubt Amy ungläubig.

Ich werde rot. Schließlich bin ich bekannt für meine vorausschauende, umsichtige Art. Selbst meine Versicherungen sind versichert.

»Vorsicht ist die Mutter der Porzellankiste«, erkläre ich etwas steif. »Wärst du ein bisschen vorsichtiger, bräuchtest du nicht immer … *aua*!« Wir rumpeln über ein Schlagloch, und stoßen uns die Köpfe an. Ich höre, wie mein Gepäck oben unsanft herumgeschleudert wird.

Amy muss sich das Kichern verkneifen. »Na ja, die nächste Woche wirst du ohnehin alle Hände voll zu tun haben mit Yogaübungen und Meditation. Da bleibt dir keine Zeit zum Sorgenmachen«, sagt sie.

»Wohl eher nicht.« Jetzt muss ich lachen. »Beim Yoga bin ich eine echte Niete. Du kennst mich doch, ich komme ja nicht mal mit den Fingern an die Zehen.«

»Nach einer Woche im Rising Lotus schaffst du das locker. Es ist eins der besten Yoga-Resorts in ganz Goa.«

»Ein Yoga-Resort?« Mein Gelächter verstummt, und ich blinzele sie ungläubig an. »Aber ich dachte, wir wohnen in einem Clubhotel.«

»Clubhotel, Resort, was ist denn da der Unterschied?« Und dann lacht sie glockenhell, und jetzt erst sehe ich es unter ihren Ponyfransen glitzern.

»Was ist das denn?«, frage ich staunend und weise auf das funkelnde Ding zwischen ihren Augenbrauen.

»Mein Bindi«, entgegnet sie ganz selbstverständlich.

»Dein Bindi?« Und das von einem Mädel, das vor sechs Monaten in Jeggins und einem Justin-Timberland-T-Shirt von Heathrow abgeflogen ist, das heißgeliebte Glätteisen sorgfältig im Handgepäck verstaut.

»Du kannst dir ja auch eins machen lassen«, bietet sie mir an.

»Danke, aber ich glaube nicht, dass mir das steht.«

»Du solltest dringend mal ein bisschen entspannen, Rubes. Deine negativen Energien loslassen, deine Chakren öffnen.«

Himmel hilf, jetzt kommt meine kleine Schwester mir mit esoterischem Hippie-Gesülze.

»Mein Chakren sind bereits sperrangelweit offen, herzlichen Dank«, entgegne ich etwas verschnupft.

»Wart's ab, bis du Shine kennenlernst. Der biegt dich wieder zurecht.«

»Wer ist denn Shine?«, frage ich. »Und nur so nebenbei, ich möchte nicht *zurechtgebogen* werden.«

»Er ist Yogalehrer. Und einfach unglaublich«, schwärmt sie und hat plötzlich Sternchen in den großen Rehaugen.

»Oha, da ist wohl jemand ganz schön verknallt«, ziehe ich sie in typischer Große-Schwester-Manier auf.

Worauf sie mich gereizt anzickt: »Ich bin doch kein Teenager mehr«, und rasch das Thema wechselt. »Und, wie geht es Mum und Dad?«

»Gut. Nächste Woche brechen sie auf zu ihrer Wohnwagentour durch Frankreich«, erkläre ich nickend, in Gedanken bei dem Gespräch mit den beiden heute Morgen am Flughafen Heathrow. Na ja, ich sage Gespräch, aber eigentlich bestand diese Unterhaltung nur daraus, dass Mum mir eine unendliche Liste all der schrecklichen Dinge herunterrasselte, die einem als nichtsahnendem Touristen in Indien zustoßen können; sei es, von tollwütigen Hunden attackiert oder von skrupellosen Organhändlern seiner Nieren beraubt zu werden. Die Litanei endete mit der Frage, warum ich, wenn ich eine kleine Auszeit bräuchte, nicht mit ihnen in die Bretagne führe? Zum Glück wurde dann mein Flug aufgerufen, und ich musste nicht mehr darauf antworten. »Ende des Monats ist ihr Hochzeitstag«, füge ich hinzu. »Fünfunddreißig Jahre. Sie wollen mit ein paar Freunden essen gehen, und ich habe zugesagt, dass wir mitkommen.«

Eigentlich hätte ich von Amy begeisterte Zustimmung erwartet – als Nesthäkchen der Familie hat sie ein besonders enges Verhältnis zu unseren Eltern. Aber sie scheint zu zögern.

»Ähm … also, ich weiß gar nicht so genau, wann ich nach Hause komme … ich habe ganz vergessen, wann mein Rückflug geht …«

Was mich nicht weiter verwundert. Amy vergisst immer alles. Ständig muss ich sie an Geburtstage und Jahrestage erinnern, und selbst dann vergisst sie sie wieder, und am Ende schreibe ich dann meistens auch ihren Namen unter meine Glückwunschkarten.

»Genau heute in einer Woche. Ich habe Mum gefragt, sie hat alles genau aufgeschrieben.«

»Ach … ja klar, stimmt.«

»Ich habe denselben Rückflug gebucht, damit wir zusammen nach Hause fliegen können«, erzähle ich fröhlich. »Ich habe den allerletzten Platz ergattert. Das war wirklich Glück.«

»Ach, echt?«, fragt Amy. Sie scheint über diese Neuigkeit aber nicht ganz so erfreut, wie ich eigentlich erwartet hätte. Ja, wüsste ich es nicht besser, ich müsste glatt vermuten, dass sie etwas bedrückt.

Aber schließlich reden wir hier von Amy. Die bedrückt nie etwas, und wie zum Beweis strahlt sie mich gleich darauf schon wieder fröhlich an.

»Prima«, zirpt sie begeistert. »Ich freu mich schon!«

Fünftes Kapitel

Lieber Himmel. Sind wir bald da?

Seit gut einer Dreiviertelstunde sind wir inzwischen unterwegs, rumpeln über schmale, staubige Holperstraßen durch Städtchen und Dörfer, immer wieder auf Kollisionskurs mit Wildschweinen, Ziegen, streunenden Hunden und sogar Menschen. Oft genug entgehen wir nur knapp einem Zusammenstoß. Mir gefällt das nicht. Mir gefällt das überhaupt nicht.

Ach, wem will ich was vormachen? Ich mache mir vor Angst fast in die Hose.

Starr vor Entsetzen klammere ich mich so fest an meine Schwester, dass ich sicher die Blutzufuhr zu ihrer Hand abschnüre, und versuche krampfhaft, mein hektisch pochendes Herz zu beruhigen. Nichts gegen neue Erfahrungen, aber der Straßenverkehr in Indien ist die Hölle. Zebrastreifen oder Bürgersteige? Fehlanzeige! Hier kann man schon froh sein, wenn die Autos auf der ihnen zugewiesenen Straßenseite bleiben. Es ist wie Autoscooterfahren auf der Kirmes. Autos, Tuk-Tuks, Motorräder, Lastwagen, alle fahren wild durcheinander und müssen einander ständig ausweichen. Es ist ein steter Fluss vollkommenen Wahnsinns. Ein Wunder, dass es nicht in einer einzigen großen Massenkarambolage endet, denke ich und zucke erschreckt zusammen, als wir mal wieder haarscharf einem Zusammenprall entgehen.

Und dann das Gehupe. Sämtliche Verkehrsteilnehmer haben anscheinend ständig eine Hand auf der Hupe, unser Fahrer eingeschlossen. Dauernd tutet und dröhnt es aus allen Richtungen, jeder trötet alles und jeden an, damit die anderen Platz machen. Es kommt mir vor wie der lauteste Nachtclub der Welt mal tausend. Meine Trommelfelle zittern. Meine Nerven liegen blank. Meine Augen sind …

Argh.

Das Tuk-Tuk schleudert zur Seite, um zwei gemütlich flanierenden Kühen auszuweichen, und ich kneife entsetzt die Augen zusammen. Überall sind Kühe. Im Flieger habe ich ein bisschen in meinem Reiseführer geblättert, und da stand, dass Kühe im Hinduismus heilig sind, weshalb sie überall unbehelligt herumlaufen dürfen. Also bleiben sie nicht doof auf der Weide stehen, sondern gehen, wohin sie wollen, und tun, wonach ihnen gerade ist. Als hätten sie einen VIP-Pass mit unbeschränktem Zugang zu allen Bereichen. Ganz im Gegensatz zum Westen, wo Kühe eher wandelnde Hamburger sind, werden sie hier verehrt, vergöttert, für unantastbar erachtet.

Vorsichtig öffne ich die Augen und sehe, wie Touristen gerade ein Foto von den Kühen schießen …

… und einen riesengroßen Laster, der frontal auf uns zuhält – Mist!

Endlich halten wir, nach dieser haarsträubenden Höllenfahrt, vor dem Hotel, in dem ich mich für die nächste Woche einquartiert habe. Zumindest vermute ich das. Die Augen habe ich nämlich vor Angst immer noch fest zusammengekniffen. Der Fahrer stellt den Motor des Tuk-Tuks ab, und plötzlich ist alles ganz still.

»Rubes, wir sind da.« Amy stupst mich mit dem Ellbogen in die Rippen. Ich öffne die Augen und klettere hinter ihr nach draußen. Es ist so hell, dass es mich blendet. Während unserer Fahrt vom Flughafen hierher ist die Sonne aufgegangen, und ich blinzele, so unerwartet grell ist das Licht. Ich komme geradewegs aus dem britischen Winter, wo es um drei Uhr nachmittags schon wieder dunkel wird. Direkte Sonneneinstrahlung bin ich nicht mehr gewohnt, weshalb ich hastig die billige Sonnenbrille herauskrame, die ich im Flughafenshop erstanden habe.

»Und, wie findest du es?«, fragt Amy ungeduldig und zappelt herum wie ein kleines Kind.

Ich setze die Sonnenbrille auf, atme tief durch und schaue durch eine Lücke in den Palmen. Dahinter ist ein schimmernder Streifen Meer zu erkennen, der verlockend in der Ferne funkelt. Das Herz schlägt mir nach dieser nervenaufreibenden Fahrt noch bis zum Hals, aber plötzlich ist alles Adrenalin verflogen, und ein wohlig warmes, ruhiges Gefühl tiefer Freude durchströmt mich.

Also, wenn das ein Yoga-Resort ist, dann habe ich nichts dagegen. In meinen Augen sieht es aus wie das Paradies.

»Ich finde es wunderschön«, murmele ich hingerissen und genieße die herrliche Aussicht.

»Habe ich dir doch gesagt!«, verkündet sie stolz. »Ich wusste, dass es dir hier gefällt.«

»Tja, dann sind wir uns ja ausnahmsweise mal einig«, entgegne ich lächelnd und wende mich wieder Amy zu. »Wobei, dieses Bindi … also, ich weiß nicht.«

»Tja, das würde ich von deiner Sonnenbrille auch behaupten«, gibt sie spitz zurück und verzieht das Gesicht. »Sieht mehr nach Mum aus, wenn du mich fragst.«

»Ich war in Eile«, protestiere ich und fasse verunsichert an das Plastikgestell. »Wirklich so schlimm?« Da sie zehn Jahre jünger ist, ist meine Schwester auch gleichzeitig meine Styling-Beraterin. Sie hat mich in der Vergangenheit vor mehr als einem peinlichen Mode-Fauxpas bewahrt, darunter Paillettenstiefel, die ich eigentlich ganz schick fand, aber … na ja, lassen wir das. Je weniger über dieses Thema gesagt wird, desto besser.

»Noch schlimmer.« Sie macht eine Grimasse. »Ich bin mir noch nicht mal sicher, ob Mum die tragen würde.«

Rasch geht mein Blick zu meinem Spiegelbild im Fenster des Tuk-Tuks. Lieber Himmel, es stimmt. Die ist ja potthässlich. Was habe ich mir dabei bloß gedacht? Ich sehe aus wie Elton John in seiner »Rocket Man«-Phase.

»Aber eine andere Sonnenbrille hab ich nicht«, jammere ich.

»Ich verspreche dir, ich werde keine Fotos von dir machen und sie auf Facebook posten«, gelobt sie grinsend.

Man muss dazu sagen, dass meine Schwester ein regelrechter Facebook-Junkie ist. Ständig markiert sie mich auf irgendwelchen peinlichen Fotos. Echt ätzend.

»Versprochen und wird auch nicht gebrochen?«, frage ich streng.

»Ehrenwort … Elton«, zieht sie mich auf, als könne sie meine Gedanken lesen.

Ich muss kichern. Bei meiner Schwester kann man unmöglich ernst bleiben. Und dann fangen wir beide an zu lachen. Rasch bezahlen wir den Fahrer, schnappen uns das Gepäck und spazieren dann Arm in Arm zur Rezeption.

Nach der lauten, verrückten Fahrt vom Flughafen hierher ist das Rising Lotus eine Oase der Ruhe und Entspannung. Ja, würde man »Glückseligkeit« im Wörterbuch nachschlagen, es würde mich nicht wundern, wenn man statt einer Erklärung ein Bild von diesem Fleckchen Erde fände, überlege ich, als wir auf dem Weg zur Rezeption durch die weitläufigen Gartenanlagen flanieren, an denen zwischen den Palmen Hängematten befestigt sind und der Duft von Frangipani-Blüten in der Luft hängt.

Drinnen atme ich das Aroma von Weihrauch ein, und man hört leise Gesänge. Biju, der kleine, pummelige Besitzer des Resorts, checkt uns ein und führt mich dann zu meinem Zimmer. Es gibt ein Hauptgästehaus, das wie ein Schwalbennest am Rand einer Klippe thront, die steil zum Meer hin abfällt, aber ich bin in einer der kleinen, einzeln stehenden Hütten untergebracht, die nur über einen schmalen Pfad zu erreichen sind, der sich von oben zum Meer hinunterschlängelt.

»Ich hoffe, Sie finden alles zu Ihrer Zufriedenheit vor«, schnauft Biju, der er sich nicht hat nehmen lassen, mein Gepäck zu tragen, und nun, als wir endlich unten am Strand stehen, wie eine Dampflok klingt. Mit einem riesengroßen roten Taschentuch tupft er sich die Stirn trocken, dann öffnet er die Tür einer kleinen Hütte, die versteckt unter einer Palme steht, und lässt Amy und mir den Vortritt.

Da wir hier in einem Yoga-Resort sind, habe ich eigentlich eine schmale, harte Pritsche und eine spartanische Einrichtung erwartet. Aber nein, es gibt ein großes Doppelbett mit blütenweißen Laken, auf denen verstreute Blumenblätter ein traumhaftes Arrangement bilden.

Und das Tollste daran ist: Ich habe dieses kleine Stückchen Eden ganz für mich allein, denn Amy wohnt im Haupthaus. So gern ich meine kleine Schwester habe, den Schock, nach ihrer Geburt plötzlich mein Zimmer mit ihr teilen zu müssen, habe ich bis heute nicht ganz verdaut. Außerdem ist sie so unordentlich, dass man eine Landkarte braucht, um unter den Klamottenbergen das Bett wiederzufinden.

»Wow, das ist wirklich entzückend«, sage ich lächelnd.

Nur eins stört mich.

»Es gibt gar kein Moskitonetz«, stelle ich mit besorgtem Blick zur Decke fest, wo es eigentlich hängen sollte.

»Ach, das brauchen Sie hier nicht, das geht auch so«, versichert Biju strahlend. Sein cherubgleiches Gesicht zieren ein permanentes breites Lächeln und ein noch breiterer, dichter schwarzer Schnurrbart.

»Sicher?«, frage ich, nicht so recht überzeugt. »In meinem Reiseführer stand …«

»Rubes, mach dir keine Sorgen«, geht Amy dazwischen. »Ich

hab auch keine Mückenstiche. Guck!« Und zum Beweis fuchtelt sie mit ihren langen, gebräunten Armen vor meiner Nase herum.

»Hmm, aber du weißt, wie sehr die Mücken mich lieben …«

»Keine Moskitos!«, verspricht Biju grinsend, krempelt die Ärmel hoch, unter denen zwei behaarte Unterarme zum Vorschein kommen, und macht ein surrendes Geräusch wie eine Stechmücke. »Zzzzzzzzz. Nein!« Er scheint über diese Tatsache hocherfreut.

»Okay, wenn Sie es sagen«, entgegne ich lächelnd und nun doch beruhigt. »Sie müssen es ja wissen.«

Worauf Bijus Grinsen noch breiter wird, und vor Stolz über dieses Kompliment schwillt ihm die Brust. »Wenn Sie etwas brauchen, ich bin an der Rezeption und stets zu Ihren Diensten«, sagt er, wackelt mit dem Kopf und lässt uns in der Strandhütte allein.

Piepsend verkündet ein Handy den Eingang einer SMS, und ich greife automatisch nach meinem Telefon. Aber es war nicht meins, sondern Amys.

»Wer war das?«, frage ich neugierig.

»Bloß ein Bekannter«, entgegnet sie beiläufig. Aber sie antwortet sofort auf die Nachricht, was die Vermutung nahelegt, dass es mehr sein muss als bloß ein Bekannter. »Okay, dann lasse ich dich mal in Ruhe auspacken.«

»Wo willst du hin?«

»Ähm … also … ich habe noch was zu erledigen«, stammelt sie. »Wir treffen uns dann in einer halben Stunde am Strand.«

»Okay, prima«, entgegne ich lächelnd und drücke sie zum Abschied. »Bis gleich.«

Sie winkt mir kurz zu, und ich schaue ihr nach, wie sie flink über den Strand läuft und hinter einer Palme verschwindet. Ja klar, noch was zu erledigen. Was die wohl wieder im Schilde führt? Und wichtiger noch, denn wir reden hier schließlich von meiner kleinen Schwester: Muss ich mir Sorgen machen?

Ja, muss ich.

Und wie.

Aber nicht wegen Amy.

Eine Viertelstunde später ist mein Koffer ausgepackt, und ich muss mich dem Unaussprechlichen stellen.

Okay, Ruby, tief durchatmen.

Ich stehe in meiner kleinen Hütte und muss all meinen Mut zusammennehmen. Man kann seine Unerschrockenheit auf die unterschiedlichste Art und Weise unter Beweis stellen. Kinder aus tosenden Fluten retten. Mit dem Fallschirm aus einem Flugzeug springen. Sogar um eine dicke, haarige Spinne aus der Badewanne zu bugsieren, braucht es eine Menge Mumm (na ja, zumindest in meinem Fall).

Aber das hier ist die größte Herausforderung von allen.

Sich im Bikini nach draußen zu trauen.

Und was erschwerend hinzukommt: das auch noch ausgerechnet im Januar, mitten im Winter, nachdem ich seit fünf Monaten keine Sonne mehr gesehen habe, meine Beine permanent in Stiefeln steckten und meine Haut keinen einzigen Sonnenstrahl abbekommen hat. Ich komme mir vor wie ein Vampir, nur ohne den sexy Robert Pattinson an meiner Seite. Und schlimmer noch, ich muss da rausgehen, ins gleißend helle Tageslicht, und mich unter all die braun gebrannten, yogagestählten Gäste mischen.

Ich persönlich würde mich lieber aus dem Flugzeug stürzen. *Ohne Fallschirm.*

Wild entschlossen schlüpfe ich in das Bikinihöschen, das wie immer etwas zu eng ist, dann drapiere ich die beiden kleinen Stoffdreiecke über meine Brüste und binde zur Sicherheit einen Doppelknoten. Okay, und nun der Spiegel. Todesmutig öffne ich noch etwas zaghaft die Tür des kleinen Kleiderschranks. Darin gibt es einen großen Spiegel, und ich kneife die Augen zusammen und linse verstohlen auf mein Spiegelbild.

Diesen Trick wende ich immer an, wenn ich mir Gruselfilme anschaue oder meine eigenen Buchkritiken lese, aber glauben Sie mir, was ich hier zu sehen bekomme, ist *wesentlich* grauenerregender.

Aus den Augenwinkeln erhasche ich einen verschwommenen Blick auf blasse Gliedmaßen, ein wabbeliges Etwas oberhalb der Bikinihose (ich könnte schwören, beim letzten Mal war das noch nicht da) und Oberschenkel, die der lebende Beweis dafür sind, dass zweimal die Woche Zumba eigentlich für die Katz ist.

Entsetzt zucke ich zusammen, versuche aber, Ruhe zu bewahren. Wobei ich nicht mutig genug bin, beide Augen aufzumachen, als ich mich dann umdrehe, um meine Kehrseite in Augenschein zu nehmen. Ach du liebes Lieschen. Ich muss mich zusammenreißen, um mich nicht vor Schreck in einer Ecke zu verkriechen und mir die Bettdecke über den Kopf zu ziehen.

Aber das kommt gar nicht infrage. Draußen sind es fünfunddreißig Grad, und es *gibt* überhaupt keine Bettdecke.

Geht es nur mir so, oder verzweifeln alle Frauen beim Anblick ihres Hinterteils im Bikinihöschen?

Ich meine, eigentlich sollte das doch *hier oben* sein …

Mit beiden Händen packe ich beherzt meine Hinterbacken, hebe sie um etliche Zentimeter an, und voilà, so sieht die Sache doch schon ganz anders aus. Die unschönen Dellen am Oberschenkel sind spurlos verschwunden. Mein Po ist stramm und knackig. Ich kann sogar mit beiden Augen hinsehen und zufrieden nicken. Okay, ich bin zwar keine Giselle, aber ansonsten ist es gar nicht mal so übel – bis ich loslasse und die ganze Chose, na ja, herabsackt, könnte man wohl sagen, wie ein Sack Hafergrütze.

Aber ich habe ja noch meine Geheimwaffe. *Den Sarong.* Den habe ich mir am Flughafen gekauft, zusammen mit der Sonnenbrille. Und auch wenn die mit ihrem Plastikgestell vielleicht nicht unbedingt ein Glücksgriff war, dieser Kauf war jeden Penny wert.

Dank dem Himmel für Sarongs, denke ich fröhlich und wickele mich darin ein, als wollte ich für die Rolle einer ägyptischen Mumie vorsprechen, wobei ich sorgfältig sämtliche an Wackelpudding erinnernde Körperteile unter dem Stoff verschwinden lasse. *Korrigiere*: sämtliche trockenen, schuppigen, bleichen Wackelpuddingteile. Mal ehrlich, was Heizungsluft am menschlichen Körper anrichtet, müsste eigentlich nach der Menschenrechtskonvention verboten sein.

Nachdem ich den Sarong festgeknotet habe, werfe ich einen letzten prüfenden Blick in den Spiegel. Na also, sieht doch gleich viel besser aus. Deutlich besserer Laune schlüpfe ich in die Flipflops, schnappe mir Sonnencreme und Handtuch und spaziere zum Strand.

Es ist noch früh, aber in der kleinen Bucht brummt es schon wie in einem Bienenstock. Etliche Sonnenanbeter liegen bereits ausgestreckt auf den bereitgestellten Sonnenliegen, und ihre eingeölten Körper glänzen im frühen Morgenlicht wie Mahagoni, während andere Gäste sich beim morgendlichen Bad in den Wellen tummeln.

Ich bleibe stehen und beobachte sie eine Weile. Sehe, wie die Köpfe im Wasser auf und ab wippen wie Enten. Bis ich plötzlich aus den Augenwinkeln eine durchtrainierte Blondine sehe, die locker den Strand entlangjoggt. Ich folge ihr mit dem Blick bis zu einem der anderen Gäste, der gerade seine morgendlichen Dehnübungen macht.

Ach herrje. Meine morgendlichen Dehnübungen bestehen üblicherweise aus Pantoffelanziehen und dem Griff nach dem Kaffeebecher, aber er ist da allem Anschein nach etwas ambitionierter, überlege ich und bin ziemlich beeindruckt (um nicht zu sagen eingeschüchtert), als er kurz darauf ganz mühelos einen Handstand macht. Ich muss wohl heimlich noch ein bisschen üben, ehe ich eine der Yogstunden besuche.

Ich lasse mein Handtuch in den Sand fallen und versuche, mit den Fingern die Zehen zu berühren. Bei den Knien ist unvermittelt Schluss. Was natürlich nur daran liegt, dass ich weiß der Himmel wie lange in einem Flieger eingesperrt war und meine Kniesehnen vom Sitzen zusammengeschnurrt sind. Ich muss mich bloß ein bisschen entspannen, loslassen, ankommen und den Kopf frei bekommen. Ich weiß, am besten schwimme ich erst mal eine Runde. Danach fühle ich mich sicher gleich viel besser.

Also schleudere ich kurz entschlossen die Flipflops in den Sand und trotte hinunter zum Ufer. Niemand sieht in meine Richtung, also lasse ich blitzschnell den Sarong fallen und gehe mit den Füßen ins Wasser. Ein Gefühl, wie in eine warme Badewanne zu steigen. Genüsslich strecke ich die Hände aus und lasse die Fingerspitzen über das glitzernde Wasser gleiten.

Wow, das ist wirklich himmlisch. Was für eine wunderbare Art, den Tag zu beginnen. Kurz muss ich daran denken, wie mein Tag in London üblicherweise anfängt, aber es kommt mir vor, als sei das eine Million Meilen entfernt, also schließe ich die Augen, recke mein Gesicht der Sonne entgegen und spüre die warmen Strahlen auf der Haut. Meine Agentin hatte Recht. Wie immer. Ich hätte doch wissen müssen, dass ich auf Diana hören sollte. Es geht mir wirklich schon viel besser.

Dann strecke ich die Arme über den Kopf, springe kopfüber in die Wellen und schwimme ein Stück weiter raus. Ich genieße das Gefühl von Wasser und Sonne auf der Haut und drehe mich um zum Strand, der plötzlich sehr weit weg erscheint. Und wie ich mich so von den warmen Wellen schaukeln lasse, sehe ich zwei kleine Gestalten am Ufer entlanggehen. Ich kneife die Augen zusammen und schaue blinzelnd etwas genauer hin. Die eine Silhouette sieht aus wie meine Schwester. Aber was ist das für ein Mann neben ihr?

Angestrengt versuche ich, etwas zu erkennen, aber sie sind einfach zu weit weg. Außerdem habe ich Salz in den Augen und sehe alles wie durch einen Schleier. Einen Augenblick lang trete ich Wasser und paddele auf der Stelle und beobachte, wie die verschwommenen Figürchen sich zueinanderbeugen, dann schwimme ich wieder zurück.

Schon fast wieder am Strand angekommen sehe ich sie endlich klarer. Ja, es stimmt, das ist wirklich Amy, und sie unterhält sich gerade angeregt mit einem Inder. Einem extrem gut aussehenden jungen Inder, wie mir sofort auffällt.

»Amy!«, rufe ich, kaum den Fluten entstiegen.

Sie hört ihren Namen und schaut verwundert auf. »Ach, Rubes, hallo«, flötet sie, und die beiden fahren auseinander wie ertappte Kinder. »Ich hab dich gar nicht gesehen.«

»Ich war gerade eine Runde schwimmen. Hast du alles erledigt?«

Amy schaut mich verwirrt an. »Oh … ja … alles erledigt«, versichert sie nickend, als es ihr wohl wieder einfällt. »Ja, ich bin fertig.«

»Gut.« Ich wringe mir die nassen Haare aus und wische das Wasser weg, das mir in die Augen tropft.

Dann sagt niemand etwas, und ich warte gespannt, dass sie mir den attraktiven jungen Mann vorstellt, der da neben ihr steht.

»Ach, und du glaubst es kaum, schau mal, wen ich eben ganz zufällig getroffen habe!«, ruft sie fröhlich.

Ja, klar. Ich habe schon bei Schultheateraufführungen bessere Schauspielleistungen gesehen.

»Wen?«

»Oh! Ach so, stimmt … ich Dummerchen, ich habe euch ja noch gar nicht vorgestellt«, stammelt sie ganz aufgeregt. »Das ist Shine, der Yogalehrer, von dem ich dir erzählt habe.«

»Schön, Sie kennenzulernen, ich habe schon viel von Ihnen gehört«, begrüßt er mich in perfektem Englisch und streckt mir die Hand entgegen.

»Danke gleichfalls«, entgegne ich lächelnd und schüttle ihm die Hand. Er trägt ein weißes Hemd, das vorne offensteht und den Blick freigibt auf seinen muskulösen Oberkörper. Der Kerl hat kein Sixpack, der hat ein Eightpack. Ich bin beeindruckt und peinlich berührt zugleich. Da steht er mit seinem durchtrainierten Traumkörper, und ich daneben mit meinem Wackelpudding-Dilemma, denke ich und erschaudere, während ich mir insgeheim den Sarong herwünsche, der nur ein paar Schritte entfernt im Sand liegt. Könnte ich den doch bloß herbeizaubern.

»Ich freue mich, dass Sie nachher mit Ihrer Schwester zum Sonnenuntergangsyoga kommen«, sagt er lächelnd und reißt mich aus meinen unangenehmen Gedanken.

»Ähm, ach ja?«, frage ich mit einem Blick zu meiner Schwester.

Die himmelt ihn derweil verträumt wie ein Backfisch von der Seite an. »Natürlich«, versichert sie nickend. »Der Kurs ist unglaublich.«

»Danke«, erwidert er lächelnd, und dann schauen die beiden sich tief in die Augen.

Ohoh. Da geht doch was vor sich, und zwar weit mehr als ein paar Sonnengrüße.

»Super«, brumme ich und komme mir plötzlich ganz grün und haarig vor.

Dann wenden sich beide mit einem Mal wieder mir zu, als sei ihnen gerade wieder eingefallen, dass ich auch noch da bin.

»Wunderbar, dann sehen wir uns also nachher«, verabschiedet er sich und schenkt mir ein strahlendes Lächeln. An Amy gewendet verbeugt er sich ganz leicht. *»Namaste.«*

»Namaste«, zwitschert sie ebenfalls mit weit aufgerissenen Rehaugen.

Und dann geht er mit ausladenden Schritten den Strand entlang, und sein offenes Hemd bauscht sich in der lauen Brise.

»Also los, raus mit der Sprache«, verlange ich, kaum ist er außer Hörweite.

Ihm immer noch verträumt nachschauend schreckt Amy nun plötzlich hoch. »Was denn?«, fragt sie und guckt mich besorgt an.

»Ich habe vielleicht Salzwasser in den Augen, aber so blind bin ich nun auch wieder nicht.«

Trotz ihrer Sonnenbräune wird sie rot. »Wir sind bloß gute Freunde, mehr nicht«, protestiert sie.

»Das hat Angelina von Brad auch behauptet«, erwidere ich und nehme sie genau in Augenschein. Worauf sie meinem Blick auszuweichen versucht und die Haare nach hinten wirft. »Unsere Verbindung ist rein spiritueller Natur«, erklärt sie herablassend.

»Ach, ich bitte dich«, versuche ich sie aus der Reserve zu locken. »Ich habe schließlich seinen Waschbrettbauch gesehen!«

»Ach, echt? Ist mir noch gar nicht aufgefallen«, entgegnet sie mit Unschuldsmiene.

»Du Schwindlerin!« Ich muss laut lachen.

»Also, ich weiß überhaupt nicht, worauf du hinauswillst«, empört sie sich. »Und ich will nicht den ganzen Tag hier herumstehen. Ich gehe jetzt frühstücken. Kommst du mit?« Ohne meine Antwort abzuwarten, dreht sie sich auf dem Absatz um und stakst über den Strand zum Hotel.

Sechstes Kapitel

Das Frühstück ist ein Gedicht aus frischem Obst, Bananen-Pancakes und Masala-Omelett, eine verführerische Mischung der köstlichsten Gewürze und leckersten Zutaten, die ich je gekostet habe. Der überwiegende Teil der Gäste scheint aus Pärchen zu bestehen, wobei auch eine Männertruppe aus Irland dabei ist; unfreiwillig muss ich mit anhören, wie einer von ihnen in den höchsten Tönen von einem »Stillen Rave« unten am Strand schwärmt, bei dem alle Teilnehmer Kopfhörer trugen.

Angesichts seiner ohrenbetäubenden Lautstärke wünschen sich die Gäste am Nebentisch sicher ebenfalls einen Lärmschutz herbei.

Aber er fällt sicher nur deshalb unangenehm auf, weil es hier ansonsten so ruhig ist. Vor dem schmeichelnden Klangteppich aus Vogelgezwitscher und sanftem Meeresrauschen würde vermutlich jedes Geräusch als laut und störend empfunden, sinniere ich, während ich mit Amy nach dem Frühstück den Strand entlangschlendere. Nach dem Lärm und der Hektik der Großstadt ist Goa eine Wohltat; als würde man ein paar Gänge herunterschalten und ein gemächlicheres Tempo einlegen. Den warmen Sand zwischen den Zehen kommen wir an ein paar Fischern vorbei, die gerade ihre Netze an Land bringen, an freundlich lächelnden Budenbesitzern, die uns einladen, »nur mal einen Blick« auf ihre Auslagen zu werfen, und an direkt am Wasser liegenden Strandcafés mit Namen wie »Chillout Zone«, wo es kaum möglich erscheint, sich *nicht* zu entspannen und einfach den Moment zu genießen.

Wie immer ist Amy rasch wieder ganz die Alte und schnattert munter vor sich hin, und wir plaudern eine ganze Weile angeregt über den neuesten Klatsch von zu Hause und ihre Erlebnisse während der Reise.

»Es war einfach unglaublich, Rubes«, schwärmt sie. »Ich habe so viel gesehen und so viele Menschen kennengelernt! In einem Hostel in Bangkok habe ich ein paar Südafrikaner getroffen … wir hatten so viel Spaß zusammen! Thailand würde dir gefallen, mit den vielen Tempeln und den Mönchen in den leuchtend orangeroten Gewändern, und dann gibt es da so einen riesengroßen, gewaltigen Buddha aus purem Gold …«

Ich schaue meine Schwester an, die wild gestikuliert und übers ganze Gesicht strahlt vor Begeisterung, und plötzlich will ich schier platzen vor Stolz. Meine kleine Schwester ist erwachsen geworden. Es kommt mir vor, als sei es gerade gestern gewesen, dass sie auf einem Schulausflug ganz krank wurde vor Heimweh; verzweifelt hatte sie sich an meine Hand geklammert und wollte partout nicht in den Kleinbus einsteigen. Und nun schau sich einer diese junge Frau an! Mutterseelenallein reist sie unerschrocken bis ans Ende der Welt, nach Thailand und Indien, um sich dort die unglaublichsten kulturellen Schätze der Menschheit anzuschauen.

»Und dann waren wir bei einer Vollmondparty in Koh Phangan …«

»Einer Vollmondparty?« Aber klar doch, wenn meine Schwester irgendwo hingeht, ist die nächste Party meist nicht weit.

»Ja, es war echt irre«, erzählt sie lachend und unterbricht sich dann. »Wobei, wenn ich so darüber nachdenke, *das* hätte dir wahrscheinlich nicht so gut gefallen.«

»Hey, ich bin doch kein Partymuffel!«, protestiere ich. Also ehrlich, Amy tut, als gehörten alle über dreißig ins Altersheim.

»Aber vierundzwanzig Stunden Rave-Musik hättest du sicher nicht mitgemacht«, entgegnet sie.

Ich verziehe das Gesicht. »Okay, das nicht unbedingt«, gebe ich ihr Recht. »Wobei ich nur darauf hinweisen möchte, dass *du* diejenige von uns beiden bist, die bei wilden Partys regelmäßig als Erste schlappmacht.«

»Hä?«, fragt sie stirnrunzelnd.

»Jamie Richardsons Geburtstagsparty zum Sechzehnten?«, helfe ich ihrem Gedächtnis auf die Sprünge.

Was ihr ein entsetztes Stöhnen entlockt. »Ach du lieber Himmel, das hatte ich schon ganz vergessen.«

»Ich aber nicht«, necke ich sie und muss lachen. Man sieht ihr an, wie peinlich ihr das ist. »Und Detective Sergeant Harrison sicher auch nicht.«

Als sie diesen Namen hört, quiekt sie laut auf.

»Ich konnte es nicht fassen, als er damals zu Hause angerufen hat, um Bescheid zu geben, dass du festgenommen wurdest.«

Beschämt schlägt sie die Hände vors Gesicht. »Ach Rubes, das war furchtbar!«

»Ich weiß. Ich musste dich schließlich da rausholen«, erinnere ich sie.

»Aber ich konnte doch nichts dafür!«, protestiert sie. »Ich war gerade fünfzehn. Ich hatte noch nie Alkohol getrunken, und als mir dann jemand ein Glas Cider in die Hand gedrückt hat …«

Mit hochgezogenen Augenbrauen schaue ich sie an.

»Na ja, okay, vielleicht auch zwei oder drei Gläser«, gesteht sie, »aber wie hätte ich denn ahnen sollen, dass die Nachbarn wegen der lauten Musik die Polizei rufen …«

»Die dich gleich mitgenommen hat, weil du minderjährig und betrunken warst und zu allem Überfluss auch noch randaliert hast«, beende ich den Satz.

Sie wird puterrot. »Oh Gott, ich hatte solche Angst, dass Mum und Dad davon erfahren. Die hätten mich umgebracht!«

»Ich auch«, sage ich lächelnd. »Darum habe ich ihnen auch nicht gesagt, dass die Polizei angerufen hat, sondern behauptet, du seist am Telefon gewesen, um zu fragen, ob dich jemand abholen kann, und dass ich das übernehme.«

»Du hast mir das Leben gerettet«, sagt sie mit einem dankbaren Lächeln.

»Na ja, wäre ja nicht das erste Mal gewesen«, entgegne ich grinsend. »Wobei, weißt du noch, wie wir beinahe aufgeflogen wären, als wir mit Mum im Supermarkt waren und Detective Sergeant Harrison getroffen haben, der sich ganz nett nach dir erkundigt hat …«

»Und du hast Mum erzählt, er habe nach mir gefragt, weil er bei uns in der Schule war und einen Vortrag über Selbstverteidigung für Mädchen gehalten hat, wie man sich am besten vor Angreifern schützt und so«, fährt Amy fort. »Und ich sei die Beste in der ganzen Klasse gewesen.«

»Und abends wollte Dad dann, dass du ihm ein paar der Selbstverteidigungstechniken zeigst«, pruste ich, als es mir wieder einfällt. »Und du hast ihm eins mit dem Regenschirm verpasst …«

»Dahin, wo es besonders wehtut«, piepst sie und quiekt vor Lachen.

»Mum musste ihm einen Beutel Tiefkühlerbsen aus dem Gefrierschrank holen«, gluckse ich laut und wische mir die Lachtränen aus den Augen.

»Armer Dad … das hat mir richtig wehgetan«, japst sie zwischen zwei Lachanfällen.

»Aber nicht so sehr wie ihm«, kreische ich, und dann krümmen wir uns beide vor Lachen, so laut, dass die Leute, die an uns vorbeigehen, uns schief angucken.

Es dauert eine ganze Weile, bis wir uns endlich wieder beruhigt haben.

»Mal ehrlich, was würde ich nur ohne dich tun?«, fragt Amy grinsend und wischt sich mit dem Zipfel ihres Sarongs die Lachtränen aus dem Gesicht. Ihr Kajal ist verschmiert und die Wangen heruntergelaufen, und sie sieht aus wie ein Pandabär.

»Ich wage nicht, daran zu denken«, entgegne ich und beuge mich vor, um ihr zu helfen. »Warte mal, da ist noch was.«

Ich krame in meiner Handtasche, ziehe ein Taschentuch heraus, und sie hält ganz brav still, genau wie damals, als sie noch ein kleines Kind war und Schokolade im Gesicht hatte.

»So, fertig.«

»Danke, Rubes.«

Ich lächele. Sie mag zwar um die halbe Welt gereist und erwachsen geworden sein, aber sie bleibt doch immer meine kleine Schwester. Und dann haken wir beide uns unter und machen uns auf den Heimweg.

Im Rising Lotus angekommen muss Amy gleich weiter. Sie ist mit ein paar Backpackern verabredet, die sie auf der Reise kennengelernt hat, und ich nutze die Zeit, um mich gemütlich in die Hängematte zu lümmeln und ein kleines Nickerchen zu machen. Anschließend döse ich noch ein wenig am Strand. Goas durch und durch entspannte Atmosphäre ist ansteckend. In London würde ich jetzt hektisch herumwuseln und hunderttausend Dinge erledigen, aber hier verstreicht der Rest des Tages im köstlichen Nebel seligen Nichtstuns.

Bis ich irgendwann merke, dass die Sonne etwas tiefer am Himmel steht, und mir aufgeht, dass es langsam Zeit wird fürs Sonnenuntergangsyoga.

Okay, ich würde jetzt nicht behaupten, ich hätte Angst, es ist mehr – wie soll ich sagen? – *ein Gefühl allgemeiner Beklemmung*.

»Keine Sorge, ist halb so wild«, versichert Amy, die mich überredet, rasch in eine ausgebeulte Jogginghose und ein T-Shirt zu schlüpfen. »Shine ist einfach ein unglaublicher Lehrer, er arbeitet mit Schülern aller Niveaus.«

Ich schaue sie von der Seite an. Sie trägt Shorts und ein weißes Tanktop, in denen ihre durchtrainierten Arme und Beine besonders gut zur Geltung kommen. Ehrlich, manchmal frag ich mich, ob Amy und ich wirklich Geschwister sind oder ob Mum das falsche Baby aus dem Krankenhaus mit nach Hause gebracht hat.

»Es gibt verschiedene Niveaus, und dann gibt es mich«, entgegne ich.

»Ach, komm schon, Rubes, so schlimm kann es doch nicht sein.«

»Es ist noch schlimmer«, antworte ich mit einem Blick auf mein Spiegelbild. Ich sehe nicht nur aus wie ein formloses, sackartiges Etwas, nein, ich habe leider im Laufe des Tages auch nicht gemerkt, wie stark die Sonne scheint, und nun habe ich trotz LSF 50 einen Teint wie ein gekochter Hummer. Der Kontrast zu den perfekt gestylten Leuten in diesen Yoga-Zeitschriften, die man im Biosupermarkt durchblättert, während man in der Kassenschlange steht, könnte größer nicht sein.

»Fertig?« Aus meinen Gedanken gerissen sehe ich Amy ungeduldig in der Tür stehen, ein wahres Energiebündel.

»Fertiger werde ich nicht«, brumme ich und zwinge mich zu einem Lächeln, um meine steigende Nervosität zu überspielen. Was zugegebenermaßen ein bisschen albern ist. Ich meine, schließlich ist es bloß eine *Yogastunde.*

»Glaub mir, nach ein paar *Vinyasas* fühlst du dich wie neugeboren!«

Was mich eher beunruhigt.

»Ein paar *was?*«

Aber da flipflopt sie schon schnellen Schrittes durch den Sand, also schnappe ich mir ein Handtuch und dackele hinterher.

Die Sonne steht inzwischen tief über dem Wasser und taucht den Himmel in leuchtend bunte Farbstreifen: granatapfelrosa, blutrot und grellorange. Es ist traumhaft schön und sieht aus, als tanzten gewaltige Flammen über den Horizont. Das Schauspiel fasziniert mich dermaßen, dass ich staunend stehen bleibe, um es gebührend zu bewundern. Bis ich merke, dass Amy meilenweit vorgelaufen ist und ich mich sputen muss, um sie wieder einzuholen.

Weshalb ich bereits schweißgebadet bin, ehe ich auch nur einen einzigen popeligen Sonnengruß gemacht habe. Die Übungsstunde findet auf einem großen hölzernen Sonnendeck mit einem spektakulär anzuschauenden Dach aus Bambus und Palmblättern statt, das direkt am Meer steht. So ganz anders als die eine Yogastunde im Gemeindezentrum um die Ecke, an der ich vor Ewigkeiten mal teilgenommen habe. Ringsum brennen Öllampen, und Weihrauchduft weht durch den großen offenen Raum, dessen Boden bedeckt ist mit einem farbenfrohen Flickenteppich aus knallbunten Matten, auf denen Menschen sitzen und sich gekonnt dehnen und strecken.

Ich schnappe mir ebenfalls so eine Matte und schaue mich nach Amy um. Die hat sich, wie ich nun mit Entsetzen feststellen muss, einen Platz ganz vorne ausgesucht und macht bereits ein paar Lockerungsübungen. Lieber Himmel, das wird sicher eine Blamage. Ich hatte gehofft, mich irgendwo ganz hinten verstecken zu können, am liebsten in einer dunklen Ecke, wo mich niemand sieht. Aber nein, jetzt sitze ich hier vorne wie auf dem Präsentierteller.

Aber es nützt alles nichts, denn Amy hat sich gerade umgedreht, und als sie mich sieht, winkt sie mich fröhlich zu sich.

»Hey, Rubes, hier bin ich«, trompetet sie wie ein Elefant. Amys Stimme hatte immer schon was von einem Nebelhorn. Hat wohl damit zu tun, dass sie als Kind zu enge Bekanntschaft mit einem Feuerwerkskörper gemacht und deshalb ein Loch im Trommelfell hat. Angeblich dachte sie, die Raketen seien echte Raketen, mit denen sie zum Mond fliegen könne, wenn sie eine davon in ihren behandschuhten Händen fängt. Tja, was man halt so denkt, wenn man sieben Jahre alt ist. *Und Amy.*

Ich kann schlecht tun, als hätte ich sie nicht gehört, denn *jeder* im Kurs hat sie gehört. Also schlängele ich mich verlegen vorbei an all den biegsamen, durchtrainierten Yogini-Körpern. Aus der Nähe betrachtet wirken die Leute erschreckend professionell, so als hätten sie schon im Mutterleib den Lotussitz geübt. Darunter ein paar Modelmädchen mit Pferdeschwanz und meterlangen Beinen; etliche hippe Männer mit Bart (kein Erdkundelehrerbart, mehr der angesagte Hipsterlook) und natürlich einige stinkreiche Öko-Hippie-Erben mit Knöcheltattoo und teuren Yogaklamotten, die aussehen, als wohnten sie in Edellofts in Notting Hill oder Manhattan.

Und ich mittendrin. Ich fühle förmlich, wie sich meine Chakren angstvoll verknoten. Es gab in meinem Leben schon so manches einschüchternde Erlebnis, aber Yoga in Goa schlägt sie alle. Endlich vorne angekommen quetsche ich mich zwischen Amy und einen Kerl, der so biegsam ist, dass er als Schlangenmensch im Zirkus auftreten könnte. Meine Nervosität steigt spürbar. Mein Blick geht zu Amy. Also ehrlich, das grenzt schon fast an geschwisterliche Grausamkeit.

Aber sie scheint mein Unbehagen gar nicht zu bemerken. Gespannt starrt sie zum Eingang wie ein aufmerksames Erdmännchen. Genau wie alle anderen, wie mir jetzt auffällt. Ich folge den gebannten Blicken, bis ich Shine entdecke, der lässig über den Strand spaziert und dann zu uns auf das Sonnendeck kommt.

Wie ein Rockstar, der die Bühne betritt.

Mit nackter Brust, die schulterlangen Haare offen, schreitet er barfüßig über die Planken. Er trägt nur eine weiße Hose mit Tunnelzug, und sein Muskelspiel erinnert an das eines Rennpferds. Eine leichte Brise vom Meer weht seine wallende Mähne nach hinten wie eine Windmaschine und pustet ihm die Haare aus dem Gesicht wie in der Zeitlupenaufnahme eines Musikvideos.

Die anwesenden Frauen können den Blick nicht von ihm losreißen und wünschen sich nichts sehnlicher, als ihn zu vernaschen. Die Männer beäugen ihn allesamt neidvoll und wünschen sich nichts sehnlicher, als mit ihm zu tauschen. Er ist der Adam Levine des Yoga.

»*Namaste*«, begrüßt er uns, legt die Hände zusammen und verbeugt sich anmutig.

»*Namaste*«, erwidert der Kurs im Chor.

Dann zieht er ein Band vom Handgelenk, bindet die Haare geübt zu einem ordentlichen pechschwarzen Dutt zusammen, atmet tief durch und wendet sich mit seinem durchdringenden Blick an seine Schüler. »Mit dieser Stunde wollen wir uns selbst und unsere Übung ehren … uns verbinden mit unserer göttlichen Wesenheit … unsere wahren inneren Energien erwecken … unser Selbst verwandeln und erleuchten …«

Noch ein guter Grund, warum Yoga nichts für mich ist. Ich *verstehe* einfach nicht, was die da reden. Aber es klingt eigentlich ganz gut, und Shine hat eine wunderbar schmeichelnde, sehr beruhigende Stimme.

»… in diesem sich unendlich entfaltenden Geheimnis des Lebens und der Liebe …«

Ach, okay, *das* habe ich jetzt kapiert, denke ich und nicke wie die anderen auch. Da bin ich ganz seiner Meinung. Die Liebe ist und bleibt ein *völliges* Rätsel.

»Wir beginnen mit einem kurzen *Vinyasa* zu Ehren der Sonne.«

Oh-ho. Schon wieder dieses *Vinyasa*-Gedöns.

Alarmiert schaue ich Amy an, aber die hat nur Augen für Shine, der sich auf die Matte gekniet hat und dann zu einer Abfolge ineinander übergehender Bewegungen ansetzt, wobei er gleichzeitig mit besänftigender Stimme weiter Anweisungen gibt.

»*Surya Namaskar*, der Sonnengruß, ist eine fließende Abfolge von zwölf Stellungen. Jede Bewegung sollte in Einklang mit der Atmung ablaufen. Der Atem bestimmt die Positionen. Beim Strecken einatmen, beim Beugen ausatmen …«

Bei ihm sieht das so kinderleicht aus, die biegsamen Glieder und der muskulöse Körper gehorchen ihm mühelos, und ich versuche, es ihm nachzutun. Ich gebe mir wirklich Mühe. Mit knackenden Knien ringe ich darum, die Beine in die richtige Position zu bringen, um dann beinahe kopfüber in die nächste Stellung zu purzeln. Aber ich bin ein hoffnungsloser Fall. Mein Körper will einfach nicht so, wie ich will.

Ich weiß nicht, warum, aber ich muss plötzlich an den Kampf mit meinem Bügelbrett denken, jedes Mal, wenn ich verzweifelt versuche, das störrische Ding mit den steifen Beinen zusammenzuklappen. Oh mein Gott, das ist ja genau wie bei mir! Ich *bin* das Bügelbrett! Ich trage zwar keinen Blümchenbezug, aber so steif, wie mein Rücken und meine Knie sind …

»… während wir uns auf *Pranayama* konzentrieren.«

Was? Auf allen vieren kauernd schaue ich Amy hilfesuchend an.

»Das ist Altsanskrit«, erklärt sie flüsternd.

Ach so, das erklärt natürlich einiges, schließlich spreche ich fließend Sanskrit. »… und gehen dann in *Parivrtta Trikonasana* …«

Ich sehe zu, wie Amy den Körper scheinbar mühelos zu einem Dreieck verbiegt, und versuche, es ihr nachzumachen. Großer Fehler. Sie war früher Turnerin, ich nicht.

Plötzlich fährt mir ein stechender Schmerz ins Kreuz. »Autsch!«

»Alles okay?«, wispert sie aufgeschreckt.

»Ja … bestens«, knurre ich und verziehe schmerzlich das Gesicht. Einige Leute schauen besorgt herüber.

»Prima«, strahlt sie. »Ich hab doch gewusst, die Stunde wird dir gefallen, wenn du dich erst mal ein bisschen aufgewärmt hast.«

Ein bisschen aufgewärmt? Hier müssen es mindestens hundert Grad sein. Der Schweiß läuft mir in Strömen über den Rücken wie Wasser über die Niagara-Fälle. Und mein Körper stellt sich noch immer an wie ein störrisches Bügelbrett. Mein Blick geht zu Amy, die gerade mal im Gesicht ein wenig glänzt.

»Er ist toll, was?«, fragt sie und weist auf Shine, der sich schon wieder zu einer unmöglichen Position verknotet.

»Ganz geschmeidig, ja«, stimme ich ihr nickend zu.

»Eine echte Inspiration.«

»Mmm …«, brumme ich.

Das zeigt wohl auch, warum Yoga einfach nichts für mich ist. Ich bin dafür nicht nur körperlich denkbar ungeeignet, nein, auch dieses ganze spirituelle Geschwurbel lässt mich vollkommen kalt. Nennen Sie mich ruhig einen Neandertaler, aber Yoga hat mich noch nie zu etwas anderem inspiriert als dazu, schnurstracks nach Hause zu marschieren und mich mit einem Riesenbecher Häagen-Dazs auf die Couch zu verziehen.

Oder in diesem Fall zu einem dieser köstlichen kleinen Bananenpfannkuchen. Mein Magen grollt. Allerdings nicht vor Hunger, sondern, wie ich fürchte, wegen des köstlichen Masala-Omeletts, das ich zum Frühstück gegessen habe. Das ist mir wohl leider nicht bekommen. Eigentlich hätte ich mir denken können, dass ich das lieber nicht essen sollte. Scharf gewürztes Essen vertrage ich einfach nicht, aber ich konnte der Versuchung nicht widerstehen. Wobei ich in Zukunft etwas vorsichtiger sein sollte; mein Verdauungssystem äußert bereits laut gurgelnd seinen Protest. Und ich möchte nicht den restlichen Urlaub Immodium-Tabletten wie Bonbons futtern.

»… die Hände ausgestreckt und mit starken Schultern gehen wir ins *Chaturanga Dandasana* …«

Wie ein Mehlsack lasse ich mich auf die Matte plumpsen

und versuche mich auf die zittrigen Ellbogen zu stützen. Der Schweiß läuft mir von den ausgestreckten Fingern, und meine Brust fühlt sich an, als wolle sie jeden Augenblick zerspringen. Ach verflucht, das ist einfach höllisch anstrengend, *und* ich habe noch Jetlag. Ich bin kaputt. Ich muss mich hinlegen.

Aber kampflos kann ich jetzt nicht aufgeben, also reiße ich mich zusammen und konzentriere mich in der folgenden Stunde darauf, den Jetlag konsequent zu ignorieren und Shine nachzuahmen, der so geschmeidig wie eine Katze von einer Position in die andere gleitet. Es kostet mich die letzte Kraft. Aus den Augenwinkeln sehe ich, dass die anderen Kursteilnehmer spielend mithalten, während ich hinterherhinke und von einer unmöglich nachzumachenden Stellung in die nächste kniesehnenzerfetzende Position stolpere.

Bis schließlich …

»Und nun kommen wir zur Schlussentspannung. Legt oder setzt euch auf die Matte und schließt die Augen …«

Na endlich! Die Position bekomme selbst ich hin! Eine Zentnerlast fällt von mir ab, als ich ermattet auf die Matte sinke, während Shine auf leisen Sohlen durch den Raum geht und den Teilnehmern die Schultern massiert oder über die Schläfen streicht.

»… spürt euren Atem, nehmt euch einen Moment Zeit, euch zu danken, dass ihr an dieser Stunde teilgenommen habt …«

Neben meinem Kopf erscheinen zwei Füße, und mit gekonnten Griffen massiert Shine mir die schmerzenden Schultern. Seine Finger sind Balsam für meinen geschundenen Körper, und ich spüre, wie ich langsam einnicke. Vielleicht lag ich ganz falsch. Vielleicht ist Yoga ja doch was für mich.

»… bis morgen früh bei Sonnenaufgang …«

Sonnenaufgang? Entsetzt schrecke ich aus meinen süßen Träumen hoch. »Ich hoffe, wir sehen uns dann um fünf hier auf dem Deck wieder.«

Zustimmendes Gemurmel wird laut, und mein Traum vom gemütlichen Ausschlafen zerplatzt wie eine Seifenblase bei der Vorstellung, diese Tortur wiederholen zu müssen. Und das auch noch im Morgengrauen.

Also, wenn ich so darüber nachdenke …

»Zum Schluss unserer Stunde wollen wir alle zusammen ein Om anstimmen …«

Man sollte doch nichts überstürzen. Ich darf nicht vergessen, meine göttliche Energie wertzuschätzen und so.

»Ommmmmmmm«, brumme ich beim Ausatmen, schließe die Augen und schlafe tief und fest ein.

Siebtes Kapitel

»Autsch.«

Am nächsten Morgen kann ich mich kaum bewegen und schleppe mich mühsam humpelnd zum Frühstück.

»Alles okay?«, fragt Amy und mustert mich besorgt.

»Ja, alles prima«, schwindele ich und zucke vor Schmerz zusammen, als ich mich mit zitternden Beinen vorsichtig auf den Stuhl setze. Mein ganzer Körper fühlt sich an, als sei ich von einem LKW überrollt worden, und als ich die Hand nach dem Orangensaft ausstrecke, muss ich mich zusammenreißen, um nicht gequält aufzujaulen. »Ich hab nur ein bisschen Muskelkater vom Yoga. Du nicht?«

»Nein, mir geht's wunderbar«, entgegnet sie strahlend und hopst auf den Stuhl neben mir. »Ich war schon vor dem Frühstück beim Sonnenaufgangsyoga.«

»Echt?« Ich starre sie entgeistert an. Und wieder einmal frage ich mich, ob es wirklich sein kann, dass wir dieselbe DNA haben. Nach der gestrigen Stunde schaffe ich es kaum, mir ein Glas Saft einzuschenken, geschweige denn morgens um fünf den Tag mit Sonnengrüßen einzuläuten.

»Gönn dir doch heute eine Massage«, schlägt sie vor, nimmt den Krug und schenkt zwei Gläser ein. »Die geht auf mich.«

Dankbar lächele ich sie an. »Danke, Amy, das ist wirklich lieb von dir. Aber es geht schon.«

»Nein, ehrlich, das solltest du dir ruhig gönnen«, erklärt sie nachdrücklich. »Fünf Minuten von hier gibt es ein ganz tolles Ayurveda-Zentrum, da bekommst du auch einen Stirnguss.

Eine traditionelle Form der indischen Medizin. Wirkt angeblich Wunder, verjüngt, beruhigt die Nerven und vertreibt schlechte Gedanken …« Sie bricht mitten im Satz ab.

»Willst du mir damit irgendwas sagen?«, frage ich mit hochgezogener Augenbraue.

»Na ja, ich weiß, dass du es nicht leicht hattest in den letzten Monaten … nachdem Sam …«

Sie erwähnt seinen Namen, und ich werde still. »Ich dachte, ich hätte es ganz gut versteckt«, sage ich nach kurzem Schweigen.

»Vor den anderen vielleicht, aber ich bin deine Schwester. Mir kannst du nichts vormachen«, sagt sie leise und sieht mich mit ihren strahlend blauen Augen durchdringend an.

Dankbar lächele ich sie an. »Ich hab dich lieb, Schwesterherz.«

»Ich dich auch«, entgegnet sie grinsend und reicht mir meinen Saft.

»Hätte ich mir auch denken können«, füge ich hinzu. »Vor dir kann ich einfach keine Geheimnisse haben. Weißt du noch, wie ich versucht habe, meine Schminksachen vor dir zu verstecken, und du hast sie trotzdem gefunden?«

»Da war ich erst sechs«, protestiert sie lachend.

»Mum und Dad haben sich schlappgelacht; du sahst aus wie ein Clown!« Beim Gedanken daran kann ich mir das Kichern nicht verkneifen. »Irgendwo habe ich noch ein Foto davon.«

»Ach du lieber Himmel«, stöhnt sie entsetzt. »Versprich mir, dass du das niemandem zeigst.«

»Was ist dir das wert?«, frage ich lachend und halte mir dann vor Schmerzen die Seite, weil meine strapazierten Muskeln prompt wieder aufmucken. »Autsch.«

»Eine Massage«, gibt sie schlagfertig zurück.

Ich nehme ihr Angebot an – es ist einfach zu verlockend, um es auszuschlagen –, und gleich nach dem Frühstück greift Amy zum Telefon und macht einen Termin für mich. Mit tausend Anweisungen, wie ich am besten dorthin komme, schickt sie mich los, aber sie hat mich mit ihrer Wegbeschreibung völlig verwirrt, und schon nach ein paar Minuten Fußmarsch verirre ich mich in einer der kleinen Seitenstraßen und weiß nicht mehr, wo ich bin. Hilfesuchend schaue ich mich um nach jemandem, der mir den Weg weisen könnte, aber weit und breit ist niemand zu sehen. Verflixt. Ich komme noch zu spät. Oh, Augenblick mal.

Da vorne steht ein Auto mit laufendem Motor. Ein teurer Schlitten, ein dunkelgrauer Mercedes mit getönten Scheiben. Im ersten Moment starre ich den Wagen nur mit offenem Mund an und überlege, ob ich hingehen und nach dem Weg fragen soll, als plötzlich die Beifahrertür aufgeht und jemand aussteigt. Eine weiß gekleidete Gestalt. Männlich.

Moment, den kenne ich doch. Ist das nicht Shine? Mir fällt ein Stein vom Herzen, und ich laufe auf ihn zu – was für ein Glück, der wird mir ganz sicher sagen können, wo ich langmuss –, aber dann bleibe ich abrupt stehen.

Er ist nicht allein. Während er die Tür hinter sich zuknallt, schnurrt das Fenster herunter, und ich höre, wie ihm jemand nachruft. Es ist eine Frauenstimme, und obwohl ich kein Wort verstehe, ist die Dame eindeutig aufgebracht. Aber er hört gar nicht hin. Unbeeindruckt dreht er sich um und geht mit großen Schritten davon. Dann fliegt die Autotür abermals auf, und wieder steigt jemand aus dem Wagen. Eine Frau; Inderin. Umwerfend hübsch, mit langen schwarzen Haaren, die ihr bis zur Taille reichen, und westlich gekleidet. Zeternd läuft sie ihm nach und packt ihn am Arm. Mit aller Macht versucht sie ihn aufzuhalten und will ihn umarmen, aber er schiebt sie unsanft fort.

Und mir ist es plötzlich schrecklich unangenehm, Zeuge dieses Streits zu werden, der mich überhaupt nichts angeht. Ihre Körpersprache wirkt so leidenschaftlich, so eindringlich, so *vertraut*. Allem Anschein nach stehen die beiden sich sehr nahe.

Vermutlich ist sie seine Freundin oder seine Frau oder womöglich seine heimliche Geliebte.

Unauffällig ziehe ich mich zurück und versuche, mich unsichtbar zu machen. Ich komme mir vor, als hätte ich gerade ein gut gehütetes Geheimnis aufgedeckt. Auf keinen Fall sollen die beiden sehen, dass ich sie beobachte. Aber es ist auch unmöglich, nicht hinzusehen. Sie macht ihm regelrecht eine Szene. Inzwischen stehen sie mitten auf der Straße und zanken wie die Kesselflicker. Als ich höre, wie sie sich anschreien, drehe ich mich um und sehe, wie sie wild gestikulierend auf ihn einredet und ihn am Hemd festzuhalten versucht. Aber Shine will nichts davon wissen. Kopfschüttelnd wendet er sich ab; er will ihr nicht zuhören und versucht stattdessen, ihre Hände festzuhalten, damit sie sich beruhigt.

Herrje! Was ist denn da los?

Schließlich lassen sie voneinander ab, und mit Tränen in den Augen steigt sie in den Wagen, während Shine entschlossen kehrtmacht und geht. Fasziniert beobachte ich, wie er mit grimmigem Gesicht auf mich zukommt … Ach du Schreck! Verzweifelt schaue ich mich nach einem Versteck um, aber es ist schon zu spät, ich kann nicht mehr flüchten. »Oh, hi, Ruby.« Shine scheint konsterniert, mich hier zu sehen.

»Hi«, entgegne ich mit einem strahlenden Lächeln, mit dem ich mein Unbehagen zu verstecken versuche. »Was machst du denn hier?«

Vor Scham werde ich knallrot. Oh Gott, ich bin wirklich eine grauenhafte Schauspielerin. Echt jetzt.

»Ich mache gerade ganz allein einen kleinen Spaziergang«, entgegnet er geistesgegenwärtig. »Hin und wieder ziehe ich mich ganz gerne ein bisschen zurück und genieße die Einsamkeit.«

Wieso lügt er mich an? Warum die Heimlichtuerei? Wer war diese Frau, und worüber haben sie gestritten?

»Ich suche ein Massagezentrum hier ganz in der Nähe«, plappere ich, während in meinem Kopf alles drunter und drüber geht. »Ich … ähm … muss mich wohl verlaufen haben.«

»Wie heißt es denn? Vielleicht kann ich dir ja helfen.« Er scheint heilfroh, das Gespräch auf ein anderes Thema lenken zu können.

Ich nenne ihm den Namen des Zentrums, und er erklärt mir rasch den Weg. »Viel Spaß bei der Ayurveda-Behandlung«, wünscht er mir nickend und scheint es dann eilig zu haben wegzukommen. Rasch verabschiedet er sich und marschiert dann zügig die Straße hinunter.

Während die Gedanken in meinem Kopf Karussell fahren, schaue ich ihm hinterher und versuche, das alles zu verstehen … aber ich lasse es schließlich gut sein. Ich komme jetzt schon zu spät, da kann ich nicht noch den ganzen Tag hier herumstehen. Außerdem gibt es Interessanteres als Shines Liebesleben. Wie beispielsweise, sich zwei Stunden lang bei einer Massage mit duftenden Ölen verwöhnen zu lassen. Also schiebe ich die wirren Gedanken beiseite und sehe zu, dass ich weiterkomme.

Liebe Diana,
habe mir deinen Rat zu Herzen genommen und mache Urlaub in Indien! Genieße die Zeit, mache Yoga und werde superfit. Genau das, was meine Agentin mir verordnet hat! Bin nächste Woche wieder in London. Hoffe, bei dir ist alles okay und wir hören bald voneinander.
Liebe Grüße
Ruby

So weit zur Postkartenwahrheit. Tatsächlich wird meine allererste auch meine allerletzte Yogastunde bleiben, und ich aale mich stattdessen lieber am Strand, lasse mich massieren, kaufe

Souvenirs und trinke ein paar dieser köstlichen in Kokosnüssen servierten Cocktails zu viel.

Aber mal ehrlich, auf Postkarten schwindelt doch jeder die Wahrheit ein bisschen schön, oder?

Der restliche Urlaub vergeht wie im Flug mit entspanntem Nichtstun. Goa ist einfach traumhaft, die Menschen sind freundlich, und jeden Morgen schon beim Aufstehen blauen Himmel und Sonnenschein zu sehen ist besser als jede Medizin. Die schmerzenden Knoten in den Schultern verschwinden, die aschfahle Blässe weicht einem rosaroten Teint, der schließlich in eine zarte Sonnenbräune übergeht, und ich schlafe so gut wie schon seit Monaten nicht mehr.

All meinen guten Vorsätzen zum Trotz wird meine Liste mit Sehenswürdigkeiten, die ich eigentlich während meines Aufenthalts besichtigen wollte, nicht kürzer. Weiter als zu den Verkaufsbuden am Strand, wo ich ein paar farbenfrohe Souvenirs erstehe, komme ich nicht. Okay, vielleicht sind es auch mehr als nur ein paar, aber es ist alles so bunt und glitzernd, da fällt es schwer zu widerstehen.

Ich meine, welches Mädchen wünscht sich nicht so einen hübschen Seidenschirm mit aufgenähten lustig funkelnden Spiegelpailletten? Ich nehme den Schirm vom Stuhl in der Ecke, spanne ihn auf und drehe ihn wie eine Ballerina. Ich gebe zu, für London ist der nicht besonders praktisch. Wo ich gerade so darüber nachdenke, ist Seide eigentlich wasserfest?

»Das bringt Unglück!«

Verdutzt schaue ich auf und sehe, wie Amy gerade den Kopf zur Tür hereinsteckt. »Hi«, lächele ich, erfreut, sie zu sehen. Obwohl wir beide hier im Resort wohnen, habe ich sie die ganze Woche kaum zu Gesicht bekommen, weil sie ständig beim Yoga ist. Ehrlich, ich hatte ja keine Ahnung, dass sie so ein Yoga-Hase ist! Immer wenn ich eine gemeinsame Unternehmung vorschlage, erklärt sie mir bedauernd, sie habe keine Zeit, weil sie an ihrem Lotussitz arbeiten müsse. Für mich etwas enttäuschend, wie ich zugeben muss, aber immerhin zeugt es von großem Engagement.

Und sie hat wirklich sehr viel straffere Oberschenkel als ich, wie mir da auffällt. In dem Moment bereue ich zutiefst, es nicht doch noch mal mit Yoga versucht zu haben. Ach, na ja, beim nächsten Mal.

»Man darf Schirme nicht im Haus aufspannen«, erklärt sie, kommt herein und hockt sich im Schneidersitz aufs Bett.

»Abergläubisches Geschwätz«, brumme ich abfällig und bedenke den Schirm mit einem letzten bewundernden Blick, um ihn dann wieder einzupacken. »An so was glaube ich nicht.«

»Tja, aber sag nachher nicht, ich hätte dich nicht gewarnt«, meint sie achselzuckend. Und damit schiebt sie sich die Sonnenbrille in die Haare und lässt den Blick über die klamottenübersähte Hotelzimmerlandschaft schweifen. »Und, schon alles bereit für den Rückflug nach London?«

»Fast«, entgegne ich lächelnd und schaue vom halb gepackten Koffer auf. »Es war wirklich eine schöne kleine Auszeit, genau wie meine Agentin mir geraten hat, aber langsam wird es Zeit, wieder ins wahre Leben zurückzukehren …« Es stimmt, die Tage hier waren Entspannung pur, und ich sehe ungleich besser aus als bei meiner Ankunft, nur in meinem Kopf hat sich nicht viel getan. Äußerlich mag ich mich positiv verändert haben, aber innendrin fühle ich mich noch genauso wie vor meiner Abreise aus London.

Aber was habe ich denn auch erwartet? Ein einschneidendes Erlebnis, eine Erleuchtung, die mein ganzes Leben auf den Kopf stellt und alles verändert? Schließlich war es bloß ein Kurztrip. Da kann man keine Wunder erwarten. Höchstens ein bisschen Sonnenbräune und ein paar hübsche Andenken.

Wo wir gerade bei Andenken sind …

»Ich muss noch schnell fertig packen.«

Entschlossen lege ich den Schirm beiseite und versuche unter Aufbietung sämtlicher zur Verfügung stehender Kräfte einen Satz Holzuntersetzer sowie eine Hängematte in meine überquellende Reisetasche zu quetschen. Beim Souvenirkauf habe ich es wohl ein *bisschen* übertrieben. Brauchen Mum und Dad wirklich noch mehr Untersetzer? Auch wenn sie wirklich hinreißend schön geschnitzt sind. Und werde ich in London tatsächlich eine Hängematte benutzen? Gut, ich mag zwar einen Garten haben, aber wäre da nicht auch ein wenig Sonnenschein vonnöten?

Und dann sind da noch die drei Paschminaschals, die ich für Rachel, Harriet und Molly erstanden habe und aus denen rasch sechs wurden, weil ich mich zwischen den Farben einfach nicht entscheiden konnte – wobei, nein, genau genommen sind es sieben, unter dem Berg aus Räucherstäbchen hat sich noch einer versteckt.

Einen Moment starre ich die Sachen fassungslos an. Herrje, habe ich das wirklich alles gekauft? Das sind eine ganze Menge Nag-Champa-Räucherstäbchen. Mrs Flannagan wird denken, ich bin unter die Hippies gegangen.

»Und du?« Um meine Reisemitbringsel kann ich mich auch später noch kümmern, beschließe ich. Ich schaue auf und sehe Amy an. »Freust du dich schon auf zu Hause?«

Erst sagt sie nichts. Und dann: »Na ja, irgendwie schon.«

»Bestimmt bist du auch ein bisschen nervös, oder?« Aufmunternd lächele ich sie an. »Wegen deines neuen Jobs und so.«

»Ja«, entgegnet sie nickend und dreht nachdenklich eine Haarsträhne um den Finger. Sie scheint ein bisschen Muffensausen zu haben, aber das ist nur zu verständlich. Schließlich ist das eine große Sache für sie.

»Du machst das bestimmt ganz toll, gar keine Frage«, versichere ich schnell, um ihr die Angst zu nehmen. »Bei deinem Talent, Amy, brauchst du dir keine Sorgen zu machen. Darum haben sie dich schließlich genommen! Und wir sind alle so stolz auf dich, ich und Mum und Dad – wir wissen, wie sehr du dich dafür ins Zeug gelegt hast.«

»Ich möchte einfach niemanden enttäuschen …«, setzt sie an, aber ich lasse sie erst gar nicht ausreden.

»Du wirst doch niemanden enttäuschen«, tadele ich sie. »Amy, du könntest *nie* irgendwen enttäuschen!«

Dankbar schaut sie mich an. »Danke, Rubes.«

»Hey, wofür hat man denn eine große Schwester?«, lache ich und drücke kurz ihren Arm. Dann wende ich mich wieder meinem Gepäck zu. »Also, für wann sollen wir das Taxi bestellen?« Mein Hintern hat sich gerade erst von der Fahrt mit dem Tuk-Tuk letzte Woche erholt, also habe ich darauf bestanden, diesmal ein Taxi zum Flughafen zu nehmen.

»Also, es ist so …«

Ich halte kurz inne beim Versuch, den fünften Paschmina in den Koffer zu quetschen. Immer wenn meine Schwester einen Satz anfängt mit »es ist so«, dann heißt das in Amy-Sprech normalerweise »Das Problem ist folgendes«.

»Was denn?«

»Ach, gar nichts«, versichert sie rasch. »Ich wollte mich bloß gerne noch von ein paar Leuten verabschieden, also dachte ich mir, es ist einfacher, wenn wir uns nachher am Flughafen treffen.«

»Aber es ist doch blöd, zwei Taxen zu bezahlen, wenn wir uns genauso gut eine teilen könnten«, wende ich stirnrunzelnd ein.

»Biju hat mir angeboten, mich zum Flughafen zu fahren«, entgegnet sie. »Ist also alles kein Problem, und ich dachte, dann kannst du jetzt erst mal in Ruhe packen. Ich bin schon fertig, bei mir ist es ja nicht so viel.« Mit besorgter Miene mustert sie mein jetzt schon zum Bersten vollgestopftes Reisegepäck. »Und wie es aussieht, wird das hier noch eine Weile dauern.«

»Na ja, okay, wenn du meinst«, murmele ich achselzuckend.

Irgendwie hat sie ja Recht. Ich meine, warum soll sie hier herumsitzen und mir zuschauen, wie ich versuche, meinen störrischen Samsonite-Rollkoffer zur Räson zu bringen?

»Und dann ist da noch was …«

Wieder schaue ich sie mit hochgezogenen Augenbrauen an.

»Könntest du mir ein bisschen Geld borgen?« Kleinlaut guckt sie mich an. »Ich gebe es dir auch ganz bestimmt zurück, versprochen. Aber meine Bankkarte funktioniert irgendwie nicht mehr.«

Entnervt verdrehe ich die Augen. Ich weiß schon gar nicht mehr, wie oft ich meiner klammen Schwester unter die Arme greifen musste, weil ihre Bankkarte nicht mehr funktionierte oder vom Automaten geschluckt wurde oder verloren gegangen ist. Wobei natürlich grundsätzlich die Karte schuld ist und es ganz bestimmt nicht daran liegt, dass sie einfach nicht mit Geld umgehen kann und mal wieder keinen Penny auf dem Konto hat.

»Nimm dir aus dem Portemonnaie, was du brauchst«, sage ich und weise auf meine Geldbörse, die gleich neben ihr liegt. »Aber lass mir genug fürs Taxi drin.«

»Danke, Schwesterchen, ich wusste, auf dich ist Verlass!« Und damit zieht sie ein dickes Bündel Rupien aus meinem Geldbeutel, springt vom Bett und nimmt mich fest in die Arme.

»Das ist nur eine freundliche kleine Leihgabe«, ermahne ich sie streng und erwidere ihre Umarmung. »Genau wie all die anderen kleinen Leihgaben auch.«

»Ich weiß«, zwitschert sie, dann lässt sie mich los und wendet sich zur Tür. »Bye, Rubes.«

»Bye, Amy … oh, warte mal.« Aber da flitzt sie schon flugs über den Strand. In der Tür stehend rufe ich ihr aus Leibeskräften hinterher: »Aber komm nicht zu spät!«

Worauf sie kurz stehen bleibt und sich noch mal umdreht. »Bestimmt nicht!«, ruft sie zurück. Und dann ist sie verschwunden, die Treppe hinauf, die zum Haupthaus führt, und ich gehe wieder hinein und packe weiter.

Wie um alles auf der Welt soll ich bloß diesen Schirm verstauen?

Achtes Kapitel

Erst viel später geht mir auf, dass wir weder einen Treffpunkt noch eine Zeit ausgemacht haben.

Aber nicht schlimm, wir werden uns schon irgendwie finden.

Diesen etwas beunruhigenden Gedanken schiebe ich konsequent beiseite, bis ich schließlich am Flughafen angekommen bin. Eigentlich keine Hexerei, oder? Schließlich weiß doch jedes Kind, dass man zwei Stunden vor Abflug da sein sollte.

Selbst Amy.

Nur um ganz sicherzugehen, schicke ich ihr zur Erinnerung rasch eine SMS. Und dann noch eine mit unserer Fluggesellschaft, der Abflugzeit sowie der Flugnummer. Und noch eine, dass wir uns am Check-in-Schalter treffen. Und noch eine mit der Bitte um kurze Rückmeldung, ob sie meine vorigen SMS erhalten hat.

Keine Antwort.

Eine Stunde später stehe ich immer noch im Abflugbereich und warte. Zum x-ten Mal schaue ich auf mein Handy, und mir entfährt ein entnervtes Seufzen. *Wo zum Teufel steckt sie nur?* Ich schaue vom leeren Display auf und suche in der Menschenmenge nach einem vertrauten Gesicht. Sicher kommt sie gleich von irgendwoher atemlos auf mich zugerannt, grinst mich mit Unschuldsmiene an und brabbelt irgendwelche fadenscheinigen Entschuldigungen.

Okay, ich zähle jetzt bis zehn.

Nein, zwanzig. Sagen wir lieber zwanzig.

Ich fange an zu zählen. Eins, zwei, drei … vielleicht bin

ich zu schnell, ich sollte lieber ein bisschen langsamer machen … einundzwanzig, zweiundzwanzig … Kein Grund zur Panik. Amy kommt immer zu spät. Sie taucht schon noch auf. Ganz ruhig bleiben. Nur Geduld. Schön weiterzählen. *Neeeeuuuuunuuuunund* … Ich komme mir vor wie eine Schallplatte, die mit der falschen Geschwindigkeit abgespielt wird … *zwaaaaanziiiiig* … Ich atme tief durch … *Dreeeeiiiiißiiiiiggg.*

Stur starre ich auf den Eingang. Keine Amy.

Mist.

Mir ist siedend heiß vor Ärger, als ich in meinen Kontakten nach ihrer Nummer suche. Also ehrlich, dieses Mädchen ist einfach völlig verantwortungslos. Immer kommt sie zu spät! Fast habe ich das Gefühl, mein halbes Leben damit verbracht zu haben, auf sie zu warten. Das fing schon vor ihrer Geburt an – drei Wochen war sie damals überfällig. Unsere arme Mum sah aus wie ein Fass auf zwei Beinen.

Das Handy wählt ihre Nummer, und es läutet. Wirklich ärgerlich. Dieser Anruf kostet mich sicher ein Vermögen. Weiß der Himmel, was sie mir dafür berechnen, aber mir bleibt nichts anderes übrig, oder? Wenn Amy nicht bald auftaucht, verpassen wir unseren Flug.

Argh! *Sie geht nicht ran!* Ungeduldig lausche ich auf das Freizeichen. Warum in drei Teufels Namen geht sie nicht *ein Mal* an ihr verdammtes Telefon? Nur ein einziges Mal. Jetzt geh schon an dein verfluchtes Handy.

»Hi, hier ist Amy. Ich bin derzeit im Ausland unterwegs, darum kann ich leider nicht drangehen …«

Nur ihre Mailbox. Ich lege auf und stopfe das Handy in die Tasche. Meine Ungeduld weicht leichtem Unbehagen. Jetzt fange ich langsam an, mir Sorgen zu machen. Hoffentlich ist ihr nichts passiert. Die Fahrt zum Flughafen war ziemlich nervenaufreibend, selbst mit dem Taxi. Was, wenn sie einen Unfall hatte? Was, wenn …

Verflucht, ich wusste doch, ich hätte sie nicht alleine losziehen lassen dürfen. Ich hätte darauf bestehen sollen, dass wir gemeinsam zum Flughafen fahren.

»Letzter Aufruf für die noch fehlenden Passagiere für den Flug nach London Heathrow. Bitte begeben Sie sich umgehend zum Check-in-Schalter.«

Die Lautsprecherdurchsage reißt mich aus meinen Gedanken, und ich drehe mich zum Check-in-Schalter um.

Ich traue meinen Augen kaum. Moment mal, wo sind denn die ganzen Leute hin?

Vorhin war hier noch eine meterlange Warteschlange, eine wimmelnde Menschenmasse mit Koffern und Pässen, aber die sind nun spurlos verschwunden. Wo sie gerade noch standen, ist jetzt nur noch gähnende Leere.

Die können doch nicht schon alle durch den Sicherheitscheck gegangen sein, oder?

Oder?

Rasch schaue ich auf die Uhr, und mein Paniklevel springt von Gelb auf Tiefrot.

Ist es wirklich schon so spät?

»Entschuldigung.« Hektisch packe ich den Koffergriff und rolle das unhandliche Ding zu der Dame am Schalter.

Sie schaut von ihren Unterlagen auf, als wundere sie sich, noch eine Passagierin vor sich zu sehen. Das ist nicht gut. Die innere Panikleuchte fängt an zu blinken. »Ja? Kann ich Ihnen helfen?«, erkundigt sie sich höflich.

»Ich hoffe doch«, entgegne ich und bedenke sie mit einem strahlenden Lächeln. Ich habe mal in einem Artikel gelesen, wie ein Lächeln religiöse Schranken überwinden, Türen öffnen und sogar das ganze Leben verändern kann. Ich persönlich hoffe bloß, es kann auch einen Flieger für ein paar Minütchen aufhalten. »Ich fliege nach London, aber ich warte noch auf meine Schwester …«

Ich meine, verglichen mit religiösen Schranken, was ist da schon eine klitzekleine Verspätung?

»Der Check-in schließt gerade«, ruft sie schrill.

Okay, vielleicht ist mein Lächeln doch nicht *so* allmächtig.

»Ich brauche sofort Ihren Pass«, fährt sie fort, und ihre Hand schießt vor.

»Aber ich warte noch auf jemanden«, höre ich mich hilflos blöken.

»Sie haben keine Zeit mehr zu warten!«, kreischt sie in den höchsten Tönen. »Sie müssen umgehend Ihr Gepäck aufgeben und sich dann unverzüglich zum Flugsteig begeben.«

Wie erstarrt gaffe ich sie an. Wohl zum ersten Mal in meinem vernünftigen, durchorganisierten, quadratisch-praktisch-guten Leben habe ich keinen Schimmer, was ich tun soll. Ich darf den Flieger nicht verpassen, aber ich kann auch nicht ohne Amy abreisen. Zusätzlich zu der grellrot blinkenden Warnleuchte in meinem Kopf tönt jetzt auch noch eine ohrenbetäubende nebelhornartige Sirene; es ist wie eine Szene aus einem Action-Blockbuster mit Matt Damon, kurz bevor die Atombombe explodiert und Männer in Anzügen hektisch vor Computerbildschirmen herumrennen und sich gegenseitig anschreien.

Eigentlich gar keine schlechte Idee …

Das Handy reißt mich aus diesem Gedankengang, denn plötzlich vibriert es wie wild und fängt an zu läuten.

Amy.

Verzweifelt zerre ich es aus der Tasche und halte es mir ans Ohr.

»Rubes, ich bin's.«

Ich höre ihre Stimme, und mir fällt ein Stein vom Herzen. »Ach, Gott sei Dank, es geht dir gut! Ich war schon ganz krank vor Sorge«, seufze ich und wende mich dann wieder an die Dame hinter dem Check-in-Schalter. »Entschuldigen Sie bitte, bin gleich wieder da.« Damit mache ich ein paar Schritte weg, und kaum bin ich außer Hörweite, fauche ich meine Schwester an: *»Wo zum Teufel steckst du?«* Aufgebracht kreische ich in den Hörer, alle Gedanken an Geschwisterliebe sind mit einem Mal vergessen. »Du verpasst noch den Flug!«

»Ich weiß«, entgegnet sie nüchtern.

»Was soll das heißen, du *weißt*? Seit über einer Stunde stehe ich hier wie bestellt und nicht abgeholt und warte auf dich. Du hast mir versprochen, nicht zu spät zu kommen …«

»Ich komme nicht zu spät.«

»Amy, ich werde mich jetzt nicht mit dir streiten«, fahre ich sie an. »Wo bist du?«

»Ich bin bei Shine.«

»Shine?«, rufe ich. »Was willst du denn bei Shine?« Im ersten Moment glaube ich, sie wird mir allen Ernstes erzählen, sie sei beim Yoga.

»Wir fahren gerade …«, setzt sie an, aber ich falle ihr ins Wort. »Ich dachte, Biju bringt dich zum Flughafen?« Ich stelle mich auf die Zehenspitzen und halte angestrengt nach ihr Ausschau.

»Ich komme nicht, Rubes.«

»Was?« Es muss was mit dem Telefon sein, oder ich habe mich verhört. Irritiert nehme ich das Handy vom Ohr und schaue es an – nein, sieht aus wie immer –, worauf ich es rasch wieder ans Ohr drücke. »Was soll das heißen, du kommst nicht? Du bist spät dran!«

»Rubes, du hörst mir nicht zu. Ich fliege nicht mit.«

»Aber ich verstehe das nicht.« In meinem Kopf dreht sich alles.

»Ich fliege nicht zurück nach London.«

Es wird still, denn es hat mir kurzzeitig die Sprache verschlagen. »Bist du verrückt geworden?«, japse ich schließlich. Ehrlich, mir fehlen die Worte.

»Nein, ich bin nicht verrückt … ich bin verliebt!« Plötzlich sprudeln die Worte aus ihr heraus.

»Verliebt?«, wiederhole ich ungläubig. »In wen denn?«

»Shine«, schwärmt sie überschwänglich.

Die Überraschungen prasseln auf mich ein wie Hagelkörner. »Du meinst den Yogalehrer?«, frage ich fassungslos.

Aber kaum höre ich mich das sagen, ergibt plötzlich alles einen Sinn: wie die beiden beieinanderstanden, als ich sie am ersten Tag unten am Strand gesehen habe; die ständigen SMS; ihre Ausreden, sie sei beim Yoga. Plötzlich komme ich mir vor wie ein begriffsstutziger Vollpfosten. Aber klar doch! Wie konnte ich bloß so blind sein?

»Amy, das ist doch lächerlich«, blaffe ich sie an. »Du musst mit nach Hause kommen. Okay, ich kann verstehen, dass er es dir angetan hat – ich meine, wer könnte ihm schon widerstehen? Bestimmt sind sämtliche weiblichen Teilnehmer seiner Yogakurse heillos in ihn verschossen.« Ich versuche verzweifelt, der Stimme der Vernunft Gehör zu verschaffen. Tja, einer muss es ja tun. Ich weiß noch, wie es damals war, mit siebzehn, bei meinem Urlaub in Griechenland. Da habe ich mich Hals über Kopf in meinen Wasserskilehrer verknallt und wollte nichts davon hören, das Ganze sei doch »bloß ein Urlaubsflirt«.

»Wir wollen heiraten.«

Was zum …?

Im ersten Moment bringe ich keinen Ton heraus. Amy hat ja schon so einige Verrücktheiten angestellt, aber … mitten in diesem Gedanken breche ich ab. Aber klar! Das ist alles bloß ein schlechter Scherz!

»Oh, haha, sehr lustig«, schnauze ich sie an und starre rüber zum Abflugbereich. Bestimmt hat sie sich irgendwo versteckt und springt jeden Augenblick hinter einer der Säulen hervor. »Ich finde es bloß überhaupt nicht komisch. Amy, wenn das so weitergeht, hebt der Flieger ohne uns ab. Hörst du jetzt also bitte auf mit deinen dummen Streichen? Ich meine es ernst.«

»Ich auch, Ruby. Todernst.«

Sie nennt mich nie Ruby. Mir läuft es eiskalt den Rücken herunter.

»Shine und ich brennen zusammen durch, und weder du noch Mum und Dad könnt irgendwas dagegen tun. Ihr könnt uns nicht aufhalten«, erklärt sie entschlossen.

Ach du lieber Himmel. *Mum und Dad.* Bei dem Gedanken packt mich das blanke Entsetzen. Die werden Amy umbringen. *Aber erst bringen sie mich um.* Mein ganzes Leben lang habe ich immer zu hören bekommen: »Pass gut auf deine kleine Schwester auf.« Ich kann nicht zulassen, dass sie in einem fremden Land mit einem Mann durchbrennt, den sie gerade erst kennengelernt hat.

»Amy!«, kommandiere ich streng und versuche, sie gewaltsam in die Realität zurückzuholen. »Sei nicht so egoistisch, denk nur mal an Mum und Dad! Was glaubst du, was die sagen, wenn sie das erfahren?«

»Du hast gesagt, ich könnte sie nicht enttäuschen«, entgegnet sie trotzig.

Ich muss an das Gespräch mit Amy denken, eben beim Packen. Aber natürlich, deshalb war sie so nervös; mit ihrem neuen Job hatte das nichts zu tun.

»Und was ist mit deinem Job im Forschungszentrum?«, frage ich. »Das ist eine einmalige Gelegenheit, die hast du dir hart erarbeitet. Genau das, was du dir immer gewünscht hast …« Sie sagt nichts, und für den Bruchteil einer Sekunde glaube ich zu spüren, wie ihr Entschluss ins Wanken gerät und sie vielleicht noch mal über alles nachdenkt.

»Es ist eine unglaubliche Chance, Amy, die darfst du nicht einfach wegwerfen. Mum und Dad sind so stolz auf dich, wir alle sind stolz auf dich.«

Ich spüre förmlich, wie ihr am anderen Ende der Leitung Zweifel kommen.

»Ich heirate«, entgegnet sie noch entschlossener, als wolle sie nicht nur mich, sondern auch sich selbst überzeugen.

Und dann kann ich mich nicht mehr beherrschen. »Amy, jetzt sei nicht so stur und eigensinnig!«, kreische ich frustriert. »Du bist verrückt, du kannst doch nicht einfach heiraten!«

»Und warum nicht?«

»Weil das lächerlich ist! Du kennst ihn doch erst ein paar Wochen.«

»Liebe misst sich nicht in Zeit«, hält sie dagegen. »Das solltest du doch wissen. Ist schließlich aus einem deiner Bücher.«

»Aber das ist Fiktion«, brülle ich förmlich in den Hörer. »Das hier ist das wahre Leben!«

»Im wahren Leben gibt es das auch«, kontert sie.

Ich hole tief Luft. Sie klingt so überzeugt, so sicher, so gewiss; sie erinnert mich an mich selbst. Wie ich früher mal war. Meine Gedanken gehen zurück … Es gab eine Zeit, da war ich genauso überzeugt wie sie, da habe ich an die Liebe auf den ersten Blick geglaubt, an die Ehe, an Happy Ends. Aber jetzt bin ich erwachsen, ermahne ich mich streng, und glaube nicht mehr an Märchen.

»Ihm geht es genauso«, unterbricht eine Stimme meine Gedanken. »Er liebt mich auch.«

Auf einmal habe ich eine Szene vor Augen. Die von vor ein paar Tagen. Als ich zur Massage wollte und mich in einer Nebenstraße verlaufen hatte. »Amy, es gibt da etwas, das du wissen solltest«, stammele ich hastig. »Shine ist nicht ganz ehrlich zu dir, ich habe ihn gesehen …« Ich unterbreche mich und überlege, wie ich es ihr sagen soll. Dann platze ich einfach damit heraus. »Mit einer anderen Frau. Frag ihn …«

Aber sie lässt mich gar nicht ausreden.

»Ich wusste, dass du so reagierst«, erwidert sie aufgebracht. »Darum wollte ich es dir auch nicht sagen!«

»Wie denn?«

»Nicht alle Männer sind wie Sam!«

Sein Name trifft einen wunden Punkt. »Es geht hier nicht um Sam«, protestiere ich hitzig.

»Doch, geht es wohl! Und wie!«, schimpft sie. »Nur weil Sam dich betrogen und dir das Herz gebrochen hat, heißt das nicht, dass alle Männer gleich sind.«

Wir werden lauter und immer lauter.

»Ich sage ja gar nicht, dass alle Männer gleich sind«, gebe ich zurück. Das hat gesessen. »Ich will nur nicht, dass du denselben Fehler machst wie ich.«

»Und was für ein Fehler wäre das?«, schnauzt sie mich an. »Sich zu verlieben?«

»Nein, an die wahre Liebe zu glauben«, keife ich zurück.

Kaum habe ich diesen Satz ausgespuckt, wird es still am anderen Ende der Leitung. Mitten im Streit verstummen wir beide atemlos. Unsere Gefühle gehen mit uns durch, und einen Moment sagt niemand etwas. Bis sie schließlich nach einer Pause erklärt: »Bitte sag Mum und Dad, dass es mir leidtut, dass ich an ihrem Hochzeitstag nicht dabei sein werde. Sie sollen sich keine Sorgen machen. Ich rufe sie in ein paar Tagen an.«

»Hör mal, können wir nicht in Ruhe darüber reden?«

»Ich habe nichts mehr dazu zu sagen. Ich weiß, was ich tue«, erwidert sie stur.

»Hör zu, es gibt da noch eine andere Frau«, erkläre ich hektisch. *»Ich habe ihn selbst gesehen!«*

»Du lügst. Shine liebt mich!«

Das hat Sam mir auch gesagt, denke ich verzweifelt und sehe ihn wieder vor mir.

»Amy, bitte, ich lüge nicht …«

»Und ich höre dir nicht zu«, entgegnet sie bestimmt. »Rubes, ich weiß, du bist meine große Schwester, aber ich weiß, was ich tue, und ich kann gut auf mich selbst aufpassen.«

»Dann weiß ich nicht, warum ich dir Geld leihen musste«, brumme ich mürrisch. Den kleinen Seitenhieb kann ich mir nicht verkneifen.

»Ich zahle dir alles zurück, bis auf den letzten Penny«, antwortet sie steif. »Keine Sorge.«

»Als ginge es mir um das Geld«, platze ich heraus. »Es geht mir nur um dich, ich will nicht, dass jemand dir wehtut …«

»Hör zu, ich muss jetzt Schluss machen.«

»Amy, warte …«

Aber es nützt alles nichts. Sie hat schon aufgelegt.

Fassungslos starre ich auf mein stummes Telefon. In meinem Kopf geht alles drunter und drüber, und das Herz schlägt mir bis zum Hals.

Was soll ich denn jetzt bloß machen?

Neuntes Kapitel

Ich weiß noch, wie ich einmal ein Interview mit einem dieser Lebenscoachs in einer Nachmittagstalkshow gesehen habe. Welche Talkshow, weiß ich nicht mehr, aber an ihn erinnere ich mich noch ganz genau. Er sah aus wie ein Bilderbuchpsychologe, mit grauen Haaren und freundlichen Augen, und es ging darum, was man tun soll, wenn man zu keinem Entschluss kommen kann. Er erklärte, man müsse das Problem einfach in viele einfache kleine Entscheidungen aufdröseln. Als sei das ganze ein Multiple-Choice-Test.

Wäre diese Situation also ein Multiple-Choice-Test, würde die Fragestellung in etwa so lauten:

1) Du stehst gerade in Indien am Flughafen, um nach London zurückzufliegen, als deine kleine Schwester dir erklärt, dass sie mit ihrem Yogalehrer durchbrennen will. Würdest du:
a) In Panik ausbrechen.
b) Denken, was soll's, sie ist alt genug, auf sich selbst aufzupassen, und ohne sie in den Flieger steigen.
c) Den Flug sausen lassen und versuchen, sie aufzuhalten.

»Bitte beeilen Sie sich. Der Check-in schließt jetzt.«

Aus meinen Gedanken gerissen schaue ich die Dame am Schalter an, die mich mit sorgenvollem Gesicht hektisch heranwinkt. In meinem Kopf schrillen die Alarmglocken. Ich muss mich entscheiden. Ich muss eine Wahl treffen.

Und zwar schnell.

»Miss, wenn Sie jetzt nicht herkommen, hebt das Flugzeug ohne Sie ab«, erklärt sie streng.

Meine Gedanken rasen, während ich im Geiste Hunderte verschiedener Szenarien durchgehe, mit allen jeweiligen Konsequenzen, mit dem Domino-Effekt, den jede einzelne Entscheidung nach sich ziehen würde …

Wenn ich in den Flieger steige, lasse ich zu, dass Amy durchbrennt und einen schlimmen Fehler macht. Das ist Lust, nicht Liebe. Sie kann ihn doch nicht *heiraten*, schließlich kennt sie ihn kaum. Und was ist mit dieser anderen Frau, die ich gesehen habe? Wer war das? Es könnte alles ganz harmlos sein, aber … ach, wem will ich was vormachen? Es sah nicht harmlos und unschuldig aus, und warum sollte er mich anlügen? Warum sollte er vorgeben, allein spazieren gegangen zu sein? Und wenn es stimmt, wie lange geht das schon so? Was, wenn sie nicht die Einzige ist? Was, wenn er, Gott bewahre, sie mit mehr als nur einer Frau betrügt?

Es gibt so viele unbeantwortete Fragen, aber Amy ist so spontan und impulsiv, so eigensinnig, *so naiv*. Sie glaubt, alles zu wissen, aber das hier ist kein Märchen, das ist das wahre Leben, und ich kann nicht einfach dastehen und zusehen, wie sie ihr Herz, ihre Karriere und ihr ganzes Leben wegwirft für einen Mann, den sie erst vor ein paar Wochen getroffen hat und den sie kaum kennt. Dass sie alles auf die Liebe setzt.

Andererseits, wenn ich jetzt nicht in das Flugzeug steige, komme ich auch nicht nach Hause. Ich kehre nicht zurück in mein Leben in London, sondern bleibe hier in Indien, für wer weiß wie lange … Ich muss an meine Arbeit denken, an Heathcliff, an diese ganze vertrackte Situation … Nein, unmöglich, ich muss diesen Flieger nehmen, ich muss nach Hause. Ich habe Verpflichtungen. Ich habe einen Abgabetermin einzuhalten, einen Hund, um den ich mich kümmern muss, stapelweise Rechnungen zu bezahlen.

Wie eine Welle erfasst mich die Angst. Das ist ja wie in *Sie liebt ihn – sie liebt ihn nicht.* Nur dass nicht Gwyneth Paltrow vor mir steht, sondern nur die aufgebrachte Dame vom Bodenpersonal. Ich ziehe den Kopf ein, schaue sie an und spüre, wie der Knoten in meinem Magen sich noch enger zusammenzieht.

Ich muss eine Entscheidung fällen.

»Miss!« Die Dame vom Check-in-Schalter, die bis dahin mühsam Ruhe bewahrt hat, scheint endgültig die Nerven zu verlieren. Völlig außer sich stürzt sie auf mich zu, ringt mich beinahe zu Boden und will mir den Rollkoffer aus der Hand reißen. »Wir müssen Ihr Gepäck aufgeben!«

»Nein, stopp«, brülle ich und umklammere den Koffergriff, als ginge es um mein Leben. *»Stopp!«*

Mitten in unserem kleinen Handgemenge bleibt sie wie angewurzelt stehen, die Hand noch am Koffergriff. Unvermittelt scheint sie sich zu entsinnen, wer sie ist und was sie da gerade tut. Sie richtet sich auf.

Genau wie ich. Und dann geht mir schlagartig auf:

Ich habe einen Entschluss gefasst, und es ist c).

»Ich fliege nicht mit«, erkläre ich, während sich in meinem Kopf noch alles dreht. »Ich steige nicht in dieses Flugzeug, ich fliege nicht zurück nach London.«

Tja, was sollte ich auch tun? Schließlich ist sie meine kleine Schwester. Mir bleibt keine andere Wahl. Mein ganzes Leben habe ich mich um sie gekümmert, da kann ich sie doch jetzt nicht einfach im Stich lassen. Und außerdem, Mum und Dad würden mich *umbringen.*

»Ich muss meine Schwester davon abhalten zu heiraten«, verkünde ich entschlossen und greife zu meinem Koffer.

Die Dame am Schalter starrt mich verdattert an. »Aber Hochzeiten sind doch was Wunderbares«, ruft sie sichtlich verwirrt. »Sie können doch eine Hochzeit nicht verhindern!«

»Ich verhindere keine Hochzeit«, entgegne ich.

»Aber …«

Ich lasse die Dame einfach stehen, die mir irritiert nachschaut, und marschiere zum Ausgang. Wobei ich leise, aber bestimmt vor mich hinmurmele: »Ich verhindere, dass ihr jemand wehtut.«

Und darum habe ich auch keine Zeit zu verlieren.

Den Koffer hinter mir herziehend spurte ich los und hetze wie eine Hundertmeterläuferin durch das Terminal. Platz da, große Schwester auf Rettungsmission! Eigentlich müsste ich jetzt in eine Telefonzelle hechten, mich in eine Strumpfhose zwängen und mir ein Cape überwerfen.

Himmel, hoffentlich komme ich nicht zu spät. Ich weiß ja, wie impulsiv Amy sein kann, aber blöde ist sie schließlich nicht. Ach, wem will ich was vormachen? Wir reden hier von Amy, schon vergessen? Das Mädchen, das schon mit fünf von zu Hause weggelaufen ist, um mit dem Zirkus durch die Lande zu ziehen. Okay, weiter als zum Garten der Nachbarn ist sie nicht gekommen, aber trotzdem. Meine kleine Schwester ist zu allem fähig.

Durch die automatischen Türen stürze ich nach draußen und schnappe mir den erstbesten fahrbaren Untersatz – ein knallbunt bemaltes Tuk-Tuk, dessen Fahrer aussieht, als sei er höchstens fünfzehn –, um mich zum Gästehaus zurückbringen zu lassen.

Was für ein Unterschied eine Woche machen kann. Während ich beim letzten Mal immer, wenn ein herrenloses Huhn oder eine Ziege auf die Straße wanderte oder wir beim Überholen in die Spur eines entgegenkommenden Lasters gerieten, die Hände vors Gesicht schlug, muss ich mich jetzt zusammenreißen, mich nicht durch das Fenster nach vorne zu beugen und selbst auf die Hupe zu drücken.

»Bitte, können Sie nicht schneller fahren?«, flehe ich den Fahrer an, während wir über mit Schlaglöchern übersäte staubige Straßen rumpeln.

»Ich soll aufs Gas treten?« Der junge Mann dreht das Radio leiser, aus dem Bollywood-Musik plärrt, und schaut mich im zersprungenen Rückspiegel fröhlich an. Sein jungenhaftes Gesicht strahlt vor Begeisterung. »Wie im Film?«

»Ja, genau, wie im Film«, entgegne ich nickend und schlucke schwer. Ich darf nicht mal daran *denken*, worauf ich mich da eingelassen habe. Jetzt zählt nur noch, Amy zu finden.

»Okey-dokey«, erwidert er grinsend, knüppelt das Gefährt kreischend in einen niedrigeren Gang und tritt so fest aufs Gas, dass es sich anhört, als würde der Motor jeden Moment explodieren.

Andererseits finde ich Amy ganz sicher nicht, wenn ich tot bin, oder?

Um nicht auf dem Rücksitz herumgeschleudert zu werden wie ein Sack Kartoffeln, klammere ich mich an den Türgriff, wie meine Mum es immer macht, wenn sie bei meinem Dad mitfährt. Worüber Amy und ich uns immer köstlich amüsiert haben. Das Ganze wäre nur halb so witzig, wohnten die beiden nicht in einem winzig kleinen Nest am Ende der Welt in den Yorkshire Dales, wo keiner schneller als 50 km/h fährt. Und trotzdem krallt sie sich immer in Todesangst an dem Griff fest und kreischt: »Langsam, Roger, langsam!« Ich schwöre, man müsste meinen, Dad sei Michael Schumacher und nicht ein sehr besonnener Fahrer in einem fünfzehn Jahre alten Peugeot.

Unvermittelt schlingert das Tuk-Tuk zur Seite, um den drohenden Zusammenprall mit einer Fahrrad-Rikscha zu vermeiden, und ich habe plötzlich das Bild von Mum in diesem klappigen Gefährt vor Augen. Ehrlich gesagt bin ich mir nicht sicher, ob ihre Nerven das durchstehen würden. Selbst mit ihrem Riechsalz, das sie immer und überall griffbereit in der Handtasche dabeihat, glaube ich, würde sie in Ohnmacht fallen.

Was eigentlich gar keine so schlechte Idee wäre, denke ich mir und ziehe den Kopf ein, als ich ein metallisches Knirschen und Quietschen höre und einer unserer Rückspiegel an einem entgegenkommenden Bus hängen bleibt.

Oh. Mein. Gott.

Eigentlich glaube ich nicht an Wunder, aber als wir zwanzig Minuten später schlitternd vor dem Rising Lotus zum Stehen kommen, muss ich meine Meinung wohl revidieren. Wunder geschehen! Sehet und staunet! Ich lebe noch!

Hastig drücke ich dem Fahrer ein Bündel Rupien in die Hand, lasse meinen Koffer auf der Treppe vor dem Eingang stehen und renne zur Rezeption. Na ja, ich sage »rennen«, aber eigentlich ist es mehr ein »Stolpern und Fallen«. Das habe ich den geflochtenen Ledersandalen zu verdanken, die ich auf einer meiner zahllosen Shopping-Touren erstanden habe; sie sehen zwar ganz entzückend aus, aber durch einen kuriosen Konstruktionsfehler fallen sie mir andauernd von den Füßen …

Nur knapp kann ich verhindern, mir den Knöchel zu verstauchen, während ich haltlos über den Fliesenboden schlittere. Eine Oase der Ruhe und inneren Einkehr begrüßt mich. Frangipani-Blüten treiben im sanft plätschernden Springbrunnen.

Und dann platze ich herein: ein großes, schwitzendes, aufgedrehtes Nervenbündel, das herumpoltert wie ein Elefant im Porzellanladen. »Miss Ruby!« An der Rezeption angekommen stehe ich vor Biju, der mich freudig anstrahlt. »So schnell sehen wir uns wieder!«

»Haben Sie Amy gesehen?«, japse ich atemlos.

Sein Gesicht verfinstert sich. »Tut mir leid, die haben Sie gerade verpasst«, sagt er ernst, und sein Kopf wackelt dabei bedenklich von einer Seite zur anderen. »Sie ist mit ihrer Schwester zusammen auf dem Weg zurück nach London.«

»Ich bin ihre Schwester!«

»Ich weiß«, entgegnet er und strahlt vor Freude über das ganze Gesicht.

Meine Frustration droht gerade brodelnd überzukochen wie heiße Milch im Kochtopf. »Hören Sie, das ist wirklich sehr wichtig«, hake ich entnervt nach.

Die Augenbrauen wie zwei behaarte Raupen zusammengezogen schaut Biju mich durchdringend an. »Wie mir scheint, sind Sie etwas aufgebracht. Das ist nicht gut.« Er schüttelt missbilligend den Kopf.

Ach du lieber Himmel, das hier ist einfach hoffnungslos. Ich muss mir was anderes einfallen lassen. »Wo ist Shine?«, frage ich, hole tief Luft und versuche, mich ein wenig zu beruhigen.

»Ach … jetzt verstehe ich«, sagt er und nickt ernst. »Sie möchten Yoga machen.« Und dann schließt er die Augen, hält sich mit dem Finger ein Nasenloch zu und atmet tief ein.

»Nein, Biju. Sie haben das falsch verstanden …«

»Ommmmmmmmmm …«

Ungläubig starre ich ihn an. Das kann doch nicht wahr sein.

»Ommmmmmmmmm …« Mitten im Om unterbricht er sich, klappt ein Auge auf und schaut mich durchdringend an. »Sie machen ja gar nicht mit«, brummt er gekränkt und weist mit dem Blick auf einen kleinen Schrein, seitlich auf dem Empfangstresen. Eine Buddhastatue, geschmückt mit einer Ringelblumengirlande und zwei Räucherstäbchen.

Mir wird ganz heiß vor Scham. Ach verflixt, ich will doch nicht unhöflich erscheinen. »Aber ja, natürlich«, murmele ich und nicke pflichtbewusst.

»Im Hinduismus glauben wir, dass *Om* der Ton war, der entstand, als das Universum erschaffen wurde«, fährt er feierlich fort. »Singen hat eine starke Wirkung – auf den, der singt, und auf den Rest der Welt. So nehmen wir Verbindung auf zu unserem tiefsten Gefühl des Seins.«

»Wow … ja, ich weiß«, murmele ich in Gedanken an die einzige Yogastunde meines Lebens. »Aber eigentlich suche ich Amy«, setze ich zaghaft an.

»*Ommmmmmmmm* …«

Er fixiert mich mit strengem Blick, also lasse ich es einfach gut sein und klappe den Mund wieder zu … um ihn gleich wieder zu öffnen: »*Ommmmmmmmm* …«

Gemeinsam singen wir das Om, und Bijus volltönende Stimme hallt wohlklingend durch den Empfangsraum. Ich dagegen klinge wie ein schriller, nerviger Kontrapunkt. Weiter und weiter und weiter *und weiter* … Ich schließe die Augen und gebe mir Mühe, mich auf das große *Om* zu konzentrieren, aber es geht einfach nicht. Ich kann nicht aufhören, an Amy zu denken. Was sie gerade macht, wo sie wohl ist.

Mit einem entschuldigenden Blick zum Buddha schaue ich verstohlen auf die Uhr.

»Geht es Ihnen jetzt besser?«

Aus meinen Gedanken gerissen sehe ich, wie Biju mich freundlich anstrahlt.

»Ähm … ja, viel besser sogar«, entgegne ich mit einem nervösen Lächeln.

»Hervorragend!« Und damit greift er beherzt in das kleine Schälchen mit Fenchelsamen und Zucker, eine in Indien als Atemerfrischer beliebte Mischung, nimmt sich eine ganze Handvoll heraus und kaut energisch darauf herum.

»Nur noch eins«, wage ich einen erneuten Vorstoß und bemühe mich, es diesmal vorsichtiger zu formulieren, um Biju keinen weiteren Anlass zu bieten, noch einen seiner hilfsbereiten Vorschläge anzubringen. »Ich … also … ich suche immer noch Amy«, rufe ich ihm zaghaft ins Gedächtnis.

»Ach ja, Amy.« Er nickt und strahlt mich an.

»Sie und Shine sind wohl zusammen unterwegs«, versuche ich ihm auf die Sprünge zu helfen.

»Wie schön.« Er nickt und lächelt noch strahlender.

Dann weiß er also davon! Erwartungsvoll schaue ich ihn an, ob er noch etwas dazu sagt, doch es kommt nichts mehr. Kein einziges Wort. Er steht nur da und strahlt mich an wie ein Honigkuchenpferd.

Mal ehrlich, wenn man selbst gerade Panik schiebt, dann gibt es doch nichts Frustrierenderes als jemanden, der einfach nur ganz ruhig dasteht und keinen Mucks macht, oder?

»Sie hat mir erzählt, dass sie zusammen durchbrennen wollen«, blöke ich schließlich völlig verzweifelt.

Verwirrt schaut Biju mich an. »Durchbrennen?«, wiederholt er stirnrunzelnd. »Was heißt das … *durchbrennen*?«

»Zusammen weglaufen, um heimlich zu heiraten!«, jaule ich frustriert.

Biju hört schlagartig auf, mit dem Kopf zu wackeln, und starrt mich bewegungslos an wie ein Kaninchen die Schlange. »Aber das kann nicht sein«, platzt er nach kurzem Schweigen heraus.

»Doch, kann es wohl. Es stimmt!« Jetzt wackele ich nachdrücklich mit dem Kopf wie ein Wackeldackel. »Die beiden sind zusammen durchgebrannt.«

»Nein! Shine hat mir gesagt, er will seine Verwandten besuchen …« Verzweifelt schlägt er die Hände über dem Kopf zusammen. »Das hat er mir gesagt. Darum hat er mich um ein paar Tage Urlaub gebeten. Er hat gesagt, er muss sich ein paar Tage freinehmen, weil er wegfahren möchte. Vielleicht auch länger …«

»Dann sind sie also nicht mehr hier?«, falle ich ihm ins Wort.

Bijus Augen werden groß wie Untertassen. »Ich würde Sie niemals anlügen«, protestiert er empört, schüttelt den Kopf und schlägt sich mit der Hand auf die Brust, als sei es eine Trommel. »Ich sage immer die Wahrheit! Schon als kleiner Junge hat mein Vater mir beigebracht, niemals zu lügen.«

Er wirkt so ehrlich entrüstet, dass es mir gleich wieder leidtut. »Ich glaube Ihnen ja«, versichere ich rasch.

»Wirklich?« Er scheint richtiggehend erleichtert.

»Absolut«, antworte ich nickend. »Aber es ist wirklich wichtig, dass ich sie finde …« Mitten im Satz breche ich ab; in meinem Kopf geht alles drunter und drüber. »Haben Sie vielleicht die Adresse von Shines Verwandten? Oder ihre Telefonnummer?«

Aber nun ist Biju ganz durcheinander; ihm laufen die Schweißperlen über das Gesicht. Wie betäubt vor Schreck steht er da und schüttelt nur stumm den Kopf.

Da kommt mir plötzlich eine Idee. »Ich weiß! Darf ich bitte kurz ihr Zimmer sehen?«

Hektisch zieht er das ordentlich gefaltete Taschentuch aus der Hemdtasche und wischt sich damit über die Stirn, als wolle er verschüttete Milch wegfeudeln. »Ja, aber ja doch«, versichert er nickend, als er endlich die Sprache wiederfindet. »Bitte folgen Sie mir.«

Gehorsam trotte ich hinter ihm her, als er hinter dem Tresen hervorkommt und mit den kurzen Beinen erstaunlich behände den Korridor entlanghastet, einen großen Schlüsselbund am Gürtel, der bei jedem Schritt laut klirrt. Vor Amys ehemaligem Hotelzimmer angekommen schließt er die Tür auf, öffnet sie schwungvoll und drückt sich dann theatralisch wie der Assistent eines Messerwerfers im Zirkus gegen das Türblatt, um mich durchzulassen.

Der Raum ist leer bis auf ein Bett und einen kleinen Schrank.

»Sehen Sie! Hier ist sie nicht!«, erklärt er nachdrücklich, als hätte ich ihm unterstellen wollen, sie hier zu verstecken.

Das Zimmer wirkt verdächtig aufgeräumt. Kein überquellender Mülleimer, kein ungemachtes Bett und keine nassen Handtücher auf dem Boden. »Und das ist ganz sicher Amys Zimmer?«, frage ich zweifelnd. Zu Hause musste Mum ihr immer drohen, die Feuerwehr zu rufen, um sich Zugang zu Amys Zimmer zu verschaffen.

»Hundertprozentig«, versichert er und tupft sich mit dem Taschentuch das Gesicht ab. »Es wurde aber schon für die nächsten Gäste hergerichtet.«

Ach so, das erklärt natürlich einiges.

»Verstehe … ja, natürlich.« Ich nicke verständnisvoll, bin aber insgeheim ziemlich enttäuscht. Ich weiß zwar nicht so genau, welche Erkenntnisse ich mir von dem Zimmer erhofft hatte, aber hier findet sich nicht der kleinste Hinweis auf Amys Verbleib. »Okay, na dann, danke, Biju. Sie haben mir sehr geholfen.«

»Es tut mir aufrichtig leid, Miss Ruby. Wenn ich sonst noch irgendwas für Sie tun kann …«

Ernüchtert wende ich mich zum Gehen. Gerade will ich schon zur Tür hinaus, als ich etwas unter dem Bett flattern sehe.

»Moment mal, was ist das denn?« Ich bücke mich und taste danach. Es ist ein abgerissener Zettel, auf dem das Wort *Raja* und eine Nummer notiert sind. Mit zusammengekniffenen Augen starre ich den Zettel an. Das ist eindeutig Amys Handschrift. Sie macht immer diesen langen Querstrich durch die Sieben.

Aufgeregt halte ich Biju den Zettel unter die Nase. »Sagt Ihnen diese Nummer etwas?«

Kurzsichtig blinzelnd beäugt er das Stück Papier, dann schüttelt er den Kopf. »Aber kein Problem, ich rufe dort an«, erklärt er entschlossen. Und damit zieht er das Handy aus dem Täschchen, das er an die Shorts geklippt hat, und wählt mit großer Sorgfalt die Nummer auf dem Zettel. Wir warten beide wie auf glühenden Kohlen, und in meinem Kopf dreht sich alles so schnell wie der Ventilator über unseren Köpfen.

»Da geht niemand ran«, erklärt er nach ein, zwei Minuten Warten.

War ja klar. Wie konnte ich mir bloß einbilden, Amy aufzuspüren könnte einfach werden? Mir entfährt ein lautes frustriertes Seufzen, das Biju aufschrecken lässt.

»Was heißt denn *Raja*?«, frage ich ganz verzweifelt. »Ist das ein Name? Eine Person? Kennen Sie sie vielleicht?«

Doch er schüttelt nur den Kopf, greift zu seinem Taschentuch und verschwindet förmlich darunter.

Das war's. Ich stecke in einer Sackgasse.

»Höchstens Rajasthan«, murmelt er undeutlich unter seinem Baumwolltüchlein.

»Wer?« Ich bin mir nicht sicher, ob ich ihn recht verstanden habe.

»Raja könnte die Abkürzung für Rajasthan sein«, wiederholt er, und diesmal ist seine Stimme klar und deutlich zu verstehen, denn er ist unter dem Taschentuch wiederaufgetaucht. »*Raja* bedeutet König, und Rajasthan ist bekannt als Land der Könige. Eine wirklich wunderschöne Gegend …« Er unterbricht sich und fährt dann ganz aufgeregt fort: »Jetzt fällt es mir wieder ein: Shines Familie kommt von dort!«

Na also. Endlich ein brauchbarer Hinweis.

»Und wie komme ich da hin?« Ich habe schon viel von Rajasthan gehört, weiß aber nicht so genau, wo es eigentlich liegt. Ich erinnere mich daran, dass es in dem großen Indien-Reiseführer aufgeführt war, aber ich habe nur den kleineren für Südindien genommen. Tja, warum hätte ich auch den dicken Wälzer kaufen sollen? Schließlich wollte ich bloß für eine Woche nach Goa.

Ernsthaft. Ich bringe Amy um.

»Ach, nichts leichter als das.« Bijus Gesicht taucht unter dem Taschentuch auf, feucht, aber überschwänglich lächelnd. »Sie nehmen einfach den Zug.«

»Den Zug?«.

»Ja, den Zug«, entgegnet er freudestrahlend und wirkt dabei so begeistert, wie mir plötzlich zumute ist.

Denn ich bin nicht nur bei meiner Suche nach Amy einen Schritt vorangekommen, nein, plötzlich tauchen vor meinem inneren Auge Bilder auf von den »rollenden Palästen«, wie man sie aus Hochglanz-Reisebroschüren kennt. Ich kann es mir ganz genau vorstellen … prunkvolle Luxuskabinen aus längst vergangenen, glorreichen Zeiten, als die königlichen Maharadschas noch in opulenter Pracht durch das Land reisten; Speisewagen mit Mahagonitischen und frisch gestärkten weißen Tischdecken; ein Fensterplatz mit Blick auf das vorbeirauschende farbenfrohe indische Panorama, in der Hand einen Gin Tonic …

Meine Fantasie geht mal wieder mit mir durch, und mir entfährt ein verträumtes Seufzen. Diese Vorstellung ist so romantisch, so zauberhaft …

So aufregend! Frustration und Ärger sind mit einem Mal wie weggeblasen und weichen einer Woge freudiger Erregung. Das wird wie in *Darjeeling Limited*. Nur im wahren Leben! Lieber Gott, ich *liebe* diesen Film! Vielleicht ist ja auch so ein Adrien-Brody-Typ an Bord, überlege ich hingerissen und werde bei dem Gedanken so kribbelig wie ein Backfisch.

Und ja, ich weiß, für mein Alter ist es ziemlich unreif, für einen Filmstar zu schwärmen, aber bei seiner römischen Nase bekomme ich ganz weiche Knie.

»Wunderbar«, höre ich mich jubilieren. »Wie komme ich denn zum Bahnhof?«

»Ich fahre Sie rasch mit dem Auto hin«, erklärt Biju und wirkt sehr zufrieden mit sich. »Wenn wir gleich losfahren, erwischen Sie den Schnellzug noch. Bitte, hier entlang.«

»Prima, danke!«

Biju klimpert schon den Korridor entlang, und ich folge ihm zur Rezeption und dann nach draußen, wo er meinen Koffer nimmt und ordentlich im Kofferraum seines kleinen blauen Wagens verstaut. Dann öffnet er mir wie ein wahrer Gentleman die Beifahrertür. Nachdem ich Platz genommen habe, springt er auf den Fahrersitz, lässt den Motor an, und schon brausen wir leise tuckernd los.

Na also! Das ist ja leichter als gedacht! Ich fahre zu Amy, rede ihr ins Gewissen, und ehe ich michs versehe, sitzen wir im

Flieger nach London und ich bin wieder zu Hause in meinem alten Leben.

Leise vor mich hinlächelnd schaue ich aus dem Fenster, während wir zum Bahnhof rattern.

Worüber habe ich mich eigentlich so aufgeregt?

Das wird ein Kinderspiel.

Zehntes Kapitel

Ähm, ich glaube, es muss sich da um ein kleines Missverständnis handeln.

Den Koffer fest umklammert stehe ich auf dem heißen, staubigen Bahnsteig und schaue mich verunsichert um. Da stimmt doch was nicht. Das muss eine Verwechslung sein. Biju hat mit meiner Kreditkarte eine Fahrkarte für mich gekauft, mir zum Abschied fröhlich nachgewunken und ist dann in einer Wolke aus Staub und Bollywood-Musik abgerauscht.

Aber irgendwas stimmt nicht mit seiner Wegbeschreibung. Das kann unmöglich das richtige Gleis für den Schnellzug sein. Da muss es doch einen eigenen Bahnsteig geben, einen ganz besonderen, wie in *Harry Potter* oder so …

»Määäääääääh!«

Lautes Blöken hinter mir lässt mich vor Schreck auffahren, und als ich auf dem Absatz herumwirbele, sehe ich, wie zwei hagere, nervöse Ziegen den Bahnsteig hinuntergelotst werden.

In dem kleinen Bahnhof wimmelt es nur so vor Menschen. Es geht zu wie in einem Bienenstock. Hier und da sitzen Rucksacktouristen auf ihrem schweren Reisegepäck, ein paar Frauen in leuchtend bunten Saris, die aussehen wie ein Schwarm Paradiesvögel, hocken auf Metallbänken und plappern ununterbrochen und sehr lautstark miteinander; ein Lastenträger mit einem in Plastik eingewickelten Koffer auf dem Kopf überholt einen alten Mann, der eine Schubkarre vor sich herschiebt, auf der sich Käfige mit ängstlich gackernden Hühnern stapeln, während nebenan ein paar Schuljungen im Teenageralter stehen und mich, ohne zu blinzeln, neugierig anstarren …

Verlegen wende ich den Blick ab – Moment mal, steht da hinten etwa eine *Kuh* mitten im Getümmel? Völlig ungerührt kaut sie Gras und schlägt mit dem Schwanz und … oh nein, sagt mir bitte nicht, dass sie jetzt tut, was ich glaube …

Igitt. Tut sie doch.

Fassungslos starre ich auf den dicken dampfenden Kuhfladen, der klatschend mitten auf dem Bahnsteig landet. Komisch, ich kann mich gar nicht daran erinnern, so was in den Hochglanzbroschüren über Zugreisen in Indien gesehen zu haben. Mit offenem Mund sehe ich zu, wie der Mann mit der Schubkarre ohne mit der Wimper zu zucken schnurstracks an der Kuh vorbeifährt. Er scheint das Viech überhaupt nicht zu sehen. Und auch sonst nimmt niemand Notiz von ihr, wie mir nun aufgeht, als ich mich umschaue und feststelle, dass außer mir – und ein paar der anderen Touristen dort drüben – alle tun, als sei eine weidende Kuh am Gleis das Normalste der Welt.

Schließlich sind wir hier in Indien, nicht in London, ermahne ich mich streng. Komm schon, Ruby, reiß dich zusammen. Stell dich nicht so mädchenhaft an. Okay, es ist ein bisschen beängstigend, allein in einem fremden Land unterwegs zu sein – einem Land, das du überhaupt nicht kennst –, aber alles wird gut. Du musst jetzt nur den richtigen Bahnsteig finden, mehr nicht.

»Argh!«, kreische ich entsetzt, als eine Kakerlake oder etwas, das verdächtig danach aussieht, über meinen Fuß huscht. Oh mein Gott, hat jemand gesehen, wie riesig dieses Biest war? Gigantisch. So groß wie eine Ratte! Ich drehe mich nach dem Krabbeltier um und sehe es wegflitzen, und plötzlich wird mir eiskalt. Das *war* eine Ratte!

Okay, ich bin ein Mädchen. Es ist mir egal. Ich bin ein Mädchen.

Hastig schnappe ich mir meinen Koffer und marschiere auf der Suche nach der Touristeninformation in das Bahnhofsgebäude. Ich weiß, wir sind hier in Indien, und Indien ist ein atemberaubendes, faszinierendes Land, aber ich glaube, das ist einfach zu viel für mich. Ich bin keine mutige, abenteuerlustige, unabhängige Alleinreisende.

Ich bin ein Mädchen, das sich vor Insekten gruselt (sogar vor Weberknechten, vor denen sich nicht mal meine dreijährige Patentochter fürchtet), Menschenmassen machen mir Angst, auf Booten werde ich seekrank, und eine Urlaubsreise ist für mich eine Fahrt im Eurostar nach Paris oder schlimmstenfalls eine gut organisierte Pauschalreise innerhalb Europas. Ich meine, das klingt nicht gerade nach einem Survival-Spezialisten à la Bear Grylls, oder?

Laut kreischende, zischende Bremsen reißen mich aus meinen Grübeleien, und als ich aufschaue, sehe ich einen Zug am Bahnsteig einfahren. Zumindest vermute ich, dass es ein Zug sein muss; bei den ganzen Leuten, die außen dranhängen, sich auf dem Dach drängen und sich an die vergitterten Fenster klammern, ist der eigentliche Zug nur schwer zu erkennen.

Und ich dachte, die Londoner U-Bahn zur Rushhour sei eine Zumutung. Verglichen damit hat man selbst eingepfercht in einem überfüllten Pendlerzug noch jede Menge Beinfreiheit, wie ich nun einsehen muss, als ich die Passagiere sehe, die sich in dieser Affenhitze in den Zug zwängen müssen.

Endlich entdecke ich das Informationsbüro und bahne mir rasch den Weg durch die wartende Menschenmenge, die geschlossen zum Gleis strömt, um wie eine wilde Horde den Zug zu entern. Die Tür ist nur angelehnt. Vorsichtig spähe ich hinein. Im Halbdunkel erkenne ich einen uniformierten Beamten, der hinter einem Schreibtisch sitzt und rauchend in einem gigantomanischen ledergebundenen Verzeichnis blättert. Auf dem Aktenschrank neben ihm müht sich ein kleiner weißer Plastikventilator vergebens, die stickige Luft wenigstens ein bisschen zu bewegen.

»Ähm, entschuldigen Sie bitte«, sage ich höflich und stolpere in den Raum. Diese verflixten Sandalen.

Er schaut auf und mustert mich interessiert. »Ja, bitte? Kann ich Ihnen helfen?«

»Ja, können Sie«, entgegne ich mit meiner, wie ich sie nenne, Sonntagsstimme. Eine etwas hochnäsige Stimme, mit der ich auch meine Mailbox bespreche und die überhaupt nicht nach mir klingt. Ja, diese Stimme hat sogar schon dafür gesorgt, dass meine Freunde verwirrt auflegten, weil sie glaubten, sie hätten sich verwählt.

»Ich suche den Schnellzug nach Delhi.« Und dabei schwenke ich mein Ticket wie eine weiße Fahne.

Der Mann drückt seine Zigarette im überquellenden Aschenbecher aus, beugt sich vor und starrt einen Augenblick auf den Fahrschein, dann öffnet er eine Schublade seines Schreibtischs und fischt eines der längsten Faxe heraus, die ich je gesehen habe. Seite um Seite erscheint aus den Untiefen der Schublade, wie bei einem Zauberer, der Taschentücher aus dem Zylinder zieht.

Systematisch geht er jede einzelne Seite durch, folgt den Namen mit nikotingelben Fingern, bis er schließlich selbstzufrieden nickt.

»*Ruuubiii* Miller«, erklärt er nach ein paar Minuten und tippt mit dem Finger auf eine Seite. Ich lege den Kopf schief, und tatsächlich, versteckt zwischen Hunderten indischer Namen, eingequetscht zwischen Sanjeev Chopra und Rupinda Malik, auf einem verwischten Faxausdruck in einem winzigen, überhitzten, verqualmten Büro in einem kleinen Bahnhof im Süden Indiens, steht mein Name.

»Oh, wow, ja, das bin ich«, erkläre ich nickend. Es hat etwas leicht Surreales, dass sich hinter diesem undurchdringlichen

Chaos eine solch effiziente Ordnung verbirgt. Eine Liste. Mit meinem Namen. Ich bin schwer beeindruckt. Irgendwie erscheint mir das fast wie ein Ding der Unmöglichkeit.

Aber Indien steckt einfach voller Überraschungen, was es immer wieder eindrucksvoll unter Beweis stellt.

»Das ist Ihr Zug«, sagt er und weist auf den Bahnsteig hinter mir.

»Ach, prima«, rufe ich lächelnd. Na, das ist doch mal was. Sicher ist er gerade eingefahren, denke ich vergnügt. Erwartungsvoll drehe ich mich um …

Ähm, Moment mal. Das ist genau derselbe Zug wie gerade eben, geht mir schlagartig auf. Eigentlich hatte ich erwartet, einen anderen zu sehen, aber nein, es ist derselbe wie vorhin, an dem ein Dutzend Leute hängen wie bunter Schmuck an einem Weihnachtsbaum. »Entschuldigen Sie bitte, ich fürchte, das ist ein Missverständnis«, sage ich, wieder an ihn gewendet.

»Kein Missverständnis«, erklärt der Beamte und schüttelt entschieden den Kopf, um sich dann eine neue Zigarette anzuzünden. »Das ist der Schnellzug nach Delhi.«

Das ist der Schnellzug?

Meine Fantasie, die fröhlich tuckernd davongefahren war, kommt mit kreischenden Bremsen zum Stehen. Wo bitte sind die Luxuskabinen? Der Speisewagen, in dem ich stilvoll sitzen und meinen Gin Tonic schlürfen wollte? Romantik und Opulenz längst vergangener glorreicher Zeiten, als die königlichen Maharadschas in verschwenderischer Pracht durch das Land reisten?

Was ist aus Darjeeling Limited *und Adrien Brody geworden?*

Plötzlich komme ich mir vor wie ein preisgekrönter Hornochse. Was habe ich mir da bloß gedacht? So eine Reise kostet Unsummen und ist nur was für reiche Fünfsternetouristen im Luxusurlaub. Das hier ist eine stinknormale Zugfahrt durch Indien, keine verklärte Hollywood-Version einer nostalgischen

Bahnreise zu Maharadschas Zeiten. Aber die Enttäuschung ist groß. Ich will das nicht, denke ich trotzig, als ich mich umdrehe und gebannt zusehe, wie eine sechsköpfige Familie an Bord geht. Mit einer Mischung aus Ehrfurcht, ungläubigem Staunen und Faszination beobachte ich, wie sie, bepackt mit zwei riesigen Koffern, einem gut drei Meter langen Teppich und etwas, das aussieht wie ein Teil von einem Automotor, in den Zug steigen, wild entschlossen, sich und ihr Gepäck irgendwie hineinzuzwängen. Der Vater mit dem beachtlichen Kugelbauch presst sich als Letzter durch die Tür; wie ein Weinkorken, den man nach dem Herausziehen wieder in den Flaschenhals zu stöpseln versucht.

Mir kommt es vor wie einer dieser Rekordversuche, bei denen sich möglichst viele Menschen wie Ölsardinen in einen Mini quetschen, und tatsächlich, irgendwie schaffen sie es, sich alle in den bereits überfüllten Zug zu schlängeln. Bis auf den kleinen Jungen, der plötzlich wieder auf den Stufen erscheint, den Kopf rausstreckt und sich neugierig umschaut; fröhlich und aufgeregt wie zugfahrende kleine Jungs überall auf der ganzen Welt. Sein Blick bleibt an mir hängen, und – meiner misslichen Lage zum Trotz – ich kann nicht anders, als ihn fröhlich anzulächeln. Was ihn wohl verlegen macht, denn er zieht schnell wieder den Kopf ein und verschwindet im Inneren des Zugs.

Hinter mir höre ich es glucksen, und als ich mich umdrehe, sehe ich, wie der Beamte mich mit unverhohlener Belustigung mustert. Bestimmt ist er zart besaitete westliche Touristen gewohnt, für die Zugreisen in Indien eine ungewohnte und eher unerfreuliche Erfahrung sind.

»Der Zug ist sehr beliebt«, brummt er grinsend, »und heute fahren besonders viele Passagiere mit.«

»Ja, das sehe ich«, entgegne ich nickend und habe ein flaues Gefühl im Magen beim Gedanken daran, wie um alles auf der Welt ich mich und meinen gigantischen Koffer in dieses Menschengewirr zwängen soll. Nicht zum ersten Mal bereue ich den Kauf der vielen Paschminas.

»Aber Sie haben Glück …«

Na ja, so weit würde ich nun nicht gehen. Ich könnte jetzt auch gemütlich im Flieger nach Hause sitzen, mir einen netten Film ansehen und mir dabei einen Drink aus der Bordbar genehmigen.

»Sie haben eine Reservierung in AC2.«

Verblüfft schaue ich ihn an. »Und was heißt das?«

»Das ist ein Wagen ganz vorne, mit Klimaanlage und eigener Schlafkoje.«

Augenblick, hat er gerade »Klimaanlage« und »eigene Schlafkoje« gesagt?

In der drückenden Hitze seines Büros durchfährt mich ein wonniger Freudenschauer. »Sie meinen, das ist nicht mein Abteil?«, frage ich und weise nach draußen.

Worauf er dröhnend auflacht. Anscheinend findet er das urkomisch.

»Wobei ich durchaus auch volle Züge gewohnt bin. Sie sollten die Londoner U-Bahn mal im Feierabendverkehr sehen; nie findet man einen Sitzplatz – für Menschen mit Platzangst ist das wirklich nichts …«

»Miss Miller!«, unterbricht er mich. »Nur keine Sorge.«

Ich verstumme.

»Aber wenn Sie sich jetzt nicht beeilen, verpassen Sie Ihren Zug.«

Mein Blick geht zur Uhr an der Wand. Der Minutenzeiger rückt bedrohlich nahe auf die volle Stunde vor. »Verdammter Mist«, schimpfe ich, als ich sehe, wie spät es ist, und schlage mir dann rasch die Hand vor den Mund. »Ach herrje, tut mir leid … ganz herzlichen Dank, Sie haben mir wirklich sehr geholfen!«

Lächelnd zündet der Beamte sich eine weitere Zigarette an. »Ihr Ticket«, erinnert er mich.

Das liegt noch auf seinem Schreibtisch, und ich nehme es hastig an mich. Ich muss den Zug erwischen und meine Schwester retten. Also schnappe ich mir den Koffer, nehme die Beine in die Hand und hechte aus dem Büro.

Wie durch ein Wunder finde ich auf Anhieb das richtige Abteil, und als ich die Schiebetür öffne, trifft mich die kühle klimatisierte Luft wie eine liebevolle Ohrfeige und jagt mir einen herrlich kribbelnden eisigen Schauer über den Rücken. Ich hätte nie gedacht, dass ich mich so über eine Gänsehaut freuen könnte. Eigentlich bin ich eine ewig bibbernde Frostbeule, aber nach der erdrückenden Hitze draußen ist die Kühle hier drin einfach herrlich.

Suchend schaue ich mich um nach meinem reservierten Platz. Mein Blick geht durch den mit Neonlicht erhellten Gang und hangelt sich an den in langen Reihen angeordneten Metallpritschen entlang, die wie Doppelstockbetten in den Abteilen aufgereiht und jeweils mit einem Vorhang voneinander abgetrennt sind. Am Fuß der einzelnen Kojen liegen ordentlich aufgestapelt je ein Laken, ein Kissen und eine Decke.

Ich bin angenehm überrascht. Es ist einfach, aber sauber und geräumig. Verglichen mit den vollgestopften Abteilen von eben ist das hier der reinste Luxus. Der Bahnbeamte hatte Recht, ich habe wirklich Glück gehabt. Das ist ja besser als die Eisenbahn zu Hause. Da lässt sich die Rückenlehne kaum nach hinten klappen, nicht mal in der ersten Klasse, und hier habe ich eine eigene Koje mit Kissen und allem Drum und Dran!

Was mich allerdings *leicht* beunruhigt, ist die Tatsache, dass es in jedem Abteil vier Schlafkojen gibt. Zwei oben und zwei unten. Was bedeutet, dass ich die Reise mit drei willkürlich zusammengewürfelten wildfremden Menschen verbringen werde. *Männern* und Frauen, wie mir just in diesem Moment auffällt, als ein korpulenter Inder von der Toilette kommt und sich schwerfällig auf die untere Pritsche mir gegenüber fallen lässt. Nur um dann eine Tüte Pistazien herauszukramen, die er gleich zu knacken beginnt, wobei er mich unverwandt anstarrt.

Mittlerweile habe ich mich fast schon daran gewöhnt, als Ausländerin ständig das Objekt der allgemeinen Neugier zu sein, also lächele ich ihn höflich an. Doch er wendet den Blick nicht ab. Nein, wie hypnotisiert starrt er mich an, einen stetig wachsenden Berg aus Pistazienschalen zu seinen Füßen. Was soll's, halb so wild. Wir reisen ja nur ein paar Stunden zusammen, sage ich mir und nehme gut gelaunt ihm gegenüber Platz. Ich lese ein bisschen in meinem Reiseführer, dann mache ich ein kleines Nickerchen, und ehe ich michs versehe, sind wir schon da.

»Entschuldigen Sie bitte.«

Gerade habe ich meine Decke ausgebreitet und bin dabei, es mir gemütlich zu machen, als ich eine Stimme höre. Sie ist männlich, und wie es sich anhört, ist ihr Besitzer Amerikaner.

»Ähm, ja?«

Ich schaue von meinem Buch auf. An meiner Pritsche steht ein Mann. Wobei in meinem Blickfeld bloß Beine sind; sein Oberkörper ist von der oberen Schlafkoje verdeckt, sodass ich nur verwaschene Khakishorts, gebräunte, haarige Waden und nackte Füße in Flipflops sehe. Irgendwie habe ich eine Schwäche für schöne Füße, und seine sind wirklich hübsch anzuschauen.

»Ich glaube, das ist mein Platz.«

Ich runzele die Stirn. Schlagartig ist jeder Gedanke an die hübschen Zehen des Fremden verflogen. »Nein, bestimmt nicht«, erkläre ich den Füßen entschieden.

»Das ist Nummer achtzehn. Das ist mein Platz«, entgegnet er sehr bestimmt.

Mir sträuben sich die Nackenhaare. Da sitze ich hier gemütlich im Zug und lese mein Buch, schon muss diese unverschämte gesichtslose Person daherkommen und mich ungefragt behelligen.

»Ich muss Sie leider enttäuschen«, erwidere ich spitz, »aber Sie irren sich. Nummer achtzehn ist mein Platz.«

Bitte, was habe ich mir eingebildet? Der Kerl hat grottenhässliche Quadratlatschen. Und seine kleinen Zehen sind ganz krumm.

»Nein, *Sie* irren sich«, erwidert er ungerührt.

Wie bitte? Dieses unverschämte Verhalten macht mich baff. Also ehrlich, was hat der Kerl denn für ein Problem?

»Hören Sie, ich möchte nicht mit Ihnen diskutieren …«, setze ich an, aber er lässt mich gar nicht ausreden.

»Da gibt es nichts zu diskutieren. Offensichtlich können Sie nicht bis drei zählen. Respektive bis achtzehn.«

Ich bin fassungslos. Was für ein unverschämter Kerl!

»Nein, *Sie* können nicht zählen«, schimpfe ich gereizt. Bitte, wenn er sich hier wie im Kindergarten aufführen will, das kann ich auch. »Also, wenn es Ihnen nichts ausmacht …«

Er sagt nichts mehr. Sehr gut. Dem habe ich's gegeben. Jetzt zieht er sicher endlich Leine.

Erschreckt fahre ich hoch, als unvermittelt ein Gesicht in meiner Koje auftaucht.

»Sind Sie immer so stur?«

Die Augen sind haselnussbraun, und das Weiße darin wirkt gegen die braun gebrannte Haut noch strahlender. Er ist ungefähr in meinem Alter, hat kurze dunkle, verstrubbelte Haare und einen Dreitagebart. Um den Hals trägt er eine Perle an einer Lederschnur und auf dem Kopf einen alten Strohhut.

Lieber Himmel, der sieht aus wie einer dieser wirklich nervigen Rucksackreisenden. Ich wette, er hat eine Trommel und eine Ausgabe von *Shantaram* im Gepäck.

»Sie schauen wohl besser noch mal auf Ihre Reservierung«,

maule ich spitz und so bestimmt, wie ich nur kann. Wirklich, manche Männer haben mehr Ego als Verstand.

»Habe ich schon. Sie sitzen auf meinem Platz, Lady.«

Lady? Ich schäume fast über vor Wut. Himmel, wie kann man nur so herablassend sein?

Und der Kerl rührt sich nicht vom Fleck, wie ich leider einsehen muss. Seine unansehnlichen Füße stehen da wie festgewachsen, und sein Gesicht ist bloß ein paar Handbreit von meinem entfernt.

So, mir reicht's!

Entnervt klappe ich den Reiseführer zu und greife zu meiner Handtasche. Aus der krame ich rasch meinen Fahrschein hervor. Dem werde ich es schon noch zeigen, diesem dahergelaufenen … nervtötenden … unhöflichen … sexistischen …

»Sehen Sie!«, trompete ich triumphierend und wedele mit dem Ticket wie ein Fechter mit dem Degen. »Achtzehn!«

Ha! Da bleibt ihm die Spucke weg.

Ich warte darauf, dass er beschämt klein beigibt, kleinlaut das Feld räumt, widerwillig eine Entschuldigung murmelt …

»Da steht dreizehn«, entgegnet er nüchtern.

Was?

»Ein bisschen verschmiert vielleicht, aber eindeutig dreizehn.«

Dann gibt er mir den Fahrschein zurück, und ich starre sprachlos auf das Papier. Mir wird fast übel, als ich einsehen muss, dass er Recht hat. Die Nummer ist ganz verschmiert. Ich habe nicht richtig gelesen. Da steht nicht 18. Da steht 13.

»Für manche angeblich eine Unglückszahl«, höre ich ihn sagen, und als ich aufschaue, sehe ich, wie seine Mundwinkel sich leicht zu einem überlegenen Lächeln kräuseln.

Ich muss mir auf die Zunge beißen. »Also gut, schön«, murmele ich abgehackt. »'tschuldigung.«

»Ich glaube, Ihr Platz ist da drüben.« Damit weist er auf die andere Seite des Wagens, wo unter der oberen Schlafkoje zwei einander zugewandte Sitze zu sehen sind. Auf einem davon lümmelt sich ein junger Inder mit schlecht sitzendem Kopfhörer, aus dem blechern scheppernde Musik dröhnt. »Sie haben die untere Pritsche. Echt blöd, da können Sie erst schlafen, wenn Ihr Sitznachbar auch ins Bett gegangen ist.«

Verdattert gucke ich ihn an.

»Bei den seitlichen Pritschen ist das etwas anders. Die sind schmaler, und die beiden unteren Sitze werden nachts zu einer Liegefläche zusammengeschoben, wenn er oben liegt …« Er unterbricht sich, und ich könnte schwören, es in seinen Augen schadenfroh blitzen zu sehen. »Ich meinte natürlich, wenn er im Bett über Ihnen liegt.«

»Natürlich«, zische ich empört und werde hochrot. Hastig suche ich meine Siebensachen zusammen, stopfe alles wahllos in die Tasche und stehe von dem schmalen Bett auf. »Verzeihung«, blaffe ich ihn an und warte gar nicht ab, bis er mir Platz gemacht hat, damit ich vorbeigehen kann.

»Hey!«, ruft er empört, als ich ihm mit dem Rollkoffer über den Fuß rattere.

Versehentlich, natürlich.

»Ich bin vielleicht eine Lady, aber Sie sind offensichtlich kein Gentleman«, brumme ich, als ich steif an ihm vorbeistakse.

»Langer Tag, wenig geschlafen«, murmelt er unbeeindruckt und verschwindet dann flugs in meiner Koje, anscheinend ohne den geringsten Skrupel, mich einfach so rausgeworfen zu haben.

Und ich Idiot habe mir ausgemalt, wie ich mit Adrien Brody eisgekühlten Gin Tonic schlürfe.

»Kein anständiger Mann würde eine Frau von ihrem Platz vertreiben; er würde ohne großes Aufheben mit ihr tauschen«, gebe ich schnippisch zurück und lasse mich missmutig in den harten Plastiksitz fallen, während er sich ungeniert auf *meiner* Decke ausstreckt und sich genüsslich räkelt.

»Das soll wohl ein Witz sein«, schnaubt er und boxt das Kissen in Form.

Gott, ich kann es nicht ausstehen, wenn Männer das machen. Warum müssen die immer auf hilflose Kissen einprügeln?

Ich ignoriere ihn einfach und starre pikiert aus dem Fenster.

»Sie erwarten tatsächlich, dass ich für einunddreißig Stunden auf meinen Schlafplatz verzichte? Doch nicht im Ernst!«

Ähm, wie bitte? Was hat er da gerade gesagt?

Von dem unbequemen Sitz, dessen Rückenlehne sich keinen Millimeter verstellen lässt, in eine unnatürlich kerzengerade Haltung gezwungen drehe ich mich ruckartig zu ihm um.

»Was reden Sie denn da?«, frage ich streng.

»Die Fahrt nach Delhi«, antwortet er, die Arme bequem hinter dem Kopf verschränkt. »Über tausend Kilometer und einunddreißig Stunden … steht das nicht in Ihrem schlauen Reiseführer?«, fragt er mit Blick auf das Buch, das neben mir liegt.

»Das ist nur Goa«, entgegne ich schnippisch.

»Wie schade für Sie«, meint er achselzuckend.

Ich drehe mich wieder um, fest entschlossen, ihn einfach zu ignorieren. Der will mich doch bloß auf den Arm nehmen und mich ärgern, weiter nichts. Aber irgendwie habe ich plötzlich ein flaues Gefühl im Magen. »Ich glaube, ich verstehe das nicht. Ich dachte, das sei der Schnellzug«, sage ich und drehe mich etwas steif noch mal zu ihm um.

»Ist es auch. Aber wir sind hier in Indien«, sagt er und schaut mich an, als sei ich schwer von Begriff.

Die Erkenntnis trifft mich wie ein Schlag. *Das ist kein Scherz.*

In meinem Kopf drehen sich die Gedanken wie ein Kettenkarussell. Ach du lieber Himmel, das kann doch nicht wahr sein. Das *darf* nicht wahr sein.

»An Ihrer Stelle würde ich zusehen, dass ich ein bisschen schlafe«, meint er gähnend, tippt sich kurz an die Krempe seines alten Hutes und zieht ihn sich dann über die Augen.

Sprachlos starre ich ihn an, während mir langsam dämmert, was das zu bedeuten hat. Da höre ich plötzlich ein leises Schnarchen und merke, dass er bereits eingeschlafen ist.

Der schläft! Während ich hier stocksteif sitzen muss!

Blechern klirrende Musikfetzen reißen mich aus meinen Gedanken, und als ich mich umdrehe, sehe ich, dass mein Gegenüber die Lautstärke noch weiter aufgedreht hat, sodass die Musik aus den Kopfhörern dröhnt. Nach der ganzen Aufregung heute würde ich am liebsten losheulen. Was ist bloß aus meinem einwöchigen Entspannungsurlaub geworden? Eben lag ich noch genüsslich am Strand und habe Cocktails mit Strohhalmen aus Kokosschalen geschlürft, und jetzt bin ich für einunddreißig Stunden in diesen Zug eingepfercht.

Um es mir ein bisschen bequem zu machen, rutsche ich auf dem Sitz herum und versuche, eine etwas weniger ungemütliche Position zu finden, gebe aber schließlich entnervt auf. Himmel, das ist einfach aussichtslos. Und dann schaue ich resigniert aus dem Fenster und sehe zu, wie der Bahnhof in der Ferne verschwindet, während der Zug auf seiner langen, langen Reise nach Norden ganz langsam Fahrt aufnimmt.

Elftes Kapitel

Wobei, eigentlich sind einunddreißig Stunden gar nicht *so* lang.

Während der Zug gemächlich durch die Außenbezirke der Stadt rollt und schließlich unbesiedelte weite, offene Landschaften erreicht, überschlage ich das mal rasch im Kopf. Denn, ganz ehrlich, eigentlich ist es doch kinderleicht, ein bisschen Zeit totzuschlagen, oder? Ich brauche zum Beispiel nur mal kurz bei Zara reinzuschauen, und schon ist eine ganze Stunde um. Oder den Fernseher einzuschalten, und *woosh*, ehe man sichs versieht, ist mir nichts, dir nichts der ganze Abend an einem vorbeigerauscht.

Und meine DVD-Box von *Downton Abbey* kann ich nicht mal *ansehen*, ohne einen ganzen Tag meiner Lebenszeit zu verlieren. Ja, als ich kürzlich bei Mum und Dad war, war im Handumdrehen das ganze Wochenende um, nachdem ich mit Entzücken festgestellt hatte, dass die Staffeln zwei und drei bei ihnen im Regal standen. Ganz ehrlich, was Verschwindetricks angeht, kann David Blaine Cousin Matthew nicht das Wasser reichen.

Und darum ist diese kleine Reise auch ein Pappenstiel. Es gibt tausend Möglichkeiten, sich die Zeit zu vertreiben – ich muss mir beispielsweise ganz dringend die Fingernägel maniküren, wie mir just aufgeht, als ich meine Hände betrachte und entsetzt feststelle, wie unansehnlich die geworden sind.

Und dann sehen wir weiter …

Bereits bedeutend zuversichtlicher krame ich also meine Nagelfeile heraus und mache mich frisch ans Werk. Wenn das so weitergeht, bin ich im Handumdrehen in Delhi!

Ich wusste gar nicht, wie schön es sein kann, sich so genüsslich die Zeit zu vertreiben.

Nach meiner Maniküre – bei der ich mir die Zeit genommen habe, in aller Seelenruhe zwei Schichten Nagellack aufzutragen, statt wie sonst immer in fliegender Hast einmal rasch drüberzupinseln, *und* sie auch richtig trocknen zu lassen, statt den frischen Lack wie gewöhnlich zu verschmieren, weil ich so ungeduldig bin und nicht warten kann – schicke ich meiner Schwester eine SMS, dass ich im Zug sitze (auf die ich keine Antwort bekomme, was mich allerdings nicht weiter verwundert; sie mag zwar durchgebrannt sein, aber sie ist immer noch dieselbe alte Amy). Ich bestelle bei dem Mann, der mit einer kleinen Speisekarte herumgeht, auf der natürlich alles nur in Hindi steht, sodass ich kein Wort davon verstehe, etwas zu essen, und sortiere dann endlich mal den ganzen Müll in meinem Portemonnaie aus.

Ganz ehrlich, bei mindestens der Hälfte aller Visitenkarten, die sich im Laufe der Zeit angesammelt haben, habe ich nicht den blassesten Schimmer, von wem ich sie bekommen habe, überlege ich, während ich einen dicken Stapel der in allen möglichen Farben und Schrifttypen bedruckten Kärtchen durchgehe. Ratlos starre ich auf »Deborah Seymour, *Whirlpools 'R' Us*« in Times New Roman und überlege krampfhaft, woher ich die Dame kennen könnte. Leider Fehlanzeige.

Entschlossen zerknülle ich die arme Deborah. Bestimmt ist sie ein netter Mensch. Vermutlich habe ich sie mal bei einer Party kennengelernt und gedacht, ach, die ist aber wirklich reizend, und sie hat mir ihre Karte gegeben, und ich habe versprochen, mich bei ihr zu melden.

Und jetzt knülle ich sie einfach zusammen wie ein altes Bonbonpapier.

Fast kriege ich ein schlechtes Gewissen, aber ein fröhliches Babyglucksen reißt mich aus meinen trüben Gedanken, und als ich aufschaue, sehe ich auf der anderen Seite des Gangs eine große, lebhafte Familie aus dem Abteil strömen. Im Schneidersitz machen sie es sich auf dem Boden bequem und hocken sich im Gang in einen großen Kreis; drei Generationen, die angeregt durcheinanderplappern, Essen herumreichen, Karten spielen und das Baby auf den Knien wippen, das wie ein bildhübsches Püppchen mit kajalumrandeten Augen auf dem Schoß sitzt. Hingerissen schaue ich zu, wie das kleine Mädchen die pummeligen, mit goldenen Armspangen verzierten Fäuste ausstreckt und sich eine der Pistazienschalen in den Mund stecken will, die in einem großen Haufen vor der Pritsche nebenan liegen.

»Wie alt ist sie?«, frage ich und lächele breit. Kleine Kinder sind was Wunderbares; wenn man sie sieht, muss man einfach lächeln.

»Bald ein Jahr«, antwortet ihre Mutter stolz und strahlt über das ganze Gesicht.

»Sie ist bildhübsch«, erkläre ich nickend und ziehe eine lustige Grimasse, als das kleine Mädchen mich mit einem neugierigen Blick aus den dunkelbraunen Augen anschaut, gerahmt von Wimpern, wie kein Volumenmascara dieser Welt sie zaubern könnte. Schüchtern lächelt sie mich an und vergräbt dann das Gesicht in den Falten des leuchtend blauen Saris ihrer Mutter.

»Sie ist sehr schüchtern«, meint ihre Mutter lachend und wippt ihre Tochter aufmunternd auf dem Knie.

Unter gesenkten Wimpern schaut sie mich an, und ich tue, als wollte ich mich hinter meinen Händen verstecken, um gleich darauf wieder zum Vorschein zu kommen. Entzückt giggelt sie los, dann vergräbt sie wieder das Gesicht im Sari ihrer Mutter, und so spielen wir beide Kuckuck – ich verstecke mich hinter meinen Händen, sie sich hinter ihrer Mutter – und sind ganz in unser lustiges Spiel vertieft, das erst endet, als die Kleine etwas essen soll.

Dafür wird sie ihrer Großmutter auf den Schoß gesetzt, die

ihr die Flasche gibt, und ich drehe mich wieder um und schaue versonnen aus dem Fenster. Wie viel Uhr mag es wohl sein? Bestimmt schon ziemlich spät. Schließlich sitze ich seit Stunden im Zug.

Ich schaue auf meine Armbanduhr.

Was?

Viertel vor? *Erst?*

Dann sitze ich gerade mal … schnell überschlage ich im Kopf …

Eine Dreiviertelstunde im Zug?

Ungläubig starre ich auf die Uhr, dann schaue ich mich um. Viele meiner Mitreisenden sind bereits eingeschlafen. Der junge Inder mir gegenüber ist im Sitzen eingenickt, mit offenem Mund und dröhnenden Kopfhörern, während der Mann, der eben noch Pistazien geknackt hat, jetzt laut schnarcht.

Und dann *er.*

Der Amerikaner.

Schläft wie ein Baby in meiner Koje.

Es ist zum Aus-der-Haut-Fahren. Okay, streng genommen ist es eigentlich *nicht* meine Koje, aber hier müsste doch schon fast Gewohnheitsrecht gelten, denke ich mürrisch.

Ich merke, wie ich kleine neidische Pfeile in seine Richtung verschieße, und zwinge mich, den Blick abzuwenden. Ich sollte ihn am besten einfach links liegen lassen. Darüberstehen. Was kümmert mich dieser blöde Kerl oder so eine dämliche Pritsche? Unwichtig. *Er* ist unwichtig.

Ich schließe die Augen, lausche dem rhythmischen Klackern des Zugs, der monoton über die Gleise rattert, und spüre, wie die Wagen sich sanft hin- und herwiegen. Es war ein langer Tag, und plötzlich überkommt mich die Erschöpfung, und ich merke erst, wie müde ich eigentlich bin. Ich gähne wie ein Nilpferd und spüre, wie die Anspannung langsam aus meinem Körper weicht.

Und je mehr ich mich entspanne, und je schläfriger ich werde, desto mehr verfliegt allmählich auch mein Ärger. Ich bemerke kaum, wie die romantische Träumerin unbemerkt vorbeihuscht an der pragmatischen Realistin, die sonst Wache steht vor meinen Tagträumen wie ein Schließer, der mit seinem dicken Schlüsselbund klimpert … und dann entschwebe ich unversehens in meine Fantasiewelt …

Denn wer träumt nicht von einer Zugreise durch Indien? Eine Fahrt durch eins der geheimnisvollsten Länder dieser Erde? All die Sehenswürdigkeiten erleben, die unbeschreibliche Szenerie, *den Zauber*. Das ist der Stoff, aus dem unzählige Filme und Romane gemacht sind. Ganz zu schweigen von den Fernsehdokus, die ich mir so oft gemütlich auf meinem Sofa in eine Decke gekuschelt angeschaut habe, eine Tasse Tee in der Hand und den Gedanken im Kopf: *Eines Tages …*

Aber aus *eines Tages* wird erst ein Tag und dann noch einer, und dann hat der Alltag einen wieder, und erst wenn man in einem überfüllten Bus sitzt oder einen Einkaufswagen durch den Supermarkt schiebt oder sich spätabends die Zähne putzt, schweifen die Gedanken wieder ab, und man erinnert sich daran.

Als ließe man einen Ballon steigen, schwebt man hinfort, weg von Beruf und Beziehung und Verpflichtungen, von den Alltagsgedanken an unbezahlte Rechnungen, drohende Abgabetermine und das noch ungekochte Abendessen. Und für einen kurzen, flüchtigen Augenblick malt man sich aus, wie es wäre, auf Abenteuerreise zu gehen, dem normalen Leben zu entfliehen und den Alltagstrott eine Weile hinter sich zu lassen.

Und eine neue Welt zu erkunden, wo einen niemand kennt und man die sein kann, die man immer sein wollte. Wo man die Vergangenheit vergessen und sich in neuen Erfahrungen und endlosen Möglichkeiten verlieren kann. Wo man das Gefühl hat, wirklich lebendig zu sein und nicht bloß zu funktionieren.

Nur für einen Augenblick. Wer träumte nicht davon?

Ich muss wohl eingenickt sein, denn als ich kurz darauf aufwache, habe ich einen steifen Nacken, und mir ist kalt. Ich zittere leicht. Herrje, die Klimaanlage bläst aber wirklich wie ein sibirischer Polarwind, was? Eben fand ich es noch herrlich kühl und erfrischend, jetzt ist es mir etwas fröstelig. Ich nehme mir die Decke, die auf meinem Platz lag, und kuschele mich hinein, aber irgendwie will mir nicht recht warm werden. Ja, ich habe sogar Gänsehaut, wie ich am Arm unterhalb des Sweatshirts sehe.

Ich geb's auf. Es hat keinen Zweck. Ich muss mir die Beine vertreten und mich ein bisschen aufwärmen.

Also schäle ich mich widerwillig aus der Decke, stehe auf und gehe den Gang entlang, wobei ich vorsichtig über diverse Arme und Beine steige, bis ich schließlich das Ende des Waggons erreicht habe und die Schiebetür öffne.

Ein Schwall heißer Luft schlägt mir entgegen. Es ist, als öffnete man eine Backofentür. Auf der kleinen Plattform zwischen den Waggons stehen etliche Männer, rauchen, unterhalten sich in Hindi oder schauen einfach nur zu, wie die Welt an ihnen vorüberzieht.

Ich geselle mich zu ihnen. An die geöffnete Tür gelehnt stehe ich da, und die Haare wehen mir ums Gesicht, zerzaust von der erdrückend heißen Brise. Schnell binde ich sie zum Pferdeschwanz zusammen und lasse den Blick versonnen über die Landschaft schweifen. Über die satten, üppig wuchernden Reisfelder, die leuchtend grünen, schimmernden Palmen, die in kunterbunten Farben gestrichenen Behelfshütten und die halb nackten Kinder, die lachend und winkend dem Zug hinterherlaufen, mitzuhalten versuchen und schließlich doch zurückfallen und vor Freude übers ganze Gesicht strahlen, als ich zurückwinke.

Und wie ich so in die fröhlichen Gesichter dieser Kinder

schaue, deren Lächeln zu einem einzigen großen Strahlen verschmilzt, während wir vorbeirauschen, kommt es mir vor, als hätte man mich in geschmolzenes Glück getaucht.

Das sind doch die Momente, an die man sich später zurückerinnert. Das muss gemeint sein, wenn es heißt, eine Zugfahrt in Indien habe ihren ganz eigenen Zauber. Nicht Luxusabteile und Gin Tonics. Es geht um diese unvergesslichen Augenblicke, wenn unser Leben und das anderer Menschen sich berühren, und sei es auch nur für einen Wimpernschlag. Um diesen flüchtigen Moment, wenn eine Handvoll Dorfkinder einer Fremden im Zug zuwinkt und sie zurückwinkt und ihre Lebenslinien sich für den Bruchteil einer Sekunde kreuzen.

Und dann lösen sie sich wieder voneinander, überlege ich, während die Kinder in der Ferne verschwinden und ich mich frage, ob sie sich an mich erinnern werden und ich mich an sie. Ob ich irgendwann irgendwo stehen und an diesen Augenblick denken werde, als ich im Zug saß und mit einem kleinen Mädchen Kuckuck gespielt habe, während ich quer durch Indien tuckerte …

Ich weiß nicht genau, wie lange ich dort schon stehe und meinen Tagträumen nachhänge, ohne einen Gedanken daran zu verschwenden, die Zeit totzuschlagen, während der heiße Wind mich umbraust, bis mir irgendwann unvermittelt die Haare ins Gesicht wehen, weil mein Pferdeschwanz sich gelöst hat und das Haarband herausgerutscht ist.

Rasch bücke ich mich und greife danach. Aber zu spät. Noch während ich es ungeschickt zu erhaschen versuche, packt ein Windstoß das Haarband, und gerade, als ich schon denke, nun ist es fort, greift eine fremde Hand danach. Verdutzt schaue ich auf, geradewegs in das Gesicht des jungen Mannes mit den Kopfhörern vom Platz gegenüber. Wortlos reicht er mir das Band.

»Oh … danke schön«, sage ich laut, um das Rattern des Zugs zu übertönen.

Der Kopfhörer baumelt jetzt um seinen Hals, und er raucht lässig eine Zigarette.

Ich nehme das Haarband entgegen, und er lächelt mich strahlend an. »Hallo, ich heiße Vijay, und wie heißen Sie?«, fragt er in einem etwas altmodischen, steifen Englisch.

»Ruby«, entgegne ich lächelnd.

»Und woher kommen Sie?«, erkundigt er sich höflich.

»Aus England.« Mit den Fingern kämme ich mir die Haare nach hinten und binde sie zusammen.

»Oh, ganz famos«, erwidert er gut gelaunt. Ich muss lächeln, als ich das höre. Das klingt mehr nach meinem Großonkel Harold als nach einem zigarettenrauchenden Teenager.

»Sind Sie zum ersten Mal in Indien?«

»Ja«, antworte ich nickend. »Ich bin auf dem Weg nach Delhi.«

»Sind Sie verheiratet?«

Diese direkte Frage überrascht mich ein bisschen. Eine derart unverblümte Nachfrage würde man bei einem belanglosen Smalltalk unter Fremden eigentlich nicht erwarten. »Ähm, nein«, stammele ich und schüttele den Kopf.

Fassungslos sieht er mich an. »Aber warum denn nicht?«

Ich frage mich, ob ich nun gekränkt oder amüsiert sein soll. Ich muss an Sam denken, und das bringt mich so aus dem Gleichgewicht, dass ich kurz ins Wanken gerate. »Weil ich den Richtigen noch nicht gefunden habe«, stammele ich und schiebe heftig und mit Nachdruck den Gedanken an Sam und all die damit verbundenen Gefühle wieder beiseite. Das ist inzwischen meine Standardantwort. Na ja, behauptet das nicht jede unverheiratete Frau ab einem gewissen Alter?

Aber mit dieser nichtssagenden Floskel gibt Vijay sich nicht zufrieden.

»Wie alt sind Sie?«, fragt er stirnrunzelnd, und in seinen dunklen Augen spiegelt sich echte Sorge.

»Älter als du«, entgegne ich lachend. Sein Charme und seine Ehrlichkeit sind einfach entwaffnend. Vijay, so merke ich nun, ist ehrlich interessiert, und das ist eine erfrischende Abwechslung zu den belanglosen Gesprächen, die man in London im Allgemeinen mit Unbekannten führt, über Banalitäten wie das Wetter und die ewig verspätete U-Bahn. Themen, die eigentlich niemanden richtig interessieren.

»Ich bin neunzehneinhalb«, erklärt er gekränkt und streckt stolz die rappeldürre Brust heraus.

»Dann bist du nicht viel älter als ich«, necke ich ihn.

Aber er versteht den Scherz nicht und antwortet ganz ernst: »Wenn Sie einen guten Ehemann suchen, ich habe viele Freunde.« Etwas verlegen spüre ich, wie mir die Röte in die Wangen steigt. Erst meine Agentin, und nun auch noch Vijay. Wirke ich wirklich so verzweifelt?

Okay, bitte beantworte diese Frage nicht, Ruby.

»Nein danke, nicht nötig, ich komme schon zurecht«, wiegele ich hastig ab.

»Dann ist ja gut«, meint er nickend und bedenkt mich mit einem strahlend weißen Zahnpastalächeln.

»Und du – bist du verheiratet?«, frage ich, um das Gespräch auf ihn zu lenken. Eigentlich wirkt er zu jung, um schon verheiratet zu sein, aber das Thema scheint ihn brennend zu interessieren, und ich frage mich, woran das liegen mag.

»Nein«, murmelt er kopfschüttelnd, drückt die Zigarette aus, die er in der Hand hält, greift in die Hosentasche und zieht ein Handy heraus. »Aber ich bin verliebt.« Er dreht das Handy-Display zu mir. Darauf das Foto einer hübschen jungen Inderin, die fröhlich in die Kamera lacht. »Sie heißt Suhana.«

»Sie ist sehr hübsch«, versichere ich lächelnd.

»Ja, ich weiß«, sagt er nickend und betrachtet liebevoll das Foto auf dem Display.

»Ihr beide seid ein schönes Paar«, erkläre ich. Es berührt

mich, wie hingerissen er das Foto anstarrt. Wie ein liebeskrankes Hündchen. »Wie habt ihr euch denn kennengelernt?«

»Wir waren zusammen in der Schule, in derselben Klasse. Ich weiß noch, wie ich sie das erste Mal gesehen habe. Da war ich noch ein kleiner Junge, und sie war das schönste Wesen, das ich je zu Gesicht bekommen habe, sie war wie eine Prinzessin …« Lächelnd unterbricht er sich, während ich gebannt seiner Geschichte lausche. »Ich konnte es gar nicht glauben, als sie eines Tages zu mir kam und mit mir geredet hat! Mit mir, dem kleinen, dünnen Vijay, der die viel zu weiten Hosen seines großen Bruders auftragen musste und keine Schneidezähne hatte.«

Ich muss lachen, als er eine Grimasse zieht und den schlaksigen zahnlosen kleinen Jungen nachmacht.

»Ich war schrecklich schüchtern, und sie war immer so nett zu mir. Als Kinder haben wir miteinander gespielt, sie war meine Sandkastenliebe, aber dann wurden wir älter …«

Geduldig warte ich, dass er weitererzählt, doch er bleibt stumm. »Und?«, versuche ich ihm den Rest der Geschichte zu entlocken. »Was ist dann passiert?«

»Ihr Vater hat sie zu Verwandten geschickt; seitdem haben wir uns nicht wiedergesehen.« Traurig bricht er ab.

Wir hätten uns wohl beide ein anderes Ende für diese schöne Geschichte erhofft, und meine Enttäuschung ist groß, als ich das höre. »Aber warum denn?«, frage ich verdutzt. Jetzt bin ich es, die neugierige Fragen stellt.

»Ich bin kein reicher Mann«, meint er achselzuckend. Er wirkt resigniert und sinkt in dem dünnen Baumwollhemd förmlich in sich zusammen.

»Na und?«, protestiere ich. »Das sollte doch in der Liebe keine Rolle spielen.«

»Ihr Vater möchte nur das Beste für seine Tochter«, erklärt er so gottergeben, wie ich es in London noch nie bei einem Neunzehnjährigen erlebt habe.

»Aber du bist doch das Beste!«, rufe ich leidenschaftlich. Okay, ich kenne ihn zwar gerade mal ein paar Minuten, aber nachdem er mir seine Geschichte erzählt hat, bin ich mir ganz sicher, dass er ein anständiger Kerl ist. Man erkennt doch einen guten Apfel auf den ersten Blick.

»Das ist sehr nett von Ihnen, Ruby, aber Suhana ist etwas ganz Besonderes … die wunderbarste Frau, die die Götter je erschaffen haben.« Wieder geht sein Blick zu dem Bild, und er seufzt tief.

»Weißt du denn, wo Suhana jetzt ist?«

»Nein«, antwortet Vijay und schüttelt traurig den Kopf. »Und ich weiß, sie würde sich niemals über den Willen ihres Vaters hinwegsetzen und mich anrufen. Sie ist eine gute Tochter.«

»Und ihr Vater? Hast du mal versucht, mit ihm zu reden?«

»So oft«, versichert er nickend. »Aber ich weiß, dass ich Suhanas Hand nicht gewinnen kann. Er ist sehr wütend geworden, als er herausfand, dass wir beide ineinander verliebt waren … er ist ein sehr mächtiger Mann.«

»Aber wenn du es noch mal versuchst, vielleicht hört er dich dann an«, versuche ich ihm Mut zu machen, aber Vijay schüttelt nur den Kopf. »Er ist ein weiser Mann«, sagt er so respektvoll, dass ich verstumme. »Aber ich würde gerne noch einmal mit ihr sprechen, ihre Stimme hören, wissen, ob es ihr gut geht …«

Ich sehe, wie sein Blick zurück zu dem Bild auf seinem Handy wandert und er mit dem Daumen sanft über das Display streicht. Dann steckt er das Telefon wieder in die Hosentasche.

»Mehr will ich nicht … als nur zu wissen, dass es ihr gut geht und dass sie glücklich ist in ihrem neuen Leben.«

Zwölftes Kapitel

Vijay und ich reden eine halbe Ewigkeit über Gott und die Welt, das Leben und die Liebe, und als er mich schließlich fragt, ob ich seine Freundschaftsanfrage auf Facebook annehmen würde, und zwar ganz förmlich und höflich, muss ich mir ein Lächeln verkneifen. Schließlich gehe ich, während er noch eine Zigarette raucht, wieder zurück in das klimatisierte Abteil.

Auf dem Weg zu meinem Platz spricht mich ein Mann mit einer dickbauchigen Metallkanne an, der ein Getränk verkauft, das aussieht wie heißer Tee mit Milch, aber viel würziger duftet als mein Schwarztee zu Hause.

»Chai?«, fragt er und weist auf seine Kanne.

Bis jetzt kenne ich Chai-Tee nur als Latte-Gemisch von Starbucks, aber dieses Gebräu sieht sehr authentisch aus. »Oh ja, bitte«, erwidere ich fröhlich.

Für ein paar Rupien erstehe ich einen Plastikbecher mit der dampfenden, milchig-trüben Flüssigkeit und nippe vorsichtig daran. Es schmeckt köstlich: Wie ein heißer, süßer, würziger Milkshake. Kein Wunder, dass Chai hier so beliebt ist, denke ich bei mir, als ich mich verstohlen umschaue und sehe, dass fast alle meine Mitreisenden einen kleinen Plastikbecher in den Händen halten.

»Heiliges Kanonenrohr.«

Aus der Schlafkoje gegenüber ist ein lautes Ächzen und Stöhnen zu vernehmen, und als ich mich umdrehe, sehe ich, wie der Amerikaner sich unter der Decke räkelt. Ein bisschen sieht es aus wie das Monster von Loch Ness. Die Arme über den

Kopf gestreckt gähnt er übertrieben laut und macht eine richtige Show. Als sei er gerade aus einem hundertjährigen Dornröschentiefschlaf erwacht.

Will der mich ärgern? Muss er mir das noch unter die Nase reiben?

Abrupt wende ich mich ab, ignoriere ihn geflissentlich und schlürfe genüsslich meinen Tee.

»Mannomann … ich war völlig weggetreten.«

Ich bleibe ruhig und gelassen und nehme ihn überhaupt nicht zur Kenntnis.

»Junge, Junge, hab ich einen Hunger …« Leider ist seine Stimme lästiger als eine Schmeißfliege, die einem unablässig um den Kopf schwirrt. Mit wem redet der? Mit sich selbst? Ich starre weiter geradeaus, als hörte ich kein Wort. Ein bisschen wie Sam, wenn er gerade fernsah, während ich versuchte, mit ihm über unsere Hochzeitspläne zu reden. Angeblich hat das damit zu tun, dass Männer sich hin und wieder in ihre »Höhle« zurückziehen müssen. Wobei es in Sams Fall mehr damit zu tun hatte, dass er sich in die »Höhle« von Miriam-vom-Marketing zurückziehen wollte.

»Hey, ist das Chai?«

Denk an die Höhle. Denk an vollkommene Stille. Denk *Ich kann dich gar nicht hören.*

»Entschuldigen Sie …«

Kann ich aber leider doch. Laut und deutlich.

»Ja?« Ich wirbele mit meinem Sitz herum wie ein Juror bei *The Voice*. Nur dass mir absolut nicht gefällt, was ich da hören muss. Ganz im Gegenteil.

»Hab ich den *Chai Wallah* verpasst?«

Müde reibt er sich den Schlaf aus den Augen und schaut mich an. Die Haare stehen ihm wirr zu Berge, und für einen kurzen Augenblick sieht er richtig süß aus. Man könnte sich glatt vorstellen, wie er als kleiner Junge in seinem Etagenbett aufgewacht ist.

Wenn er nicht so ein unhöflicher, ungehobelter, egoistischer Holzkopf wäre.

»Wie bitte?«

»Den Verkäufer mit dem Chai-Tee«, erklärt er.

Von meinem Sitzplatz aus habe ich den ganzen Gang im Blick, an dessen Ende noch der Mann mit der großen, silbrig glänzenden Kanne voll dampfend heißem Chai zu sehen ist. Gerade öffnet er die Tür zum nächsten Waggon und wird gleich verschwunden sein.

Es sei denn natürlich, jemand riefe ihm nach und hielte ihn auf.

»Tja, leider. Pech gehabt«, entgegne ich ungerührt und wende mich wieder ab.

Ich weiß. Ich bin ein böser, böser Mensch.

»Verdammt.«

»Ja, schade«, murmele ich nickend und nippe an meinem süßen Tee. Wobei ich ganz leise schlürfe.

Was natürlich keine Absicht ist.

Bis spät in den Abend geht es immer so weiter; wir rattern durch endlose Weiten, zuckeln durch Bahnhöfe, und gelegentlich halten wir auch an. Bei jedem Halt steigen zahllose fliegende Händler in den Zug, die alle nur erdenklichen Softdrinks und exotischen Imbisse verkaufen.

»Mhm, was ist das denn?«, frage ich mit einem entzückten Blick auf die köstlichen frittierten Päckchen, die eine Dame mit kunstvoll verschnörkelter Hennabemalung an den Händen mir anbietet. »Sind das Samosas?«

»Also, ich an Ihrer Stelle würde lieber die Finger von den Sachen lassen, die die fliegenden Händler anbieten«, warnt mich eine Stimme.

Ich muss mich nicht mal umdrehen, um zu wissen, wem die gehört.

»Mit Ihnen hat niemand geredet«, brumme ich tonlos.

»Schon gut, ich meine ja nur«, entgegnet er.

Zumindest dachte ich, es sei tonlos gewesen.

Während flammende Röte meine Wangen überzieht, versuche ich mich auf die Dame mit den Hennahänden zu konzentrieren, aber inzwischen unterzieht der Mann mit den Pistazien ihr Tablett schon einer genaueren Betrachtung.

»Scheinen nicht alle Ihrer Meinung zu sein«, kann ich mir nicht verkneifen zu sagen, als ich sehe, wie der Pistazienmann ein halbes Dutzend der appetitlichen kleinen Happen kauft.

»Es gibt immer einen, der auch im haiverseuchten Wasser schwimmt.«

Regel Nummer eins. Einfach nicht darauf eingehen. Genau wie wenn man spätabends mit dem Bus nach Hause fährt, und plötzlich steigt ein Betrunkener zu, der einen dumm von der Seite anquatscht. Das ist die goldene Regel. Und ich habe sie gerade gebrochen.

»Samosas würde ich nicht in die gleiche Gefahrenklasse einordnen wie Haie«, gebe ich schnippisch zurück.

»Bestimmt sind die vollkommen harmlos, aber es hat schon etliche Berichte gegeben über Reisende, die erst betäubt und dann später ausgeraubt wurden«, fährt Mr Besserwisser ungefragt mit seinen Ausführungen fort. »Als Alleinreisende kann man nicht vorsichtig genug sein …«

»Ich reise nicht zum ersten Mal, lassen Sie sich das gesagt sein«, kontere ich spitz. Okay, ein verlängertes Wochenende in Paris mit einer Freundin kann man nicht unbedingt mit einer Zugreise mutterseelenallein durch halb Indien vergleichen, aber trotzdem. Ich will einfach nicht, dass er mich für einen völlig ahnungslosen Grünschnabel hält.

»Am besten hält man sich an das Essen, das im Zug serviert wird«, verkündet er nickend und weist dabei auf den uniformierten Bahnangestellten, der gerade mit einem Servierwagen durch die Tür kommt, auf dem sich mit Folie abgedeckte Aluschalen türmen.

Gleich beim Hereinkommen schlägt mir ein stechend scharfer, würziger Geruch entgegen. Neugierig schaue ich zu, wie der Uniformierte sich langsam durch den Gang vorarbeitet und die Aluschalen austeilt, und auf einmal merke ich, dass mir der Magen in den Kniekehlen hängt. Es ist so viel passiert, dass ich ganz vergessen habe zu essen, aber jetzt ist es meinem Bauch schlagartig wieder eingefallen, und er grummelt laut seinen Protest.

Langsam geht der Schaffner herum und verteilt das Essen. Ich habe keine Ahnung, was ich bestellt habe, weshalb ich halb skeptisch und halb vom Hunger getrieben die Alufolie löse. Nach meiner Bekanntschaft mit dem Masala-Omelett habe ich leider einsehen müssen, dass ich zwar indisches Essen mag, das indische Essen mich aber nicht. Mein Inder in London kocht für westliche Geschmäcker, während hier alles viel authentischer ist, und viel, *viel* schärfer.

Erleichtert atme ich auf. Okay, weißer Reis, da kann schon mal nicht viel passieren. Ich wende mich der nächsten Schale zu, in der mich ein recht harmlos wirkendes Dhal erwartet … auch da scheint keine Gefahr zu drohen.

Vorsichtig pikse ich mit der Gabel hinein.

Kaum berührt die Spitze der Gabel meine Zunge, stehen meine Geschmacksknospen in Flammen. Es gibt scharf, und es gibt leicht entflammbar. Hustend greife ich nach meiner Wasserflasche und trinke sie in großen Schlucken leer, aber mein Mund brennt noch immer.

»Scharf kann nicht jeder ab, was?«

Hinter mir höre ich es schadenfroh glucksen, und als ich mich umdrehe, sehe ich den Amerikaner, der sich das höllisch scharfe Zeug reinschaufelt, als schmeckte es nach gar nichts.

Bilde ich mir das nur ein, oder legt der Kerl es darauf an, mir den letzten Nerv zu rauben?

Fröhlich winkt er mir mit der Gabel zu.

»Eigentlich habe ich gar keinen Hunger«, schwindele ich.

»Wenn Sie es nicht möchten, können Sie es mir gerne geben«, murmelt er zwischen zwei Gabeln Curry.

Nein, definitiv eine totale Nervensäge.

Als der Abend langsam der Nacht weicht, kommt Vijay wieder herein und klettert in die obere Koje, und ich kann endlich die beiden Sitze zusammenschieben und mir mein Bett herrichten. Bestimmt hätte ich ihn auch fragen können, ob es ihm was ausmacht, wenn ich mich schon etwas früher hinlege. Aber ich kenne die ungeschriebenen Regeln beim Bahnfahren in Indien nicht und möchte nicht in unsichtbare Fettnäpfchen treten, denke ich, während ich Kissen und Decke nehme und in meine Koje krabbele. Drinnen strecke ich genüsslich die Beine aus und seufze erleichtert. Wenn man erst mal zwölf Stunden aufrecht in einen Sitz eingepfercht war, merkt man plötzlich, wie schön es ist zu liegen.

Im Abteil ist es still geworden. Die meisten Vorhänge sind zugezogen, meiner eingeschlossen, aber durch die kleine Lücke sehe ich die indische Großfamilie. Die Mutter schmiegt sich an ihr Kind, das sie in den Armen hält, während die Großmutter mit den schlohweißen Haaren mit offenem Mund schnarcht wie eine Kreissäge, und aus der oberen Koje baumeln zwei Paar abgewetzte Füße, die Vater und Bruder gehören.

Ich versuche, ein Gähnen zu unterdrücken. Es war ein langer Tag. Ich bin müde und hungrig.

Auf die Ellbogen gestützt krame ich in meiner Reisetasche nach etwas Essbarem, finde aber nur zwei Fruchtkaubonbons, beide mit dickem Flusenflaum überzogen. Schneller, als man gucken kann, sind sie weg. Wie um alles auf der Welt schaffen es Abenteurer, die wochenlang auf einem Berg ausharren müssen, sich nur von einem Päckchen Pfefferminz zu ernähren?

Eine weitere gründliche Durchsuchung meiner Tasche befördert nichts Essbares mehr zutage. Nicht mal einen lausigen Kaugummi. Ich muss einfach versuchen zu schlafen. Den Hunger ausblenden. Was anderes bleibt mir nicht übrig, denke ich, stopfe die Tasche unter meinen Platz und schließe die Augen.

Aber mein Magen ist anderer Meinung und äußert knurrend sein Missfallen. Himmel, es gibt doch nichts Schlimmeres, als mit leerem Magen einschlafen zu müssen, oder? Na ja, wobei, da würde mir so einiges einfallen. Wie den Hunger in der Welt. Oder Kriege. Oder Männer mit Perlenschnüren um den Hals, überlege ich und versuche angestrengt, mich nicht über den Amerikaner aufzuregen, der nebenan mit vollem Bauch schlummert wie ein Baby.

Dann merkte ich, wie der Zug langsamer wird, weil wir in einen Bahnhof einfahren. Ich schlage die Augen auf und schaue geistesabwesend aus dem Fenster. Menschen steigen ein und aus; es geht zu wie in einem Taubenschlag. Fliegende Händler heben Körbe an die Fenster, andere springen an Bord, ducken sich geschickt an den Schaffnern vorbei und nutzen die Chance auf ein paar schnell verdiente Rupien.

Ein kleiner Junge, nicht älter als zehn, kommt zu uns ins Abteil. Er sieht aus wie ein Statist aus *Oliver!* Barfuß und zerlumpt, mit schmutziger Hose, die ihm um die mageren Schienbeine flattert. Ein scheues Lächeln im schmutzigen Gesicht geht er geschäftig durch das Abteil, mit einem Selbstbewusstsein, weit größer, als man es in seinem Alter erwarten sollte – einnehmend und herzzerreißend zugleich. Von meinem Bett aus spähe ich durch den schmalen Spalt in den Vorhängen und sehe zu, wie schläfrige Passagiere ihn mit einer unwilligen Handbewegung verscheuchen, dann mache ich die Augen wieder zu und versuche zu schlafen.

»Coca-Cola, Chips, Schokolade!«

Er ist genau an meinem Ohr. Moment mal, habe ich da etwa gerade …

»Schokolade!«

Auf der Stelle reiße ich die Augen auf und den Vorhang zurück. Der kleine Junge steht direkt vor mir, mit seinem schmuddeligen Gesicht und dem Zahnlückenlächeln ist er kaum eine Handbreit von meinem Kissen entfernt. Er hat meine vollste Aufmerksamkeit, und das weiß er auch. Kaufmännischer Eifer blitzt in seinen Augen auf, und er rattert seine einstudierte Verkaufslitanei herunter.

»Schokolade. Echte Schokolade. Leckere Schokolade, hier, schauen Sie.« Und damit greift er in den Korb und angelt zwischen Chips mit Masala-Geschmack und Coladosen mehrere Schokoriegel heraus, die er mir mit kühler Berechnung unter die Nase hält.

Ein Blick genügt, und mir läuft das Wasser im Mund zusammen.

Ach du lieber Himmel, *echte Schokolade*. Nach dem Tag heute …

»Wie viele möchten Sie?«

Ich habe noch die Warnung des Amerikaners im Ohr, aber die Versuchung flüstert mir verlockend ins Ohr: *Schokolade. Echte Schokolade. Leckere Schokolade …*

»Miss, wie viele?«

Der kleine Kerl weiß ganz genau, dass ich hilflos am Haken baumele.

Trotzdem zögere ich.

Aber mal ehrlich, was soll bei einem Schokoriegel schon Schlimmes passieren? Schokolade war immer für mich da und hat mich auch in den schlimmsten Zeiten nicht verlassen. Hat mich getröstet, wenn eine Romanze mich enttäuschte, mich nach schlechten Schulnoten wieder aufgerichtet und mich jeden Monat aufs Neue aufgemuntert, wenn es mal wieder einer dieser Tage war. Milchschokolade, Edelbitter oder weiß, Schokolade hat mich noch nie im Stich gelassen.

»Zwei Riegel, bitte.«

Schokolade ist mein Freund.

Dreizehntes Kapitel

Urgggss.

Wo bin ich?

Das Letzte, woran ich mich vage erinnere, ist der Tumult ringsum, aber es ist, als seien meine Ohren mit Watte verstopft, sodass ich alles nur ganz gedämpft und wie unter Wasser höre. Was *ist das* für ein Krach? Muss mein Radiowecker sein, aber es klingt so gar nicht nach BBC … und mein Bett fühlt sich auch ganz komisch an … Die Matratze habe ich erst letztes Jahr gekauft, und der Verkäufer hat mir glaubhaft versichert, es lohne sich, ein bisschen tiefer in die Tasche zu greifen und die daunenweiche Variante zu nehmen, aber jetzt fühlt es sich an, als läge ich auf einem Holzbrett. Verdammt, ich muss das blöde Ding wohl umtauschen …

Was heult denn da so? Klingt wie eine Sirene … und schreit da jemand? Nein, das ist definitiv nicht BBC … Mir ist wirklich ganz komisch … Wo ist denn meine Bettdecke hin? Ich hab bloß so eine dünne Decke, und die kratzt. Lieber Gott, tut mir der Kopf weh. Wo bin ich bloß?

Ganz langsam schäle ich die festgepappten Lider von den Augäpfeln. Alles verschwimmt mir vor Augen.

Ich sitze im Zug. Ach ja, klar, jetzt fällt es mir wieder ein. Ich sitze in einem Zug, in Indien, und suche Amy …

Ich blinzele ein paarmal in der Hoffnung, wieder klar zu sehen, aber alles bleibt undeutlich, als stünde ich im dichten Nebel. Wie ein schlechtes Musikvideo aus den Achtzigern. Herrje, bin ich kaputt. Ich muss tief und fest geschlafen haben. Ich hebe den Kopf leicht aus den Kissen, und mir wird schlagartig übel. Ich schlucke schwer und versuche mich zu beherrschen. Und dann hämmert es plötzlich in meinem Schädel, als schlüge jemand da drin auf eine Trommel; aber die Trommel ist mein Hirn.

Bitte, was ist denn hier bloß los? Fühlt sich an wie der schlimmste Kater aller Zeiten. Aber das kann gar nicht sein. Ich hab doch bloß einen Chai getrunken.

Mühsam richte ich mich halb auf und stütze mich auf die Ellbogen, ziehe den dünnen Vorhang zurück und linse völlig verpeilt aus dem getönten Fenster. Es ist helllichter Tag. So schnell! Und wir halten an einem Bahnhof. Einem sehr großen Bahnhof, wie es aussieht, denke ich, als mein träger Blick sich auf den Bahnsteig heftet, auf dem es vor Menschen nur so wimmelt, die laut und chaotisch durcheinanderwuseln. Ganz langsam drehe ich den Kopf und schaue mich im Abteil um. Das ist schon fast leer. Moment mal, wo sind denn alle hin? Die indische Familie ist weg. Vijay und der Pistazienmann ebenso. Ich folge der Spur aus Nussschalen, die er hinterlassen hat, und schaue dann rüber zu dem Amerikaner. Doch auch der ist nicht mehr da. Die Koje ist leer. Die Decke ist ordentlich zusammengefaltet, und obendrauf liegt das Kissen.

Was mich erstaunt und, seltsamerweise, ein wenig enttäuscht. Er war zwar eine Nervensäge, aber ich hatte mich schon fast an ihn gewöhnt.

Egal, ich bin froh, dass er weg ist. Der war ja wirklich kaum auszuhalten mit seiner … seiner besserwisserischen Neunmalklugheit. Ich weiß nicht mal, ob es dieses Wort gibt, aber wenn nicht, man sollte es erfinden. Wenigstens habe ich jetzt für den Rest der Reise meine Ruhe.

Matt schwinge ich die Füße aus der Koje und falle fast heraus. Ein uniformierter Wachmann der Bahn hastet vorbei, und mit übermenschlicher Anstrengung gelingt es mir, ein paar

Worte herauszupressen: »Entschuldigen Sie, wo sind wir, bitte?« Ich krächze wie eine Krähe.

Er bleibt stehen und dreht sich zu mir um.

»Delhi«, bellt er barsch und schaut mich an, als hätte ich nicht alle Tassen im Schrank. Dann marschiert er zügig weiter.

Delhi? Jetzt schon? Meine Orientierungslosigkeit weicht blankem Staunen und dann großer Freude.

Wow, das mit dem Zeittotschlagen hat aber gut geklappt.

Obwohl ich ziemlich benebelt bin und irgendwie neben mir stehe, wie ich nun feststellen muss. Und der Gleichgewichtssinn ist mir auch abhandengekommen.

Taumelnd greife ich nach dem Gepäck unter meinem Platz. Doch da ist nichts. Hä? Hektisch fahre ich mit der Hand unter dem Sitz herum, blind nach Tasche und Koffer tastend, in der Erwartung, gleich mit den Fingerspitzen etwas Großes aus Nylon zu erfühlen, aber … nichts. Stirnrunzelnd gehe ich auf alle viere und spähe kopfüber unter den Sitz – was ich eigentlich vermeiden wollte, und tatsächlich, das ganze Abteil dreht sich wie ein Kinderkarussell –, und dann starre ich angestrengt in die Dunkelheit. Große Leere starrt zurück.

Nein, ich muss mich irren. Ich bin ganz wirr und benebelt. Ich habe da was verwechselt, bestimmt habe ich die Sachen in meiner Koje verstaut. Ja, das wird es sein. Sicher habe ich sie unter der Decke versteckt.

Voller Zuversicht stürze ich mich auf das Wollknäuel am Fußende der Pritsche – das in sich zusammenfällt wie ein Soufflé.

Abrupt packt das kribbelnde Gefühl der Panik, das ich bisher standhaft ignoriert habe, mich mit spitzen, scharfen Klauen an der Kehle.

Meine Tasche! Sie ist nicht da. Sie ist weg!

Wie eine Woge eiskalten Wassers überrollt mich die Angst. Die Angst, wenn etwas, das man sich nicht mal ansatzweise vorstellen möchte, sich als wahr erweist. Das Supergau-Gefühl.

Sie wurde geklaut.

Die Wahrheit trifft mich wie ein Schlag ins Gesicht, und in meinem Kopf geht alles drunter und drüber. Das muss letzte Nacht passiert sein, während ich schlief. Aber wie? Und wer? Und wieso habe ich nichts davon bemerkt? Normalerweise habe ich einen ganz leichten Schlaf; zu Hause muss ich mit Ohrenstöpseln und Schlafmaske bewaffnet ins Bett gehen, und trotzdem wache ich bei jeder Kleinigkeit auf. Deshalb verstehe ich das einfach nicht …

Aus dem Augenwinkel sehe ich ein Stückchen Schokoladenpapier, und die Kette von Fragen wird abrupt gebremst.

Die Schokolade.

Wie aufs Stichwort habe ich wieder die Warnung des Amerikaners im Ohr, klar und deutlich, fast wie eine Lautsprecherdurchsage. *»Es hat etliche Berichte gegeben über Reisende, die erst betäubt und dann später ausgeraubt wurden.«*

Und plötzlich ergibt alles einen Sinn. Lieber Himmel, ich fasse es nicht. Ich wurde verraten und verkauft! Schokolade ist nicht mein Freund! Schokolade ist der Feind! Ich wurde betäubt, und jetzt ist alles weg! Alles geklaut!

Ich kann nur noch in Ausrufezeichen denken, und das Herz schlägt mir bis zum Hals wie ein Presslufthammer. Es hämmert so heftig, dass ich fürchte, es könne jeden Augenblick aus meiner Brust springen und die Haut durchbohren wie das Ding aus *Alien*.

Ich zwinge mich, diesen ganzen Gefühlstumult herunterzuschlucken. Ich muss mich beruhigen und scharf nachdenken. Tief durchatmen wie in der Yogastunde.

Aber du kannst überhaupt kein Yoga!, kreischt eine schrille Stimme in meinem Kopf. *Du warst gerade mal in einer einzigen Stunde! Und da hast du dich so dämlich angestellt, dass du nie wieder hingegangen bist! Stattdessen bist du shoppen gegangen und hast viel zu viele Paschminas gekauft und Sandalen, die dir von den Füßen fallen …*

Die schrille, panische Stimme in meinem Kopf zetert in den höchsten Tönen und überschlägt sich fast, so hysterisch ist sie.

Klappe.

Klappe!

Eine weitere westlich aussehende Reisende, eine grobschlächtige Deutsche mit einem Rucksack wie ein Haus, stapft durch den Gang zum Ausgang. Nun bleibt sie unvermittelt stehen und schaut mich an. »Meinst du mich?«, schnauzt sie mich an, mit einer Stimme, die Arnold Schwarzenegger alle Ehre gemacht hätte.

Ach herrje, habe ich das etwa laut gesagt?

»Nein, ähm, ich habe nur ... mit mir selbst gesprochen«, stammele ich. Das fehlt mir gerade noch. Mich mit Fräulein Terminator anzulegen.

Sie guckt mich an, dass mir ganz anders wird, und bollert und poltert dann weiter den Gang entlang. Puh. Das war knapp. Dass mir mein Gepäck geklaut wurde, ist schon schlimm genug. Doch die Erleichterung währt nicht lange, denn im selben Atemzug trifft es mich wie ein Schlag mit einer gusseisernen Bratpfanne.

Mein Gepäck wurde geklaut! Sie haben alles mitgenommen! *Rums*, trifft es mich abermals. Meinen Pass! Oh Gott, sie haben meinen Pass! Ich bin in einem fremden Land, Tausende Meilen von zu Hause entfernt, und habe keinen Pass!

Und auch kein Geld!, wie mir plötzlich mit einem Donnerhall aufgeht. Langsam dämmert mir, wie tief ich in der Tinte sitze. Die Erkenntnis ist wie ein weiterer Schlag mit der Bratpfanne. Mist! Die haben mein Portemonnaie *und* sämtliche Kreditkarten ... Was noch?

Fieberhaft durchforste ich mein Hirn und versuche verzweifelt, mich zu erinnern. Dann fällt mir noch was ein, das sie haben mitgehen lassen, aber der Gedanke ist beinahe zu erschreckend, um ihn zuzulassen.

Mein Handy.

Wie eine Schraubzwinge legt die Angst sich um meine Brust, und ich sinke benommen auf die Pritsche. Wenn mein Telefon weg ist, bin ich verloren. Ohne Handy werde ich Amy unmöglich finden. Ich kann sie nicht erreichen, und sie kann mich nicht erreichen. Alles andere ist ersetzbar, aber mein Handy nicht. Und das nicht etwa, weil es ein schickes neues Smartphone wäre – nein, ich bin vermutlich der letzte Mensch auf Erden, der noch ein uraltes, unsmartes Nokia benutzt, mit dem man nicht mal Mails abrufen kann. Nein, selbst wenn ich mir ein neues kaufen könnte – was ich natürlich nicht kann, weil ich weder Geld noch Kreditkarten habe –, *ich weiß ihre Nummer nicht auswendig.*

Und wo wir schon dabei sind, kann ich es ja auch gleich gestehen: Ich kenne *keine einzige* Telefonnummer auswendig.

Brauchte ich auch nicht. Ich habe sie einfach alle im Handy gespeichert und mir nie die Mühe gemacht, sie mir zu merken. Bisher war das kein Problem.

Bisher.

Jetzt ist es ein riesengroßes Problem. Es ist ein totales, absolutes Desaster.

Okay, immer mit der Ruhe. Nur keine Panik.

Ich schlucke schwer, versuche, den drohenden Nervenzusammenbruch aufzuhalten, und trete vorsichtig einen Schritt vom gähnenden Abgrund zurück. Es ist nicht so schlimm. Jedenfalls nicht so schlimm, wie es auf den ersten Blick erscheint. So was kann jedem mal passieren; Diebstahl ist ein Allerweltsdelikt. In London wurde ich mal in der U-Bahn beklaut, und die Diebe haben alles mitgehen lassen, einschließlich meiner Hausschlüssel. Zu Hause angekommen musste ich durch das Badezimmerfenster in meine eigene Wohnung einsteigen. Damals habe ich es durchgestanden. Und ich werde es auch jetzt durchstehen. Irgendwie.

Mit übermenschlicher Anstrengung raffe ich mich auf und schaffe es irgendwie aus dem Zug auf den Bahnsteig. Der wimmelt nur so vor Menschen; ein wildes Durcheinander, eine Kakophonie von tausend Geräuschen, und ich mittendrin in diesem Tohuwabohu. Es ist, als schwämme man als einziges kleines Fischlein gegen den Strom, aber irgendwie schaffe ich es auf die andere Seite und sinke ermattet auf eine Bank.

Erschöpft atme ich ein paarmal tief durch und schaue mich um. Alles ist fremd, und ich muss mich zusammenreißen, um meine Entschlossenheit nicht zu verlieren. Aber ich spüre förmlich, wie die Realität langsam mein Bewusstsein durchdringt wie ein Rotweinfleck ein schneeweißes Sofa. Ich bin mutterseelenallein. In Indien. Umgeben von wildfremden Menschen. Ohne Pass, ohne Geld, ohne Handy.

Außerdem ist es eiskalt, wie ich nun feststellen muss. Verglichen mit den Temperaturen im Süden ist es hier deutlich kühler. Und ich habe keine warmen Klamotten, bis auf den uralten grauen Kapuzenpulli, den ich mir um die Taille gebunden hatte. Zitternd mache ich ihn los und ziehe ihn mir über den Kopf.

Also gut, in einem Punkt hatte ich zumindest Recht: Es ist nicht so schlimm, wie es auf den ersten Blick erscheint. Es ist schlimmer. Viel, viel schlimmer.

Aber in einem anderen Punkt habe ich mich geirrt: *Ich glaube, es wäre jetzt wirklich ein guter Zeitpunkt, in Panik zu verfallen.*

Was soll ich bloß tun?

Ich meine, mal ehrlich: *Was zum Teufel soll ich jetzt machen?*

Und dann sehe ich ihn.

Weit weg, verschwommen im Dunst, mitten in diesem Meer aus Menschen, ein Kopf und ein Paar Schultern, die aus der Masse herausragen. Ein ramponierter alter Strohhut, der auf und ab hüpft wie ein Korken in einer See aus schimmernden schwarzen Schöpfen und einem Kaleidoskop knallbunter Kopftücher. Der Amerikaner.

Wie ein Ertrinkender auf hoher See, der ein Rettungsboot sichtet, macht mein Herz vor Freude einen Satz. Hastig springe ich auf und renne ihm nach. Verflucht, warum habe ich ihn nicht nach seinem Namen gefragt? Ich verliere ihn noch in diesem Getümmel. Ich will ihm hinterherschreien, aber was soll ich brüllen? *Ey, Sie, nerviger Amerikaner!* Nein, lieber nicht.

Eilig stürze ich über den Bahnsteig und versuche, mich zwischen den Menschenmassen durchzuschlängeln. »Entschuldigung ... Verzeihung ... tut mir leid ... wenn ich mal eben kurz vorbeidürfte ... tut mir schrecklich leid.« Ein Mann mit einem Esel versperrt mir die Sicht, und auf Zehenspitzen stehend schaue ich mich suchend um. Oh nein, er ist weg!

Wieder überfällt mich Panik, und ich lasse alle englische Höflichkeit fahren und schubse, remple und drängele mich rücksichtslos durch die Menge, weiche hier aus und mogele mich da durch, während ich versuche, durch Lücken im Gedränge einen Blick auf ihn zu erhaschen.

Ah, da ist er ja! Ganz kurz sehe ich den Hut, dann ist er schon wieder verschwunden. Ich könnte schreien vor Enttäuschung. Und die ganze Zeit kneift mir die panische Angst von hinten in die Waden wie ein durchgedrehter Jack Russell.

Er ist meine einzige Hoffnung! Ich darf ihn jetzt nicht aus den Augen verlieren. Das darf einfach nicht passieren.

Eine Sandale rutscht mir vom Fuß; ich stolpere, gerate aus dem Gleichgewicht und rudere wild mit den Armen. Diese verdammten Sandalen!

Verzweifelt nach Halt suchend klammere ich mich am nächstbesten Umstehenden fest.

»Heiliges Kanonenrohr!«

Danach bin ich mir nicht mehr sicher, was als Nächstes passiert. Ob ich zuerst seine Stimme höre. Oder merke, dass ich mich mit beiden Händen an seine Brust klammere. So oder so, ich bin viel zu erleichtert, um mich dafür zu schämen.

»Sie sind das!«, ruft er verdutzt und guckt mich mit großen Augen an.

Ich gucke hoch, und in dem Augenblick bin ich felsenfest davon überzeugt, noch nie so froh gewesen zu sein, einen anderen Menschen zu sehen. Vor allem, wenn man bedenkt, dass ich ihn noch vor ein paar Minuten nie wiedersehen wollte. »Ach, Gott sei Dank … Gott sei Dank«, keuche ich völlig außer Atem. »Ich hatte solche Angst, Sie zu verlieren … Ich weiß gar nicht, was ich ohne Sie gemacht hätte.« Ich brabbele wirres Zeug, denn Schreck und Panik und Erleichterung vermengen sich zu einem einzigen Gefühlschaos.

»Ich muss bei Ihnen ja einen bleibenden Eindruck hinterlassen haben, was?« In seinen Augen blitzt es belustigt. »Und ich dachte schon, Sie haben was gegen mich …«

Empört schaue ich ihn an. »So habe ich das nicht gemeint!«, raunze ich ihn an. Erst da geht mir auf, dass meine Hände noch immer auf seiner Brust liegen, und ich zucke zurück, als hätte mich was gestochen. »Ich bin beklaut worden!«

»Beklaut?« Die offenkundige Belustigung weicht ehrlichem Entsetzen.

»Es ist alles weg! Pass, Geld, Kreditkarten, Handy … einfach alles.« Ich habe einen dicken Kloß im Hals, und dann kann ich mich nicht mehr beherrschen und breche unvermittelt in Tränen aus.

Im ersten Moment steht er nur da und schaut mich hilflos an, dann stöhnt er laut auf. »Ach, bitte, nicht weinen. Ich kann es nicht mit ansehen, wenn Frauen weinen.« Und dann kramt er in seiner Tasche und zieht ein Knäuel Klopapier heraus. »Für die Toilette«, erklärt er, reißt ein paar Blätter ab und reicht sie mir. »Keine Sorge, sauber und unbenutzt.«

Ich schlucke die Tränen herunter und nehme das Toilettenpapier dankbar entgegen. »Danke«, schniefe ich und wische mir über die Augen. »Ich komme mir so dumm vor.«

Wortlos legt er mir beide Hände auf die Schultern und dirigiert mich ein wenig abseits an den Rand, wo es etwas ruhiger ist. Dort stellt er seinen Rucksack ab.

»Also, was genau ist passiert?«, fragt er ernst.

Ich putze mir die Nase, dass es klingt wie ein Fanfarenstoß, und zucke hilflos mit den Achseln. »Ich bin vor ein paar Minuten im Zug aufgewacht, und alles war weg.«

»Wie? Während Sie geschlafen haben?«

»Ja, vermutlich schon«, antworte ich nickend und tupfe mir die Augen. Mir kommen schon wieder die Tränen.

»Wow, wie furchtbar.« Die Stirn in tiefe Sorgenfalten gelegt schüttelt er fassungslos den Kopf.

Am liebsten würde ich ihm um den Hals fallen. Wie habe ich mich in diesem Mann geirrt. Unter der rauen Schale liegt ein weicher Kern verborgen. Ich nehme noch ein Stück Klopapier.

»Ich weiß«, schniefe ich. »Ich glaube, die Schokolade war vergiftet.«

Es wird ganz still, und dann …

»Schokolade?«

Es klingt wie ein Mollakkord auf dem Klavier.

»Welche Schokolade?«, wiederholt er, und alle Fürsorge scheint plötzlich aus seiner Stimme gewichen. Die klingt nun hart und vorwurfsvoll.

Ich werde stocksteif und versuche zu erklären. »Ähm … na ja, ich hatte solchen Hunger, und mein Essen konnte ich nicht essen, weil es zu scharf war – ich mag indisches Essen, aber mein Magen mag es nicht –, und dann kam so ein kleiner Junge ins Abteil, der war wirklich süß, und er hatte Schokoriegel dabei …« Vor Aufregung werde ich knallrot.

»Nicht im Ernst.«

»Was? Doch. Ich konnte es auch kaum glauben, aber er hatte eine Riesenauswahl dabei, alle möglichen verschiedenen …«

»Ich meinte nicht die Schokolade«, weist er mich barsch zurecht. »Ich meinte, dass Sie dieses Zeug tatsächlich angerührt haben!«

Sein strenger Rüffel lässt mich verstummen.

Wenn ich so darüber nachdenke, war mein erster Eindruck doch sehr treffend.

»Nachdem ich Sie ausdrücklich davor gewarnt hatte. Ich hatte Ihnen doch deutlich genug gesagt, wie gefährlich das ist«, staucht er mich zusammen wie ein ungehorsames kleines Kind. »Haben Sie denn gar nicht zugehört?«

»Okay, Sie brauchen es mir nicht unter die Nase zu reiben«, entgegne ich. Die Tränen versiegen so schnell, wie sie gekommen sind.

»Herrje«, brummt er kopfschüttelnd. »Was ist bloß los mit Ihnen?«

Und in dem Moment reißt mein Geduldsfaden. »Was mit mir los ist? Ich wurde ausgeraubt!«, brülle ich. »Und ich weiß selbst, was für ein Vollpfosten ich war, dass ich nicht besser aufgepasst habe, da brauchen Sie mir nicht zu kommen und mir zu erklären …«

Er schaut mich an, ohne ein Wort zu sagen, aber sein Schweigen macht mich nur noch wütender.

»Und zu allem Überfluss komme ich mir vor wie der letzte blöde Touristendepp! Ich meine, schauen Sie mich doch nur mal an; mein ganzes Leben habe ich davon geträumt, nach Indien zu reisen, und jetzt bin ich hier, und alles geht schief! Beim Yoga stelle ich mich an wie eine Kuh auf Stelzen, im Zug finde ich meinen Platz nicht, scharfes Essen vertrage ich nicht …«

Aber dieser unvermittelte Wutausbruch richtet sich eigentlich gegen mich selbst, und plötzlich bricht alles aus mir heraus. Frustration, Enttäuschung und Ärger, die sich in den vergangenen Tagen angestaut haben, entladen sich in einer gigantischen zerstörerischen Flutwelle, die ich nun, einmal ausgelöst, nicht mehr aufhalten kann.

»Ich kann nicht mal handeln!« Zornig reiße ich mir eine Sandale vom Fuß und fuchtele ihm damit vor der Nase herum. »Was glauben Sie, was ich für diese dämlichen Sandalen bezahlt habe? *Was?* Die hätte ich bei Nine West noch billiger bekommen! *Und* das alles wäre nur halb so schlimm, würde ich sie nicht ständig verlieren!«

Drohend halte ich ihm den Schuh vors Gesicht, und er weicht entsetzt zurück.

»Nein, stattdessen pinkle ich auch noch drauf, weil ich es nicht mal schaffe, mich so aufs Klo zu hocken, dass ich mir nicht auf die Zehen piesele!«

Seine Augen werden groß und rund, und er starrt mich entgeistert an. Ich kann es auch kaum glauben, dass ich das wirklich gesagt habe, aber es ist fast, als sei meine Hirn-Mund-Schranke aufgehoben, und alles blubbert ungefiltert aus mir heraus.

»Und nicht genug damit, nein, mir macht einfach alles Angst! Ich bin eine erbärmliche kleine Heulsuse! Die Straßen machen mir Angst, die streunenden Hunde, die Insekten … schauen Sie sich nur die vielen Mückenstiche an!« Vorwurfsvoll krempele ich den Ärmel hoch und zeige ihm meinen Arm, der übersät ist von dicken roten Pusteln. »Ich schmiere mich zentimeterdick mit Insektenschutz ein, und trotzdem stechen sie mich!« Und dann kratze ich mir wie zum Beweis nachdrücklich darüber.

»Ich wünschte, ich wäre zu Hause in meiner kuscheligen kleinen Wohnung geblieben, dann wäre das alles nie passiert. Bin ich aber nicht, weil ich dringend mal rausmusste. Und dann hat meine Schwester mir eine Postkarte geschickt, und ich wollte ausnahmsweise etwas Außergewöhnliches tun … aus dem Alltagstrott ausbrechen, ein kleines Abenteuer erleben, spontan und impulsiv sein und nicht zu Hause auf der Couch hocken, so wie jeden Abend, seit Sam und ich …«

Ich breche ab. Wieder steigen mir Tränen in die Augen, aber ich wische sie unwirsch weg.

»Und jetzt sitze ich bis zum Hals in der Tinte und weiß nicht, was ich machen soll, und der einzige Mensch, den ich um Hilfe bitten kann, ist ein besserwisserischer Amerikaner, der nichts anderes zu tun hat, als mir erst mal eine Standpauke zu halten, wie blöd ich doch bin und dass ich an alledem selbst schuld bin, statt mir zu helfen …«

Ich schnappe nach Luft, und da erst geht mir auf, dass er seit mindestens fünf Minuten keinen Ton mehr gesagt hat und mich nur stumm anstarrt, offensichtlich schockiert angesichts der Heftigkeit dieses Ausbruchs.

Da ist er nicht der Einzige, den das erschreckt. Wo kam das alles denn so plötzlich her?

Schweigend stehen wir uns gegenüber, während ich langsam wieder zu Atem komme. »Wollen Sie mir jetzt helfen oder nicht?«, frage ich schließlich barsch.

Worauf er den Hut nach hinten schiebt, sich die Stirn abwischt und mich dann durchdringend anschaut, als versuchte er mich einzuschätzen.

»Aber nur, wenn Sie versprechen, mir nicht auf die Nerven zu gehen«, entgegnet er.

Worin du ja Experte bist, kontere ich insgeheim, beiße mir aber lieber auf die Zunge. Jetzt nur keine Widerworte, Ruby; er ist deine einzige Hoffnung, du darfst es dir nicht mit ihm verscherzen.

»Danke«, brumme ich nickend und versuche, mich zusammenzureißen. »Ich weiß das sehr zu schätzen.«

»Tja, jetzt bleibt mir ja wohl nichts anderes übrig.«

Ich erröte. »Ich stehe ein bisschen neben mir; sonst bin ich eigentlich ganz anders«, erkläre ich steif.

»Verständlich«, murmelt er nickend.

Und schon ist er mir nicht mehr ganz so unsympathisch. »Und nur damit Sie es wissen: Ich glaube nicht, dass Sie ein jämmerlicher Waschlappen sind. Indien kann am Anfang ein ziemlicher Schock sein; es dauert eine Weile, bis man sich daran gewöhnt hat«, erklärt er ungerührt. »Aber wenn der erste Schock erst mal überwunden ist, verliebt man sich Hals über Kopf in dieses Land.« Er reicht mir die Hand. »Ich heiße übrigens Jack.«

»Ruby«, entgegne ich und gebe ihm etwas linkisch die Hand.

Und damit, so kommt es mir vor, schließen wir, wenn schon nicht einen Friedensvertrag, dann wenigstens ein Waffenstillstandsabkommen. Und sei es nur ein vorläufiges.

Vierzehntes Kapitel

»Okay, also los.«

Jetzt, da unsere kleine Vorstellungsrunde beendet ist, wuchtet Jack seinen riesigen Rucksack auf die Schulter und marschiert zügig Richtung Ausgang.

»Los? Wohin denn?« Kopfüber stürze ich mich wieder in die Menschenmasse und muss mich beeilen, mit ihm Schritt zu halten. Der Kerl hat lange Beine.

»Na ja, als Erstes müssen wir zur Polizei, Anzeige erstatten.« Er packt eine Wasserflasche aus, setzt an und trinkt glucksend in großen Schlucken daraus. Es sieht aus wie beim Irish Setter meiner Eltern: Das Wasser spritzt nach allen Seiten.

»Ah, okay«, nicke ich und setze das im Geiste auf meine To-do-Liste. »Und wo ist die nächste Polizeiwache?«

Er schüttelt den Kopf und holt tief Luft, nachdem er die Flasche wieder abgesetzt hat. »Das kann ich Ihnen auch nicht sagen. Ich war zwar schon in Delhi, aber zum Glück noch nie bei der Polizei.« Er schaut mich vielsagend an.

Den Blick ignoriere ich geflissentlich. Da fällt mir was ein. »Ach, Moment, ich hab doch einen Reiseführer in der Tasche«, trompete ich siegesgewiss.

»Zufälligerweise in der Tasche, die Ihnen gestohlen wurde?«, fragt er mit hochgezogenen Augenbrauen.

Auf meinen Wangen erglühen zwei puterrote Flecken.

»Und ich dachte, der war ohnehin nur für Goa, oder?«

Die beiden Flecken verschmelzen zu einem tiefroten Überzug.

»Jetzt verstehe ich, warum Sie Hilfe brauchen«, brummt er und trinkt noch einen Schluck Wasser.

Ich muss mir auf die Zunge beißen. Er ist meine einzige Hoffnung. Das darf ich nicht vergessen!

»Wollen Sie auch was?«, fragt er und hält mir die Flasche unter die Nase. Es ist nur noch eine klitzekleine Pfütze drin.

»Haben Sie vielleicht ein Aspirin?«

»Sind Sie immer so anspruchsvoll?«, kontert er und schaut mich komisch an.

»Sind Sie immer so unfreundlich?«, schieße ich zurück.

»Hey, ich helfe Ihnen doch, oder etwa nicht?«

»Tut mir leid, ich hab einfach höllische Kopfschmerzen.« Damit greife ich nach der Flasche, wische sie mit dem Ärmel ab und trinke durstig einen Schluck.

»Keine Angst, ich bin nicht ansteckend.«

»Gewohnheitssache«, entgegne ich. »Man kann nicht vorsichtig genug sein.«

»Schade nur, dass Sie bei der Schokolade nicht daran gedacht haben«, kontert er.

Ich gebe ihm die Flasche wieder zurück. *Deine einzige Hoffnung. Nicht vergessen, Ruby, er ist deine einzige Hoffnung.*

In Endlosschleife wiederholen.

Wir verlassen den Bahnhof, und sogleich verkünden wie Fanfaren plärrende Autohupen unsere Ankunft, und Delhi begrüßt uns wie eine aufdringliche Verwandte mit einer erdrückenden Umarmung, die mir fast den Atem nimmt.

So viel ich schon über diese Stadt gehört habe, so viele Reisedokumentationen ich gesehen, so viele verrückte Geschichten ich erzählt bekommen und so viele Bildbände ich durchgeblättert habe, nichts, aber auch gar nichts hätte mich auf die geradezu überwältigende Flut von Sinnesreizen vorbereiten können, mit der diese Stadt ihre Besucher empfängt. Allein die

Masse an Menschen, der dichte Straßenverkehr, das turbulente Farbenspiel grellbunter Saris, das Durcheinander hupender Taxen, der durchdringende Geruch nach Diesel und Abgasen, der sich mit Räucherstäbchen und Gewürzen mischt.

Es ist ohrenbetäubend laut. Und dreckig. Und völlig chaotisch.

Und plötzlich scheint Goa sehr, sehr weit weg zu sein, denke ich, als wir förmlich verschlungen werden von dem Gewimmel aus Schleppern, Bettlern und Tuk-Tuk-Fahrern, die uns am Ärmel zupfen und die Hände nach uns ausstrecken. Adieu, sich im Wind wiegende Palmen, weiße Strände und sanfte Meeresbrise, die einen umschmeichelt, während man träge in der Hängematte döst. Das hier ist das wahre Indien, und es ist lauter, greller und schneller als alles, was ich mir je in meinen kühnsten Träumen hätte ausmalen können.

»Wir können meinen Fahrer fragen, wo die nächste Polizeiwache ist.«

Jacks Stimme unterbricht jäh meine Gedanken, und ich drehe mich zu ihm um. »Fahrer?«, wiederhole ich verwundert. »*Sie* haben einen Fahrer?«

»Ja, wieso? Was dagegen?«

Das Bild, das ich mir von Jack gemacht hatte, steht plötzlich Kopf. Ein Rucksacktourist *mit einem eigenen Chauffeur*?

»Ähm, nein, gar nichts. Ich … ich dachte bloß …«, stammele ich und verstumme. Eine Überraschung jagt die nächste, und mein Kopf ist noch immer wie mit Watte ausgestopft. Ich kann kaum geradeaus denken, geschweige denn mein Gegenüber richtig einschätzen.

Plötzlich sehe ich ihn mit ganz anderen Augen und schaue noch mal genauer hin. Diesmal fallen mir die kleinen grauen Sprenkel in den dunklen Bartstoppeln auf, und mir geht auf, dass er älter sein muss, als ich zuerst dachte. Und ist das nicht eine ziemlich teure Uhr, die er da am Handgelenk trägt? Als er sich seinen dunkelgrauen Pulli über den Kopf zieht, sehe ich das goldene Uhrband aufblitzen. Außerdem sieht der Pulli verdächtig nach Kaschmir aus.

»Lassen Sie sich von dem Perlenhalsband nicht täuschen«, sagt er und sieht mich direkt an. »Ich bin kein Hippie auf Rucksacktour durch Indien.«

»Was denn für ein Perlenhalsband?«, frage ich mit Unschuldsstimme. »Ach … die …« Ich schaue an die Stelle unterhalb seines Adamsapfels, aber weniger wegen der Kette, sondern vielmehr, um seinem Blick auszuweichen. Seine Haut ist glatt und gebräunt, und darunter sieht man den Puls langsam schlagen.

»Die Autovermietung sagte, er holt mich hier ab«, erklärt er, reckt den Hals und schaut sich suchend um.

Erst da merke ich, dass ich ihn anstarre, und wende rasch den Blick ab. »Wer?«, frage ich so perplex, als hätte man mich beim Klauen erwischt.

»Der Fahrer«, antwortet er und guckt mich an, als hätte ich nicht alle Murmeln im Säckchen.

»Ah, verstehe.«

»Ich wünschte, das könnte ich von mir auch behaupten«, meint er stirnrunzelnd. »Den Wagen habe ich übers Internet gebucht und mit der Firma nur per Mail kommuniziert. Ausgemacht war, dass er hier auf mich wartet, aber ich sehe ihn nirgends.«

»Wie sieht er denn aus?«

»Gute Frage.«

Gemeinsam stehen wir am staubigen Straßenrand, umtost vom lärmenden Chaos ringsum. Ich habe zwar keine Ahnung, wonach ich suche, stelle mich aber trotzdem auf die Zehenspitzen und lasse den Blick über Hunderte Gesichter schweifen. »Hat er wenigstens ein Schild dabei?«, frage ich nach kurzem Überlegen.

»Eine weitere gute Frage.«

»Aber wenn er kein Schild hat und Sie nicht wissen, wie er aussieht, wie wollen Sie ihn denn zwischen all diesen Menschen erkennen?«

Worauf er nur den Rucksack von den Schultern nimmt und auf den staubigen Boden stellt, sich daneben hockt und einen Kaugummi herauskramt. Ich schaue zu, wie er ihn herauszieht, aus dem Silberpapier schält und dann wie eine Ziehharmonika in den Mund schiebt. »Nur die Ruhe.«

»Ruhe?«, japse ich frustriert. »Ich habe hämmernde Kopfschmerzen, ich habe meine Schwester verloren und bin beklaut worden. Wie soll ich denn da ruhig bleiben?«

»Ihre Schwester ist Ihnen *auch* abhandengekommen?« Mitten im Strecken schüttelt er den Kopf und pfeift leise durch die Zähne. »Was haben Sie denn *da* gegessen?«

Ich bedenke ihn mit einem Killerblick. »Das ist nicht komisch.«

»Ach, kommen Sie, ich fand das ziemlich komisch«, sagt er und schaut mich an. Seine Mundwinkel kräuseln sich vergnügt nach oben.

Der Kerl lacht mich aus. Der hält mich für eine Witzfigur.

Zähneknirschend beschließe ich, ihn einfach zu ignorieren. Unser Waffenstillstand droht bereits zu bröckeln. Ach bitte, Herr Chauffeur, beeilen Sie sich. Ich will einfach bloß zur Polizei. Dann können dieser Jack und ich wieder getrennte Wege gehen, und ich muss ihn nicht noch länger ertragen. Wir werden uns nie wiedersehen, und alles ist gut.

Ratlos kramt Jack das iPhone hervor und checkt seine E-Mails, und ich wende mich ab und starre in die staubige Ferne. Meine Gedanken schweifen ab, und ich muss an Amy denken … Das altbekannte kribbelige Gefühl der Sorge überfällt mich, wie immer, wenn ich an meine kleine Schwester denke; es fühlt sich an wie die stachelige Hülle einer glänzenden Kastanie, und mir fällt wieder ein, warum ich eigentlich hier bin. Himmel, ich hoffe nur, es geht ihr gut und sie macht keine Dummheiten. Na ja, zumindest keine größere als die, die sie bereits begangen hat.

Aus den Augenwinkeln sehe ich die Taxen, die sich gegenseitig den Weg abschneiden und jede noch so kleine Lücke nutzen, um sich vorzudrängeln und Fahrgäste ein- und aussteigen zu lassen. Geistesabwesend beobachte ich, wie ein Wagen losfährt und eine dicke Abgaswolke zurücklässt, und als die sich schließlich verflüchtigt hat, steht da ein kleines weißes Auto.

Ganz plötzlich. Wie aus dem Nichts. Direkt vor uns.

Abrupt lande ich wieder im Hier und Jetzt. Das ist ja seltsam. Ich habe diesen Wagen gar nicht vorfahren gesehen. Er war einfach da. Wie von Zauberhand aus der leeren Luft materialisiert.

Neugierig schaue ich den Wagen an. Er wirkt sehr altmodisch mit den runden Konturen und den glänzenden Chromfelgen, und ich blinzele ungläubig. Es wirkt so fehl am Platz in diesem hektischen Treiben ringsherum, und kurz fürchte ich schon, mir Dinge einzubilden. Aber nein, der Wagen ist wirklich da. Ganz ruhig steht er mitten im modernen Delhi, mit seinem klassischen Fünfzigerjahre-Design und der unaufgeregten Eleganz, wie etwas aus einer anderen Zeit, einer längst vergangenen Ära.

Oder, anders ausgedrückt, es ist, als würde man Grace Kelly im Starbucks um die Ecke treffen.

Ich schaue noch genauer hin und versuche den Fahrer auszumachen, aber die gleißend helle Nachmittagssonne spiegelt sich in den Scheiben und verwehrt mir den Blick ins Wageninnere. Und trotzdem …

»Ich glaube, das ist Ihrer«, platze ich heraus. Ich höre mich das sagen und weiß doch nicht, warum. Aber ich bin mir sicher, dass es sein Fahrer sein muss. Ich hatte gleich so ein komisches Gefühl, als ich den Wagen gesehen habe.

»Hm?« Jack unterbricht das eifrige Tippen und Wischen auf

dem iPhone und schaut auf. Mit zusammengekniffenen Augen sieht er mich an. »Was? Wo denn?«

»Da drüben.« Mit dem Finger weise ich auf das weiße Auto, und er zieht sich den Hut ins Gesicht, um die Augen gegen die Sonne abzuschirmen.

»Sie meinen den Ambassador?«

»Wen?«

Aber da steuert er bereits auf den Wagen zu. »Bleiben Sie bei meinem Rucksack«, weist er mich an. »Ich frage mal eben nach …«

Da er einen Kopf größer und wesentlich breitschultriger ist als die anderen um ihn herum, sticht er unübersehbar aus der Masse der Menschen heraus. Ich kann verfolgen, wie er an das Auto tritt und eine Hand auf das Dach legt, um sich dann hinunterzubeugen und durch das Fenster ins Wageninnere zu schauen. Was dann passiert, kann ich weder sehen noch hören, aber kurz darauf richtet er sich wieder auf und zeigt mir den gereckten Daumen.

»Ja, das ist unsere Mitfahrgelegenheit«, erklärt er, als er wieder vor mir steht und seinen Rucksack schultert. »Ich dachte ja mehr an einen Jeep oder einen SUV, aber egal, der tut's auch.«

Rasch folge ich ihm, während er sich im Zickzack einen Weg durch die wimmelnde Menschenmenge bahnt. Gleich neben dem Wagen steht ein älterer, stattlicher Inder. Er trägt eine elegante graue Nehru-Jacke, und bis auf zwei flauschige schneeweiße Haarbüschel hinter den Ohren ist er vollkommen kahlköpfig. Die Augen sind hinter einer dunklen Sonnenbrille verborgen. Die Schultern gestrafft und das Kinn gereckt verbeugt er sich feierlich, als wir endlich vor ihm stehen.

»Es ist mir ein großes Vergnügen, Sie kennenzulernen«, begrüßt er uns höflich. »Ich bin Ihr Fahrer und Führer.«

»Bitte, nennen Sie mich Jack«, sagt Jack freundlich.

»Gerne, Chef«, antwortet der Fahrer nickend und verzieht keine Miene.

»Und ich bin Ruby«, stelle ich mich vor und reiche ihm die Hand.

Wieder verbeugt er sich leicht. »Ich bin Mr Rukminesh Singh … kurz: Rocky.«

Wir schütteln uns die Hände und sehen uns an, und jetzt erst merke ich, dass er hinter der Sonnenbrille unglaublich strahlend blaue Augen hat. Wie aus dem Nichts läuft es mir eiskalt den Rücken herunter, und ich bekomme eine Gänsehaut.

Was zum …?

»Wie öffnet man denn den Kofferraum?«

Jacks Stimme reißt mich aus meinen Gedanken, und als ich mich umdrehe, sehe ich ihn am hinteren Ende des Autos stehen und am Kofferraum herumhantieren.

»Bitte, Chef, das mache ich«, entgegnet Rocky, und als ich mich wieder zu ihm umwende, ist es, als sei das Licht in seinen Augen so schnell erloschen, wie es eben aufgeleuchtet ist.

Oder habe ich mir das alles nur eingebildet?, frage ich mich skeptisch und voller Zweifel. Ich komme mir ein bisschen albern vor. Mal ehrlich, jetzt halluziniere ich schon. An seinen Augen ist überhaupt nichts Außergewöhnliches. Und als ihm die Sonnenbrille auf die Nasenspitze rutscht, sehe ich, dass sie auch nicht blau, sondern braun sind. Bestimmt sind das die Nebenwirkungen oder Spätfolgen oder was auch immer von der Schokolade, die ich gegessen habe. Oder meine blühende Fantasie. Oder so was.

Ich sehe zu, wie er steifbeinig zum Heck des Wagens stakst und mit großer Geste den Kofferraum öffnet, als öffnete er eine Schatztruhe. »Ich kümmere mich um Ihr Gepäck.« Und damit wedelt er Jack, der doppelt so groß ist wie er und vermutlich nur halb so alt, weg wie eine lästige Fliege.

Jack lächelt. »Ach, nur keine Umstände«, sagt er und macht einen Schritt rückwärts, als er den Rucksack schwungvoll von der Schulter wuchtet. Worauf Rocky ihn beinahe beiseiteschubst.

»Nein, ich bestehe darauf.« Er greift nach dem Rucksack und hievt ihn unerwartet behände, mit einer Kraft, die man ihm bei seiner Statur gar nicht zugetraut hätte, in den Kofferraum. »Miss?« Er winkt mich heran.

»Sie hat kein Gepäck«, antwortet Jack an meiner Stelle.

»Kein Gepäck?«, fragt Rocky perplex, und ich werde schon wieder rot.

»Sie möchte nicht darüber reden«, erklärt Jack kopfschüttelnd und zieht eine Grimasse, während er in den Wagen steigt.

Rockys angespannte Miene glättet sich wie ein zusammengeknülltes Blatt Papier, das man glatt streicht. »Okay, Chef«, meint er nickend, und ohne weitere Fragen schließt er den Kofferraum und hält mir dann die Tür auf.

»Einsteigen bitte. Wir haben eine lange Reise vor uns.«

Folgsam ziehe ich den Kopf ein und schlüpfe neben Jack auf den Rücksitz, worauf Rocky die Tür zuschlägt und auf dem Fahrersitz Platz nimmt. »Eine sehr lange Reise«, wiederholt er vielsagend, dreht den Zündschlüssel, und dann, als der Motor angesprungen ist, manövriert er den kleinen weißen Wagen geschickt in den fließenden Verkehr.

Fünfzehntes Kapitel

Die Polizeiwache liegt am Stadtrand. Erst muss ich einen Bericht so dick wie ein Telefonbuch ausfüllen, dann darf ich meine Versicherungsgesellschaft benachrichtigen und meine Bank anrufen, um sämtliche Karten sperren zu lassen. Anschließend bringt Rocky mich zu einer Bankfiliale; dort bekomme ich auf Veranlassung meiner Hausbank ein bisschen Bares, und danach geht es zur britischen Botschaft, wo man mir etliche Stunden, Dutzende Formulare und jede Menge hochoffizieller Stempel später ein Notfall-Reisedokument ausstellt.

»Das gilt für sieben Tage«, erklärt mir der grauhaarige Beamte hinter der Scheibe streng. »Tragen Sie also bitte Sorge dafür, Indien bis Ende der Woche zu verlassen.«

»Ich danke Ihnen vielmals«, sage ich mit einem dankbaren Lächeln und greife mit der Hand in die Ablage unter der trennenden Glasscheibe, um meine Dokumente herauszuangeln.

»Ich hoffe, Sie haben einen angenehmen Restaufenthalt in Indien.«

Mir fällt eine ganze Felswand vom Herzen. Endlich ist alles Nötige veranlasst.

»Ohne weitere Überraschungen«, sagt er vieldeutig und sieht mich mit hochgezogener Augenbraue an.

»Ihr Wort in Gottes Ohr«, seufze ich, halte mein Reisedokument fest umklammert und drücke es an die Brust. »Das kann ich nur hoffen. Ich brauche absolut, definitiv, hundertprozentig *keine weiteren Überraschungen mehr.*«

Erst auf dem Weg nach draußen merke ich, dass es bereits

dunkel geworden ist. Auf der gegenüberliegenden Straßenseite sehe ich das kleine weiße Auto stehen, das am staubigen Straßenrand geparkt ist. Es ist noch kälter geworden; rasch ziehe ich den Reißverschluss meiner Kapuzenjacke hoch und flitze über die Straße. Drinnen ist niemand zu sehen, aber als ich um den Wagen gehe, finde ich Rocky gegen einen Radkasten gelehnt. Als er mich sieht, springt er auf und steht förmlich stramm.

»Miss Ruby!«, ruft er und nickt mir kurz zu. »Alles in Ordnung?«

»Ja, alles in Ordnung«, versichere ich lächelnd. »Vielen Dank, dass Sie auf mich gewartet haben. Tut mir leid, dass es so lange gedauert hat.«

»Das ist doch das Mindeste, was ich tun kann. Es tut mir sehr leid, dass Ihnen so etwas Unangenehmes passieren musste«, erwidert er ganz ernst. »In Indien sagen wir: *Athithi Devo Bhava*, ›Der Gast ist der Gott‹. Es ist uns eine Ehre, Sie bei uns zu haben. Das waren nur ein paar schwarze Schafe.«

»Das ist aber nett«, bedanke ich mich strahlend und ein wenig gerührt. »Aber bitte, deswegen brauchen Sie sich nicht zu entschuldigen. So etwas kann einem überall passieren. Mich haben sie mal in der *Tube* beklaut.«

Rocky schaut mich verständnislos an.

»Mir wurde in London in der U-Bahn mal die Handtasche gestohlen«, übersetze ich für ihn.

»Dann sind Sie aus England?«, fragt er und strahlt über das ganze Gesicht.

»Ja, warum? Waren Sie schon mal dort?«

»Ich bin schon ziemlich weit herumgekommen, aber nur hier drin«, erklärt er lächelnd und tippt sich an die Stirn. »Ich schaue mir gerne Filme an, lese Bücher und spreche mit den unterschiedlichsten Leuten, und auf diese Weise reise ich um die ganze Welt …« Er unterbricht sich, und sein Lächeln wird noch breiter. »Kommt der Chef auch aus England?«

»Nein, er ist Amerikaner«, entgegne ich grinsend. Wo wir gerade dabei sind: »Wo ist Jack eigentlich?«, frage ich und spähe in den Wagen. Seine Sachen liegen auf dem Rücksitz, und für einen kurzen Augenblick bin ich richtiggehend erleichtert. Was doch ziemlich albern ist. Ich meine, habe ich allen Ernstes gedacht, er wäre getürmt und hätte mich einfach sitzen gelassen? Und selbst wenn, na und? Wäre doch nicht weiter schlimm. Schließlich ist jetzt alles geregelt.

Na ja, mal abgesehen von der Sache mit Amy.

»Da sind Sie ja.« Ich höre den schon vertrauten amerikanischen Akzent, und als ich aufschaue, sehe ich Jack aus dem Halbdunkel auftauchen. »Ich dachte mir, das können wir jetzt alle sicher gut gebrauchen.« In den Händen balanciert er drei Styroporbecher.

»Chai«, ruft Rocky erfreut. »Der wärmt uns vielleicht ein bisschen auf«, sagt er und reicht jedem einen Becher.

Ich muss an den Mann denken, der im Zug mit dem Chai herumgegangen ist, und bekomme plötzlich ein schlechtes Gewissen. »Danke, das ist wirklich sehr nett«, sage ich und lächele dankbar, als er mir den Tee hinhält.

»Na ja, immerhin habe ich Sie aus dem Bett geworfen«, brummt er mit einem kleinen Lächeln.

Rocky schaut mit einer tiefen Furche in der Stirn von einem zum anderen.

»Das war nur ein Witz«, erkläre ich rasch. »Ich lag in der falschen Koje … Es war eine Verwechslung.«

»Wir haben uns erst im Zug kennengelernt«, fügt Jack hinzu.

»Dann sind Sie beide nicht …« Rocky wackelt mit dem Zeigefinger zwischen uns hin und her wie ein Metronom.

Ich kapiere sofort, was er damit andeuten will. »Gott bewahre!«, japse ich entsetzt und womöglich ein bisschen zu vehement. Aber ich möchte unter allen Umständen verhindern, Rocky einen falschen Eindruck zu vermitteln. Und Jack auch, wo wir schon mal dabei sind. Schlagartig muss ich an die peinliche Situation am Bahnhof denken, als ich mich hilfesuchend an seine Brust klammerte. »Das ist nicht mein Freund. Nicht in einer Millionen Jahre!«, rufe ich mit abschätzigem Schnauben.

Allerdings ist es ein schmaler Grat zwischen dem Wunsch, keinen falschen Eindruck zu vermitteln, und jemandem mit einem Baseballschläger vor den Kopf zu schlagen.

Für einen Wimpernschlag sehe ich einen Anflug von Kränkung über Jacks Gesicht huschen, doch der ist gleich wieder verflogen. »Nun, das sollte wohl jeden Zweifel ausräumen«, sagt er mit hochgezogenen Augenbrauen zu Rocky.

»Tut mir leid, das war nicht so gemeint, ich wollte eigentlich nicht …«

»Kein Problem«, erwidert er ungerührt, »Sie sind auch nicht mein Typ.«

Ich lache, aber nun bin ich ein klitzekleines bisschen beleidigt. Was natürlich lächerlich ist. Ist mir doch wurscht, ob ich sein Typ bin oder nicht. Meiner ist er jedenfalls nicht. Wobei, inzwischen weiß ich gar nicht mehr, welcher Mann überhaupt noch mein Typ ist. Ich meine, ist »Männer-die-einen-betrügen-und-einem-das-Herz-brechen« ein Typ? »Und, alles erledigt?«

»Ja«, nicke ich und bin heilfroh, dass er das Thema wechselt. »Ich habe ein vorläufiges Ausweisdokument bekommen und ein bisschen Bargeld von meinem Kreditkartenaussteller.«

»Zum Glück gibt's American Express«, meint er lachend.

»Visa, wenn man's genau nimmt«, erwidere ich lächelnd. »Aber ja. Und was für ein Glück, dass Sie mich am Bahnhof gerettet haben. Dafür bin ich Ihnen ewig dankbar. Ich weiß gar nicht, was ich ohne Sie gemacht hätte.«

»Ach, nicht der Rede wert«, entgegnet er wegwerfend und zuckt die Achseln. »Fräulein in Not, Ritter auf dem weißen Ross, Sie wissen schon.«

»Ich weiß das jedenfalls sehr zu schätzen«, sage ich und bin froh, dass er kein großes Aufheben darum macht.

»Und was haben Sie jetzt vor?«

»Ich denke, ich suche mir ein Hotel und nehme morgen früh den ersten Flieger zurück nach London«, antworte ich und nippe an dem heißen Chai. »In Anbetracht der Umstände vermutlich die vernünftigste Lösung.«

Zu diesem Entschluss bin ich schon vor einer ganzen Weile gekommen. Ohne Handy sind die Chancen, Amy zu finden, verschwindend gering. Ich habe zwar darüber nachgedacht, ein paar ihrer Freunde anzuschreiben und sie zu bitten, mir Amys Nummer zu mailen (Mum und Dad kann ich ja schlecht danach fragen), aber selbst dann gibt es keine Garantie, dass ich sie wirklich finde. Ich weiß ja nicht mal, ob sie tatsächlich in Rajasthan ist. Sie könnte überall und nirgends sein.

Denn jetzt, wo ich genügend Zeit hatte, in Ruhe über alles nachzudenken, ist mir aufgegangen, was für eine wahnwitzige Idee diese wilde Jagd quer durch Indien eigentlich war. Okay, ich habe einen Zettel in ihrem Zimmer gefunden, und Shines Familie stammt von dort, aber was heißt das schon? Ich war so kopflos und in Sorge, dass ich nicht geradeaus denken konnte. Es war eine absolute Kurzschlussreaktion, einfach Hals über Kopf in diesen Zug zu steigen.

Und außerdem: Wer sagt denn, dass sie ihn überhaupt noch heiraten will? Es wäre schließlich nicht das erste Mal, dass Amy kurz entschlossen ihre Meinung ändert. Dad hat sie früher immer »Fähnlein Fieselschweif« genannt, weil sie sich einfach nicht entscheiden konnte und so unstet war wie ein Fähnchen im Winde. Ja, je länger ich darüber nachdenke, desto mehr glaube ich, dass das, was mir zugestoßen ist, vermutlich ein Omen war. Ich bin zwar nicht abergläubisch, aber selbst ich kann nicht umhin, diese Geschichte als ein Zeichen zu deuten, doch lieber die Segel zu streichen und schleunigst nach Hause zu fahren, ehe ich noch in richtig große Schwierigkeiten gerate. Zurück nach London. Zurück in mein gewohntes Leben, das mich dort erwartet …

Aber jetzt, wo ich es laut ausspreche, macht sich doch ein wenig Enttäuschung breit. Das war's also. Das Abenteuer ist vorbei. Zurück zur alltäglichen Routine.

»Sollen wir Sie mitnehmen ins Hotel? Vielleicht gibt es da noch ein Zimmer für Sie.«

»Das wäre prima!«, rufe ich erfreut, worauf Rocky die Türen öffnet und wir alle einsteigen.

Während wir in den wimmelnden Verkehr von Delhis Innenstadt eintauchen, schaue ich aus dem Fenster und sauge all die vielen Eindrücke förmlich in mich auf. Nach Goas verschlafener Stille wirkt die Stadt fremd und aufregend zugleich.

»Und Sie?«, frage ich an Jack gewandt. Erst als ich ihn das frage, geht mir auf, dass ich eigentlich gar nichts über ihn weiß. Keine Ahnung, warum er in Indien ist. Ich hatte viel zu viel um die Ohren, um mich danach zu erkundigen. »Wie geht es denn bei Ihnen weiter?«

Er macht den Mund auf und will antworten, legt aber dann unvermittelt den Kopf schief. »Haben Sie das gehört?«

»Was?«

»Das Piepsen. Klang wie eine SMS oder so.« Er kramt in der Tasche nach seinem iPhone. »Nein, ich war's nicht.«

»Tja, ich kann es auch nicht sein«, meine ich achselzuckend. »Rocky?«

»Nein, Chef«, erwidert er ernst und schüttelt den Kopf.

»Dann haben Sie sich das wohl eingebildet«, schlussfolgere ich messerscharf.

»Hm …« Jack legt die Stirn in nachdenkliche Falten. »Muss wohl so sein.«

Pieps. Diesmal hören wir es alle.

»Was war das?«, fragt Rocky stirnrunzelnd.

»Das kam aus Ihrer Richtung«, meint Jack anklagend und dreht sich zu mir um.

»Das kann nicht sein.« Energisch den Kopf schüttelnd klopfe ich die Taschen meiner Cargohose ab. »Sehen Sie, alles leer. Mein Handy ist geklaut.« Das Ding hat mehr Taschen, als Löcher in einem Schweizer Käse sind, aber sie sind alle leer. Vergebens fahre ich mit den Händen an meinen Beinen entlang. Ich komme mir vor wie ein Wachmann beim Sicherheitscheck am Flughafen. Dabei ist das doch ohnehin vergebene Liebesmüh.

Ähm, Moment. Weiter unten an meinem Bein ertasten meine Finger plötzlich etwas Hartes, Flaches. Rasch stecke ich die Hand in eine der vergessenen Taschen und greife danach …

»Mein Handy!«, rufe ich begeistert, ziehe es heraus und halte es Jack unter die Nase. »Sehen Sie!«

»Wow, das ist ja toll.«

»Ja, nicht wahr?!«, quietsche ich ganz aufgeregt. »Ich glaube es einfach nicht!«

»Haben Sie alle anderen Taschen schon abgesucht? Nicht dass sich da noch was anderes versteckt«, spöttelt er. »Ihr Reisepass zum Beispiel? Oder Ihr Portemonnaie? Oder womöglich sogar Ihr Gepäck?«

Diese sarkastische Bemerkung würdige ich keiner Antwort und schaue ihn nur durchdringend an. »Ich habe gründlich nachgesehen«, erkläre ich spitz. »Die Tasche muss ich wohl übersehen haben.«

»Verständlich. Ich meine, wer steckt schon ein Handy in die Hosentasche?«

»Wie ist es eigentlich, wenn man so perfekt ist wie Sie?«, frage ich finster. Die Dankbarkeit von eben hat sich schon fast wieder verflüchtigt.

»Na ja, wenn Sie es genau wissen wollen …«

»Was stand denn in der Nachricht?«, unterbricht Rocky

unser kleines Geplänkel und wirft sich zwischen uns wie ein Ringrichter beim Boxen.

»Ach ja, natürlich …« In freudiger Erwartung schaue ich auf die Anzeige. Womöglich ist die SMS von Amy. »Ach … nur eine dieser ›Willkommen in Indien‹-Nachrichten von T-Mobile«, murmele ich tief enttäuscht. »Nichts Wichtiges.«

»Aber ich habe es doch zweimal piepsen gehört«, meint er. »Da muss noch eine zweite Nachricht sein.«

Also schaue ich noch mal nach. Tatsächlich, da ist noch eine weitere SMS.

»Von meiner Schwester!«, rufe ich ganz aufgeregt.

»Die, die Sie verloren haben?«, kontert Jack, aber ich habe nur noch Augen für die Nachricht:

Hoffe, du bist gut in London angekommen. Bin zum Heiraten in Rajasthan. Bitte sag Mum und Dad, sie sollen sich keine Sorgen machen. Kuss, Amy

Zwei Gedanken blitzen fast gleichzeitig auf.

Sie hat meine SMS aus dem Zug gar nicht bekommen.

Und dann:

Ach du lieber Himmel, sie ist hier und will das wirklich durchziehen.

»Sie ist hier in Rajasthan«, sage ich laut und schaue von meinem Handy-Display auf. »Sie ist mit einem Mann durchgebrannt und will ihn heiraten … Ich muss sie unbedingt finden. Ich muss sie aufhalten.«

Meine Stimme geht plötzlich unter, denn wir biegen in eine enge Seitenstraße ab und stecken auf einmal mitten in einer Art Prozession.

»In Rajasthan wird gerade geheiratet wie wild!«, brüllt Rocky gegen den infernalischen Lärm an, drückt auf die Hupe und versucht, das kleine weiße Auto durch die Menschenmenge zu manövrieren, in der wir zu versinken drohen wie in einer Lawine. »Es ist Hochzeitssaison!«

»Hochzeitssaison?«, frage ich erstaunt, und ehe ich michs versehe, sind wir plötzlich von fackeltragenden Feiernden und einer kompletten Marschkapelle umringt.

»Ja!«, versichert Rocky fröhlich nickend. »Jetzt ist in Indien die glückverheißendste Zeit zum Heiraten! Man sieht es am Himmel! Es steht in den Sternen!« Und dann haut er mit der flachen Hand so fest auf die Hupe, dass das ganze Auto vibriert. »In Indien sind die Menschen sehr abergläubisch«, erklärt er und muss schreien, um sich gegen das laute Dröhnen der Trommeln zu behaupten. »Astrologen verbringen viele, viele Stunden mit dem Studium der Horoskope, um für Brautpaare den günstigsten Zeitpunkt zum Heiraten zu errechnen, und jetzt ist die glückbringendste Zeit!« Er nimmt die Hände vom Lenkrad und schlägt sie über dem Kopf zusammen. »Hochzeiten, wohin man schaut!«

Stumm hocke ich auf dem Rücksitz und lausche seinen Ausführungen mit einer eigenartigen Mischung aus Faszination und ungläubigem Entsetzen. Ich meine, wie bitte? Da stehe ich, ich armer Tropf, verlassen, desillusioniert und allein, *und hier ist verdammte Hochzeitssaison*?

»Noch besser ist es bei Vollmond«, erklärt Rocky ganz begeistert. »Das ist der glückbringendste Tag von allen! Da wimmelt es hier nur so vor Hochzeitsgesellschaften! Rajasthan verwandelt sich in eine einzige riesengroße Party!«

Die Ironie entgeht mir nicht. Erlaubt sich hier gerade jemand einen Scherz auf meine Kosten? Nein, wirklich! Mal ehrlich, das könnte man sich doch nicht besser ausdenken. Die Erinnerung an meine eigene geplatzte Hochzeit schmerzt noch immer, und ich wäre überall auf der Welt lieber als hier.

Aber mir bleibt keine andere Wahl. Ich muss Amy suchen.

Und wenn ich sie finde, dann bringe ich sie um, weil sie mir das angetan hat, schwöre ich mir, als ich aus dem Fenster in die fröhlichen Gesichter sehe und die extravaganten Kleider betrachte. Es ist wie eine Explosion aus Farben und Licht inmitten der Dunkelheit, und während wir uns Schritt um Schritt langsam vorkämpfen, hämmern die Hochzeitsgäste freudestrahlend auf das Autodach.

»Mannomann, das nenne ich eine Party«, brummt Jack und pfeift anerkennend durch die Zähne. Dann kurbelt er das Fenster herunter, und plötzlich dröhnt die Musik zehnmal so laut wie vorher, und wir sind nicht bloß dabei, sondern mittendrin. Und mit einem Mal verfliegen all meine Vorbehalte und lösen sich auf in dieser wilden Energie und den ausgelassenen Feierlichkeiten. Ich sehe Hände und Gesichter, und die Begeisterung ist so greifbar, dass man fast glaubt, die Hand danach ausstrecken und sie anfassen zu können.

»Sehen Sie!«, ruft Rocky. »Sehen Sie, da kommt der Bräutigam!« Und damit weist er mitten in die Menge, wo plötzlich ein weißes Pferd erscheint, mit buntem Federschmuck auf dem Kopf und edelsteinverziertem Sattel. Darauf ein Mann, ganz in Weiß gekleidet und mit einem feuerroten Turban auf dem Kopf. In seinen Armen ein kleiner Junge, genauso gekleidet wie er, der aussieht wie sein kleineres Ebenbild.

Fasziniert greift Jack nach seiner Kamera und knipst drauflos. Und dann taucht vor uns plötzlich ein Bus auf und zwingt uns, rückwärts auszuweichen. Wodurch wir uns unversehens direkt vor einem fantastisch geschmückten Elefanten wiederfinden. Staunend starre ich ihn an, wie er majestätisch dasteht inmitten der wogenden Menschenmassen, die er um ein Vielfaches überragt. Ein Adrenalinstoß rast durch meinen ganzen Körper. Ich fasse es nicht, ein echter Elefant! Völlig abgefahren. Ich komme mir vor, als sei ich in der Eröffnungsszene eines Indiana-Jones-Films gelandet. Ich komme mir vor, als sei ich …

Am Leben. Als sei ich am Leben. So fühle ich mich. *Lebendig.*

Irgendwann haben wir es schließlich geschafft, uns einen Weg aus der Hochzeitsprozession zu bahnen. Wir parken vor einem kleinen, modernen Hotel und gehen hinein in das grell beleuchtete Foyer. Ich habe Glück, es gibt noch ein Zimmer für mich, also lade ich meine Habseligkeiten auf dem Empfangsschalter ab und fülle die Anmeldung aus.

»Verraten Sie mir jetzt, was Sie gegen Hochzeiten haben?«, fragt Jack und beäugt mich neugierig. »Ich dachte, alle Frauen träumen davon: Kirche, Ring, weißes Prinzessinnenkleid.«

»Nicht alle Frauen«, entgegne ich ein bisschen herablassend. Nur fürs Protokoll: Sam und ich wollten keine große Hochzeit in Weiß. Es sollte eine kleine, intime Feier werden. Elegantes Understatement. Ich wollte ein blassgelbes Etuikleid tragen, und als Brautstrauß sollte Dad mir ein paar selbst gepflückte Margeriten aus dem Garten mitbringen – beim Gedanken daran habe ich gleich wieder einen Kloß im Hals. »Jedenfalls«, murmele ich und wische mir rasch eine Träne aus dem Augenwinkel, »habe ich nichts gegen Hochzeiten im Allgemeinen, nur gegen die meiner Schwester.«

»Und warum, wenn ich fragen darf?«

»Weil sie ein riesengroßer Fehler wäre.«

»Woher wollen Sie das wissen?«

Herrgott, ist der Kerl hartnäckig. »Weil ich es eben weiß.«

»Wie können Sie sich da so sicher sein?«

Ich schaue von dem Formular auf, das ich gerade ausfülle, und unsere Blicke treffen sich. Wie erklärt man die enge Bindung zwischen zwei Schwestern? Gefühle und Erfahrungen eines ganzen geteilten Lebens? Die gemeinsame Geschichte? Die Liebe? Das gebrochene Herz, vor dem man sie bewahren will. Es gibt Hunderte guter Gründe, also entscheide ich mich für den einfachsten. »Was wäre, wenn ich Ihnen sage, dass ich den Mann, den sie heiraten will, mit einer anderen Frau gesehen habe?«, antworte ich. »Reicht Ihnen das als Begründung?«

Rocky, der gerade die letzten Gepäckstücke vom Rücksitz hereinschleppt, schnappt entsetzt nach Luft. »Das ist nicht gut; das ist schlimm!«, donnert er. »Das ist ein schlechter Mann!«

»Rajasthan ist groß«, warnt Jack mich. »Gut möglich, dass Sie sie gar nicht finden.«

»Tja, muss ich aber«, erkläre ich wild entschlossen. »Und ich habe nur bis Ende der Woche Zeit«, füge ich hinzu, die Worte des Beamten im Hinterkopf, der mir meinen provisorischen Reisepass ausgestellt hat.

»Dann fliegen Sie also nicht zurück nach London?«

»Nicht ohne meine Schwester«, erkläre ich kopfschüttelnd. Ich habe mich entschieden. Auf keinen Fall werde ich jetzt einfach sang- und klanglos nach Hause fahren. Wo ich schon so weit gekommen bin. Ich lasse mir von dem freundlichen Rezeptionisten den Zimmerschlüssel geben und sage dann, an Jack gewandt: »Also, schön, Sie kennengelernt zu haben. Vielen Dank für alles.« Und dann reiche ich ihm die Hand.

»Es war mir ein Vergnügen«, entgegnet er nickend.

»So kann man es auch nennen«, murmele ich und wende mich dann an Rocky. »Und Sie auch.«

»Es war mir eine Freude«, antwortet Rocky und hält meine Hand nur ein kleines bisschen zu lange fest.

Dann stehen wir ein wenig verlegen herum, weil niemand mehr etwas zu sagen weiß. »Also dann, gute Nacht«, sage ich schließlich, lasse die beiden im Foyer stehen und gehe zum Aufzug.

Während ich auf den Lift warte, höre ich sie hinter mir leise tuscheln, und dann …

»Hey, Ruby.«

Es ist Jacks Stimme, und ich drehe mich um.

»Ich fahre bis nach Udaipur.« Er verstummt, und ich höre, wie Rocky sich vernehmlich räuspert. Die beiden schauen sich kurz an, und ich könnte schwören, gesehen zu haben, wie

Rocky ihn mit dem Ellbogen in die Rippen stupst. »Falls Sie eine Mitfahrgelegenheit brauchen«, fügt er barsch hinzu.

Mit so einem Angebot habe ich nicht gerechnet. Ich weiß gar nicht, was ich sagen soll. Schließlich kennen wir uns gerade mal seit achtundvierzig Stunden, und man kann nicht unbedingt von Liebe auf den ersten Blick sprechen. Während der Bahnfahrt sind wir uns fast an die Gurgel gegangen – korrigiere: *Ich bin ihm fast an die Gurgel gegangen*.

Andererseits: Ich muss Amy unbedingt aufspüren, und bisher habe ich keinen blassen Schimmer, wo ich sie suchen soll. Warum also nicht in Udaipur anfangen? Außerdem gebe ich es zwar nur ungern zu, aber ich habe ein bisschen Angst davor, ganz allein unterwegs zu sein. So gerne ich mich als starke, unabhängige Frau sähe, die gut selbst auf sich aufpassen kann … bisher bin ich damit grandios gescheitert.

»Na ja, wenn es Ihnen ganz sicher nichts ausmacht …«

»Besser, als allein unterwegs zu sein«, unterbricht Rocky mich ganz ernsthaft. »Zu gefährlich für eine Frau, so ist es besser.«

Mein Blick geht zu Jack. Er scheint bei dieser Vorstellung ebenso hin- und hergerissen zu sein wie ich. Der Vorschlag muss eindeutig von Rocky stammen.

»Das wäre prima, vielen Dank«, sage ich sehr entschieden.

»Dann sind wir uns ja einig«, erklärt Jack in einem betont geschäftsmäßigen Ton. »Morgen früh um sechs hier unten in der Lobby. Wir wollen früh los.«

»Okay … gut … um sechs«, murmele ich hastig nickend und kämpfe noch mit dieser unerwarteten Wendung der Geschichte, als endlich der Aufzug kommt und die Türen sich öffnen. Ich steige ein, dann drehe ich mich noch mal um. »Übrigens, Sie haben mir immer noch nicht erzählt, warum Sie eigentlich in Indien sind.«

Unter dem zerfledderten Hut sehen mich Jacks haselnussbraune Augen an. Er zögert einen Augenblick und scheint zu überlegen, wie er darauf antworten soll. »Ich bin hier, um ein Versprechen einzulösen«, entgegnet er schließlich.

Fasziniert schaue ich ihn an. Ein Versprechen? Was denn für ein Versprechen? Und warum antwortet er so ausweichend?

Ich klappe den Mund auf und will noch etwas sagen, aber ehe ich die nächste Frage stellen kann, schließen sich die Schiebetüren des Fahrstuhls vor meiner Nase. Vermutlich besser so, denke ich bei mir. Mir geht schon genug durch den Kopf, auch ohne dass ich mir Gedanken darüber machen muss, was Jack wohl umtreibt. Außerdem, wen interessiert's? Geht mich überhaupt nichts an. Er ist bloß ein dahergelaufener Amerikaner, mit dem ich mir das Auto teile. Und wenn wir erst in Udaipur sind, werde ich ihn nie wiedersehen.

Dann drücke ich den Knopf für meine Etage, und der Aufzug rattert rumpelnd nach oben.

Sechzehntes Kapitel

Im Morgengrauen reißt mich die Weckfunktion meines Handys aus dem Schlaf. Es ist noch dunkel, und im ersten Moment liege ich da, in diesem fremden Bett, in diesem fremden Zimmer, lausche auf die fremden Geräusche vor meinem Fenster und frage mich, wo um alles auf der Welt ich bin. Und dann fällt es mir schlagartig wieder ein: Ich bin in Delhi. Ich suche meine Schwester. Und gleich geht es auf große Fahrt quer durch Rajasthan nach Udaipur; eine Stadt, von der ich noch nie im Leben gehört habe, über die ich nichts weiß, ja von der ich nicht einmal weiß, wo genau sie liegt. Und das mit zwei Männern, die ich kaum kenne.

Eine kleine Abwechslung zu meinem sonst üblichen Morgenritual mit Kaffee und Pantoffeln.

Rasch ziehe ich mich an und flitze dann in die Lobby, um dort am Computer meine Mails abzurufen. Hastig überfliege ich den Posteingang. Ein paar E-Mails von Harriet, die von einem weiteren Date-Desaster berichtet, und ein Link von Rachel zu einem witzigen Artikel darüber, dass fast alle Frauen ab Mitte dreißig heutzutage irgendwas von sich einfrieren lassen, sei es nun die Stirn, die mittels Botox lahmgelegt wird, oder ein paar Eizellen. Als Bemerkung hat sie daruntergeschrieben: »Ich mag nur eine Sache tiefgekühlt, und das ist meine Frozen Margarita. Wann hast du Zeit für ein Besäufnis?«

Aber nichts von Amy.

Die Enttäuschung legt sich wie ein Stein auf meinen Magen. Gut, es wäre auch zu schön gewesen, aber trotzdem. Einen

Moment sitze ich mutlos da, und meine Ängste spielen einen donnernden Trommelwirbel, doch dann reiße ich mich wieder zusammen. Ich habe keine Zeit zum Grübeln. Ich muss Mum und Dad eine Mail schreiben. Davor drücke ich mich schon viel zu lange. Eigentlich hätte ich mich längst bei ihnen melden sollen, aber ich hatte immer noch auf ein Wunder gehofft, und außerdem störe ich sie nur sehr ungern bei ihrem beschaulichen Campingurlaub in Frankreich. Aber jetzt kann ich es nicht mehr aufschieben. Also tippe ich los:

Es ist so wunderschön hier, wir hängen einfach noch ein paar Tage dran.

Amy lässt euch lieb grüßen!

Und dann kreuze ich die Finger und klicke auf Senden. Ich hasse es, die beiden anzulügen. Aber die Wahrheit kann ich ihnen ja wohl kaum sagen, oder? Mum wird ja schon panisch, wenn sie mal ihren Büchereiausweis nicht findet; würde ich ihr sagen, dass Amy mit einem Yogalehrer nach Rajasthan durchgebrannt ist, bekäme sie vermutlich einen Herzinfarkt.

Danach rufe ich Mrs Flannagan an. In London ist es zwar schon nach Mitternacht, aber ich weiß, dass sie meistens erst spätnachts ins Bett geht. Sie geht sofort ran, und nach anfänglicher Verwirrung und dem vergeblichen Versuch meinerseits, ihr zu erklären, dass ich nicht von nebenan anrufe und nicht einfach rasch rüberkommen kann, weil ich noch in Delhi bin (»Im Delirium? Ich habe Ihnen zwar gesagt, Sie sollen mal was Unvernünftiges tun, aber man muss es ja nicht gleich übertreiben!«), gelingt es mir schließlich doch noch, alles zu erklären. Und dann frage ich sie bange, ob sie vielleicht noch ein paar Tage auf Heathcliff aufpassen kann.

»Aber natürlich, meine Liebe, sagen Sie das doch gleich. Heathcliff und Snoopy sind ein Herz und eine Seele …« Ihre

Stimme geht unter in hysterischem Kläffen, gefolgt von Furcht einflößendem Fauchen. »Ach, wie schön die beiden miteinander spielen«, gluckst sie. Aus dem Lachen wird rasch ein heiseres Husten, das sich in den allgemeinen Tumult mischt.

Der arme Heathcliff, denke ich, und ziehe schuldbewusst den Kopf ein. Wenn ich zurück bin, mache ich es irgendwie wieder gut. Großes Ehrenwort.

Beim Auflegen komme ich mir vor wie eine Rabenmutter. Danach versuche ich sowohl Amys Handy als auch die Nummer, die ich in ihrem Zimmer gefunden habe, anzurufen. Keine Antwort. Ich bin eher resigniert als enttäuscht. Wie gesagt, Amy geht auch sonst eher selten ans Telefon, es überrascht mich also nicht.

Ich hinterlasse eine Nachricht auf ihrer Mailbox, dass ich in Rajasthan bin und sie sich bitte melden soll. Viel mehr bleibt mir nicht übrig. Ich muss es einfach immer wieder versuchen, sage ich mir. Ich lege auf und warte auf Jack und Rocky, die beide kurz darauf auftauchen – Jack marschiert zerstrubbelt und mit tiefen Ringen unter den Augen gähnend in die Lobby, während Rocky schon tadellos gekleidet und kerzengerade neben dem kleinen weißen Wagen steht, der vor dem Hotel aus dem Dunkel erscheint wie ein Geist, und auf uns wartet.

»Morgen«, brummt Jack und quetscht sich auf den Rücksitz.

»Morgen«, erwidere ich nickend und rutsche neben ihn auf den Sitz. Die Rückbank ist viel kleiner, als ich sie in Erinnerung hatte, und als unsere Beine plötzlich aneinanderkleben, weichen wir beide zurück, als hätten wir einen elektrischen Schlag abbekommen.

»Hoppla, Entschuldigung«, stammele ich und zwänge mich in eine Ecke. Der Rücksitz kommt mir plötzlich vor wie eine Pärchenbank im Kino.

»Wobei, ich glaube, ich setze mich lieber nach vorne«, erklärt Jack und greift schon nach dem Türgriff.

»Das geht leider nicht«, entgegnet Rocky sehr bestimmt vom Fahrersitz aus. »Passagiere müssen hinten sitzen.«

Jack überhört diesen Einwand und will die Tür öffnen, aber es geht nicht.

»Das ist zu Ihrer eigenen Sicherheit, Chef«, setzt er todernst hinzu.

»Moment, die Tür ist abgeschlossen?« Empört rüttelt Jack am Türgriff.

»Es ist besser, wenn Sie während der Reise beide hinten sitzen. Ist viel bequemer so, und alle sind glücklich und zufrieden. Denn wenn Sie glücklich sind, dann bin ich auch glücklich.«

Jack murmelt etwas Unverständliches, dann sinkt er gottergeben gegen die Rücklehne. »Wie Sie meinen«, seufzt er und zieht sich den Hut über die Augen. »Wecken Sie mich, wenn es Zeit ist fürs Mittagessen.«

»Ja, Chef«, strahlt Rocky und zwinkert mir im Rückspiegel verschwörerisch zu.

Moment mal, habe ich da irgendwas verpasst? Was soll denn das? Skeptisch schaue ich ihn an, aber er hat bereits den Zündschlüssel gedreht und legt den ersten Gang ein.

Jetzt wird es ernst. Es geht los. Wir fahren auf die dunkle Straße, und auf einmal wird es mir ganz eng ums Herz. So was habe ich in meinem ganzen Leben noch nicht gemacht. Ich hoffe nur, es geht alles gut. Plötzlich fällt mir wieder ein, wie meine Eltern mir damals als kleines Kind eingeschärft haben, nie zu fremden Männern in fremde Autos zu steigen, und unvermittelt packt mich nackte Panik. Ach du Schande, viel fremder kann es eigentlich nicht kommen. Niemand weiß, wo ich bin und mit wem … Augenblick mal … nicht mal *ich* weiß, wo ich bin und mit wem.

Was, wenn mir etwas zustößt? Ich weiß, ich muss Amy suchen, aber trotzdem. Sonst gehe ich immer auf Nummer sicher, und das hier ist so was von *gar nicht* sicher. Nein, es ist vermutlich sogar das Gefährlichste, was ich je in meinem Leben getan habe.

Und wenn es nach dem Kribbeln in meinem Bauch geht, auch das Aufregendste.

Ich muss eingeschlafen sein, denn ehe ich michs versehe, ist es plötzlich taghell. Die Sonne strahlt durch das Seitenfenster, und ich muss die Augen abschirmen, als ich die Scheibe herunterkurbele. Ein Schwall heißer Abgase weht herein, und ich schaue hinaus auf chaotische, verstopfte Straßen.

»Ähm, wo sind wir denn?«, frage ich schlaftrunken, strecke mich und ziehe umständlich meine Sweatjacke aus. Dann geht mein Blick zu Jack. Der schläft tief und fest. Zumindest nehme ich das an. Sein Gesicht ist unter dem Hut verschwunden, aber ich glaube, leises Schnarchen zu vernehmen.

»Agra«, verkündet Rocky mit unverhohlenem Stolz.

»Agra?«, frage ich verwirrt. »Aber ich dachte, wir wollen nach Udaipur.«

»Udaipur ist unser Ziel, ja«, stimmt Rocky mir nickend zu. »Aber bis dahin ist es noch weit, und jetzt ist es Zeit zum Mittagessen.«

»Hat jemand was von Essen gesagt?« Jack fährt hoch wie ein Kastenteufel, so heftig, dass ihm der Hut vom Kopf fällt und in seinem Schoß landet. Er schaut mich an und stutzt merklich.

»Was denn?«, frage ich angriffslustig, als ich sein verdutztes Gesicht sehe.

»Öhm … nix.«

Er ist ein denkbar schlechter Lügner.

»Was?«, frage ich noch mal. »Habe ich was im Gesicht?«

»Nein, das nicht … Sie sehen nur so anders aus.«

Worauf ich mich ein wenig zu ihm rüberbeuge und den Hals verrenke, um in den Rückspiegel zu spähen und einen Blick auf mein Spiegelbild zu werfen. Der Anblick versetzt mir den Schreck meines Lebens. Heute Morgen beim Aufstehen war es noch dunkel, und ohne mein Gepäck war ich völlig aufgeschmissen. An eine gründliche Morgentoilette war nicht zu denken. Ich konnte mir nur das Gesicht mit Seife waschen und mir mit der Zahnbürste, die ich im kleinen Willkommenspäckchen des Hotels gefunden hatte, die Zähne putzen. Mehr nicht.

Aber jetzt, am helllichten Tag, werden mir drei Dinge sonnenklar:

1. Verkenne niemals den Wert eines Kosmetiktäschchens.
2. Ich würde alles tun für ein bisschen wimpernverlängernde Mascara.
3. Für Angelina Jolies Wangenknochen würde ich glatt einen Mord begehen. Oder für Wangenknochen überhaupt.

»Ich … ähm … ich trage die Haare heute ein bisschen anders«, stammele ich und binde sie flugs zu einer albernen Palme mitten auf dem Kopf zusammen. »Damit sehe ich … ganz anders aus.« Nicht zum ersten Mal in meinem Leben wünsche ich mir inständig, eine dieser Naturschönheiten zu sein, die auch ohne Make-up und mit zerstrubbelten, luftgetrockneten Haaren einfach umwerfend aussehen. Statt geschlagene zwei Stunden lang mit einem Industriefön und dem Warensortiment einer kompletten Kosmetikabteilung im Badezimmer stehen zu müssen, um einigermaßen vorzeigbar zu sein.

»Mhm«, meint Jack achselzuckend und mustert mich mit gerunzelter Stirn eindringlich. »Was Sie nicht sagen.«

Ich lächele ihn unsicher an. Das ist so ein Moment, in dem ich nicht recht weiß, ob ich beleidigt sein oder mich freuen soll, dass mein Gegenüber mir Recht gibt.

»Egal, Zeit fürs Mittagessen«, sage ich rasch, um das Thema zu wechseln, und schaue umständlich auf meine Armbanduhr.

Ein Glück, dass die nicht auch noch geklaut wurde. Aber

es ist ja auch bloß eine billige kleine Timex, die ich schon seit Ewigkeiten trage. Teuren Schmuck besitze ich gar nicht. Na ja, mal abgesehen von meinem diamantbesetzten Verlobungsring, der sich immer noch in den Untiefen meiner Unterwäscheschublade versteckt. Eigentlich hatte ich vor, ihn Sam zurückzugeben, doch der wollte davon nichts wissen. Er meinte, er hätte ihn mir geschenkt, also sei es meiner, und ich solle ihn behalten. Ein paarmal habe ich überlegt, ihn zu verkaufen, ich habe ihn sogar zum Juwelier gebracht, um ihn schätzen zu lassen, aber irgendwie hab ich es dann doch nicht übers Herz gebracht. Vielleicht, weil ich ein bisschen gefühlsduselig bin oder weil der Ring aus zweiter Hand ohnehin nicht mehr so viel wert ist.

Oder weil ich gelegentlich etwas tue, von dem noch nicht mal meine besten Freundinnen wissen. Manchmal nehme ich den Ring nämlich klammheimlich aus der Schublade und stecke ihn mir an den Finger, und in diesem kurzen Augenblick, wenn der Diamant sanft an meiner Hand funkelt, ist alles gut und die Welt ist wieder heil.

Ich weiß. Ganz schön bemitleidenswert, was?

»Wunderbar, ich bin am Verhungern.« Jetzt, wo er wach ist, versucht Jack, auf dem engen Rücksitz die langen Beine auszustrecken, und räkelt sich unter vernehmlichem Ächzen und Stöhnen, während er sich mit den Fingern durchs platt gedrückte Haar fährt. Ich beobachte, wie er die Haare energisch verstrubbelt, so rigoros, als wollte er Eis von der Windschutzscheibe kratzen.

Meine Güte, der Kerl ist wirklich eine Nervensäge. Warum kann er nicht einfach aufwachen wie jeder normale Mensch auch? Ich verziehe das Gesicht, als ich ein paar Wasserspritzer abbekomme; er hat die Wasserflasche aufgemacht und trinkt nun gierig daraus.

»Ich kenne da ein hervorragendes Lokal«, versichert Rocky

und setzt an der Ampel den Blinker nach links. Was er sich eigentlich auch sparen könnte, denn keiner der anderen Verkehrsteilnehmer nimmt davon Notiz, und es gibt beinahe eine Massenkarambolage, als Tuk-Tuks, Mopeds und Fußgänger von allen Seiten auf uns zukommen.

»Was für ein Lokal denn?«, frage ich ein wenig nervös.

»Ein italienisches«, entgegnet Jack, der gerade aus der Wasserflasche aufgetaucht ist.

»Ach, echt?« Bei dem Gedanken an einen schönen Teller Pasta wird mir ganz warm ums Herz. Seit der Zugfahrt habe ich nur eine kleine Tüte Chips und zwei Bananen vertilgt.

»Nein, natürlich nicht«, prustet er lachend und sieht mich kopfschüttelnd an. »Wir sind hier in Indien, nicht in Italien!«

»Ach.« Ich mache ein langes Gesicht und komme mir vor wie ein Vollidiot. Rasch versuche ich, meine Enttäuschung zu überspielen. »Ja, klar, ich Dummchen …«

Er legt die Stirn in Falten. »Hey, war bloß ein Witz«, brummt er, und seine Stimme wird plötzlich viel freundlicher. »Sie sind doch nicht etwa ernsthaft enttäuscht, oder?«

»Ich? Nein, ganz bestimmt nicht!«, schwindele ich und schüttele energisch den Kopf. »Ich liebe indisches Essen!«

»Aber das indische Essen liebt Sie nicht, stimmt's? Klar doch, jetzt erinnere ich mich wieder an Ihre kleine Ansprache.«

Meine Wangen brennen vor Scham, als ich an meinen Ausbruch am Bahnhof zurückdenke. Das ist mir schrecklich peinlich. »Schon okay, ich hab eigentlich gar keinen Hunger.« Aber mein Bauch verrät mich mit wütendem Knurren. »Ich glaube, mein Magen ist immer noch etwas verstimmt.«

»Ihr Magen, nicht Sie?« Stirnrunzelnd guckt er mich an.

»Nein, kein bisschen!«, protestiere ich und schüttele energisch den Kopf. »Bei mir ist alles bestens, ehrlich.« Langsam wird er mir sympathisch. Der kann ja richtig nett sein, wenn er es darauf anlegt.

»Gut«, entgegnet er zufrieden nickend. »Wir haben uns ja bisher beide nicht unbedingt von unserer Schokoladenseite präsentiert.«

»Ach, das würde ich nicht unbedingt sagen«, widerspreche ich und versuche, ganz höflich und freundlich zu sein.

Ganz im Gegensatz zu Jack, der das Gesicht verzieht und laut lacht. »Ich schon. Im Zug haben Sie mich angeschaut, als wollten Sie mich umbringen.«

Na ja, wenn das so ist … »Okay, Sie haben Recht. Wollte ich auch«, gestehe ich kleinlaut.

»Schon gut, ich fand Sie auch nicht besonders sympathisch«, fährt er fröhlich fort.

Was mich unerwartet trifft. »Nicht?«

»Ich sage nur stocksteif.«

»Stocksteif?«, wiederhole ich fassungslos.

»Ja, aber so was von«, meint er grinsend. »Ich dachte nur: ›Heiliges Kanonenrohr, das Mädel hat aber wirklich einen Stock im Arsch.‹« Ungläubig starre ich ihn an, und jeder Gedanke daran, wie freundlich und höflich er doch sein kann, löst sich unvermittelt in Luft auf.

»Sie glauben also, ich hätte einen Stock im Arsch?«, fauche ich aufgebracht. Wie um alles auf der Welt konnte ich mir bloß einbilden, dieser ungehobelte Mistkerl sei *nett*? Er ist alles andere als nett. Mein erster Eindruck war doch richtig: Er ist ein gemeiner, arroganter Schwachkopf.

»Das dachte ich«, entgegnet er nickend. Meine Empörung scheint völlig an ihm vorbeizugehen. »Aber ich habe mich eines Besseren belehren lassen.«

»Ach was. Freut mich zu hören.«

»Jetzt, wo ich Sie ein bisschen besser kennengelernt habe, fange ich glatt an, Sie zu mögen.«

Unsere Unterhaltung, die eben noch ungebremst auf der Arschloch-Schnellstraße in Richtung Totalschaden unterwegs war, macht eine scharfe Kehrtwende. Verdattert schaue ich ihn an. »Ach, echt?« Diese Bemerkung ist so entwaffnend, dass meine Wut verfliegt wie Luft aus einem angepiksten Luftballon.

»Ja«, antwortet er und schaut mich nachdenklich an. »Ich mag Sie sehr, Ruby.«

Lautes Schweigen macht sich breit. Eigentlich will ich weiter wütend auf ihn sein, wirklich, aber es ist, als würde mein Zorn plötzlich verrauchen, und nun bin ich … ich bin … hilflos. Halt suchend rudere ich im Geiste mit den Armen, schaue dann schnell weg und versuche, meinen gedanklichen Faden wieder aufzunehmen. »Ach, echt?«, stammele ich abermals, wobei es diesmal weniger als Frage gemeint ist. Bilde ich mir das nur ein, oder ist es im Auto plötzlich totenstill geworden?

»Ja«, erklärt er nickend, »und wo wir jetzt so viel Zeit miteinander verbringen, hoffe ich sehr, dass wir Freunde werden.«

Abrupt lande ich wieder in der Realität. *»Freunde?«*, wiederhole ich konsterniert.

»Ich weiß, wir beide sind so unterschiedlich wie Tag und Nacht, aber ich wünsche mir sehr, dass wir uns gut vertragen.«

»Ja, klar, natürlich«, versichere ich heftig nickend, und der Lärm der Autohupen dröhnt mir wieder in den Ohren.

»Gut.« Er nickt zufrieden.

»Toll«, tue ich begeistert und lächele ihn strahlend an. Himmel, was habe ich mir bloß eingebildet? Beinahe hätte ich geglaubt … Egal, Schwamm drüber. Enttäuscht bin ich schließlich nicht deswegen. Ich suche nicht die große Liebe, ich suche Amy, schon vergessen? Ich meine, puh, da hätte ich mir fast ins Hemd gemacht, weil ich Muffensausen hatte, was er wohl sagen würde.

Wir biegen in eine lange Auffahrt ein, und der Wagen hält vor einem weitläufigen, prachtvoll angelegten Garten.

»Essen fassen«, gluckst Rocky und ist sichtlich stolz auf seine Kenntnisse umgangssprachlicher Ausdrucksweise.

»Prima«, jubelt Jack.

»Wunderbar«, rufe ich und lächele unverdrossen weiter. Nein, ich bin kein bisschen enttäuscht. Und kaum hat Rocky mir die Tür geöffnet, stürme ich nach draußen und laufe schon mal vor zum Restaurant.

Nach einem faden und an vorsichtiger Zurückhaltung nicht zu überbietenden Mittagessen, bestehend aus Reis pur und Naan ohne alles für mich, und einem köstlich aussehenden exotischen Mahl, bestehend aus Tandoori-Dies und scharfem Das für Jack, quetschen wir uns wieder ins Auto, um unsere Fahrt fortzusetzen. Aber Rocky hat anderes im Sinn.

»Sie dürfen Agra nicht verlassen, ohne den Taj Mahal gesehen zu haben«, erklärt er energisch.

»Den Taj Mahal?«, frage ich und spitze interessiert die Ohren.

»Wir haben leider keine Zeit für Besichtigungstouren«, entgegnet Jack und schaut demonstrativ auf seine Uhr. »Und sind Sie ganz sicher, dass wir auf dem richtigen Weg nach Udaipur sind?« Er kramt eine zerknitterte alte Landkarte heraus, die er stirnrunzelnd betrachtet. »Der Karte nach haben wir einen Riesenumweg gemacht.«

»Viele Wege führen nach Udaipur«, meint Rocky und wedelt abwehrend mit der Hand.

»Wie dem auch sei, wir müssen los«, erklärt Jack bestimmt.

»Genau«, stimme ich ihm nickend zu. Meine Suche nach Amy duldet keinen Aufschub.

»Aber Chef, das ist eins der sieben Weltwunder.«

»Es gibt immer ein nächstes Mal«, versucht Jack ihn zu besänftigen und macht es sich mit der Aussicht auf eine lange Fahrt auf dem Rücksitz bequem. Er wirkt ein wenig genervt.

Aber so schnell gibt Rocky sich nicht geschlagen. »Es ist das größte Symbol ewiger Liebe!«

»Für Prinzessin Diana aber nicht«, widerspreche ich entschieden. »Erinnern Sie sich nicht an das berühmte Bild von ihr, wie sie mutterseelenallein auf der Bank vor dem Taj Mahal sitzt, obwohl sie da noch mit Prince Charles verheiratet war?«

Jack wirft mir einen komischen Seitenblick zu.

»Nicht?«, hake ich nach. »Der Anblick war wirklich herzzerreißend; sie sah so traurig aus.«

»Nein, nein, nein, das ist der romantischste Ort auf der ganzen Welt!«, protestiert Rocky und wackelt wie wild mit dem Kopf.

»Romantik-Tick«, knurre ich und verdrehe angewidert die Augen.

Jack zieht fragend die Augenbrauen hoch. »Hast du was gegen Romantik?«

Damit erwischt er mich auf dem falschen Fuß. »Ich bin einfach Realistin, weiter nichts«, entgegne ich und winde mich unbehaglich unter seinen forschenden Blicken.

»Und Romantik ist nichts Reales?«

Wie ein gespanntes Gummi, das man plötzlich loslässt, werde ich zurückkatapultiert zu dem Moment, als Sam um meine Hand angehalten hat. Damals fand ich das unsagbar romantisch; ich dachte, es sei echt, wahr, wirklich. Aber jetzt … »Nein«, entgegne ich kopfschüttelnd. »Das ist alles nur Show und hat rein gar nichts zu bedeuten«, erkläre ich trotzig. »Romantik hat mit wahrer Liebe nichts zu tun. Das ist nichts weiter als eine leere Geste.«

Schweigend und nachdenklich schaut er mich an, und es scheint, als wollte er was sagen.

Aber dann werden wir abgelenkt, weil der Wagen am Straßenrand anhält.

»Nur fünf Minuten zu Fuß«, verkündet Rocky und stellt abrupt den Motor ab.

»Was?«, fragen wir im Chor und schauen Rocky an, der schon vom Fahrersitz aufgesprungen ist.

»Weiter kann ich nicht fahren, ab hier müssen Sie selbst laufen«, sagt er entschieden, öffnet uns die Tür und will uns gestikulierend aus dem Auto scheuchen.

Verdattert schauen wir uns an, und es sieht schon aus, als wollte Jack sich mit Rocky anlegen, doch schließlich scheint er es sich anders zu überlegen und steigt gehorsam aus dem Wagen. Ich tue es ihm nach, und dann marschieren wir unter Rockys wachsamen Blicken den kleinen Fußweg hinunter, der gleich am Straßenrand beginnt. Vorbei an mit Kameras behängten Touristen, einer Ziegenherde, spielenden Kindern und ein paar herrenlosen Hunden. Wir haben keine Ahnung, wo dieser Pfad hinführt, laufen aber immer weiter, bis wir nach kurzer Zeit ganz unerwartet an einen Fluss kommen.

Wie angewurzelt bleiben wir stehen.

Es ist fast wie eine Fata Morgana. Auf der anderen Seite des Wassers erhebt sich am Ufer majestätisch und schimmernd im Nachmittagsdunst der Taj Mahal.

Es raubt mir sprichwörtlich den Atem.

»Wow«, stammele ich ehrfürchtig.

Jack, der gleich neben mir steht, pfeift leise durch die Zähne. »Also das«, brummt er und guckt mich schräg von der Seite an, »nenne ich mal eine verdammt große Geste.«

Siebzehntes Kapitel

»Rabindranath Tagore beschrieb es als ›Träne auf der Wange der Unendlichkeit‹, Rudyard Kiepling als ›Verkörperung der Reinheit‹, während sein Erbauer, Großmogul Shah Jahan, sagte: ›Bei seinem Anblick weinen Sonne und Mond Tränen.‹«

Aufmerksam lausche ich unserem Fremdenführer und spähe staunend durch den steinernen Bogengang, der wie ein Rahmen den Anblick dahinter einfängt. Aus weißem, fast durchscheinendem Marmor gefertigt leuchtet das Bauwerk im Sonnenlicht, und ich muss mich fast zwicken. Es ist Montagnachmittag, normalerweise würde ich jetzt zu Hause am Schreibtisch sitzen und auf den Laptop starren. Stattdessen stehe ich hier und starre den Taj Mahal an. Es kommt mir vor, als sei ich aus einer Welt heraus- und in eine andere hineingefallen.

Nach endlosem Warten in einer Schlange mit Dutzenden anderer Touristen kommen Jack und ich schließlich an die Kasse, kaufen unsere Tickets und gehen hinein. Es ging einfach nicht anders. Wir standen da auf der anderen Seite des Flusses und bestaunten dieses Luftschloss, und ich kam mir vor wie ein Gast, der auf einer Party den schönsten Menschen erblickt, den er je gesehen hat, und an nichts anderes mehr denken kann, als ihm nahe zu sein. Dieser Versuchung zu widerstehen war einfach unmöglich. Eher wären Jack und ich zum Mond geflogen, als einfach wieder zum Auto zurückzukehren und unverrichteter Dinge abzufahren. Von dem Augenblick, als wir den Taj Mahal in all seiner weißen Marmorherrlichkeit erblickt hatten, zappelten wir hilflos am Haken.

Rockys Plan war also aufgegangen. Denn genau das hatte er damit bezweckt, als er uns auf den Pfad hinunter zum Fluss schickte.

»1631 starb die Lieblingsfrau des Großmoguls Shah Jahan, Mumtaz Mahal, bei der Geburt ihres vierzehnten Kindes. Ihr letzter Wunsch auf dem Sterbebett war der nach einem Symbol ihrer beider Liebe. Daraus entstanden ist der Taj Mahal …«

Langsam tappen wir die Stufen hinunter und laufen die marmornen Gänge entlang, und dieses Bauwerk erfüllt mich mit ehrfürchtigem Staunen, wie ich es nicht mehr empfunden habe, seit ich ein kleines Kind war. Nie in einer Million Jahre hätte ich gedacht, dass ein Gebäude mich so berühren könnte, aber der Taj Mahal hat etwas Magisches. Etwas, das sich nicht auf Fotos oder Film bannen lässt, das alle Erwartungen übertrifft; etwas, das ihn zu mehr macht als zu nur einem atemberaubend schönen Gebäude.

»Der Legende nach war der Großmogul nach Mumtaz' Tod so verzweifelt, dass er über Nacht ergraute. Man sagt, ihr Tod habe ihm das Herz gebrochen …«

»Wow, er muss sie wirklich geliebt haben«, seufze ich wehmütig. Diese Liebesgeschichte fasziniert mich.

»Und, glaubst du immer noch nicht, dass es wahre Romantiker gibt?«, fragt Jack herausfordernd.

Aus meinen Gedanken gerissen schaue ich auf und sehe, dass er mich amüsiert anguckt.

»Na ja, für den Taj Mahal mache ich eine Ausnahme«, entgegne ich steif.

»Ach, eine Ausnahme?«, entgegnet er mit hochgezogener Augenbraue.

»Na ja, so was gibt es doch heute gar nicht mehr, oder?«

»Was?«

»So eine Liebe«, erwidere ich knapp.

Er runzelt die Stirn. »Wie kannst du das sagen?«

»Weil es Liebesgeschichten wie diese nur in Geschichtsbüchern gibt. Das ist der Stoff, aus dem Mythen und Legenden gesponnen werden.« Hinter seiner Schulter sehe ich die Bank, auf der Prinzessin Diana saß, umgeben von blitzenden Kameras. »Ich meine, du musst dir doch nur anschauen, was aus unseren modernen Märchen geworden ist«, sage ich und deute resigniert auf besagte Bank.

Er schaut kurz hin, und plötzlich glättet sich seine Stirn. »Hast du es immer noch mit dieser Bank?«

»Du weißt ganz genau, was ich meine«, gebe ich gereizt zurück.

»Was habt ihr Briten eigentlich ständig mit Prinzessin Diana?«

»Wenn Sie mir bitte folgen wollen, dann schauen wir uns das, wie viele sagen, schönste Gebäude der Welt jetzt aus der Nähe an«, fährt unser Führer fort. Streng schaue ich Jack an.

»Pst«, zische ich, ignoriere ihn einfach und wende mich wieder unserem Reiseführer zu.

»... ein Denkmal für eine Liebe, die so stark war, dass sie Jahrhunderte überdauerte.«

Während unser Führer weitererzählt, schaue ich unauffällig in die Gesichter der Menschen ringsum – das japanische Ehepaar, die beiden bärtigen Afghanen, etliche junge Italiener, eine Familie aus Kanada. Sie alle sind nicht hergekommen, weil dieses Gebäude so unbeschreiblich schön ist oder Hunderte von Jahren alt, sondern weil es das Symbol ist für etwas ganz Besonderes: für die Kraft der wahren Liebe. Eine Liebe, so groß, dass sie all das erschaffen konnte. Die noch heute Menschen aus der ganzen Welt anzieht. Und dem Zahn der Zeit widerstanden hat. *Das* verleiht diesem Ort seinen besonderen Zauber, wie mir nun plötzlich aufgeht. *Liebe.*

Aber eine Liebe wie diese gibt es heutzutage gar nicht mehr, überlege ich. Der Gedanke macht mich ein bisschen traurig. Das ist längst passé. Von wegen Jahrhunderte überdauern. Heute ist man ja schon froh, wenn die Liebe ein halbes Jahr hält. Und damit meine ich nicht nur Sam und mich. *Niemand* bleibt heute noch dauerhaft zusammen. Promis wechseln ihre Liebschaften schneller als ich die Bettwäsche. Man braucht nur in einer Ausgabe der *HELLO!* zu blättern, und schon liest man von dem nächsten frisch verheirateten Promipärchen, das sich wieder getrennt hat, kaum dass es aus den Flitterwochen zurück ist. Es ist einfach deprimierend. Da möchte man doch am liebsten gleich hinschmeißen und sich die Enttäuschung ersparen.

Und einen weiteren Fehlversuch brauche ich auf gar keinen Fall, sage ich mir streng. Alles schon erlebt. Zur Genüge. Mitsamt dazugehörigem T-Shirt. Oder in meinem Fall vielmehr Brautkleid. Das ich – wer den Schaden hat, braucht für den Spott nicht zu sorgen – noch immer abbezahle. Ehrlich, die Liebe in den modernen Zeiten ist einfach ätzend. Ich bin froh, dass ich Single bin. Vollkommen, einhundertprozentig glücklich, danke der Nachfrage.

»Der Taj Mahal hatte eine Bauzeit von dreiundzwanzig Jahren. Tausende Baumeister und Handwerker aus aller Welt haben an seiner Entstehung mitgewirkt. Einer blutrünstigen Legende nach wurden den Handwerkern nach Vollendung des Taj Mahal die Hände abgeschlagen, um zu verhindern, dass sie noch einmal etwas so Schönes erschaffen. Glücklicherweise gibt es keinerlei historische Belege für diese schaurige Behauptung.«

Jemand tippt mir auf die Schulter, und als ich mich umdrehe, sehe ich Jack, der mir mit einem Armstumpf auf die Schulter klopft. Wo eigentlich seine Hand sein müsste, flattert ein leerer Pulloverärmel.

»Haha, sehr witzig«, flüstere ich und verziehe das Gesicht.

»Ach, komm schon«, brummt er lächelnd und schiebt die versteckte Hand wieder unten aus dem Ärmel seines Sweatshirts heraus. »So schlecht war's nun auch wieder nicht.«

»Nein, es war noch schlechter«, zische ich und verdrehe entnervt die Augen. »Hörst du jetzt bitte auf, dich so kindisch aufzuführen, ich würde gerne zuhören. Ich finde das nämlich sehr spannend.«

»Wenn wir uns nun die Gärten ansehen, werden Sie feststellen, dass diese in Form eines Quadrats angelegt sind, das von Wasserläufen in Viertel geteilt wird, und in jedem davon ist wunderschön eine Spiegelung zu sehen ...«

Die versammelte Touristengruppe murmelt anerkennend.

»Klassische Bauweise der Moguln«, stimmt Jack nickend zu.

Verwundert sehe ich ihn an. »Woher weißt du das?«

»Ich kenne mich ein bisschen aus mit Gebäuden«, meint er und zuckt in aller Bescheidenheit die Achseln.

»Und was weißt du sonst noch?«, frage ich neugierig.

Er überlegt kurz und kratzt sich das stoppelige Kinn. »Na ja, siehst du die geschwungenen Bögen und die Minarette an den Seiten?«, fragt er und deutet dorthin.

»Mhm«, murmele ich nickend.

»Die wiederholen sich an allen vier Seiten des Gebäudes«, erklärt er, »und sie sind alle identisch, sodass man, ganz egal wo man auch steht, immer dieselbe Ansicht hat. Das erhöht den Eindruck vollkommener Zeitlosigkeit.«

Wie ich ihm so zuhöre, staune ich nicht schlecht, was er alles weiß. So, wie er redet, wie er gestikuliert, wie ernst und leidenschaftlich er erzählt, kann ich kaum glauben, dass das derselbe Jack sein soll, der sonst so flapsig und abschätzig daherkommt. »Und es ist nicht nur absolut symmetrisch, sondern darüber hinaus auch noch auf einer Plattform erbaut, sodass man im Hintergrund stets den Himmel sieht, was vom Designstandpunkt aus ein absoluter Geniestreich ist ...« Abrupt unterbricht er sich und wird rot. »Entschuldige, langweile ich dich?«

»Nein, ganz im Gegenteil.«

»Ich neige dazu, mich in so was hineinzusteigern. Du hättest mich bremsen sollen.«

»Nein, ganz ehrlich, ich finde das faszinierend«, versichere ich ihm. »Wobei du doch meintest, du weißt nur ein bisschen …«

Er lächelt kläglich. »Okay, erwischt. Ich gestehe, ich bin Architekt.«

»Unfairer Wettbewerbsvorteil!«, rufe ich empört.

Er lacht laut auf. »Na ja, das mit der Hand hat nicht funktioniert, da musste ich mir ja was einfallen lassen, um deine Aufmerksamkeit zu erregen.«

Meine Aufmerksamkeit zu erregen?

»Tja, das hat jedenfalls ganz prima geklappt«, antworte ich lachend, aber plötzlich habe ich so ein komisches Kribbeln im Bauch.

»Tatsächlich?«, fragt er und schaut mir in die Augen.

Da merke ich erst, dass er nicht mehr lacht. »Und wie«, entgegne ich fröhlich und gebe mich ganz unbeteiligt. »Du steckst wirklich voller Überraschungen.«

Herrje, was ist bloß los mit mir? Warum bin ich denn auf einmal so nervös?

»Und, magst du Überraschungen?«

Bilde ich mir das nur ein, oder ist er gerade ein klitzekleines bisschen näher herangerückt?

»Ähm … na ja … eigentlich schon …«, stammele ich und nicke energisch. »Aber nur schöne Überraschungen.«

»Und, bin ich das?«

Mein Atem geht schneller. Flirtet er etwa mit mir? »Oh, pass auf, sonst verlieren wir noch den Anschluss«, versuche ich schnell das Thema zu wechseln und weise auf unsere Gruppe, die schon ein gutes Stück vorgegangen ist.

»Was meinst du? Sollen wir es riskieren und einfach abhauen?« Mit hochgezogener Augenbraue schaut er mich an und lächelt.

Ich bin ganz verwirrt und zögere, weil ich nicht weiß, wie ich darauf reagieren soll. »Also, eigentlich, ähm … Ich glaube, ich muss aufs Klo«, platze ich heraus.

Gut gemacht, Ruby. Man kann sich immer darauf verlassen, dass du auch den prickelndsten Moment gnadenlos tottrampelst.

»Ach, okay«, murmelt er nickend, und das Lächeln entgleitet ihm ein wenig. »Muss wohl an dem vielen Wasser liegen, das du getrunken hast, was?« Und damit zeigt er auf die Wasserflasche, die ich zusammen mit der Eintrittskarte bekommen habe.

Sie ist noch ungeöffnet.

»Tja, bis gleich.« Schnell wende ich mich ab und flitze zu den Toiletten.

»Hey, du hast was vergessen.«

Ich drehe mich um und sehe, wie er ein paar Blatt Toilettenpapier aus dem Rucksack zieht und mir winkend entgegenhält.

Ich bleibe wie angewurzelt stehen. In den vergangenen Tagen gab es so viele Schreckmomente und Überraschungen, ich habe so viele neue Erfahrungen gesammelt und Gefühle erlebt, dass ich mir vorkomme wie bei einer Achterbahnfahrt. Aber zu den kuriosesten und wunderbarsten Dingen des Lebens muss wohl zählen, sich mit einem wildfremden Menschen, den man vor gerade mal achtundvierzig Stunden im Zug kennengelernt hat, eine Klopapierrolle zu teilen.

Verleiht dem Begriff »Wohlfühlzone« eine ganz neue Bedeutung.

»Danke«, seufze ich, laufe rasch zurück und nehme das Papier entgegen.

»Nichts zu danken«, meint er nickend. »Ach, und, Ruby?«

»Ja?«

»Versuch bitte, dir nicht auf die Füße zu pinkeln«, fügt er mit einem amüsierten Blitzen in den Augen hinzu. Lieber Gott. Wohlfühlzone ist das eine, mein großes Mundwerk ist das andere. Schamrot ziehe ich den Kopf ein und flüchte Hals über Kopf auf die Damentoilette.

Ich musste mir was einfallen lassen, um deine Aufmerksamkeit zu erregen.

Fünf Minuten später stehe ich am Waschbecken, starre in den Spiegel und drehe und wende diesen Satz währenddessen unablässig im Kopf. Was *genau* hat er damit gemeint? Das klingt so vage und vieldeutig. Okay, was es wörtlich genommen bedeutet, weiß ich. Aber *warum* wollte er meine Aufmerksamkeit erregen? Und um was für eine *Art* von Aufmerksamkeit handelt es sich? Rein *platonischer* Natur? Oder vielleicht eine ganz *andere*?

Na ja, ganz klar Ersteres, überlege ich. Schließlich haben wir dieses Thema vorhin im Auto schon geklärt. Freundschaft, mehr will er nicht. Aber … irgendwie hält sich trotzdem ein nagender Zweifel. Denn was sonst war das da eben zwischen uns? Habe ich mir das alles nur eingebildet? Ist es schon so lange her, dass ich die subtilen Zeichen nicht mehr deuten kann? Gab es da womöglich gar keine Zeichen?

Und wichtiger noch, warum um alles auf der Welt verschwende ich auch nur einen Gedanken an diese ganze Geschichte? Frustriert stöhne ich auf und drehe den Wasserhahn zu. Die Toilettenfrau in der Ecke wirft mir einen irritierten Blick zu, worauf ich ihr verlegen zulächele und ihr rasch ein paar Rupien für ein Papierhandtuch gebe. Also wirklich, was ist bloß los mit mir? Ich schwöre, das muss am Taj Mahal liegen. Ganz gleich wie sehr man sich auch gegen dieses Liebesgedöns wehrt, es färbt trotzdem ab. Kaum ist man hier, bekommt man die unmöglichsten verrückten romantischen Gedanken.

Wie beispielsweise, dass Jack vielleicht insgeheim eine kleine Schwäche für mich haben und ich vielleicht auch irgendwie auf ihn stehen könnte …

Streng unterbreche ich mich. Siehste! Völlig verrückt. Von wegen gegenseitige Anziehung. Das Einzige, was Jack und mich verbindet, ist unsere gemeinsame Klorolle.

Nachdem ich mir gründlich die Hände gewaschen habe,

versuche ich, mich noch ein bisschen frisch zu machen. Zum Glück sehe ich inzwischen nicht mehr ganz so blass und mitgenommen aus wie heute Morgen. In Ermangelung eines Schminktäschchens kann ich eigentlich nur meine Haare ein bisschen aufhübschen. Hmmm, mal sehen – lieber hochgesteckt oder lieber offen? Was Jack wohl besser gefallen würde …?

Argh, da, jetzt tue ich es schon wieder. Verflixter Taj Mahal!

Schnell gehe ich wieder nach draußen, dorthin zurück, wo ich Jack eben stehen gelassen habe. Inzwischen drängeln sich auf dem Areal wesentlich mehr Besucher, und im ersten Augenblick kann ich ihn in den Touristenschwärmen nirgendwo ausmachen. Schließlich, endlich, entdecke ich nach mehrminütiger Suche unseren Fremdenführer mit dem Schirm neben einem der Springbrunnen und steuere auf die Gruppe zu … aber seltsam, Jack ist offensichtlich nicht dabei. Suchend schaue ich mich nach seinem alten Hut um. Wo steckt er bloß?

Laut gackerndes Gelächter unterbricht abrupt meine Gedanken und lässt die andachtsvolle Ruhe des Taj Mahal zerscheppern. Aufgeschreckt drehe ich mich nach dem Störenfried um. Und dann sehe ich sie. Nur ein paar Schritte entfernt. Eine große, dünne Blondine mit üppigen Brüsten, die lachend und scherzend vor einer Kamera posiert. Eine kleine Menschenansammlung schart sich um sie und starrt sie mit offenem Mund unverhohlen an. Und das nicht etwa, weil sie so unverschämt laut ist, sondern weil sie einfach umwerfend gut aussieht. *Und das weiß sie auch.*

Mit einem alten Strohhut auf dem Kopf, einem schlichten weißen T-Shirt und einem wunderschönen glitzernden indischen Rock, der ihre Wespentaille betont, strahlt sie ihr Millionen-Dollar-Lächeln und wirft die Haare nach hinten wie in einer Shampoo-Werbung. Automatisch suchen meine Augen den Fotografen. Vermutlich ihr genauso gut aussehender Freund.

Mein Blick bleibt an einem Mann hängen, dessen Gesicht hinter einer dieser großen schwarzen schicken Kameras verschwindet.

Augenblick mal. Das ist doch …

»Oh, hey, Ruby!«

Mit heruntergeklappter Kinnlade starre ich ihn an, als hinter dem gigantischen Objektiv ein vertrauter Kopf mit zerzausten Haaren erscheint. *»Jack?«*

»Zeig her, lass sehen«, unterbricht mich die Blonde mit lautem amerikanischen Akzent und kommt auf uns zugehopst wie ein hyperaktiver Welpe.

Es ist, wie Pamela Anderson in Zeitlupe auf sich zukommen zu sehen. Wie versteinert muss ich mit ansehen, wie sie einen langen, schlanken Arm um Jacks Schultern schlingt, die ausladende Oberweite gegen seinen Rücken presst und nach der Kamera um seinen Hals greift. Sie drückt ein Knöpfchen und schaut in den Sucher.

»Fantastisch! Du bist ein Genie!«, gurrt sie überschwänglich.

»Ach, ich bitte dich, ich hab doch bloß auf den Auslöser gedrückt.«

»Quatsch! Du bist viel zu bescheiden«, rügt sie ihn mit neckischem Lächeln und drückt ihm einen Kuss auf die Wange.

Also mal ehrlich, so hemmungslos habe ich noch nie jemanden baggern gesehen, denke ich empört und schaue Jack an, dem dieses alberne Flirten der Fremden sicher unglaublich peinlich ist.

Wobei, Moment mal. *Wird er etwa gerade rot?*

»Ähm … Cindy … das ist meine liebe Freundin Ruby …« Unauffällig windet er sich aus ihrer Umarmung.

Widerwillig reißt die Blondine ihre Lippen von seinem Dreitagebart los und richtet den Blick in meine Richtung. »Ach, hi«, murmelt sie steif und nimmt jetzt zum ersten Mal Notiz von mir. Mein Anblick scheint sie nicht gerade zu erfreuen. Nein, offen gestanden habe ich schon Katzen erlebt, die sich mehr freuten, einen Hund zu sehen.

»Hi«, sage ich lächelnd, und ich spüre, wie sie mich mit Blicken wie Laserstrahlen von Kopf bis Fuß mustert. Unbehaglich trete ich von einem Bein aufs andere; meine Aufmachung bestehend aus Cargohose und uraltem Hoodie von GAP ist eher unvorteilhaft. Bis gerade eben habe ich kaum einen Gedanken an mein Outfit verschwendet. Vor allem, weil das die einzigen Klamotten sind, die ich habe, und ich seit unserer Ankunft in Rajasthan anderes im Kopf hatte.

Bis jetzt.

Beim Gedanken daran, wie abgerissen und schlampig ich auf Cindy wirken muss, wird mir ganz anders. Für wen muss sie mich halten? Seit vierundzwanzig Stunden schlafe und reise ich in denselben Klamotten. Mein Blick geht zu der völlig zerknitterten Hose und zu meinem Sweater, auf dem ein undefinierbarer Fleck prangt, und dann – oh Gott – zu meinen Füßen, und meine Zehennägel wollen sich schier aufrollen.

Was habe ich mir bloß dabei gedacht? Okay, ich hatte kalte Füße – trotzdem. Ich sehe aus, als litte ich unter einem schweren Fall völliger Geschmacksverirrung. Es gibt einfach keine, aber auch *gar keine* Entschuldigung, Socken in Sandalen zu tragen.

»Cindy kommt aus L. A.«, erklärt Jack mir höflich. »Sie hat mich gebeten, ein Foto von ihr zu machen.«

»Tja, bei einem Landsmann kann man sich immer darauf verlassen, dass er weiß, was er tut«, flötet sie kokett lächelnd.

»Cool«, entgegne ich nickend und schaue von meinen rot gestreiften Wollzehen zu Cindy, die aus der Nähe betrachtet sogar noch umwerfender aussieht und dabei ganz lässig und unangestrengt wirkt. Accessoires sind einfach nicht mein Ding; irgendwie sehe ich am Ende immer aus wie ein kitschig überladener Weihnachtsbaum. Bei ihr dagegen sieht es gekonnt und doch ganz zufällig aus, wie sie Silberschmuck, Perlenketten, bestickte Schals und sogar diesen alten Strohhut kombiniert …

Augenblick.

Da erst geht mir auf, dass sie Jacks Hut auf dem Kopf hat, und ich kippe fast hintenüber. Noch nie habe ich ihn ohne seinen Hut gesehen. Den nimmt er nie ab. Für niemanden.

Ach, mach dich doch nicht lächerlich. Wen um Himmels willen interessiert schon so ein alter, zerfledderter Hut?

»Man kann auch einfach den Selbstauslöser benutzen«, kann ich mir nicht verkneifen, mürrisch zu brummen.

Cindys Lächeln gefriert an den Rändern. »Ja, aber es ist doch viel einfacher, jemanden um Hilfe zu bitten«, schnurrt sie und lächelt Jack neckisch zu. »Vor allem so begabte Fotografen wie diesen netten jungen Herrn.«

»Ach, bitte«, protestiert er.

Ja, kein Zweifel, er wird rot.

»Wirklich, du machst das besser als mancher Profifotograf, mit dem ich gearbeitet habe«, flirtet sie ungeniert.

»Wieso, sind Sie Schauspielerin?«, platze ich heraus und möchte mir dafür am liebsten auf die Zunge beißen.

Sie lacht ein glockenhelles Lachen, als sei es das Komischste, was sie je gehört hat. »Nein«, erwidert sie ganz beiläufig und schüttelt die Haare auf. »Ich bin Unterwäschemodel.«

Der Boden unter meinen Füßen gibt ganz leicht nach. *Sie. Ist. Unterwäschemodel.*

»Wie schön«, entgegne ich unbeeindruckt.

Ich sehe, wie Jack die Kinnlade herunterklappt.

Dann merkt er, wie ich ihn anschaue. »Ähm … Cindy ist mit ihren Eltern unterwegs«, erklärt er ungefragt und reißt sich rasch wieder am Riemen.

»Sonst verreise ich eigentlich nicht mit meinen alten Herrschaften«, versichert sie uns rasch, »aber sie werden halt auch nicht jünger, und obwohl ich gar nicht weiß, wo mir der Kopf steht vor lauter Terminen, habe ich gesagt: ›Nein, Cindy, die beiden waren immer für dich da, jetzt musst du auch mal für sie da sein‹, und ich habe einfach alles abgesagt. Also, wirklich alles«, sagt sie mit todernstem Gesicht an Jack gewandt. »Yoga, Akupunktur, meine Therapie, sogar eine Darmspülung!«

»Eine Darmspülung?«, wiederhole ich ungläubig.

»Ja, krass, oder?« Sie nickt mit ernstem Blick und scheint mein ungläubiges Staunen gründlich misszuverstehen. »Aber wenn es um meine Eltern geht, stelle ich sogar meine Gesundheit hintenan. Ich *musste* einfach mitkommen und dafür sorgen, dass es ihnen an nichts fehlt.« Dabei lächelt sie Jack tapfer an.

»Das ist aber wirklich sehr nett von dir«, bestätigt er nickend.

Fassungslos glotze ich Jack an. Ich glaube es einfach nicht, wie der ihr aus der Hand frisst.

»Also, ich finde es wichtig, selbstlos zu handeln und Dinge für andere zu tun; das Wohlergehen anderer auch mal vor das eigene zu stellen. Stimmt's?«

Ach, bitte. Gleich faselt sie noch irgendwas vom Weltfrieden.

»Wir machen eine Tour durch das Goldene Dreieck, aber die beiden sind heute schon etwas früher zurück zum Hotel. So eine Besichtigungstour kann für ältere Leute doch ziemlich ermüdend sein.«

»Wo wir gerade dabei sind, eigentlich machen wir auch gerade eine Besichtigungstour, nicht wahr, Jack?«, frage ich demonstrativ und deute auf unseren Führer.

»Ja, du hast Recht, wir sollten weiter«, meint Jack nickend und scheint mit einem Ruck aus einer Art Trance zu erwachen. Langsam zieht er den Tragegurt über den Kopf und gibt ihr die Kamera zurück.

»Also, wenn du Lust hast, nachher noch was zu trinken, wir sind hier im Hotel«, gurrt sie und gibt ihm den Hut zurück. »Meine Eltern gehen immer ziemlich früh ins Bett«, fügt sie vielsagend hinzu.

»Was trinken klingt gut«, gibt Jack grinsend zurück und setzt den Hut wieder auf.

»Aber wir müssen weiter«, ermahne ich ihn mit bedauerndem Lächeln.

Was wirklich ein Jammer ist, denn wie gerne hätte ich mich heute Abend mit Cindy und ihren großen Titten auf einen kleinen Schlummertrunk getroffen.

»Ja, Ruby hat Recht«, stimmt er mir nickend zu. »Wir müssen weiter.«

»Ach, na ja, wenn du es dir anders überlegst, ruf mich an«, zwitschert sie, zieht ihm ungeniert das iPhone aus der Tasche und tippt ihre Telefonnummer ein. Dann winkt sie kokett, wirft die blonde Mähne über die Schulter und trippelt den Pfad hinunter. Ihre Haare wehen, der Glitzerrock raschelt, und sie sieht aus wie ein Supermodel auf dem Laufsteg.

Und dann sind wir beide wieder allein.

»Die war aber hübsch«, stelle ich fest und versuche dabei angestrengt, völlig entspannt zu klingen. Na ja, ich will ja schließlich nicht, dass er glaubt, ich wäre *eifersüchtig* oder so.

»Ach, echt?« Er tut ganz überrascht. »Ist mir gar nicht aufgefallen.« Wir drehen uns einander zu, und Jack sieht mich an, und ich sehe Jack an.

Und dann, ganz unvermittelt, ist es, als hätten wir eine unsichtbare Grenze überschritten. Irgendwas passiert zwischen uns. Ich habe Jack in den letzten Tagen so oft angesehen, aber diesmal ist es anders.

Oder bin ich anders?

»Komm«, sagt er und zeigt auf unsere Gruppe. »Gehen wir.«

Ich zögere. Damit hatte ich nicht gerechnet.

»Alles okay?«

»Ja, bestens«, versichere ich gepresst. Aber das Herz schlägt mir bis zum Hals.

Nichts ist bestens. Ich bin völlig aufgewühlt. Fahrig und

nervös. Als hätte ich eine schwere Tür aufgestoßen, die lange verschlossen war, ist etwas in mir aufgesprungen und hat den Blick auf längst vergessene Gefühle freigegeben. Als hätte der Taj Mahal einen winzigen Spalt in meinem Herzen aufgestemmt. Nicht weit, gerade eben genug, um etwas, oder *jemanden*, hineinzulassen.

Mühsam reiße ich mich zusammen, und wir schließen uns wieder der Gruppe an.

Oder, um es etwas weniger poetisch auszudrücken:

Ich bin spitz wie Nachbars Lumpi auf Jack.

Achtzehntes Kapitel

Jetzt habe ich also nicht nur meine Schwester und all meine Habseligkeiten verloren, sondern auch noch den Verstand. *Scharf auf Jack? Ich?* Ich *mag* ihn ja nicht mal. Und doch kann ich während der Führung an nichts anderes mehr denken.

Es ist völlig verrückt. Als hätte er mein Hirn gekidnappt.

Wieso sind mir seine Arme bisher noch gar nicht aufgefallen?, frage ich mich verwundert und kann den Blick nicht vom Muskelspiel seines Bizeps losreißen, wodurch mir leider eine uralte Schnitzerei entgeht. Oder sein knackiger Po in der verwaschenen Jeans?, überlege ich hingerissen, und lasse mich auf einer Marmortreppe ein wenig zurückfallen, um ihm beim Runtergehen genüsslich auf den Hintern zu glotzen. Wobei ich allerdings beinahe der Länge nach hinschlage, weil ich eine Stufe übersehe.

Als unser Führer uns etwas über die Springbrunnen erzählt, ertappe ich mich dabei, wie ich geistesabwesend in das plätschernde Wasser schaue und mir vorstelle, mit Jack unter der Dusche zu stehen.

Nackt. Nass. Wie wir uns gegenseitig einseifen …

Oh Gott, was ist bloß in mich gefahren? Ich habe mich in eine wild gewordene Nymphomanin verwandelt! Zu meiner Verteidigung muss ich sagen, dass das letzte Mal schon eine ganze Weile zurückliegt, aber trotzdem, ich führe mich auf wie ein hormonbeduselter Teenager. Ich muss mich zusammenreißen. Ich stehe hier vor einem der sieben Weltwunder. Eigentlich sollte ich mich gerade mit hochgeistigen, intellektuellen

Gedanken über Geschichte, Kultur und Architektur befassen. Stattdessen ziehe ich Jack mit Blicken aus.

Ich meine, was für ein Anblick!

Versonnen lehne ich mich gegen den Balkon und lasse den Blick über diese atemberaubende Aussicht schweifen. Es ist einfach unglaublich. Wirklich unglaublich.

Auf der Terrasse etwas weiter unten kreuzt Jack meinen Gesichtskreis. Er geht herum und macht Fotos. Meine Augen bleiben stur auf die Aussicht geheftet. *Ich schaue ihn nicht an. Ich schaue ihn nicht an. Ich schaue …*

Ich schaue ihn an. Korrigiere: *Ich starre ihn an.* Ich kann den Blick gar nicht mehr von ihm losreißen. Verzückt betrachte ich seine breiten Schultern, den gut gebauten Rücken unter dem dünnen T-Shirt, den muskulösen Rumpf, der sich zu den Hüften hin zu einem V verjüngt …

Mein Atem geht schneller. Es ist, als hätte man einen Schalter umgelegt, und jede Faser meines Körpers stünde plötzlich unter Strom. Einschließlich gewisser Teile, die ich schon fast vergessen glaubte, denke ich wehmütig angesichts des durchaus angenehmen Ziehens im Unterleib. Himmel, ist das lange her. Es kommt mir vor, als hätte ein Teil von mir in tiefem Schlaf gelegen, sei nun unvermittelt aufgewacht und flute mein wehrloses Hirn mit ausschweifenden Sexfantasien.

Und zwar kein Kerzenlicht-und-Räucherstäbchen-Kuschelsex, sondern harter, schneller »Ich reiß dir die Klamotten vom Leib und nehme dich auf dem Küchentisch«-Sex.

Meine Knie werden weich, ich schließe die Augen und stütze mich mit der Hand auf den kühlen Marmor, um nicht das Gleichgewicht zu verlieren.

»Alles okay?«

Jacks Stimme hinter mir reißt mich aus meinen unanständigen Tagträumen. Ich drehe mich auf dem Absatz um und sehe ihn hinter mir auf dem Balkon stehen und mich durchdringend mustern. »Ähm … ja«, versichere ich nickend. Mir ist heiß, und ich bin völlig außer Atem.

»Du bist ja ganz rot.«

Ich hänge an seinen Lippen, während er das sagt, und kann an nichts anderes denken als daran, ihn zu küssen. »Bilde ich mir das nur ein, oder ist es schrecklich heiß hier drin?« Hastig fächele ich mir mit meiner Broschüre ein bisschen Luft zu.

»Ehrlich gesagt finde ich es ein bisschen kühl«, meint er stirnrunzelnd. »Hoffentlich brütest du nichts aus.«

Sagte er gerade was von Brüsten?

»Ja … ähm … ich meine, nein«, stammele ich, und meine Stimme klingt ganz heiser und erstickt. Herrje, das ist ja furchtbar. Mein krankes Hirn sieht überall sexuelle Anspielungen. Ich komme mir vor, als schaute ich eine Nachrichtensendung mit nicht jugendfreien Untertiteln.

»Wirklich alles okay?«

»Könnte nicht besser sein«, versichere ich energisch nickend. Jetzt weiß ich's. Ich konzentriere mich einfach auf die unerotischsten Dinge, die mir einfallen. Das funktioniert bestimmt. Genau. Hervorragende Idee.

Skeptisch sieht er mich an, dann schaut er auf die Uhr. »Also gut«, meint er nickend. »Ich wollte dir nämlich sagen, dass wir besser gehen sollten. Es wird sonst zu spät.«

Mein alter Mathelehrer. Tiefkühlerbsen. Zehennägelschneiden. Jemandem in der U-Bahn beim Nasebohren zusehen.

Was habe ich gesagt? Es funktioniert! Am Auto angekommen ist mein Kopf schon wieder glasklar. Keinerlei Jack-Sexfantasien mehr auf dem gesamten Rückweg. Ich bin beinahe wieder normal.

Brokkoli. Hautfarbene Strümpfe. Kloputzen. In der U-Bahn zusehen, wie der Nasenbohrer seinen Popel isst.

Ich muss mich einfach auf Dinge konzentrieren, die so unsexy sind, dass es physisch unmöglich ist, gleichzeitig erotische Fantasien zu haben.

Mundgeruch. Überkämmte Glatzen. Meine riesengroßen, bequemen »Erdbeerwochen«-Schlüpfer (die so heißen, weil sie nur einmal im Monat zum Einsatz kommen. Ich habe gleich mehrere von der Sorte, uralt und mit ausgeleiertem Gummibündchen. Sie sehen aus wie Staubsaugerbeutel und sind so hässlich. Sollte irgendwer diese Undinger je zu Gesicht bekommen, sähe ich mich genötigt, denjenigen auf der Stelle umzubringen, damit er dieses Geheimnis unter keinen Umständen ausplaudert. Ja, *so* unsagbar hässlich sind sie).

»Was sind denn Erdbeerwochen-Schlüpfer?«

»Bitte?« Verdattert schaue ich Jack an.

»Du hast gerade was von ›Erdbeerwochen-Schlüpfer‹ gefaselt.«

Tatsächlich? Mist. Das ist auch so eine meiner Marotten. Selbstgespräche zu führen. Als Schriftsteller ist das eine Art Berufskrankheit; ich bin den ganzen Tag allein zu Hause, tigere durch die Wohnung und führe im Kopf Gespräche mit meinem Romanpersonal. Zumindest *glaube ich*, diese Gespräche nur im Kopf zu führen. Aber einmal hat Mrs Flannagan mir auf der Straße zugewunken und mich gefragt, mit wem ich mich unterhalte. Ich habe dann getan, als hätte ich so einen versteckten Knopf im Ohr und telefonierte gerade, damit sie nicht glaubt, ich hätte vollends den Verstand verloren.

So wie Jack jetzt, denke ich, schaue ihn konsterniert an und überlege panisch, wie um alles auf der Welt ich aus dieser Nummer wieder rauskommen soll. Irgendwie fürchte ich, die Geschichte mit dem Knopf im Ohr wird er mir nicht abkaufen.

»Chef! Miss Ruby! Da sind Sie ja wieder!«

Ach, Gott sei Dank. Rocky ist meine Rettung.

Ich sehe die nun schon vertraute Silhouette, die sich von dem kleinen weißen Wagen löst, und bin schrecklich erleichtert.

»Und, war das nicht der romantischste Ort auf der Welt, den Sie je gesehen haben?«, fragt er und grinst dabei über das ganze Gesicht.

»Es war fantastisch.«

»Unglaublich.«

Unter begeistertem Kopfnicken klettern wir auf den Rücksitz, während Rocky vorne einsteigt. »Von meinen Fahrgästen habe ich gehört, Paris in Frankreich soll eine sehr romantische Stadt sein. Und in Italien soll es eine Stadt im Meer geben, Venedig, mit Booten wie in Alleppey in Südindien …« Er startet den Motor und fädelt sich wieder in den fließenden Verkehr ein.

»Gondeln nennt man die«, erkläre ich hilfsbereit.

»Und in England gibt es einen Ort, wie heißt er noch …? Birmingham.«

Birmingham? »Birmingham soll auch sehr romantisch sein, stimmt's?«, fragt er und wirft mir im Rückspiegel einen fragenden Blick zu.

»Ähm, also … ich wüsste nicht, dass Birmingham *dafür* bekannt wäre«, entgegne ich etwas verunsichert.

»Trotzdem, ich kann mir nicht vorstellen, dass es irgendwo auf der Welt einen Ort gibt, den man mit dem Taj Mahal vergleichen kann«, fährt er ungerührt fort und richtet den Blick wieder auf die Straße. »Es ist einfach etwas ganz Besonderes.«

»Ja, absolut«, stimme ich ihm nickend zu.

»Man kann sich dem nicht entziehen. Ob man will oder nicht, wenn man dort ist, berührt einen die Hand der Liebe«, erklärt Rocky sehr entschieden. »Das sagen selbst amerikanische Präsidenten, wie Ihr Mr Bill Clinton.«

»Tatsächlich?«, fragt Jack mit hochgezogener Augenbraue.

»Ja, wirklich«, antwortet Rocky mit energischem Nicken. »Er sagte, es gibt auf der Welt zwei Arten von Menschen. Jene, die den Taj Mahal gesehen haben und ihn lieben, und jene, die ihn noch nicht gesehen haben und ihn lieben.«

Jack lächelt. »Tja, unser ehemaliger Präsident irrt sich nie.«

»Miss Ruby, würden Sie mir da zustimmen?«, hakt Rocky nach.

»Ähm, ja«, antworte ich und nicke abermals. Himmel, er ist aber wirklich hartnäckig, was?

»Ich habe schon so viele Menschen hierher gefahren. Wenn sie hingehen, sind sie Freunde, und wenn sie zurückkommen, sind sie einander versprochen …« Ein bedeutungsschwangeres Schweigen legt sich über den Wagen, als Rocky abbricht und mich und Jack im Rückspiegel vielsagend anschaut.

Und da fällt plötzlich mit lautem Klackern der Penny.

Ach du liebe Güte. Aber natürlich. *Er will uns verkuppeln.* Das erklärt auch, warum er darauf bestanden hat, dass wir beide zusammen hinten sitzen und uns unbedingt den Taj Mahal anschauen sollen. Meine Wangen glühen vor Verlegenheit, und ich merke, wie Jack neben mir unbehaglich auf dem Sitz herumrutscht. Wie peinlich. Noch offensichtlicher ging es wohl nicht mehr, oder?

»Also, welche Route nehmen wir?«, fragt Jack barsch und wechselt damit in Bulldozermanier das Thema.

»Es dämmert schon. Bald wird es dunkel, und ich fürchte, es ist zu gefährlich, im Dunkeln zu fahren, Chef.«

»Wirklich?«, frage ich alarmiert. Bis jetzt war ich beim Autofahren eigentlich ganz entspannt. Verstehen Sie mich nicht falsch, die Straßenverhältnisse sind immer noch in jeder Hinsicht haarsträubend, aber mit Rocky am Steuer fühle ich mich doch ziemlich sicher. Aber jetzt meldet sich meine Hasenfüßigkeit mit Nachdruck zurück. Wenn ein Fahrer mit über zwanzig Jahren Berufserfahrung die Tour in der Dunkelheit für zu gefährlich hält … Automatisch taste ich nach dem Sicherheitsgurt, aber der ist unter dem Sitz eingeklemmt. Ich ziehe und zerre so lange, bis ich ihn endlich in der Hand halte, nur um feststellen zu müssen, dass er nun frei in der Luft baumelt … Tja, sagen wir mal so, ich bin meilenweit entfernt von meiner Wohlfühlzone.

»Viele Fahrer putschen sich mit Drogen auf, um wach zu bleiben, es gibt viele schlimme Unfälle, viele Zusammenstöße«, erklärt er sehr ernst und weist dabei auf das Wrack eines Busses im Straßengraben. Die Front ist vollkommen eingedrückt, und die Scheiben sind zersprungen. Es schüttelt mich.

»Und was heißt das? Dass wir heute Nacht hierbleiben müssen?«, fragt Jack und runzelt die Stirn.

»Ja, Chef. Das ist sicherer.«

Für einen Augenblick wird es ganz still. Jack denkt angestrengt nach und zuckt dann schließlich die Achseln. »Okay, wenn Sie meinen, dass es so besser ist.«

»In Indien gibt es ein Sprichwort: Vorsicht ist besser als Nachsicht«, entgegnet Rocky sehr ernst.

»Das sagen wir in England auch«, sage ich lächelnd.

»Ach, tatsächlich? Wunderbar!«, erklärt Rocky strahlend. »Dann sind wir uns ja alle einig. Wir bleiben heute Nacht in Agra und fahren morgen früh weiter.«

Zum Glück kennt Rocky eine gute, günstige Bleibe, wo wir übernachten können. Für den Preis bekäme ein Billigtourist in England ein kahles, schmuckloses Hotelzimmer, aber hier in Rajasthan ist nichts kahl und schmucklos. Im Gegenteil, hier ist alles außergewöhnlich.

Rocky bringt uns zu einem bezaubernden alten *Haveli*; ein Haus, das früher mal ein herrschaftliches Anwesen war und später in ein Hotel umgewandelt wurde. Es ist wie ein Zeitsprung in die Vergangenheit. Schon am Eingang werden wir von reich verzierten geschnitzten Türen, antiken Möbeln und herrlichen handgemalten Fresken an den Wänden begrüßt, und nach dem Einchecken spazieren wir durch den idyllischen Innenhof zu unseren jeweiligen Zimmern. Aber irgendwie scheint Jack schlechte Laune zu haben. Auf dem Weg hierher war er extrem wortkarg und schaute dauernd auf sein iPhone, als sei er in Gedanken ganz woanders. Ich frage mich, was er wohl hat.

»Na ja, dann werde ich jetzt mal schön duschen«, sage ich und versuche, ein bisschen Smalltalk zu machen, als wir gemeinsam die Treppe hinaufgehen.

»Du meinst, schön *kalt* duschen.« Mit hochgezogenen Augenbrauen schaut er mich vielsagend an.

Allein mit ihm in diesem schwach beleuchteten Gang wird mir ganz komisch. *Will er mir damit etwa sagen, ich sollte lieber mal kalt duschen?*

Auf einmal werde ich ganz panisch vor Paranoia. Oh Gott, hat er etwa gemerkt, dass ich bei seinem Anblick anfange zu sabbern? Wollte er *das* damit andeuten? Meine Gedanken überschlagen sich. Sicher ist er deshalb plötzlich so still. Bestimmt merkt das sogar ein Blinder mit Krückstock. Ich möchte vor Scham im Boden versinken. Ich weiß. Ich streite einfach alles ab.

»Nein … ich glaube nicht … bestimmt nicht«, krächze ich heiser und schüttele nachdrücklich den Kopf.

»Ach, nein?« Jack scheint das zu wundern.

Was mir wiederum vor Empörung einen kleinen Stich versetzt. Okay, er ist wirklich sexy, aber ich finde es doch reichlich arrogant, dass er sich für so unwiderstehlich hält. Einen kleinen Rest Selbstbeherrschung habe ich noch. »Ganz bestimmt nicht«, versichere ich nachdrücklich.

»Wow, du bist ja ganz schön optimistisch«, gibt er zurück, als wir schließlich vor unseren Zimmertüren stehen.

»Optimistisch würde ich das nicht gerade nennen«, kontere ich kratzbürstig.

»Ich schon«, meint er achselzuckend. Und damit schließt er seine Tür auf und geht hinein.

Ich sehe ihm nach, als er in seinem Zimmer verschwindet, und plötzlich meldet sich mein angeknackster Stolz zurück. Also gut, jetzt reicht's; das kann ich nicht auf mir sitzen lassen.

Genug von dieser albernen Backfischschwärmerei, ich muss mich benehmen wie ein erwachsener Mensch.

Noch auf der Schwelle stehend nehme ich allen Mut zusammen. »Hör zu, Jack, ich glaube, wir müssen reden«, setze ich an, und meine Stimme klingt dabei ganz wackelig und gepresst. Herrje, das ist aber auch unangenehm. *Wir müssen reden?* Viel zu bedeutungsschwanger. Das ist, als würde man nach der ersten Verabredung fragen, wo man denn nun steht. Ich muss ein bisschen lässiger rüberkommen. Entspannter.

Also setze ich noch mal an. »Ich kann dir versichern, eine kalte Dusche wird nicht vonnöten sein.« Ach du lieber Himmel, und jetzt klinge ich wie Mr Carson aus *Downton Abbey*. Wieso setze ich nicht noch ein »werter Herr« hinterher, wo ich schon mal dabei bin?

Ich schlucke schwer und stolpere blindlings weiter. »Ich meine, du brauchst dir keine Sorgen zu machen; nur weil ich dich ganz anziehend finde, heißt das noch lange nicht, dass ich dich hinterrücks anspringe wie eine läufige Hündin, wenn du gerade mal nicht aufpasst ...«

»Ich habe immer Pech mit dem warmen Wasser, du nicht?«, brummt er und steckt den Kopf noch mal zur Tür heraus.

Fassungslos starre ich ihn an. Was redet der denn da von warmem Wasser? Hat er kein Wort von dem gehört, was ich gesagt habe?

»Nie funktioniert der Durchlauferhitzer im Badezimmer; nach spätestens zwei Minuten wird es eiskalt, und ich muss doch wieder kalt duschen ...« Er bricht ab und verzieht das Gesicht. »Ich hoffe sehr, dass du Recht behältst und es warmes Wasser gibt. Seit ich hier bin, habe ich nicht mehr heiß geduscht.«

Oh Gott. Ich bin wirklich *so ein* Idiot.

»Entschuldige, was sagtest du eben, von wegen ich soll mir keine Sorgen machen?« Ich habe das völlig falsch verstanden.

»Oh … ähm, nichts …«

Peinlich, peinlich. Wie viel von meiner kleinen Ansprache er wohl mitbekommen hat? Überhaupt was? Ein paar Worte? *Alles?* »Also gut, dann lass ich dich mal … äh, duschen«, stottere ich, wende mich zum Gehen und stoße mir den großen Zeh mit Schmackes am Türrahmen.

Verdammt. Diese blöden Sandalen. Mein Zeh pocht vor Schmerz, während ich ungeschickt versuche, meine Zimmertür aufzuschließen. Oh Gott, und jetzt will der Schlüssel nicht ins Schloss.

»Brauchst du Hilfe?«

»Nein, geht schon!«, protestiere ich schrill und klimpere verzweifelt mit dem Schlüssel. Endlich lässt er sich drehen. Hastig stürze ich ins Zimmer und knalle die Tür hinter mir zu.

Dankbar sinke ich von innen gegen das Holz.

Wer hätte gedacht, dass es so stressig sein kann, sich in jemanden zu vergucken? Ich hätte zu meinem Entschluss stehen sollen, den Männern ein für alle Male abzuschwören. Mein Herz rast, in meinem Kopf dreht sich alles, und ich bin ganz hektisch und aufgelöst. Das reinste Nervenbündel.

Geräusche auf der anderen Seite der papierdünnen Wand lenken mich von meinem Elend ab. Man hört, wie drüben die Dusche aufgedreht wird. Und plötzlich schießt mir ein Bild durch den Kopf, wie Jack splitterfasernackt daruntersteht. Verlangen und Frustration zerren an mir wie hungrige Hunde. Ach du lieber Himmel, fängt das schon wieder an.

Mal ehrlich, ich komme einfach nicht klar mit diesem Gefühlswirrwarr!

Neunzehntes Kapitel

Wie sich rasch herausstellen sollte, bekam ich dann doch noch eine kalte Dusche verpasst.

Korrigiere: Ich wäre fast an Unterkühlung gestorben.

Rajasthan mag das Land der Könige sein, reich gesegnet mit traumhaften Palästen und verschwenderischen Festungen, atemberaubend bunten Städten und anbetungswürdigen *Havelis*, glitzernden Stammestrachten und prachtvollen Juwelen aus aller Herren Länder.

Fließend Warmwasser scheint allerdings nicht zu den erwähnenswerten Errungenschaften zu zählen.

Zehn Minuten stehe ich zitternd in ein Handtuch gewickelt vor der Dusche, warte darauf, dass das Wasser warm wird, und überlege, ob ich meine Haare unbedingt waschen muss. Eigentlich eine rhetorische Frage, denn selbst Fish-and-Chips-Packpapier ist weniger fettig als mein Haupthaar. Hin und wieder halte ich vorsichtig die Hand unter den eiskalten Strahl und muss mich zusammenreißen, um nicht aufzukreischen.

Kaltes Wasser schön und gut, aber das Wasser in Rajasthan ist kälter als kalt. Man stelle sich eine Farbtabelle vor. Darauf wäre dann »kalt« ein sanfter Pastellton, und »Rajasthan-kalt« wäre der dunkelste Farbton der ganzen Skala. Kein Witz, selbst die hartgesottenen Eisschwimmer, die sich am Neujahrstag im Badeanzug in die eiskalten Fluten stürzen, würden sich sträuben, unter diese Dusche zu steigen.

Es ist nicht nur die Wassertemperatur. Es ist die Kombination aus der Umgebungstemperatur, die, kaum dass die Sonne verschwunden ist, auf den absoluten Nullpunkt zugeht, und den polierten Marmorböden des alten *Haveli*, die dafür ausgelegt sind, den Gästen in der Sommerhitze die ersehnte Abkühlung zu verschaffen, sich aber im Winter an den nackten Füßen wie Eisklötze anfühlen.

Bibbernd hüpfe ich von einem Fuß auf den anderen und frage mich kurz, ob man eigentlich auch mit Wollsocken unter die Dusche steigen kann. Modesünde hin oder her, ich bin mir nicht sicher, dass ich die ausziehen kann. Ich habe eine Gänsehaut mit Beulen so groß wie *Murmeln*. Und da das *Haveli* über zweihundert Jahre alt ist, gibt es natürlich auch keine Zentralheizung. Statt Heizkörpern hängen an den Wänden traumschöne Wandteppiche. Die sind wirklich atemberaubend.

Aber es fällt mir schwer, sie gebührend zu bewundern, weil meine Zähne so klappern.

Am Ende nehme ich all meinen Mut zusammen und springe unter die Dusche, und für einen kurzen, glorreichen Augenblick trifft mich ein herrlich heißer Wasserstrahl. Ach, welch Freude. Genüsslich schaue ich zu, wie ich am ganzen Körper hummerrot anlaufe, und glaube schon fast, gestorben und in den Himmel gekommen zu sein. Es gibt im Leben nicht viel, was sich so gut anfühlt: 1) ein eiskalter Gin Tonic an einem heißen Sommertag, 2) die Schuhe, die man sich seit Ewigkeiten kaufen wollte, um fünfzig Prozent herabgesetzt zu finden, und dann ist auch noch genau ein Paar in der richtigen Größe da, und 3) ein Paparazzi-Foto von Kate Moss im Bikini, auf dem *ganz eindeutig* dellige Orangenhaut zu sehen ist.

Aber eine heiße Dusche, wenn man müde, schmutzig und frierend dasteht, übertrifft einfach alles.

Umgekehrt gibt es aber auch nicht viel, was schlimmer ist als eine Dusche, die plötzlich eiskalt wird, nachdem man gerade mal ein paar Minuten daruntergestanden hat.

Ich kreische entsetzt auf und hechte nach draußen.

Vor allem, wenn man dann merkt, dass man noch Shampoo in den Haaren hat.

Ach, Mist.

Erst als ich schon dabei bin, mich wieder anzuziehen, kehrt das Gefühl in meine Kopfhaut zurück. Immerhin habe ich jetzt saubere Haare, versuche ich mich zu trösten und zucke schmerzlich zusammen, als mein eingefrorener Skalp langsam aufzutauen beginnt. Schnell rubbele ich mir die Haare trocken und binde sie zu einem feuchten Pferdeschwanz zusammen. Und irgendwie fühlt man sich mit frisch gewaschenen Haaren gleich viel besser. Jetzt brauche ich nur noch was Sauberes zum Anziehen, denke ich, als ich widerstrebend die schmuddelige Kapuzenjacke überziehe. Den Fleck habe ich zwar rausbekommen, aber trotzdem. Gleich morgen früh muss ich mir frische Klamotten besorgen. Ich schließe die Tür hinter mir ab und klopfe bei Jack an, um zu fragen, ob er mit mir zum Essen gehen will, aber er macht nicht auf. Bestimmt ist er schon hinuntergegangen. Ein bisschen enttäuscht will ich unverrichteter Dinge abziehen, doch dann zögere ich. Vielleicht ist er ja auch eingeschlafen. Unauffällig drücke ich mich vor der Tür herum und lausche mit gespitzten Ohren auf ein leises Schnarchen. Aber nein, nichts. Ach, Moment … ich glaube, ich habe da eben eine Stimme gehört.

»Es tut mir sehr leid … ja … es ließ sich leider nicht vermeiden.«

Das ist Jack, und wie es sich anhört, telefoniert er. Seine Stimme klingt gedämpft, und er erklärt, er sei in Agra aufgehalten worden und werde darum nicht zum verabredeten Zeitpunkt ankommen. Verabredeter Zeitpunkt? Meine Neugier ist geweckt. Mit wem er da wohl spricht?

Aber egal, wer es ist, ich sollte ihn wohl lieber nicht stören. Bestimmt war er deswegen vorhin so geistesabwesend, überlege ich und wende mich zum Gehen.

Und just in dem Moment höre ich ihn sagen: »Ruby …«

Ich drehe mich wieder um. Moment mal. Hat er da gerade meinen Namen genannt?

Einen Moment bleibe ich wie angewurzelt im Flur stehen und lausche mit schief gelegtem Kopf angestrengt auf das Gespräch hinter der Zimmertür. Redet er etwa über mich? Und wenn ja, was sagt er? Ich verspüre ein hoffnungsvolles Kribbeln. *Doch hoffentlich was Nettes?* Ich stehe da und warte, und meine Neugier ist kaum noch zu bändigen. Vielleicht, wenn ich das Ohr an die Tür lege? … Nein. Noch immer dumpf und unverständlich. Moment, in meinem Zimmer steht ein Glas, vielleicht könnte ich das nehmen …

Ach du lieber Himmel, *was mache ich denn hier*?

Mein gesunder Menschenverstand verpasst mir eine herzhafte Kopfnuss. Wie kommt es bloß, dass ganz normale, vernünftige Frauen sich nur wegen eines Mannes in unberechenbare, psychopathische Pseudogeheimagentinnen verwandeln? Wenn wir sie nicht gerade googeln oder sie auf LinkedIn ausspionieren, schnüffeln wir in den Bildern auf ihrer Facebook-Seite herum.

Und warum nicht noch einen Schritt weitergehen?

Warum nicht gleich den Verstand ausknipsen und in ausgewachsener Stalker-Manier vor dem Hotelzimmer herumlungern und private Telefongespräche belauschen, hm?

Hm?

Rasch reiße ich mich von der Tür los und sammele mich. Wer weiß, was Jack da erzählt hat, aber wenn ich so weitermache, bleibt bald nur noch eins über mich zu sagen: dass ich nicht mehr alle Zapfen an der Tanne habe! Ich meine, mal ehrlich, genauso gut könnte ein Polizist mit einem Megafon neben mir stehen und mir ins Ohr brüllen: »Legen Sie die Schwärmerei beiseite, und dann weg von der Tür, Ruby.«

Ich schüttele mich energisch. Also gut, jetzt reiß dich endlich zusammen. Schluss mit dem Quatsch. Benimm dich bitte wieder wie ein normaler Mensch.

Und dann straffe ich die Schultern, recke das Kinn und marschiere zielstrebig den Korridor hinunter.

Schnell. Ehe ich vollends den Verstand verliere.

Ich gehe nach unten und dann durch den Hof zur Rezeption. Es ist ganz still, und kaum jemand ist zu sehen. Nur auf einem Sofa sitzt ein älteres Ehepaar bei einem Drink. Fast bin ich versucht, mich zu ihnen zu gesellen. Seit Goa habe ich keinen Alkohol mehr getrunken, und ich könnte jetzt wirklich einen Schluck vertragen. Wobei, wenn ich so darüber nachdenke, ist das womöglich keine so gute Idee. Meiner Erfahrung nach heißt Alkohol + unerfüllte Begierde = ich mach mich zum Affen. Und das habe ich schon zur Genüge getan, *obwohl ich noch stocknüchtern bin.*

Also gehe ich unbeirrt weiter. Geradeaus ist eine schwere hölzerne Flügeltür, die auf die Straße führt, und im Näherkommen höre ich schon Musik. Vorsichtig hebe ich den eisernen Riegel, gehe nach draußen und sehe den weißen Ambassador in einer Reihe geparkter Autos stehen. Gegen die Haube gelehnt steht Rocky und unterhält sich mit einem anderen Chauffeur. »Miss Ruby«, ruft er lächelnd und steht stramm.

»Bitte, nur Ruby«, wende ich ein, wenn auch vergeblich. »Was ist denn hier los?«, frage ich neugierig und deute auf das Gebäude auf der anderen Straßenseite, aus dem die Musik kommt.

»Eine Hochzeit«, entgegnet er nüchtern.

Ach ja, klar. Hätte ich mir auch selbst denken können.

»Da wird getanzt«, meint er grinsend und wackelt ein bisschen mit den Hüften.

Das sieht so komisch aus, dass ich mir das Lachen nicht verkneifen kann.

Er hört auf mit der Wackelei und schaut mich nachdenklich an. »Sie sollten öfter lachen«, stellt er sehr entschieden fest. »Lachen ist gesund.«

»Ja«, stimme ich ihm nickend zu. »Ich hatte nur in letzter Zeit nicht viel zu lachen«, gestehe ich ihm kleinlaut.

»Aber das ist doch das Schöne daran«, erwidert er mit leuchtenden Augen. »Zum Lachen braucht man keinen Grund. Lachen tut einfach gut. So, wie es guttut, sich zu kratzen.« Und dann kratzt er sich wie zur Bestätigung des Gesagten herzhaft den Kopf.

»Das fühlt sich gut an?«, frage ich und lächele amüsiert.

»Ja, das sollten Sie auch mal versuchen!«, ruft er begeistert und lacht dröhnend auf. »Ich lache, wenn ich traurig bin. Ich lache, wenn ich wütend bin. Denn eins kann ich Ihnen sagen«, er beugt sich zu mir und senkt die Stimme zu einem Flüstern, als vertraute er mir ein großes Geheimnis an, »damit lässt man die Götter im Glauben, man sei glücklich. Und wenn man glücklich ist, geschieht Gutes.«

Der kalten Abendluft zum Trotz wird mir innerlich ganz warm. Bei ihm klingt das alles so einfach, oder? Und vielleicht ist es ja auch ganz einfach, überlege ich nachdenklich. Denn irgendwie fühlt es sich hier und jetzt an, als könnte es wirklich ganz einfach sein. Nur zu Hause, in meinem Alltagsleben in London, kommt mir immer alles so schrecklich kompliziert vor.

»Probieren Sie es mal«, meint er nickend und grinst mich an.

»Vielleicht tue ich das«, erwidere ich lächelnd und habe plötzlich das Gefühl, als gebe es zwischen uns eine unsichtbare Verbindung. Ich mag Rocky wirklich sehr. Er ist viel mehr als nur unser Fahrer und Fremdenführer. Hinter der schnieken Uniform und den tadellosen Manieren verstecken sich ein herrlich spitzbübischer, augenzwinkernder Humor und die Fähigkeit zu weisen Ratschlägen zur rechten Zeit. Zuerst dachte ich, es seien nur lustige Sinnsprüche, aber es steckt eine Menge Wahrheit darin.

»Und, ganz allein?«, fragt er nun.

»Ja. Jack telefoniert gerade …«, setze ich an und unterbreche mich dann rasch. Es ist mir schon peinlich, das nur zu erwähnen. »Ich meine, zumindest nehme ich das an, sicher bin ich mir nicht.«

»Haben Sie Hunger? Soll ich Sie zu einem Restaurant in der Stadt bringen?«

»Ach, nein danke. Ich möchte Ihnen keine Umstände machen«, wehre ich rasch ab. »Bestimmt bekomme ich hier auch etwas zu essen.«

»Aber Sie machen mir doch keine Umstände«, widerspricht er vehement. »Es wäre mir ein Vergnügen.«

»Nein, wirklich nicht.« Ich schüttele den Kopf, und mein Blick geht zurück in den Innenhof. Das Paar, das eben noch beim Aperitif saß, sitzt nun beim romantischen Candlelight-Dinner an einem kleinen Tisch.

Wobei, wenn ich es mir recht überlege …

»Haben *Sie* denn Hunger?«, frage ich mit einem Blick zu Rocky.

»Ein bisschen«, antwortet er nickend und weiß wohl nicht so recht, worauf ich mit dieser Frage hinauswill. »Aber ich fahre Sie gerne zu einem Restaurant, bevor ich selbst etwas esse.«

»Wo essen Sie denn?«

»In einem kleinen Lokal in der Altstadt«, meint er abwehrend.

»Dürfte ich da vielleicht mitkommen?«

»Sie möchten mit mir zu Abend essen?«

»Ja. Ich meine … nur, wenn es Ihnen nichts ausmacht«, füge ich rasch hinzu.

»Nein, ganz und gar nicht«, versichert er rasch. »Es wäre mir eine große Freude, aber …« Er zögert und scheint ein wenig verlegen. »… das ist kein schickes Restaurant; dahin gehen nur die Einheimischen.«

»Klingt toll«, versichere ich begeistert.

Auf Rockys Gesicht breitet sich ein strahlendes Lächeln aus. »Wunderbar. Wenn das so ist, dann wäre es mir eine Ehre, wenn Sie mein Gast wären.«

Zwanzigstes Kapitel

Gemeinsam laufen wir im Zickzack durch das verschlungene Labyrinth aus staubigen Straßen, Autos und Motorrädern, streunenden Hunden und fliegenden Händlern. Inzwischen ist es dunkel geworden, aber die Stadt schläft nicht, und ich folge Rocky, der die überlaufenen Touristenrestaurants links liegen lässt, zu einer Straßenkreuzung, an der ein Mann mit einer gigantischen Bratpfanne steht, die bis zum Rand mit blubbernd heißem Öl gefüllt ist. Was immer er da kocht, es riecht einfach köstlich, aber noch ehe ich ihn fragen kann, was er da Leckeres zubereitet, ist Rocky bereits in einem Treppenaufgang neben einem Stoffladen verschwunden.

Wo um alles auf der Welt will er hin? Zögernd stiefele ich hinterher und frage mich, ob es nicht doch klüger gewesen wäre, mich als fünftes Rad am Wagen zu dem romantischen Dinner for two im *Haveli* zu setzen, da stehe ich unversehens in einem nach einer Seite offenen Lokal. Fröhliches Geplauder schallt mir entgegen. Laut und bunt geht es hier zu, an der Decke hängen Neonröhren, und die Wände sind strahlend blau gestrichen. In langen Reihen stehen Tische und Bänke dicht an dicht wie in einer Kantine, und es ist voll bis auf den letzten Platz.

Wie auf Kommando drehen sich plötzlich alle zu uns um und starren mich neugierig an, scheinen aber rasch zu dem Schluss zu kommen, dass ich eigentlich nicht besonders interessant bin, denn gleich darauf wenden sie sich wieder ihrem Essen zu.

»Es ist alles voll«, seufze ich enttäuscht, nachdem ich mich gründlich umgesehen habe. »Bestimmt bekommen wir keinen Platz mehr.«

»Das ist hier immer so; es ist immer rappelvoll«, erklärt Rocky nickend und offenkundig vollkommen unbeeindruckt. Er winkt einem Kellner, der uns gleich voller Elan durch die Menschenmenge und an einen Tisch führt.

Zuerst glaube ich an ein Missverständnis: Der Tisch ist voll, nie können wir uns hier dazusetzen. Aber ohne zu murren, schauen uns alle freundlich lächelnd an und rücken dann ein wenig zusammen, und plötzlich tun sich wie aus dem Nichts zwei freie Plätze auf.

»Sehen Sie, kein Problem«, ruft Rocky freudestrahlend, und wir nehmen Platz. Ich muss an die Restaurants in London denken, mit der gedämpften Beleuchtung, der strengen Kleiderordnung und den Reservierungen auf Kreditkarte. Komisch, aber das, was ich bisher schick und hipp fand, erscheint mir plötzlich aufgesetzt und wenig reizvoll. Ich bin heilfroh, dass ich stattdessen hier bin.

»Leider gibt es hier keinen Alkohol«, sagt Rocky entschuldigend, als der Kellner uns einen Krug Wasser auf den Tisch stellt.

»Wasser reicht mir vollkommen«, versichere ich lächelnd und schaue mich nach der Speisekarte um. Das Mittagessen ist schon eine ganze Weile her, und ich habe Hunger.

»Suchen Sie etwas?«, fragt Rocky mit besorgtem Stirnrunzeln.

»Ach, ich habe mich nur nach einer Speisekarte umgeschaut«, antworte ich mit einem Lächeln. Süß, wie rührend er um mein Wohlergehen bemüht ist. »Gibt es hier keine?«

»Das ist die Speisekarte«, entgegnet Rocky und weist auf die Tafel an der Wand.

Ich schaue hin. Klar, da steht natürlich alles auf Hindi.

»Keine Sorge, ich bestelle für uns beide«, beruhigt Rocky mich, als er mein konsterniertes Gesicht sieht. Er winkt den

Kellner heraus und rattert eine ganze Litanei verschiedenster Gerichte herunter. Als er fertig ist, dreht er sich zu mir um und wird plötzlich ganz ernst. »Haben Sie Ihre Schwester inzwischen ausfindig gemacht?«

Wie immer bei diesem Thema krampft sich mein Magen zu einem sorgenvollen Knoten zusammen. »Nein, noch nicht«, entgegne ich kopfschüttelnd. »Ich versuche immer wieder, sie anzurufen, aber sie geht einfach nicht dran. Ich hoffe nur, es geht ihr gut.«

»Keine Sorge«, brummt er ganz ruhig. »Es ist sicher alles in Ordnung.«

»Hoffentlich haben Sie Recht«, erwidere ich und lächele ihn dankbar an. Ich habe die ganze Zeit versucht, die Sorge um meine Schwester in den hintersten Winkel meines Bewusstseins zu verdrängen, doch nun kommt sie doppelt und dreifach zurück. Und mit jedem Tag, der vergeht, wird sie größer und größer.

»Ich weiß es«, erklärt er und wackelt sehr bestimmt mit dem Zeigefinger. »Am Ende wird alles gut.«

»Wie können Sie sich da denn so sicher sein?«, kontere ich.

»Geben Sie mir Ihre rechte Hand«, fordert er mich ungerührt auf.

Unsicher schaue ich ihn an, dann reiche ich ihm zögerlich quer über den Tisch die Hand. Er nimmt sie, dreht sie langsam um, öffnet sie mit seinen weichen Fingern und schaut aufmerksam hinein.

»Können Sie aus der Hand lesen?«, frage ich neugierig und schaue Rocky erstaunt an.

Er nickt ernst. »Mein Großvater hat mir das vor vielen Jahren beigebracht. Ich komme aus einer Familie von Handlesern, seit Generationen sind wir mit der Gabe der Hellsicht beschenkt.«

»Wow, wirklich?«, frage ich fasziniert. Wobei, wenn ich ganz ehrlich bin, glaube ich nicht an so einen Hokuspokus. Das letzte

Mal habe ich mir mit fünfzehn aus der Hand lesen lassen, von einer Hellseherin auf dem Jahrmarkt. Sie hat mir prophezeit, ich werde mit zwanzig einen Mann namens Malcolm heiraten, mit dem ich fünf Söhne bekomme und nach Papua-Neuguinea auswandere.

Also bitte, so eine Zukunft möchte man doch nicht geschenkt haben. Und sollte das tatsächlich ein unabwendbares Schicksal sein, möchte man es doch ganz bestimmt nicht schon Jahre im Voraus wissen.

Andererseits bin ich gerade in einem ganz anderen, geheimnisvollen Erdteil, wo uralte Traditionen von Generation zu Generation weitergegeben werden, denke ich. Sich in Indien aus der Hand lesen zu lassen ist ein bisschen anders als auf einem matschigen Acker in Nordengland, von einer Frau mit Kopftuch, Gummistiefeln und einem breiten Yorkshire-Akzent.

Den Blick fest auf meine Handfläche geheftet nickt Rocky ernst. »Sie sind ein Glückskind … Sie haben sehr, sehr großes Glück im Leben.«

Ist aber trotzdem alles Mumpitz.

»Sie werden lange leben und sehr alt werden.«

Ich meine, mal ehrlich. Gleich erzählt er mir bestimmt noch, ich werde einen großen, gut aussehenden dunkelhaarigen Unbekannten kennenlernen – unvermittelt muss ich an Jack denken; denn wenn man es genau nimmt, *habe* ich schon einen großen, gut aussehenden dunkelhaarigen Unbekannten kennengelernt.

»Aber zuerst erzähle ich Ihnen ein wenig aus Ihrer Vergangenheit, damit Sie mir glauben, was ich Ihnen über die Zukunft sage«, fährt er feierlich fort.

Erste Zweifel melden sich. Das muss man ihm lassen, die Kopftuchfrau in England hat so was nicht gesagt.

»Sie haben sich in einen Mann verliebt, der Ihnen das Herz gebrochen hat …«

Er trifft mich wie ein Schlag. »Ja, das stimmt«, antworte ich und versuche ganz beiläufig und gelassen zu klingen. Aber mal ehrlich, welche Frau kann von sich behaupten, ihr hätte noch nie ein Mann das Herz gebrochen? Nicht gerade ein Alleinstellungsmerkmal.

»Seine Haare leuchteten wie Kupfer.«

Plötzlich habe ich am ganzen Körper eine Gänsehaut. Sam hatte rote Haare. Er konnte sie nicht ausstehen und hat sie immer raspelkurz abrasiert, aber ich fand sie sexy. Wie bei Damian Lewis aus *Homeland*.

Das Herz pocht mir laut in den Ohren, aber ich versuche, es zu überhören. Reiner Zufall, mehr nicht. Anfängerglück.

»Sie werden einen anderen Mann kennenlernen«, sagt er und fährt mit dem Finger meine Liebeslinie nach, »aber es gibt ein Problem – sehen Sie, wie die Linie hier abbricht?«

Neugierig betrachte ich meine Handfläche. Herrje, er hat Recht. Das war mir bisher nie aufgefallen.

»Der Bruch in der Linie bedeutet einen Rückschlag; Schwierigkeiten, die es zu überwinden gilt.«

»Was denn für Schwierigkeiten?«

»Sie haben ihn schon einmal abgewiesen.«

»Ach was?« Gespannt starre ich ihn an.

»Ja«, meint Rocky und nickt. »Ganz eindeutig und ohne jeden Zweifel.«

Ich zermartere mir das Hirn darüber, wer das wohl sein könnte. Schließlich haben die Männer bei mir in letzter Zeit nicht unbedingt Schlange gestanden. Letzten Sommer war da dieser Typ im Biosupermarkt, der versucht hat, mich bei den Cherrytomaten anzuquatschen … der war eigentlich ganz süß. Bis er mich fragte, ob er meine Füße fotografieren dürfe. Er fand meinen »hohen Spann unglaublich anziehend«.

Himmel, hoffentlich nicht der!

Aber der einzige andere potenzielle Kandidat, der mir auf Anhieb einfällt, ist der Inlineskater aus dem Park, der extra anhielt, um mir zu sagen, wie süß er meine Jeans fand. Als ich Rachel nachher davon erzählte, lachte die allerdings bloß und meinte: »Weißt du, was für Männer beim Inlineskaten das Schwierigste ist?« Mit ihrem stahlharten Anwaltsblick hatte sie mich unbarmherzig ins Visier genommen und ganz trocken erklärt: »Ihren Eltern zu gestehen, dass sie schwul sind.«

»Ich sehe einen Löwen ... einen großen Löwen ...«

»Einen Löwen?« Schlagartig werde ich aus meinen Gedanken gerissen. Ach du Schande, es gibt doch in Indien keine Löwen, oder? Plötzlich habe ich das Bild vor Augen, wie ich von hungrigen Löwen zerfleischt werde ... nein, das ist albern, hier gibt es nur Tiger. *Glaube ich.*

»Aber der Löwe ist rot.«

»Was?« Was um alles auf der Welt faselt er denn da?

Die Stirn in nachdenkliche Dackelfalten gelegt starrt Rocky lange angestrengt in meine Handfläche. »Es besteht eine Verbindung zwischen diesem Löwen und dem Mann, der für Sie bestimmt ist«, erklärt er nach kurzem Schweigen.

Jetzt sag mir nicht, dass er Raubtierdompteur ist und ich mit ihm durchbrenne und mich dem Zirkus anschließe.

»Das verstehe ich nicht«, murmele ich stirnrunzelnd und schüttele verwirrt den Kopf.

»Manchmal ist es schwierig, es zu verstehen, aber eines Tages wird das alles einen Sinn ergeben«, versichert er mir ganz ruhig.

Ich schaue Rocky an und versuche, meine wirren Gedanken zu sortieren, und unvermittelt trifft mich die Realität mit ganzer Härte. Also bitte, was mache ich denn hier? Das ist doch alles Humbug. Ich fasse es nicht, dass ich ihm das beinahe abgekauft hätte.

»Können Sie mir nicht einen Namen nennen?«, frage ich herausfordernd. Das ist nämlich die Sache bei Hellsehern und Wahrsagern; alles, was sie sagen, ist so vage, dass es auf alles oder nichts zutreffen kann.

»Einen Namen?«, fragt Rocky und verzieht angestrengt das Gesicht.

»Ja, seinen Namen«, wiederhole ich nachdrücklich.

Er kneift sich mit Daumen und Zeigefinger in die Nasenwurzel, als dächte er angestrengt nach. Lange bleibt er still, und dann, plötzlich:

»Simon.«

Einer der geläufigsten Allerweltsnamen des ganzen Planeten.

»Sie glauben mir nicht«, sagt er, als er mein ungläubiges Gesicht sieht.

»Doch, doch, bestimmt«, versichere ich rasch und kreuze unter dem Tisch unauffällig die Finger der linken Hand. »Ich bin bloß ein bisschen skeptisch, weiter nichts …«

»Die Linien unserer Hände sind der Abdruck unseres Schicksals«, verkündet er sehr bestimmt. »Sie formen sich schon vor unserer Geburt im Mutterleib, und wir können nichts daran ändern; diese Reise ist uns vorherbestimmt.«

»Was? Meine Reise nach Indien?« Diese spöttische Bemerkung kann ich mir nicht verkneifen.

Mit festem Blick schaut er mich durchdringend an. »Sie sind in Indien, weil Sie etwas suchen«, fährt er fort, ohne meine Hand loszulassen.

»Ja, klar, meine Schwester«, stimme ich ihm zu und erwidere seinen Blick. »Das habe ich Ihnen ja schon erzählt.«

Es ist wirklich seltsam, aber in diesem Licht könnte ich schwören, dass er strahlend blaue Augen hat.

»Nein.« Entschieden schüttelt er den Kopf. »Etwas anderes.« Er beugt sich noch etwas tiefer über meine Hand, und dann habe ich plötzlich aus heiterem Himmel so ein seltsames Gefühl wie damals am Bahnhof von Delhi, als ich ihn zum ersten Mal gesehen habe.

»Eines Tages wird Ihnen alles klar werden. Aber bis dahin dürfen Sie den Glauben nicht verlieren, Ruby.«

Und dann ist es mit einem Mal, als wiche alles zurück, und der Lärm im Restaurant verstummt fast, als hätte jemand am Fernseher die Lautstärke heruntergedreht. Ich höre nur noch den beruhigenden, hypnotischen Singsang von Rockys Stimme.

»Nicht aufgeben, Ruby. Sie dürfen nicht aufgeben. Vertrauen Sie auf das Universum …« Mir ist ein bisschen schwindelig, fast, als könnte ich jeden Augenblick das Bewusstsein verlieren. Um mich herum dreht sich alles, und ich schließe die Augen.

»Vorsicht bitte, das Essen ist sehr heiß.«

Abrupt komme ich wieder zu mir und merke, dass Rocky meine Hand losgelassen hat. Vor uns auf dem Tisch steht eine bunte Palette verschiedenster Gerichte.

»Wie sagt man so schön? Guten Hunger!«, ruft er strahlend.

Es ist, als hätte jemand die Lautstärke wieder aufgedreht. Der Lärm brandet auf wie eine Woge. Das Schwindelgefühl ist verflogen. Alles ist wieder wie vorher. Was um Himmels willen ist da gerade geschehen? Aus dem Augenwinkel schaue ich Rocky an und sehe, wie die blauen Wände sich in seiner Brille spiegeln. Und auf einmal komme ich mir sehr dumm vor. Also ehrlich, Ruby, es ist doch gar nichts passiert. Dein Verstand hat dir ein Schnippchen geschlagen. Ich greife nach meinem Wasserglas und trinke einen großen Schluck. Als Nächstes bilde ich mir noch ein, Rocky könnte wirklich die Zukunft voraussagen.

Einundzwanzigstes Kapitel

»Und, schmeckt es Ihnen?«

Eine Viertelstunde später stehen noch mehr Schüsseln und Teller vor uns auf dem Tisch, und Rocky macht sich hungrig über die servierten Köstlichkeiten her. Misstrauisch beäuge ich die silbernen Platten mit den vielen verschiedenen Gerichten in üppigen, farbenfrohen Saucen. Es sind Berge!

»Oh ja, das sieht alles ganz köstlich aus«, antworte ich höflich.

Und sehr scharf.

Mein Blick geht zu dem Teller vor mir, auf dem nur ein paar bisher nicht angerührte Häppchen liegen. Mein Magen schlingt sich Böses ahnend zusammen. Dieses Essen wurde nicht für überempfindliche westliche Geschmacksnerven gekocht, sondern für hartgesottene indische Gaumen.

»Haben Sie keinen Hunger?« Besorgt schaut Rocky von seinem halb leer gegessenen Teller zu meinem und zieht fragend die Augenbraue hoch.

»Nein, daran liegt es nicht …« Ach du lieber Himmel, was habe ich mir bloß dabei gedacht? Es ist mir gar nicht in den Sinn gekommen, mich in Rockys Bestellung einzumischen, weil ich davon ausgegangen bin, ich würde unter all den Sachen schon etwas finden. Doch nun sitze ich hier und muss einsehen, dass zwischen diesem opulenten Mahl und meinem spartanischen Mittagessen aus weißem Reis und Naan ohne alles Welten liegen.

»Es ist bloß …« Zögerlich unterbreche ich mich. Herrje, das ist aber auch zu peinlich.

»Stimmt was nicht?«, fragt Rocky stirnrunzelnd. »Gefällt es Ihnen hier nicht?«

»Nein, nein, ich finde es wirklich sehr nett«, versichere ich hastig. »Es ist bloß so …« Ich weiß nicht so recht, wie ich mich ausdrücken soll, ohne ihn zu kränken. Mir will einfach keine Ausrede einfallen, mit der ich mich elegant aus der Affäre ziehen könnte. Ach, was soll's? Genauso gut kann ich ihm die Wahrheit sagen. Schließlich kann ich nicht ewig das Essen auf dem Teller hin und her schieben. »Es tut mir wirklich leid, aber ich kann das nicht essen«, platze ich heraus.

Wie vor den Kopf geschlagen schaut Rocky mich an. »Ich fürchte, das verstehe ich nicht.«

»Das ist allein meine Schuld«, murmele ich entschuldigend. »Ich hätte etwas sagen sollen, bevor Sie bestellen. Sie müssen wissen, beim Essen bin ich nicht besonders experimentierfreudig, und scharfes indisches Essen vertrage ich einfach nicht«, höre ich mich zur Erklärung hastig plappern. Ach herrje, wie unangenehm mir das alles ist. Da war Rocky so nett und hat mich zu seinem Stammlokal mitgenommen, und ich will auf keinen Fall, dass er mich für unhöflich hält. »Es tut mir leid, ich bin wirklich eine Mimose, vielleicht könnte ich mir ja stattdessen einfach ein bisschen weißen Reis bestellen?«

»Papperlapapp«, unterbricht er mich und schüttelt energisch den Kopf.

»Nein, wirklich.«

»Natürlich können Sie indisches Essen essen«, versichert er sehr bestimmt. »Ich bringe es Ihnen bei.«

Ich stelle meinen Protest ein und starre ihn ungläubig an. *»Mir beibringen?«*

Bisher wäre ich nicht auf die Idee gekommen, man könne *lernen*, indisch zu essen, so wie man beispielsweise Schwimmen lernen kann oder Französisch.

»Das ist *Paneer*«, sagt er und deutet auf den ersten Teller; kleine, mundgerechte Häppchen in einer dickflüssigen Sauce. »Das ist Käse.«

»Käse?« Erstaunt schaue ich ihn an. Darauf wäre ich im Leben nicht gekommen. Und gleich klingt es schon viel weniger furchteinflößend.

»Ja, und das essen wir mit *Malai Kofta*«, sagt er und weist auf das nächste Gericht, das aussieht wie Hackbällchen. »Bitte, sprechen Sie mir nach.«

»Malai … Kofta.« Ich stolpere über die korrekte Aussprache und werde ganz verlegen. Erinnert mich ehrlich gesagt sehr an meine stümperhaften Versuche, Französisch zu lernen. Mein Akzent war immer zum Gruseln.

»Das ist Gemüse und Paneer, frittiert und sehr lecker«, versichert er und klopft sich auf den kugelrunden Bauch. *»Chana Masala«*, erklärt er und zeigt auf das nächste Gericht.

»Chana … Masala«, wiederhole ich unbeholfen. Aber allmählich finde ich Gefallen daran, mich die ungewohnten, exotischen Namen aussprechen zu hören.

»Das sind Kichererbsen mit Zwiebeln, Tomaten, getrockneter Mangowurzel und Gewürzen …«

»Ach, und genau da liegt der Hase im Pfeffer, ich vertrage nämlich die Gewürze nicht …«, versuche ich meine Ängste zu erklären, aber er lässt mich gar nicht ausreden.

»Und das hier ist Dhal, mein Leibgericht. Es wird aus Linsen gemacht und ist *sehr* scharf …«

Ich mache den Mund auf, um zu protestieren, aber er hebt nur streng den Zeigefinger und bringt mich energisch zum Schweigen.

»Also muss man es mit Raita essen.« Und damit deutet er auf eine Schale mit cremigem Joghurt. Und dann auf das aufgeschichtete Fladenbrot. »Und mit Chapatti.«

Ich nicke, ganz gefesselt von dieser spannenden Lektion.

»Jetzt passen Sie auf.«

Zuerst löffelt Rocky sich etwas von den verschiedenen Gerichten auf seinen großen Silberteller und macht sich dann daran, alles mit dem Finger zu verrühren. Wie gebannt beobachte ich ihn und merke jetzt erst, dass hier niemand mit Messer und Gabel isst. »Nehmen Sie nur die rechte Hand«, sagt er und vermengt und knetet die Masse gründlich, um sie sich dann mit dem Daumen in den Mund zu schieben. »Jetzt sind Sie dran«, weist er mich an.

Misstrauisch linse ich in das scharfe Dhal und werde kreidebleich, als ich die knallroten Chilistückchen entdecke.

»Keine Angst«, redet er mir gut zu. »Probieren Sie ein wenig davon mit Raita.«

Ich hole tief Luft und tue, wie mir geheißen. Ich nehme mir ein wenig Dhal auf den Teller und vermische es mit dem cremigen Joghurt.

»Es ist wichtig, dass man beides zusammen isst«, erklärt er nickend. »Darin liegt das Geheimnis.«

Vorsichtig nehme ich etwas von der Mischung zwischen die Finger und stecke sie mir in den Mund. Insgeheim wappne ich mich schon für das nun folgende flammende Inferno.

»Schmeckt's?«

Die verschiedenen Gewürze verschmelzen in meinem Mund und kitzeln sämtliche vorhandenen Geschmacksnerven, und fast tut es mir schon wieder leid, mich auf dieses Experiment eingelassen zu haben. Das »Oh nein, was habe ich nur getan«-Gefühl der Reue nimmt mich unerbittlich in den Schwitzkasten. Es war ja wirklich nett von Rocky, dass er mir die indische Küche näherbringen wollte, und fast hätte ich ihm geglaubt, dass man tatsächlich lernen kann, indisch zu essen. Aber es lässt sich nun mal nicht ändern. Ich bin ein hoffnungsloser Fall. Es geht einfach nicht.

Wobei, Moment mal.

Schlagartig geht mir auf: Es brennt gar nicht. Meine Augen

tränen nicht. Ich taste nicht verzweifelt nach meinem Wasserglas. Stattdessen habe ich nur diese köstliche Kombination aus feinen Gewürzen und süßen und scharfen Aromen im Mund, die sich zu einem harmonischen Ganzen vereinen.

»Oh, wow, das ist köstlich!«, rufe ich begeistert noch mit vollem Mund. »Hoppla,Verzeihung«, murmele ich rasch und halte mir dir Hand vor den Mund.

Rocky lacht laut auf. »Sehen Sie! Ich habe es Ihnen doch gesagt!« Freudestrahlend reißt er ein Stück vom Chapatti ab und reicht es dann an mich weiter.

Ich reiße ebenfalls ein Stück ab, mit dem ich dann noch eine Portion in den Mund schaufle. Beim zweiten Anlauf schmeckt es sogar noch köstlicher als beim ersten Mal.

»Mehr?« Rocky bietet mir von dem Dhal an, und jetzt habe ich keine Angst mehr und nehme furchtlos eine große Portion. Dann füge ich etwas Raita hinzu.

»Danke«, strahle ich ihn an, und als Rocky sich wieder seinem Teller zuwendet, lehne ich mich einen Moment zurück und schaue mich in Ruhe um. Hier sitze ich nun in einem rappelvollen Restaurant und futtere indisches Essen ohne Besteck, nur mit den Händen. Wer hätte das je gedacht? Das nenne ich mal eine ganz neue Erfahrung. In London hätte ich so etwas nie im Leben gemacht.

Aber ich bin ja auch nicht in London. Ich bin in Indien, und hier ist alles ganz anders.

Hungrig reiße ich ein Stück Chapatti ab und nehme noch einen Happen.

Ich eingeschlossen.

Nach dem Essen spaziere ich mit vollem Bauch und hochzufrieden mit Rocky zurück zum *Haveli*. Nachdem ich mich überschwänglich bei ihm bedankt habe, wünscht er mir eine gute Nacht, und ich marschiere fröhlich in den Innenhof und schaue mich nach Jack um. Ich platze gleich, wenn ich nicht irgendwem von diesem herrlichen Abend erzählen kann. Es war so schön, ich kann es kaum erwarten, ihm alles haarklein zu berichten. Der wird Bauklötze staunen!

Im Hof sitzen etliche Leute angeregt plaudernd bei einem Drink, und ich male mir schon aus, wie Jack und ich uns gleich dazugesellen. Und bei ein paar eiskalten Kingfisher-Bieren kann ich ihn dann mit meiner Heldengeschichte beeindrucken, wie ich die Herausforderung des scharfen Dhal angenommen und mit Bravour gemeistert habe. Und vom *Chana Masala*, das so unglaublich lecker war. Und von den vielen verschiedenen Brotsorten. Spontan fallen mir da ein: Chapatti, Parathas, *Pooris* … Ich bin richtig stolz auf mich. Jack ist bestimmt schwer beeindruckt.

Freudig steuere ich auf die Treppe zu und will schon nach oben gehen, um bei ihm zu klopfen und ihn auf einen Drink einzuladen, da sehe ich im Augenwinkel helles Stroh aufblitzen. Moment, war das gerade Jacks Hut? Ich schaue rüber und spähe an dem großen Topffarn vorbei zu den ausladenden Ledersofas. Er sitzt mit dem Rücken zu mir, aber ja, das ist er, ganz ohne Frage. Ich freue mich so, ihn zu sehen, dass sich ein breites Grinsen auf mein Gesicht stiehlt. Ich kann es gar nicht *erwarten, sein* Gesicht zu sehen, wenn ich ihm das alles erzähle.

Hastig mache ich mich auf den Weg, da bleibe ich plötzlich wie angewurzelt stehen. Denn …

Er ist nicht allein.

Nach ein paar Schritten versperren die Triebe der Topfpflanze mir nicht mehr die Sicht, und plötzlich habe ich freien Blick auf die attraktive Blondine neben ihm. *Cindy.*

Einen Augenblick stehe ich reglos da und sehe ihnen zu, und all die Vorfreude, die Aufregung und Fröhlichkeit von eben zerrinnen mir wie Sand zwischen den Fingern. Ins Gespräch vertieft haben die beiden die Köpfe zusammengesteckt; ihre Körpersprache lässt keinen Zweifel zu. Ich bin plötzlich ganz bedrückt. Bestimmt hat er sie angerufen. Alte Ängste treffen mich wie eine Faust in den Magen. Und ich Dummchen habe mir eingebildet, es würde ihn interessieren, was ich heute Abend alles erlebt habe.

Gott, ich bin aber auch zu blöd. Und dann wende ich mich rasch ab, ehe einer der beiden mich sieht, und flüchte mich auf mein Zimmer.

Zweiundzwanzigstes Kapitel

Egal, nicht schlimm, mir schnuppe. Besser so.

Fünf Minuten später sitze ich im Schneidersitz in eine Decke gewickelt auf meinem Himmelbett, das Handy in der Hand. Ich muss mich auf die Suche nach meiner Schwester konzentrieren, nicht auf meine unanständigen Jack-Fantasien. Ich entfalte den kleinen Zettel, den ich in Amys Zimmer gefunden habe, und wähle entschlossen die Nummer. Es ist auch so schon kompliziert genug, da brauche ich mich nicht noch in so eine aussichtslose Schwärmerei hineinzusteigern. Als hätte ich nicht genug Probleme.

Ich warte, dass jemand rangeht.

Ich meine, mal ehrlich. Jack und ich? Was für eine absurde Idee. Selbst *wenn* was passiert wäre, *was nicht der Fall ist,* hätte es nur im Desaster geendet.

Am anderen Ende der Leitung ertönt das Freizeichen.

Nein, besser, er vergnügt sich mit Cindy. Viel besser.

Ich lasse das Telefon gut fünf Minuten klingeln, dann gebe ich schließlich auf. Ich lege auf und lehne mich zurück in die Kissen. Es ist still im Zimmer, und als ich mich so in diesem fremden Raum umschaue, überkommt mich unversehens ein Anfall von Weltschmerz.

Was mache ich hier eigentlich? Ich meine, mal ernsthaft, *was mache ich hier*?

Das frage ich mich, und dann melden sich alle nagenden Zweifel und Ängste, die ich in den vergangenen Tagen geflissentlich zu ignorieren versucht habe, unüberhörbar zu Wort.

Seien wir doch mal ehrlich, wenn das so weitergeht, finde ich Amy nie. Es ist aussichtslos. Ich weiß überhaupt nicht, wo ich anfangen soll zu suchen. Ich bin Schriftstellerin, sonst sitze ich den ganzen Tag in Plüschpantoffeln zu Hause vor dem Laptop, trinke Kaffee und bummele vor mich hin. Ich reise nicht einfach aus einer Laune heraus quer durch Indien, verliere wahllos Schwestern und verliebe mich in wildfremde Männer. Über so was *schreibe* ich höchstens, aber ich tue es doch nicht! Mir ist das alles zu viel. Ich kann mich nicht mehr beherrschen und breche unvermittelt in Tränen aus. Die ganze Geschichte wächst mir über den Kopf. Es ist eine Sache, sich tagträumend solch unglaubliche Abenteuer auszumalen, wenn man gemütlich zu Hause auf dem heimischen Sofa sitzt, aber was ganz anderes, wenn man plötzlich ohne Vorwarnung mittendrin steckt und nicht mal eine frische Unterhose zum Wechseln dabeihat. Es läuft einfach alles schief. Früher war ich ordentlich, durchorganisiert und vernünftig; ich hatte meine Listen und einen geregelten Tagesablauf. Und nun, schau mich einer an! Ich bin eine wandelnde Katastrophe. Meine Schwester ist immer noch verschwunden. Mein gesamtes Gepäck wurde geklaut. Ich habe meine Eltern angelogen. Es ist ein einziges Fiasko.

Und als Sahnehäubchen auf diesem Unglückskuchen habe ich auch noch höchst unanständige und äußerst unangebrachte Fantasien mit Jack in der Hauptrolle und blamiere mich bis auf die Knochen.

Glauben Sie mir, Abenteuer sind überbewertet.

Missmutig und deprimiert starre ich den Deckenventilator an, der sich unermüdlich im Kreis dreht, genau wie die Gedanken in meinem Kopf. Die Freude von vorhin über den schönen Abend mit Rocky und meine Kunstfertigkeit im Indisch-Essen ist verflogen, und die beinharte Realität hat mich eingeholt. Hierherzukommen war ein Riesenfehler. Ich will mein altes Leben zurück. Okay, in Liebesdingen hat es gewisse Erwartungen nicht ganz erfüllt, aber es ist sicher und vorhersehbar, *und* ich habe eine ganze Schublade voller frischer Unterwäsche. Ich sollte einfach die Segel streichen und nach Hause fliegen.

Bei dem Gedanken überkommt mich ein lähmendes Gefühl des Unabwendbaren. Gleich morgen früh sage ich Jack Bescheid. Dann fahre ich mit dem Zug oder dem Bus zurück nach Delhi, und von da fliege ich nach London. Was Amy angeht … tja, ich habe getan, was ich konnte. Es hat bloß leider nicht gereicht.

Eine Weile liege ich reglos da, bis meine Gedanken von einem gedämpften Gurgeln unterbrochen werden. Was war das? Plötzlich spüre ich ein leichtes Beben am Oberschenkel, und dann geht mir auf, dass ich auf meinem Handy sitze. Ach du liebe Güte! Es klingelt! Aus meiner Lethargie gerissen taste ich hektisch unter der Decke danach. Schließlich habe ich es gefunden. Lieber Gott, bitte mach, dass es Amy ist! »Wie war es in Indien?«

Es ist Diana, meine Agentin.

Die Enttäuschung bohrt sich in meine Brust wie ein Pfeil in einen Ballon, und ich sacke zusammen und seufze schwer. Wo soll ich anfangen? »Also …«

»Ach Mensch, da wollte ich immer schon mal hin«, plappert sie weiter wie aus der Pistole geschossen. Diana ist berühmtberüchtigt für ihr unbarmherziges Lektorat, und Telefongespräche geht sie an wie Manuskripte; höfliche Begrüßungsfloskeln und zögerliche Antworten werden gnadenlos mit dem verbalen Filzstift gestrichen. »Sag mir, dass es einfach unglaublich war!«

Ich höre, wie Diana eine Straße entlangläuft und ihre Bleistiftabsätze laut auf dem Asphalt klackern, im Hintergrund das Brummen und Summen des geschäftigen New Yorker Stadtlebens. Es ist vollkommen surreal. Ich sitze hier auf einem antiken Himmelbett, eingewickelt in eine handbestickte Decke aus Rajasthan, in der ehrfürchtigen Stille eines dreihundert Jahre alten *Haveli*, und komme mir vor, als sei ich nicht nur in einem ganz anderen Land, sondern rückwärts durch die Zeit gereist. »Ja, es ist unglaublich«, versichere ich ihr.

»Seit wann bist du wieder zu Hause?«

»Na ja, die Sache ist die …«, entgegne ich. »Ich bin es noch gar nicht … wieder zu Hause, meine ich.«

Durchs Telefon hört man eine dröhnende Hupe. »Hey! Pass auf, Mister! Ich habe Vorfahrt!«, schimpft Diana durch den Tumult. »Ich schwöre dir, eines Tages geraten dieser Crosstown Bus und ich noch aneinander. Jedes Mal, wenn ich das Büro verlasse … Moment mal. Was soll das heißen, du bist noch nicht wieder da? Wo bist du denn?«

»Ich bin noch in Indien«, rufe ich und halte mir das Telefon ein Stück vom Ohr weg, um nicht taub zu werden.

»Was machst du denn noch in Indien?«, kreischt sie schrill. »Ich habe dir gesagt, du sollst ein bisschen Urlaub machen, nicht gleich auswandern!« Sie unterbricht sich, und ich höre sie nach Luft schnappen. Kurz fürchte ich schon, sie sei mit dem Crosstown Bus zusammengestoßen, aber dann: »Ach herrje, du machst aber jetzt nicht einen auf *Eat Pray Love*, oder?«

All meinem Elend zum Trotz muss ich lächeln. Ich kann mir lebhaft vorstellen, wie sie schaudernd an der Ecke East 56th und Lexington steht. »Nein, keine Sorge«, versichere ich rasch. »Ist alles ein bisschen kompliziert.«

»Oh mein Gott! Das heißt, du hast jemanden kennengelernt!«

»*Was?* Nein!«, protestiere ich entschieden. Ich habe ihr noch überhaupt nicht von der Sache mit Amy erzählen können, oder was mir im Zug zugestoßen ist oder sonst was. Von Jack will ich gar nicht erst reden. Der ist nicht wichtig.

»Wirklich nicht? Da ist kein Mann im Spiel?«

So enttäuscht habe ich sie nicht mehr erlebt, seit sie die Auktion um einen erotischen Bestseller mit einer Vampirin und einem Zauberer in den Hauptrollen verloren hat. Angeblich waren die Sadomaso-Sexszenen mit einer riesengroßen Knoblauchknolle und einem Zauberstab äußerst lesenswert.

»Tja, na ja, doch, schon«, gebe ich widerwillig zu. »Aber darum geht es gar nicht.«

»Es geht immer um Männer«, erwidert sie trocken.

»Nein, es geht um meine kleine Schwester«, korrigiere ich energisch. »Ich war mit ihr in Goa, und sie hat da einen Yogalehrer kennengelernt, mit dem sie nach Rajasthan durchgebrannt ist, also bin ich hinterher. Mit dem Zug …« Und wie ich so in aller Kürze rekapituliere, was in den vergangenen Tagen alles passiert ist, geht mir auf, dass ich in dieser kurzen Zeit mehr erlebt habe als im ganzen Jahr davor. »Und dann ist mein ganzes Gepäck gestohlen worden, also meinte der Amerikaner, er könne mich mitnehmen, und darum sitze ich jetzt seit zwei Tagen mit ihm im Auto und gurke auf der Suche nach Amy quer durch Indien.«

»Und wie ist er so?« Ungläubig starre ich auf das Telefon in meiner Hand. Hat sie denn kein Wort von dem gehört, was ich gesagt habe? »Hör zu, ich will jetzt nicht über Jack reden …«

»Toller Name«, erklärt sie anerkennend.

»Findest du?«, frage ich und lasse mich einen Moment dazu hinreißen, ernsthaft darüber nachzudenken. Aber dann reiße ich mich sofort wieder am Riemen. »Ich will wirklich nicht über ihn reden …«

»Ach du lieber Himmel, das ist ja toll!«, quietscht sie und überhört meine flehentliche Bitte einfach. »Du hast dich verguckt!«

»Ich habe mich nicht *verguckt*«, korrigiere ich sie, um das ganz klarzustellen. »Ich finde ihn rattenscharf, das ist was anderes.«

»Ach, tatsächlich?«, fragt sie wenig überzeugt.

»Und wie«, versichere ich nachdrücklich.

»Wie das?«, will sie wissen. »Das musst du mir erklären. Ich bin Amerikanerin, wir machen da keine so feinen Unterschiede.«

»Ich finde ihn attraktiv, will aber keine Beziehung mit ihm«, erkläre ich schlicht und ergreifend. »Die Anziehung ist rein körperlicher Natur. Es geht nicht um seine liebenswerte Persönlichkeit; genau genommen finde ich seine Persönlichkeit meistens eher *abstoßend*. Und ich habe keinerlei Interesse daran, ihn näher kennenzulernen und Zeit mit ihm zu verbringen.«

»Sagtest du nicht gerade, dass du seit zwei Tagen mit ihm im Auto sitzt?«, kontert sie.

»Du weißt genau, was ich meine«, entgegne ich spitz. »Das hat nichts mit Romantik zu tun.«

»Also, ich weiß nicht. Sich mit einem gut aussehenden dunkelhaarigen Unbekannten quer durch Indien kutschieren zu lassen, klingt in meinen Ohren ziemlich romantisch«, bemerkt sie spitzbübisch.

»Das ist bloß Lust. Keine Liebe«, erkläre ich entschieden. »Wie schon gesagt, an so einen Quatsch glaube ich nicht mehr.«

»Tja, wenn das so ist, dann musst du eben für ein bisschen Lust in deinem Leben sorgen«, rät sie mir energisch.

»Aber das geht doch nicht!«, japse ich empört.

»Und warum nicht?«

»So eine bin ich nicht«, protestiere ich. Was allerdings etwas heuchlerisch ist, wenn man bedenkt, dass ich den ganzen Tag kaum an etwas anderes denken konnte als an Sex mit Jack. Trotzdem, Tagträume sind eine Sache, sie in die Tat umzusetzen eine andere.

»Wann warst du das letzte Mal mit einem Mann im Bett?«

Mir sträuben sich die Nackenhaare. Meine Agentin und mich verbindet zwar eine enge Freundschaft – genau genommen würde ich sagen, es ist eher eine private als eine geschäftliche Verbindung. Aber trotzdem, das ist mir dann doch ein bisschen *zu* persönlich. »Ist schon 'ne Weile her«, antworte ich ausweichend.

»Eine Weile!«, schnaubt sie abfällig. »Bestimmt ist da unten schon alles voller Spinnweben!«

Ich bin schockiert. Zwar habe ich Dianas Ehrlichkeit immer sehr zu schätzen gewusst, aber es ist doch ein schmaler Grad zwischen Ehrlichkeit und … *Spinnweben*? »Igitt«, quietsche ich angeekelt und vergrabe das Gesicht in der Decke.

»Mal ehrlich, was man nicht benutzt, das verrostet.«

Mir wird angst und bange. Vorsichtig komme ich aus meiner Decken-Deckung. »Man kann doch da nicht verrosten … *oder*?«

»Muskeln können atrophieren«, warnt sie mich düster.

Es wird still, während ich diese schockierende Information verarbeite. »Trotzdem, ich kann das nicht«, erkläre ich entschieden.

»Wir leben im einundzwanzigsten Jahrhundert, natürlich kannst du das!«, ruft sie. »Gegen belanglosen Gelegenheitssex ist überhaupt nichts einzuwenden. Sieh's doch mal so: Das ist, als gingest du ins Fitnessstudio. Bloß, dass du andere Muskeln trainierst.«

»Du verstehst das nicht. Er hat schon eine.«

»Eine was?«, fragt sie streng.

»Eine andere Frau. Eine Touristin, die wir unterwegs kennengelernt haben. Gerade sitzt er mit ihr unten in der Bar.«

»Na und?«, schnaubt sie abfällig. »Dann gehst du jetzt sofort da runter!«

»Sie ist Unterwäschemodel.« Am anderen Ende der Leitung ist es plötzlich totenstill. Ich höre nur noch die Autos im Hintergrund hupen, aber genauso gut könnte es Wüstengras sein, das durch eine Geisterstadt rollt. Zum ersten Mal, seit ich sie kenne, fehlen meiner unerschütterlichen Agentin die Worte.

»Unterwäschemodel?«, flüstert sie schließlich.

Anscheinend versetzt dieses kleine Wort jede Frau in Angst und Schrecken. Selbst meine furchteinflößende Agentin Diana.

»Für Übergrößen?«, hakt sie hoffnungsvoll nach.

»Leider nein«, antworte ich ohne Umschweife.

»Tja, dann musst du ihn halt mit deinem scharfsinnigen Verstand, deinem feinen Humor und deiner liebenswerten Persönlichkeit bezirzen«, redet sie mir gut zu. So schnell lässt sie sich nicht entmutigen.

»Danke, Diana«, brumme ich dankbar.

»Und wenn das nicht funktioniert, füllst du ihn ab und stürzt dich auf ihn, wenn er sich nicht mehr wehren kann.«

Unter meiner rajasthanischen Decke muss ich lächeln.

»So habe ich es mit meinem ersten Mann Eric auch gemacht. Drei Whiskey Sour und einen *sehr* trockenen Martini habe ich gebraucht …« Sie bricht ab und lacht kehlig. Diana hat die dreckigste Lache, die ich je gehört habe. »Kein Scherz; ich meine, was hast du schon zu verlieren?«

»Meine Würde?«

»Wird vollkommen überbewertet«, schießt sie zurück.

Wieder muss ich grinsen.

»Also, hör zu, Süße. Ich muss zu einem Meeting, aber denk dran, ich bin deine Agentin, und du solltest auf mich hören.«

Kurz bin ich versucht, ihr zu sagen, dass mich ihr guter Rat überhaupt erst in dieses ganze Schlamassel gebracht hat, aber da verabschiedet sie sich schon.

»Und nicht vergessen: Die ist vielleicht Unterwäschemodel, dafür dürfen wir Cupcakes essen!«, trompetet sie fröhlich und legt dann auf.

Nur leider gibt es in Rajasthan keine Cupcakes. Na ja, zumindest nicht, dass ich wüsste. Gäbe es hier welche, ich säße jetzt vermutlich auf meinem Zimmer und würde mich mit einem Dutzend *Red-Velvet*-Cremetörtchen trösten und alles andere vergessen. Es gibt nicht viel im Leben, was so wundervoll ist wie ein frisch gebackenes Biskuittörtchen mit üppiger Buttercreme. Nicht mal Sex.

Dieser Gedanke hängt mir einen Augenblick nach.

Ach, wem will ich was vormachen? Nicht mal Cupcakes können besser sein als Sex mit Jack!

Entschlossen springe ich unter der Decke hervor, schüttele meine Haare ein bisschen auf und putze mir rasch die Zähne. Diana hat Recht, sage ich mir streng. Ich kann mich doch nicht wegen irgendeines dahergelaufenen Unterwäschemodels in meinem Zimmer verkriechen. Dann hat sie halt cellulitefreie Oberschenkel und große Brüste! Na und? Von so was lasse ich mich doch nicht ins Bockshorn jagen! Ich schreibe schließlich Bücher! (Mein letzter Roman hat bei Amazon fünf Sterne bekommen, und nein, die Rezensentin war nicht meine Mum. *Zumindest nicht, dass ich wüsste.*) Ich kann tolle Witze erzählen! (Je mehr Wein ich getrunken habe, desto besser werden die Witze.) Und noch nie, niemals bin ich beim Scrabble geschlagen worden!

Wild entschlossen greife ich nach der Türklinke und werfe einen letzten prüfenden Blick in den Spiegel. Wenn ich mir das so anschaue, könnte es nicht schaden, mich ein bisschen aufreizender zu präsentieren. Ich meine, mit einer liebenswerten Persönlichkeit kommt man auf dieser Welt nicht allzu weit. Also mache ich den Reißverschluss an meinem Hoodie ein bisschen weiter auf, um wenigstens etwas Dekolleté zu zeigen, und versuche mittels verschränkter Arme noch etwas mehr Oberweite herbeizuzaubern. Dann trete ich einen Schritt zurück und begutachte das Ergebnis meiner Bemühungen. Ach du lieber Himmel, das sieht einfach lächerlich aus. Verglichen mit Cindy, die einen Ausschnitt hat wie der Grand Canyon, bin ich flach wie ein Brett. Außerdem ist mir eiskalt.

Also ziehe ich den Reißverschluss kurzerhand wieder hoch, knipse das Licht aus und gehe nach unten.

Jack sieht mich als Erster. »Hey, da bist du ja!«

»Ach, hallo«, begrüße ich ihn lächelnd und bemühe mich, ganz beiläufig und erstaunt zu wirken, so als käme ich rein zufällig hier vorbei und hätte die beiden gerade erst entdeckt. »Du auch hier.«

»Ich konnte einfach nicht widerstehen«, zirpt Cindy, die in der pelzbesetzten Jacke mit passenden Stiefeln aussieht, als sei sie beim Après-Ski in Aspen. Mit Lipgloss-Lächeln himmelt sie Jack an, und so, wie sie die Haare in den Nacken wirft, heißt das ganz eindeutig: *Finger weg, das ist meiner.*

Ganz kurz gerät mein felsenfester Entschluss ins Wanken, aber ich habe Dianas eindringliche Warnung bezüglich drohender Einrostung samt Spinnweben im Ohr und bleibe standhaft.

»Wir trinken gerade ein Bierchen, möchtest du auch eins?«, fragt Jack.

»Ja, gerne, das wäre prima.« Ich lächele ihn strahlend an und übersehe geflissentlich Cindys mörderische Blicke, als ich mich einfach dreist zwischen die beiden setze.

»Und, wo hast du denn gesteckt? Ich habe bei dir geklopft, aber du warst nicht da«, erkundigt Jack sich.

»Ich war mit Rocky in einem ganz authentischen indischen Lokal; er hat mir beigebracht, wie man indisch isst.«

»Du hast indisches Essen gegessen?«, japst Cindy entsetzt. *»Bist du noch zu retten?* Da weiß man doch, dass sie die Zutaten nicht mit aufbereitetem Wasser gewaschen haben, und eins kann ich dir gleich sagen, wenn du Eis in deinen Getränken hattest, bist du erledigt.« Und dann schüttelt sie sich demonstrativ, zieht eine große Flasche Desinfektionsmittel aus der Handtasche und spritzt sich eine großzügige Menge davon auf die Hände, als fürchtete sie, sich allein durch dieses Gespräch etwas Fieses einzufangen. »Ich habe mein Essen selbst mitgebracht. Ich meine, ehrlich, ohne Energieriegel und Proteinshakes wäre ich aufgeschmissen!«

»Was hast du denn gegessen?«, fragt Jack und wirkt dabei ziemlich beeindruckt.

»*Chana Masala* … *Malai Kofta* …«, zähle ich etwas unbeholfen auf.

»Wow!«, meint er grinsend.

Ich lächele bescheiden, bin aber insgeheim ein bisschen stolz auf mich. »Es hat alles ganz köstlich geschmeckt.«

»Habe ich dir das nicht gesagt? Am Anfang dauert es eine Weile, sich an dieses Land zu gewöhnen, aber dann …«

»Verliebt man sich Hals über Kopf«, vervollständige ich seinen Satz.

Einen Moment wird es still, unsere Blicke treffen sich, und ich könnte schwören … »Ich wollte Jack gerade ein paar Fotos von meiner Reise zeigen«, platzt Cindy in die Stille und zückt mit großer Geste ihre Kamera.

Tja, was immer da gerade zwischen uns war, jetzt ist es verflogen, denke ich und versuche, meine Enttäuschung hinunterzuschlucken, als wir uns beide zu ihr umdrehen.

»Oh Maaaann, das hier *müsst* ihr sehen«, schwärmt sie überschwänglich und hält uns die Kamera unter die Nase. »Das Hotel in Delhi war der Hammer – der Infinity-Pool auf der Dachterrasse war einfach *un-glaub-lich*.«

Auf dem Foto posiert Cindy im Stringtanga neben dem Pool.

»Ich meine, schaut euch nur mal diese Aussicht an!«

Sie zoomt näher heran, und plötzlich lacht uns eine eindrucksvolle Nahaufnahme ihrer Brüste an.

»Ups«, kichert sie albern und scrollt dann nach oben zum Horizont.

»Hübsch«, presse ich höflich heraus, ohne Jack anzusehen. Mein eben noch überbordendes Selbstvertrauen weist bereits deutliche Macken auf. Glauben Sie mir, es braucht schon *wesentlich* mehr als ein Wort aus sieben Buchstaben beim Scrabble, um *da* mitzuhalten.

»Und wie findet ihr das?«

Auch ohne unseren Beifall blättert sie munter die Fotos auf der Kamera durch. Da posiert Cindy mit einem Cocktail in der Hand. Cindy mit einem Äffchen. Cindy vor dem Taj Mahal … im Grund genommen alles Nahaufnahmen von Cindy. Indien dient dabei lediglich als stimmungsvolle Kulisse für ihre Selbstinszenierung.

»Ach, und warte mal, Jack, du *musst* mich auf dem Elefanten sehen«, ruft sie begeistert und beugt sich zu ihm rüber, um ihm einen besseren Blick auf das Display zu geben.

Und auf ihr beeindruckendes Dekolleté. Sie hat sich für den halb geöffneten Reißverschluss entschieden, allerdings mit deutlich größerem Erfolg als ich, wie ich nun feststellen muss. Zum Glück scheint Jack das noch nicht bemerkt zu haben.

»Wo wurde das denn aufgenommen?«, fragt er und schaut angestrengt auf das Bild. Cindy scheint nicht gerade erfreut, dass er sich nicht ganz auf sie konzentriert. »Ach, das war in so einem Burgdings in Jaipur«, erklärt sie abfällig.

»Du meinst Fort Amber«, hakt er nach. Er scheint sich auszukennen. »Das ist eins der schönsten Beispiele der Rajputen-Architektur.«

»Kann sein«, meint sie achselzuckend. »War ziemlich öde. Aber der Ritt auf den Elefanten dorthin hat Spaß gemacht. Na ja, wobei meine Eltern zusammen auf einem Elefanten saßen, weshalb ich mit einem anderen Mädel zusammen auf dem anderen reiten musste, was echt doof war …«

»Was ist denn daran so Besonderes?«, frage ich an Jack gewandt. Jetzt hat er mich neugierig gemacht.

»Na ja, besonders bekannt ist es für seinen Spiegelsaal. Er ist auf größtmögliche Lichtreflexion ausgelegt, sodass man ihn nur mithilfe zweier Kerzen ausleuchten kann, einer an jedem Ende.« Er reicht mir die Kamera, während Cindy unverdrossen weiterplappert.

»Sie hatte sich wegen irgendwas mit ihrem Freund gestritten und war völlig durch den Wind … Er hat das Foto gemacht – echt hübsches Kerlchen mit einem göttlichen Körper – aber ich habe ihr gesagt: ›Schätzchen, glaub mir, die Männer sind es einfach nicht wert.‹«

Die Kamera in der Hand schaue ich mir das Foto an. Und mir bleibt fast die Spucke weg.

»Ganz schön imposant, was?«, fragt Jack.

Im Hintergrund ist das Fort zu sehen, aber ich habe nur Augen für das Motiv im Vordergrund. Man sieht Cindy auf einem Elefanten, und neben ihr eine junge Frau …

Ich zoome näher heran, aber das wäre gar nicht nötig gewesen. Ich habe sie auf den ersten Blick erkannt.

Amy.

Dreiundzwanzigstes Kapitel

Kurz vorspulen zum Morgen danach. Es ist noch früh, aber ich sitze schon fix und fertig in der Lobby und warte darauf, dass Jack endlich herunterkommt. Ich bin ganz kribbelig und will unbedingt los. Die letzte Nacht habe ich kaum geschlafen, weil ich ständig an Amy denken musste. Nach der Funkstille der vergangenen Tage war ich richtig erleichtert, sie wohlbehalten auf dem Foto zu sehen. Damit hätten sich meine allerschlimmsten Befürchtungen erst mal erledigt: Sie liegt nicht tot im Straßengraben, sondern sitzt in T-Shirt und Sarong auf einem Elefanten, braun gebrannt und augenscheinlich putzmunter.

Und stinksauer.

Weswegen meine Fantasie gleich wieder mit mir durchgeht. Hätte sie bloß auf mich gehört! Ich habe ihr doch gesagt, dass das kein gutes Ende nimmt. Worüber sie sich wohl gestritten haben? Was muss da passiert sein? Ob es ihr gut geht? Abertausende Fragen schießen mir durch den Kopf. Ich mag mir gar nicht ausmalen, wie es Amy wohl gerade geht. Sie kann manchmal wirklich stur wie ein Esel sein, dickköpfig und absolut und vollkommen egoistisch, aber sie ist meine kleine Schwester, und ich mache mir Sorgen um sie. Sollte ihr was Schlimmes zustoßen, ich würde mir das nie verzeihen.

Und darum bin ich auch jetzt, nachdem ich das Foto gesehen habe, entschlossener denn je, sie ausfindig zu machen. Das Bild wurde in Jaipur aufgenommen, das ist nicht weit von hier, und angeblich soll Amy erwähnt haben, anschließend an einen Ort namens Pushkar weiterreisen zu wollen. Zumindest sagte Cindy das. Cindy musste man jede Einzelheit aus der Nase ziehen. Es kam mir vor, als wollte man einen Goldfisch dazu bringen, sich zu erinnern, was am Tag zuvor passiert ist. Wobei man von einem Goldfisch vermutlich brauchbarere Informationen erhalten hätte.

Allerdings war Cindy sich einhundertprozentig sicher, dass Amy noch nicht verheiratet war. »Einen Ehering sehe ich auf eine Meile, und sie hatte keinen am Finger«, erklärte sie kategorisch. »Glaub mir, meine Liebe, er hat ihr noch keinen Ring angesteckt.«

»Du bist ja schon da.« Ich höre eine Stimme und sehe, wie Jack durch das große Tor hereinkommt. »Ich wollte dich gerade wecken.«

»Ach, ich dachte, du bist noch auf deinem Zimmer«, rufe ich und mustere ihn erstaunt. Nachdem ich gestern Abend dieses Foto gesehen hatte, konnte ich an nichts anderes mehr denken. Also habe ich den beiden kurz darauf eine gute Nacht gewünscht und bin nach oben gegangen. »Ich dachte, ihr hättet noch länger zusammengesessen und du wärst noch im Tiefschlaf.«

»Nein, ich war gerade draußen und habe mit Rocky geredet«, erwidert er, und sein Atem formt kleine weiße Dampfwölkchen in der kalten Morgenluft.

»Aha … na ja, ich wollte dich eigentlich um einen Gefallen bitten«, sage ich so geschäftsmäßig, wie ich nur kann.

Jack zieht fragend die Augenbrauen hoch.

»Gut möglich, dass meine Schwester in Pushkar ist. Sicher bin ich mir nicht; war ja gar nicht so einfach, irgendwas aus Cindy herauszubekommen.« Rasch unterbreche ich mich. Jack mag Cindy, schließlich hat er sie gestern Abend zu einem Drink eingeladen, schon vergessen? »Wie dem auch sei, ich denke, es könnte einen Versuch wert sein. Also wollte ich dich fragen … Ich weiß, dass du eigentlich nach Udaipur willst, und es war schon sehr nett von dir, mich überhaupt so weit mitzunehmen«, höre ich mich zusammenhanglos weiterplappern, »… und ich will dir auch keine Umstände machen.« *Komm zur Sache, Ruby, komm endlich zur Sache.* »… aber, na ja, meinst du, das ginge?«

»Das liegt auf dem Weg«, erklärt er ruhig.

Ich höre auf zu quasseln und schaue ihn verblüfft an. »Ach, echt?«

»Na ja, ich habe gerade keine Landkarte da, aber ich bin mir ziemlich sicher«, versichert er nickend.

»Ach … toll«, strahle ich ihn an. »Das ist super. Ich weiß das sehr zu schätzen. Du würdest mir das Leben retten.«

»Was denn, schon wieder?«, fragt er, und in seinen Augen blitzt es amüsiert.

Ich muss an die Geschichte im Zug denken, und trotz der Kälte fangen meine Wangen an zu glühen. Das wird er mich sicher nie vergessen lassen. »Also dann, wollen wir los?«, frage ich und springe entschlossen auf.

»Na ja, darum habe ich dich eigentlich gerade gesucht«, sagt er und macht plötzlich ein ganz ernstes Gesicht. »Es gibt da ein kleines Problem.«

»Ein Problem?« Mein Magen krampft sich ängstlich zusammen. Irgendwie scheint mein Körper ständig in Alarmbereitschaft zu sein, und er rechnet schon mit der nächsten Katastrophe. »Was denn für ein Problem?«

»Irgendwas stimmt mit dem Wagen nicht. Rocky meint, es dauert sicher noch ein, zwei Stunden, bis wir losfahren können.«

»Ach. Okay.« Als ich das höre, ist die Enttäuschung groß. Ich kann es eigentlich kaum erwarten, endlich loszufahren. Aber wenigstens ist es nichts Schlimmes.

»Also dachte ich, wir könnten die Zeit nutzen und uns ein bisschen umschauen und das Fort hier in Agra besuchen, weil wir dazu in Jaipur leider keine Zeit haben werden«, fügt er erklärend hinzu. »Es öffnet wohl schon bei Sonnenaufgang, wenn du also Lust hast mitzukommen …«

Nach den Ereignissen von gestern Abend sind meine Gefühle für Jack in den Hintergrund gerückt, aber jetzt drängeln sie sich schubsend und rempelnd wieder nach vorne. »Klingt spannend«, entgegne ich betont beiläufig, und meine Enttäuschung darüber, nicht gleich abreisen zu können, weicht einem Funken freudiger Erregung.

»Okay, prima«, strahlt Jack. »Ich habe Cindy gesagt, dass wir uns in fünf Minuten treffen …«

»Cindy?!«

Im selben Moment höre ich eine Tür zuschlagen, und als mein Blick nach oben geht, sehe ich sie gerade aus Jacks Zimmer kommen. Es fühlt sich an, als hätte mir jemand in den Magen getreten. Sie müssen die vergangene Nacht zusammen verbracht haben.

Na ja, was dachtest du denn? *Natürlich* haben die beiden die Nacht zusammen verbracht, Ruby. Hast du allen Ernstes etwas anderes erwartet? Meinst du wirklich, du hättest auch nur den Hauch einer Chance gehabt?

Stumm sehe ich mit an, wie Cindy die Treppe herunter- und auf uns zuschwebt wie ein Victoria's-Secret-Engel, und muss schwer schlucken. Ich versuche, dieses fiese Gefühl des Abgewiesenwerdens wegzuschieben. Auf keinen Fall darf ich Jack zeigen, wie verletzt und aufgewühlt ich bin. Ich darf mir nichts anmerken lassen und muss so tun, als ließe mich das völlig kalt. »Hallo, Hübscher!«, posaunt Cindy strahlend und drückt Jack einen dicken Kuss auf die Wange. »Ach, hallo, Ruby«, setzt sie hinterher, als sie mich sieht. »Gut siehst du aus.«

»Öhm, danke«, stammele ich, etwas verdattert von diesem unerwarteten Kompliment.

»Es geht doch nichts über ein Lieblingsoutfit«, bemerkt sie mit zuckersüßem Lächeln.

Ich winde mich innerlich, lasse mir aber nichts anmerken.

»Also, sind wir so weit? Ich bin ja so aufgeregt!«, kreischt sie. »Das wird so toll!«

»Wobei, wenn ich es mir recht überlege, fällt mir gerade ein, dass ich noch was zu erledigen habe«, schwindele ich rasch. »Verflixt! Ich Dummchen, ich habe wirklich ein Gedächtnis wie ein Sieb.« Und damit schlage ich mir theatralisch vor die Stirn. Doch Jack scheint mir das nicht abzukaufen.

»Was hast du denn so Wichtiges zu tun?«, fragt er mit gerunzelter Stirn.

»Ähm … nur ein paar Kleinigkeiten zu erledigen«, entgegne ich unbestimmt. Ich muss unbedingt ein paar Klamotten besorgen, aber das werde ich ganz sicher nicht vor Cindy zugeben und ihr das Vergnügen bereiten, dass sie merkt, wie peinlich mir dieser abgerissene Aufzug ist. »Geht ihr beide einfach allein.«

»Prima«, zirpt Cindy. Die brauche ich nicht erst zu überreden. Hocherfreut hakt sie sich mit einem langen, schlanken Arm bei Jack unter.

Der verzieht das Gesicht. »Aber wenn du nur ein paar Kleinigkeiten erledigen musst, dann dauert das doch sicher nicht lange«, argumentiert er. »Wir können auch auf dich warten, stimmt's, Cindy?«

Cindy zieht ein lipglossiges Schmollmündchen. »Na ja, wenn's sein muss«, brummt sie unwillig. »Aber nachher ist es da sicher völlig überlaufen – je früher wir hingehen, desto besser. Später kommt der große Besucheransturm.«

Ich beiße mir auf die Zunge. Ist das nicht dieselbe Frau, die das berühmte Fort Amber als »langweiliges Burgdings« bezeichnet hat?

»Geht ihr ruhig.« Ich zwinge mich zu einem strahlenden Lächeln. »Ich kann ja später nachkommen«, füge ich hinzu, auch wenn ich nicht im Traum daran denke.

»Also gut, wenn du dir ganz sicher bist«, meint Jack nach kurzem Zögern halbherzig.

»Absolut sicher«, entgegne ich nickend mit Blick auf Cindy, die Jack eingeklemmt hat, wie es Frauen sonst gerne mit Designer-Handtaschen tun; als hätte sie Angst, jemand könnte ihn ihr stehlen.

»Bye, viel Spaß«, trällert sie mit gurrender Singsangstimme.

»Euch auch«, gebe ich zurück und winke ihnen fröhlich lächelnd nach. Kaum sind sie außer Sichtweite, falle ich wie ein Soufflé in mich zusammen. Selbst schuld, was bin ich auch so dumm und naiv? Ich hätte nicht auf Diana hören dürfen; die wollte mir nur die Stange halten. Und außerdem, was ist schon dabei, wenn er mit Cindy im Bett war? Wie gesagt, ich *mag* ihn ja nicht mal. Das ist bloß verletzter Stolz, sage ich mir sehr bestimmt. Keine verletzten Gefühle.

Aber aus unerfindlichen Gründen geht es mir damit auch nicht besser.

Einen Moment bleibe ich einfach reglos stehen und komme mir vor wie ein Ballon, aus dem man die Luft herausgelassen hat. Dann schaue ich auf die Uhr. Es ist noch früh, so bald kommen die beiden sicher nicht zurück. Was mache ich denn jetzt?

Genau das, was ich vorhatte, beschließe ich: Klamotten kaufen.

Und nicht nur, weil ich dringend welche brauche. Sondern auch, weil es ganz egal ist, wo auf der Welt man gerade ist und wie fremd man dort auch sein mag; manches ändert sich einfach nie. Wenn man eine kleine Aufmunterung braucht, dann gibt es nur eins.

Shoppen.

Ich habe mir sagen lassen, dass es hier einen sehr bekannten Basar gibt, also ziehe ich mit einem Stadtplan von der Hotelrezeption bewaffnet los und mache mich auf die Suche. Trotz der frühen Stunde ist ganz Agra schon auf den Beinen, und die Stadt brummt geschäftig wie ein Bienenstock. Wer mal behauptet hat, New York sei die Stadt, die niemals schläft, ist offensichtlich noch nie in Indien gewesen, denke ich bei mir, als ich durch die schmalen, staubigen Straßen schlendere, auf denen es vor Fußgängern und Rikschas nur so wimmelt.

Komisch, wie schnell ich mich an den Lärm und das Chaos in Indien gewöhnt habe. Genau wie der Schmutz unter meinen Fingernägeln fällt es mir gar nicht mehr auf. Inzwischen kann ich mir kaum noch vorstellen, wie sehr mich das anfangs schockiert und überfordert hat. Als sähe ich alles durch andere Augen, mit denen ich durch Staub und Abgase, Chaos und Armut hindurch die wahre Schönheit und den Zauber Indiens erkennen kann.

Ich bleibe einen Moment stehen und beobachte ein paar Jungs, die am Straßenrand eine improvisierte Runde Kricket spielen. Mit Stöcken als Stäbe und einem Stück Holz als Schläger schlagen und werfen sie mit hochkonzentrierten Gesichtern, und ihre triumphierenden und enttäuschten Schreie füllen die Luft, als eine Mannschaft die andere schlägt.

Einer der Jungs sieht mich und winkt mir zu, ein strahlendes Lächeln im Gesicht. Ich winke zurück und wünschte, ich hätte die Kamera dabei, um ein Foto zu machen, und weiß doch im selben Moment, dass ich die Kamera gar nicht brauche, denn dieses Gesicht und dieses Lächeln werde ich so schnell nicht vergessen.

Ich kehre dem lebhaften Kricketspiel den Rücken und gehe weiter, und es dauert nicht lange, da tut sich vor mir ein Labyrinth verwinkelter kleiner Gassen auf, in denen sich überquellende Marktstände drängen, die sich zu einem einzigen großen Basar vereinen. Vergessen Sie den weltberühmten Markt in der Portobello Road in London. Dieser Basar stellt alles in den Schatten; hier gibt es einfach alles, was das Herz begehrt, von exotischen Gewürzen über Paschminas bis hin zu Elektroartikeln und kunstvollen Schnitzereien.

Ich biege um eine Ecke und lasse den Gewürzmarkt hinter mir, nur um gleich darauf mitten in den Kleidermarkt zu stolpern. Lange Reihen mit Marktständen und Klamotten, so weit das Auge reicht. Eine Welle der Erleichterung durchströmt mich. Jahrelang habe ich gejammert: »Ich habe nichts zum Anziehen.« Aber jetzt stimmt es, ich habe *wirklich* nichts zum Anziehen. Die letzten beiden Abende musste ich meine Unterwäsche von Hand waschen.

Freudig stürze ich mich auf den ersten Stand. Okay, ich brauche Socken, Unterwäsche, ein paar Sachen zum Wechseln und, oh, schau mal, die Jacke da …

Begierig greife ich danach, nehme sie vom Kleiderbügel und schlüpfe hinein. Wow, wie kuschelig warm und weich! »Willkommen.« Aus dem hinteren Bereich seines kleinen Ladengeschäfts erscheint der Inhaber. Ein großer, kräftiger Mann mit einem noch kräftigeren Vollbart. »Kann ich Ihnen behilflich sein?«

»Hallo, ja«, sage ich und lächele übers ganze Gesicht. »Was soll denn die Jacke kosten?«

Er nimmt einen Taschenrechner, tippt ein paar Zahlen ein und hält mir den Rechner hin. Mein Blick geht zur Anzeige. Okay, das sind dann … schnell überschlage ich die Summe im Kopf … *»Wie viel?«*

»Das ist eine sehr schöne Jacke«, erklärt der Verkäufer ernst.

»Ähm … ja, ich weiß«, murmele ich hastig und nicke, um ihn nicht zu kränken. »Trotzdem, es kommt mir doch etwas viel vor …« Ich verstumme.

Aber natürlich! Ich Dummchen, das hätte ich beinahe vergessen. Ich muss selbstverständlich handeln!

Handeln, habe ich mir sagen lassen, ist in Indien eine eigene Philosophie, aber bisher habe ich nicht gewagt, es selbst auszuprobieren. Ob mir die Fähigkeit dazu fehlt oder das Selbstbewusstsein, ich weiß es nicht; in Goa habe ich immer brav bezahlt, was die Verkäufer verlangten. Aber dann habe ich mir gesagt: Wenn ich indisch essen kann, dann kann ich auch versuchen zu feilschen. Also habe ich mich schlau gemacht und ein wenig darüber gelesen, ehe ich hergekommen bin. Meinem Reiseführer zufolge brauche ich mich nur an ein paar einfache Regeln zu halten.

Regel Nummer eins: Niemals zu deutliches Interesse zeigen.

Aus den Augenwinkeln sehe ich mich mit der Jacke im Spiegel des Marktstandes. Oje, das ist wohl kein besonders guter Anfang. Zeige ich zu deutliches Interesse, wenn ich die Jacke schon anhabe?

Regel Nummer zwei: Nie das erste Teil kaufen, das man sieht. Oft findet man ein paar Meter weiter den gleichen oder einen ähnlichen Gegenstand. Man sollte sich lieber vor dem Kauf umschauen und die Preise vergleichen.

Also gut, das dürfte selbst ich hinkriegen.

»Danke, aber ich glaube, ich überlege es mir noch mal«, sage ich höflich und hänge die Jacke wieder auf.

»Gefällt sie Ihnen nicht?«, fragt er stirnrunzelnd.

Oh nein, jetzt habe ich ihn beleidigt. »Doch«, versichere ich hastig, um mich gleich wieder zu korrigieren, »ich meine, *vielleicht.*« Das ist gar nicht so einfach, wie es klingt. »Aber ich möchte mich erst noch ein bisschen umsehen«, füge ich hinzu, bemüht, ganz entspannt zu klingen.

Und dann bedenke ich ihn mit einem, wie ich hoffe, selbstsicheren Lächeln und schlendere gemächlich zum nächsten Stand, wo ich allerdings gleich auf den ersten Blick sehe, dass es keine Jacken in der Art gibt. Die Jacke war wirklich hübsch.

»Wie viel wollen Sie bezahlen?«, ruft der Verkäufer mir hinterher und folgt mir mit der Jacke, die er mir dann schwungvoll vor die Nase hält. »Nennen Sie mir einen guten Preis.«

Regel Nummer drei: Beginnen Sie mit der Hälfte des zuvor verlangten Preises. Den wird der Verkäufer natürlich nicht akzeptieren, aber es ist ein guter Ausgangspunkt.

Ich weise auf den Taschenrechner, und er reicht ihn mir. Ich zögere. Ehrlich gesagt weiß ich nicht, ob ich die Chuzpe habe. Ich schaue den Verkäufer an. Der streicht sich über den Bart und erwidert ungerührt meinen Blick. Nervös starre ich zurück. Es ist wie ein mexikanisches Pistolenduell, aber mit einem indischen Marktverkäufer in der Hauptrolle. Ich nehme all meinen Mut zusammen, tippe eine Zahl ein und gebe ihm den Taschenrechner zurück.

Ungläubiges Schnauben bricht wie eine Explosion aus ihm heraus. »Nein, unmöglich«, donnert er empört und schlägt die Hände über dem Kopf zusammen.

Vor Schreck springe ich fast aus der Haut. Herrje, das war eine bescheuerte Idee, ich kann das nicht. Ich bin einfach ein Feigling.

Und außerdem will ich unbedingt diese Jacke haben.

Regel Nummer vier: Seien Sie bereit, sich einfach umzudrehen und zu gehen. Die meisten Verkäufer gehen mit dem Preis noch einmal herunter, wenn sie befürchten, dass ihnen ein Geschäft entgeht.

»Auf Wiedersehen, Mohamed«, rufe ich lächelnd und winke dem Verkäufer noch einmal zu.

»Auf Wiedersehen, Ruby«, erwidert er freudestrahlend und steckt sich ein dickes Bündel Rupien in die Tasche. Eine Viertelstunde und zwei Tassen Chai später weiß ich alles über Mohameds Familie, habe seine entzückende Frau kennengelernt und Fotos von all seinen Kindern gesehen, zehn an der Zahl, wie die Orgelpfeifen. Und wir haben uns auf einen Preis für die Jacke verständigt. Okay, es war nicht mal annähernd der halbe Preis und ich hätte sie ganz sicher irgendwo billiger bekommen können, aber wissen Sie was? Es ist mir schnuppe. Ich kann nicht feilschen; im Handeln bin ich eine Null.

Aber als mir schließlich aufging, dass ich mir von den paar Rupien, um die ich da feilschte, zu Hause gerade mal einen Cappuccino bei Starbucks kaufen könnte, erschien mir das ganze Hin und Her ziemlich lächerlich.

»Gut sehen Sie aus«, versichert Mohamed anerkennend. »Das ist eine wunderbare Jacke, die wird Sie schön warm halten.«

»Danke. Ich finde sie auch ganz bezaubernd«, sage ich mit fröhlichem Lächeln. »Und danke für den Tee.«

»Es war mir eine doppelte Freude«, erklärt Mohamed und verzwirbelt die Enden seines imposanten Schnurrbarts. »Kommen Sie bald wieder und trinken Sie Tee mit uns.«

Zufrieden lächelnd verabschiede ich mich von meinem neuen Freund und laufe weiter durch das Labyrinth der Marktstände. Auf dem weitläufigen Basar findet man alles, was man braucht, und noch einiges mehr, seien es neue Kleider oder ein Schuster. Ein zierlicher Mann mit einer Nähmaschine nimmt sich meiner Sandalen an und näht flugs und behände die Riemchen etwas enger, damit sie mir nicht ständig von den Füßen rutschen. Bald bin ich so beladen mit lebensnotwendigen Utensilien wie Unterwäsche und Toilettenartikeln, einer Jeans und Turnschuhen – wobei die weder Designerlabel noch Preisschild haben, und das einzige passende T-Shirt, das ich finden konnte, hat vorne drauf ein Bild vom Taj Mahal.

Ich finde sogar einen Stand, an dem Kosmetika verkauft werden. Dutzende Inderinnen scharen sich darum, genau wie die Frauen in England sich in den Kosmetikabteilungen der großen Kaufhäuser drängen. Dort erstehe ich einen Lippenstift und einen Kohlkajal für die Augen.

Bestimmt hätte ich noch wesentlich mehr eingekauft, hätte mich nicht ein betörender Duft abgelenkt. Neugierig folge ich meiner Nase und sehe einen alten Mann mit Dutzenden kleinen Glasfläschchen. Darin wohlriechende Parfumöle. Moschus. Sandelholz. Ambra. Geduldig tupft er mir einen um den anderen Duft aufs Handgelenk; einer himmlischer als der andere.

Als ich schließlich wieder gehe, habe ich mehrere der kleinen Fläschchen erworben, und mit meinen Einkäufen unterm Arm habe ich schon deutlich bessere Laune als vorhin. Mein Blick geht auf die Uhr. Ich sollte wohl besser zurückgehen, überlege ich und drehe mich um, aber der Weg wird mir von zwei Händen versperrt.

»*Mehndi*«, sagt eine Frau nachdrücklich und streckt mir die offenen Hände entgegen.

»Wie bitte?«, frage ich. Ich verstehe nicht, was sie will.

»Henna«, sagt sie und weist auf ihre Hände.

Mein Blick geht nach unten, und erst da sehe ich ihre aufwendig mit verschlungenen Linien bemalten Hände. Verschnörkelte Ranken und feine Muster aus Punkten und Blumen ergänzen sich zu einem märchenhaften Spitzendekor, das Hände und Finger überzieht. »Henna«, wiederholt sie und greift nach mir. Sie hat ein kleines Fläschchen in den Händen.

»Oh, nein danke«, sage ich und schüttele lächelnd den Kopf. »Ich habe keine Zeit.«

»Sehr hübsch«, versucht sie mich zu überreden und hält meine Hände in ihren.

So am Weggehen gehindert schaue ich mir ihre Hände etwas genauer an. Sie sehen *hinreißend* aus. »Okay«, nicke ich zustimmend, ehe ich es mir anders überlegen kann, und sie winkt mir, mich zu setzen. Plötzlich habe ich ein wohliges, vorfreudiges und etwas aufgeregtes Kribbeln im Bauch. Eine Bikinifigur werde ich in diesem Leben nicht mehr bekommen, aber dafür habe ich dann wenigstens schöne Hände.

Ungefähr eine Stunde später bin ich wieder am *Haveli*, wo Jack schon am Wagen wartet. Rocky ist halb unter der Motorhaube verschwunden.

»Gerade rechtzeitig«, begrüßt er mich lächelnd. »Ich bin eben vom Fort zurückgekommen.«

»Wie war's denn?«, frage ich ganz beiläufig. Nachdem ich den ersten Schreck überwunden habe, kann diese ganze Cindy-Geschichte mir überhaupt nichts mehr anhaben.

»Sehr beeindruckend«, antwortet er nickend. »Eines der schönsten Mogulnforts in ganz Indien. Schade, dass du keine Zeit hattest mitzukommen.«

Ich versuche, ein bisschen Bedauern zu heucheln. »Ich weiß, wirklich schade, aber ich musste noch ein paar Besorgungen machen.«

»Ein paar?«, fragt er und mustert mit hochgezogenen Augenbrauen die vollgestopften Tüten, die ich in der Armbeuge trage.

»Ach die?«, sage ich überrascht, als wüsste ich gar nicht, wie die Sachen da hingekommen sind. »Das sind nur ein paar Kleinigkeiten – was man eben so braucht.« Warum glauben Frauen eigentlich immer, ihre Shopping-Ausbeute kleinschwindeln zu müssen?

»Was ist denn mit deinen Händen passiert?«, fragt er stirnrunzelnd.

»Henna«, erkläre ich und präsentiere stolz meine bemalten Finger. Das verschnörkelte Muster ist noch unter Hennapaste verborgen. »Ich muss warten, bis es trocken ist. Das dauert wohl ein paar Stunden, und wenn man es dann abwäscht, kommt drunter diese traumhafte Bemalung zum Vorschein.«

Rums.

Unvermittelt knallt die Motorhaube zu. Wir drehen uns auf dem Absatz um, und da steht Rocky. »Okay, Chef«, erklärt er nickend und wischt sich die Hände an einem ölverschmierten Lappen ab. »Fahren wir.«

»Wir fahren jetzt gleich?«, frage ich verdutzt und bin mit einem Mal ganz kribbelig vor Vorfreude und Aufregung. Das Wiedersehen mit Amy rückt plötzlich in greifbare Nähe.

»Ja, jetzt geht's los«, entgegnet Rocky lächelnd.

»Super«, ruft Jack, und dann an mich gewandt: »Hast du alles?«

Ich zögere kurz. Verflixt. Eigentlich wollte ich mich umziehen, ehe wir weiterfahren, aber meine Hände sind noch nicht trocken. »Ähm, ja, danke«, antworte ich lächelnd, als er mir hilft, meine Einkäufe im Kofferraum zu verstauen. Einen Vorteil hat es, wenn einem alles geklaut wird: Man spart sich das Packen.

»Cool«, sagt er nickend, knallt den Kofferraumdeckel zu und rutscht auf den Rücksitz. Rasch schlüpfe ich auf den Platz neben ihm. »Und, ähm, ist Cindy schon weg?«, erkundige ich mich nonchalant.

Es macht mir nichts aus, aber neugierig bin ich trotzdem.

»Ja, sie musste weiter mit ihrer Tour«, entgegnet er genauso beiläufig.

Und dann startet Rocky den Motor, und jeder schaut auf seiner Seite zum Fenster hinaus.

»Wieso fragst du?«, will Jack wissen und wirft mir einen Seitenblick zu.

»Ach, ähm … nur so«, erwidere ich mit Unschuldsmiene.

Worauf er mich durchdringend anschaut und dann mit den Schultern zuckt. »Also gut«, meint er und wendet den Blick wieder ab.

Und dann steckt er sich die Stöpsel seines Kopfhörers in die Ohren, um ein bisschen Musik zu hören, und ich schaue versonnen aus dem Fenster. Das Auto rumpelt hinaus auf die Landstraße, und als wir die Stadt langsam hinter uns lassen, wird mir plötzlich ganz leicht ums Herz. Wir schauen nach vorne und lassen das Alte hinter uns.

Endlich habe ich das Gefühl, dass es weitergeht.

Vierundzwanzigstes Kapitel

Das Nächste, was ich mitbekomme, ist das Geräusch einer zuschlagenden Tür, das mich aus meinem Schlaf reißt. »Ähm … was … wo sind wir?«, murmele ich zerstreut und linse aus dem Fenster. Stadtmauern in grellrosa Flamingo-Anstrich verschwimmen vor meinen Augen, und ich versuche, den Kopf zu heben. Autsch. Ich habe einen ganz steifen Hals, weil ich so schief gelegen habe.

»Jaipur, die Hauptstadt von Rajasthan«, erklärt Rocky. Schlaftrunken reibe ich mir die Augen und merke, dass der Wagen am Straßenrand angehalten und Rocky auf dem Fahrersitz eine aufgeschlagene Zeitung über das Steuer drapiert hat. Langsam drehe ich den Kopf zur Seite. Der Platz neben mir ist leer.

»Wo ist denn Jack?«, frage ich und gähne herzhaft.

»Er musste mal aufs stille Örtchen«, antwortet Rocky, ganz in seine Zeitungslektüre vertieft.

Kaum hat er das gesagt, meldet sich auch meine Blase. Ich muss dringend aufs Klo. Doch ich zögere, denn plötzlich kommt mir ein Gedanke: Verflixt, wir haben nur eine Klorolle, und die hat Jack sicher mitgenommen. Und dann: Dass Diana auch nur für einen kurzen Moment annehmen konnte, diese Autoreise sei *das kleinste bisschen* romantisch, ist einfach absurd. Gefolgt von: Ach, nein, schau an, da ist sie ja!

Unsere gemeinsame Toilettenpapierrolle klemmt in der Ritze zwischen den Rücksitzen. Triumphierend ziehe ich sie hervor. Wunderbar. Mir fällt ein Stein vom Herzen. Aber seltsam, dass er sie nicht mitgenommen hat. Wie kann das sein? Wobei, diesen Gedanken verwerfe ich lieber gleich wieder; ich möchte es eigentlich gar nicht so genau wissen.

»Ich gehe mal schnell für kleine Mädchen«, rufe ich Rocky zu, als ich ein Stück die Straße hinunter eine Tankstelle entdecke. Das Zwacken in der Blase wird immer dringlicher. Wie kommt das bloß? Eben musste ich noch gar nicht, und jetzt ist es kaum noch auszuhalten. Ich kneife die Beine zusammen und taste nach dem Türgriff.

»Soll ich mitkommen?«, fragt Rocky besorgt und schaut von der Zeitung auf. Aber da bin ich längst ausgestiegen.

»Nein, danke«, rufe ich rasch. »Bin gleich wieder da.«

Auf der anderen Straßenseite angekommen ist das dringende Bedürfnis kaum noch auszuhalten. Zum Glück hat die Tankstelle eine Toilette. Und sie ist frei. Hastig stürze ich hinein. Die Kabine ist winzig und das Licht kaputt. Aber immerhin ist es eine richtige Toilette, und es gibt sogar Klopapier. Ich bin schrecklich erleichtert … und staune, wie ich im Laufe von nur einer Woche gelernt habe, Dinge wertzuschätzen, die ich bisher als selbstverständlich erachtet habe. Und da frage ich mich doch … wenn ich eine Kleinigkeit wie Toilettenpapier schon als Luxus empfinde, was nehme ich sonst noch alles als gegeben hin?

Ein paar Minuten später bin ich schon wieder auf dem Weg nach draußen. Nach den kleineren Orten, die wir bisher auf unserer Fahrt passiert haben, kommt Jaipur mir vor wie eine Großstadt. Schnell und hektisch präsentiert sie sich als Schmelztiegel aus alt und neu. Neonleuchtreklame hängt an uralten Häuserfassaden. Frauen mit Kopftuch im traditionellen Sari mischen sich unter Mädchen mit Röhrenjeans und Designer-Sonnenbrille. Alte Männer auf Fahrrad-Rikschas teilen sich die Straße mit auf Hochglanz polierten teuren SUVs, gesteuert von Typen, denen das Smartphone förmlich am Ohr klebt.

Auf dem Rückweg zum Auto besorge ich noch rasch ein

paar Sachen für die Weiterreise. Der Laden ist winzig, eigentlich kaum mehr als eine Abstellkammer, verkündet aber stolz auf dem Schild vor der Tür: »Kleiner Laden, große Auswahl«. Und es stimmt. Bis auf den letzten Quadratzentimeter ist der kleine Raum vollgestopft mit unzähligen verschiedenen Artikeln. Ich gehe so weit zu behaupten: Ganz gleich was man auch sucht, man würde es hier finden.

Weshalb es eigentlich schade ist, dass ich nur eine Flasche Wasser und eine Packung Kekse brauche.

»Ist das alles?«, fragt der Verkäufer etwas enttäuscht. »Wir haben große Auswahl.«

Entschuldigend lächele ich ihn an und erstehe zum Trost noch ein paar weitere Kekspackungen. Dann wende ich mich zum Gehen und will die Straße überqueren, um zum Auto zurückzulaufen.

Und da sehe ich ihn. Er steht ein gutes Stück weiter die Straße hinunter, und im ersten Augenblick bin ich mir nicht sicher, ob es wirklich Jack ist. Aber nein, er ist es ganz bestimmt. Er steht vor einem Laden und gibt einem gut gekleideten Herrn die Hand. Neugierig bleibe ich stehen und beobachte ihn. Was macht er denn da? Ich dachte, er wollte nur mal schnell für kleine Jungs? Angestrengt versuche ich, das Schild über der Ladentür zu entziffern, aber die Sonne blendet mich, und da ich weder meine Sonnenbrille trage noch eine freie Hand habe, um meine Augen abzuschirmen, ist das gar nicht so leicht. Blinzelnd linse ich ins grelle Licht:

JAIPUR JUWELIERE

Was will er denn bei einem Juwelier? Bei der Frage spult mein Hirn wieder zurück zu dem Telefonat von gestern Abend und spielt mir eine Stelle noch mal vor. Er hat irgendwas davon gesagt, einen Termin in Jaipur nicht einhalten zu können. Er hat über einen neuen Termin gesprochen, und dann hat er mich erwähnt … Abrupt zieht mein Hirn die Notbremse.

Ruby.

Wie peinlich.

Na klar. Jaipur ist bekannt für seine kostbaren Edelsteine. Jack sagte nicht Ruby; er hat nicht von mir gesprochen. Er meinte einen *Rubin.*

Und als mir das aufgeht, kommt mir plötzlich der Gedanke, wie erschreckend wenig ich doch eigentlich über ihn weiß. Okay, er hat zwar erzählt, er sei Architekt, aber das war's auch schon. Als ich ihn fragte, was er in Indien macht, hat er nur ganz vage etwas von einem Versprechen gesagt. Dann sehe ich, wie er dem Anzugträger die Hand gibt. Langsam werde ich neugierig.

Denn jetzt, wo ich so darüber nachdenke, gibt es eine Menge Ungereimtheiten. Warum reist er allein durch Indien? Irgendwie habe ich den Verdacht, dass er nicht auf Vergnügungsreise ist, und mit der teuren goldenen Armbanduhr und dem Kaschmirpulli ist er auch nicht unbedingt der typische Rucksacktourist. Und was hatte er eigentlich in dem Zug zu suchen? Wenn er sich einen Chauffeur leisten kann, kann er sich auch einen Inlandsflug leisten. Warum also ist er nicht einfach nach Delhi geflogen? Die Zugreise hat über dreißig Stunden gedauert, und er scheint es eilig zu haben, nach Udaipur zu kommen. Was mich zu der Frage führt: warum? Was ist in Udaipur? Was will er dort?

Die Frage ist kaum gestellt, schon geht meine überbordende Fantasie mit mir durch. Ach du lieber Himmel, was, wenn er ein Juwelenschmuggler ist? Was, wenn er mit Edelsteinen handelt und den Zug genommen hat, um den Sicherheitskontrollen am Flughafen zu entgehen? Was, wenn er zu einem international agierenden Kriminellenring gehört und ich unwissentlich zu seiner Komplizin geworden bin, nur weil ich mich ihm angeschlossen habe? Was, wenn …

Ach, ich bitte dich, Ruby, du hast einfach zu viele Thriller gesehen.

Energisch packe ich meine wild davongaloppierende Fantasie am Schlafittchen. Jetzt beruhigst du dich wieder und stellst dich nicht so lächerlich an. Du drehst ja schon völlig durch. Es gibt bestimmt für alles eine ganz logische Erklärung.

Und die werde ich finden, so wahr ich hier stehe.

»Was Schönes gefunden?«

Ein paar Minuten später öffnet Jack die Autotür und schlüpft neben mir auf die Rückbank.

»Wie bitte?« Verständnislos schaut er mich an.

»Ich hab dich aus dem Schmuckgeschäft kommen gesehen.«

Wozu um den heißen Brei herumreden?

»Tatsächlich?« Er verstummt und scheint erst mal darüber nachdenken zu müssen. »Meine Mom hat Geburtstag. Ich wollte ihr ein Paar Ohrringe besorgen«, erklärt er nach kurzem Schweigen. Ein wirklich guter Grund für einen Juwelierbesuch.

Aber warum kaufe ich ihm das nicht ab?

»Wie schön«, entgegne ich lächelnd und kann mir nicht verkneifen nachzuhaken: »Lass doch mal sehen.«

Jack wird unmerklich steifer. »Nein, ich, ähm, lasse sie ihr gleich zuschicken«, erklärt er rasch. »Ist viel einfacher.«

Wusste ich es doch. Er lügt wie gedruckt.

Ich atme tief durch und schlucke schwer. Also gut, mir reicht's. Ich werde ihn wohl oder übel zur Rede stellen müssen. Gut möglich, dass ich eine übereifrige Vorstellungskraft habe, aber ich möchte nicht als nichtsahnende Komplizin in einen indischen Knast wandern. Ich habe schließlich *Midnight Express* gesehen! Okay, der spielt zwar in der Türkei, und es geht um Drogenschmuggel, aber trotzdem; wenn Jack was Verbotenes tut, will ich wenigstens wissen, worauf ich mich einlasse.

Ich straffe die Schultern und drehe mich dann zu ihm um.

»Hör zu, Jack«, setze ich todernst an.

»Heiliges Kanonenrohr!«, japst er entsetzt. »Was ist denn mit deinem Gesicht passiert?«

Ach *bitte*! Als würde ich auf einen derart fadenscheinigen Versuch, das Thema zu wechseln, hereinfallen. »Wieso, was ist denn mit meinem Gesicht?«, frage ich trocken zurück. Mit verschränkten Armen schaue ich ihn herausfordernd an. Gut, mein Schönheitsprogramm am Morgen wurde zwar durch eine Katzenwäsche ersetzt, aber *so* schlimm kann es nicht sein. Ehe wir losgefahren sind, habe ich sogar etwas von dem Eyeliner und der Feuchtigkeitscreme aufgetragen, die ich auf dem Basar erstanden hatte.

»Vielleicht solltest du lieber mal in den Spiegel schauen«, schlägt Jack vor.

Worauf ich nur ungeduldig die Augen verdrehe. »Also ehrlich, das ist ja albern.« Ich verrenke mich ein wenig und spähe in den Rückspiegel.

Und bekomme den Schreck meines Lebens.

»Ach du lieber Himmel«, keuche ich erschrocken. Eine Gesichtshälfte ist vollkommen mit einem schwarzen Rankenmuster bedeckt. »Das sieht ja aus wie eine Ganzkörpertätowierung.«

»Hat was von Mike Tyson«, spöttelt Jack.

Ich werfe ihm einen mörderischen Blick zu. Wie kann der bloß in solch einem Moment dumme Witze machen? »Aber was …?«, piepse ich, doch dann fällt mein Blick auf meine mit Henna bepinselten Hände, und plötzlich erinnere ich mich wieder daran, wie ich gegen das Fenster gelehnt aufgewacht bin, das Kinn auf dem Ellbogen, das Gesicht in die offene Handfläche gedrückt …

»Miss Ruby, warum haben Sie denn Henna im Gesicht?« Der Tumult, den wir beide im Fond veranstalten, lässt Rocky von seiner Zeitung aufschauen. Nun sitzt er da und starrt mich mit weit aufgerissenen Augen entgeistert an.

»Das lässt sich bestimmt ganz leicht wieder abwaschen«, stammele ich hastig zu seiner und zu meiner Beruhigung.

»Nein, das geht nicht«, warnt Rocky mich und schüttelt hektisch den Kopf. Er wirkt alarmiert.

»Nicht?« Verunsichert schaue ich Jack an, doch der scheint das alles äußerst erheiternd zu finden.

»Du machst Witze«, widerspricht er kopfschüttelnd. »Das Zeug hält tagelang. Das bekommst du nicht so einfach runter.«

Was? Verschreckt taste ich nach meinem verunstalteten Gesicht. Es geht aber auch wirklich alles schief. Nach dieser Cindy-Geschichte wollte ich meinem strauchelnden Selbstbewusstsein ein bisschen auf die Sprünge helfen und ausnahmsweise mal hübsch aussehen, und nun … *sehe ich aus wie Mike Tyson?* Am liebsten möchte ich in Tränen ausbrechen. »Nein, ganz bestimmt, ich bin mir sicher«, stottere ich und krame hektisch in allen Taschen. »Ich brauche ein Taschentuch.«

»Hier.« Jack reicht mir unsere gemeinsame Klorolle.

»Wag es ja nicht zu lachen«, schimpfe ich. »Das ist nicht lustig.«

»Ich lache doch gar nicht«, protestiert er und muss sich zusammenreißen, um nicht laut loszuprusten. »Sieh mal, es konnte schlimmer sein.«

»Wie könnte es denn bitte noch schlimmer sein?«, motze ich ihn an und wische hektisch an meiner Wange herum. Ich bin sauer und wütend auf mich und die ganze Welt. *»Sag es mir! Wie?«*

»Ich weiß nicht genau, aber ich werde in mich gehen und mir was einfallen lassen«, versucht er mich zu beruhigen.

Was mich nur noch wütender macht.

»Die Mühe kannst du dir sparen!«, keife ich schnippisch und wünsche mir sehnlichst, ich könnte mich einfach umdrehen, die Tür hinter mir zuknallen und abhauen und ihm und Rocky und allem anderen den Rücken kehren. Kann ich aber nicht. Wir sind eine Schicksalsgemeinschaft auf dieser kuriosen Reise.

Mitgegangen, mitgehangen. Also muss ich mich wohl oder übel zusammenreißen und wie ein erwachsener Mensch benehmen, sage ich mir streng.

»Tut einfach, als sei ich gar nicht da«, schnaube ich, drehe ihm den Rücken zu und gucke stur aus dem Fenster.

Oder einfach kindisch sein und ihn ignorieren. Eins von beiden.

Fünfundzwanzigstes Kapitel

Wie sich bald herausstellen wird, braucht Jack seine grauen Zellen nicht zu strapazieren, um sich auszumalen, wie es noch schlimmer kommen könnte.

Ich werde es noch früh genug selbst erfahren.

Nachdem wir spät in Pushkar angekommen sind, gehen wir gleich ins Bett, und als ich am nächsten Morgen aufwache, bin ich fit und ausgeschlafen und platze fast vor Tatendrang, die Suche nach meiner Schwester endlich zu einem guten Ende zu bringen. Ich hüpfe kurz unter die Dusche und ziehe dann meine hübschen neuen Sachen an. Wirklich unglaublich, was für einen Unterschied ein paar frische, saubere Anziehsachen ausmachen können! Blendender Laune schminke ich mich noch dezent und greife dann nach dem Handy. Von da an geht es mit meiner Stimmung rapide bergab. Der Akku ist beinahe leer. Und ich habe kein Ladegerät.

Mist. Vom piepsenden Warnton alarmiert schaue ich auf das Display und stöhne entnervt auf. Das darf doch nicht wahr sein. Nicht so kurz vor dem Ziel.

»Was ist los?«

Ich schaue auf und sehe Jack mit seinem iPhone in der Hotellobby sitzen. Bestimmt checkt er gerade die Nachrichten von seinem Juwelenschmugglerring, denke ich gereizt, oder verschickt Flirtnachrichten an Cindy. »Nichts«, entgegne ich spitz und gebe meinen Zimmerschlüssel an der Rezeption ab.

»Mir kannst du nichts vormachen, ich weiß, was es bedeutet, wenn eine Frau ›nichts‹ sagt.«

»Ach, tatsächlich«, murmele ich mit betontem Desinteresse. Das fehlt mir gerade noch, dass Jack mir jetzt dumm kommt mit seinen Lebensweisheiten über das weibliche Geschlecht im Allgemeinen und im Besonderen.

»Es heißt, dass da ganz sicher was im Busch ist.«

Ich komme mir vor wie ein Idiot, dass ich bei Jacks Anblick tatsächlich mal weiche Knie bekommen habe. Was habe ich mir dabei bloß gedacht? Das muss am Taj Mahal gelegen haben; er war so romantisch, dass er mir glatt den Verstand geraubt hat. Fast, als wäre ich einem eigenartigen Zauber verfallen. Aber jetzt ist der Zauberbann gebrochen, sage ich mir bestimmt, überhöre seinen Einwurf geflissentlich und bedanke mich beim Concierge, um dann Richtung Ausgang zu gehen.

»Wo willst du hin?«

Ich bin wirklich versucht, einfach an ihm vorbeizustolzieren – bestimmt wird er das jüngste Dilemma, in dem ich stecke, noch erheiternder finden als das letzte –, aber am Ende gewinnen meine guten Manieren die Oberhand.

»Mein Handy ist tot. Ich will in die Stadt, ein Ladegerät besorgen, damit ich meine Schwester anrufen kann.«

»Warte, ich komme mit.«

»Nein, mach dir bitte keine Umstände«, wehre ich hastig ab und hoffe, dass er den Wink mit dem Zaunpfahl versteht.

Tut er aber nicht. Manchmal könnte ich schwören, der Teil seines Hirns, der für Takt und Feingefühl zuständig ist, muss teflonbeschichtet sein.

»Das macht doch keine Umstände, ich muss mir sowieso ein bisschen die Beine vertreten«, entgegnet er und ist aus dem Sessel aufgesprungen, ehe ich protestieren kann.

»Ach, okay«, brumme ich widerstrebend, als er sich mir ungebeten anschließt. Was sechsunddreißig kleine Stunden doch für einen Unterschied machen können. Es ist noch gar nicht lange her, da hätte ich mir ein Loch ins Knie gefreut, Zeit mit ihm verbringen zu können, aber jetzt hat sich das Blatt gewendet.

»Du hattest übrigens Recht.«

Verständnislos schaue ich ihn an.

»Das Henna ist doch abgegangen«, sagt er und deutet auf mein Gesicht. »Da hast du aber Glück gehabt.«

»Ach ja, stimmt«, brumme ich nickend. Wobei das offen gestanden weniger Glückssache war, als vielmehr der Tatsache geschuldet ist, dass ich eine geschlagene Stunde vor dem Waschbecken gestanden und mein Gesicht mit dem Waschlappen bearbeitet habe, bis es ganz rot und wund war. Wobei ich garantiert mindestens die drei oberen Hautschichten abgerubbelt habe. Aber das werde ich *ihm* bestimmt nicht unter die Nase reiben. Nein, von jetzt an sage ich Jack überhaupt nichts mehr. Wenn er um alles ein Geheimnis machen will, bitte, das kann ich auch.

»Ja, das war wirklich Glück«, erwidere ich schmallippig, und dann marschiere ich, ohne auf ihn zu warten, einfach drauflos.

Manche sagen, man solle nicht nach dem Äußeren gehen und dass der erste Eindruck täuschen kann, und gelegentlich mag das auch stimmen. Was Pushkar angeht, allerdings nicht. Kaum habe ich einen Fuß vor die Tür unserer Pension gesetzt, spüre ich, dass ich an einem ganz besonderen Ort gelandet bin.

Vielleicht liegt es an der spirituellen Energie, die hier in der Luft liegt. Rocky hatte uns erklärt, diese kleine Stadt, die sich an einen geweihten See schmiegt, sei eine der heiligsten Hindu-Stätten in ganz Indien. Oder womöglich liegt es an dem bezaubernden, beinahe mystischen Gefühl, dass gleich hinter der Stadt die Wüste beginnt. Jenseits der uralten Mauern erstreckt sich, so weit das Auge reicht, eine schier endlose Dünenlandschaft, und bei unserem kleinen Spaziergang durch die Stadt trampeln Kamele an uns vorbei. Eine richtige, echte Kamelkarawane!

Mit weit aufgerissenen Augen schaue ich der Karawane hinterher und komme mir vor, als sei ich unversehens in einer fremden, exotischen Märchenwelt aufgewacht. Erschien London mir vorher schon eine Million Meilen weit weg, kann ich mir jetzt kaum noch vorstellen, dass es auf demselben Planeten liegen soll wie dieses Fleckchen Erde.

Woran es auch liegen mag, Pushkar vermittelt dem Reisenden ein ganz besonderes Gefühl, ganz anders als alle Orte, an denen ich bisher war. Es ist durchdrungen von einer pulsierenden Energie und gleichzeitig einer tiefen Zeitlosigkeit, und ich kann mir gut vorstellen, dass Tage oder ganze Wochen hier wie im Nu verfliegen. Viele Rucksacktouristen, die eigentlich nur auf der Durchreise sind, bleiben hier und lassen sich vom Zauber dieser Stadt in den Bann ziehen, wie ich mit Blick auf die unzähligen Reisenden im Hippie-Look feststelle, die in Batik-T-Shirts und weiten Haremshosen an uns vorbeiflanieren.

Auf dem Weg ins Stadtzentrum sind wir bald von einem ganzen Schwarm Kinder umringt. Mit ausgestreckten Händen und ansteckendem Lächeln laufen sie uns entgegen, und wir leeren die Taschen und drücken ihnen Süßigkeiten und Kleingeld in die Hände. Mein Blick bleibt an einem kleinen Mädchen hängen, das im Schneidersitz auf dem Boden hockt. Die Kleine kann kaum älter als drei sein und sitzt bei ihrer Familie, die am Straßenrand Schnüre mit Holzperlen verkauft, wie so viele Straßenhändler. Die Haare sind zu einem kurzen Bob geschnitten, und sie hat große schokoladenbraune Augen. Wahllos winkt das kleine Mädchen den Passanten zu und quietscht vor Freude, wenn jemand sein Winken erwidert. Um die Kleine herum spielen andere Kinder – vermutlich ihre Geschwister –, aber sie hat etwas ganz Außergewöhnliches an sich. Sie ist wie ein Magnet. Ein kleines Bündel geballter Energie. Als sie sieht, wie ich sie anschaue, winke ich ihr zu, und sie winkt noch begeisterter zurück, mit beiden Händen, und will mich herüberlotsen.

»Später«, rufe ich lächelnd. »Ich komme später vorbei.«

Die Hauptstraße ist ein einziger großer Basar, gesäumt von Geschäften und Marktständen, die alles verkaufen, was das Touristenherz begehrt, und noch einiges mehr. Taschen mit Spiegelpailletten und regenbogenbunte Paschminas, Silberschmuck, bestickte Wandbehänge aus Rajasthan und wehende Seidenschals.

Mittendrin gibt es auch etliche Elektrogeschäfte, die eine große Auswahl an Ladegeräten führen, aber das richtige für mein Handy ist nicht dabei – sehr zu meiner Enttäuschung, und auch zu der der Verkäufer, die beinahe ihre Läden auf den Kopf stellen in ihrem unermüdlichen Eifer, mir das passende Teil zu verkaufen.

»Warum hast du auch kein iPhone?«, fragt Jack stirnrunzelnd, als wir nach mehreren Versuchen mit leeren Händen auf der Straße stehen. »Dann hättest du einfach mein Ladegerät benutzen können.«

»Darum«, erkläre ich ihm nun schon zum x-ten Mal.

»Aber das Ding ist doch uralt«, meckert er, »damit kannst du ja nicht mal E-Mails abrufen.«

»Eben«, erkläre ich schlicht. »Ich will nicht ständig online sein, wie gewisse andere Leute«, bemerke ich und werfe ihm einen vielsagenden Blick zu. »Ich schalte ganz gerne auch mal ab.«

»Tja, dann würde ich mal sagen: Ziel erreicht«, spöttelt er sarkastisch.

Finster funkeln wir uns an. Die Nerven liegen blank.

»Hör zu, ich kriege langsam Hunger: Wie wäre es, wenn wir da hineingehen und erst mal frühstücken?«, schlägt er etwas versöhnlicher vor und zeigt auf ein Café mit Dachterrasse, auf der bunte Sonnenschirme sanft in der Brise flattern. Es sieht wirklich verlockend aus. Die kühle Morgenluft ist mit der Sonne verflogen, und es heizt sich rasend schnell auf. Mir ist warm, ich habe Hunger und Durst. Für einen Bananenpfannkuchen und einen Lassi könnte ich glatt einen Mord begehen. Aber es geht einfach nicht.

Traurig schüttele ich den Kopf. »Es tut mir leid, aber meine Schwester ist jetzt wichtiger. Ich *muss* unbedingt ein Ladegerät auftreiben.«

»Ach, ich bitte dich, kann das nicht ein bisschen warten?«, widerspricht Jack frustriert. »Deine Schwester scheint sich ja nicht gerade ein Bein auszureißen, um sich bei dir zu melden. Bisher hat sie auf keine deiner Nachrichten und Anrufe reagiert. Da wird es doch wohl auf ein, zwei Stündchen nicht ankommen, oder?«

Mir sträuben sich die Nackenhaare. »Nein, es kann nicht warten«, schnauze ich ihn an. »Außerdem muss ich dringend noch mal die Nummer anrufen, die ich auf dem Zettel in ihrem Hotelzimmer gefunden habe. Vielleicht ist das eine Nummer hier in der Stadt, vielleicht ist sie ganz in der Nähe …«

»Gib sie mir«, kommandiert er.

»Was?«

»Gib. Mir. Die. Nummer.«

Streng schaut er mich an, und ich zögere erst, doch dann entfalte ich wortlos das Stückchen Papier und reiche es ihm. Er schaut drauf und tippt die Zahlen in sein iPhone.

»Da geht gleich die Sprachbox ran«, sagt er nüchtern. Dann gibt er mir die Nummer zurück und steckt das Handy wieder in die Brusttasche seiner Jacke. »Können wir jetzt essen gehen?«

»So geht das doch nicht«, jaule ich empört.

»Was?«, fragt er stirnrunzelnd.

»Einmal anklingeln und gleich aufgeben«, japse ich empört. »Du musst es immer wieder versuchen!«

Konsterniert schaut er mich an und seufzt dann ungeduldig. »Hör zu, ich sage dir das nur ungern, aber meinst du nicht, es sei allmählich an der Zeit, es einfach *gut sein zu lassen*?«

Mit offenem Mund starre ich ihn an. »Nein, meine ich

nicht!«, raunze ich empört. Ich kann nicht fassen, dass er allen Ernstes so etwas vorschlägt.

»Ich will damit nur sagen, dass ich nicht glaube, dass deine Schwester gefunden werden will.«

»Natürlich will sie nicht gefunden werden«, entgegne ich gepresst. »Wenn man durchbrennt, ist das normalerweise der Sinn der Sache.«

»Tja, wenn das so ist, kannst du es gleich vergessen.«

»Es vergessen? Unmöglich!«

»Wieso nicht?«

»Sie ist meine kleine Schwester. Ich kann sie doch nicht einfach so im Stich lassen!«

»So wie sie dich am Flughafen im Stich gelassen hat?«, argumentiert er, und ich merke, wie ich rot werde. Beim Abendessen in Agra habe ich das Rocky gegenüber erwähnt; er muss es Jack erzählt haben. So viel zu meinem Vorsatz, meine Geheimnisse für mich zu behalten.

»Das war etwas ganz anderes«, werfe ich mich schützend vor meine Schwester. »Sie wollte mich nicht …«

»Bist du dir da ganz sicher?«, fällt er mir ins Wort und zieht skeptisch eine Augenbraue hoch. »Für mich hört sich das nach ziemlich egoistischem, kindischem und rücksichtslosem Verhalten an.«

Entrüstet sehe ich ihn an. Jedes Kind kennt doch die eherne Regel, dass nur man selbst die eigene Familie kritisieren darf. Und diese Regel hat Jack gerade gebrochen. »Sie ist nicht egoistisch, sie hat bloß ihren eigenen Kopf«, kontere ich angriffslustig. »Sie bildet sich ein, ihn zu lieben …«

»Vielleicht stimmt das ja«, gibt er gelassen zurück.

»Du weißt ja nicht, was du da redest«, gifte ich ihn an.

»Sagt wer?«, schießt er zurück. »Ist es dir schon mal in den Sinn gekommen, dass die beiden sich wirklich aufrichtig lieben könnten?«

Verdattert starre ich ihn an. Irgendwie hat dieses Gespräch plötzlich eine unerfreuliche Wendung genommen und geht in die völlig falsche Richtung. Rapide bergab nämlich.

»Ich will nicht mit dir darüber diskutieren, Jack«, unterbreche ich ihn schroff.

»Und warum nicht?«

»Weil wir hier mitten auf der Straße stehen und einen sehr privaten Sachverhalt diskutieren«, zische ich und deute auf die Menschen ringsum, von denen einige uns bereits neugierige Blicke zuwerfen. Aber Jack ignoriert die Umstehenden einfach und redet unbeirrt weiter.

»Weißt du, vielleicht solltest du mal versuchen, dich anderen Menschen etwas mehr zu öffnen; wer weiß, womöglich würde es dich nicht umbringen«, ätzt er lautstark.

»Ach? So wie du dich Cindy geöffnet hast?«, schieße ich zurück und könnte mir im selben Augenblick auf die Zunge beißen. Der soll sich bloß nicht einbilden, dass mich das stört. Korrigiere: *gestört hat.*

»Was hat denn Cindy damit zu tun?«

»Sag du's mir, du bist hier schließlich der Geheimniskrämer«, entgegne ich, ehe ich mich bremsen kann.

»Ach ja?«, sagt er herausfordernd. »Das sehe ich anders.«

Sein Vorwurf überrascht mich. »Soll heißen?«, fahre ich ihn an.

»Warum hast du so einen Hass auf die Liebe?«, raunzt er und verliert endgültig die Geduld. »Du kannst Hochzeiten nicht ausstehen, hältst nichts von Romantik … Was zum Teufel ist bloß los mit dir?«

Ich gerate kurz ins Schleudern. Aller Schmerz, alle Enttäuschung und alle Gefühle, die ich ganz tief im hintersten Winkel meines Herzens versteckt hatte, überrollen mich wie eine gewaltige Woge, und ich balle die Hände zu Fäusten, bis sich die Fingernägel in meine Handflächen bohren, um den Schmerz nicht zu spüren.

»Das muss ich mir nicht anhören«, sage ich gepresst.

Worauf Jack nur laut schnaubt. »Spürst du denn gar nichts? Berührt dich überhaupt nichts? Hast du kein *Herz*?«

Es trifft mich wie ein Boxhieb, hart und präzise, und schmerzt mehr als alles andere.

»Verschwinde, Jack.«

»Schön«, knurrt er aufgebracht. »Ich hab sowieso die Nase voll von dir.« Und damit hebt er entnervt die Arme, dreht sich auf dem Absatz um und geht.

Sechsundzwanzigstes Kapitel

Wie ich Jack so nachschaue, muss ich mich zusammenreißen, um ihm nicht hinterherzulaufen. Ich bin wütend und aufgewühlt. Eigentlich möchte ich mich gar nicht mit Jack streiten; keine Ahnung, wie es so weit kommen konnte. Eben habe ich noch so ein blödes Ladegerät gesucht, und im nächsten Augenblick artet alles aus, und wir hauen uns stinkwütend irgendwelche wüsten Beleidigungen um die Ohren.

Wie angewurzelt stehe ich da, hin- und hergerissen zwischen dem Wunsch, einfach wegzurennen, und dem, ihm hinterherzulaufen. Ich kann es nicht ertragen, bei ihm zu sein, und doch, wie ich so ganz allein hier auf diesem wuseligen Marktplatz stehe, erscheint es mir schier unerträglich, *nicht* bei ihm zu sein. Tränen kleben mir an den Wimpern, und ich wische sie grob weg. Was zum Teufel ist bloß los mit mir?

Ein paar Minuten lang rühre ich mich nicht vom Fleck. Ich kann nicht. Ich stehe einfach reglos mitten auf der geschäftigen Straße und komme mir vor, als stünde ich in einem undurchdringlichen Wirbel aus Gefühlschaos und Geschäftigkeit. Wie ein Figürchen in einer Schneekugel, die man ordentlich durchgeschüttelt und auf den Kopf gestellt hat. Irgendwann beruhigt sich meine Atmung wieder, das Herz pocht mir nicht mehr so laut in den Ohren, und die Außenwelt dringt langsam wieder zu mir durch.

Ganz vage höre ich Bollywood-Klänge, die von der anderen Straßenseite herüberschallen, und als ich aufschaue, entdecke ich an der Straßenecke ein Café. Davor steht auf einem großen

Schild: »Bei uns gibt es Kaffee und Internet«, und drinnen sitzen scharenweise Rucksacktouristen, die Köpfe über ihre Bildschirme gebeugt. Indien mag ein ungeheuer faszinierendes, aufregendes Land sein – in mancher Stadt allein kann man vierhundert Tempel besichtigen und sich dann in heiligen Wassern segnen lassen –, aber manchmal kann selbst dieser Zauber nicht mit der Verlockung von Facebook und einem Caffè Latte mithalten.

Letztendlich ködert mich der Geruch nach frisch gebrühtem Espresso. Seit ich in Indien bin, habe ich keinen anständigen Kaffee mehr getrunken. Zugegeben, Chai-Tee ist köstlich, aber manchmal braucht man einfach den Kick, den nur eine ordentlich starke Tasse Kaffee verspricht. Und Junge, Junge, die könnte ich wirklich vertragen, denke ich. Die Versuchung ist einfach zu groß. Ich gebe nach und laufe über die Straße; sofort werde ich von einem aufmerksamen Kellner in engem T-Shirt und noch engerer Jeans in Empfang genommen, der sich vorwärts und rückwärts zwischen Tischen hindurchschlängelt und den Gästen ihre Cappuccinos mit Gratistanzeinlagen serviert. »Hallo, schöne Frau, was kann ich für Sie tun?«, fragt er mich mit strahlendem Zahnpastalächeln.

Ich habe noch Tränen in den Augen von dem unschönen Streit mit Jack und ringe mir mühsam ein schiefes Lächeln ab. »Nur einen Cappuccino, danke sehr«, sage ich und klettere auf einen leeren Barhocker an der Theke. Die Tische sind alle schon besetzt.

»Kommt sofort, schöne Frau«, ruft er, zwinkert mir zu und schwänzelt zur Espressomaschine, wo er sich gleich daranmacht, Bohnen zu mahlen und Milch aufzuschäumen, und dabei kreist er mit den Hüften, als hätte er einen unsichtbaren Hula-Hoop-Reifen um die Taille.

Ich, die ich überhaupt kein Rhythmusgefühl habe, schaue fasziniert zu, wie er herumtänzelt und mit dem Hintern wackelt, was das Zeug hält, und zum Takt der Musik, der ihn förmlich durchfließt, einen Bollywood-Tanzschritt nach dem anderen aufs Parkett legt. Er scheint einfach nicht stillstehen zu können.

»Bitte schön.« Er stellt die Tasse vor mich auf den Tresen. In den Milchschaum hat er mit Kakaopulver ein Herz gemalt. »Für Sie, schöne Frau«, flötet er, um gleich darauf begeistert loszuquieken: »Ich *liebe* diesen Song!«, und rasch die Anlage aufzudrehen.

Ein weiterer Bollywood-Ohrwurm dröhnt aus den Boxen, und obwohl ich ganz niedergeschlagen bin, ist seine fröhliche Ausgelassenheit so ansteckend, dass ich lächeln muss. Er sieht mein trauriges Gesicht und wippt zu mir herüber. »Möchten Sie tanzen?«, fragt er grinsend und reicht mir die Hand.

»Oh nein … nein«, protestiere ich und versuche, mich schnell aus der Affäre zu ziehen. »Ich habe zwei linke Füße.«

»Nicht wahr! Und ich habe zwei rechte!«, erklärt er mit gespieltem Ernst. »Dann sind wir ja das perfekte Paar!«

Ich muss lachen, und er strahlt über das ganze Gesicht. »Ich heiße Billy.« Er streckt mir die Hand hin.

»Ruby«, entgegne ich lächelnd und schüttle sie. »Heißt du wirklich Billy?«, frage ich neugierig.

»Nein«, lacht er, »aber mein echter Name ist für Touristen viel zu kompliziert.«

»Wer sagt das?«, frage ich selbstbewusst. Nach meinem durchschlagenden Erfolg mit dem indischen Essen bin ich viel mutiger geworden.

»Willst du's versuchen?«, fragt er verwundert.

»Auf jeden Fall«, erkläre ich entschieden und verschränke die Arme.

»Okay, also, ich heiße …« Und dann rattert er eine schier endlose Abfolge von Vokalen und Konsonanten herunter; die längste Buchstabenkette, die ich je gehört habe.

Also, wenn ich es mir recht überlege …

»Ich glaube, ich bleibe einfach bei Billy«, sage ich mit entschuldigendem Lächeln, und er lacht glockenhell auf.

»Dann machst du das erste Mal Urlaub in Pushkar?«, erkundigt er sich und stellt die Musik etwas leiser, damit wir uns unterhalten können, ohne uns gegenseitig anzuschreien.

»Ja, ich bin gestern Abend erst angekommen«, antworte ich nickend, »aber als Urlaub würde ich es nicht unbedingt bezeichnen.« Ich unterbreche mich, denn just in dem Moment kommt mir ein Gedanke: Wenn irgendwer in Pushkar Amy gesehen haben könnte, dann Billy. In diesem Café wimmelt es nur so vor Touristen. »Du hast nicht zufälligerweise ein Mädchen mit blonden Haaren gesehen, ungefähr so groß, dünn wie eine Bohnenstange«, frage ich hoffnungsvoll, bemüht, sie möglichst anschaulich zu beschreiben.

»In Begleitung eines gut aussehenden Inders, der Yogalehrer ist?«

Mein Herz macht einen Satz. »Oh Gott, ja, das ist Amy!«, rufe ich ganz aufgeregt. »Wo ist sie?«

»Keine Ahnung.« Er schüttelt bedauernd den Kopf. »Ich habe sie nicht gesehen.«

»Aber …«, stammele ich verwirrt, und mein Lächeln fällt in sich zusammen.

»Ich weiß das nur, weil du schon die Zweite bist, die nach ihr fragt.«

»Ach, *echt*?«, stammele ich verdattert.

»Ja«, erwidert er nickend. »Vorhin war eine Frau hier und hat sich nach den beiden erkundigt. Sie meinte, es sei sehr wichtig, dass sie die zwei findet. Es sei dringend.«

Zu erfahren, dass noch jemand anders Amy und Shine sucht, ist ebenso überraschend wie beunruhigend. »Und wer war die Frau?«, hake ich alarmiert nach.

»Hat sie nicht gesagt«, meint er achselzuckend und schüttelt wieder den Kopf. »Aber von hier war sie nicht. Sie war sehr modern und elegant gekleidet und kam in einem teuren Wagen. Einem dunkelgrauen Mercedes mit getönten Scheiben.«

Ein dunkelgrauer Mercedes? Auf einmal muss ich an die Szene in Goa denken, als ich Shine in der kleinen Seitenstraße mit der fremden Frau überrascht habe … die stieg aus einem dunkelgrauen Mercedes. Bestimmt ist sie das. Rasch beschreibe ich Billy die Frau, und er nickt energisch mit dem Kopf.

»Ja, genau, das war sie«, ruft er im Brustton der Überzeugung. »Warum? Wer ist das denn?«

»Keine Ahnung«, murmele ich und schüttele verwirrt den Kopf. Es sei denn, sie ist die betrogene Freundin, die herausgefunden hat, dass er mit Amy durchbrennen will, und nun die Hochzeit zu verhindern versucht. Oder schlimmer noch: die betrogene Ehefrau?

Ich sehe schon die Schlagzeilen vor Augen:

BETROGENE EHEFRAU TÖTET FREMDGÄNGER. FRAU NACH MORD AN GATTEN UND NEUER GELIEBTER VERHAFTET … NICHTS IST SCHLIMMER ALS DER ZORN EINER BETROGENEN FRAU: TRAGÖDIE NACH ENTDECKUNG DER AFFÄRE MIT EINER ANDEREN.

Verdammt. Wenn Frauen herausbekommen, dass ihre Männer sie betrügen, sind sie zu allem fähig. Ich ausgenommen, denke ich bitter. Ich war so ruhig und vernünftig – das Verrückteste, was ich gemacht habe, war, sein dämliches Zeitschriftenabo für *Cycling Weekly* zu kündigen. Hätte ich doch wenigstens die Ärmel an all seinen Hemden abgeschnitten oder ihm gefrorene Krabben in den Auspuff gestopft oder *irgendwas* in der Art. Himmel, ich bin echt ein Waschlappen.

»Aber das blonde Mädchen kennst du?«, fragt Billy und reißt mich aus meinen trüben Gedanken.

»Ja, das ist meine Schwester«, erkläre ich und habe schon wieder einen Knoten im Magen. Jetzt geht es nicht mehr nur darum, Amy zu finden, sondern darum, sie *als Erste* zu finden. Beim Anblick meines besorgten Gesichtsausdrucks tätschelt mir Billy beruhigend den Arm.

»Hast du vielleicht ein Foto von ihr?«, fragt er hilfsbereit. »Ich könnte es mal meinen Freunden zeigen, bestimmt hat sie irgendwer gesehen.«

Prima Idee, aber …

»Nur im Handy, und mein Akku ist leer«, seufze ich niedergeschlagen und halte ihm das nutzlose Telefon unter die Nase. »Und ich finde nirgendwo ein passendes Ladegerät.«

»Lass mal sehen.« Er zeigt auf das Handy.

»Das ist hoffnungslos. Niemand hat so eins, ich habe schon überall danach gefragt«, fahre ich fort und reiche es ihm resigniert.

Völlig unerwartet grinst er wie ein Honigkuchenpferd. »Ich habe genau das gleiche, siehst du«, quietscht er entzückt, zieht sein Handy aus der Hosentasche und wedelt damit ganz aufgeregt vor meinem Gesicht herum. Tatsächlich, die beiden Telefone gleichen sich wie eineiige Zwillinge. »Du kannst mein Ladegerät benutzen.«

»Oh, wow, wirklich?« Das nenne ich mal einen glücklichen Zufall.

»Ja, hundertprozentig. Warte, ich hole es schnell, ich wohne hier gleich um die Ecke.«

»Ganz sicher? Ich will dir wirklich keine Umstände machen«, wende ich ein, aber er wischt meine Bedenken mit freudestrahlender Begeisterung einfach weg.

»Nein, natürlich, das ist gar kein Problem, schöne Frau«, meint er grinsend. »Warte hier, ich bin gleich wieder da.« Und noch ehe ich weiter protestieren kann, ist er auch schon aus dem Café geflitzt, auf ein ramponiertes altes Moped gesprungen, das gleich vor der Tür parkt, und knattert mit schrillem Röhren in einer Staubwolke davon.

Womit ich allein am Tresen vor meinem Kaffee sitze. Vorsichtig nippe ich an dem heißen, schaumigen Getränk – lieber Gott, das schmeckt einfach himmlisch – und schaue mich ein wenig um. Das Café ist noch immer rappelvoll, und mein Blick wandert von einem Gast zum nächsten. Ich habe eine Schwäche fürs Leutegucken; das ist eine meiner Lieblingsbeschäftigungen. Leider gibt es hier nicht viel zu sehen, weil alle nur auf ihre Computerbildschirme starren.

Nennen Sie mich ruhig einen Ketzer, aber für soziale Netzwerke habe ich nicht viel übrig. Denn, seien wir mal ehrlich, sehr sozial sind die doch eigentlich nicht, oder? Wie ich mich so umsehe, fällt mir auf, dass die Leute überhaupt nicht miteinander reden. Nein, stattdessen tweeten alle, was das Zeug hält, oder sind bei Instant Messenger oder Facebook. Damals, als Facebook noch ganz neu war, habe ich zwar auch einen Account eröffnet, aber den nutze ich ehrlich gesagt kaum. Warum so viele Menschen den Drang verspüren, ihr ganzes Leben zu veröffentlichen, ist mir bis heute ein Rätsel geblieben. Oder warum sie, statt Statusmeldungen als Beweise für ihr aufregendes Leben zu posten, nicht lieber rausgehen und *tatsächlich* ein aufregendes Leben führen.

Aber mit dieser Meinung stehe ich wohl ziemlich allein da. Amy zum Beispiel ist total facebooksüchtig. Ständig aktualisiert sie ihre Statusmeldungen, postet Fotos, markiert Leute – mitten in diesem Gedankengang halte ich plötzlich inne. Aber natürlich! Wie konnte ich bloß so blöd sein?

Hastig schaue ich mich um. Die meisten haben ihre eigenen iPads und Laptops dabei, aber es gibt auch ein paar hauseigene Rechner … und da steht gerade jemand auf! Mit einem Satz springe ich von meinem Barhocker und hechte so überstürzt an den frei gewordenen Platz, dass der junge Mann, der gerade aufgestanden ist, irgendwas von »Leichenfledderei« brummt.

Verlegen murmele ich eine Entschuldigung und schnappe mir die Maus. Die Facebook-Seite ist noch geöffnet, also tippe ich schnell meine Login-Daten ein.

Ich weiß gar nicht, warum ich nicht schon viel früher darauf gekommen bin. Amy mag mich ignorieren, aber auf keinen Fall wird sie ihr heiß geliebtes Facebook einfach links liegen lassen. Gut möglich, dass sie irgendeinen Hinweis auf ihren aktuellen Aufenthaltsort gepostet hat.

Meine Profilseite baut sich langsam auf, und ich will schon auf Amys Pinnwand klicken, als ich die Meldung sehe, dass es ein paar Neuigkeiten gibt. Wie gesagt, ich bin nicht oft auf meiner Seite, also klicke ich rasch darauf. Die erste Benachrichtigung ist eine Freundschaftsanfrage von Vijay, dem jungen Mann mit dem Kopfhörer, den ich im Zug nach Delhi kennengelernt habe. Ich drücke auf Annehmen und öffne die nächste Benachrichtigung. In der steht, dass jemand mich auf einem Foto markiert hat. Was denn für ein Foto? Ich klicke darauf und schnappe empört nach Luft. Das ist das Bild von mir mit der Elton-John-Sonnenbrille auf der Nase, das Amy geknipst hat! Als ich das sehe, werde ich stinksauer. Unglaublich, dass sie so dreist ist; dabei hatte sie es mir doch hoch und heilig versprochen! Wobei sie wirklich Recht hat, ich sehe zum Gruseln aus … Ich klicke auf Kommentieren und fange an zu tippen. *Amy! Wo zum Geier steckst …*

Und dann wird der Monitor plötzlich schwarz.

Was zum …?

Verzweifelt hacke ich auf die Tastatur ein und will gerade nachschauen, ob der Stecker noch in der Steckdose ist, als ich den kahl rasierten Kerl am Computer nebenan laut aufstöhnen höre.

»Verfluchte Stromsperre«, schimpft er mit Blick auf den schwarzen Bildschirm.

»Bitte, was?«, frage ich stirnrunzelnd, aber er sammelt schon wortlos seine Habseligkeiten zusammen und marschiert schnurstracks aus dem Café.

Da erst fällt mir auf, dass auch das Radio verstummt ist. Das darf nicht wahr sein! Wie kann man denn so ein Pech haben?

Lautes Mopeddröhnen lässt mich aufblicken, und als ich durch das Fenster nach draußen schaue, sehe ich Billy von seinem Gefährt absteigen.

»Ich hab's!«, verkündet er stolz und stürmt mit großen Schritte in das Café, das Ladegerät siegesgewiss wie eine Trophäe über dem Kopf schwenkend und im Gesicht ein triumphierendes Lächeln.

»Nützt nichts, der Strom ist weg«, murmele ich mit einem schiefen Lächeln.

Seine Stirn legt sich in tiefe Falten, und er schaut verwundert auf die Armbanduhr. »Ist es schon so spät?«

Fragend schaue ich ihn an, und er zuckt die Achseln. »Der Generator ist abgeschaltet worden; das passiert zweimal am Tag für jeweils zwei Stunden.«

»Echt?«

»Ja, im Winter ist es halb so schlimm, aber wenn im Sommer bei fünfzig Grad der Ventilator ausfällt …« Vielsagend verdreht er die Augen. »Dann wird es unerträglich heiß, besonders für Kinder und alte Menschen.«

»Oje«, pflichte ich ihm nickend bei und versuche mir fünfzig Grad im Schatten ohne Ventilator auszumalen, doch das entzieht sich selbst meiner Vorstellungskraft. »Und was machst du jetzt?«, frage ich mit Blick auf die Espressomaschine, die stumm und nutzlos in der Ecke steht. »Wenn du keinen Kaffee machen kannst und das Internet nicht mehr funktioniert.«

Rings um uns leert sich das Café zusehends.

»Dann schließe ich das Café und zeige meiner neuen Freundin die Stadt«, erklärt er, reicht mir den Arm, damit ich mich unterhaken kann, und sieht mich mit strahlendem Lächeln an. »Komm, ich zeige dir das wahre Pushkar.«

Siebenundzwanzigstes Kapitel

Stellen Sie sich vor, Sie besuchen einen herrschaftlichen Landsitz und buchen die offizielle Touristenführung. Im Gedränge der anderen Besucher schieben Sie sich durch die Räume, knipsen dieselben Fotos wie alle anderen auch, bekommen nur die öffentlich zugänglichen Zimmer zu sehen, nur die amtliche Geschichte zu hören …

Und jetzt stellen Sie sich vor, jemand, der dort lebt und aufgewachsen ist, gewährt Ihnen einen exklusiven Blick hinter die Kulissen. Zeigt Ihnen die dunklen Korridore, versteckten Winkel und hintersten Ecken, wo Sie Dinge entdecken, die sonst kein Tourist zu sehen bekommt, und erzählt Ihnen sämtlichen pikanten Klatsch und Tratsch – eine spannende Mischung aus Insiderwissen, fesselnden persönlichen Erlebnissen und köstlichen Anekdoten …

So ist eine Stadtführung mit Billy.

In den folgenden zwei Stunden dient er sich mir als ganz persönlicher Stadtführer an und wirft sich mit einer solchen Inbrunst und Begeisterung in diese Rolle, wie ich es von einem völlig fremden Menschen nie erwartet hätte. Es dauert nicht lange, da kommt es mir vor, als kennen wir uns schon ewig. Er ist wie ein alter Freund: immer schon da gewesen.

Billy besitzt eine seltene Gabe, über die nur einige ganz besondere Menschen verfügen: mich völlig aus der Reserve zu locken. In den kommenden zwei Stunden verschwende ich keinen Gedanken mehr daran, wie wütend und traurig ich eigentlich bin, oder an die Suche nach Amy und den Streit mit

Jack, sondern lasse mich ganz auf diese neue Erfahrung ein und stürze mich kopfüber ins Abenteuer.

»Die Legende besagt, dass der See entstand, als Gott Brahma eine Lotusblüte vom Himmel fallen ließ«, erklärt er, als er mich hinunter an den heiligen See führt. »*Push* bedeutet Lotusblüte, und *kar* heißt Hand.« Oben an den Stufen bleibt er stehen, um die Aussicht zu bewundern, und streckt mit allumfassender Geste den Arm aus. »Siehst du, der See ist von über fünfzig Ghats umgeben, wo die Menschen hingehen, um zu baden und zu beten.« Ich nicke stumm. Es ist wirklich wunderschön hier, und die Luft scheint zu summen vom Klang weit entfernt läutender Tempelglocken und gesungener Gebete.

»Komm mit.«

Es wimmelt hier nur so von einer bunten Mischung aus Einheimischen, westlichen Touristen und Hindu-Pilgern, aber er findet trotzdem einen ruhigen Fleck, wo ich meine Schuhe ausziehen soll, damit wir näher herangehen können, und dann setzen wir uns nebeneinander auf die glatten Steinstufen und schauen versonnen aufs Wasser.

Voller Ehrfurcht erklärt er mir, was es mit den *Pujas*, den Gebeten am See auf sich hat. Wie so viele Inder, die ich auf meiner Reise kennengelernt habe, ist Billy einerseits zutiefst spirituell und begegnet den uralten Traditionen mit großem Respekt, während er andererseits mit beiden Beinen im modernen Leben steht.

Das mag seltsam erscheinen, aber irgendwie schafft er es, beides fröhlich nebeneinander koexistieren zu lassen. Er schaltet das Handy auf lautlos und stopft es in die Tasche seiner hautengen Röhrenjeans, und dann schwärmt er begeistert von seinem täglichen Ritual der Ehrerweisungen, um mich im selben Atemzug vor falschen Priestern zu warnen, die den Touristen nur das Geld aus der Tasche ziehen wollen.

»Sie bieten dir an, *Pujas* für deine Familie zu vollführen, und dann bekommst du deinen Pushkar-Pass«, erzählt er, »aber du musst aufpassen, damit sie dich nicht übers Ohr hauen und du für jedes Familienmitglied einzeln bezahlen musst.«

»Was ist denn ein Pushkar-Pass?«, frage ich neugierig.

»Ein roter Baumwollfaden am Handgelenk«, erklärt er und zeigt mir seinen. »Und schau mal, ich habe noch mehr davon.« Grinsend zieht er etliche bunte Baumwollbändchen aus der Hosentasche. »Komm her, ich binde dir eins um, dann lassen sie dich in Ruhe; wenn sie das sehen, behelligen sie dich nicht weiter.«

Ich muss lachen, schüttele aber energisch den Kopf. »Nein, das ist doch gemogelt«, widerspreche ich lächelnd, »das käme mir komisch vor. Lieber mache ich es richtig.«

»Echt?«, fragt er erstaunt und erfreut zugleich.

»Ja, klar«, versichere ich, lasse den Blick über den See schweifen und zeige schließlich auf einen Greis in wallenden Gewändern mit einem großen Turban auf dem Kopf. Er sieht genau so aus, wie ich mir einen frommen Mann vorstelle. »Wie wäre es mit dem?«, frage ich und zeige auf ihn. »Könnte der die *Puja* für mich abhalten?«

Billy prustet vor Lachen. »Ach, Ruby, bloß nicht«, ruft er und schüttelt energisch den Kopf. »Das ist ein stadtbekannter Kiffer!«

»Ist er?«, flüstere ich mit weit aufgerissenen Augen. Ich habe wohl noch viel zu lernen.

Nachdem er etliche Möchtegernpriester kategorisch abgelehnt hat, findet schließlich einer der Geistlichen sein Erbarmen. Für ein paar Rupien führt er mich hinunter an den See, wo er dann mit sanfter Stimme Gebete für meine Familie spricht, Blüten auf das Wasser setzt und mir stolz meinen Pushkar-Pass überreicht.

Ein wirklich bewegendes Erlebnis. Eigentlich bin ich nicht religiös; mit organisierter Religion habe ich nicht viel am Hut.

Als Kind musste ich immer in die Sonntagsschule, und heute begleite ich an Heiligabend Mrs Flannagan zur Christmette. Und bei einem besonders turbulenten Flug von London nach New York habe ich mich mal panisch an den Arm meines wildfremden Sitznachbarn geklammert und das Vaterunser aufgesagt. Aber irgendwie berührt mich diese schlichte Zeremonie.

Als Nächstes besuchen wir einen Tempel. Aber nicht den in der Stadt, wo sich die anderen Touristen mit ihren Reiseführern und Kameras drängeln. Nein, Billy macht mit mir eine kleine Wanderung zu einem abgelegenen, hoch auf einem einsamen Hügel über der Stadt gelegenen Tempel, von wo aus man eine atemberaubende Aussicht hat, die jeden Schritt des steilen Aufstiegs mit über hundert Treppenstufen wert ist.

Danach kehren wir in die Stadt zurück. Müde und hungrig führt Billy mich ins Restaurant eines Freundes, malerisch gelegen auf einer Dachterrasse mit Blick über den See, wo wir Unmengen vegetarischer Köstlichkeiten bestellen. In der Stadt ist es üblich, weder Fleisch noch Eier zu essen, und auch Alkohol ist verpönt, aber auf der Speisekarte stehen Dutzende fantasievolle Gemüsegerichte, und nach meiner Lehrstunde bei Rocky fühle ich mich gewappnet, unerschrocken alles zu probieren. »Wo hast du eigentlich tanzen gelernt?«, erkundige ich mich neugierig und koste von einem Teller noch brutzelnder Auberginen.

»Von meiner Mutter … und aus Filmen. Ich bin ein großer Filmfan«, gesteht er grinsend und trinkt einen Schluck von seinem frisch gemixten Lassi. »Inzwischen unterrichte ich an Schulen Bollywood-Tanz.«

»Wow, echt?«

»Ja, jede Woche«, antwortet er nickend. »Und wir treten auch bei Hochzeiten auf.«

»Und das alles neben dem Café, das du auch noch führst?«

»Ich bin eben ein vielbeschäftigter Mann«, meint er lachend, lehnt sich zurück und seufzt zufrieden. »Unglaublich, diese Aussicht, oder?«

Ich folge seinem Blick über die gekalkten Hausdächer und den See.

»Ja«, murmele ich und lasse den Zauber dieser herrlichen Umgebung auf mich wirken. »Unglaublich.«

»Ich komme oft mit meinem Sohn her zum Drachensteigen. Er kann davon gar nicht genug kriegen …«

»Du hast einen Sohn?«, frage ich erstaunt.

»Ja, er ist drei. Und eine Tochter. Die ist noch ganz klein.«

Verwundert schaue ich ihn an: Er wirkt viel zu jung für Kinder, ist er aber wohl nicht. Ich meine, streng biologisch betrachtet könnte ich bereits Kinder im Teenie-Alter haben – was meine Mutter mir immer wieder gerne unter die Nase reibt, aus mir unerfindlichen Gründen, die wohl nur sie selbst versteht. »Ich wusste gar nicht, dass du verheiratet bist.«

»Bin ich auch nicht«, erwidert er kopfschüttelnd.

»Ach so«, stammele ich und komme mir plötzlich sehr dumm vor, so voreilige Schlüsse gezogen zu haben. Ich hätte mir doch denken können, dass Billy sich nicht unbedingt an Traditionen hält und eine arrangierte Ehe eingeht. »Entschuldige, ich wollte nicht … ich dachte bloß … ist ja auch egal, ich meine, viele Menschen leben unverheiratet zusammen und haben Kinder; ich kenne etliche Paare, die nicht verheiratet sind.«

»Wir sind nicht mehr zusammen. Meine Freundin ist abgehauen und hat mich mit den Kindern sitzen gelassen«, erklärt er sehr sachlich.

»Dich sitzen gelassen?« Damit hatte ich nun gar nicht gerechnet.

»Sie meinte, sie sei zu jung und wolle sich nicht so fest binden«, sagt er, und sein allgegenwärtiges Lächeln wirkt plötzlich ein bisschen schief. »Sie lebt jetzt wieder in Mumbai, wo wir uns damals kennengelernt haben. Ihr hat es hier nicht gefallen.«

Er unterbricht sich und schaut blicklos in die Ferne. »Wie kann es einem denn hier nicht gefallen? So wunderschön, wie es ist.«

»Ach, Billy, das tut mir leid«, murmele ich und drücke mitfühlend seinen Arm.

»Schon okay«, versichert er nickend. »Meine Mum hilft mir mit den Kindern und hütet sie während meiner Arbeitszeit.«

»Tja, deine Ex ist jedenfalls ganz schön blöd«, sage ich zum Trost.

»Sie kann nichts dafür«, meint er achselzuckend. »Sie ist einfach noch zu jung.«

Und das von einem Mann, der kaum älter als Anfang zwanzig sein kann. Ich kann nicht umhin, ihn dafür zu bewundern, wie er das alles schafft; leicht ist das sicher nicht.

»Trotzdem glaube ich immer noch an die Liebe«, murmelt er nach kurzem Schweigen.

»Tatsächlich?«

»Natürlich«, versichert er und bedenkt mich mit seinem Markenzeichen, dem strahlenden Zahnpastalächeln. »Es gibt so vieles, was man lieben kann ... Ich liebe diese Aussicht, ich liebe meine Familie, ich liebe es sogar, Zeit mit dir zu verbringen ...«

Und damit zwinkert er mir schelmisch zu, und ich muss lächeln. Billy hat so etwas an sich ... man kann einfach nicht anders, als sich von seinem unerschütterlichen Humor anstecken zu lassen.

»Ja, sie hat mir das Herz gestohlen und es dann gebrochen. Aber weißt du, jedes Mal, wenn uns jemand das Herz bricht, wird es nur noch stärker.«

Und mit einem Mal schäme ich mich fast. Was Sam mir angetan hat, erscheint mir plötzlich belanglos verglichen mit Billys Geschichte, dabei ist er weder verbittert noch abgestumpft – ganz im Gegenteil. »Das Herz ist ein Muskel«, fährt er fort, und um dem Gespräch ein wenig von seinem Ernst zu nehmen, spannt er seinen ansehnlichen Bizeps wie Popeye, »und es ist enorm wichtig, ihn zu trainieren.« Und damit springt er auf und tanzt los, die Brust herausgestreckt und die Hände zu einem Herz geformt.

Ich lache entzückt auf, als er das Herz auf seiner Brust zum Schlagen bringt.

»Hey, pass auf!«, ruft er plötzlich und hört auf zu tanzen.

»Was denn?«, frage ich stirnrunzelnd und drehe mich um – und da sehe ich ihn: einen riesengroßen Affen, der sich vom Wellblechdach schwingt und blitzschnell eine Handvoll Essen von unserem Tisch stibitzt. Erschrocken springe ich auf und kreische los.

Worauf Billy nur noch lauter lacht. »Du bist wirklich komisch, schöne Frau«, quietscht er und schüttelt amüsiert den Kopf. »Man kann nicht vorsichtig genug sein; die Affen klauen einfach alles!« Wir schauen zu, wie der Affe die Flucht ergreift, dann dreht Billy sich wieder zu mir um und strahlt mich an. »Nur keine Herzen!«

Später verabschiedet Billy sich mit einer langen, festen Umarmung. »Du wirst mir fehlen, schöne Frau«, meint er grinsend und drückt mich noch mal.

»Du mir auch«, entgegne ich lächelnd, und als wir uns voneinander lösen, legt er mir etwas in die Hand.

»Für dich.«

Das Ladegerät seines Handys.

»Nein, das kann ich nicht annehmen«, protestiere ich und will es ihm wieder zurückgeben, aber er beharrt darauf, dass ich es behalte.

»Nein, bitte«, widerspricht er vehement und erklärt dann augenzwinkernd: »So musst du wieder nach Pushkar zurückkommen und es mir zurückgeben.«

Lachend lasse ich ihn auf der Straße stehen, wo er gleich wieder ein paar Tanzschritte macht, mit diesem breiten strahlenden

Honigkuchenpferdlächeln im Gesicht, und schlendere langsam durch die Stadt zum Hotel zurück. Es ist noch früh am Nachmittag, aber es wird schon merklich kühler, und ich bin froh um die warme Jacke, die ich mir um die Taille gebunden habe. Ich löse den Knoten und streife sie über. Gedankenverloren laufe ich die Hauptstraße entlang, mein Blick folgt der endlosen Reihe von Läden und Cafés, bis er schließlich, am Stadtrand angekommen, an dem kleinen Mädchen hängen bleibt, das immer noch mit seiner Familie am Straßenrand sitzt.

Sofort sieht sie mich und strahlt über das ganze Gesicht, als sie mich wiedererkennt, und diesmal gehe ich hin und sage Hallo.

»Hi … hi …«, sage ich lächelnd und nicke höflich, als die Familie der Kleinen mich herzlich begrüßt und mir Platz macht, damit ich mich zu ihnen unter das Zeltdach setzen kann. Das kleine Mädchen quietscht vor Vergnügen. Begeistert klettert es mir auf den Schoß, klatscht aufgeregt in die Hände und schaut mich ungläubig staunend an, als wollte es sagen: *Wow, das mit dem Winken funktioniert ja tatsächlich!*

»Chai?«, fragt ein Mädchen im Teenageralter, das wohl eine Schwester der Kleinen sein muss. Sie reicht mir einen Plastikbecher mit dampfend heißem Tee, den ich dankbar annehme, froh über diese herzliche Gastfreundschaft.

»Danke«, sage ich artig und nippe am Tee. Es wird immer kälter, und das heiße Getränk tut wirklich gut. Die Mutter, eine zierliche Frau im blassgrünen Sari, ist gerade dabei, in einem kleinen Ofen in der Ecke Chapattis zu backen. Als sie sieht, wie ich zu ihr hinüberschaue, lächelt sie mir schüchtern zu – ganz anders als ihre Kinder, die sich ohne Scheu auf mich stürzen und neugierig die fremde Besucherin in Augenschein nehmen.

Sie müssen wohl hier leben, geht mir da auf, als ich die Wäscheleine mit den kunterbunten Kleidern sehe, die an der Wand hinter dem Zelt hängt, und gleich daneben einen Stapel Decken. Vorhin haben wir auch ein paar Familien gesehen, die am Straßenrand kampierten, und Billy hat mir erklärt, dass es fliegende Händler sind, die hier für eine Weile ihre Zelte aufschlagen, um ihre Waren zu verkaufen, und dann, wenn es hier unten zu heiß wird, wieder in ihre Dörfer in den Bergen zurückkehren. Aber jetzt ist es bitterkalt, und nachts friert es sogar. Ich muss an meine Familie zu Hause denken, an die Zentralheizung und die kuschelig warmen Bettdecken, Wollpullover und Daunenjacken, und dann geht mein Blick zu den Kindern in ihren dünnen Sachen.

»Komm her.« Ich winke das kleine Mädchen heran, ziehe spontan die warme Jacke aus und lege sie ihm über die Schultern. Sie verschwindet völlig darin. »Steht dir gut«, rufe ich begeistert, und die Familie lacht und klatscht, als die Kleine darin herumtanzt, über den Saum stolpert, die Hände in die viel zu langen Ärmel steckt und damit herumwedelt.

Eigentlich wollte ich nur kurz Hallo sagen, aber am Ende trinke ich Chai mit den Eltern und der Teenagertochter, spiele mit dem kleinen Mädchen und seinen beiden Brüdern – eineiige Zwillinge mit dichtem schwarzem Haarschopf und einem Lächeln, dass einem das Herz aufgeht. Schon oft habe ich in meinen Büchern die Liebe auf den ersten Blick beschrieben, aber immer war es eine romantische Liebe, nicht die spontane, überwältigende Zuneigung zu einer ganzen Familie. Der Taj Mahal mag mein Herz einen Spaltbreit geöffnet haben, aber diese Familie reißt es sperrangelweit auf.

Als ich schließlich aufbreche, will ich ihnen ein paar Perlenschnüre abkaufen, aber davon wollen sie nichts wissen und bestehen darauf, sie mir zu schenken. Ganz kleinlaut vor Dankbarkeit bedanke ich mich vielmals und gebe jedem höflich die Hand, als sie sich in einer Reihe aufstellen, um sich von mir zu verabschieden. Erst da geht mir auf, dass wir von ein paar Wortfetzen abgesehen überhaupt nicht miteinander geredet haben.

Ich kann kein Hindi, und sie können kein Englisch. Ich weiß rein gar nichts über sie, und sie wissen nichts über mich, aber das ist vollkommen unwichtig. Manchmal braucht es einfach keine Worte.

Zum Abschied winken sie mir nach, das kleine Mädchen noch immer in meine Jacke gewickelt, und ich winke, bis mir das Handgelenk wehtut. Dann drehe ich mich schließlich um und mache mich auf den Rückweg. Plötzlich spüre ich, dass ich beobachtet werde, und als ich aufschaue, sehe ich eine Gestalt in der Tür eines kleinen Ladens auf der anderen Straßenseite stehen.

Es ist Jack. Ich bleibe kurz stehen. Das kleine Mädchen und seine Familie hatten mich so gefesselt, dass ich unseren Streit komplett vergessen hatte, aber als ich ihn nun da stehen sehe, ist mit einem Mal alles wieder da. Innerlich wappne ich mich schon gegen einen weiteren verbalen Seitenhieb, doch als er dann auf mich zukommt, ist in seinem Gesicht aller Ärger verflogen. Ohne ein Wort zu sagen, zieht er seine Jacke aus und legt sie mir um die Schultern. Ich schaue kurz auf, und wir sehen uns in die Augen. Es braucht keine Worte. Schweigend gehen wir los, und nach ein paar Schritten streckt er den Arm nach mir aus. Sachte streifen seine Finger meinen Brustkorb, und mir stockt der Atem, weil ich schon denke …

Ganz flink fährt er mit der Hand in die Brusttasche seiner Jacke und zieht das iPhone heraus.

»Was machst du da?«, frage ich verdutzt, als er die Wahlwiederholungstaste drückt.

»Deine Telefonnummer wählen«, entgegnet er und hält sich das Handy ans Ohr.

»Hör mal, es ist okay, es tut mir leid …«

»Nein, mir tut es leid«, sagt er sehr bestimmt. »Ich war im Unrecht.« Er sieht mich an, und es ist, als hätte das Blatt sich gewendet, denn der Blick, mit dem er mich ansieht, zeugt von neu gewonnenem Respekt. Plötzlich bin ich nicht mehr bloß die dumme kleine Touristin. »Ich hätte das alles nicht sagen sollen, ich hätte dich nie infrage stellen dürfen«, sagt er leise. »Dein Herz ist groß und weit offen.«

Inzwischen sind wir stehen geblieben und stehen ganz dicht beieinander, so dicht, dass wir uns fast berühren, und ich kann das Magnetfeld zwischen uns förmlich spüren, die Energie, die uns zueinander hinzieht, die gespannte Erwartung …

Und dann passiert etwas, womit keiner von uns beiden gerechnet hat.

Jemand geht ans Telefon.

Achtundzwanzigstes Kapitel

Keine Stunde später sitzen wir im weißen Ambassador und sind unterwegs in Richtung Udaipur. Rocky hatte zunächst gezögert, jetzt noch aufzubrechen. Die Nachmittagssonne stand schon tief am Himmel, und bis wir angekommen sind, wird es spät in der Nacht sein, aber als Jack ihm die Dringlichkeit erklärt hatte, willigte er schließlich ein.

Eine Frau war ans Telefon gegangen. Eine gewisse Mrs Gupta, Inhaberin einer Brautmodenboutique in Udaipur. Die Nummer gehörte zu dem Telefonanschluss in ihrem Laden, aber wegen der Hochzeitssaison hatte sie so viel um die Ohren, dass das Telefon pausenlos klingelte und der Anrufbeantworter schier überquoll mit Nachrichten hysterischer Bräute. Darunter, wie sich im Verlauf des Gesprächs herausstellen sollte, auch meine Schwester Amy. Das »hübsche blonde Mädchen aus England« sollte seinen Sari morgen abholen.

»Um wie viel Uhr denn?«, fragt Rocky von seinem Platz hinter dem Steuer.

»Ich weiß es nicht, das konnte sie mir nicht sagen«, entgegne ich. »Sie macht noch ein paar allerletzte Änderungen.«

»Und darum müssen wir unbedingt heute Nacht noch dorthin«, erklärt Jack, »damit Ruby gleich morgen früh zum Laden gehen kann und da ist, bevor er öffnet …«

»Damit ich Amy auf keinen Fall verpasse«, beende ich den Satz.

Ich bin erleichtert und aufgedreht zugleich. Und habe ein bisschen Angst vor ihrer Reaktion. Bestimmt wird sie nicht gerade erfreut sein, wenn ihre große Schwester so plötzlich auf der Matte steht. Irgendwann habe ich aufgehört zu zählen, wie oft ich bei nächtlichen Partys, illegalen Raves und ausnehmend zwielichtigen Exfreunden aufgetaucht bin – der große böse Wolf, der aus dem Unterholz bricht und allen den Spaß verdirbt. Aber ich will ja bloß mit ihr reden. Selbst wenn ich sie nicht aufhalten kann, ich will sie einfach nur sehen und mich mit eigenen Augen davon überzeugen, dass es ihr gut geht.

Ich schaue Jack an, der neben mir auf der Rückbank sitzt, und forme mit den Lippen ein stummes »Danke«. Worauf er die Stirn in Falten legt. »Wofür?«, fragt er tonlos zurück.

Ich überlege und blättere im Geiste das Fotoalbum der vergangenen Tage durch, seit er mich am Bahnhof gerettet hat. »Alles«, flüstere ich unhörbar.

Dann drehe ich mich um und schaue wieder zum Fenster hinaus. Ich bin bester Dinge und zuversichtlich, bald das Ende meiner Reise zu erreichen. Und doch wünsche ich mir fast, sie würde nie zu Ende gehen. Ich bin schon oft verreist, aber da war die Reise immer nur Mittel zum Zweck. Eine Unannehmlichkeit. Ein notwendiges Übel, das es mithilfe von Hochgeschwindigkeitszügen und Flugzeugen so rasch wie menschenmöglich hinter sich zu bringen galt, um schnellstens am Zielort anzukommen. Mein ganzes Leben lang ging es immer nur um das Ziel, nie um den Weg dorthin.

Doch nun geht mir langsam auf, dass ich noch nie den Zauber des Reisens erlebt habe. Ohne all die vielen Dinge, die sonst meine Zeit und Aufmerksamkeit fressen, bin ich offen für glückliche Zufälle und Abenteuer, neue Menschen und Erfahrungen. In Gedanken gehe ich zurück und versuche mich zu erinnern, wann ich in London das letzte Mal in der Bahn ein Gespräch mit einem wildfremden Menschen begonnen habe. Oder einfach aus einer spontanen Laune heraus die Einladung angenommen habe, mich durch eine unbekannte Stadt führen zu lassen und etwas Neues zu erleben.

Ich kann mich nicht daran erinnern, weil ich es nie getan habe. Ich laufe mit Kopfhörer durch die Stadt und höre Musik auf meinem iPod. Ich sitze in meinen Kindle vertieft in der Bahn. Tausendfach habe ich in Aufzügen gestanden, ohne meine Mitfahrer auch nur eines Blickes zu würdigen. Aber hier in Indien setze ich mich einfach zum Teetrinken zu einer wildfremden Familie an den Straßenrand.

Am Fenster zieht die endlose Weite der Wüste an uns vorbei. Eine staubige, sandige Landschaft, hie und da mit kleinen Stammessiedlungen gesprenkelt, erstreckt sich, so weit das Auge reicht, nach allen Seiten, und vereinzelte Kamelherden bieten die einzige Abwechslung. Ein sehr befreiendes Gefühl. Hier, mitten im Nirgendwo, in diesem fremden, exotischen Land, bin ich weit, weit weg von London und meinem normalen Alltag. Weit weg von den Geistern meiner Vergangenheit.

Und zum ersten Mal im Leben fühle ich mich, wie ich mich noch nie gefühlt habe.

Ich fühle mich frei.

Eine Stunde vergeht. Beständig rumpeln wir die offene Landstraße entlang, und die Tachonadel zeigt nie mehr als dreißig Meilen an. Jack ist inzwischen eingenickt. Rocky hat das Radio eingeschaltet, das sanft im Hintergrund dudelt, und eine Hand am Steuer. Vor uns am Horizont taucht ein LKW auf. Mit einem Auge sehe ich, dass er genau auf uns zuhält, und denke gerade noch, dass er viel zu weit in der Mitte fährt, dass er uns Platz machen muss …

»*Tuuuuuuuuuuuut!*« Rocky lehnt sich auf die Hupe und muss ausweichen, um einen Zusammenprall zu vermeiden.

Das Herz schlägt mir bis zum Hals, und ich werde auf dem Rücksitz unsanft herumgeschleudert.

»Was zum Geier?« Jack ist mit einem Schlag hellwach. Der Laster rumpelt an uns vorbei und verfehlt uns nur um Haaresbreite.

»Das war knapp!«, keuche ich. Mir fällt ein ganzer Gebirgszug vom Herzen.

Aber die Erleichterung ist nur von kurzer Dauer. Auf einmal gibt es einen Ruck, und das Auto wird heftig zur Seite geworfen.

»Was war das für ein Krach?«, rufe ich beunruhigt.

»Klingt, als sei gerade ein Reifen geplatzt«, stellt Jack fest, als man lautes Klackern hört.

»Oje, oje, oje«, ruft Rocky verzweifelt in hohem Falsett. Die Bremsen kreischen empört, als er das Pedal durchtritt, dann verliert er die Kontrolle, und der Wagen schießt von der Straße.

»Ayeeee!«

Es geht alles ganz schnell. Plötzlich krachen wir durch das Unterholz, die Büsche schleifen knirschend über den Lack und zerkratzen die Türen, und wir werden hin und her geschleudert wie hilflose Stoffpüppchen. Dann ein lautes Krachen, als die Windschutzscheibe zersplittert, das Auto neigt sich zur Seite … *»Ayeeeeeeeeeeeee!«*

Und dann bleiben wir unvermittelt stehen. Knirschend kommt der Wagen in einer gewaltigen Staubwolke zum Stehen, und es wird still. Man hört nur lautes Kreischen. Im ersten Moment glaube ich schon, dass ich das bin. Es dauert einen Augenblick, bis mir klar wird, dass es von Rocky kommt. Er klingt wie ein angestochenes Ferkel.

»Rocky«, sagt Jack energisch und rüttelt ihn an der Schulter, aber es nützt nichts. »Rocky!«, ruft er noch lauter.

»Was?« Er verstummt, als habe Jack ihn aus einer Trance gerissen.

Mit der Schulter stemmt Jack sich gegen die Tür, die sich an einem Busch verkeilt hat, und klettert dann nach draußen. Unter lautem Husten folgen wir ihm.

»Habe ich doch gesagt. Wir haben einen Platten«, stellt Jack mit finsterer Miene fest.

Mein Blick geht zu dem geplatzten Reifen und dann zu Rocky, der von einem Bein aufs andere tritt, als stünde er auf glühenden Kohlen.

»Das ist nicht gut«, murmelt er alarmiert und betrachtet bestürzt den ramponierten Wagen. »Das ist gar nicht gut.«

»Keine Sorge, ist halb so schlimm, wie es aussieht«, versucht Jack unseren Fahrer zu beruhigen, der wirkt, als könne er beim Anblick seines Wagens jeden Augenblick in Ohnmacht fallen. »Wir müssen bloß den Reifen wechseln.«

»Ja, Chef«, antwortet Rocky pflichtbewusst. Er scheint richtiggehend erleichtert, dass jemand das Kommando übernimmt. Aber er rührt sich nicht vom Fleck.

»Ich nehme an, Sie haben einen Wagenheber und einen Ersatzreifen?«

Verständnislos schaut Rocky ihn an. »Einen was bitte?«

»Einen Wagenheber, um den Wagen anzuheben«, erklärt Jack und macht die entsprechende Handbewegung dazu.

»Oh, ja, ja«, ruft Rocky enthusiastisch, reißt sich aus seiner Lethargie und rennt zum Kofferraum. Den klappt er auf, kramt darin herum und zieht einen kleinen Fuß-Wagenheber heraus.

»Prima«, sagt Jack und nickt zufrieden. »Dann schauen wir uns jetzt mal den Ersatzreifen an.«

Bis zu diesem Augenblick war ich noch relativ ruhig und gelassen. Ja, gut, nach dem Beinahezusammenprall mit dem LKW und dem Abritt in den Straßengraben sind wir dem Tod zweimal kurz hintereinander von der Schippe gesprungen, aber immerhin sind wir alle heil und in einem Stück. Jetzt nur rasch den Reifen wechseln, und im Handumdrehen geht die Reise weiter.

Zumindest dachte ich das, bis ich Rockys Gesicht sehe. Und Jack laut aufstöhnen höre.

»Ähm, gibt es ein Problem?«, frage ich zaghaft.

»Das könnte man wohl so sagen«, knurrt Jack mit zusammengebissenen Zähnen.

»Weniger ein Problem als vielmehr Pech«, verbessert Rocky ihn mit dem diplomatischen Taktgefühl eines gewieften Politikers.

Rocky und Jack schauen einander an. Ich weiß nicht genau, wie ich es beschreiben soll, aber Liebe spricht nicht gerade aus ihren Blicken.

»Das kann man nennen, wie man will, aber …« Ächzend wuchtet Jack den Reifen aus dem Kofferraum und lässt ihn mit einem dumpfen *Rums* auf den Boden fallen. Er wirbelt eine Staubwolke auf, und Jack stupst ihn mit der Schuhspitze an. Er ist völlig schlaff.

Also, ich verstehe ja wirklich nicht viel von Autos und Ersatzreifen. Ich lebe in London. Ich verbringe mein Leben zwischen U-Bahn und Buslinie Nummer neun und setze mich nur hinters Steuer, um gelegentlich meine Eltern zu besuchen. Aber selbst ich weiß, dass das nichts Gutes zu bedeuten hat.

»Ähm, sieht irgendwie platt aus.«

»Wie ein Pfannkuchen«, bestätigt Jack.

»Und was machen wir jetzt?«

»Sag du es mir.«

Ratlos wenden wir uns beide an Rocky, der mit versteinerter Miene dasteht. Die Augen weit offen, die Kinnlade heruntergeklappt, beide Hände vor dem Gesicht sieht er aus, als imitierte er die berühmte Pose von Macaulay Culkin in *Kevin – Allein zu Haus.* »Rocky?«, spreche ich ihn vorsichtig an.

Das scheint ihn wachzurütteln. »Ja, Miss Ruby?« Und dann strahlt er mich an, als sei alles in bester Ordnung und überhaupt nichts Ungewöhnliches dabei, mitten in der Wüste im Straßengraben neben einem Auto mit plattem Reifen zu stehen und ein wenig zu plaudern.

»Was machen wir denn jetzt?« Langsam kriecht die Angst mir in alle Glieder. Schließlich können wir nicht einfach den Pannendienst rufen und kurz warten, bis der nette Mann mit dem

Abschleppwagen kommt. Oder ein Taxi bestellen. Oder meine U-Bahn-Dauerfahrkarte rauskramen. Wir stehen hier mitten in der Wüste, verdammt!

Lieber Himmel. Ich werde völlig panisch.

»Eine ausgezeichnete Frage«, erklärt er freudestrahlend.

Gespannt warte ich darauf, was er noch dazu zu sagen hat. Aber er lächelt bloß engelsgleich. Und ich muss einsehen, dass Rocky überhaupt keinen Schimmer hat, was wir jetzt tun sollen.

»Leider kann ich sie nicht beantworten. Noch nicht«, bestätigt er dann meine schlimmsten Vermutungen.

»Aber es wird bald dunkel«, jammere ich.

»Keine Sorge, uns fällt schon etwas ein, wie wir hier wieder wegkommen«, versichert Jack uns zuversichtlich. »Wir halten einfach ein Auto an und lassen uns mitnehmen bis in die nächste Stadt …«

»Es gibt hier keine Stadt«, meint Rocky und schüttelt niedergeschlagen den Kopf.

»Was soll das heißen, es gibt keine Stadt? Irgendwas muss es doch geben.« Langsam verliert Jack die Geduld.

»Wir sind mitten in der Wüste. Die nächste Stadt ist viele, viele Kilometer entfernt …«

Bei diesen Worten wird uns allen der Ernst unserer Lage bewusst, und wir gucken uns wortlos an.

»Wir könnten ja auch zu Fuß gehen«, schlage ich nach kurzem Schweigen vor.

»Zu weit und zu gefährlich«, meint Jack seufzend. »Es dauert nicht mehr lange, bis die Sonne untergeht.«

Mein Blick geht zum Horizont; die Sonne steht bereits bedrohlich tief. Er hat Recht, es wäre zu gefährlich – Moment mal, was war das denn? Hat sich da gerade irgendwas bewegt? Ich schirme die Augen mit der Hand ab und versuche, die undeutlichen Schemen in der Ferne zu erkennen. Ein Kamel.

Nein, zwei Kamele. Und gleich daneben ist die Silhouette eines Menschen auszumachen.

»Schaut mal!«, quietsche ich ganz außer mir und zeige mit dem Finger auf die Erscheinung.

Rocky und Jack drehen sich auf dem Absatz um, und Rocky stößt einen kleinen Schrei aus.

»Der sieht uns nie«, setzt Jack an, aber da ist Rocky auch schon losgerannt. Im Schweinsgalopp läuft er winkend und laut rufend auf die Gestalt in der Ferne zu und wirbelt mit den Füßen kleine Staubwolken auf.

Der Mann bleibt stehen und dreht sich um.

»Er hat ihn gesehen«, japse ich aufgeregt.

»Heiliges Kanonenrohr«, murmelt Jack.

Die beiden Männer gehen aufeinander zu, und dann sehen wir Rocky wild gestikulieren und zu uns herüberdeuten. Das geht eine ganze Weile so. Wir beide warten derweil und fragen uns, was da wohl vor sich geht, bis Rocky schließlich zu uns zurückgezockelt kommt.

Sein strahlendes Gesicht spricht Bände. »Alles ganz wunderbar«, ruft er. »Wir haben die Antwort, Miss Ruby!«

Was für eine Erleichterung. Plötzlich fällt alle Anspannung von mir ab.

»Großartig«, seufzt Jack und scheint ebenfalls sehr erleichtert. Hätte nicht gedacht, dass ihn das so mitnimmt. Man hat ihm seine Sorge gar nicht angemerkt.

»Ja, es ist wirklich großartig«, meint Rocky und nickt ganz aufgeregt.

»Also, wie lautet sie?«, hake ich nach.

Worauf er begeistert die Arme ausbreitet und triumphierend verkündet: »Wir verbringen die Nacht in der Wüste!« Einen Moment ist es ganz still, und dann …

»In der Wüste?«, fragt Jack skeptisch.

»Ja, wir können auf Kamelen hinreiten, Sie können sich den

Sonnenuntergang ansehen, das wird eine kleine Wüstensafari«, erklärt Rocky strahlend und offensichtlich hochzufrieden.

»Aber wir müssen heute Nacht noch nach Udaipur«, wende ich beunruhigt ein.

»Wir brechen morgen in aller Frühe auf. Mein neuer Freund Mohan kennt Leute im nächsten Dorf, die das Auto reparieren können. Er schickt einen Jungen mit einem neuen Reifen. So können wir bei Sonnenaufgang los und sind da, ehe der Laden öffnet«, verkündet er freudestrahlend.

Jack und ich schauen uns zweifelnd an.

»In Indien gibt es ein Sprichwort: ›Die Richtung des Windes kann man nicht verändern, nur die Richtung der Segel‹«, fährt Rocky fort, »und Kamele sind Wüstenschiffe. Stimmt's, oder habe ich Recht?«

Ich sage Ihnen, ich weiß wirklich nicht, was ich von diesen Kalenderweisheiten halten soll.

»In der Wüste übernachten? Wo denn genau?«, erkundigt Jack sich und übernimmt die Führung. »Nachts wird es hier bitterkalt, und wir haben keine Campingausrüstung.«

»Gar kein Problem. Mein Freund hat Zelte«, gibt Rocky fröhlich zurück. »Sie können unterm Sternenzelt schlafen!«

Wir beide drehen uns zu Mohan um, der da in der Ferne steht und geduldig wartet. Mit dem kunstvoll gewickelten roten Turban, dem imposanten, gebogenen Schnurrbart und der weißen Tunika sieht er genau so aus, wie man sich einen Wüstennomaden vorstellt.

»Könnte ganz spannend sein«, meint Jack und schaut mich fragend an.

»Stimmt …«, murmele ich nickend und äußere keine weiteren Einwände. Er hat Recht. Denn wer hat noch nie beim Anblick eines Hochglanzbildes von endlosen Sanddünen und atemberaubenden Sonnenuntergängen gedacht: Wow, das sieht ja fantastisch aus?

»Glauben Sie mir, das wird sehr romantisch!«, versichert Rocky strahlend.

Oh-oh.

In dem Moment schwant mir schon, wie der Hase läuft, und ein leichtes Panikgefühl steigt in mir auf. Als Rocky das letzte Mal diese Worte sagte, waren wir am Taj Mahal, und wie *das* ausgegangen ist, wissen wir alle noch zu gut, oder? Wenn ich mich nicht gerade wie ein verliebter Teenager nach Jack verzehrte, habe ich mich völlig zum Affen gemacht. Das möchte ich ungern wiederholen. Beim letzten Mal bin ich nur um Haaresbreite davongekommen.

»Kommen Sie. Die heutige Nacht werden Sie so schnell nicht vergessen!«

Ich kann Jack nicht mal ansehen. Stattdessen schlucke ich nur schwer und ringe mir ein gequältes Lächeln ab, und dann stapfen wir los, zu Mohan und seinen Kamelen.

Genau das befürchte ich ja.

Neunundzwanzigstes Kapitel

Die Sorge war völlig unbegründet.

Es gibt sicher viele Wörter, die dieses unvergessliche Erlebnis zutreffend beschreiben würden. »Romantisch« gehört jedoch eindeutig nicht dazu. Viel passender wäre »qualvoll«. Oder »Mein Hintern bringt mich noch um«.

Verzeihung, das sind sechs Wörter.

Okay, ich weiß, *theoretisch* klingt Wüstensafari nach einem atemberaubenden, sinnlichen Erlebnis. Aber ganz ehrlich, haben Sie schon mal auf einem Kamel gesessen? Glauben Sie mir, auf einem Buckel mit vier Beinen zu reiten hat rein gar nichts Romantisches.

Inzwischen sind keine zehn Minuten vergangen, und ich hänge ungefähr sieben Meter hoch in der Luft und klammere mich fest, als ginge es um mein Leben. Auf dem Kamel vor mir sitzt Jack.

»Alles klar bei dir da hinten?«, fragt er und dreht den Kopf ein wenig, damit ich ihn verstehe. Das Kamel gibt ein eigenartig heiseres Röhren von sich.

»Ähm … ja, alles bestens, danke«, zwitschere ich mit aufgesetzter Fröhlichkeit, während ich ungemütlich auf und nieder hopse und mein Hintern sich selbst versohlt, hoch und runter, hoch und runter, hoch und *autsch*! »Und bei dir?«, frage ich lächelnd mit zusammengebissenen Zähnen.

»Ja, fantastisch«, schwärmt er begeistert und klingt wie einer dieser nervigen Ami-Touristen. »Echt abgefahren, was?«

Gott, ich kann es nicht ausstehen, wenn Leute so was sagen.

Man fühlt sich immer genötigt, ihnen zuzustimmen. So wie damals, als Mums Nachbarin ein Kind bekam und alle drumherum standen und Gutzi-gutzi-guh machten und ihr in den höchsten Tönen versicherten, wie niedlich der Kleine doch sei. Dabei schwöre ich Ihnen, dieses Baby sah aus wie Benjamin Button als alter Mann. Total schrumpelig und kahl wie eine Bowlingkugel. »Ähm, ja, abgefahren«, brumme ich und vergrabe rasch meine untere Gesichtshälfte im Ärmel, als mir ein fieser Geruch in die Nase zieht. Keine Ahnung, von welchem Ende des Kamels dieser üble Mief kam, aber so oder so kann es nichts Gutes sein.

»Du hast doch schon mal auf einem Kamel gesessen, oder?«

Aber sicher doch! Ich lebe in London; keine Frage, dass ich da alle naselang mit meiner Monatsfahrkarte auf ein Kamel steige – *nicht*. Aber das würde ich natürlich vor Mr Weitgereist da drüben niemals zugeben. »Aber klar doch, schon oft«, entgegne ich nonchalant. »Ich bin bloß ein bisschen aus der Übung, weiter nichts.«

Ha. Aus der Übung. Der war gut, Ruby.

»Cool, ich habe mir nämlich schon ein bisschen Sorgen gemacht«, meint er lachend.

»Haha, ja, klar«, gebe ich lachend zurück.

Lieber Himmel.

Die Sache ist nämlich die: Ich bin heruntergefallen, ehe ich überhaupt aufgestiegen war. Peinlich ist gar kein Wort dafür.

Das Problem begann damit, dass ich angewiesen wurde, einen Fuß in den Steigbügel zu setzen und dann das andere Bein »schwungvoll« über den Höcker zu bugsieren. Zu meiner Verteidigung muss man sagen, dass es ein großer Höcker war und ich eher kurze Beine habe. Und außerdem hat sich ja schon bei meinen jüngsten Yoga-Versuchen gezeigt, dass ich es, was Biegsamkeit und Geschmeidigkeit angeht, durchaus mit einem Bügelbrett aufnehmen kann.

Normalerweise ist mir das schnuppe. Wenn ich nicht gerade

im Yogakurs bin, gibt es in meinem Leben nicht viele Situationen, in denen ich mir wünsche, ich wäre etwas gelenkiger. Eine davon war in der Grundschule, als Julie Higgins im Spielhaus einen Spagat gemacht und allen Jungs ihr Höschen gezeigt hat. Eine andere war ungefähr zwanzig Jahre später, als ich mit einem Mann im Bett war, der ein Faible für gymnastische Verrenkungen hatte.

Und jetzt. Beim Versuch, ein Kamel zu besteigen.

Ich kann Ihnen sagen, diese Geschichte ging nicht ohne Ächzen und Stöhnen über die Bühne. Und was die Angelegenheit noch peinlicher machte, war die Tatsache, dass es zwei Paar Hände brauchte – die von Mohan, dem Kamelbesitzer, und die von Rocky –, um mein Hinterteil über den Höcker zu wuchten. Schlimmer noch (und ich versichere Ihnen, eigentlich *konnte* es zu diesem Zeitpunkt schon nicht mehr schlimmer werden), die beiden machten dabei ein Mordspalaver, schnauften und keuchten zum Steinerweichen, so als müssten sie einen Blauwal hochstemmen. Sie beschämend zu nennen würde die Situation nur unzureichend beschreiben.

Jack saß da natürlich längst auf seinem Kamel. Geübt wie ein Profiturner beim Bockspringen war er aufgestiegen – *ach, was sage ich, aufgesprungen*. Schließlich gelang es mir, es ihm nachzutun, die Beine verknotet, den Po in der Luft, und ich versuchte, mich in den kleinen hockerartigen Sattel zu setzen. Mit hochrotem Gesicht und zerzausten Haaren bemühte ich mich angestrengt, Jacks Blicken auszuweichen. Na ja, so einen Auftritt wünscht sich schließlich niemand, oder?

Wie dem auch sei, so langsam habe ich den Dreh raus.

»Komm schon, hottehü«, rufe ich und haue dem Kamel die Fersen in die Flanken, um es anzutreiben.

Wer sagt's denn? Jetzt, wo ich erst mal oben bin, kommt alles wieder, was ich damals beim Ponyreiten gelernt habe. Das ist ein Kinderspiel.

»Ob das so eine gute Idee ist?«, fragt Jack mit besorgtem Blick.

»Aber ja doch«, entgegne ich und nicke selbstbewusst. »Ich will leichttraben.«

»Leichttraben?« Jack schaut mich fragend an.

»Ach, du weißt nicht, was Leichttraben ist?« Sosehr ich mich auch bemühe, man hört doch einen gewissen selbstgefälligen Unterton in der Stimme. Endlich weiß ich mal was besser als er. »Der Trab ist ein Zweitakt; beim ersten Takt steht man aus dem Sattel auf und beim zweiten setzt man sich wieder. Um im Rhythmus zu bleiben, zählt man dabei eins-zwei, hoch auf eins, runter auf zwei.«

»Also, ich glaube, ein Kamel ist nicht dasselbe wie ein Pferd …«

»Ach, Unsinn«, unterbreche ich ihn. »Also, eins-zwei, eins-zwei, eins-zwei …« Unerbittlich hacke ich dem Kamel die Absätze in den Leib – Herrgott noch mal, das ist aber wirklich ein stures Viech. Es rülpst laut und trottet unbeeindruckt weiter.

»Ruby, hör zu, ich glaube, du solltest da lieber etwas vorsichtiger sein …«

Abfällig schnalze ich mit der Zunge. »Ach, ihr Amerikaner, ihr seid bei allem immer so übervorsichtig. Wir Engländer werden praktisch im Sattel *geboren*.«

Gut, das mag vielleicht für die königliche Familie zutreffen. Ich persönlich wurde im Kreiskrankenhaus geboren. Aber trotzdem.

Das Kamel holpert weiter in einer undefinierbaren Gangart herum, und ich holpere wohl oder übel mit. Zum wiederholten Male wünsche ich mir, ich trüge einen Sport-BH. Mit schmerzverzerrtem Gesicht muss ich an mein erstes (und einziges) Ponyturnier denken, und wie mein Reitlehrer mich damals anschnauzte, ich solle meinem Pony zeigen, wo es langgeht. Ich weiß noch, ich ritt damals eine kleine Stute namens Snowflake, die sämtliche Sprünge verweigerte und dann versuchte, mich im Sandbunker abzuwerfen. Ich war tief enttäuscht. Dabei wollte ich unbedingt, *unbedingt* eine dieser schönen glänzenden Satinrosetten haben.

In mir regt sich der Trotz. »Dem werd ich's zeigen«, denke ich wild entschlossen. Und plötzlich sitze ich wieder auf Snowflake. Also schön. Energisch presse ich die Oberschenkel zusammen, schlinge mir den Schal, den ich auf dem Markt gekauft habe, wie ein Beduine ums Gesicht und grabe dem Kamel unter Aufbietung sämtlicher Muskelkraft die Absätze in die Flanken.

Lawrence von Arabien, da kannst du gucken!

Unvermittelt stößt das Kamel ein schrilles Knurren aus und rast los. Allerdings etwas schneller als im gemütlichen Trab. Es ist eher ein wilder Galopp.

Ach du lieber Himmel!

In dem kleinen Höckerchen hin und her geschleudert kann ich mich kaum oben halten und klammere mich panisch an den Zügeln fest, als ich unsanft nach vorne geworfen werde. *Oh Gott, oh Gott. OH GOTT!*

»Ruby?«, brüllt Jack, als ich mit fliegenden Hufen an ihm vorbeidonnere.

»Jack!«, kreische ich aus Leibeskräften, aber der Wind reißt meine Stimme fort. *»Jack!«*

Es nützt alles nichts. Im wilden Galopp geht es durch das spärliche Buschwerk, und beim Blick nach hinten sehe ich, dass mir eine ganze Karawane auf den Fersen ist. Schreiend jagt Mohan mir mit wehendem weißen Gewand und leuchtend rotem Turban hinterher. Rocky ist dicht hinter ihm. Und dann Jack. Sie scheinen alle in einer Staubwolke zu verschwimmen.

Ach du heiliger Strohsack, Snowflake und das kleine Ponyturnier damals waren nichts dagegen … Ich schaue wieder nach vorne und sehe mit Schrecken eine steile Sanddüne vor mir aufragen, und dann spüre ich, wie das Kamel unter mir das Tempo noch ein bisschen anzieht.

Argh!

Panisch lasse ich die Zügel fallen, schlinge die Arme um den Hals des Kamels und kneife die Augen zusammen. Wenigstens sehe ich den Boden dann nicht auf mich zukommen, wenn ich runterfalle …

Und dann bremst das Tier plötzlich, so unvermittelt, wie es eben losgerannt ist. Vorsichtig öffne ich die Augen und sehe, dass wir oben auf der Düne stehen. Ich sitze immer noch auf dem Kamel, und ich lebe noch.

Oh danke, danke, danke.

»Miss Ruby!«, höre ich Rockys Stimme, und kurz darauf kämpft er sich über den Rand der Düne und steht heftig keuchend und um Atem ringend neben mir. »Dem Himmel sei Dank!«

Als Nächstes kommt der rote Turban in Sicht, und mit ihm Mohan, der das andere Kamel führt, gefolgt von einem Strohhut und darunter Jack.

»Alles in Ordnung?« Von seinem Kamel herab mustert Jack mich mit besorgter Miene.

»Ähm, ja, bestens … bestens, danke«, entgegne ich und versuche, ganz tief durchzuatmen. Lieber Gott, ist das peinlich. Jetzt, wo ich in Sicherheit bin, weicht langsam der Schrecken, und stattdessen schäme ich mich in Grund und Boden.

»Das war also Leichttraben, ja?« Spöttisch zieht er eine Augenbraue hoch, und ich sehe, wie ihm ein kleines Lächeln an den Mundwinkeln zupft.

»Ich dachte, wir legen zur Abwechslung mal einen kleinen Galopp ein.« Souverän tätschele ich dem Kamel die Flanke, worauf dieses lautstark rülpst. »War sehr, äh, erfrischend«, fahre ich fort, wende den Blick ab und gucke aus den Augenwinkeln hinüber zu Mohan, der mich durchdringend mustert.

»Ähm, das ist wirklich ein tolles Kamel«, erkläre ich lächelnd.

Er sagt kein Wort und schaut mich weiter ohne zu blinzeln an.

»Nur gut, dass Ihnen nichts passiert ist«, wirft Rocky nickend ein. »Das ist das Wichtigste.«

»Oh ja, danke, alles bestens, ich hatte das Tier jederzeit unter Kontrolle«, versichere ich und bemühe mich, ganz gelassen und fröhlich daherzukommen. »Ich habe gleich gemerkt, wie gut das Kamel an den Hilfen steht …« Ich breche ab, als ich merke, wie alle mich mit offenem Mund anstarren. »Die, äh, Beziehung zwischen Mensch und Tier ist wirklich einzigartig, nicht wahr, Mohan?«

Keine Antwort. Er stiert mich nur unverwandt an. Also plappere ich unverdrossen weiter.

»Beinahe symbiotisch … von gegenseitigem Respekt geprägt … fast wie Herr und Diener …«

»Ruby.«

Jacks Stimme durchdringt mein wasserfallartiges Geschnatter, und ich verstumme abrupt. »Ja?«

Ganz langsam hebt er die Hand und weist hinter mich. »Schau mal.«

»Was?« Verwirrt runzele ich die Stirn und drehe mich um.

Und dann sehe ich es auch.

Der ganze Horizont leuchtet im Licht des atemberaubendsten Sonnenuntergangs, den ich je gesehen habe. Ein feuriges Kaleidoskop in Rot und Orange. Es sieht aus, als stünde der Himmel in Flammen.

Wow.

Jeder Gedanke an mein schmerzendes Hinterteil verfliegt bei diesem Anblick, und wie gebannt von den leuchtenden, intensiven Farben stehe ich da und kann den Blick nicht mehr abwenden. Es ist einfach unglaublich. Weit in der Ferne sehe ich Kamele, die sich gegen den glühenden Himmel abzeichnen. Ihre schwarzen langbeinigen Silhouetten bewegen sich langsam am Horizont entlang. Ehrfürchtig staunend schaue ich ihnen nach. Das ist so wunderschön. *Das ist so romantisch.*

Indien hat es mal wieder geschafft. Denn sosehr ich mich auch bemühe, seinem Zauber zu widerstehen, es gelingt mir einfach nicht. Dieses Land verströmt mit größter Leichtigkeit aus allen Poren pure Romantik. Und ich kann rein gar nichts dagegen tun …

Dreißigstes Kapitel

Eine Stunde später sitzen wir mitten in der Wüste an einem knisternden Lagerfeuer. Aus dem nahe gelegenen Ort wurden Essen und Zelte herbeigeschafft, und nachdem wir uns an einem köstlichen *Thali* gütlich getan haben, kommt eine Frau in traditioneller Tracht. Begleitet von zwei Männern mit Musikinstrumenten führt sie für uns einen Nomadentanz auf. Der ist schwermütig und erregend zugleich.

Nur mit den tanzenden Flammen als Beleuchtung und den blitzenden Münzen am Schleier springt und wirbelt sie herum, lässt den Rock mit den Pailletten fliegen und bewegt sich zu den mitreißenden, verführerischen Klängen der Trommel und der wehklagenden Stimmen. Hände, Hüften, Kopf, alles dreht sich in einem fieberhaften Rhythmus, der schneller und immer schneller wird, bis sie schließlich in eine beinahe tranceartige Ekstase gepeitscht wird und sich immer rasender um die eigene Achse dreht wie ein Kreisel.

Danach bleiben wir noch lange am Lagerfeuer sitzen, lauschen dem Knacken des Holzes und Mohans tiefer, leiser Stimme, als er uns fesselnde Geschichten von Mystizismus, Astrologie und Wiedergeburt erzählt.

»Was hier auf der Erde passiert, ist nur ein Spiegel dessen, was im Himmel geschieht. Wir drehen uns mit dem Rad des Lebens, so wie das Universum selbst. Dies ist nicht unser erstes Leben, und es ist auch nicht das erste Universum. Es gab schon viele; viel mehr, als es Sandkörner in der Wüste gibt …«

Er hält inne und weist mit ausladender Geste auf die Landschaft ringsum. »Wie lange besteht ein einzelnes Universum?« Er wendet sich an mich, und seine dunklen Augen leuchten im Schein der Flammen.

»Ich weiß es nicht«, flüstere ich leise und schüttele den Kopf.

Die Falten in seinem Gesicht verziehen sich zu einem Lächeln, und als er ausatmet, rieche ich den aromatischen Duft seines Tabaks. »Länger, als wir uns erträumen können … das Universum wird von Gott Brahma erschaffen, von Gott Wischnu bewahrt und von Gott Schiwa zerstört. Für Gott Brahma sind ein Tag und eine Nacht, was für uns vier Milliarden Jahre sind, und erst wenn er eine ganze Lebensspanne gelebt hat, wird das Universum zerstört, auf dass es neu erschaffen werden kann …«

Gebannt lausche ich ihm und versuche mir die Zeitspannen vorzustellen, von denen er spricht. Aber er hat Recht. Das ist zu unvorstellbar, um es zu begreifen; ich kann es mir nicht mal in meinen wildesten Träumen ausmalen.

»Und so setzt sich der große Kreis des Lebens unablässig fort, wie der Atem in unserem Körper und die Sterne am Himmel über uns, so sterben wir alle in Ewigkeit und werden doch stets neu geboren …« Er macht eine kurze Pause und schaut uns reihum an. »Es herrscht eine unfassbare Harmonie im Universum, in den Sternen, den Planeten, den Menschen; wir sind alle eins. Aber das Wunderbarste daran ist, dass alles genau zur rechten Zeit geschieht, präziser, als es die teuerste Uhr, die es für Geld zu kaufen gibt, am Handgelenk eines reichen Mannes anzuzeigen vermag …«

Mohan verstummt, und kurz darauf wünscht er uns eine gute Nacht und steht auf, um nach seinen Kamelen zu sehen. Rocky geht mit ihm, und eine Weile sitzen Jack und ich schweigend da, mit vollen Bäuchen vom köstlichen Essen und vollen Köpfen von diesen machtvollen Worten.

»Wirklich fantastisch hier draußen, was?«, fragt Jack leise.

Ich drehe mich zu ihm um, und in diesem Augenblick geht mir auf, dass wir beide allein sind. Wieder spüre ich das schon vertraute Prickeln auf der Haut und das Kribbeln im Bauch. Ich schlucke schwer. »Ja … sehr schön«, murmele ich, bemüht, ganz normal zu klingen, als sei das alles nicht weiter ungewöhnlich. Wobei natürlich genau das Gegenteil der Fall ist.

Schon zuvor war ich wie berauscht von Indien, aber diese Geschichten über den Himmel und die Sterne und das Einssein haben mich noch mehr in den Bann geschlagen. Wie sehr man sich auch bemüht, dem zu widerstehen, Indien verführt selbst den bittersten Zyniker. Wenn nicht mit der Hochzeitssaison oder dem Taj Mahal, dann mit seinen knallbunten Farben und der atemberaubenden Kulisse.

Aber ich bin felsenfest entschlossen, kein zweites Mal darauf hereinzufallen, und will unter allen Umständen eine Neuauflage der peinlichen Taj-Mahal-Geschichte vermeiden. Nur über meine Leiche. Ich werde mich nicht dazu hinreißen lassen, wieder wie ein kopfloses Huhn hinter Jack herzulaufen. Diesmal nicht. Und ganz sicher nicht nach der Sache mit Cindy, ermahne ich mich streng. Also, wenn Jack glaubt, ich sei nur eine weitere Kerbe in seinem Bettpfosten, dann hat er sich aber gewaltig geschnitten.

»Ich meine, hast du diese Sterne gesehen?« Und damit lässt Jack sich auf den Rücken fallen und schaut hinauf in das funkelnde Sternenzelt über unseren Köpfen. Obwohl der Mond am Himmel steht, glitzern die Sternbilder hell wie Diamanten.

Wie benommen nicke ich und muss all meine Selbstbeherrschung zusammennehmen, um nicht mit offenem Mund hingerissen in den Himmel zu starren. Hier draußen in der Wüste kommt es einem vor, als seien wir beide die einzigen Menschen im ganzen Universum.

»Schau mal, da ist Orion«, wispert er und folgt mit dem Finger dem Umriss des Sternbilds.

»Hmmm«, brumme ich unverbindlich. Für meinen Geschmack wird das hier gerade gefährlich romantisch. Ich muss etwas tun, und zwar dalli.

»Findest du das nicht fantastisch?« Verdutzt dreht er sich zu mir um, und die Flammen des Lagerfeuers werfen ein flackerndes Licht auf sein ungläubiges Gesicht.

Sie sind unglaublich, wirklich unglaublich, denke ich stumm, aber ich darf mich nicht von dieser zauberhaften Stimmung ködern lassen.

»Ja, aber die Sterne sind alle tot, nicht wahr?«, zwinge ich mich zu kontern. »Im Grunde genommen betrachten wir also erloschene, leblose Himmelskörper.«

Jack schaut mich an und schüttelt den Kopf. »Weißt du, du bist wirklich ein Widerspruch in sich. Du erstaunst mich immer wieder – ich werde einfach nicht schlau aus dir.«

Linkisch grinse ich ihn an. Wenn du wüsstest; eigentlich bin ich ziemlich simpel gestrickt.

»Morgen sind wir schon in Udaipur«, sagt er, lässt die Sterne Sterne sein und wechselt das Thema, »und am Ende unserer Reise.«

»Ja«, erwidere ich nickend und bin ein bisschen erleichtert. Aber irgendwie schwingt auch ein wenig Wehmut mit.

»Was machst du eigentlich dort?«, frage ich. »Ich meine, wenn ihr mich bei meiner Schwester abgesetzt habt?«

»Ach, ich habe da noch ein paar Dinge zu erledigen«, antwortet er vage und schaut in die Flammen. Ich zögere, dann nehme ich all meinen Mut zusammen.

»Jack«, sage ich, »darf ich dich mal was fragen?«

»Klar.«

Die Frage brennt mir auf der Zunge, aber ich zaudere noch. Dann platze ich damit heraus: »Du bist doch kein Juwelenschmuggler, oder?«

Jack sieht mich an, und dann lacht er schallend. Wie ein Krokodil sperrt er den Rachen auf und zeigt seine blendend weißen amerikanischen Zähne. »Das ist so ziemlich das Komischste, was ich je gehört habe«, gluckst er, als sein Lachanfall langsam wieder abflaut.

Meine Wangen glühen. »Das kommt nur daher, dass ich rein gar nichts über dich oder den Grund deiner Reise weiß«, versuche ich zu erklären. »Und in Jaipur warst du beim Juwelier, und da dachte ich mir …«

»Da dachtest du dir, du zählst zwei und zwei zusammen, und das ergibt dann eine Million?«, fragt er grinsend.

Ich komme mir plötzlich sehr dumm vor. »Und, habe ich richtig geraten?«, hake ich nach.

»Nein, wobei ich fast wünschte, du hättest Recht – klingt ziemlich aufregend.«

Worauf ich nur den Kopf schüttele. »Ich weiß einfach nichts über dich.«

»Tust du wohl«, widerspricht er mir. »Ich bin Architekt. Aus New York. Bei Witzen bin ich nicht besonders geschmackssicher … und ich trage einen lustigen alten Hut.« Und damit tippt er sich an die Krempe und grinst mich an.

»Und warum fährst du mit dem Zug, wenn du es dir leisten könntest zu fliegen?«, frage ich herausfordernd.

»Willst du das wirklich wissen?«

»Ja«, entgegne ich schon viel mutiger.

»Okay, also … ich leide unter schrecklicher Flugangst«, gesteht er. »So, jetzt ist es raus.«

Schockiert schaue ich ihn an. »Du und Flugangst? Aber du hast doch vor gar nichts Angst.«

»Ich war in Goa, wo ich den Bau einer neuen Schule begleitet habe; ich engagiere mich nebenbei auch für gemeinnützige Projekte.« Jetzt hagelt es aber Überraschungen.

»Sonst noch was?« Mit hochgezogenen Augenbrauen schaut er mich an.

Ich zögere und will gerade schon sagen, nein, nichts, aber …

»Und was machst du in Udaipur?« Die Worte überschlagen sich fast. »Du sagtest irgendwas von einem Versprechen.«

Eine kleine Pause entsteht, als müsse er über die Frage erst nachdenken. »Da wird es schon etwas komplizierter«, antwortet er schließlich.

»Kompliziert? Heißt was?«

»Heißt, das Leben kann manchmal kompliziert sein, weiter nichts«, entgegnet er achselzuckend, und dann schaut er wieder in die langsam erlöschenden Flammen. Es ist nicht zu übersehen, dass er nicht mehr darüber reden will. »Das Feuer geht aus, ich glaube, es wird Zeit fürs Bett.«

Ich hatte Recht. Was immer er mir verschweigt, für ihn ist das Thema damit abgehakt.

Bett bedeutet in diesem Falle Zelt. Und zwar eins, das Jack und ich uns teilen müssen, wie mir plötzlich aufgeht, als er die schwere Plane aus Segeltuch zurückschlägt und mir winkt, ihm zu folgen.

»Mohan und Rocky schlafen in dem da drüben«, sagt er und weist auf das andere Zelt, das ein paar hundert Meter entfernt aufgestellt ist. »Das ist unseres.«

Ich weiß gar nicht, warum ich nicht schon viel früher darauf gekommen bin. Ich meine, in Anbetracht der Tatsache, dass wir zu viert sind und es nur zwei Zelte gibt, ist das doch eigentlich sehr naheliegend. Aber Mathe war noch nie meine Stärke.

»Ähm, super«, murmele ich lächelnd und werde mit einem Mal irre nervös.

»Stimmt was nicht?«, fragt Jack, als er meine angespannte Miene sieht.

»Ähm … doch, alles bestens«, versichere ich hastig. »Ich fürchte mich bloß ein bisschen vor den vielen Krabbelviechern hier draußen.«

Das ist nicht mal gelogen. Als ich neulich eine Spinne in der Dusche entdeckt habe, wusste ich mir nicht anders zu helfen: In meiner Not habe ich Mrs Flannagan angerufen, die herüberkommen und mich vor dem Untier retten musste. *Das* nenne ich mal einen Angsthasen. Wenn man die arme alte, am Stock gehende Nachbarin zu Hilfe rufen muss, dann ist das nicht bloß haarsträubend, das ist hochnotpeinlich.

»Keine Sorge, ich suche das Zelt gleich mit der Taschenlampe nach Skorpionen ab.«

»Skorpione?«, japse ich entsetzt. Mist. Ich fand Spinnen schon gruselig genug. *»Hier gibt's Skorpione?«*

»Soweit ich weiß aber keine, deren Biss tödlich ist«, meint er nickend und kramt die Taschenlampe aus dem kleinen Rucksack, den er immer und überall dabeihat. Die knipst er an und leuchtet damit in die stockdustere Finsternis des Zeltes. »Okay, wollen wir mal schauen …«

Und da bin ich plötzlich heilfroh, dass ich mir ein Zelt mit Jack teile. Richtiggehend erleichtert.

Sorgfältig leuchtet er mit der Taschenlampe in alle Ecken und lüpft sogar die Decken. Es sieht aus, als wüsste er ganz genau, was er tut. Schließlich erklärt er unser Zelt für skorpionfrei. »Heute Nacht wirst du bestimmt nicht gebissen«, verkündet er stolz und richtet den Strahl der Lampe auf mich.

Ich lache matt.

»Und, welche Seite willst du?«

»Ähm, was?«

»Das Bett«, sagt er und weist auf die aufgeschichteten Matratzen, die auf der Bodenplane liegen und auf denen sich Decken und Kissen türmen.

»Ach … mir egal«, murmele ich rasch, bemüht, ganz cool und lässig zu wirken. Aber innerlich bin ich geradezu absurd aufgeregt. Als würde ich das erste Mal mit einem Mann das Bett teilen. Was ja genaugenommen auch stimmt, aber …

»Okay, prima, dann nehme ich diese Seite«, meint er achselzuckend, klemmt sich die Taschenlampe zwischen die Zähne, streift die Stiefel von den Füßen und macht sich daran, die Hose aufzuknöpfen.

Ach du lieber Himmel, der zieht die Hose aus! Wie versteinert starre ich ihn an, während er ganz unbekümmert weiterstrippt. Dann komme ich schlagartig wieder zu mir. »Ähm, ja, klar«, stottere ich und wende mich dann rasch ab, damit ich bloß nichts sehe, was ich nicht sehen sollte. Mit dem Rücken zu ihm ziehe ich die Turnschuhe aus, dann schlüpfe ich schleunigst vollständig bekleidet unter die Decke.

Währenddessen lausche ich auf die Geräusche hinter mir; von Jack, der sich weiter entkleidet. Ich höre, wie er die Gürtelschnalle öffnet, und dann Kleidungsstücke auf den Boden fallen. Als Nächstes wird die Decke angehoben, und er steigt neben mir ins Bett.

»Mmm, gemütlich«, murmelt er zufrieden.

»Ja, nicht wahr?«, entgegne ich und versuche dabei, ganz munter und fröhlich und kein bisschen panisch zu klingen.

Und dann werden wir beide still. Keiner sagt mehr ein einziges Wort. Man hört nur noch unseren Atem. Und der klingt plötzlich absurd laut. Sogar das leise Rascheln der Decken ist ohrenbetäubend. Jedes Geräusch scheint um ein Vielfaches verstärkt, jede Bewegung ist wie ein kleines Erdbeben. Steif wie ein Brett liege ich da. Ich wage es nicht, mich zu regen, aus Angst, Jack zu berühren. Keine Ahnung, was er noch anhat. Ob er überhaupt noch was anhat. Ich meine, was, wenn er splitterfasernackt neben mir liegt?

Nackt? Oh Gott, warum muss ich mir Jack denn gerade jetzt splitterfasernackt vorstellen? In meinem Magen flattert ein Schwarm Schmetterlinge, und ich muss mich zusammenreißen, um ganz ruhig weiterzuatmen. Denk an was anderes, Ruby; denk nicht an ihn.

Er dreht sich um. Ich spüre seinen Atem warm an meiner Wange. Und obwohl wir uns nicht berühren, kommt es mir vor, als stünden wir beide unter Strom. Ich schlucke schwer. Es klingt so laut in der Stille, und ich versuche, mich zu beruhigen. So was sollte ich nicht denken. Was war denn mit seinem One-Night-Stand mit Cindy? Angestrengt versuche ich mich darauf zu konzentrieren, aber alle Gedanken an Cindy verflüchtigen sich, als hätte es sie nie gegeben. Als gäbe es niemand anderen auf der Welt. Nur uns beide: mich und Jack und sonst niemanden. Das Herz hämmert mir so laut in der Brust, dass ich mir sicher bin, Jack muss es hören. Es ist so lange her, dass ich neben einem Mann im Bett gelegen habe, ich fühle mich wie eine gespannte Feder. Da sind wir nun, zusammen, allein, mitten in der Wüste, mitten in Rajasthan … die Kulisse ist so ungeheuer erotisch, dass ich das Gefühl habe, *irgendwas* muss passieren, ich spüre förmlich, dass er es auch fühlt …

»Ruby?« Seine Stimme ist nicht mehr als ein Flüstern.

»Ja.« Meine Stimme ist kaum hörbar.

Sachte rückt er ein wenig näher heran. Wir berühren uns nicht, und doch ist mir ganz schwindelig vor Begierde. Ich halte den Atem an; die Zeit scheint stillzustehen, der Moment, ehe es passiert, sich ins Unendliche zu dehnen …

Urplötzlich entsteht draußen ein lauter Tumult, und dann erscheint eine Gestalt in unserem Zelteingang.

»Rocky?«, rufe ich entsetzt, als ich seine Silhouette im Mondlicht ausmache. »Sind Sie das?«

»Alles okay?«, fragt Jack verdutzt, richtet sich ruckartig auf und stützt sich auf die Ellbogen.

»Ja, ja, alles wunderbar«, nuschelt er freudestrahlend. »Es gibt nur ein klitzekleines Problem …« Er verstummt, und ich sehe, wie er unsicher schwankend um Worte ringt. »In Mohans Zelt ist leider kein Platz mehr … Es sind noch ein paar Männer aus dem Dorf gekommen, die mit dem Auto geholfen haben …«

Rasch ist uns klar, worauf das hinauslaufen wird, und es ist, als ließe man die Luft aus einem Ballon entweichen. Die Enttäuschung ist beinahe greifbar, und Jack scheint genauso wenig begeistert wie ich.

»Aber klar doch …«

»Sie schlafen natürlich bei uns.«

Gleichzeitig platzen wir mit unseren Einladungen heraus und überschlagen uns fast in unserem übereifrigen Bemühen, Rocky das Gefühl zu geben, herzlich willkommen zu sein. Und ganz nebenbei dem anderen zu demonstrieren, dass man keinesfalls enttäuscht ist; dass man zu keiner Zeit irgendwelche unanständigen Gedanken gehegt hat.

»Es gibt genug Decken«, erklärt Jack rasch.

»Und hier haben Sie ein Kissen«, füge ich eilfertig hinzu.

»Ach, danke. Sie sind wirklich zu nett, danke.« Unter überschwänglichem Dank torkelt Rocky in unser Zelt.

Dann hört man, wie er unsicher herumtaumelt und immer wieder über achtlos verstreute Gegenstände stolpert. Und ich dachte schon, ich sei ungeschickt. Ich höre ihn laut hicksen, und dann, ohne weitere Vorwarnung, kippt er hintenüber und landet wie ein Sack Briketts mitten im Bett zwischen uns.

Ich quieke empört auf. »Was zum …«

»Ich glaube, da hat wohl jemand ein bisschen zu tief ins Glas geschaut«, stellt Jack fest, knipst die Taschenlampe an und leuchtet Rocky ins Gesicht. Der liegt platt wie eine Flunder auf dem Rücken und ist schon jenseits von Gut und Böse. Ratlos schauen wir uns an, nicht wissend, was wir tun sollen, und wohl wissend, dass wir nichts tun *können.* Mal abgesehen davon, sich einfach umzudrehen und zu schlafen. Achselzuckend knipst Jack die Taschenlampe aus, und wir legen uns wieder hin.

Immerhin ist es hier herrlich still, versuche ich mich zu trösten. Dann bekomme ich wenigstens meinen Schönheitsschlaf.

Einen Moment ist alles ruhig, dann wird Rockys Atem immer tiefer, wird langsam lauter und lauter, bis er schließlich tief einatmet und – rasselnd zu schnarchen beginnt.

Oh nein. Bitte nicht.

Mir wird angst und bange, während ich darauf warte, dass er wieder ausatmet … und abermals ertönt ein Schnarcher, lauter noch als der letzte.

Argh. Entnervt schnappe ich mir das Kissen und ziehe es mir über die Ohren. Das wird eine lange Nacht, und leider in keinster Weise so, wie ich es mir erhofft hatte.

Einunddreißigstes Kapitel

Letzte Nacht hatte ich einen erotischen Traum.

Normalerweise träume ich immer, dass ich plötzlich nackt mitten auf der Straße stehe oder vollkommen unvorbereitet meine Abschlussprüfung schreiben muss oder, noch schlimmer, dass mir alle Zähne ausfallen. Und nicht bloß herausfallen, nein, sondern im Sandwich stecken bleiben oder regelrecht zerbröseln, wenn ich den Mund öffne, um etwas zu sagen, und ich verzweifelt versuche, sie wieder hineinzustopfen …

Angeblich alles klassische Angstträume. Ich scheine ein ziemlich angstgeplagter Mensch zu sein. Nicht weiter verwunderlich, wenn Sie mich fragen. Ich meine, man braucht kein Experte in Sachen Traumdeutung zu sein, um zu ahnen, dass man, nachdem man die ganze Nacht davon geträumt hat, wie einem die Zähne ausfallen, morgens eher unentspannt aufwacht.

Heute Morgen ist das alles anders. Als ich heute früh aufwache, bin ich noch immer ein bisschen erregt und schwebe in diesem herrlichen rosaroten, wattewölkchenweichen Niemandsland zwischen Wachen und Träumen. Bilder und Gefühle fluten meinen Körper wie eine warme Welle. *Zerknüllte Laken … nackte Körper … Begierde …* Ein köstlicher Schauer durchströmt mich. *Küsse … Streicheln … ein warmer Körper, der sich von hinten an mich schmiegt …*

Augenblick mal.

Das war kein Traum. Da schmiegt sich tatsächlich ein warmer Körper an mich.

Aus wunderbarem Schlummer gerissen geht mein Herzschlag in nicht mal einer Sekunde von null auf hundert. Plötzlich kribbelt es am ganzen Körper. Es ist ein herrlich aufregendes Gefühl. Wirklich, *wirklich* angenehm. Ich muss daran denken, wie Jack sich gestern Abend ausgezogen hat, und bin auf einmal unglaublich wuschig. Ich versuche mucksmäuschenstill zu liegen, um ihn nicht zu wecken, aber ich kann der Versuchung nicht widerstehen. Vorsichtig, ganz vorsichtig kuschele ich mich noch ein wenig enger an ihn. So, schon viel besser. Jetzt spüre ich seinen warmen Atem an meinem Ohr. So dicht an ihn geschmiegt bleibe ich liegen und genieße das angenehme Gefühl der Nähe. Und dann, heimlich, still und leise, wie ein Kind, das in den verbotenen Schrank mit den Weihnachtsgeschenken schaut, luge ich verstohlen über die Schulter nach hinten …

Und finde mich unversehens Nase an Nase mit Rocky wieder, der tief und fest schläft.

Oh GOTT! Entsetzt schnappe ich nach Luft. Ich kuschele mich in Löffelchenstellung an Rocky! Oder er sich an mich? Und macht das überhaupt einen Unterschied?

Wir liegen alle zusammen wie die Löffelchen!

Mein entgeisterter Blick geht über Rockys Schulter, und ich sehe Jack, der zufrieden eingeringelt hinter ihm liegt und die Arme um Rockys Taille geschlungen hat.

»Jack! Wach auf«, belle ich und fahre aus dem Bett wie ein Kastenteufel.

Rocky dreht sich um und stöhnt laut.

»Uah … wasnlos?« Schlaftrunken klappt Jack die Augen auf, und es dauert einen Moment, bis er klar sieht, aber dann: »Himmel! Ich dachte, du bist das!«

»Und ich dachte, du bist das!«

Mit einem Ruck sitzt er kerzengerade im Bett und schaut mich ungläubig an. Dann gehen unsere Blicke zu Rocky, der selig schlafend und nichtsahnend daliegt und schlummert wie ein

Baby. Ein Baby mit schlohweißen abstehenden Haarbüscheln, schiefer Brille und weit offenem Sabbermund.

Unsanft stupst Jack Rocky mit dem Ellbogen in die Rippen, und er grunzt wie ein Wildschwein und fängt dann wieder an zu schnarchen, wie ein Motorrad, das man kickstartet. Worauf Jack ihn noch fester in die Rippen rammt.

»Hä?« Flatternd öffnen sich Rockys Lider, und er verdreht die Augen. Erst ist nur noch das Weiße zu sehen, aber dann richtet sein Blick sich langsam auf mich. »Miss Ruby … Chef …«, krächzt er heiser.

»Meinst du, er ist krank?«, flüstere ich und gucke Jack mit Panik im Blick an.

»Krank?«, fragt Jack stirnrunzelnd. »Von wegen, der hat einen Mordskater!« Und damit weist er auf die leere Whiskyflasche neben dem Bett und stupst ihn noch mal energisch mit dem Ellbogen an.

Rocky hustet laut, greift sich an den Kopf und wälzt sich hin und her.

»Das klingt ja furchtbar!«, keuche ich fassungslos.

»Und fühlt sich bestimmt auch so an«, meint Jack finster.

»Mein Kopf, mein Kopf«, jammert Rocky, müht sich schwankend in eine halb aufrechte Position und drückt die Handballen in die Schläfen.

»Möchten Sie einen Schluck Wasser?«, frage ich fürsorglich und greife nach einer der Flaschen.

Rocky gibt keine Antwort; stattdessen stößt er einen Laut aus, der an ein waidwundes Tier erinnert, und sinkt dann wieder kraftlos in die Kissen.

»Ach herrje.« Bestürzt schaue ich Jack an. »Was machen wir denn jetzt?«

Jack klettert aus dem Bett und sucht seine Sachen zusammen, und ich sehe, dass er nur Shorts trägt. Kurz erhasche ich einen Blick auf seinen Körper. Kräftige Oberschenkel. Muskulöse, gebräunte Brust. Gespannter Bizeps. Hastig schaue ich wieder weg.

»Rocky, hören Sie mir zu, ich bin's, Jack.«

Ich drehe mich wieder um und sehe ihn neben Rocky knien. Der entnervte Gesichtsausdruck ist aufrichtiger Sorge gewichen. »Kann ich Ihnen irgendwie helfen?«

Aber bis auf ein leises Stöhnen bleibt er still. »Ich brauche einen neuen Kopf, Chef«, ächzt Rocky schließlich und richtet sich mühsam ein paar Zentimeter auf, um dann gleich wieder in sich zusammenzusacken.

»Den kann ich Ihnen leider nicht besorgen«, entgegnet Jack gutmütig grinsend.

Rocky lächelt matt und drückt plötzlich beide Hände auf den Magen.

»Oh nein«, stöhne ich. Das kann nichts Gutes bedeuten. »Ich glaube, er muss ...« Zu spät. Mit lautem Würgen hängt Rocky seitlich neben der Matratze.

»Ein Eimer wäre gut«, meint Jack angewidert.

Ich schlage die Hand vor den Mund und starre Rocky entsetzt an. »Der arme Kerl, dem geht's nicht gut«, murmele ich hinter dem Paravent meiner Finger. »Bestimmt ist er keinen Alkohol gewohnt.«

»Das kannst du laut sagen«, meint Jack nickend und zieht eine Augenbraue hoch.

Rocky hat aufgehört zu würgen, sinkt wieder ermattet zurück auf die Matratze und schließt die Augen. In der Ferne hört man einen Hahn krähen.

»Wie spät ist es?«, fragt Jack an mich gewandt.

Ich schaue auf die Uhr; es ist halb sechs morgens. »Wir müssen los!«, rufe ich und werde plötzlich panisch. »Wir müssen in Udaipur sein, ehe der Laden aufmacht.«

Wir drehen uns zu Rocky um, doch der ist schon wieder eingeschlafen.

»Okay, eins nach dem anderen, zuerst erkundige ich mich, ob der Reifen repariert ist«, sagt Jack ganz ruhig und übernimmt souverän das Kommando. »Warte, ich bin gleich wieder da.«

Und damit ist er auch schon aus dem Zelt verschwunden, und ich ziehe mir eine Decke um die Schultern und stakse steifbeinig hinaus in die kalte Morgenluft. Anschließend mache ich mich daran, Rockys Missgeschick von eben zu beseitigen. Ein paarmal versuche ich ihn zu wecken und ihn dazu zu bewegen, wenigstens ein bisschen Wasser zu trinken, aber bis auf ein paar kleine Schlückchen liegt er nur komatös da und rührt sich nicht.

Ein paar Minuten später kommt Jack zurück und zeigt mir den gereckten Daumen. »Alles bestens, der Wagen ist so gut wie neu«, verkündet er grinsend.

»Ach, Gott sei Dank«, seufze ich erleichtert. Mir fällt ein Stein vom Herzen. Ich hatte schon befürchtet, wir säßen auf unbestimmte Zeit in der Wüste fest.

»Ja, die Jungs aus dem Dorf haben ganze Arbeit geleistet; das Auto steht auf der Straße und wartet schon auf uns.«

»Prima«, rufe ich freudestrahlend. »Und ich bin hier drinnen fertig«, erkläre ich und weise stolz auf die ordentlich gefalteten Decken. »Bliebe also nur noch …« Ich breche ab und weise auf den schnarchenden Rocky.

»Ich glaube, fahren kann der nicht«, mutmaße ich.

Trotz des Ernstes der Lage muss Jack grinsen. »Eine leichte Untertreibung«, meint er nickend, »wobei ich nicht weiß, ob die Polizei einen hier wegen einer Trunkenheitsfahrt anhalten würde … weil man betrunken Auto fährt«, erklärt er, als er mein fragendes Gesicht sieht.

»Und was machen wir jetzt?«, frage ich.

»Da gibt es nur eins.«

Eine Viertelstunde und jede Menge Ächzen und Stöhnen später liegt Rocky ausgestreckt auf der Rückbank des Ambassador und schläft noch immer tief und fest.

»Puh, tja, das wäre geschafft«, schnauft Jack und knallt die Tür zu.

Ich nicke, noch immer ganz außer Atem von diesem Kraftakt. Rocky aus dem Zelt hierher zu schaffen war kein Zuckerschlecken. Mohan hatte uns freundlicherweise seine Hilfe angeboten, aber ehrlich gesagt sah er nicht viel besser aus als Rocky. »Super«, keuche ich und ringe um Atem. »Die Sonne ist schon aufgegangen, aber es ist noch ziemlich früh, und wenn wir gleich aufbrechen, müssten wir eigentlich da sein, ehe der Laden öffnet.«

»Okay, na dann los«, meint Jack nickend.

Also verabschieden wir uns winkend und unter vielen Dankeschöns und Auf-Wiedersehens, drehen uns um und greifen nach dem Türgriff. Und prallen unsanft gegeneinander.

»Falsche Seite, der Fahrer sitzt links«, rufe ich lachend. Ich bin aufgekratzt und fröhlich. Endlich, nach all den Rückschlägen, habe ich es geschafft. Ich habe meine Schwester ausfindig gemacht, und in ein paar Stunden bin ich bei ihr in Udaipur. »Das hier ist die Beifahrerseite.«

»Ja, ich weiß«, entgegnet Jack nickend.

Er hält den Griff noch immer fest umklammert. Seltsam.

»Der Fahrer sitzt auf der anderen Seite«, erläutere ich. Na ja, es ist noch ziemlich früh; bestimmt ist er noch ein bisschen verpeilt.

»Ich weiß«, antwortet Jack wieder und nickt.

Und da auf einmal kriechen erste Zweifel in mir hoch.

»Was soll das heißen, du weißt?«, frage ich stirnrunzelnd und weiß aus unerfindlichen Gründen schon, dass ich die Antwort gar nicht hören will.

»Du fährst«, gibt er zurück.

Ich *wusste*, dass ich die Antwort nicht hören will.

Ungläubig starre ich ihn an. »Was soll das heißen, ich …« Ich verstumme. »Ach, haha, das ist mal wieder einer deiner Witze«, rufe ich lachend. Jetzt hab ich's kapiert. »Du weißt, dass ich panische Angst vor diesen Straßenverhältnissen habe, und da dachtest du dir, du nimmst mich ein bisschen auf den Arm.« Spielerisch schubse ich ihn weg, drücke den Knopf am Griff und mache die Tür auf.

Aber Jack rührt sich nicht vom Fleck. Nein, stattdessen hält er sich stur am Türgriff fest. Genau genommen *klammert* er sich an den Türgriff.

»Schaltung kann ich nicht.«

Verdattert gucke ich ihn an. *»Schaltung?«*

»Ich bin Amerikaner«, erklärt er schlicht und ergreifend. »Bei uns fährt man Automatik.«

»Dann ist das also kein Witz?« Mein Magen will sich schier verknoten.

Jack schüttelt den Kopf. »Nein.«

»Du weißt nicht, wie man schaltet?«

Wieder schüttelt Jack den Kopf.

»Oder die Kupplung bedient?«

Erneutes Kopfschütteln.

Mein Mund ist plötzlich staubtrocken. Mein schlimmster Alptraum wird gerade wahr. Meine größte Befürchtung bewahrheitet sich: *Ich muss fahren.*

»Ach du Schande.« Es gibt ein sehr bekanntes Buch mit dem Titel *Die Angst vor der Angst verlieren.* Es ist ein internationaler Bestseller, der sich im Laufe von fünfundzwanzig Jahren millionenfach verkauft und das Leben von Millionen Menschen verändert hat. Ich habe es bisher nicht gelesen und werde es wohl auch nie, denn gerade habe ich schreckliche Angst vor der Angst, *verliere aber höchstens den Verstand.*

Zehn Minuten später sind wir unterwegs. Was für ein harmloser Ausdruck – *unterwegs.* Das klingt so harmlos, als machte man eine kleine Spazierfahrt zum Meer mit fröhlichen Spielen wie »Ich sehe was, was du nicht siehst« und Würstchen im Schlafrock. Und so gar nicht nach angstweißen Knöcheln am Lenkrad, hinter dem man starr vor Entsetzen kauert, stur geradeaus stiert und versucht, den Zusammenprall mit Kamelen, Lastern und Rikschas zu vermeiden.

Und streunenden Hunden, die, ohne rechts und links zu gucken, einfach auf die Straße laufen und denen man schlingernd ausweichen muss, dass die Bremsen quietschen und einem das Herz bis zum Hals schlägt und die Gangschaltung kreischt und knirscht.

»Argh, wo ist denn der zweite Gang?«, kreische ich genauso schrill wie die Gangschaltung.

»Ähm … hinter dem ersten?«, meint Jack zaghaft vom sicheren Beifahrersitz aus.

Na ja, ich sage zwar sicher, aber bei diesen Straßen und meinen Fahrkünsten ist das ein dehnbarer Begriff.

Ich blitze ihn böse an. »Hör mal, du Klugscheißer …«

»Pass auf!«, schreit er, als ich für einen Moment den Blick von der Straße wende und aus dem Nichts ein Bus vor uns auftaucht.

Hektisch reiße ich das Steuer herum, und der Wagen schlingert seitlich an dem Bus vorbei.

»Argghh!«, kreischen wir beide laut, als er mit plärrender Hupe an uns vorbeirast.

»Meine Güte, Ruby!« Leichenblass klammert Jack sich an seinen Sitz und schaut mich an. »Der Verkehr hier ist irre, vielleicht fährst du lieber ein bisschen langsamer.«

»Das geht nicht«, erkläre ich wild entschlossen und muss mich anstrengen, den dröhnenden Motor zu übertönen. »Ich muss in Udaipur sein, ehe der Laden öffnet. Wir haben keine Zeit zu verlieren.«

Stur gucke ich geradeaus auf die Straße und beiße die Zähne

zusammen. Aus den Augenwinkeln sehe ich, wie Jack mich unverhohlen anstarrt. »Tolles Ausweichmanöver übrigens«, meint er dann und nickt anerkennend.

»Danke«, gebe ich achselzuckend zurück und bin tatsächlich ein bisschen stolz auf mich. Ich trete aufs Gas, und wir rasen weiter.

Doch nicht nur der Verkehr ist eine echte Herausforderung; auch an den Wagen muss man sich erst mal gewöhnen. Verglichen mit dem schnittigen neuen Peugeot meiner Eltern ist der dreißig Jahre alte Ambassador schwer und massiv – sein Spitzname ist angeblich »weißer Elefant« – und doch erstaunlich schnell und kraftvoll. Ja, das Gaspedal scheint seinen eigenen Kopf zu haben, genauso wie die Hupe, bei der ich immer, wenn ich draufdrücke, aus dem Hemd springen möchte vor Schreck. Herrje, das ist alles so furchtbar. Meine Nerven liegen blank. Ich weiß nicht, ob ich das schaffe.

Aber als wir so mit röhrendem Motor die Straße entlangbrettern, angetrieben von meinem dringenden Wunsch, möglichst schnell in Udaipur anzukommen und meine Schwester vor drohendem Unheil zu bewahren, passiert etwas Merkwürdiges. Es ist, als ginge eine eigenartige Verwandlung in mir vor. Ganz allmählich weicht die Angst. Ich bin nicht mehr so nervös und schreckhaft, werde langsam ruhiger und gelassener. Mutiger und souveräner …

Spulen wir drei Stunden vor, und der Angsthase, der sich in Goa während der Fahrt mit dem Tuk-Tuk vom Flughafen zum Hotel die Augen zugehalten und sich panisch an den Sitz geklammert hat, ist passé. Jetzt sitze ich selbstsicher hinter dem Steuer, die Augen weit offen und eine Hand ständig auf der Hupe. Gekonnt schalte ich von einem Gang in den nächsten und jage den Motor hoch, fädele mich geschickt ein, überhole hier ein Tuk-Tuk und weiche da den Kühen aus, als machte ich das schon seit Jahren. Da guckst du, Jenson Button!

Endlich, nach etlichen Stunden, erreichen wir die ersten Ausläufer von Udaipur. Wie ein weißer Blitz sausen wir in die Stadt, und der kleine Wagen flitzt flink durch die engen Gassen, während wir einen ersten Blick auf den glitzernden See erhaschen, der sich vor uns ausbreitet. Nach dem langen Weg auf den staubigen Straßen kommt er uns vor wie eine Fata Morgana. Wunderschön.

Wow.

Aber wir haben keine Zeit, anzuhalten und die atemberaubende Aussicht zu genießen. Ich muss diesen Laden finden, und meine Schwester, also stürzen wir uns nur mit der Adresse bewaffnet ins Getümmel der kleinen Seitenstraßen.

»Laut Google Maps müsste es hier irgendwo links sein«, weist Jack mich mit Blick auf sein iPhone an.

Ich biege scharf links ab und höre Rocky auf der Rückbank aufstöhnen. Das ist das erste Mal seit Beginn unserer Reise, dass er einen Laut von sich gibt, weshalb ich das als gutes Zeichen deute, nicht als Anlass zur Sorge, und unbeirrt weiterfahre.

Rechts und links passieren wir Dutzende kleine Läden, die gerade dabei sind zu öffnen. Die Inhaber fegen die Stufen, stauben die Markisen ab und stellen ihre Ware nach draußen. Langsam rollen wir durch das Gewusel aus gewundenen Gässchen und tuckern dann über eine Brücke.

»Okay, und jetzt rechts«, instruiert Jack mich.

Ich tue, wie mir geheißen. Ich muss schon sagen, eigentlich sind wir ein ziemlich gutes Team; er als Navigator, ich als Fahrer. Eine nette Abwechslung, dieser Rollentausch. Wir biegen in eine schmale Gasse ein, und ich entdecke gleich vor uns das Ladenschild.

»Bingo!«, rufe ich entzückt und halte rasch an. »Gut gefunden.«

»Gut gefahren«, gibt Jack ehrlich beeindruckt zurück.

Lächelnd schalte ich den Motor ab und werfe ihm den

Schlüssel zu. »Ich bin gefahren, jetzt kannst du dich um ihn kümmern«, sage ich und weise auf den Rücksitz. »Ich muss zu meiner Schwester.«

Und damit überlasse ich es Jack, Rocky aus dem Wagen zu wuchten, und hopse vergnügt die Stufen zu dem Hochzeitsshop hinauf. Der Laden ist bereits geöffnet, und beim Hineingehen ist mir, als beträte ich Aladins Höhle mit all ihren Schätzen. Ringsum schimmert es in Gold und Rot, Violett, Saphirblau und Smaragdgrün. An den Wänden reihen sich bis unter die Decke gestapelte Stoffballen in einem kunterbunten Durcheinander leuchtender Farben, während an Kleiderstangen ein glitzerndes Meer kunstvoll bestickter handgemachter Roben hängt.

Als Mensch, der sich sein ganzes Leben lang von Kopf bis Fuß in eintöniges Einheitsschwarz gekleidet hat (vorzugsweise schwarze Leggins mit schwarzem T-Shirt), staune ich nicht schlecht, dass Kleider auch so strahlend und farbenfroh sein können, und bleibe mit offenem Mund stehen.

»Guten Tag, was kann ich für Sie tun?«

Aus meinen Gedanken gerissen schaue ich auf und sehe eine zierliche kleine Dame mittleren Alters, die aus einem Hinterzimmer in den Laden kommt. Sie trägt einen traumhaft schönen pfauengrünen Sari, und die glänzenden schwarzen Haare sind zu einem langen Zopf geflochten, der bis fast auf den Boden reicht. Durch die Brille mit Goldrand mustert sie mich fragend.

»Mrs Gupta?«, erkundige ich mich hoffnungsvoll.

»Ja, die bin ich«, entgegnet sie nickend.

Erleichtert lächele ich sie an. »Hallo, ich bin Ruby … wir haben gestern telefoniert«, versuche ich hastig zu erklären. »Es geht um meine Schwester.«

Die steile Falte zwischen ihren Augen verschwindet. »Aber

ja«, sagt sie munter, »sie sind die große Schwester von Amy Miller.«

»Genau die bin ich!« Nach der langen Suche kommt es mir schon wie ein Wunder vor, dass jemand den Namen meiner Schwester kennt.

Es wird kurz still, Mrs Gupta schaut mich an, und ich werde ganz kribbelig vor Aufregung.

»Sie sehen sich überhaupt nicht ähnlich«, stellt sie fest und schnalzt mit der Zunge.

»Ähm … ja, ich weiß …«, antworte ich nickend und werde plötzlich sehr verlegen, denn ich bin nicht nur pummeliger und dunkelhaariger als meine Schwester, sondern sehe zudem augenblicklich ziemlich abgerissen aus. Ein Blick auf meine neuen Kleider bestätigt meine schlimmsten Befürchtungen: Nach der Nacht in der Wüste sind sie staubig und schmutzig. Außerdem hatte ich heute Morgen nur den Rückspiegel des Autos und will gar nicht wissen, wie mein Gesicht und meine Haare aussehen. Bei einer solchen Reise sauber und adrett daherzukommen ist einfach ein Ding der Unmöglichkeit.

»Ich bin mehr der burschikose Typ«, erkläre ich mit einem matten Lachen.

Mrs Gupta nickt und verzieht missbilligend die Lippen. »Dann brauchen Sie also auch einen neuen Sari? Ich habe wunderschöne Seidenstoffe.« Und damit dreht sie sich zu den Regalreihen um und zieht eine Rolle prächtigster Stoffe nach der anderen heraus. »Wobei sich aufgrund der knappen Zeit vielleicht ein Kleid von der Stange anbieten würde … Sehen Sie hier, wir haben wunderbare bestickte *Choli* und *Lehenga.*« Und damit nimmt sie einige Bügel von der Stange und legt mit geübten Handbewegungen traumschöne Oberteile mit passenden Röcken heraus. »Herrliche *Salwaar Kameez* …«

»Oh … nein, nein, vielen Dank«, winke ich rasch ab. »Das ist ein Missverständnis.«

Erstaunt dreht Mrs Gupta sich zu mir um, in den Armen eine farbenprächtige Last, die sie fast unter sich begräbt.

»Ich wollte hier nur auf meine Schwester warten«, erkläre ich. »Sie muss ja ihr Kleid bald abholen.«

Verständnislos schaut sie mich an. »Aber ihre Schwester hat ihren Sari längst abgeholt.«

Mir bleibt fast das Herz stehen. »Was?«, stammele ich fassungslos. »Aber ich dachte, sie sollte heute kommen.«

»Sie war schon ganz früh hier, genau wie einige andere Vollmondbräute«, sagt Mrs Gupta nickend. »Beinahe hätte ich im Nachthemd aufmachen müssen.« Sie gluckst leise.

Entsetzt starre ich sie an; Schock und Enttäuschung treffen mich mit voller Wucht wie ein Schlag in den Magen.

»Ich sage Ihnen, um diese Jahreszeit ist immer viel zu tun, aber so etwas habe ich noch nicht erlebt«, plappert sie munter weiter und schüttelt dabei den Kopf. »Udaipur wird zum Mekka für Heiratswütige. Allein in der kommenden Vollmondnacht weiß ich von gut einem Dutzend Trauungen, die hier stattfinden! Unglaublich – meine Schneiderinnen arbeiten Tag und Nacht mit glühender Nadel, und das Telefon steht nicht mehr still.«

Ich habe sie verpasst, ich fasse es einfach nicht. Ich war so nah dran und habe sie doch verpasst.

»Ist alles in Ordnung?« Ich schaue auf und sehe, wie Mrs Gupta mich mit besorgter Miene mustert.

»Ja, ja, alles in bester Ordnung«, murmele ich mit Tränen in den Augen, die ich zornig wegzublinzeln versuche. »Sie hat nicht zufälligerweise eine Adresse hinterlegt oder eine Telefonnummer, unter der sie zu erreichen ist?«

»Moment, mal sehen …« Sie verschwindet hinter der Ladentheke, zieht ein riesiges Kassenbuch heraus, das beinahe größer ist als sie selbst, und blättert emsig darin herum. Verzweifelt klammere ich mich an diesen letzten Strohhalm. »Ah ja, ich habe hier ihre E-Mail-Adresse. Wenn Sie möchten, kann ich Ihnen die gerne geben …«

Und dann löst auch der sich in nichts auf. »Nein, schon okay … trotzdem vielen Dank. Und entschuldigen Sie bitte die Umstände.«

»Nichts zu danken«, sagt sie und wedelt mit der Hand vor ihrem Gesicht herum, als wolle sie eventuell lauernde Umstände verscheuchen. »Und denken Sie daran, wenn Sie sich das mit dem Sari noch mal anders überlegen.« Sie nimmt eine Visitenkarte vom Tresen und drückt sie mir in die Hand. »Wir sind die erste Adresse der Stadt.«

Zweiunddreißigstes Kapitel

Jack lehnt sich gegen den Wagen und schaut mich erwartungsvoll an, als ich aus dem Laden komme.

»Und? Lerne ich deine geheimnisvolle Schwester jetzt endlich kennen?«, fragt er scherzhaft, aber ich sehe es in seinen Augen hoffnungsvoll aufblitzen.

Im ersten Moment kriege ich keinen Ton heraus. Ich bin wie benommen von der unerwarteten Wendung der Ereignisse. »Nein«, murmele ich leise und schüttele den Kopf.

»Was?« Sein Lächeln verrutscht unmerklich.

»Ich habe sie verpasst. Sie war hier und ist schon wieder weg«, platze ich heraus, und plötzlich gibt es kein Halten mehr; ich breche in Tränen aus.

Erst schaut er mich nur regungslos an, dann stöhnt er laut auf. »Oh Mann, ich kann's nicht ausstehen, wenn du das machst.« Und damit greift er in den Wagen, angelt die Klopapierrolle heraus, wickelt ein Stück ab und reicht mir das dicke Knäuel aus weichem weißen Papier. Dankbar nehme ich es an.

»Tut mir leid«, schniefe ich, »aber ...« Ich schüttele den Kopf, in dem Gedanken und Gefühle wild durcheinandergehen. »Ich will einfach nicht, dass er ihr wehtut, ich will nicht, dass sie denselben Fehler macht wie ich ...« Alles geht drunter und drüber in meinem Kopf und vermischt sich zu einem einzigen wirren, undurchdringlichen Chaos. Ich versuche, den Kloß im Hals herunterzuschlucken, versuche die Tränen aufzuhalten, die mir immer noch übers Gesicht laufen. »Sie ist meine kleine Schwester, ihr ganzes Leben lang war ich für sie da und habe auf sie aufgepasst.«

»Hör zu, keine Sorge, wir finden sie«, versucht er mich zu trösten.

Ich schüttele nur den Kopf. »Zu spät.«

»Es ist nie zu spät«, sagt er, und diesmal klingt seine Stimme sehr bestimmt.

Ich schaue von dem zerknüllten Papierknäuel in meiner Hand auf, und unsere Blicke treffen sich. In seinen haselnussbraunen Augen liegt eine Entschlossenheit, die vorher nicht da war.

»Was genau hat die Frau im Laden gesagt?«, fragt er. Ein bisschen ärgert mich diese Frage. Ich weiß, er will nur helfen, aber warum können Männer nicht einfach mal zuhören und uns einfach nur bemitleiden, ohne gleich alles analysieren zu müssen? Warum müssen sie immer so praktisch und patent sein und Lösungen suchen, wo es keine gibt? Retten wollen, was nicht mehr zu retten ist?

»Was macht das jetzt schon für einen Unterschied?«, gebe ich schnippisch zurück. »Ich kann keine Hochzeit aufhalten, wenn ich nicht mal weiß, wo und wann sie stattfinden soll.«

»Was sagtest du … was hat Mrs Gupta erzählt?«, hakt er nach und überhört meine offenkundige Ungeduld.

Ich geb's auf. »Nicht viel«, antworte ich achselzuckend. »Nur dass Amy ihren Sari ganz früh heute Morgen abgeholt hat, genau wie ein halbes Dutzend anderer Vollmondbräute.«

»Wie hat sie sie genannt?«, unterbricht er mich.

»Wen?«, frage ich stirnrunzelnd. »Ach, du meinst die anderen Kundinnen?«

Er nickt, die Stirn in tiefe nachdenkliche Dackelfalten gelegt.

»Vollmondbräute. Warum?«

Jacks Gesicht fängt plötzlich an zu strahlen, als hätte er eine Erleuchtung gehabt. »Wann ist Vollmond?«

»Heute Nacht«, ruft eine Stimme aus dem Wagen, und wir drehen uns auf dem Absatz herum und sehen Rocky von der Rückbank hochfahren wie einen Mann, der von den Toten aufersteht. »Wissen Sie noch, was ich Ihnen erzählt habe? Das ist der glückverheißendste Tag im ganzen astrologischen Kalender«, krakeelt er ganz aufgeregt und gestikuliert wild mit den Armen. »Heute Nacht sind die Planeten aufgereiht. Heute Nacht wird das Glück auf die Paare herabregnen, die ihr Ehegelübde unter diesem glückbringenden himmlischen Sternenzelt ablegen! Heute Nacht gibt es so viele Hochzeiten, *die ganze Stadt wird eine einzige Hochzeit sein*!« Und dann verstummt er atemlos und strahlt uns mit großen Augen an.

»Dann heiratet sie sicher hier in Udaipur«, meint Jack an mich gewendet, und in seinen Augen blitzt es siegesgewiss. Ein kleiner Hoffnungsfunken flackert in mir auf, ich schöpfe neuen Mut … aber: »Wir werden sie nicht früh genug finden«, murmele ich kopfschüttelnd und muss an all die vielen Hindernisse denken, die uns den Weg versperren. »Wir wissen doch gar nicht, wo wir anfangen sollen zu suchen.«

»Ich liebe diese ewig negativ denkenden Briten«, meint er grinsend, und ich werde rot.

»Hör zu, Jack, du hast schon genug getan, um mir zu helfen«, wende ich ein, »und ich weiß das wirklich sehr zu schätzen, aber ich komme jetzt auch allein zurecht. Außerdem hast du sicher selbst genug zu tun; jetzt, wo wir endlich hier sind.«

»Und genau da irrst du dich«, entgegnet er ungerührt. »Bis morgen habe ich nämlich rein gar nichts zu tun.«

Während er noch das eine Hindernis aus dem Weg räumt, suche ich schon das nächste. »Mrs Gupta hat gesagt, allein hier in Udaipur finden mindestens ein Dutzend Trauungen statt.«

»Tja, wenn du heute Abend noch nichts anderes vorhast … ich bin dabei.« Herausfordernd schaut er mich an.

Ein kleiner Hoffnungsschimmer leuchtet auf, und dann: »Wie? Du meinst … du und ich?«

Er nickt und grinst übers ganze Gesicht. »Wir schleusen uns in fremde Hochzeiten ein.«

Rocky hat sich erstaunlich gut und verdächtig schnell von seinem Kater erholt und hüpft voller Elan auf den Fahrersitz, als wir uns auf die Suche nach einer Bleibe machen. Das ist allerdings nicht so einfach wie gedacht. Udaipur, das müssen wir bald feststellen, ist restlos ausgebucht. Es ist nicht nur Hochzeitssaison, sondern auch Hochsaison, und in der Stadt wimmelt es nur so vor Touristen.

Nach langer Suche stoßen wir schließlich auf ein kleines Gästehaus am Ufer des weltbekannten Sees. Versteckt hinter einem luxuriösen Fünfsternehotel haben die Zimmer zwar keinen Seeblick, kosten aber auch nur einen Bruchteil der Räume in ihrem feudalen Pendant.

»Keine Sorge, von unserer Dachterrasse aus haben Sie einen atemberaubenden Blick auf Lake Pichola«, versichert die hübsche junge Rezeptionistin, während sie uns durch den romantischen kleinen Innenhof und eine Marmortreppe hinaufführt, »und das weltberühmte Lake Palace Hotel. Wussten Sie, dass es als Kulisse für den James-Bond-Film *Octopussy* diente?«

»Ja, ich habe davon gehört«, entgegnet Jack nickend.

»Bestimmt haben Sie das schon tausend Mal gehört«, meint sie lachend.

Als ich in ihr strahlendes Gesicht schaue, glaube ich fast, sie von irgendwoher zu kennen. Herrje, sie kommt mir wirklich bekannt vor. Ob wir uns schon mal begegnet sind?

»Wo Sie auch hingehen in Udaipur, überall hängen Plakate mit der Ankündigung: ›Heute Abend hier: *Octopussy*‹ …«

Jetzt sei nicht albern, ich kann diese Frau überhaupt nicht kennen.

»… der Film läuft hier jeden Abend«, plappert sie munter weiter.

Und doch muss ich sie mir ein bisschen genauer anschauen. Gesichter vergesse ich eigentlich nie. Ich bin mir fast sicher, sie schon mal irgendwo gesehen zu haben.

»Aber ich sage Ihnen was.« Sie dreht sich zu mir um, schaut

mich an und rümpft das kleine, zierliche Näschen. »Ich mochte den Film noch nie.«

Jack lacht und sagt etwas zu ihr, das ich nicht verstehe. Ich bin zu sehr in Gedanken und krame angestrengt in meiner Erinnerung, obwohl ich eigentlich weiß, dass es nicht sein kann. Mit der Röhrenjeans und dem T-Shirt sieht sie aus wie Millionen anderer Teenager zu Hause in London. Sicher erinnert sie mich bloß an jemanden, den ich kenne, mehr nicht.

»Ruby?«

Jacks Stimme reißt mich aus meinen Grübeleien, und ich sehe, wie er mich fragend anschaut. »Du bist so still; ist alles okay?«

»Ja, prima … prima«, versichere ich hastig und versuche, sämtliche meiner abwegigen Überlegungen beiseitezuschieben. »Ich bin nur ein bisschen müde, weiter nichts.«

»Wir kommen direkt aus der Wüste«, erklärt Jack der Rezeptionistin. »Letzte Nacht haben wir unter freiem Himmel verbracht.«

»Ach, wie romantisch«, ruft sie lächelnd mit großen runden Augen.

Jack und ich schauen uns etwas betreten an. »Na ja, nicht so richtig«, entgegne ich und muss wieder daran denken, wie ich mit Rocky Löffelchen gespielt habe – um mir gleich darauf zu wünschen, ich hätte diesen Gedanken nicht gedacht.

»Bitte sehr, das ist Ihr Zimmer.«

Sie ist vor einer Tür stehen geblieben, schließt sie auf, und wir folgen ihr hinein. Es ist perfekt. Sauber und hell, mit einem großen Fenster mit Fensterläden und einem hübschen kleinen Bad nebenan. Es gibt bloß ein klitzekleines Problem.

»Hier gibt es nur ein Bett«, stelle ich fest, den Blick darauf geheftet.

»Ja, stimmt etwas damit nicht?«, fragt sie lächelnd und schaut zwischen uns hin und her.

»Uns wäre ein Zimmer mit getrennten Betten lieber«, entgegnet Jack taktvoll und erspart mir das schamhafte Erröten.

»Es tut mir leid, aber damit kann ich nicht dienen.« Entschuldigend schüttelt die Rezeptionistin den Kopf. »Wir haben nur Zimmer mit Doppelbetten.«

»Nun ja, dann nehmen wir eben zwei Zimmer«, sage ich rasch.

Die Rezeptionistin macht ein langes Gesicht. »Auch das ist leider unmöglich. Wir haben nur noch dieses eine freie Zimmer. Momentan ist alles ausgebucht – es sind viele Touristen in der Stadt, und außerdem ist Hochzeitssaison.«

»Ja, das mussten wir bereits feststellen«, erwidert Jack und schaut mich an. »Okay, tja, dann nicht.« Und damit strahlt er sie mit seinem entwaffnenden Lächeln an, und ihre Miene entspannt sich. »Das Zimmer ist toll, danke für Ihre Mühe.«

»Ganz sicher?« Fragend schaut die Rezeptionistin mich an.

»Es ist wunderbar«, versichere ich mit einem fröhlichen Lächeln.

»Ach, da bin ich aber froh«, seufzt sie erleichtert, »und wenn ich sonst noch etwas für Sie tun kann, scheuen Sie sich nicht zu fragen.« Damit verabschiedet sie sich und geht zurück in die Lobby. Kaum hat sie die Tür hinter sich geschlossen, wendet Jack sich an mich.

»Ich schlafe natürlich auf dem Boden.«

»Jetzt sei nicht albern«, wiegele ich ab, als wäre ich nie im Leben auf diesen absurden, abwegigen Gedanken gekommen. »In der Wüste haben wir auch in einem Bett geschlafen; war doch ganz okay.«

Für den Bruchteil einer Sekunde sehe ich Jack und mich zusammen in der Dunkelheit im Zelt liegen, und meine Brust wird ganz eng. Es mag vieles gewesen sein, aber ganz okay war es ganz sicher nicht.

»Das war ein Ding, was? Du und ich und Rocky.« Mit hochgezogenen Augenbrauen schaut er mich an, und unsere Blicke begegnen sich.

Nein, alles andere als ganz okay.

»Wir können ja Köpfchen an Füßchen schlafen«, schlage ich vor.

»Hast du gerade *Köpfchen an Füßchen* gesagt?« In seinen Mundwinkeln zuckt es belustigt, und ich werde knallrot.

»Das haben Amy und ich früher immer gespielt«, erkläre ich hastig. Also bitte, wie alt bin ich eigentlich? *Fünf?*

»Okay«, stimmt er nickend zu. »Aber zuerst musst du dich ausziehen.«

»Wie bitte?«, frage ich empört.

»Ich sagte, zieh dich aus«, wiederholt er ganz sachlich. »Ich bringe unsere Sachen in den Waschsalon. Die stehen ja fast von selbst vor Dreck.«

»Ach … klar … ja, sicher«, stottere ich. Mit glühenden Wangen spurte ich ins Badezimmer und schäle mir die schmutzstarrende Hose und das T-Shirt vom Leib. Die Unterwäsche kann ich ihm nicht geben; die muss ich nachher selbst im Waschbecken auswaschen. Dann gehe ich wieder nach draußen, eingewickelt in ein Handtuch, in etwa so groß wie eine Briefmarke. Linkisch versuche ich, das Stückchen Stoff hinten über meine Oberschenkel zu ziehen, während ich es gleichzeitig vorne krampfhaft vor der Brust raffe. Steif reiche ich ihm meine Sachen. »Prima, die sind bestimmt im Handumdrehen fertig«, sagt er und wirft sie auf den großen Haufen mitten auf dem Bett. »Hast du sonst noch was zum Waschen? Ich nehme gleich alles mit. Meine Klamotten können alle eine gründliche Wäsche vertragen.« Nachdem er bereits in Shorts geschlüpft ist, zieht er sich nun auch noch das T-Shirt über den Kopf und schleudert es schwungvoll auf den Dreckwäscheberg.

Und dann steht er da mit nacktem Oberkörper und sieht mich erwartungsvoll an, als sei es das Normalste der Welt.

Sagt die Frau im Minihandtuch, denke ich beschämt und gucke schnell weg.

»Ähm, also … wenn das so ist.« Und dann gebe ich ihm auch meine restlichen Sachen. Viel ist es nicht, aber alles ist schmutzig und staubig von der langen Reise. »Soll ich mitkommen?«, frage ich, als er das Kleiderbündel in einen Sarong wickelt und verschnürt wie einen Rucksack.

»In dem Handtuch?«, fragt er grinsend, und ich werde schon wieder rot. »Nein, keine Sorge, ruh dich ruhig ein bisschen aus.«

Dankbar lächele ich ihn an und halte ihm die Tür auf.

»Heute Abend wird getanzt, also schlaf schon mal ein Stündchen vor«, fügt er hinzu und bleibt kurz in der Tür stehen. Dann ist er weg, den Flur hinunter verschwunden.

Dreiunddreißigstes Kapitel

Ich schließe die Tür hinter ihm und lasse mich aufs Bett plumpsen. So, das wäre geschafft. Ich bin da. Nach dieser verrückten, zauberhaften Tour quer durch Rajasthan mit all den Forts und Palästen, den wunderbaren Menschen und unglaublichen Erlebnissen bin ich endlich in Udaipur.

Zufrieden seufzend schaue ich aus dem Fenster. Wenn ich den Hals ein bisschen recke und den Kopf verdrehe, kann ich einen Blick auf das Lake Palace Hotel erhaschen, das auf dem Wasser zu schweben scheint. Man erkennt es auf den ersten Blick, wenn man den Bond-Film gesehen hat. Ich muss lächeln. Da habe ich gedacht, ich sei noch nie hier gewesen, dabei habe ich schon so manchen Weihnachtstag in Udaipur verbracht, auf wilder Verfolgungsjagd mit Roger Moore durch die farbenfrohen, verschlungenen kleinen Straßen der Stadt rasend.

Ich muss gähnen und bin plötzlich schrecklich müde. Es war eine lange Fahrt aus der Wüste hierher, und letzte Nacht habe ich kaum ein Auge zugetan. Schläfrig schließe ich die Augen und überlege gerade, wie schön es wäre, jetzt ein kleines Nickerchen zu machen, da klopft es an der Tür. Bestimmt ist das Jack, der irgendwas vergessen hat, denke ich und stehe auf.

»Sag mir nicht, du hast eine Socke verloren«, witzele ich und öffne die Tür.

»Entschuldigen Sie bitte die Störung.«

Es ist das junge Mädchen von der Rezeption.

»Ach, hallo, Entschuldigung«, lächele ich etwas verlegen. »Ich dachte, Sie sind jemand anders.«

»Störe ich gerade?« Ihr Blick geht zu meinem Handtuch. »Ich kann auch später wiederkommen.«

»Oh nein«, versichere ich kopfschüttelnd und stopfe den Handtuchzipfel vor der Brust noch mal fest in den Frotteestoff. »Meine Sachen sind gerade in der Reinigung.«

»Ich wollte Sie nämlich etwas fragen«, setzt sie an und schluckt schwer, und da erst merke ich, wie nervös sie ist. »Als Sie angekommen sind, habe ich Sie gesehen und war überzeugt, Sie von irgendwoher zu kennen …«

»Ach herrje, das ging mir genauso!«, rufe ich ganz aufgeregt. Wusste ich es doch! Ich vergesse nie ein Gesicht.

»Aber ich wusste einfach nicht, woher. Und dann war ich wieder unten in der Lobby, und weil alles ruhig war, habe ich mich hingesetzt und mein Buch weitergelesen, und da ist es mir wie Schuppen von den Augen gefallen …« Sie bricht ab und schaut mich an, und ihre Augen strahlen vor Freude. »Das sind Sie!«

Die ganze Zeit hatte sie die Arme verschränkt und etwas, das ich nicht genau erkennen konnte, an die Brust gedrückt wie einen Schatz, und nun hält sie es mir vor die Nase, und ich sehe, dass es ein Buch ist.

Mein neuester Roman.

»Ruby Miller!«, quietscht sie begeistert und deutet über das ganze Gesicht grinsend auf das Autorenfoto hinten auf dem Buchumschlag. »Sie sind meine Lieblingsautorin!«

»Oh … wow«, murmele ich lächelnd. Ich fühle mich gleichzeitig geschmeichelt und leicht verwirrt. So schön es ist, eine meiner Leserinnen persönlich kennenzulernen, und noch dazu in Indien, erklärt das noch lange nicht, warum sie mir so bekannt vorkommt.

»Ich möchte Sie wirklich nicht behelligen, aber könnten Sie es mir vielleicht signieren?«

Ich reiße mich zusammen und höre auf zu grübeln. »Ja, ja, natürlich«, versichere ich rasch. »Kommen Sie doch herein.«

»Vielen lieben Dank, Miss Miller.«

»Bitte, nennen Sie mich doch Ruby«, sage ich.

»Ruby«, wiederholt sie nickend und wird rot. Dann folgt sie mir nach drinnen. Ich bedeute ihr, auf dem Stuhl Platz zu nehmen, während ich mich auf die kleine Ottomane am Fußende des Bettes hocke. Sie lächelt dankbar, setzt sich und reicht mir das Buch zum Signieren.

Wie eigenartig, es hier zu sehen. In diesem kleinen Zimmerchen in einem Gästehaus in Rajasthan. Das Buch in den Händen blättere ich kurz darin. Seit ich in Indien bin, habe ich überhaupt nicht mehr ans Schreiben gedacht. Zum ersten Mal in meinem Leben bin ich selbst unversehens in einer Geschichte gelandet, wie ich sie mir nicht besser hätte ausdenken können, und bin gar nicht dazu gekommen, in meine Fantasiewelt zu flüchten. Und jetzt, wo ich so hier sitze, scheint meine Schreibblockade nur eine unschöne Erinnerung. Ich strotze nur so vor Energie und sprudele fast über vor Ideen …

»Brauchen Sie vielleicht einen Stift?«

Ihre Stimme reißt mich aus meinen Tagträumen, und ich sehe, wie sie mich erwartungsvoll anschaut.

»Ach nein, hier muss irgendwo einer sein«, murmele ich hastig und schau mich suchend im Zimmer um. Es ist mir stets ein bisschen peinlich, wenn ich nicht immer und überall etwas zum Schreiben zur Hand habe. Ich meine, schließlich bin ich Schriftstellerin, Himmel noch eins – eigentlich müssten mir Stifte zu den Ohren herauskommen.

»Ihre Bücher machen mich glücklich«, fährt die junge Frau strahlend fort, »wenn ich mal traurig bin. Sie haben mich gelehrt, an die wahre Liebe zu glauben, und daran, dass am Ende alles gut wird …«

Als ich das höre, zwicken mich ein paar kleine Gewissensbisse. Plötzlich komme ich mir vor wie eine Hochstaplerin. Ich meine, da schreibe ich ständig märchenhafte Geschichten über die wahre Liebe, und dann schaut mich an. Ich bin wohl kaum gute Werbung in eigener Sache, was?

»… aber wie kann man glücklich bis ans Ende seiner Tage leben, wenn man nicht mit dem Menschen zusammen sein darf, den man liebt? Wie soll man weiterleben mit gebrochenem Herzen?«

Ich halte inne in meiner hektischen Kuli-Suche und schaue auf, und da sehe ich, dass ihr dicke Tränen übers Gesicht kullern.

»Entschuldigen Sie«, schnieft sie und wischt sie rasch mit den Fingern fort.

»Ach, ich bitte Sie«, sage ich, nehme spontan ihre Hand und drücke sie mitfühlend. »Wir alle haben ein gebrochenes Herz.«

»Sie auch?«, fragt sie ungläubig.

»Ja, ich auch«, versichere ich nickend und lächele wehmütig.

»Dann sagen Sie mir, was ich tun soll?« Erwartungsvoll schaut sie mich an und hofft wohl auf einen klugen Rat meinerseits.

Angesichts der Ironie dieser Situation kann ich mir das Lächeln nicht verkneifen. »Ich weiß es nicht«, gestehe ich und sehe, wie ihr Gesicht vor Enttäuschung immer länger wird.

»Aber Sie schreiben doch über die Liebe«, entgegnet sie stirnrunzelnd.

»Ich schreibe über die Liebe, weil sie mich fasziniert, aber ich bin keine Expertin in Sachen Liebe. Niemand ist das. Niemand kennt alle Antworten, denn es *gibt* keine Antworten«, erkläre ich sehr bestimmt. »Nicht umsonst spricht man vom Geheimnis der Liebe. Ehrlich gesagt, je mehr ich darüber erfahre, desto mehr muss ich einsehen, dass ich eigentlich gar nichts weiß.«

Noch vor zwei Wochen sah die Welt für mich ganz anders aus – als ich nicht mehr an die Liebe glauben wollte und das alles als ganz großen Blödsinn abgetan habe, und jetzt … »Aber wenn ich eins gelernt habe, dann das: Selbst wenn man den Glauben und die Hoffnung längst verloren hat, ist die Liebe immer noch für eine Überraschung gut.«

Ich sehe die junge Frau an, die mir da gegenübersitzt, und muss an all die vielen Millionen Menschen auf der Welt denken, die genau wie wir auf die eine oder andere Weise Antworten suchen.

»Man darf die Hoffnung nicht aufgeben«, erkläre ich energisch. »Man darf niemals aufgeben.«

Unsere Blicke treffen sich, und zwischen uns herrscht ein inniges, tiefes Verständnis. Denn ganz gleich, wie alt man auch sein mag, wo man lebt, welcher Religion oder Kultur man angehört: Tief im Innern fühlt sie sich für uns alle gleich an, die Liebe.

»Oh, siehe da, ein Stift.« Ich habe einen Kugelschreiber auf dem kleinen Tisch hinter ihr entdeckt. Den schnappe ich mir, schlage das Buch auf und blättere zur ersten Seite. »Was soll ich schreiben?«

»Für Suhana«, sagt sie mit einem scheuen Lächeln.

Die Spitze des Kugelschreibers schon auf der Seite werde ich plötzlich stocksteif. Moment mal, der Name kommt mir doch irgendwie bekannt vor. *»Suhana?«*, frage ich und durchforste mein Hirn nach einem Hinweis darauf, woher ich ihn kennen könnte.

»Ja, so heiße ich«, sagt sie nickend.

Und dann muss ich plötzlich an die Zugfahrt von Goa nach Delhi denken: an Vijay – und das Foto in seinem Handy.

»Kennen Sie zufälligerweise einen jungen Mann namens Vijay?«, frage ich, und kaum habe ich den Namen ausgesprochen, da weiß ich schon, ich habe ins Schwarze getroffen. Ihr Gesicht sagt mehr als tausend Worte. *»Vijay?«*, haucht sie, als traute sie ihren Ohren kaum. »Sie kennen *Vijay*?«

»Ich habe ihn im Zug kennengelernt«, bestätige ich nickend. »Er hat mir viel von Ihnen erzählt!«

»Wirklich?« Ihre Stimme ist kaum mehr als ein Flüstern. »Wie geht es ihm?«

»Er liebt Sie«, antworte ich ohne Umschweife.

Ich sehe, wie ihr der Atem stockt, und es ist fast, als wagte sie nicht auszuatmen, als könnte sie so meine Worte auf ewig im Herzen behalten. »Bitte … erzählen Sie mir von ihm«, sagt sie schließlich mit zitternder Stimme. Ihre dunklen Augen suchen meine. »Erzählen Sie mir von meinem Vijay.«

Also erzähle ich ihr alles, was ich weiß. Wie sehr er sie liebt und wie sehr sie ihm fehlt. Dass er weiß, dass sie nicht zusammen sein können, weil sie sich nie dem Wort ihres Vaters widersetzen würde. Dass er nicht möchte, dass sie ungehorsam gegen ihren Vater ist, weil er ihn als weisen Mann respektiert. »Er möchte nur wissen, dass Sie glücklich sind«, sage ich zu ihr. »Mehr möchte er nicht.«

Und Suhana hört mir zu, mit Tränen in den Augen, die glänzen vor Glück und Traurigkeit, und sie sagt, das sei ein Zeichen. Und ich kann nicht anders, als ihr Recht zu geben. Vielleicht stimmt es ja. Die Liebe geht seltsame Wege, und wer würde wagen zu behaupten, das Schicksal hätte nicht seine Hand im Spiel gehabt, als ich Vijay im Zug begegnete? Vielleicht bei dem Windstoß, der mir die Haare zerzauste und uns dazu brachte, über Suhana zu sprechen, das Mädchen, das er liebt. Bei der Reifenpanne, durch die wir zu spät in Udaipur ankamen, sodass wir in diesem Gästehaus absteigen mussten, weil alle anderen Hotels bereits ausgebucht waren. Bei dem Roman, den ich geschrieben habe und den eine junge Rezeptionistin namens Suhana gerade liest, als ich hierherkomme, die mich dann bittet, ihn zu signieren … worauf ich sie wiederum auf Facebook als Freundin hinzufüge …

Na ja, ich muss schon zugeben, da wollte ich dem Schicksal ein bisschen auf die Sprünge helfen. Denn vielleicht schaut sich einer der beiden eines Tages meine Freundesliste an und entdeckt den anderen dort … und wer weiß, was dann passiert? Den Rest überlasse ich der Fügung.

Wir reden noch lange miteinander, und irgendwann umarmt Suhana mich zum Abschied, und ich will gerade die Tür hinter ihr schließen, als Jack um die Ecke kommt, beladen mit zwei riesengroßen Tüten.

»Willst du zuerst die gute Nachricht hören oder die schlechte?«

Mir rutscht das Herz in die Kniekehlen. *Oje.* Was denn nun schon wieder?

»Ich bin Britin; zuerst die schlechte«, sage ich, ohne zu zögern.

Er lächelt. »Okay, also, die schlechte Nachricht ist, ich hab unsere Klamotten ruiniert.«

»Was?«, frage ich stirnrunzelnd. »Wie das denn?«

Wortlos geht er an mir vorbei und schüttet den Inhalt der ersten Tüte auf das Bett. Ein wildes Durcheinander rosaroter Lumpen purzelt auf die Bettdecke. Zumindest glaube ich, dass es Putzlumpen sind. Erst bei näherem Hinsehen merke ich, dass es unsere Sachen sind.

»Alles rosa«, stelle ich überflüssigerweise fest.

»Magst du Rosa?«, fragt er mit hochgezogener Augenbraue.

Ich angele ein T-Shirt in einem seltsamen Bubblegum-Pink aus dem Haufen, das doppelt so weit ist wie vorher, und starre es irritiert an. »Und die gute Nachricht?«, frage ich, auf alles gefasst.

»Ich habe uns gleich was Neues gekauft«, erklärt er schlicht und ergreifend.

»Echt?« Ein leichtes Panikgefühl steigt in mir auf. Ach herrje. Das kann nichts Gutes bedeuten. Der letzte Mann, der mich mit Anziehsachen beglücken wollte, hat ein Kleidchen angeschleppt, in dem ich aussah wie ein Pin-up-Girl.

Ängstlich beobachte ich, wie er den Inhalt der anderen Tüte auf einen kleinen Stuhl kippt.

»Weißt du, *so* schlimm finde ich Rosa gar nicht«, setze ich an und verstumme dann, als ich sehe, wie Jack den himmlischsten strahlend blauen Sari-Stoff herauszieht, den ich je gesehen habe.

»Oh, wow«, flüstere ich hingerissen, wie hypnotisiert von dem farbenprächtig schimmernden, glitzernden Stoff. »Aber wie …«

»Mrs Gupta«, erklärt er. »Ich dachte, wenn wir schon die ganze Nacht unterwegs sind, um wildfremde Hochzeiten zu stürmen, können wir uns wenigstens dem Anlass entsprechend kleiden.« Und damit fischt er eine reich verzierte goldene Seidentunika heraus, die er sich anhält. Staunend starre ich ihn an. »Und sie hat wirklich das beste Angebot der ganzen Stadt«, versichert er mir grinsend und hält mir ihre Visitenkarte unter die Nase.

Im ersten Moment stehe ich nur stumm da. Doch dann breitet sich ein strahlendes Grinsen auf meinem Gesicht aus, und ich stürze mich begeistert auf den Sari und nehme ihn ehrfurchtsvoll in die Hand. »Wow, Jack, der ist ja hinreißend!«

Hocherfreut lächelt er mich an, dann kommt er gleich zur Sache. »Also los, ziehen wir uns an, wir haben eine lange Nacht vor uns«, sagt er und klatscht aufmunternd in die Hände.

Mit einem Schlag bin ich hellwach, drücke mein neues Kleid verliebt an die Brust und flitze schnell ins Badezimmer. Dort schließe ich die Tür hinter mir, lasse das Handtuch fallen und bleibe dann wie angewurzelt stehen. Beim Gedanken an den Abend, der uns bevorsteht, verlässt mich plötzlich der Mut. Aber andererseits ist das alles auch ganz schrecklich aufregend. Beherzt greife ich nach der glitzernden Seide und streife mir den Sari über.

Vergessen Sie 007, ich komme mir vor, als erlebte ich gerade meinen ganz eigenen Actionfilm.

Vierunddreißigstes Kapitel

Wer ist diese Frau?

Ungläubig stehe ich vor dem Spiegel und bestaune dieses fremdartige Wesen, das mir daraus entgegenschaut. Fast erkenne ich mich nicht wieder. Das burschikose Mädchen mit den zerzausten, staubigen, lieblos zusammengeknüllten Haaren, das draußen in der Wüste unter freiem Himmel kampierte, ist spurlos verschwunden. An seiner Stelle steht da eine junge Frau in einem traumhaften kornblumenblauen Seiden-Sari, reich bestickt mit zarten goldenen Fäden und Strasssteinchen, die bei jeder Bewegung funkeln und glitzern. Das frisch gewaschene Haar fällt lose in weichen Wellen auf die Schultern, die Augen sind mit Kohlkajal umrandet, und die in feinem Hennamuster, das eindrucksvoll nachgedunkelt ist, bemalten Hände wirken zartgliedrig und elegant.

Und sie trägt sogar ein wunderschönes Bindi mit Schmuckstein, denke ich und taste vorsichtig mit den Fingern danach. Dabei klimpern die unzähligen Armreifen an meinem Handgelenk wie kleine Glöckchen, und ich kann mir ein Lächeln nicht verkneifen.

»Ich komme mir vor wie eine Prinzessin aus Tausendundeiner Nacht«, sage ich zu Jack, der in einem traditionellen indischen *Achkan* hinter mir steht, einer knielangen Jacke aus goldener Seide und dazu passender schmaler Hose.

»Und wer bin ich dann? Der Märchenprinz?«, fragt er grinsend.

Ich muss lachen, aber mein Magen schlägt einen kleinen Purzelbaum. Frisch rasiert, die dunklen Haare aus dem gebräunten Gesicht gekämmt und ohne den ausgefransten Hut auf dem Kopf, ohne Flipflops und abgewetzte Shorts, sieht Jack einfach irre gut aus. Wie der Held aus einem Bollywood-Film.

»Und, wie sehen wir aus?«, fragt er mit einem Blick in den Spiegel mein Ebenbild.

»Ähm … gar nicht so übel«, murmele ich und bemühe mich, ganz cool zu klingen. Aber innen drin kommt es mir vor, als stünden all meine Nervenenden unter Strom. In unseren traditionellen indischen Gewändern sehen wir nicht nur völlig ungewohnt aus, nein, es ist fast, als seien wir ganz andere Menschen. Nicht Jack und Ruby, zwei Touristen, die das Schicksal bei dieser Reise durch Indien zusammengeworfen hat und die eigentlich gar nichts gemeinsam haben. Sondern Jack und Ruby, ein Mann und eine Frau, zurechtgemacht für einen besonderen Abend mit nicht nur einer, sondern gleich einem Dutzend Hochzeiten.

Liebes Lieschen. Ich bin ganz zittrig vor Aufregung und in heller Panik. Als Paar zu einer Hochzeit zu gehen ist normalerweise ein eindeutiges Zeichen, dass man es ernst miteinander meint. *Und wir gehen gleich zu zwölf hintereinander.*

Aber wir sind kein Paar. Jack tut mir bloß einen Gefallen. Wir ziehen nur los, um Amy zu suchen, sage ich mir streng. Ehe es zu spät ist und sie den größten Fehler ihres Lebens begeht.

»Du siehst bezaubernd aus, Ruby.«

Ich drehe mich zu ihm um und sehe, dass Jack mich ansieht, wie er mich noch nie angesehen hat.

»Ähm, danke«, krächze ich, und meine Stimme ist plötzlich ganz hoch und kieksig. »Du, äh, du siehst aber auch nicht schlecht aus«, gebe ich das Kompliment zurück. Eigentlich soll das wie ein Witz klingen.

Er schaut mich noch einen Augenblick lang an, und fast denke ich schon, er will etwas sagen, aber dann scheint er es sich anders zu überlegen. »Okay, gehen wir.« Und damit reicht er mir den Arm.

Wie gesagt, wir sind ganz und gar kein Paar. Er tut mir nur einen Gefallen. Mehr nicht.

Und dann hake ich mich bei ihm unter, und wir gehen gemeinsam hinaus.

Unten an der Rezeption wuselt Suhana geschäftig herum und stößt, einen Haufen Post gefährlich auf einem frischen Handtuchstapel balancierend, hinter dem sie nichts mehr sieht, mit Karacho mit uns zusammen. »Oje, es tut mir so leid, Sir, Madam«, ruft sie und bleibt dann wie angewurzelt stehen, als sie uns erkennt. »Ach du liebe Güte! Ruby!«

»Hallo, Suhana«, sage ich lächelnd, während Jack mich überrascht anschaut und sich wohl fragt, seit wann ich mit der Rezeptionistin per Du bin. Ich nehme mir vor, es ihm nachher in Ruhe zu erklären.

»Sie sehen so … so verändert aus«, erklärt sie fassungslos und starrt uns mit großen Augen an.

»Wir sind auf dem Weg zu einer Hochzeit, oder zwei«, entgegnet Jack lächelnd, sammelt rasch die verstreuten Umschläge auf, die ihr aus der Hand gefallen sind, und legt sie wieder oben auf den Stapel.

Dankbar lächelt sie ihn an. »Die ganze Stadt ist heute Abend eine einzige große Hochzeitsfeier!«, ruft sie. »Ich muss zu der von meinem Cousin, und ich komme bestimmt viel zu spät!« Ihr Blick geht zur Uhr an der Wand, und sie quiekt entsetzt auf. »Oh nein, schon so spät!«

»Tja, dann wollen wir Sie nicht länger aufhalten«, sage ich in Anbetracht ihrer hellen Aufregung. Nur eine Frau kann verstehen, wie es ist, nicht mehr genug Zeit zu haben, sich zurechtzumachen.

»Vielleicht sehen wir uns ja später noch«, meint Jack nickend, als sie hinter dem Empfang verschwindet.

»Ja … bitte … Sie müssen unbedingt nachher zu der Feier kommen«, bittet sie eifrig nickend und knipst rasch die diversen elektronischen Geräte aus. Dann erscheint ihr Kopf noch mal hinter dem Tresen, und sie strahlt uns ganz aufgeregt an. »Es gibt Livemusik, und es wird getanzt. Kommen Sie einfach zum Royal Shiva, das Fünfsternehotel am See …« Und dann ist sie auch schon wieder hinter dem Empfangsschalter verschwunden.

Nach einer hastigen und ihrerseits etwas undeutlichen Verabschiedung gehen wir nach draußen, die große Treppe vor dem Gästehaus hinunter. Auf den Straßen drängen sich bereits die Menschenmassen, es ist laut, und die Atmosphäre erinnert an Karneval. Langsam wird es dunkel, und der Mond steht schon am Himmel, aber die ganze Stadt scheint auf den Beinen.

»Wunderhübsch sehen Sie aus!«

Ich drehe mich nach der Stimme um, und da sehe ich das weiße Auto in einer winzig kleinen Parklücke auf der anderen Straßenseite stehen, und Rocky, der sich lässig dagegenlehnt.

»Ach, hallo!«, ruft Jack. »Ich hatte Sie gar nicht gesehen.«

»Aber ich habe Sie beide gesehen«, ruft er vielsagend und nickt uns lächelnd zu. »Ein wirklich schönes Paar.«

Worauf ich schon wieder rot werde. »Danke«, entgegne ich lächelnd, ohne Jack anzuschauen.

»Mein Job wäre damit wohl erledigt«, erklärt er, als Jack und ich gemeinsam die Stufen hinuntergehen und die Straße überqueren.

»Ja, gut gemacht, dass Sie uns heil nach Udaipur gebracht haben«, meint Jack grinsend.

Ich schaue Rocky an, und unsere Blicke treffen sich, und irgendwie habe ich plötzlich das vage Gefühl, dass er etwas ganz anderes gemeint hat. Aber kaum blitzt dieser Gedanke in meinem Kopf auf, unterbricht uns der laute Klang einer Blaskapelle, und dann biegt unversehens eine Hochzeitsprozession um die Ecke.

Angeführt wird sie von einem Trommler, dem ein gutes Dutzend andere Musiker folgen – Tubisten, Posaunisten, Trommler, alle in passenden Uniformen mit roter Jacke und goldenen Knöpfen; begleitet werden sie von Jungen mit Kandelabern, die an einen Generator angeschlossen sind, und die Hochzeitsgesellschaft wimmelt wie ein Fischschwarm hinter ihnen her. Der Gesamteffekt ist schwindelerregend, chaotisch und absolut aufregend.

»Rocky hatte Recht, heute Nacht scheint hier jeder zu heiraten«, hauche ich atemlos, als die Hochzeitsgesellschaft sich zwischen ihn und uns schiebt und wir ihn im Gedränge verlieren.

»Mrs Gupta meinte, sie weiß von mindestens zwölf Hochzeiten, richtig?«, fragt Jack.

»Mhm«, bestätige ich nickend, wie gebannt von den blitzenden Lichtern und den farbenprächtigen Saris, die an uns vorbeiströmen wie bunte tropische Fische.

»Was meinst du, wo sollen wir am besten anfangen zu suchen?«

»Keine Ahnung!«, brülle ich, um den Lärm der Zimbeln und Trompeten zu übertönen.

»Tja, wenn das so ist …« Ohne weiter zu zögern, packt Jack mich an der Hand, und gemeinsam stürzen wir uns ins Getümmel.

Sofort verschlucken uns der Lärm und die lachenden, fröhlichen Menschen, und es bleibt keine Zeit, sich zu fragen, was wir hier eigentlich tun, oder sich um meine Schwester zu sorgen, oder sich ängstlich zu fragen, was wohl alles geschehen könnte. Wir können uns nur dem Moment überlassen und uns von der Nacht treiben lassen, wohin sie uns auch führen will.

Und so strecken wir lachend vor Begeisterung wie alle anderen die Arme in die Luft. Möge das große Hochzeitsspektakel beginnen.

Irgendwo habe ich mal gelesen, im Leben ginge es nicht darum, wie viele Atemzüge man tut, sondern darum, wie viele Momente man erlebt, die einem den Atem rauben. Wenn das stimmt, dann ist diese eine Nacht in Udaipur erfüllt mit Millionen solcher Momente. Allein vom Anblick der prächtigen bunten Farben rast einem das Herz. Oft hört man die Beschreibung einer wahren »Farbenexplosion«, aber erst wer in Indien war, am besten bei einer indischen Hochzeit, kennt die wirkliche Bedeutung dieses Ausdrucks.

Kanariengelb, Rosenrot, Smaragdgrün … und das sind nur die Saris. Dazu kommen die flammend roten Turbane, der Regen aus goldenen Ringelblumen, die bunt geschmückten Pferde und Elefanten und das glitzernde Feuerwerk, das den dunklen Abendhimmel erleuchtet. Es kommt mir vor, als sähe ich die Welt plötzlich in HD. Glauben Sie mir, wäre Farbenpracht eine olympische Disziplin, Indien würde jedes Mal unangefochten die Goldmedaille gewinnen.

Jacks und mein erstes Hochzeitserlebnis endet, als wir den Bräutigam auf seinem weißen Ross entdecken. Prachtvoll herausgeputzt in langer weißer Seidenjacke, reich verziertem, edelsteinbesetztem Turban und mit einem Schwert gegürtet, sieht er auf dem edlen Schimmel aus wie ein Märchenprinz. Aber wie Shine sieht er nicht aus. Widerstrebend lösen wir uns also aus der feierwütigen Hochzeitsgesellschaft.

Und stolpern gleich in die nächste.

Diese Prozession ist noch länger und lauter als die vorige. Angeführt von einem majestätischen, prunkvoll geschmückten Elefanten unterhalten Feuerspucker die Menge, während die Gäste zu Bollywood-Melodien tanzen, die aus gigantischen Lautsprechern dröhnen. »Komm, lass uns tanzen«, johlt Jack, packt mich an den Händen und wirbelt mich im Kreis herum.

»Ich kann aber nicht tanzen«, protestiere ich laut und lache verlegen. Das Ganze ist mir extrem peinlich. Aber er schleudert mich nur umso begeisterter herum.

»Sieh dich mal um!«, schreit er gegen die Musik an. »Das stört hier keinen!«

Und während er mich herumwirbelt, linse ich aus den Augenwinkeln auf die anderen Gäste und muss feststellen, dass er Recht hat. Das stört hier niemanden, denn niemand sieht uns zu; alle sind viel zu sehr mit sich selbst beschäftigt, recken die Arme in die Luft, wackeln mit den Hüften, hopsen und springen, drehen sich und klatschen vergnügt in die Hände. Hemmungen sind hier ein Fremdwort, und das bei manchen mehr als bei anderen, denke ich grinsend, als ich einen Mann sehe, der so etwas wie einen Jive mit Headbanger-Elementen tanzt.

Es stimmt also, wie es immer heißt: Wo man auch ist auf der Welt, bei Hochzeiten bekommt man die bizarrsten Tänze zu sehen. Ich habe schon schlechte Tänzer auf Hochzeiten das Tanzbein schwingen sehen, und ich meine *wirklich* schlechte, aber das stört hier niemanden. Alle sind viel zu sehr damit beschäftigt, sich zu amüsieren.

»Woohoo!«

Von einer neuen Welle tanzwütiger Nachtschwärmer erfasst finde ich mich plötzlich inmitten anderer Touristen wieder, darunter ein paar Holländerinnen und ein Haufen völlig ausgeflippter Italiener, während Jack von einer stattlichen Walküre und ihren Freundinnen vereinnahmt wird, die ihn glucksend wie die Hühner umringen wie den Hahn im Korb. Und dann verliere ich ihn in der Menge kurz aus den Augen, als eine neue Woge vorbeischwappt, und plötzlich ist lautes Hupen zu vernehmen, und ich muss zur Seite springen, um ein Taxi passieren zu lassen, das wohl unversehens in diesen Tumult geraten ist.

Genau wie wir damals in Delhi, denke ich. Das kommt mir so lange her vor, dass es fast ist, als sei das jemand anderem passiert, nicht mir, überlege ich und luge neugierig in das Auto, das sich zentimeterweise an uns vorbeischiebt. Und was für eine Überraschung erwartet mich da! Drinnen sitzt Cindy! Auf den Rücksitz gekauert hockt sie da und scheint völlig verängstigt.

»Hey!«, rufe ich und klopfe energisch ans Fenster, das gerade einen Spaltbreit geöffnet ist.

Entsetzt kreischt sie auf und kurbelt hektisch die Scheibe hoch. Sie scheint noch verschreckter als zuvor.

»Cindy!«, rufe ich, noch lauter. »Ich bin's, Ruby!«

Ihr Blick findet mich, und sie macht ein verdattertes Gesicht. *»Ruby?«*, formt sie tonlos mit den Lippen, sicher hinter der schützenden Fensterscheibe. »Bist du das wirklich?« Ungläubig mustert sie mich von Kopf bis Fuß.

»Ja, ich bin's«, entgegne ich lachend und amüsiere mich über ihr fassungsloses Gesicht. »Wo willst du hin?«

Ganz zaghaft kurbelt sie das Fenster wieder herunter und schaut dabei misstrauisch von links nach rechts, als fürchtete sie, jeden Augenblick könne eine Hand hineingreifen und sie herausziehen. »Ich muss zum Flughafen, aber der Verkehr ist die Hölle! Schlimmer als auf dem 405!« Kopfschüttelnd lehnt sie sich aus dem Wagen und guckt die Straße hinunter. »Sollen die Leute doch alle nach Hause gehen. Was machen die überhaupt hier?«

»Es ist Hochzeitssaison«, erläutere ich.

»Mir auch egal«, bemerkt sie übellaunig. »Ich komme mir vor wie im Bürgerkrieg.«

»Wo sind denn deine Eltern?«, erkundige ich mich und linse ins Wageninnere, wo außer Cindy nur der entnervte Taxifahrer zu sehen ist.

»In L.A. Wo ich auch hinwill, sobald ich hier raus bin.« Und damit stürzt sie nach vorne und pikst den Fahrer von hinten in die Schulter. »Können Sie nicht schneller fahren? Ich verpasse noch meinen Flug!«

Pflichtschuldig legt er sich auf die Hupe, aber es ist vollkommen aussichtslos. Es geht nicht vor und nicht zurück.

»L.A.?«, frage ich und schaue sie verwirrt an.

»Ich habe gelogen«, platzt sie heraus und schaut mich wieder an. »Das war alles gequirlter Bockmist. Sie waren nicht dabei, ich war ganz allein unterwegs.«

»Ach, tatsächlich?«, stammele ich verdutzt und gucke sie mit großen Augen an. »Aber warum denn?«

»Schlimme Beziehung, schlimme Trennung …« Sie verdreht die Augen und kaut angestrengt auf ihrem Kaugummi herum.

»Ach, das tut mir leid.« Auf einmal habe ich richtig Mitleid mit ihr. Also sind sogar bildhübsche kalifornische Unterwäschemodels nicht vor Liebeskummer gefeit.

»Ja, darum musste ich dringend weg, ein kleiner Tapetenwechsel, aber ich wollte auf keinen Fall ständig bemitleidet werden«, erklärt sie brüsk. »Also habe ich allen erzählt, ich sei mit meinen alten Herrschaften unterwegs.«

»Aber warum ausgerechnet Indien?«

Worauf sie eine eselsohrige Taschenbuchausgabe von *Eat, Pray, Love* aus ihrer Louis-Vuitton-Handtasche kramt, die neben ihr auf dem Rücksitz steht. »Hierherzukommen war ein Riesenfehler. Ich wäre besser nach Bali gefahren und hätte mir einen sexy Javier-Bardem-Verschnitt geangelt … stattdessen musste mir Jack über den Weg laufen.«

Ich werde stocksteif, als ich seinen Namen aus ihrem Mund höre.

»Nur hatte der leider überhaupt kein Interesse«, erklärt sie und schnalzt abfällig mit der Zunge. Dann kramt sie eine Puderdose heraus und pudert sich das Näschen.

Das eiserne Band, das sich plötzlich so eng um meine Brust gelegt hatte, dass ich kaum atmen konnte, lockert sich ein wenig. »Wie meinst du das, er hatte kein Interesse?« Ich wage kaum, danach zu fragen.

»Ich hatte den Eindruck, er ist schon vergeben«, erklärt sie achselzuckend und lässt die Puderdose zuschnappen. »Gesagt hat er das zwar nicht, aber es war eindeutig, dass er eine andere liebt.«

Mir bleibt fast das Herz stehen. *Eine andere liebt?* Sie guckt mich an und schnaubt vernehmlich. »Was denn? Du dachtest doch nicht etwa, dass zwischen uns was gelaufen ist, oder?«

»Ähm …« Aus meinen Gedanken gerissen weiß ich nicht, was ich darauf sagen soll. Mein Gesicht spricht sicher Bände. Natürlich hatte ich angenommen, zwischen den beiden sei etwas gelaufen. Ich dachte, sie hätten miteinander geschlafen. »Na ja, ich dachte, vielleicht … wo du doch in seinem Zimmer übernachtet hast …«

»Oh nein, Gott bewahre«, quietscht Cindy und verdreht die Augen. »An dem Abend war ich total hinüber. Ich hatte länger keinen Alkohol mehr getrunken, weil ich ein Cleansing gemacht habe, und weiß der Himmel, was die hier in die Cocktails panschen! Aber er war der perfekte Gentleman«, fügt sie hinzu und brummt dann: »Leider.«

Meine Gedanken überschlagen sich. Ich wage es kaum zu denken, oder zu hoffen, und doch: Könnte es sein, dass die andere Frau, die er liebt … Ich bremse mich, ehe ich den Gedanken zu Ende bringe … *Könnte ich diese andere Frau sein?*

Nein, das ist völlig verrückt. Natürlich nicht. Aber dann muss ich daran denken, wie er mich vorhin angeschaut hat; das Gefühl, als wir nebeneinander mitten in der Wüste im Zelt lagen; an den Augenblick, als er mir ohne ein Wort seine Jacke umgehängt hat. Wie ein Stein, der über die Wasseroberfläche hüpft, springen meine Gedanken von einer Erinnerung zur nächsten. Da war etwas zwischen uns, das habe ich mir nicht nur eingebildet. Da bin ich mir ganz sicher. Energisch verbiete ich mir jeden weiteren diesbezüglichen Gedanken. Hör auf, Ruby. Es reicht. So was darfst du nicht denken. Du machst dich nur wieder verletzlich.

»Ist ja auch egal.« Cindy schaut wieder nach vorne auf den stockenden Verkehr und schnaubt entnervt. Das Taxi hat sich noch keinen Millimeter von der Stelle bewegt. »Gott, das ist ja schrecklich!«, schimpft sie und wendet sich dann an mich. »Ganz ehrlich, wie kann man das hier schön finden?«

Und ich schaue mich um, sehe die Menschen, die Farben, den ganzen Zauber.

Und frage zurück: »Wie kann man das *nicht* schön finden?« Verständnislos starrt sie mich an, dann tut sich unversehens eine Lücke auf, und das Taxi schießt nach vorne.

»Na endlich«, jubelt sie. »Nichts wie raus hier!« Und dann streckt sie beide Arme zum Fenster hinaus und winkt mir zu, während der Wagen sich durch die Menschenmenge schiebt.

Mit klimpernden Armreifen winke ich ihr hinterher und schaue ihr nach, während das Rücklicht des Taxis langsam immer kleiner wird. Cindy tut mir richtig leid. Kaum vorzustellen, dass ich sie vor ein paar Tagen noch glühend beneidet habe.

Komisch, wie schnell das Blatt sich wenden kann, nicht wahr?

Ich winke ihr nach, bis sie nicht mehr zu sehen ist und von der Menge verschluckt wird, und zum ersten Mal seit Langem bin ich wirklich froh, ich zu sein. So lange hat mein ramponiertes Herz mich daran erinnert, was ich alles verloren habe, was ich alles ändern wollte, aber jetzt und hier, mitten in diesem Chaos und dieser ausgelassenen Feierlaune, spüre ich mit einem Mal einen tiefen Frieden. Als käme ich nach Hause. Als hätte ich das Ende eines langen Tunnels erreicht und träte hinaus in das gleißend helle Licht, wo mein altes Ich schon auf mich wartet.

»Da bist du ja!«

Ich drehe mich auf dem Absatz um, und da steht Jack, ganz außer Atem vom Tanzen. »Ich dachte schon, ich finde dich nie wieder.«

»Ging mir genauso«, entgegne ich lächelnd.

»Wie?« Ratlos schaut er mich an, aber ehe er mir irgendwelche Fragen stellen kann, nehme ich ihn an der Hand.

»Komm, Amy ist nicht hier. Wir müssen weitersuchen.«

Unten am Ufer explodiert ein Feuerwerksschauer am Himmel, und wir haben keine Zeit mehr zu verlieren, also hasten wir eine Seitenstraße entlang und rennen hinunter zum See.

Fünfunddreißigstes Kapitel

Im Laufe des Abends taumeln Jack und ich von einer Hochzeit zur nächsten, die nahtlos ineinander übergehen wie eine gut geschnittene Filmmontage. Ich habe schon gehört, dass indische Hochzeiten mehrere Tage dauern können, aber wir haben nur diese eine Nacht, und unsere Suche nach Amy wird zu einem atemlosen, kribbelnden Abenteuer, das uns von Prozession zu Feier, von Festlichkeit zu Feuerwerk führt und bei dem ich mehr tanze als je zuvor in meinem ganzen Leben.

»Ruby!«

Endlich am Seeufer angekommen sehen wir wie an einer Perlenschnur aufgereihte Hotels und Restaurants und davor eine junge Frau in einem glitzernden rosa Sari, die uns wild zuwinkt. »Ihr seid doch noch gekommen!«, ruft sie ganz aufgeregt und eilt auf uns zu.

Da erst erkenne ich Suhana. Das muss wohl das Royal Shiva sein, denke ich, und dann sehe ich das Fünfsterneluxushotel auch schon am Seeufer.

»Na ja, eigentlich suchen wir meine Schwester …«, versuche ich zu erklären, aber Suhana packt uns fest an den Händen und zieht uns entschieden zu dem Rundbogen am Eingang.

»Bitte, kommt doch mit, die Zeremonie fängt gleich an.«

»Zeremonie?« Leicht panisch schaut Jack mich an.

»Mein Cousin lebt in Los Angeles. Er ist Filmproduzent und heiratet eine amerikanische Schauspielerin; das Motto der Hochzeit lautet ›Hollywood trifft Bollywood‹«, plappert sie ganz aufgeregt. »Er hat sicher nichts dagegen, wenn ihr mitkommt; er ist ein echt cooler Typ.« Sie lacht fröhlich, als sie »cool« sagt, und wirft Jack einen scheuen Seitenblick zu.

»Das ist ja toll«, entgegnet er lässig und lächelt sie freundlich an. »Aber es ist so, wir müssen ganz dringend weiter.«

»Wohin?«, will sie wissen.

»Ähm …« Er gerät ins Stocken und schaut mich auf der Suche nach der richtigen Antwort hilfesuchend an, aber ich kann nur ratlos die offenen Hände heben. »Also, das ist ein bisschen kompliziert …«

»Sie müssen mitkommen«, erklärt sie streng. »Meine Familie würde sich geehrt fühlen!«

Jack und ich schauen uns an. Wir wollen ja nicht unhöflich sein. Und es wäre wirklich etwas ganz Besonderes, bei einer eigentlichen Trauung dabei zu sein. Und ich muss gestehen, ich weiß zwar nicht, wie Jack das sieht, aber ich wüsste schon gerne, wer diese amerikanische Schauspielerin wohl sein soll.

Aber …

»Wir haben Amy noch immer nicht gefunden«, flüstere ich besorgt.

»*Noch* nicht«, verbessert er mich.

Und dann sieht er mich so zuversichtlich an, dass ich nur dankbar lächeln kann. Ich wende mich wieder an Suhana, die ungeduldig auf eine Entscheidung wartet, und nicke zustimmend. »Okay, cool«, sage ich grinsend und übernehme zu ihrer großen Freude ihren Ausdruck von eben. »Gehen wir.«

Was Hochzeiten angeht, habe ich schon so ziemlich alles gesehen und mitgemacht: Ich habe Lieder gesungen, Konfetti geworfen und lustige Hüte getragen. Mit Mitte zwanzig kam ich auf höchstens ein, zwei Hochzeiten im Jahr, aber mit Ende zwanzig verbrachte ich beinahe jedes zweite Wochenende auf einem irischen Castle oder in einer kleinen Kirche irgendwo auf dem Land. Und seit vorne die große Drei steht, scheint unter meinen alten Schulfreunden und Kommilitonen vom College ein regelrechter Wettlauf zum Altar ausgebrochen zu sein.

Aber das alles ist mit dieser Hochzeit überhaupt nicht zu vergleichen, sinniere ich, als ich hingerissen zuschaue, wie Braut und Bräutigam auf verschwenderisch geschmückten Elefanten einreiten und zu einem atemberaubend dekorierten Zelt geführt werden, das gleich am See steht und mit farbenfrohen Blumen und allerlei Zierrat ausstaffiert ist. Ein Teil Hindu, ein Teil Hollywood – eine Mischung aus Tradition und Glamour und meilenweit entfernt von den steifen Hochzeiten in Weiß, die ich zu Hause in England über mich ergehen lassen musste. Hier legt man sich Girlanden aus Rosenblättern und Ringelblumen um den Hals und begeht verschiedene Rituale und Zeremonien, darunter eine, bei der Braut und Bräutigam gemeinsam sieben Schritte um ein geheiligtes Feuer machen.

»Das ist das *Saptapadi*«, erklärt Suhana flüsternd, als sie sich daranmachen, die Flammen zu umrunden. »Das sind die sieben Versprechen, die die Brautleute einander geben.«

Fasziniert schaue ich zu, wie der Bräutigam die Braut am kleinen Finger herumführt, während der Priester das Gelübde spricht, das der Bräutigam dann für seine amerikanische Braut und deren Familie auf Englisch wiederholt.

»Mit dem ersten Schritt wollen wir unser Essen miteinander teilen, mit dem zweiten Schritt wollen wir uns versprechen, zusammen stark zu sein …«

Ich heule nie bei Hochzeiten; ich meine, das ist alles wunderbar und herzerwärmend, aber normalerweise bin ich die, die großzügig Taschentücher verteilt. Doch nun sitze ich hier, am Ufer eines heiligen Sees, und höre dieses Gelübde, und plötzlich merke ich, wie mir Tränen in die Augen steigen.

»Mit dem siebten Schritt wollen wir uns versprechen, einander stets Freunde zu sein.«

Von allen sieben Versprechen, finde ich, ist dies das allerschönste. Den Menschen zu lieben, den man heiratet, ist ein Kinderspiel, wenn alles traumhaft schön und aufregend ist und man ein Märchenprinzessinnenkleid trägt. Aber sich gegenseitig zu versprechen, auch in vielen Jahren dem anderen noch ein Freund zu sein, wenn man ihn an manchen Tagen vielleicht nicht ausstehen kann, geschweige denn von ganzem Herzen liebt – tja, das ist schon eine ganz andere Sache. Aber genau das zeichnet sie aus, die große, wahre Liebe.

»Jetzt ist es offiziell. Sie sind verheiratet!«, flüstert Suhana ganz aufgeregt, als ihr Cousin seiner bildschönen Braut eine Halskette umlegt und sie einander Sandelholzpaste auf die Stirn tupfen. »Zeit zu feiern!«

Und Junge, Junge, können die feiern.

Zehn Minuten später ist die Hochzeitsfeier in vollem Gange. Stroboskoplicht und Feuerschlucker, Zauberer und Straßenkünstler, ein weltbekannter DJ, der schmissige Disco-Klassiker mit angesagten Bollywood-Hits mischt, und eine Festtafel, auf der sich indische Köstlichkeiten türmen, zubereitet von den besten Köchen, dazu Cocktails, gemixt von Barkeepern, die eigens aus den angesagtesten Bars von L. A. eingeflogen wurden.

»Wow, das ist ja Wahnsinn«, ruft Jack begeistert, als er an einem regenbogenbunten Cocktail nippt, in dem allem Anschein nach ein Blatt aus Echtgold dümpelt.

»Ja, unglaublich«, stimme ich ihm freudestrahlend zu und probiere ebenfalls meinen Drink. Wow, wirklich köstlich.

»Und, hast du die Braut erkannt?«, fragt er und weist auf die bildhübsche Blondine im umwerfenden, mit Tausenden glitzernden Pailletten bestickten Sari, die sich gerade fotografieren lässt.

»Hat sie nicht in dem einen Film mit Ryan Gosling mitgespielt?«, frage ich.

»Ach, echt?« Jack verzieht das Gesicht. »Mit Promis kenne

ich mich überhaupt nicht aus, ich kann die einfach nicht auseinanderhalten.« Er unterbricht sich, weil ihm die Kinnlade herunterklappt. »Warte mal, ist das nicht …?« Und damit deutet er auf einen älteren Herrn, der in einer Ecke gleich neben der Tanzfläche sitzt. Umschwärmt von etlichen Schönheiten raucht er unbeeindruckt Zigarre, und auf der Nase trägt er sein Markenzeichen, eine dunkle Sonnenbrille.

»Du lieber Himmel, *ja*!«, japse ich ganz aufgeregt, und dann klingelt es plötzlich bei mir, denn mir fällt etwas ein, das ich in einem der zahllosen Klatschhefte gelesen habe. »Weißt du was? Wenn ich mich nicht irre, ist er der Vater der Braut.«

»Nicht im Ernst«, keucht Jack atemlos mit weit aufgerissenen Augen. Und dann schauen wir uns an und kichern verschwörerisch wie aufgedrehte Teenager.

Der Alkohol steigt mir schon zu Kopf. Diese Cocktails haben es wirklich in sich. Ich drehe mich zur Tanzfläche um und schaue den Tänzern zu. Wie immer bei Hochzeiten brummt es auf dem Parkett wie in einem Bienenstock.

»Komm, lass uns tanzen«, ruft Jack und leert sein Glas in einem Zug.

»Moment, ich bin noch nicht fertig«, versuche ich ein bisschen Zeit zu schinden und halte meinen Cocktail wie einen Schutzschild vor dem Körper. Mich auf der Straße zum Affen zu machen ist eine Sache, aber auf der Tanzfläche einer hippen Hochzeit vor *Hollywoods A-Prominenz* den Tanzkasper zu machen ist etwas ganz anderes. Nein, danke.

Die Musik fährt wirklich in die Beine, und gerade dudelt ein echter Ohrwurm aus den Lautsprechern. Bilde ich mir das nur ein oder wird die Musik immer lauter?

Und dann stürmen unvermittelt Dutzende Tänzer auf die riesengroße Bühne hinter der Tanzfläche und legen los; eine ausgefeilte Choreografie wie aus einem Bollywood-Film.

»Oh, wow«, hauche ich hingerissen. »Das ist ja unglaublich!«

»Ja, schau dir mal die Kids an«, meint Jack grinsend und weist auf die süßesten Kinder, die man sich nur vorstellen kann, die in der ersten Reihe eifrig hüpfen und springen. »Wo die wohl so tanzen gelernt haben?«

Und dann sehe ich ihn, gleich in der ersten Reihe.

Billy.

Entzückt quietsche ich los, drücke dem verdutzten Jack mein Glas in die Hand und stürze auf die Tanzfläche. »Billy!«, kreische ich und winke wie wild, während ich auf die Bühne zurenne. »Ich bin's, Ruby!«

Billy hört seinen Namen und stutzt mitten in einem Tanzschritt. »Schöne Frau!«, ruft er hocherfreut und strahlt mich an wie eine Tausend-Watt-Birne, als er mich in der Zuschauermenge entdeckt. Er bückt sich und streckt die Hand nach mir aus. »Komm, tanz mit mir.«

Ich zögere für den Bruchteil einer Sekunde: Er will mich zu sich auf die Bühne holen … ich soll mit ihm tanzen … vor all diesen Menschen. *Das ist doch nicht dein Ernst!*

Doch, es ist mein Ernst. Todesmutig gebe ich ihm die Hand und lasse mir von ihm hinaufhelfen, und dann stehe ich plötzlich mit all den anderen auf der Bühne. Er zeigt mir die Schritte, und die Menge johlt und tobt, und ich sehe Jack lachen und klatschen, und da weiß ich, diesen Augenblick werde ich mein ganzes Leben nicht mehr vergessen: ein Bollywood-Tanz bei einer indischen Hochzeit, und ich bin mittendrin, so glücklich, dass ich platzen könnte.

Das Leben steckt wirklich voller Überraschungen.

Die Party scheint kein Ende zu nehmen und wird sicher noch bis in die frühen Morgenstunden dauern, aber irgendwann schaffen wir es doch, uns loszureißen, und setzen unsere Suche in der alten, von hohen Mauern umgebenen Stadt fort. An jeder Ecke kommt uns ein Bräutigam auf einem prachtvollen weißen

Ross entgegen, gefolgt von Tubaspielern oder Hochzeitsgästen in einer langen Prozession, und irgendwann scheint Udaipur zu einer einzigen riesengroßen, fetten indischen Hochzeitsparty zu verschmelzen.

Aber noch immer keine Spur von Amy.

»Ich geb's auf«, seufze ich schließlich einige Stunden später. Es ist schon nach Mitternacht, und wir sind beide hundemüde. »Die finden wir nie.«

Jack öffnet den Mund und will schon widersprechen, lässt es dann aber doch bleiben. »Ganz sicher?«

»Ja«, entgegne ich nickend. In mir steigt eine seltsame Mischung aus Enttäuschung und Hochgefühl auf. Ich bin niedergeschlagen, weil ich Amy nicht gefunden habe, und doch bin ich glücklich und dankbar für alles, was ich an diesem Abend erleben durfte. Über unseren Köpfen zerplatzen wieder Dutzende Feuerwerksraketen, und ich bleibe kurz stehen und bewundere, wie sie den schwarzen Nachthimmel erleuchten. »Eigentlich eine Schande, das alles zu verpassen.«

»Stimmt, aber ich bin ziemlich geschafft«, gesteht Jack.

»Und ich habe Blasen an den Füßen«, gebe ich mit wehmütigem Lächeln zu.

Jack verzieht das Gesicht zu einem schmerzlichen *Autsch*. »Was hältst du davon, wenn wir ins Hotel zurückgehen und uns das Feuerwerk von der Dachterrasse aus anschauen?«, macht er einen Vorschlag zur Güte.

»Du meinst, ich kann mich hinsetzen und die Schuhe ausziehen?«

Jack nickt.

Oh Gott. *Himmlisch*. »Das ist die mit Abstand beste Idee des ganzen Abends«, erkläre ich grinsend.

Und dann laufen wir durch das Gewirr aus kleinen Straßen und Gässchen zurück zum Gästehaus, steigen die Treppe hinauf und stehen schließlich auf dem Dach. Hier oben ist es viel ruhiger als unten im Getümmel; erleichtert streife ich die Sandalen ab und genieße das Gefühl der kühlen Fliesen unter den nackten Fußsohlen. Der Mond über uns scheint mit einem Mal zum Greifen nahe, als bräuchte man nur die Hand danach auszustrecken und könnte ihn mit den Fingerspitzen berühren. Und als ich mich umdrehe und auf den See hinausschaue, stockt mir bei dem Anblick fast der Atem. Wow. Jetzt weiß ich, warum es heißt, Udaipur sei eins der romantischsten Fleckchen Erde. Es ist traumhaft schön, richtig magisch. Versonnen schaue ich auf das Lake Palace Hotel, das wie ein Märchenschloss auf dem Wasser zu treiben scheint, während im Hintergrund ein bunter Funkenregen am Himmel aufblitzt, der herunterperlt wie glitzernde Regentropfen.

Gegen die Brüstung gelehnt atme ich tief ein und versuche, alles in mir aufzunehmen. Wenn ich ehrlich bin, kommt diese ganze Nacht mir vor wie ein Märchen.

»Wer ist Sam?«

Jacks Stimme reißt mich aus meinen Gedanken. »Was?« Ich wirbele auf dem Absatz herum, so verdattert bin ich, Sams Namen zu hören.

Jack schaut mich durchdringend an. »Du hast den Namen mal erwähnt, als wir uns gerade kennengelernt hatten, damals am Bahnhof, als du so aufgewühlt warst.«

Beim Gedanken an diesen kleinen Nervenzusammenbruch werde ich knallrot.

»Er war mein Verlobter. Er hat mich betrogen. Wir haben uns dann getrennt«, erkläre ich nüchtern. Erst jetzt, wo ich Jack von ihm erzähle, geht mir auf, dass ich seit Ewigkeiten nicht mehr an ihn gedacht habe. Ja, der Gedanke an ihn erscheint mir fast wie ein unliebsamer Eindringling.

Jack scheint ein Licht aufzugehen. »Ach, verstehe. Das erklärt einiges.«

»Was?«, frage ich stirnrunzelnd.

»Na ja, deine Abneigung gegen Hochzeiten, der Taj Mahal, Romantik im Allgemeinen …« Er verstummt, schaut mich aber noch immer eindringlich an.

»Ich habe nicht mehr daran geglaubt«, erkläre ich achselzuckend. »Das kam mir alles so verlogen und heuchlerisch vor. All das romantische Getue und Gesülze hat einfach nie der Wirklichkeit standgehalten; bei mir jedenfalls nicht, und auch bei niemandem, den ich kenne.« Ich unterbreche mich und muss an die letzten Jahre denken; nicht nur an die Sache mit Sam, sondern auch an all die katastrophalen Dates und gescheiterten Beziehungen, die meine Freundinnen durchgemacht haben, all die Enttäuschungen, den Herzschmerz und den Liebeskummer, die vielen Abende, an denen man weintrinkend eine Freundin trösten oder selbst getröstet werden musste. »Aber dann bin ich nach Indien gekommen, und, na ja …« Ich lasse den Satz unvollendet und wende mich wieder zum See, auf dem sich das Mondlicht im Wasser spiegelt. »Jetzt ist alles anders.«

»Ja, Indien kann alles auf den Kopf stellen«, meint Jack leise und folgt nickend meinem Blick.

Und dann sind wir einen Augenblick lang beide ganz still und schauen hinaus über das Wasser und lauschen dem fernen Klang der Musik und der ausgelassenen Feierlichkeiten. Hier oben, hoch über der Welt, kommt es mir vor, als schwebten wir in unserer eigenen kleinen Seifenblase, als stünde die Zeit einfach still.

»Und du?«, frage ich. Auf dieser Reise habe ich mit so vielen Menschen über das Leben und die Liebe gesprochen: Rocky, Vijay, Billy, Suhana … Der Einzige, der nie ein Wort darüber verloren hat, ist Jack. »Was hast du für eine Geschichte zu erzählen?«

Gespannt warte ich auf seine Antwort, aber zuerst ist er ganz still, und mir schnürt sich die Brust zu. Ich will es unbedingt wissen, und doch fürchte ich die Antwort.

»Das ist etwas kompliziert«, meint er achselzuckend.

Vier Worte. Mehr nicht? Vier Worte?

Ich hatte den Eindruck, er ist schon vergeben. Cindys Worte hallen mir in den Ohren, und mein Herz ist plötzlich wie eingefroren. Lieber Gott, bitte lass ihn keine Freundin haben.

Rasch wende ich mich ab, damit er mein Gesicht nicht sieht.

»Wir haben uns bei einer Spendengala in New York kennengelernt.«

Ich höre ihn reden und schaue ihn wieder an, aber sein Blick ist in die Ferne gerichtet. »Sie hat für eine Kinderhilfsorganisation hier in Indien gearbeitet; es wurde sehr schnell ernst zwischen uns.« Er dreht sich zu mir um. »Wir haben darüber geredet, zusammen hierher zu ziehen – ich arbeite für ein internationales Unternehmen mit Niederlassungen in aller Welt … Ich habe ihr versprochen, mich um eine Versetzung nach Indien zu bemühen und so bald wie möglich zurückzukommen, aber dann wurde mein Dad krank …« Er bricht ab, als ziehe es ihn mit aller Macht in die Vergangenheit. Dann lächelt er schwermütig. »Es hat schon seinen Grund, wenn es immer heißt, Fernbeziehungen seien nichts für die Ewigkeit.«

»Was ist passiert?«, frage ich leise.

»Mein Dad ist gestorben. Wir haben uns getrennt.«

»Das tut mir leid.«

Er zuckt die Achseln. »Wie gesagt, das Leben ist manchmal kompliziert.«

Niemand sagt mehr etwas, und dann schauen wir uns an, und plötzlich ist da irgendwas zwischen uns. So etwas wie Elektrizität, eine Energie, eine gespannte Erwartung.

»Dinge passieren, mit denen man nicht gerechnet hat«, sagt er leise. »So wie ich nie damit gerechnet hätte, mich in dich zu verlieben.«

Es ist, als hörte die Erde auf, sich zu drehen. Als hielte die ganze Welt den Atem an. Als sei die Zeit stehen geblieben. *Hat er gerade wirklich gesagt, was ich glaube, gehört zu haben?*

»Es tut mir leid, dass wir deine Schwester nicht gefunden haben«, setzt er leise hinzu.

»Mir auch«, murmele ich und finde meine Stimme wieder, und dann sehe ich Jack an, sehe die Unsicherheit in seinen haselnussbraunen Augen, und ich merke, dass es ihm nicht anders geht als mir; er ist auch nervös, er hat auch Angst. Und mit dem letzten Körnchen Mut, das ich finden kann, gestehe ich es schließlich ein, ihm und mir. »Aber ich habe etwas ganz anderes gefunden. Die Liebe.«

Und dann, mit dem Feuerwerk, das über unseren Köpfen und in meinem Herzen in einem farbenfrohen Funkenschauer explodiert, nimmt Jack mich in die Arme und tut etwas, das ich mir schon so lange sehnlichst gewünscht habe.

Er küsst mich.

Sechsunddreißigstes Kapitel

Nur ein schmaler Streifen Mondlicht fällt in das dunkle Zimmer. Es schleicht sich durch einen winzigen Spalt in den Fensterläden und spiegelt sich in den funkelnden Pailletten. Auf dem Boden liegen ein paar Kleider verstreut.

Im Bett ein nacktes Paar, eng umschlungen schlafend.

Jack und ich.

Irgendwas weckt mich, und im ersten Augenblick liege ich ganz still da und genieße das Gefühl, reglos neben Jack zu liegen, den Kopf auf seiner Brust, seinen Arm um mich. Alles ist still, bis auf unseren Atem und seinen ruhigen Herzschlag an meiner Wange. Eingehüllt in eine wohlig warme Wolke liege ich in tiefem Frieden und seliger Zufriedenheit da.

Und mit Tausenden Schmetterlingen im Bauch.

Ich muss an vorhin denken: Wie wir uns auf dem Dach geküsst haben, auf der Treppe, im Flur … Wie wir hereingekommen sind und Jack mich ausgezogen hat, wie seine Fingerspitzen meine Haut berührten, sein heißer Atem meine Wange streifte. Begehrlich … leidenschaftlich … nackt. Wie wir auf das Bett fielen, sein Mund auf meinem, seine Haut auf meiner, unsere Gliedmaßen ineinander verschlungen …

Ein köstlicher Schauer läuft mir über den Rücken, und dann kriecht kaum merklich ein fast unhörbares Geräusch in mein Bewusstsein. Ich versuche es zu überhören und gebe mich den wunderbaren Gefühlen hin, die meinen ganzen Körper durchfluten, aber irgendwie lenkt mich dieses seltsame Summen ab. Ich lausche darauf und frage mich, ob es wohl von draußen kommt. Es klingt wie ein dumpfes gurgelndes Brummen …

Und dann plötzlich erkenne ich es – das ist mein Handy.

Ach du lieber Himmel, vielleicht ist das Amy!

Behutsam hebe ich Jacks Arm an, um ihn nicht aufzuwecken, und schlüpfe dann hastig aus den Laken. Wo ist das verflixte Ding bloß? Ich höre das erstickte Bimmeln, aber bis auf den schmalen Streifen Mondlicht ist es so finster im ganzen Zimmer, dass ich die Hand vor Augen nicht sehe. Rasch will ich die Fensterläden öffnen, aber die Riegel sind so eingerostet, dass sie sich keinen Millimeter bewegen. Es nützt alles nichts, ich muss das Licht anknipsen. Also stürze ich zur Nachttischlampe und will sie einschalten, aber sie geht nicht an. Genauso wenig wie die Deckenleuchte. Sicher ist der Generator wieder abgeschaltet.

Im Hintergrund klingelt das Telefon immer weiter, und ich werde langsam panisch. Bestimmt legt der Anrufer gleich auf!

Da, plötzlich kommt mir die rettende Idee. Jacks Taschenlampe! Die hat er doch in der Wüste benutzt, und ich weiß noch ganz genau, dass er sie in dem kleinen Rucksack verstaut hat, den er immer und überall dabeihat. Der muss hier irgendwo sein … Fast blind mache ich mich auf die Suche, taste den Boden neben dem Bett ab und werfe die herumliegenden Kleider achtlos beiseite, bis ich schließlich an der Tür zum Badezimmer über den Rucksack stolpere.

Autsch. Immer lässt er seine Sachen irgendwo herumstehen; mal wieder typisch, das Ding einfach fallen zu lassen, wo er gerade geht und steht, denke ich hingerissen und reibe mir den schmerzenden Zeh. Ich muss lächeln. Ehrlich gesagt gibt es augenblicklich wohl nichts, was Jack tun könnte, wovon ich nicht völlig hingerissen wäre.

Mein Handy verstummt. Trotzdem, kein Grund zur Panik, sage ich mir. Der Anrufer hinterlässt sicher eine Nachricht, oder ich rufe einfach zurück. Wenn ich doch bloß …

Entschlossen schnappe ich mir den Rucksack und krame darin nach der Taschenlampe. Nein, nichts. Oh, Moment mal … im Dunkeln schließen meine Finger sich um etwas Kleines, Hartes.

Was ist das denn? Schnell ziehe ich es heraus.

Im schmalen Streifen blassen Mondlichts sehe ich ein kleines Schmucketui. Das sind sicher die Ohrringe, die er für seine Mutter gekauft hat. Wobei, seltsam, sagte er nicht, er hätte sie gleich verschicken lassen?

Neugierig klappe ich das kleine Kästchen auf. Aber darin sind keine Ohrringe. Nein, drinnen im weichen Samtfutter schimmert im sanften Mondschein ein Rubin. *Es ist ein Ring.*

Auf einmal wird mir eiskalt. Jede Frau weiß, es gibt nur einen Grund, warum ein Mann so einen Ring kauft. Ich meine, Männer schleppen ja nicht einfach grundlos sündhaft teure Ringe mit sich herum. Vor allem nicht bei einer Rucksacktour durch Indien.

Es sei denn …

Behutsam nehme ich den goldenen Ring aus seinem samtenen Nest und halte ihn zwischen Daumen und Zeigefinger in die Höhe. Der Rubin ist hoch eingefasst und eingerahmt von zwei glasklaren Diamanten im Baguetteschliff.

Es sei denn, es ist ein Verlobungsring.

Plötzlich hämmert das Herz mir unerträglich laut in den Ohren, und ich bekomme Platzangst, als kämen die Wände von allen Seiten auf mich zu. Ich versuche mich zu zwingen, ruhig zu bleiben. Ich ziehe voreilige Schlüsse. Bestimmt gibt es dafür eine ganz einfache, plausible Erklärung.

Aber was macht Jack denn mit einem Verlobungsring?

In Indien. Zur Hochzeitssaison.

Unvermittelt drückt jemand in meinem Kopf auf »Play«: *Sie hat für eine Kinderhilfsorganisation hier in Indien gearbeitet … Ich habe ihr versprochen, mich um eine Versetzung nach Indien zu bemühen und so bald wie möglich zurückzukommen …*

Ich bin wie betäubt. Und dann trifft mich die Erkenntnis wie ein führerloser Zehntonner, und es ist, als gingen mir die Augen auf. Darum hat er sich so seltsam aufgeführt. Mir verheimlicht, was er tatsächlich hier macht. Darum musste er so dringend nach Udaipur …

Wie ein Schreckgespenst springt mir ein Satz, den er gesagt hat, ins Gesicht. *Ich bin hier, um ein Versprechen einzulösen.*

Oh Gott. *Oh Gott.* Er ist hergekommen, um seiner Freundin einen Antrag zu machen. Das ist das Versprechen, das er einlösen will. Meine Gedanken überschlagen sich. Wie im freien Fall trudele ich ins Bodenlose. Wut steigt in mir auf, und mir will schier das Herz brechen. Wie konnte er mir das nur antun? Mit mir zu schlafen? Mir zu sagen, dass er mich liebt? Wo er doch die ganze Zeit …

Unvermittelt muss ich an Sam denken. Er hat mich mit Miriam betrogen, und nun betrügt Jack seine Freundin mit mir … Und ich dachte, Jack wäre anders. Ich habe ihm vertraut. Ich habe ihm *geglaubt.* Ich habe an die Liebe geglaubt, und jetzt …

Ich zittere am ganzen Körper, als stünde ich unter Schock. Ich *stehe* unter Schock. Eben lag ich noch in seinen Armen und habe selig geschlafen, und jetzt liegt meine ganze Welt in Scherben. Er hat gesagt, er hat sich in mich verliebt, versuche ich mich verzweifelt zu beruhigen. *Er hat gesagt, er hätte nie erwartet, sich in dich zu verlieben,* mischt sich eine andere Stimme in meinem Kopf ein, *und dass das Leben manchmal kompliziert ist.*

Wie eine Woge steigt Panik in mir auf, und ich stopfe den Ring hastig wieder in die Schachtel und lasse den Deckel zuschnappen. Ich ertrage den Anblick nicht mehr. Wenn ich ihn dahin zurücklege, wo ich ihn gefunden habe, kann ich vielleicht so tun, als sei das alles nie geschehen. Mit zitternden Fingern verstaue ich das Schmucketui wieder in Jacks Rucksack. Aber so gerne ich es mir einreden würde, ich weiß doch, dass es unmöglich ist. Ich weiß es, noch ehe der Rucksack meinen zitternden Händen entgleitet und Kaugummis und Kugelschreiber herauskullern, Münzen und *ein Fotostreifen …*

Es ist so ein Fotostreifen aus einem Passbildautomaten. Die Schwarzweißfotos sind in der Mitte abgerissen, sodass es nur noch zwei Bilder sind von dem glücklichen Paar, das eng umschlungen in die Kamera lacht. Eine wunderhübsche junge Inderin und ein Mann mit etwas längeren Haaren.

Im Mondlicht starre ich es mit zusammengekniffenen Augen an.

Mir stockt der Atem.

Das ist Jack. Jack in etwas jünger.

Der Raum scheint zu schwanken, und ich verliere den Boden unter den Füßen. Die Hände vor den Mund gepresst sinke ich auf die Knie. Mir ist übel.

Dann kündigt ein schriller Piepston den Eingang einer Textnachricht an und reißt mich aus der Abwärtsspirale meiner düsteren Gedanken. Ruckartig komme ich zu mir. *Mein Handy, das hatte ich ganz vergessen …* Benommen schaue ich mich um und sehe ein schwaches Blinken, das ein Regalfach anstrahlt. Unter Aufbietung sämtlicher Willenskraft rappele ich mich auf, greife nach dem Telefon und nehme es an mich.

Zwei entgangene Anrufe von Amy und eine Benachrichtigung über den Eingang einer Nachricht auf meiner Mailbox. Bestimmt auch von Amy.

Ich wähle die Nummer der Mailbox. Es dauert ewig, bis es anfängt zu klingeln. In meinem Kopf drehen sich die Gedanken im Kreis. Eben war alles noch perfekt, und jetzt …

Ich höre ihre Stimme.

»Rubes? Bist du da? Ich bin's, Amy.« Dann eine kleine Pause, und ich höre, wie ihre Stimme bricht. »Ich weiß nicht, was ich machen soll, es ist alles ganz schrecklich schiefgegangen …« Und dann bricht sie unvermittelt in Tränen aus.

Siebenunddreißigstes Kapitel

Müde lehne ich die Wange gegen die Scheibe, während der Bus über die staubigen Straßen rumpelt. Es ist noch früh. Die Sonne ist gerade erst aufgegangen und taucht alles in einen warmen Sepiaton, und während wir an Dörfern und Städtchen vorbeibrummen, schaue ich gedankenverloren aus dem Fenster. Blicklos, ohne etwas zu sehen, starre ich nach draußen. Wie die Reifen des Busses drehen sich meine Gedanken endlos im Kreis, kehren zurück in das Hotel in Udaipur, zurück zu den Gefühlen, die eben noch meinen ganzen Körper durchströmten …

Ich habe mich hastig angezogen, bin achtlos in ein paar schmutzige Sachen geschlüpft, es war mir egal; ich habe ein paar Dinge in meine Tasche gestopft und ganz leise die Tür aufgemacht. Wie in einem Tunnel konnte ich nichts anderes mehr denken als: *Ich muss hier raus. Nur raus. Sofort.* Erst in der Tür hatte ich kurz innegehalten und für einen Wimpernschlag Jack angesehen, der dalag und schlief, ganz tief und ruhig, und die Stelle betrachtet, wo ich eben noch lag, wo noch der Abdruck meines Körpers auf den Laken zu sehen war, um dann die Tür entschlossen hinter mir zuzuziehen und in die Nacht hinaus zu verschwinden.

Ein zufällig vorbeikommendes Taxi brachte mich zum Busbahnhof. Von dort rief ich Amy an. Sofort nahm sie ab, und als sie meine Stimme hörte, brach sie gleich wieder in Tränen aus. Es stellte sich heraus, dass sie keine einzige meiner vielen Nachrichten erhalten hatte. Kurz nach unserem Streit war ihr Handy ausgegangen, weil der Akku leer war, und aus Bequemlichkeit und um weiteren Auseinandersetzungen aus dem Weg zu gehen, hatte sie ihn nicht wieder aufgeladen. Als sie sich schließlich doch dazu aufraffte, war sie schockiert zu hören, dass ich nicht wie angenommen längst nach London zurückgeflogen war, sondern auf der Suche nach ihr halb Indien durchkämmt hatte. Und nun sogar ganz in der Nähe in Rajasthan war.

»Es tut mir so leid, Rubes«, hatte sie in den Hörer geschluchzt. »Ich konnte doch nicht ahnen, dass du mich suchst!« Aber ich konnte sie rasch beruhigen und versicherte ihr, sie bräuchte sich weder zu entschuldigen noch zu rechtfertigen oder zu erklären. Das war jetzt alles nicht mehr wichtig.

»Wenn es dir nur gut geht«, sagte ich sehr entschieden. »Das ist alles, was zählt.« Wir hatten uns so viel zu erzählen, wir beide, aber das konnte warten.

Sie war in Jodhpur, nur drei-, vierhundert Kilometer entfernt. Und zu meinem Glück gab es eine Busverbindung dorthin, sodass ich schon gegen Mittag dort sein würde. Als sie das hörte, klang sie, als fiele ihr ein Stein vom Herzen. So erleichtert hatte ich sie noch nie gehört.

»Was würde ich nur ohne dich machen?«, seufzte sie dankbar.

»Ich wage nicht, es mir auszumalen«, entgegnete ich lakonisch, wie immer.

Aber ich sagte ihr nicht (und sie konnte es auch nicht ahnen), dass ich sie genauso brauche wie sie mich. Vielleicht sogar noch ein bisschen mehr.

Diesmal kommt Amy nicht zu spät, um mich abzuholen. Als wir am Busbahnhof einfahren, ist sie schon zur Stelle und wartet ungeduldig darauf, dass ich endlich aussteige. Kaum aus dem Bus, fällt sie mir um den Hals und drückt mir fast die Luft ab. Es tut so gut, sie zu sehen. Keine Woche ist es her, dass wir uns in Goa verabschiedet haben, aber mir kommt es vor wie eine kleine Ewigkeit. Es ist so viel passiert. Aber zwischen Schwestern gibt es ein unsichtbares Band, das nichts und niemand zerreißen kann, und als wir uns jetzt wiedersehen, ist die Zeit seit dem letzten Mal mit einem Schlag verflogen, und es ist, als wären wir nie getrennt gewesen.

»Warte mal, wo ist denn dein Koffer?«, fragt sie, als wir uns schließlich voneinander lösen.

»Das ist eine lange Geschichte«, entgegne ich und mustere sie eingehend von Kopf bis Fuß, um schließlich erleichtert festzustellen, dass sie abgesehen von den etwas verquollenen Augen noch genauso hübsch anzusehen ist wie immer. »Viel wichtiger, was ist passiert? Wo ist Shine?« Vorhin am Telefon klang sie so aufgewühlt, dass ich sie nicht bedrängen wollte, aber nun habe ich tausend Fragen.

Und wie immer steckt meine kleine Schwester voller Überraschungen. »Er wartet zu Hause«, antwortet sie mit finsterer Miene.

»Zu Hause?«, wiederhole ich erstaunt. »Wo denn *zu Hause*?« Nach der Nachricht auf meiner Mailbox war ich eigentlich davon ausgegangen, sie hätten sich im Streit getrennt. »Amy, was ist denn los? Ich verstehe das nicht. Am Telefon sagtest du, es sei alles schiefgegangen …«

»Wir haben nicht geheiratet«, platzt sie heraus und bekommt ganz rote Augen. »Es ging nicht …« Sie bricht ab, und ich merke, wie sie mit den Tränen kämpft.

Eigentlich müsste ich erleichtert sein, das zu hören, aber ich bin zutiefst besorgt. »Warum denn nicht? Was ist passiert?«

»Ich habe etwas ganz Schreckliches erfahren!«, heult sie.

Oh Gott, bestimmt geht es um diese andere Frau. Amy muss davon erfahren haben. *Das* ist bestimmt passiert. Auf einmal fühle ich mich wie eine Löwenmutter, die ihr Junges verteidigen muss.

»Hey, komm her, das wird schon wieder«, versuche ich sie zu

trösten und drücke ihren Arm. »Du musst jetzt nicht darüber reden, du kannst es mir auch alles nachher bei einer schönen Tasse Chai erzählen.«

Dankbar lächelt sie mich ein bisschen schief an, dann stutzt sie, als sei ihr gerade etwas aufgefallen. »Ruby, warum trägst du einen rosa Sari und ein Schmuckstein-Bindi?«

»Was?« Verdattert betaste ich mit den Fingern die Stirn zwischen meinen Augenbrauen. »Wohl vergessen, es abzumachen«, murmele ich und muss plötzlich wieder an die ausgelassenen Feierlichkeiten von gestern Abend denken, an Jack und den Ring …

Es ist, als säße ich in einem Flugzeug, an dem plötzlich eine Tür auffliegt. Mein Magen überschlägt sich, und ich trudele im freien Fall durch einen Wirbel unterschiedlichster Gefühle: Schmerz … Ungläubigkeit … *Verrat* … Wieder hat ein Mann mich belogen und betrogen. Mit roher Gewalt knalle ich die Tür wieder zu. Ich will das nicht noch mal durchmachen. Ich *kann* das nicht noch mal durchmachen.

Ich schaue auf, und Amys und meine Blicke treffen sich. Sie starrt mich an. »Sieht aus, als hätten wir beide eine Menge zu erzählen«, sagt sie leise, hakt sich bei mir unter und dirigiert mich zu einem wartenden Taxi.

Mitten in der Wüste gelegen besitzt Jodhpur eine Zeitlosigkeit, die dem Besucher das Gefühl vermittelt, hier hätte sich seit Hunderten von Jahren nichts verändert. Eine imposante, aus dem Felsen gehauene Festung thront über der von Mauern umschlossenen Stadt, die aus einem Labyrinth gewundener Straßen und Gassen besteht, in denen sich Stoffläden, Basare und jene indigoblau bemalten Häuser aneinanderreihen, denen die Stadt auch ihren anderen Namen verdankt: *Blaue Stadt*.

Wir sausen durch die uralten Mauern, kurven im Zickzack durch gewundene kleine Straßen und biegen mal links ab, mal rechts, bis das Taxi schließlich vor einem prachtvollen alten *Haveli* anhält.

»Moment mal, das hier ist *zu Hause*?«, frage ich verdattert. Wie benommen starre ich das prächtige Haus an.

»Ja, es gehört Shines Onkel«, erklärt Amy vollkommen unbeeindruckt. »Ganz hübsch, oder?«

»Hübsch?«, japse ich ungläubig und wie vom Donner gerührt. Und da bin ich noch gar nicht bei der Geschichte mit dem *Onkel*.

Amy bezahlt das Taxi, und ich klettere raus und schirme die Augen mit der Hand gegen die grelle Mittagssonne ab, um mir diesen Prachtbau etwas genauer anzuschauen. Wenn mir eben schon tausend Fragen an Amy im Kopf herumschwirrten, jetzt sind es noch mehr geworden. Fassungslos bestaune ich den imposanten steinernen Tordurchgang und die riesengroße eisenbeschlagene Tür, die aussieht, als gehörte sie eigentlich an ein Schloss, und muss gleichzeitig an unseren Onkel in England und seinen bescheidenen Bungalow denken. Zu behaupten, unsere und Shines Familie kämen aus verschiedenen Welten, wäre eine schamlose Untertreibung. Jetzt weiß ich, wie Kate Middleton sich gefühlt haben muss, als sie zum ersten Mal zu Besuch bei ihrer zukünftigen Schwiegerfamilie war.

Oder der zukünftigen Beinaheschwiegerfamilie, wenn man es ganz genau nimmt, sage ich mir und bin insgeheim heilfroh, dass Amy ihre Ankündigung, Shine zu heiraten, nicht wahrgemacht hat. Denke es und werde plötzlich furchtbar wütend auf Shine. Ich weiß ja nicht, was vorgefallen ist, aber wenn ich den sehe, der kann sich auf was gefasst machen. Wie kann er es wagen, meiner kleinen Schwester so was anzutun? Sie zu verführen, sie auf den dummen Gedanken zu bringen, mit ihm durchzubrennen, wo er doch …

Langsam steigere ich mich in eine rechtschaffene Entrüstung. Sonst bin ich eigentlich ein eher ruhiger, besonnener Mensch, aber meine Schwester so zu sehen regt mich schrecklich auf. Dem werde ich es zeigen! Amy konnte er vielleicht Sand in die Augen streuen mit seinem Sexy-Yogalehrer-Getue, aber jetzt bekommt er es mit mir zu tun!

Wie eine überfürsorgliche Glucke gehe ich zu Amy, die schon im Tordurchgang auf mich wartet. Gemeinsam betreten wir den großzügigen Innenhof. Atemberaubend groß ist der, ein gepflastertes Areal mit einem Springbrunnen in der Mitte und einer Terracotta-Terrasse, auf der Topffarne und riesige Samtsofas stehen und deren Wände alte Sepia-Fotografien von Maharadschas zieren.

»Da ist Shine«, meint Amy nickend und deutet zum Springbrunnen.

Ich schaue mich um und erkenne ihn fast nicht. Er sieht ganz anders aus als sonst. Von weißen Wallegewändern und nackten Füßen ist nichts mehr zu sehen; stattdessen trägt er Jeans, ein schickes blaues Hemd und auf Hochglanz polierte Schnürschuhe. Als er uns hört, dreht er sich um, und ich wappne mich schon mal für die bevorstehende Begrüßung, als wir von rumpelnden Autoreifen hinter uns unterbrochen werden und beiseitetreten müssen, um den Wagen passieren zu lassen, der rasant an uns vorbeifegt. Und nicht bloß irgendein Wagen, sondern so ein schweineteurer Mercedes.

Irgendwo tief in meinem Unterbewusstsein schrillen die Alarmglocken.

So ein schweineteurer Mercedes.

Moment mal. Das kann doch nicht derselbe sein …

Der Gedanke schießt mir gerade durch den Kopf, da werden auch schon die getönten Scheiben heruntergefahren, und die dunkelgraue Tür öffnet sich. Erst erscheint ein langes, stilettobewehrtes Bein, dann noch eins, und schließlich steigt eine Frau aus dem Wagen. Schwungvoll wirft sie die schimmernden schwarzen Haare, die ihr Gesicht wie ein Vorhang verstecken, über die Schulter, und ich erhasche einen flüchtigen Blick auf sie. Sie trägt eine dunkle Sonnenbrille, aber es gibt keinen Zweifel. Das ist die Frau, die ich schon in Goa mit Shine zusammen gesehen habe!

»Ach du lieber Himmel, Amy«, zische ich, packe sie am Ärmel und versuche verzweifelt, sie von dieser Szene wegzuzerren.

»Rubes?« Verdutzt guckt sie mich an und mustert mein panisches Gesicht. »Was hast du denn?«

»Das ist sie!«, japse ich entsetzt, und meine Gedanken wollen sich schier überschlagen.

Verflixt! Was macht die denn hier? Und was wird sie tun, wenn sie Amy sieht? Auf einmal wird mir angst und bange. Na ja, eins steht jedenfalls fest, ich werde nicht tatenlos hier herumstehen und abwarten, was passiert.

»Wer?«, fragt Amy und runzelt ungeduldig die Stirn. »Was ist denn bloß los mit dir?«

»Schnell, ehe sie uns sieht!« Ich sehe zu, wie Shine zu ihr hingeht und sie begrüßt, und bin dabei ehrlich empört. Lieber Himmel, der Kerl hat vielleicht Nerven!

»Rubes!« Amy klingt jetzt richtig verärgert. »Was soll das werden?«

»Das erkläre ich dir später«, wispere ich und versuche sie in die andere Richtung zu ziehen, aber sie rührt sich nicht vom Fleck.

»Autsch!«, jault sie. »Du tust mir weh.«

»Pssst«, zische ich.

Aber zu spät. Die Frau hat uns schon gesehen. Und jetzt kommt sie direkt auf uns zu. Ach du Schande!

»Amy, aus dem Weg«, weise ich sie barsch an und stelle mich als menschlicher Schutzschild todesmutig zwischen sie und die Fremde, aber sie macht einfach einen Schritt zur Seite und schaut mich kopfschüttelnd an.

»*Rubes!* Hast du völlig den Verstand verloren?«

»Nein, du verstehst das nicht …« Ich verstumme, denn die fremde Frau steht jetzt unmittelbar vor uns.

»Amy, da bist du ja!« Elegant steckt sie sich die Sonnenbrille in die Haare, beugt sich nach vorne und gibt Amy höflich ein Küsschen auf jede Wange.

Ungläubig starre ich sie an.

»Und wer ist das?«, fragt sie und dreht sich freundlich lächelnd zu mir um.

»Meine Schwester Ruby«, beeilt Amy sich, uns vorzustellen. »Ruby, das ist Aisha, Shines Schwester.«

Seine Schwester?

»Ich wünschte, er würde nicht immer diesen albernen Spitznamen benutzen«, bemerkt Aisha und reicht mir die Hand. »Hallo, schön, dich kennenzulernen. Ich habe schon viel von dir gehört.«

Ich zeige keinerlei Reaktion. Ich kann nicht. Ich versuche verzweifelt, das alles zu begreifen.

»Ruby, was hast du bloß?« Besorgt schaut Amy mich an.

»Ich habe dich zusammen mit Shine gesehen … in einer kleinen Seitenstraße in Goa … ich dachte …« Ich bringe den Satz nicht zu Ende. Fast ist es, als sei mein Hirn ins Hintertreffen geraten und hätte Mühe, die überraschende Wendung der Ereignisse zu erfassen.

In Amys Gesicht sieht man förmlich, wie ihr ein Licht aufgeht. »Oh nein, du dachtest doch nicht etwa …«

Aber sie braucht es gar nicht laut auszusprechen. Ich werde knallrot und komme mir plötzlich sehr dumm vor.

»Na ja, woher sollte ich das denn wissen?«, protestiere ich schwach. »Ich habe die zwei zusammen gesehen« – im Geiste habe ich wieder das Bild der beiden vor Augen – »und sie haben sich gestritten.«

»Das stimmt«, erwidert Shines Schwester nickend, augenscheinlich vollkommen unbeeindruckt. »Ich habe Urlaub in Goa gemacht und wollte meinen Bruder besuchen, der mir dann gestand, er habe sich in deine Schwester verliebt und wolle sie heiraten. Ich war natürlich strikt dagegen.«

Langsam fügen sich all diese kleinen Informationsteilchen zu einem großen Puzzle zusammen. Und dann ist Shine plötzlich wieder da und kommt zu uns herüber. »Entschuldigt, ich habe dem Fahrer nur kurz geholfen, den Wagen zu parken …«, setzt er an, dann sieht er mich, stutzt kurz und verbeugt sich ganz leicht. »Hallo, Ruby«, begrüßt er mich höflich.

»Hallo, Shine«, entgegne ich etwas steif. Okay, dann habe ich also die falschen Schlüsse gezogen. Aber er ist trotzdem mit meiner Schwester durchgebrannt. Außerdem erklärt das immer noch nicht, warum er mich angelogen hat. »Warum hast du mir nicht die Wahrheit gesagt?«, platze ich empört heraus und schaue ihn erklärungssuchend an. »Warum hast du mich belogen?« Shine verzieht das hübsche Gesicht.

»Tut mir leid, ich weiß nicht, was du meinst.«

»Als ich dich in Goa gesehen habe, an dem Tag, als ich mich verlaufen hatte, da sagtest du, du seist ganz allein spazieren gegangen.«

Nun scheint auch er sich an den Zwischenfall zu erinnern. »Ich wollte nicht, dass du Amy davon erzählst«, gesteht er nach kurzem Zögern. »Ich wollte verhindern, dass Amy erfährt, dass meine Schwester in der Stadt ist. Hätte sie es gewusst, sie hätte sie unbedingt kennenlernen wollen, und dann …« Er unterbricht sich. »Dann hätte es unweigerlich Probleme gegeben.«

»Also habt ihr beiden euch einfach bei Nacht und Nebel aus dem Staub gemacht.«

Tja, tut mir leid. Ich kann nichts dafür. Ich war ganz krank vor Sorge.

»Mein Bruder war immer schon ein Dickschädel, sogar als kleines Kind«, unterbricht Aisha uns. »Ich hätte mir gleich denken können, dass er nicht auf mich hört. Ich kann gar nicht sagen, wie wütend und aufgebracht ich war, als ich herausfand, dass er durchgebrannt ist und heimlich heiraten wollte.«

»Ging mir genauso«, gebe ich ihr nickend Recht und muss an das Telefonat mit Amy am Flughafen denken.

»Ich habe mir gesagt, er kann sich nicht gegen jahrhundertealte Traditionen stellen, er kann keine wildfremde Frau heiraten, die er kaum kennt, das ist doch verrückt«, echauffiert sie sich.

»Ja, ich weiß, völlig verrückt«, stimme ich ihr zu, aber tief drinnen regt sich ein kleiner Zweifel.

»Also gab es nur eins: Ich musste ihn unbedingt rechtzeitig finden und davon abhalten. Ich musste unter allen Umständen verhindern, dass er einen riesengroßen Fehler begeht, den er für den Rest seines Lebens bereut …«

Die Worte kenne ich doch – das waren genau meine Worte, denke ich und linse aus den Augenwinkeln rüber zu Amy und Shine. Die beiden stehen ganz dicht beieinander, und er hat schützend den Arm um ihre Taille gelegt, während sie seine Hand hält. Jetzt, wo ich die beiden so zusammen sehe, ist es schwer vorstellbar, dass einer von beiden ein Fehler sein soll.

»Der Eigentümer des Resorts konnte mir rein gar keine brauchbare Auskunft geben«, bemerkt sie missbilligend und schüttelt den Kopf, und ich kann mir den armen Biju bildlich vorstellen, dem es vor Angst vermutlich die Sprache verschlagen hat. »Ich habe seine Freunde angerufen, Verwandte abgeklappert, bin kreuz und quer durchs ganze Land gefahren auf der Suche nach ihm, und wo finde ich ihn schließlich? Hier im Haus unseres Onkels«, erklärt sie, stemmt aufgebracht die Hände in die Hüften und funkelt ihn böse an.

Ich ziehe den Kopf ein. Aisha ist wirklich beeindruckend in ihrem Zorn.

»Unsere Eltern würden sich im Grab umdrehen!«

»Aisha«, rügt Shine sie streng und schaut sie durchdringend

an, dann wendet er sich mit ernstem Gesicht an mich. »Bitte, du darfst deiner Schwester nicht böse sein, es ist alles meine Schuld«, sagt er feierlich. »Ich übernehme die volle Verantwortung.«

Ein kleiner Zipfel meines Herzens beginnt zu schmelzen. »Keine Sorge, ich konnte ihr noch nie lange böse sein«, antworte ich mit einem wehmütigen kleinen Lächeln. »Und davon abgesehen glaube ich keinesfalls, dass das alles allein deine Idee war.« Mein Blick geht zu Amy, die unbehaglich von einem Bein aufs andere tritt. »Im Kindergarten hieß sie nicht umsonst Little Miss Trouble.«

Sie wird kalkweiß. »Das ist jetzt echt nicht fair«, protestiert sie ungehalten.

»Sag das mal dem kleinen Jungen, den du im Sandkasten vergraben hast, oder dem Mädchen, dem du die Haare angepinselt hast. *Mit Wandfarbe.*«

Alle müssen grinsen, und die angespannte Stimmung wird gleich etwas lockerer.

»Ich bin bloß heilfroh, dass es dir gut geht«, gestehe ich. »Ich habe mir wirklich Sorgen gemacht. Vor allem, als ich jemanden getroffen habe, der in Jaipur ein Foto von dir auf einem Elefanten geschossen hat.« Kurz muss ich an Cindy denken. »Sie meint, du seist ganz aufgelöst gewesen …«

»Ach du lieber Himmel, doch nicht diese durchgeknallte Amerikanerin!«, japst Amy ungläubig.

»*So* durchgeknallt war sie nun auch wieder nicht«, entgegne ich, als müsste ich Cindy in Schutz nehmen.

»Sie war völlig durchgeknallt«, wiederholt Amy, »und hat unverschämt und hemmungslos mit Shine geflirtet. Sie hat an ihm gehangen wie eine Klette!«

Da ich Cindys Flirt-Technik aus erster Hand kenne, habe ich keinen Zweifel daran, aber trotzdem … »Sie sagte, du hättest dich mit deinem Freund gestritten«, hake ich unnachgiebig nach. Amys Wangen färben sich tiefrot. »Okay, ich gebe zu, ich war ein bisschen eifersüchtig.«

»Jetzt hast *du* aber nicht mehr alle Tassen im Schrank«, meint Shine grinsend.

»Und sie hat dir gesagt, dass er es nicht wert ist.«

»Wie gesagt, sie war vollkommen irre«, erklärt Amy nickend.

»Aber …« Meine Gedanken wirbeln durcheinander; wie so oft scheint es sich auch hier um ein Missverständnis zu handeln. »Aber ich habe mir wirklich große Sorgen gemacht«, seufze ich schließlich.

»Ich habe dir doch gesagt, dass du dir keine Sorgen machen musst«, wendet Amy ein, aber Shine unterbricht sie.

»Große Schwestern sorgen sich immer«, sagt er und legt ihr den Arm um die Schultern.

»Stimmt«, erwidert Aisha nickend. »Mein ganzes Leben lang durfte ich meinen kleinen Bruder keinen Moment aus den Augen lassen, damit er keine Dummheiten anstellt.«

»Ging mir genauso«, versichere ich mitfühlend, und wir schauen uns verständnisvoll an.

»Es ist alles meine Schuld«, sagt Shine kleinlaut und wird mit einem Mal ernst. »Die Liebe hat mich unbesonnen gemacht, ungeduldig und gedankenlos. Aber ich liebe deine Schwester, Ruby, und werde sie immer lieben, solange ich lebe. Ich liebe sie mehr als alles andere auf der Welt.«

Ich schaue die beiden an. Hatte ich bisher nicht daran geglaubt, so habe ich nun nicht mal mehr den Hauch eines Zweifels.

Aber …

»Aber dann verstehe ich nicht …«, setze ich an, und meine Gedanken gehen drunter und drüber. Denn jetzt, wo alles erklärt ist, verstehe ich überhaupt nichts mehr. »Warum hat Amy mich dann so verstört angerufen? Sie sagte, es sei alles ganz schrecklich schiefgegangen.«

Mit einem Mal verdüstern sich ihre Gesichter.

»Na ja, da ihr beide uns ja unbedingt davon abhalten wolltet zu heiraten, wird es euch sicher freuen zu erfahren, dass wir nicht heiraten *können*«, sagt Amy und wirkt dabei ganz aufgelöst. »Das würde Unglück bringen. Würden wir heiraten, dann würde etwas ganz Schreckliches passieren.«

Fassungslos schaue ich sie an. Wie gesagt, meine kleine Schwester steckt voller Überraschungen. »Wie meinst du das, es würde etwas Schreckliches passieren?«

»Eigentlich wollten wir gestern Abend in Udaipur heiraten«, erklärt Shine. »Alles war vorbereitet, und wir haben sogar unsere Horoskope vergleichen lassen …«

»Das war meine Idee«, unterbricht Amy ihn. »Ich habe mir sagen lassen, dass es zur Tradition gehört, vor der Hochzeit einen Astrologen zu konsultieren, also dachte ich, das wäre doch eine nette Idee, witzig und spannend – du kennst mich ja, ich und Horoskope …«

»Ich war von Anfang an dagegen«, erklärt Shine kopfschüttelnd. »Eheschließungen nach Horoskop sind altmodischer Humbug. Ich hätte es ihr ausreden sollen. Aber Amy wollte unbedingt, und ich Depp dachte mir: Was ist schon dabei?«

»… und dann stellt sich heraus, dass ich ein Manglik bin!«

Verständnislos starre ich sie an. »Ein *bitte was*?«

»Das hat mit der Position des Mars in meinem Diagramm zu tun. Das nennt man Mangal Dosha, und es verheißt schreckliches Unglück für die Hochzeit.« Sie hat Tränen in den Augen, und Shine drückt sie noch fester an sich.

»Ach, ich bitte dich, du glaubst doch nicht etwa an so einen abergläubischen Hokuspokus«, rüge ich sie schroff, doch dann fällt mir ein, wie meine Schwester mich in Goa gewarnt hat, nicht den Schirm im Zimmer aufzuspannen.

»Ich habe ihr gesagt, sie soll sich deswegen keine Sorgen machen«, versichert Shine. »Dass dieser Astrologe nur ein dummer alter Mann war und alles gut wird, aber sie wollte nicht auf mich hören …«

»Vedische Astrologie ist ein wichtiger Bestandteil unserer Kultur«, unterbricht Aisha ihren Bruder barsch. »Wenn eine Frau ein Manglik ist, dann ist das sehr gefährlich. Amy hat ganz Recht, das nicht auf die leichte Schulter zu nehmen.«

»Hör auf!«, herrscht Shine sie aufgebracht an. »Du machst Amy Angst. Außerdem gibt es keine wissenschaftlichen Beweise für diese haltlosen Behauptungen; das ist bloß Aberglaube.«

»Kann sein«, stimmt sie ihm widerwillig zu, »aber viele Menschen sind der festen Überzeugung, dass so etwas zu großen Turbulenzen in der Ehe führen kann. Manche behaupten sogar, es führe unweigerlich zu Trennung und Scheidung oder noch Schlimmerem.«

Als ich das höre, geht mir plötzlich auf, wie ernst diese Angelegenheit tatsächlich ist. Das ist nicht bloß ein alberner Aberglaube. Ich muss an die Nacht in der Wüste denken, als Mohan über Mystizismus und die Macht der Sterne sprach. Ob man nun daran glaubt oder nicht, für Amy und Shine ist das ein echtes Problem.

»Shine könnte sogar sterben«, flüstert Amy und schmiegt sich noch enger an ihn.

Ich sehe ihr verängstigtes Gesicht, und plötzlich kann ich nicht anders. Angestrengt überlege ich, was man tun könnte, um dieses Problem aus der Welt zu schaffen. Bis eben hätte ich noch alles darangesetzt, diese Hochzeit zu verhindern, aber jetzt, wo ich sehe, wie sehr Amy und Shine sich anhimmeln, werde ich alles daransetzen, dass sie stattfinden kann.

»Wir müssen ihnen helfen«, erkläre ich sehr bestimmt mit einem Blick zu Aisha.

»Was?« Schockiert starrt sie mich an.

»Es muss doch irgendeinen Ausweg geben aus diesem Dilemma?«

»Das weiß ich auch nicht. Man müsste einen Priester oder Astrologen um Rat fragen«, erklärt sie wenig hilfsbereit, und ich habe plötzlich den sehr bestimmten Eindruck, dass sie es mir auch nicht sagen würde, wenn sie es wüsste. Sie hat überhaupt kein Interesse daran, den beiden aus dieser Zwickmühle zu helfen; nein, ganz im Gegenteil, sie scheint heilfroh zu sein, dass es etwas gibt, das die Hochzeit zwischen ihrem Bruder und meiner Schwester verhindert.

»Was genau hat der Astrologe denn gesagt?«, frage ich Shine, aber der schüttelt nur den Kopf.

»Das war kein guter Astrologe. Der wollte uns nicht helfen, der wollte uns nur Angst machen.« Er legt den Arm noch etwas fester um meine Schwester. »Amy war so aufgelöst, dass wir Udaipur Hals über Kopf verlassen haben. Ich wusste nicht, wohin, also sind wir hierher gefahren, ins Haus meines Onkels. Hier hat Aisha uns dann auch gefunden.«

»Aber das verstehe ich nicht«, unterbricht Amy ihn stirnrunzelnd. »Ich dachte, es freut dich, dass wir nicht heiraten können.«

»Ich habe mich geirrt«, gestehe ich unumwunden.

»Geirrt?«, wiederholt sie ungläubig.

Ich kann mir ein schiefes Lächeln nicht verkneifen. »Ich weiß, es fällt großen Schwestern nicht leicht, vor ihren kleinen Schwestern zuzugeben, dass sie sich geirrt haben, aber du hattest Recht …« Ich unterbreche mich und muss an Sam denken, und an Jack und an alles, was passiert ist. »Ich dachte, die ewige Liebe gibt es nur im Märchen. Ich wollte nicht mehr an die Liebe glauben, dachte, sie würde dir nur das Herz brechen, so wie sie mir das Herz gebrochen hat, und das wollte ich um jeden Preis verhindern …« Ich verstumme und muss an die zurückliegende Reise denken; an all die Orte und Menschen, die ich kennengelernt habe, all die neuen Erfahrungen, an alles, was ich gelernt und erlebt habe.

»Und dann?«, fragt Amy leise.

»Kam Indien«, entgegne ich. Es ist das erste Mal, dass ich es laut ausspreche, und jetzt erst merke ich, wie wahr das ist. »Ich hatte mein Herz fest verschlossen, aber Indien hat es weit aufgerissen.«

Mein Blick geht von Aisha zu Shine und Amy, die mir alle aufmerksam zuhören; doch statt mich verlegen zu machen, macht es mich nur noch mutiger.

»Nein, es geht nicht immer gut aus, aber ihr beide hattet wenigstens den Mut, es zu riskieren. Das Wagnis einzugehen. In der Liebe gibt es keine Garantie. Es gibt keine Versicherung gegen gebrochene Herzen.« Ich muss an das Hotelzimmer in Udaipur denken, und mein Herz krampft sich beim Gedanken an Jack schmerzlich zusammen. »Aber wir dürfen den Glauben an die Liebe nicht verlieren«, sage ich leise, aber sehr bestimmt.

Als ich fertig bin, sehe ich Amy in die Augen.

»Danke«, flüstert sie ganz leise.

»Wofür? Dafür, dass ich so eine nervige große Schwester bin?«, frage ich lächelnd, und dann nehme ich meine Tasche und wende mich zum Gehen.

»Wo willst du hin?«

»Das weiß ich noch nicht genau, aber in zwei, drei Stunden bin ich wieder da.« Und mit frischem Mut mache ich mich auf und lasse die drei einfach stehen, die mir ratlos nachschauen, als ich energisch den Hof durchquere und auf die Stadt zustrebe.

Achtunddreißigstes Kapitel

Wobei ich ehrlich gesagt keinen Schimmer habe, was ich jetzt machen soll.

Nachdem ich eingetaucht bin in das wimmelnde Labyrinth aus Straßen, bleibe ich an einer Ecke kurz stehen und sammele mich. Zweifel schießen in mir hoch wie Pilze. Vielleicht war ich ein bisschen zu impulsiv. Ich meine, die große Heldin markieren zu wollen, die die Welt vor dem Untergang rettet, schön und gut – große Schwester auf großer Mission und so –, aber ehrlich gesagt verstehe ich überhaupt nichts von Astrologie, sei sie vedischer oder sonstiger Natur. Oder von Diagrammen. Oder Horoskopen.

Abgesehen davon, dass mein Sternzeichen Stier ist und mich immer ausgerechnet um meinen Geburtstag herum »eine große Überraschung« erwartet, ist das alles für mich ein Buch mit sieben Siegeln.

Fast wie die Liebe.

Bei dem Gedanken schöpfe ich wieder Hoffnung. Denn mir geht auf, dass ich gar kein Experte in Sachen Astrologie sein muss. Nur die Liebe zählt. Die Liebe zwischen Amy und Shine. Sie fasziniert mich und treibt mich an; *das* ist wirklich wichtig. Wie gesagt, ich bin ja so etwas wie eine Ermittlerin in Sachen Liebe, stets unermüdlich auf der Suche nach Antworten. Und es muss eine Antwort geben auf die Frage, wie Amy und Shine zusammenkommen können, denke ich fest entschlossen. Es *muss* auch für dieses Rätsel eine Lösung geben.

Aber zuerst brauche ich einen Kaffee.

Ziellos marschiere ich weiter, eine geschäftige Straße entlang, auf einen großen Glockenturm zu. Ich habe letzte Nacht kaum geschlafen, und langsam holt die Müdigkeit mich ein. Ich bin erschöpft, körperlich wie seelisch. Meine Gedanken schweifen ab. Jetzt, wo ich allein bin, kommen immer mehr Erinnerungsfetzen von letzter Nacht an die Oberfläche, und ich versuche, die Gedanken an Jack in den hintersten Winkel meines Hirns zu verbannen. Es ist vorbei, ermahne ich mich streng. Es war schon vorbei, ehe es richtig angefangen hat. Ich werde ihn nie wiedersehen, ich werde nicht mehr an ihn denken, nie mehr. Ich kann nicht. Und ich *werde* es nicht.

Auf der gegenüberliegenden Straßenseite entdecke ich ein Schild, das »Echten Espresso« verheißt. Es hängt an der Wand vor einer schmalen Tür. Zwar nicht Starbucks, aber trotzdem, besser als nichts. Im Zickzack schlängele ich mich durch den steten Strom aus Rikschas und Mopeds auf die andere Straßenseite und gehe die schmale Treppe hinauf, an deren Ende mich ein kleines Café erwartet.

»Hallo, ich hätte gerne einen Cappuccino«, sage ich zu dem jungen Mädchen hinter der Theke.

»Möchten Sie auch etwas essen?«, fragt sie und reicht mir die Karte.

Höflich werfe ich einen Blick darauf, aber ich habe eigentlich gar keinen Appetit. Ich habe zwar seit Stunden nichts gegessen, aber allein beim Gedanken an Essen dreht sich mir der Magen um. »Nein danke, nur den Kaffee.«

»Okay, dann nehmen Sie doch bitte Platz, ich bringe ihn gleich«, sagt sie lächelnd.

Am Fenster steht ein kleines Rattansofa, das noch frei ist. Dankbar nehme ich darin Platz und schaue mich gedankenverloren um; ich sehe andere Touristen, ein Pärchen, das zusammen in der Ecke sitzt, angeregt plaudernd und lächelnd, *glücklich*. Ich sehe ihnen zu und fühle mich seltsam entrückt. Schwer vorstellbar, dass ich noch vor wenigen Stunden genauso glücklich war. Merkwürdig, aber ich bin nicht mehr aufgelöst oder wütend, ich bin wie betäubt. Das Ganze kommt mir so unwirklich vor. Als sei das alles gar nicht passiert.

Auf dem Tisch liegt ein Stapel zerlesener Zeitschriften; ich greife nach einer und blättere lustlos darin herum. Anscheinend eine indische Version der *Grazia*, aber auf Englisch, mit jeder Menge Fotos von irgendwelchen Promis, von denen ich die meisten allerdings nicht kenne. Gedankenverloren gucke ich mir die Bilder an, während meine Gedanken unablässig um Amy kreisen. Noch ist der erhoffte Geistesblitz ausgeblieben – um ganz ehrlich zu sein, die unerwartete Wendung dieser Geschichte habe ich wohl noch gar nicht richtig begriffen. Bis heute hatte ich noch nie etwas von Mangal Dosha oder einem Manglik gehört, und so ganz habe ich es noch immer nicht verstanden. Es klingt jedenfalls beängstigend, fast wie ein Fluch.

Und wenn dem so ist, dann kann man ihn bestimmt auch irgendwie abwenden. Ich meine, vielleicht gibt es ja einen Bannspruch oder einen Zaubertrank oder so was …

Ähm, hallo? Erde an Ruby! Was um alles auf der Welt redest du denn da? *Bannspruch und Zaubertrank?* Wo sind wir denn hier, bei *Harry Potter*?

Peinlich, peinlich, so was. Verschämt schaue ich mich nach den anderen Gästen um und danke dem Himmel, dass niemand meine Gedanken lesen kann. Das denke ich übrigens nicht zum ersten Mal; wenn ich mal wieder in meine Tagträume versinke und alle möglichen verrückten Gedanken in meinem Kopf herumschwirren, während ich im Bus oder in der U-Bahn sitze, müssten die Leute sonst annehmen, ich sei völlig Banane.

Ich versuche mich zusammenzureißen und auf die Zeitschrift zu konzentrieren, um wenigstens den *Eindruck* zu vermitteln, ich sei ganz normal, aber insgeheim zermartere ich mir weiter das Gehirn. Man muss doch irgendwas tun können …

Unvermittelt halte ich inne. Wie ferngesteuert habe ich die Seiten der Illustrierten umgeblättert, aber plötzlich bleibt mein Blick am Bild einer umwerfend schönen jungen Inderin hängen. Die Bildunterschrift ist es allerdings, die mir ins Auge springt. Vielmehr ein einzelnes Wort darin. *»Manglik«*.

Was zum …?

»Tut mir leid, dass es so lange gedauert hat.«

Die Kellnerin kommt mit meinem Cappuccino an den Tisch und reißt mich aus meinen Gedanken.

»Ach, nicht schlimm, danke«, stammele ich und schaue von dem Artikel auf, um dann schnell hinterherzusetzen: »Entschuldigung, wissen Sie zufälligerweise, wer das ist?«

Das Mädchen wirft einen Blick auf das Foto und lacht. »Aber klar, sie ist ein großer Bollywood-Star«, sagt sie nickend. »Und sie ist mit einem großen Bollywood-Frauenschwarm verheiratet.«

»Sie ist verheiratet?«, frage ich atemlos.

»Ja, hier in Indien war ihre Hochzeit *das* Thema.« Sie bricht ab und weist auf die Zeitschrift in meinen Händen. »Da ist sogar ein Foto von ihrer Hochzeit vor ein paar Jahren. Schauen Sie, und das ist ihr Mann.«

Mein Blick geht wieder zurück zu den Hochglanzseiten und überfliegt den dazugehörigen Artikel, in dem es hauptsächlich um ihre Arbeit als Schauspielerin und ihr Engagement für wohltätige Zwecke geht. Wobei, Augenblick, da steht tatsächlich, dass sie vor ihrer Trauung erst eine Zeremonie wegen des Mangal Dosha abhalten musste. Na also! Wusste ich es doch, dass es eine Lösung dafür geben muss.

Hastig lese ich den ganzen Artikel, um mehr darüber zu erfahren, aber es steht weiter nichts drin.

Aber wie nur? Wie hat sie das angestellt? Das steht da nicht!

Wie frustrierend. Verflixt, wie soll ich das bloß herausfinden? Vielleicht gibt es einen Fachmann, den ich um Rat fragen, ein altes Buch über Astrologie, das ich lesen, oder einen Spezialisten, den ich ausfindig machen könnte …

Mein Blick fällt auf einen Computer in der Ecke, und mir kommt eine Idee. Natürlich! Warum bin ich nicht schon viel eher darauf gekommen?

Google.

»Kann ich sonst noch etwas für Sie tun?«

Ich wende mich wieder der Kellnerin zu. »Ja«, sage ich nickend und lächele sie an. »Ist der Computer frei? Ich müsste mal eben kurz ins Internet.«

Fünf Minuten und hundert Rupien später sitze ich auf einem Höckerchen und warte gespannt darauf, dass Internet Explorer die Seite lädt. Dann tippe ich rasch den Namen der Schauspielerin ein, und dann »Mangal Dosha, Hochzeit, Manglik«. Ich klicke auf Suche, und bekomme eine Unmenge Treffer. Allein für Manglik gibt es 973.000 Einträge. Link um Link klicke ich an, versuche es mit verschiedenen anderen Kombinationen, folge diversen Hinweisen. Als Ermittlerin in Sachen Liebe reicht es zwar nicht, ein Google-Ass zu sein, aber es ist eine enorme Hilfe.

Von einer Webseite erfahre ich über die Schauspielerin, dass *»das Mangal Dosha entfernt wurde, indem vor der Hochzeit die Kumbh-Vivah-Zeremonie abgehalten wurde …«*

Kumbh-Vivah? Meine Neugier ist geweckt. Was mag das sein?

Also google ich munter weiter. Ehrlich gesagt fasziniert mich diese ganze Geschichte ungemein, und so bin ich bestimmt eine Stunde lang blind und taub für alles um mich herum. Früher habe ich Astrologie und alles, was damit zusammenhängt, immer verächtlich abgetan. Ich meine, wie will ein Mann mittleren Alters mit einem schlechten Pullovergeschmack und einer täglichen Kolumne in der Zeitung mir erzählen, was er in den Sternen über meine Zukunft gelesen hat? Aber jetzt muss ich einsehen, dass Astrologie weit mehr ist als ein Horoskop in der Tageszeitung.

Ich folge dem Kaninchenbau aus Links von einer Webseite zur nächsten, lese mich ein in verschiedene Glaubensrichtungen und astronomische Phänomene, über die Suche nach Sinn in diesem gigantischen Kosmos, und grübele darüber, dass Dinge, die nicht wissenschaftlich belegbar sind, darum nicht weniger wahr sein müssen.

So betrachtet hat Astrologie viel mit der Liebe gemeinsam, sinniere ich und lese weiter über Mangliks und Mangal Doshas. Aisha hatte Recht, als sie behauptete, das sei ein ziemlich schwerwiegendes Problem, aber das heißt nicht, dass es unlösbar ist. Ich weiß ja nicht, ob der Astrologe wirklich ein dummer alter Mann war, wie Shine behauptet, aber er war zweifellos entweder schlecht oder faul oder beides zusammen. Schlimmer noch, er hat Shine und Amy Angst gemacht und sie in dem Glauben gelassen, diesem Schicksal hilflos ausgeliefert zu sein. Ich klicke eine weitere Seite an, und ein breites Lächeln stiehlt sich auf mein Gesicht – denn, siehe da, es stimmt nicht! Man kann etwas dagegen tun!

Man muss vorher nur eine Zeremonie namens Kumbh Vivah abhalten, bei der die Manglik-Frau einen Bananenbaum oder einen Tontopf »heiratet«, der zerschlagen wird, ehe sie den Bund fürs Leben mit ihrem Ehemann eingeht. Durch das Zerschlagen des Tontopfs nach der »Hochzeit« wird die Braut zur Witwe, und das Problem ist behoben. Nun kann sie ihren Bräutigam heiraten und mit ihm glücklich leben bis ans Ende ihrer Tage …

Freudige Erleichterung steigt in mir auf wie Blubberbläschen im Sektglas. Ich hätte es wissen müssen. Wenn ich an Indien eins lieben gelernt habe, dann das: Ganz gleich welches Problem sich auch stellen mag, sei es spiritueller, mystischer oder astrologischer Natur, es gibt immer eine Lösung. Keine Aufgabe ist zu groß oder zu klein. Alles lässt sich irgendwie richten. Seien es nun meine Sandalen oder das Happy End für meine Schwester.

Ich bitte die Kellnerin um Papier und Bleistift und wende mich wieder dem Bildschirm zu. Okay, los geht's.

»Sie brauchen …«

Entschlossen greife ich zum Stift und schreibe eine Einkaufsliste.

Eine Stunde später bin ich wieder am »Haus«. Amy stürzt heraus und läuft mir entgegen.

»Rubes, wo hast du denn gesteckt?«, ruft sie. »Ich habe mir schon Sorgen gemacht!«

Ich muss mir das Lächeln verkneifen. »Und ich dachte, das ist mein Job?«, necke ich sie und schließe sie fest in die Arme.

Sie schnalzt laut mit der Zunge. »Okay, okay, schon verstanden.« Sie zieht einen Schmollmund. »Also, wo hast du gesteckt?«

»Ich war einkaufen«, entgegne ich seelenruhig.

»Einkaufen?« Erstaunt schaut sie mich an. »Darum bist du so überstürzt weg? Weil du *einkaufen* wolltest?«

»Mhm«, erkläre ich nickend und schaue zum Eingang, wo ein Junge im Teenageralter gerade mit einer Schubkarre um die Ecke kommt.

»Und, was hast du gekauft?«, fragt sie stirnrunzelnd mit einem Blick auf meine leeren Hände.

»Danke schön«, sage ich zu dem Jungen, der meine Einkäufe ablädt, und drücke ihm ein Trinkgeld in die Hand. »Wie ich schon sagte, niemals aufgeben und niemals den Glauben an die Liebe verlieren.« Und als ich Amys verwirrten Blick sehe, breite ich die Arme aus und weise auf das riesige Tongefäß, das nun mitten im Innenhof steht. »Manchmal braucht es bloß einen Tontopf …«

Ein paar Stunden später ist es so weit. Ich bin frisch geduscht und habe mir von meiner Schwester saubere Sachen ausgeliehen. Die braucht sie ohnehin nicht. Ich schaue sie von der Seite an. Amy sieht einfach hinreißend aus in ihrem atemberaubend schönen roten Hochzeits-Sari, von Hand mit goldener Seide bestickt, und auch Shine neben ihr sieht in der langen seidenen Brokatjacke, die mal seinem Vater gehörte, und dem elfenbeinfarbenen Turban aus wie ein Filmstar.

Dabei heiratet sie ihn gar nicht. Jedenfalls noch nicht …

Der Priester, der das Ritual durchführen wird, stellt sich auf, und Amy schaut mich nervös an, worauf ich ihr zur Beruhigung den gereckten Daumen zeige. Genau wie früher, wenn sie bei einer Schulaufführung auf der Bühne stand. Aber dieser Auftritt ist etwas ganz Besonderes. Meine kleine Schwester heiratet!

Auf einmal werde ich irre nervös. Ich muss an Mum und Dad denken und daran, was sie sagen werden, wenn sie davon erfahren. Ich hatte kurz überlegt, sie wenigstens anzurufen und ihnen Bescheid zu sagen, habe mich aber dann eines Besseren besonnen und beschlossen, diese Entscheidung ausnahmsweise einmal Amy zu überlassen. Es fällt mir schwer, sie nicht wie meine kleine Schwester zu behandeln, aber wenn mich diese ganze Geschichte eins gelehrt hat, dann das: Ich weiß nicht immer, was das Beste für sie ist. Ich habe voreilige Schlüsse gezogen und falsche Entscheidungen getroffen, und wenn ich ehrlich bin, kann ich von meiner kleinen Schwester noch eine Menge lernen. Nicht nur sie von mir.

Sie hat Recht, sinniere ich mit Blick auf die bildschöne junge Frau, die sie geworden ist; sie ist erwachsen. Verstohlen wische ich mir eine Träne aus dem Augenwinkel und stelle mich neben Aisha, und dann schauen wir zu, wie der Priester das Kumbh-Vivah-Ritual vollzieht. Die Zeremonie ist kurz, und anschließend wird der Tontopf feierlich zerschlagen. Spontan applaudiere ich, sehr zu Aishas Missfallen, aber ich kann nicht anders. Shine und Amy sehen so glücklich aus. Jetzt können sie endlich heiraten!

Aber …

»Wir haben uns entschlossen, noch zu warten«, erklärt Shine und hält Amy dabei ganz fest an der Hand.

»Was?«, fragen Aisha und ich im Chor und stieren das glückliche Paar ungläubig an.

»Ihr beide habt Recht«, sagt Amy, »warum die Eile? Wir haben noch unser ganzes gemeinsames Leben vor uns, und wir wollen eine richtige Hochzeit mit der ganzen Familie.«

Fassungslos starre ich Amy an. Wie gesagt, meine kleine Schwester ist immer für eine Überraschung gut. »Das freut mich sehr«, sage ich, als der erste Schreck überwunden ist. »Ich weiß, Mum und Dad werden unbedingt dabei sein wollen. Du kennst ja Mum: Der ist jeder Grund für einen neuen Hut recht.«

»Unser Onkel auch«, sagt Aisha und lächelt zufrieden. »Er ist auf Geschäftsreise und wäre sicher sehr enttäuscht, die Hochzeit seines geliebten Neffen zu versäumen. Er hat sich nach dem Tod unserer Eltern um uns gekümmert. Er hat dafür gesorgt, dass wir die beste Schulausbildung bekommen, meinem Bruder das Studium in Cambridge finanziert, einfach alles.«

»Du warst in Cambridge?«, frage ich Shine verdutzt.

»Ja, ich habe Jura studiert«, entgegnet er nüchtern.

»Du bist Anwalt?« Was Überraschungen betrifft, scheinen die beiden mehr gemeinsam zu haben als gedacht. Das erklärt wohl auch die ungewohnte Aufmachung mit Hochglanzschuhwerk und Ralph-Lauren-Shirt.

»Ich habe nur ein Jahr als Anwalt gearbeitet, das war einfach nichts für mich«, erklärt er lächelnd, als er mein verdutztes Gesicht sieht.

Ich werde tomatenrot. Und da dachte ich, der Kerl sei ein schluffiger Hippie-Yogalehrer.

»Und, habt ihr beiden sonst noch irgendwelche Überraschungen auf Lager?«, frage ich lachend.

»Nur dass sein Onkel ein Maharadscha ist«, wispert Amy und linst Shine ehrfurchtsvoll an, der amüsiert die Augen verdreht.

»Nicht dein Ernst?« Ungläubig schaue ich von Aisha zu Shine und wieder zurück.

»Euer Onkel ist ein Maharadscha?«

Ich kann mir kaum ausmalen, was Mum dazu sagen wird. Bestimmt spricht es sich im Ort schneller herum, als man sagen kann: »Meine Tochter heiratet einen Adligen.«

Wobei mir einfällt …

»Heißt das dann, du bist ein Prinz?«, platze ich unvermittelt heraus und werde gleich wieder rot. Wie uncool.

»Leider nein, ich bin ja nicht sein Sohn«, entgegnet Shine grinsend.

»Er behandelt dich aber so«, wirft Aisha ein und schnalzt mit der Zunge. »Unser Onkel hat keinen eigenen Sohn, und mein kleiner Bruder wird von ihm nach Strich und Faden verwöhnt.«

Als ich das alles höre, muss ich plötzlich über das ganze Gesicht grinsen.

»Was denn?«, fragt Amy und schaut mich neugierig an. »Was ist denn los?«

»Na ja, dann ist Shine wohl dein ganz persönlicher Märchenprinz«, stelle ich fest, und die unerschütterliche Romantikerin in mir wirft innerlich freudestrahlend Blumen und Konfetti. »Wer will da noch behaupten, Märchen würden nicht manchmal wahr?«

Neununddreißigstes Kapitel

»Okay, ist das alles?«, fragt Shine, während er die letzten Taschen im Taxi verstaut.

»Nein«, antwortet Amy mit wehmütigem Lächeln.

Er schließt den Kofferraum, schlingt die Arme um sie und gibt ihr einen Kuss. »Nur ein paar Wochen, dann bin ich wieder bei dir, Liebling. Keine Sorge.«

Es ist der Morgen danach, und Amy und ich machen uns auf den Heimweg, zurück nach London. Ich kann nicht länger bleiben, weil mein Ersatzpass abläuft. Und wenn ich nicht bald komme und den armen Heathcliff bei ihr abhole, wird Mrs Flannagan mich noch als vermisst melden. Außerdem habe ich ein Buch zu schreiben und tausend Dinge zu erledigen … nun ja, jede Reise geht einmal zu Ende, nicht wahr? Zeit, nach Hause zu fahren.

Auch wenn Amy sich nur ungern von Shine trennt, freut sie sich doch darauf, mit mir zurück nach London zu fliegen. »Dank dir ist jetzt alles in bester Ordnung«, hatte sie fröhlich erklärt. Shine soll in zwei Wochen nachkommen, damit Amy ihn Mum und Dad vorstellen und er offiziell um Amys Hand anhalten kann. Währenddessen wird Amy ihre neue Stelle antreten. »Unser Plan sieht so aus: Für die Dauer meines Forschungsstipendiums unterrichtet Shine in London Yoga, und danach können wir gehen, wohin wir wollen!«, hatte sie mir freudestrahlend verkündet.

»Bye … bis bald … es war schön, euch kennenzulernen.« Herzlich verabschiede ich mich von Shine und Aisha und steige, gefolgt von Amy, hinten in das Taxi. Und ehe wir's uns versehen, hat der Fahrer auch schon den Motor angelassen, und wir rollen rumpelnd vom Hof, mit heruntergekurbeltem Fenster und wild winkend.

Da wir beide unseren ursprünglichen Flug versäumt haben, müssen wir neue Tickets kaufen, aber zum Glück hat Shine noch ungefähr eine Million Bonusmeilen von seinen vielen Flügen von und nach Cambridge übrig. Wir fliegen von Delhi direkt nach London, aber in Jodhpur gibt es keinen Flughafen für den Verbindungsflug nach Delhi. Der nächste ist in Udaipur.

Udaipur. Ich muss wieder an die Vollmondnacht denken. An das atemberaubende Kaleidoskop aus Farben, Musik, pulsierendem Leben, Lust ... Rasch reiße ich mich von diesen Gedanken los. Ich wollte doch nicht mehr daran denken, schon vergessen?

»Also, willst du jetzt darüber reden?«

Amys Stimme dringt durch das Dickicht meiner trüben Gedanken, und als ich mich zu ihr umdrehe, sehe ich, wie sie mich erwartungsvoll anschaut. Die letzten vierundzwanzig Stunden sind wie im Flug vergangen; ständig waren irgendwelche Leute da, und wir hatten alle Hände voll zu tun. Jetzt sind wir zum ersten Mal allein.

Ich zögere. Eigentlich hatte ich mir geschworen, kein Wort mehr über ihn zu verlieren, so zu tun, als gäbe es ihn nicht, aber ...

»Er heißt Jack«, sage ich ganz leise. Schon allein bei seinem Namen habe ich einen Kloß im Hals. »Er *hieß* Jack«, korrigiere ich mich.

Ihre Augen werden groß und rund, als sie begreift, was ich da sage. »Was ist passiert?«, fragt sie.

Wie Filmszenen, die ein Beamer auf eine Leinwand wirft, habe ich plötzlich alle möglichen Bilder vor Augen: Gesprächsfetzen ... Witze ... Lachen ... tiefe Blicke ... Schweigen ... als ich ihn das erste Mal im Zug gesehen habe ... der Taj Mahal ... Blicke, die keiner Worte bedurften, mit ihm gemeinsam auf dem Rücksitz quer durch Indien zu tuckern … Es ist erst ein paar Tage her, aber in dieser Zeit habe ich eine wahre Gefühlsachterbahn erlebt – ein Emotionschaos, turbulenter, als manche Menschen es im ganzen Leben erfahren. Wo soll ich nur anfangen?

»Ich habe mich verliebt«, erkläre ich schlicht.

Und ausnahmsweise eröffnet meine Schwester nicht gleich ein Fragenkreuzfeuer. Nein, sie nickt bloß.

»Aber es ist vorbei«, murmele ich. »Es ist vorbei, ehe es richtig angefangen hat.« Und dann schiebe ich das Gefühl ganz weit weg, drehe mich um und schaue aus dem Fenster.

Amy greift nach meiner Hand. »Alles wird gut«, versichert sie mir leise.

»Meinst du?«, sage ich und schaue sie fragend an.

»Ich weiß es«, antwortet sie und nickt sehr bestimmt.

Dankbar drücke ich ihre Hand. Manchmal brauchen auch große Schwestern ein bisschen Trost.

Ein paar Stunden später sind wir am Flughafen. Das Terminal ist brandneu, überall glänzende Glasflächen, gigantische Wartehallen und noch gigantischere Warteschlangen, aber schließlich stehen wir im Abflugbereich. Das Boarding für unseren Flug hat bereits begonnen. Das war's also. Bye, bye, Indien. Auf nach Hause.

Ich muss an die vielen Menschen denken, denen ich hier begegnet bin, und ihre faszinierenden Geschichten: an Rocky und seine Magical Mystery Tour, und dass ich mich gar nicht richtig bei ihm bedanken konnte; an die unglaubliche Reise, die hinter mir liegt, buchstäblich wie metaphorisch. Und an Jack.

Der Flughafen liegt mehrere Meilen außerhalb der Stadt, aber auf dem Weg zum Abfluggate schaue ich mich trotzdem immer wieder verstohlen um, ob ich ihn vielleicht irgendwo in der Menschenmenge entdecke, seinen zerfledderten alten

Hut irgendwo auftauchen sehe, seinen amerikanischen Akzent höre. Aber natürlich sind das Hirngespinste. Ich werde Jack nie wiedersehen. Selbst wenn ich wollte, ich könnte es nicht. Ich habe keine Adresse, keine E-Mail, keine Telefonnummer; keine Möglichkeit, mich mit ihm in Verbindung zu setzen.

Und dann reiche ich dem freundlichen Menschen vom Bodenpersonal meinen Pass und folge Amy ins Flugzeug. Außerdem haben wir uns sowieso nichts mehr zu sagen.

Zwanzig Minuten nach dem Start erlöschen endlich die Anschnallzeichen, und ich stehe auf und gehe zur Toilette. Als ich zurückkomme, schläft Amy schon tief und fest. Typisch meine Schwester. Immer und überall schläft sie ein, ganz egal was um sie herum geschieht. Leider habe ich den mittleren Sitz, und ich will nur ungern über sie steigen, um sie nicht zu wecken. Die beiden indischen Damen nebenan sind so nett, mir Platz zu machen, damit ich mich zu ihnen setzen kann.

»Vielen Dank«, sage ich lächelnd und quetsche mich an ihnen vorbei. »Das ist wirklich sehr freundlich.«

»Ach, keine Ursache«, winkt die ältere der beiden Frauen lächelnd ab und rückt ihre beachtliche Leibesfülle wieder im Sitz zurecht. »Die Sitze sind so schmal; ich bin froh, dass es nicht so weit ist bis nach Delhi.« Interessiert schaut sie mich an. »Sind Sie im Urlaub?«

»Ja … na ja, ich war«, korrigiere ich mich. »Wir sind auf dem Weg zurück nach London; wir fliegen über Delhi.«

»London?«, wiederholt die junge Frau eifrig. »Hast du das gehört, *Mummyji*?«

Aber natürlich. Die Ähnlichkeit ist kaum zu übersehen.

»Meine Tochter wollte immer schon mal nach London«, erklärt die Mutter und scheint nicht allzu erfreut über die Begeisterungsfähigkeit ihrer Tochter für dieses Thema.

»Na ja, es ist ja auch eine tolle Stadt«, antworte ich lächelnd.

»Was machen Sie denn in London?«, fragt die Tochter mit großen Augen.

»Ich schreibe Bücher«, sage ich ein bisschen widerstrebend. Es passiert mir immer wieder, dass Leute, sobald ich erwähne, womit ich meine Brötchen verdiene, darauf drängen, ich müsse unbedingt ihre Lebensgeschichte aufschreiben, um mir dann bis ins kleinste Detail ihre mehr oder minder aufregende Biografie zu erzählen.

Die Tochter guckt mich an wie ein Auto. »Was für Bücher denn?«

»Liebesromane«, entgegne ich, »wobei ich sie lieber als Detektivromane bezeichne …«

Beim Wort »Liebesroman« fangen ihre Augen an zu glänzen, und sie strahlt über das ganze Gesicht. »Oh, wow, da habe ich eine total romantische Geschichte für Sie!«, ruft sie verzückt. »Darüber müssen Sie unbedingt ein Buch schreiben!«

Oh nein. Ich hab's geahnt. Matt versuche ich mich zusammenzureißen und ein bisschen Begeisterung zu heucheln, aber eigentlich würde ich mir lieber das Ohr abhacken, als mir ihre Story anzuhören.

»Die Geschichte ist eigentlich die meiner Tante«, fährt das Mädchen ganz aufgeregt fort. »Und es ist auch eine Detektivgeschichte …«

Ich nicke vage, halte aber aus den Augenwinkeln bereits Ausschau nach der Stewardess. Wann servieren die denn endlich die Drinks? Nach allem, was ich durchgemacht habe, habe ich mir einen kleinen, feinen Bordrausch redlich verdient.

»Es ist eine bezaubernde Geschichte, nicht wahr, *Mummyji*?«, fährt das junge Mädchen fort und schaut seine Mutter an, die das Gesagte bestätigen soll.

Ihre Mutter nickt zustimmend. »Sie wird Sie zu Tränen rühren«, versichert sie vielsagend. »Es ist die romantischste Geschichte, die ich je gehört habe.«

Daran habe ich zwar so meine Zweifel, aber ich nicke höflich und lächele.

»Weißt du noch, was er gesagt hat, warum er den ganzen weiten Weg bis in unser abgelegenes kleines Dorf gekommen ist?«, plappert das Mädchen munter weiter, und Mutter und Tochter schauen einander vielsagend an.

»Wie sollte ich das vergessen? Ich habe jedes Mal Tränen in den Augen, wenn ich nur daran denke«, meint die Mutter nickend und zieht vorsorglich ein Taschentuch heraus.

Erst wird es still, und dann sagen beide im Chor: »Ich bin hier, um ein Versprechen einzulösen.«

Auf einmal werde ich stocksteif.

»Was sagten Sie?«, stammele ich.

»›Ich bin hier, um ein Versprechen einzulösen‹«, wiederholt die Tochter. »Das hat der Amerikaner gesagt, als er meiner Tante den Ring überreicht hat.«

Wie versteinert kauere ich in meinem Sitz. Ich traue meinen Ohren kaum. Das kann doch kein Zufall sein.

»Einen Ring?« Meine Stimme ist nicht mehr als ein Flüstern.

»Ja, einen Rubinring mit Diamanten auf beiden Seiten«, erklärt sie nickend, und ihre Augen werden ganz groß vor Aufregung. »Der schönste Ring, den ich je gesehen habe.«

Oh Gott. *Der Ring.* Der Verlobungsring. »Was hat er noch gesagt?«, ringe ich mir mühsam ab. Meine Gedanken laufen Amok. Die Tante muss die Frau sein, von der er mir erzählt hat … und diese beiden Frauen sind Schwester und Nichte. Es kommt mir vor, als drücke eine Faust unerbittlich mein Herz zusammen. *Er muss ihr einen Heiratsantrag gemacht haben.*

»Na ja, die Geschichte wollte ich Ihnen ja gerade erzählen«, meint das Mädchen grinsend und scheint sich zu freuen, dass ich ihm nun meine ungeteilte Aufmerksamkeit schenke.

»Vergiss nicht zu erzählen, wie die beiden sich kennengelernt haben«, unterbricht ihre Mutter sie.

»Mummyji!«, protestiert sie und verdreht die Augen. »Als würde ich ausgerechnet den Teil auslassen. Immer glaubst du, ich mache alles falsch – genau wie vorhin mit den Koffern …«

»Und die Geschichte?«, unterbreche ich sie ungeduldig, um zu verhindern, dass die beiden sich in die Haare bekommen. Eigentlich will ich sie gar nicht hören, aber ich könnte es nicht ertragen, nun nicht alles ganz genau zu erfahren.

»Ach ja, Entschuldigung«, murmelt sie und dreht sich verlegen lächelnd wieder zu mir um. »Also, es ist schon über fünfunddreißig Jahre her, meine Tante war damals ein junges Mädchen …«

»Einundzwanzig war sie«, unterbricht ihre Mutter sie und erklärt dann: »Sie ist meine Schwester, wir sind nur zwei Jahre auseinander.«

Mir verschlägt es fast die Sprache. »Aber … aber, das verstehe ich nicht …«

»Es war in den Siebzigern«, versucht sie zu erklären.

»In den *Siebzigern*?« Jetzt bin ich vollends verwirrt. Das ergibt doch überhaupt keinen Sinn.

»Sie hat einen jungen Ingenieur aus Amerika kennengelernt. Er war für drei Monate in Indien. Er arbeitete hier, und sie war als Sekretärin im gleichen Büro angestellt.« Die Tochter, der es großen Spaß zu machen scheint, mich mit dieser Geschichte zu beglücken, reißt die Erzählung rasch wieder an sich. »Es war Liebe auf den ersten Blick«, verkündet sie sehr entschieden, »und eigentlich war alles wunderbar.«

»Aber dann hat mein Vater davon erfahren und ist sehr wütend geworden.« Traurig schüttelt ihre Mutter den Kopf. »Er hat ihr verboten, sich weiterhin mit ihm zu treffen …«

»Aber meine Tante wollte nicht auf ihn hören.«

»Meine große Schwester war immer schon ein Dickkopf«, stimmt die Mutter ihr nickend zu.

Die beiden reden einfach durcheinander; die eine beendet die Sätze der anderen.

»Es dauerte nicht mehr lange, da war sein Vertrag in Indien abgelaufen, und er musste zurück nach Amerika. Aber er versprach ihr zurückzukommen«, fährt die Tochter fort.

»Er versprach ihr, sie zu heiraten«, unterbricht sie die Mutter. »Das hat sie mir im Vertrauen gesagt.«

»Und er sagte ihr, er werde wiederkommen mit einem Ring …«

»Aber er kam nicht mehr zurück …«

»Und sie hat nie wieder von ihm gehört«, schließt die Tochter.

Staunend und sprachlos habe ich der Geschichte gelauscht und verzweifelt versucht, es zu begreifen. Wenn das alles schon so viele Jahre her ist, wie um alles auf der Welt passt Jack dann in dieses Bild?

»Aber was ist denn passiert?«, frage ich schließlich.

»Niemand wusste es«, sagt die Tochter kopfschüttelnd.

»Sie hat ihm Briefe geschrieben«, ergänzt die Mutter. »Ich weiß noch, wie meine Schwester ihm immer geschrieben hat. Aber nie kam eine Antwort. Es hat ihr das Herz gebrochen. Mein Vater verbot ihr, den Namen des Amerikaners je wieder in den Mund zu nehmen, sie hätte Schande über die ganze Familie gebracht …« Seufzend bricht sie ab. »Sie hat nie geheiratet. Ich glaube, sie konnte einfach keinen anderen Mann mehr lieben.«

»Ach, wie traurig«, flüstere ich leise und versuche mir auszumalen, wie sie sich gefühlt haben muss. »Sie muss schrecklich gelitten haben.«

»*Mummyji* sagt, meine Tante hat nie wieder darüber gesprochen«, stimmt die Tochter mir nickend zu. »Ich weiß es nur, weil ich früher immer bei ihr zu Hause gespielt habe, als ich noch kleiner war, und da habe ich Fotos von den beiden gefunden. Ich durfte sie mitnehmen; sie sagte, sie brauche sie nicht mehr. Wollen Sie sie mal sehen?« Ohne meine Antwort abzuwarten, kramt sie ihr Portemonnaie heraus. »Es ist so ein Streifen aus einem Passbildautomaten, sie müssen ihn in der Mitte durchgerissen haben …«

Meine Brust schnürt sich zu. Sie reicht mir die Fotos, und ich sehe sofort, dass es die zweite Hälfte der Fotos ist, die ich in Jacks Rucksack gefunden habe. Wortlos starre ich in die beiden Gesichter, die lachend in die Kamera schauen, so glücklich und so verliebt. Aber jetzt, bei Tageslicht und bei genauerem Hinschauen, sehe ich gleich, dass der Mann auf dem Bild nicht Jack ist, sondern jemand, der ihm bloß unverschämt ähnlich sieht.

Jemand wie sein Vater beispielsweise.

»Die ganzen Jahre glaubte sie, er habe sein Versprechen gebrochen, er liebte sie nicht mehr, er sei nach Amerika zurückgegangen und habe sie einfach vergessen …«

»Aber das stimmte nicht, er hatte sie nicht vergessen, er hat seinem Sohn von ihr erzählt.«

Ich höre mein Herz laut in den Ohren pochen, als die einzelnen Puzzleteile sich unversehens zusammenfügen und plötzlich alles einen Sinn ergibt. *Das* war das Versprechen. Darum war Jack in Indien. *Um das Versprechen seines Vaters einzulösen, nicht seins.*

»… wie er sich in Indien in ein Mädchen verliebt und ihm versprochen hat, es zu heiraten, aber als er dann nach Amerika zurückkam, hat er etwas erfahren, das die ganze Welt für ihn veränderte.«

»Was?«, frage ich fast schon wütend. »Was könnte ihn denn daran hindern, mit der Frau zusammen zu sein, die er liebte?«

»Auf dem College hatte er eine Freundin. Sie trennten sich, kurz bevor er nach Indien ging, aber als er zurückkam, meldete sie sich wieder bei ihm …« Die Tochter bricht kurz ab und guckt schockiert, dann fährt sie leise fort: »Sie war schwanger.«

»Also tat er das einzig Richtige, für sie und für das ungeborene Kind: Er heiratete sie«, meint die Mutter nickend und guckt ihre Tochter strafend an. »Er hielt es für seine Pflicht. Das waren damals noch ganz andere Zeiten.«

Als ich das höre, werde ich plötzlich ganz traurig. »Und er hat Ihrer Schwester nie den wahren Grund verraten, warum er nicht nach Indien zurückgekommen ist?«

»Nein.« Sie schaut mich an und schüttelt traurig den Kopf. »Sie hat nie wieder etwas von ihm gehört. Sie dachte, er habe es sich anders überlegt, und dass er sie nicht mehr liebt … dabei hat er sie bis zum Schluss geliebt. Er hat sich so geschämt, er fühlte sich so schuldig, ihr Leben ruiniert zu haben, weil er versprochen hatte, sie zu heiraten. Er dachte, es sei besser so; dass sie ihn irgendwann vergessen würde.«

Stumm höre ich zu und versuche, das alles zu begreifen.

»Ich finde, das Traurigste an der ganzen Geschichte ist, dass die Ehe nicht gehalten hat«, sagt sie kopfschüttelnd. »Nach ein paar Jahren haben sie sich scheiden lassen.«

»Aber warum ist er jetzt zurückgekommen und hat es ihr gesagt?«, frage ich fassungslos. »Warum erst jetzt, nach all diesen Jahren?«

»Weil sein Sohn dieses Geheimnis erst auf dem Totenbett seines Vaters erfahren hat.«

Ja, natürlich, Jacks Vater ist vor Kurzem gestorben. Ich weiß noch, wie er mir auf dem Dach in Udaipur davon erzählt hat. Beim Gedanken daran krampft sich mein Herz zusammen.

»Sein letzter Wunsch war, dass meine Schwester erfahren sollte, dass er sie nicht verlassen hatte, dass er sie immer im Herzen getragen hat und dass er sie bis zum letzten Tag geliebt hat.« Sie hat Tränen in den Augen und muss sich unterbrechen, um sie mit einem Taschentuch wegzutupfen. »Er wollte, dass sein Sohn zu ihr fährt und ihr den Verlobungsring gibt, den er ihr vor all den vielen Jahren gekauft und nie an den Finger gesteckt hat … Er wollte sein Versprechen einlösen.«

»Denn ein Versprechen ist ein Versprechen«, sagen die beiden im Chor.

Als ich diese Worte höre, die auch Jack gesagt hatte, habe ich mit einem Mal einen Kloß im Hals. Ach Jack. Wie leid mir das plötzlich tut. Jetzt erst verstehe ich das alles. Warum er mir das Geheimnis nicht verraten wollte; weil es nicht sein Geheimnis war. Warum er unbedingt dieses Versprechen einhalten wollte. *Das Leben ist manchmal kompliziert.* Das hatte er mir gesagt. Und ich habe ihn gründlich missverstanden. Ich hätte an die Liebe glauben sollen, so wie er. Ich hätte ihm vertrauen sollen.

»Ist das nicht die romantischste Geschichte, die Sie je gehört haben?«, fragt die Tochter eifrig und scheint das Schimmern in meinen Augen falsch zu deuten.

Nein, ich bin weggelaufen. Bin abgehauen, ohne mich zu verabschieden.

»Hat er Ihnen eine Nummer hinterlassen?« Mit einem Ruck reiße ich mich aus meinen Gedanken und sehe die beiden eindringlich an.

Mutter und Tochter schauen mich nur verwirrt an.

»Ich meine, damit Sie ihn erreichen könnten … wenn es nötig wäre«, stammele ich hoffnungsvoll.

»Dazu bestand gar kein Anlass«, erwidert die Mutter kopfschüttelnd und lächelt mich an. »Er hat sein Versprechen eingelöst, mehr gab es nicht zu sagen.«

Ich nicke und spüre die Tränen an meinen Wimpern, und als die beiden Frauen kurz die Köpfe zusammenstecken, wische ich sie rasch fort.

»Madam, kann ich Ihnen etwas anbieten?« Ich schaue auf und sehe neben mir die Stewardess mit dem Getränkewagen stehen.

»Nein … nein danke«, ringe ich mir mühsam ab und schüttele den Kopf.

Die Stewardess geht weiter, und mir kullert leise eine Träne über das Gesicht, aber ich wische sie nicht weg. Ich will nichts, nur Jack. Aber es ist zu spät. Und dann schaue ich aus dem Fenster und starre in die Wolken, während Indien und Jack und alles, was passiert ist, in immer weitere Ferne rücken. Zurückgelassen. Fort.

Vierzigstes Kapitel

Vier Wochen später in London

»Unglaublich.«

Diana blättert die letzte Seite um, greift nach einem Taschentuch und schnäuzt sich laut.

»Und, gefällt es dir?«

Ich sitze in meiner Literaturagentur in London in Dianas ruhigem Eckbüro. Sie hockt hinter dem ausladenden Mahagonischreibtisch mit Lederauflage, der einen Großteil des Raums einnimmt, der ansonsten bis zur Decke mit Papierstapeln vollgestopft ist, die sich überall türmen. Gerade hat sie das Manuskript meines neuesten Romans zu Ende gelesen, das ich erst gestern Abend fertiggestellt und ihr gleich per Mail zugeschickt habe.

»Ob es mir gefällt? Ich bin völlig hingerissen«, schnieft sie und tupft sich die Tränen aus den Augenwinkeln. »Aber nur damit das klar ist, ich weine nicht«, erklärt sie streng. »Ich weine nie; das ist bloß eine Allergie … Heuschnupfen.«

»Im Februar?«, frage ich skeptisch mit hochgezogener Augenbraue.

»Klimaerwärmung«, entgegnet sie und guckt mich böse an.

Ich muss grinsen.

Als ich vor einem Monat aus Indien zurückgekommen bin, habe ich mich in meiner Wohnung verschanzt und seither ununterbrochen an meinem neuen Roman gearbeitet. Ich konnte gar nicht mehr aufhören zu schreiben. Die Schreibblockade –

oder was immer mich vorher am Schreiben gehindert hatte – war wie weggeblasen, und ich war wieder ganz die Alte. Oft heißt es ja, man sei nach einem Urlaub »wie neugeboren«, aber auf mich hatte Indien genau die gegenteilige Wirkung. Es klingt wie ein Klischee, wenn ich behaupte, ich hätte mich in Indien gefunden, aber es stimmt. Ich habe mein *altes* Selbst gefunden. Das Selbst, das ich durch Liebeskummer und Enttäuschung für immer verloren glaubte. Die hoffnungslose Romantikerin, die an die große Liebe glaubt und von der ich schon fürchtete, sie sei auf Nimmerwiedersehen verschwunden. Die Suche nach meiner Schwester wurde zu einem Selbstfindungstrip für mich. Aber ich bin nicht die Einzige, die als ein anderer Mensch zurückgekommen ist als der, der hinauszog in die weite Welt. Amy ist nach London zurückgekehrt, nicht als alleinstehende arbeitslose Uniabsolventin, sondern mit einem Verlobten und einem großartigen neuen Job. Und darüber hinaus ist sie ganz außer sich vor Stolz und Freude, weil ein angesehenes Yoga-Studio in Soho Shine bei seinem ersten Besuch in London gleich eine Stelle angeboten hat. Sie war zwar etwas nervös, als es darum ging, Mum und Dad ihren Verlobten vorzustellen, aber die Sorge war völlig unbegründet. Zuerst haben die beiden nicht schlecht gestaunt, aber als Shine dann feierlich um die Hand ihrer Tochter anhielt, fing Mum an zu weinen, und Dad nahm ihn in die Arme und nannte ihn »mein Junge«.

Dabei sind Amy und Shine nicht die Einzigen aus unserer Familie, die für eine Überraschung gut sind. Als die beiden etwas verlegen gestanden, miteinander durchgebrannt zu sein, dachten wir eigentlich alle, Mum und Dad wären empört. Oder zumindest enttäuscht. Aber nein, sie schauten einander tief in die Augen und warteten dann mit einem verblüffenden Geständnis auf: Die beiden sind damals auch durchgebrannt! Ihre Eltern müssen wohl ganz außer sich gewesen sein und haben darauf bestanden, die Hochzeit hochoffiziell nachzuholen – im

Standesamt gleich in der Nähe –, und von diesem Tag stammen auch die einzigen Hochzeitsfotos, die Amy und ich kennen.

Bis jetzt. Denn nun drängen wir uns neugierig um den Küchentisch und bestaunen ausgeblichene alte Fotografien ihres kleinen Abenteuers, als sie einfach auf und davon sind … Dad im Kordsamtanzug mit Schlaghose und Mum im weißen Minikleid – wer hätte das gedacht? Da habe ich mich wirklich gründlich in ihnen getäuscht. Aber ich täusche mich wohl des Öfteren mal in Menschen.

Wie in Jack.

Wenn ich nur an seinen Namen denke, zieht sich mein Herz zusammen. Also versuche ich angestrengt, jeden Gedanken an ihn zu vermeiden. Warum mich unnötig quälen? Aber abends, kurz vor dem Einschlafen, und morgens, ehe ich richtig wach bin, macht mein Kopf, was er will, und ich träume von uns beiden in der Wüste, auf der Dachterrasse in Udaipur, im Hotelzimmer … Und ich kann mir einfach nicht verzeihen, ihm nicht vertraut zu haben; nicht an uns geglaubt zu haben. Einfach weggelaufen zu sein, vor ihm und vor der Liebe. Könnte ich ihm doch bloß alles erklären … Kann ich aber nicht. Ich habe keinen Schimmer, wo er sein könnte. Ich weiß ja nicht mal seinen Nachnamen. Wobei ich nichts unversucht gelassen habe, den herauszufinden. Aber wenn man »Jack, Architekt, Amerikaner« in die Suchmaschine eingibt, bekommt man über neun Millionen Treffer. Manchmal reicht Googeln einfach nicht. Und trotzdem hofft die unverbesserliche Romantikerin in mir, die sich den Mund nicht verbieten lässt (was ich, ganz ehrlich, auch gar nicht will), dass die Liebe einen Weg findet. Heißt es nicht immer so? In all den Liedern und Sprichwörtern wird doch immer behauptet, die Liebe sei alles, was man braucht. Und die wahre Liebe überwinde alle Hindernisse.

Aber es gibt Hindernisse, die lassen sich nicht überwinden. Zwei Menschen, die sich auf einer Reise durch Indien kennenlernen, keine Telefonnummern austauschen, und dann macht sie – die dämliche kleine Engländerin – sich mitten in der Nacht Hals über Kopf aus dem Staub. Von wegen hoffnungslos romantisch, das einzig Hoffnungslose hier ist die statistische Wahrscheinlichkeit, Jack je wiederzusehen.

»Und die Stelle am Schluss, als er vor ihrer Haustür steht und auf sie wartet …«

Aus meinen Grübeleien gerissen sehe ich, wie Diana sich hektisch die Tränen wegtupft.

»Er ist ihr von Indien ans andere Ende der Welt gefolgt und hat sie ausfindig gemacht, weil er ohne sie nicht leben kann … und dann, als er sagt: ›Manchmal geschehen Dinge, mit denen man nicht gerechnet hat. Ich hätte nie damit gerechnet, mich in dich zu verlieben.‹« Sie bricht ab und weint ergriffen.

Sehen Sie? Das mag ich so an meinem Beruf. Ich kann die Geschichte so enden lassen, wie ich möchte, ganz im Gegensatz zum wahren Leben. Mit meiner Heldin erlebe ich das ersehnte Märchen-Happy-End.

»Ist Steve Archer derjenige, welcher?«, fragt sie schniefend. »Der, den du in Indien kennengelernt hast? Ist er es?« Mit glühendem Blick schaut sie mich an.

»Sagen wir mal, das wahre Leben hat mir reichlich Inspiration geliefert«, erwidere ich ausweichend.

»Und werdet ihr euch wiedersehen? Ich will ihn unbedingt kennenlernen!«

»Ich glaube kaum«, sage ich mit einem traurigen Lächeln.

»Im Ernst?« Mit großen Augen sieht sie mich fassungslos an. Ich nicke.

»Dieses Ende kann ich leider nicht einfach umschreiben.«

Abermals putzt Diana sich trompetend die Nase. »Na ja, ich freue mich jedenfalls, dass du wieder da bist«, sagt sie fröhlich und weist auf das Manuskript. »In mehr als einer Hinsicht.«

»Danke«, entgegne ich dankbar lächelnd.

»Ich wette, das wird dein größter Bestseller.«

Vor Freude über dieses unerwartete Kompliment erröte ich zart. »Meinst du?«

»Ich weiß es«, versichert sie nickend. »Dieses Buch ist mit Herzblut geschrieben.«

Schweigend schauen wir uns an, dann fällt Dianas Blick plötzlich auf die Uhr.

»Verflixt, ich muss los.« Hektisch springt sie auf und packt wahllos Dinge von ihrem unaufgeräumten Schreibtisch in die übergroße Handtasche. »Ich bin gleich zu einem Drink verabredet …« Sie unterbricht sich, als sei ihr gerade etwas eingefallen. »Mit demselben Kerl übrigens, mit dem ich dich vor einiger Zeit mal verkuppeln wollte, weißt du noch? Aber du wolltest ihn ja partout nicht kennenlernen.« Vielsagend schaut sie mich an, und ich werde rot. »Jedenfalls mache ich das nur, um einem Freund von einem Freund einen Gefallen zu tun; der Typ ist gerade in der Stadt und kennt hier niemanden, also habe ich mich breitschlagen lassen, mit ihm was trinken zu gehen.« Mit hochgezogener Augenbraue guckt sie mich an. »Komm doch mit!«

»Lieber nicht«, murmele ich und schüttele den Kopf. Bis vor Kurzem wollte ich keine Männer mehr kennenlernen, weil ich nicht mehr an die Liebe geglaubt habe; jetzt ist es genau umgekehrt. Ich glaube an die Liebe, ich liebe Jack, und obwohl es vollkommen aussichtslos ist, möchte ich keine anderen Männer mehr kennenlernen.

Diana, die gerade in aller Eile ihren eleganten Daunenmantel zuknöpft, verzieht das Gesicht. »Also gut, ein Steve Archer ist er wohl ohnehin nicht.«

Auch wenn mir eher nach Weinen ist, muss ich lächeln, und dann gehen wir gemeinsam zum Aufzug.

»Und was machst du jetzt?«

»Ach, ich habe eine lange To-do-Liste abzuarbeiten«, höre ich mich sagen, dabei steht auf dieser Liste eigentlich nur 1) Hundefutter kaufen und 2) Blumen für Mrs Flannagans Geburtstag besorgen. Wochenlang habe ich geackert wie eine Blöde, sodass ich kaum zu irgendwas anderem gekommen bin, aber jetzt fühle ich mich plötzlich leer und verloren.

»Okay, also gut, bye, Süße. Ich melde mich.« Und dann drückt sie mich so fest, dass ich glaube, meine Rippen knacken zu hören, winkt ein Taxi heran und steigt ein. »Und noch mal Glückwunsch zu deinem Buch«, ruft sie durch das geöffnete Fenster. »Gönn dir was zur Feier des Tages!«

Und dann stehe ich allein am Straßenrand und schaue dem Taxi hinterher, das um eine Straßenecke biegt. Diana hat Recht, ich sollte mir was Schönes gönnen. Und ich könnte mich mal wieder bei den Mädels melden. Ich bin zwar schon eine ganze Weile wieder da, habe aber seitdem noch keine meiner Freundinnen gesehen. Nach meiner Rückkehr aus Indien hatte ich mich zwar per Mail bei ihnen gemeldet, mich dann aber gleich kopfüber in die Arbeit gestürzt. Das wäre doch ein schöner Anlass für ein Wiedersehen. Ich könnte Rachel simsen und fragen, ob sie Zeit hat, oder Molly zu einem Skype-Drink einladen oder mich einfach in den Eurostar nach Paris setzen und Harriet besuchen …

Ich greife zu meinem Handy, dann stocke ich.

Wenn ich ganz ehrlich bin, ist mir überhaupt nicht nach Feiern zumute. Denn eigentlich gibt es nur einen Menschen, mit dem ich gerne feiern würde. Und das ist Jack.

Also lasse ich das Handy wieder in der Tasche verschwinden und marschiere in Richtung U-Bahn. Mein Atem malt kleine weiße Wölkchen in die kühle Abendluft. Schnee ist angesagt, und ich klappe den Mantelkragen hoch und wickele den Schal noch etwas enger, damit die eiskalte Luft keine kleinen Lücken findet. In der Regent Street wimmelt es nur so vor Menschen und Autos, und mein Blick geht über Männer und Frauen in smarten Anzügen und Kostümen, Hochglanz-Designerboutiquen und angesagte Restaurants.

Mitten hineingeworfen in das unerbittliche Tempo einer modernen Millionenmetropole kann man sich in London kaum vorstellen, dass es einen Ort wie Rajasthan überhaupt gibt. Dieses uralte Land mit seinen Festungen, den Maharadschas, den endlosen Wüsten und heiligen Seen erscheint mir fast wie einem Märchen entsprungen. Und doch, es ist da, in mir drin. Viele Menschen bringen Andenken mit, die sie an ihre Reisen erinnern sollen; ich habe etwas anderes mitgebracht – etwas, das nicht so greifbar ist, aber viel tiefgründiger.

Vor der Reise nach Indien war es, als schlafwandelte ich durch mein Leben. Sam hatte mir nicht nur das Herz gebrochen, er hatte mein ganzes Ich, mein tiefstes Inneres, meine Seele, erschüttert. Ich hatte den Glauben an die Liebe und die Freude am Leben verloren. Ach, ich hatte alles gemacht, was in so einer Situation von einem erwartet wird. Hatte Wein getrunken, mir neuen Lippenstift gekauft, bin mit meinen Freundinnen um die Häuser gezogen. Aber es gibt kein Patentrezept, keine Schnellkur für gebrochene Herzen. Es war nicht wie im Film kein Vorspulen zu dem I-will-survive-Musical-Moment meiner Wiedergeburt. Nein, ich musste mich mühsam durchkämpfen, weiterschleppen von Tag zu Tag, bis schließlich, endlich keine Tränen mehr da waren. Ich hatte auf ein Wunder gehofft, darauf, dass alles wieder gut würde, und hatte einfach weitergemacht.

Einfach weitermachen, so leben viele Menschen ihr ganzes Leben. Menschen, wie man sie jeden Tag sieht; sie setzen ein Lächeln auf und versichern glaubhaft, es sei alles in bester Ordnung, doch eigentlich sind sie einsam, verlassen und verloren. Aber die Zeit vergeht so rasend schnell, man hat keine Zeit zu verlieren, also rappelt man sich auf und macht weiter, Brust raus, Bauch rein, Zähne zusammenbeißen.

Genau das habe ich mir auch gesagt. Und ich war gut. So gut sogar, dass ich mich selbst schon davon überzeugt hatte, dass das Leben nun mal so ist. So sein muss. Dass ich so bin. Aber Indien hat alles auf den Kopf gestellt. Es hat meine Sinne wachgerüttelt, meine Seele beflügelt und wieder Schönheit und Frohsinn in mein Leben gebracht. Indien hat mich wieder zum Leben erweckt. Aber wichtiger noch, es hat mir das Herz geöffnet und mir den Glauben zurückgegeben an das eine, ohne das wir alle nicht leben könnten.

Die Liebe.

»Hallo, kann ich Ihnen helfen?«

Am Blumenstand an einer geschäftigen Straßenecke bleibe ich stehen; die Blüten sind wie ein buntes Farbenmeer in dem eintönig grauen dunklen englischen Wintertag.

»Ja«, sage ich nickend und betrachte die langstieligen roten Rosen, die aufgeplusterten gelben Chrysanthemen und die sattlila Hyazinthen und frage mich, welche Blumen Mrs Flannagan wohl am besten gefallen würden. Schließlich entscheide ich mich für die Hyazinthen; die duften immer so wunderbar.

»Das wären dann sieben fünfzig«, meint der Blumenhändler nickend und wickelt die Blumen schnell und geschickt in Papier.

Ich greife in die Handtasche und krame nach meiner Geldbörse, aber sie ist nicht da. Hm, vielleicht in einer anderen Tasche. Hastig wühle ich darin herum … Moment mal, wo kann sie denn nur sein? Mein Telefon beginnt zu läuten, aber das ignoriere ich. Okay, jetzt nur keine Panik, irgendwo muss sie ja sein. Oder nicht? Wann hatte ich sie das letzte Mal?, frage ich mich zweifelnd. Ach, ich weiß, ich habe meine U-Bahn-Karte damit aufgeladen und bin anschließend gleich zu Diana ins Büro gegangen.

Das unablässige schrille Zirpen meines Handys verhindert jeden zusammenhängenden Gedanken, also ziehe ich es mit der freien Hand entnervt aus der Tasche.

Es ist Diana.

»Tut mir wirklich leid, ich muss es aus Versehen eingesteckt haben.«

»Wie bitte?«

»Dein Portemonnaie. Du musst es auf meinen Schreibtisch gelegt haben.«

Meine andere Hand hört auf, meine Handtasche zu durchforsten. Und dann fällt mir wieder ein, dass gleich vor dem Büro jemand mit einem Spendeneimer gestanden und für einen guten Zweck Geld gesammelt hat, und dass ich ihm das ganze Kleingeld aus meiner Börse gegeben habe. Ich muss sie wohl noch in der Hand gehabt haben, als ich in Dianas Büro kam.

»Wie kann man nur so blöd sein?«

Was mich aus meinen Gedanken reißt. »Nicht schlimm, ich bin bloß heilfroh, dass es nicht gestohlen wurde!«, seufze ich erleichtert. Na ja, es wäre ja nicht das erste Mal. »Wo bist du denn jetzt? Dann komme ich rasch vorbei und hole es ab.«

»Wärst du so lieb?« Sie klingt, als fiele ihr ein Stein vom Herzen. »Ach, Süße, das wäre wirklich prima. Ich sitze in einem Pub in Covent Garden, The Red irgendwas, du kannst es gar nicht verfehlen – es ist das große weiße Gebäude gleich gegenüber von der U-Bahn-Station …«

»Okay, dann bis gleich.«

»Die Sache ist bloß die, in zehn Minuten muss ich los, zum Geschäftsessen mit einem Verleger.«

Zehn Minuten? Rasch überschlage ich im Kopf die Strecke. Wenn ich mich beeile, könnte ich es schaffen. »Warte kurz, ich bin gleich da.«

Einundvierzigstes Kapitel

Überstürzt entschuldige ich mich vielmals bei dem Blumenhändler für die Unannehmlichkeiten, dann flitze ich über die Straße und nehme Kurs auf Soho. Es ist gerade Rushhour, und auf den Bürgersteigen drängeln sich die Fußgänger. Entgegenkommenden Menschen und Fahrzeugen ausweichend sprinte ich durch kleine Seitenstraßen, und das Herz schlägt mir bis zum Hals. Himmel, ich habe wirklich überhaupt keine Kondition. Auf dem Stadtplan in meinem Kopf versuche ich die kürzeste Route herauszusuchen. Jetzt wünschte ich wirklich, ich hätte ein iPhone.

Kaum blitzt dieser Gedanke auf, muss ich an Jack denken. Ich sehe wieder vor mir, wie wir zusammen durch Pushkar gelaufen sind und dieses dämliche Ladegerät für mein Handy gesucht haben. Es ist, als sei ich wieder dort. Widerstrebend reiße ich mich von dieser Erinnerung los. Das muss aufhören. Es ist vollkommen hoffnungslos.

An der Charing Cross Road angekommen drossele ich das Tempo und drücke auf den Knopf der Fußgängerampel. Auf der zweispurigen Straße drängt sich der Verkehr. *Komm schon, komm schon* … Nervös hopse ich von einem Bein aufs andere. Ach, was soll's? Ohne auf Grün zu warten, stürze ich auf die Straße und schlängele mich zwischen den fahrenden Autos hindurch. Ein Doppeldecker rast auf mich zu und versperrt mir den Weg, und ich stehe mitten auf der Straße und kann nicht vor und nicht zurück; ich bin gefangen zwischen den Fahrspuren, auf denen der dichte Verkehr sich ballt.

Und dann fließt er plötzlich wieder, und ein kleiner weißer Ambassador kommt in Sicht.

Mir fallen fast die Augen aus dem Kopf.

Er erscheint aus dem Nichts, und ich starre ihn nur ungläubig an. Das ist so abgefahren, der sieht genauso aus wie … aber ich kann den Gedanken nicht zu Ende bringen, denn als ich aufschaue, erhasche ich einen Blick auf den Fahrer.

Es ist Rocky.

Die ganze Welt scheint plötzlich stillzustehen, und der Lärm der Großstadt verstummt, als hätte jemand den Ton abgeschaltet. Er guckt geradeaus nach vorne auf die Straße. Ich sehe sein Profil, den vertrauten Umriss der Brille auf seiner Nase, die flauschigen weißen Haarbüschel … und fast als wüsste er, dass ich hier stehe, dreht er sich zu mir um. Unsere Blicke treffen sich, und er senkt ein wenig den Kopf und guckt mich über den Brillenrand an. Seine Augen sind strahlend blau, viel blauer noch, als ich sie in Erinnerung hatte, und dann nimmt er die Hand vom Lenkrad und winkt mir zu – zur Begrüßung oder doch eher zum Abschied?

Meinem dicken Wollmantel und dem Schal zum Trotz läuft es mir eiskalt den Rücken herunter. *Was zum …?* Das ist doch unmöglich. Rocky kann nicht hier sein, schon gar nicht in dem kleinen weißen Auto. Ich bilde mir das nur ein. Ich halluziniere.

Und dann höre ich plötzlich seine Stimme. *»Du darfst den Glauben nicht verlieren, Ruby. Du musst auf das Universum vertrauen.«*

Ohrenbetäubendes Hupen reißt mich aus meinen Gedanken. Ich komme zu mir, die Autos fahren weiter, und da ist kein kleines weißes Auto, es ist fort, genauso schnell verschwunden, wie es eben aufgetaucht ist. In meinem Kopf dreht sich alles im Kreis, ich haste rasch auf die andere Straßenseite, und dann lehne ich mich nur atemlos gegen eine Mauer und versuche, mich wieder zu sammeln.

Was war denn das? Verwirrt schließe ich die Augen, mein

Kopfkino läuft auf Hochtouren, und ich muss an seine Prophezeiung denken, daran, wie er mir aus der Hand gelesen hat. Das hatte ich schon ganz vergessen, aber jetzt ist alles wieder da. Was hatte er noch gesagt? Ich höre seine Worte wieder so deutlich, als stünde er direkt neben mir.

»Sie werden einen anderen Mann kennenlernen, aber es gibt ein Problem – sehen Sie, wie die Linie hier abbricht?«

Ich muss an Jack denken. Tja, da hatte er wohl Recht.

Der Bruch in der Linie bedeutet einen Rückschlag: Schwierigkeiten, die es zu überwinden gilt.

Und für den Bruchteil einer Sekunde bin ich wieder in Indien, wieder in dem kleinen Restaurant in Agra, mit den leuchtend blauen Wänden und dem Duft exotischer Gewürze.

»Was denn für Schwierigkeiten?«

»Sie haben ihn schon einmal abgewiesen.«

Ich zermartere mir das Hirn. Aber das ergibt doch gar keinen Sinn.

»Ich sehe einen Löwen, einen großen Löwen, aber dieser Löwe ist rot …«

Ach, verdammt und zugenäht, das ist doch alles vollkommener Mumpitz! Aufgebracht reiße ich die Augen auf. Das typische London-Grau empfängt mich. Ich muss mich zusammenreißen. Komm schon, Ruby, was soll denn das? Das ist doch verrückt. Suchend drehe ich mich noch mal zur Straße um, aber die Autos sind längst weitergefahren. Der Doppeldecker steht weit vorne in der Schlange, und von dem kleinen weißen Ambassador fehlt jede Spur. Also wirklich, jetzt sehe ich schon Dinge, die gar nicht da sind. Was kommt denn als Nächstes? Ein Löwe mitten in London? Also bitte.

Ich schüttele mich kurz wie ein Hund, der in einen Regenschauer geraten ist, und schaue auf die Uhr. Verflixt, jetzt komme ich auch noch zu spät. Schnellen Schrittes marschiere ich die Straße hinunter und bin bald mitten in Covent Garden.

Ich laufe weiter und steuere auf die U-Bahn-Station zu. Herrje, sind hier viele Touristen! Im Zickzack flitze ich durch die Menschenmassen, bis ich endlich an der Haltestelle bin, und schaue suchend zu dem großen weißen Gebäude an der Ecke auf der anderen Straßenseite. Und dann bleibe ich wie angewurzelt stehen.

»Manchmal ist es schwierig, es zu verstehen, aber eines Tages wird das alles einen Sinn ergeben.«

Da, gleich vor meiner Nase, hängt das bemalte Schild des Pubs. »THE RED LION«.

Plötzlich habe ich am ganzen Körper eine Gänsehaut. Das muss Zufall sein. Ein irrer Zufall. Weiter nichts. Aber ich habe jetzt keine Zeit, darüber nachzudenken. Hastig drücke ich die Tür auf und stolpere hinein. Der Laden ist so ein gehobener Gastro-Pub, mit abgezogenen Eichendielen und getrenntem Essbereich. Es ist schon recht voll, und mein Blick geht rasch von Tisch zu Tisch, aber ich kann sie nirgends sehen. Und was noch wichtiger ist, ich höre sie auch nicht.

»Entschuldigung!« In meiner Hektik stürze ich mich auf einen vorbeikommenden Kellner. »Ich suche Diana Diamond?«

Der Kellner schaut mich nur ausdruckslos an. »Große, grauhaarige Dame, Amerikanerin«, keuche ich und ringe um Atem.

Ihm scheint ein Licht aufzugehen. »Tut mir leid, die ist gerade weg.«

»Weg?« Meine Stimme klingt etwas schriller als gewollt, und ich gucke ihn fassungslos an. »Hat sie vielleicht ein Portemonnaie bei Ihnen hinterlegt?«

Skeptisch runzelt der Kellner die Stirn. »Ein Portemonnaie? Nein, nicht dass ich wüsste …«

Bestimmt musste sie ganz dringend weg; vermutlich hat sie es an der Bar abgegeben oder so. Trotzdem komisch, dass sie mir nicht Bescheid gesagt hat. »Könnten Sie bitte mal nachfragen?«, bitte ich ihn eindringlich.

Unwillig verzieht der Kellner das Gesicht und guckt mich an mit einer Miene, die mir unmissverständlich zu verstehen gibt, dass er Besseres zu tun hat, als nach verloren gegangenen Brieftaschen zu fahnden. Aber dann nickt er pflichtschuldig und geht.

Währenddessen krame ich mein Handy heraus. Nein, keine SMS.

»Ruby?«

Hinter mir höre ich eine Stimme. Tief und unverkennbar. Bei dem Klang stellen sich mir die Nackenhaare auf. Diese Stimme würde ich aus tausenden heraushören.

Jack?

Ich drehe mich auf dem Absatz um. Da steht er, nur ein paar Schritte entfernt. Was zum …?

»Ich habe eben deine Agentin Diana kennengelernt. Sie musste leider ganz schnell weg, weil sie zum Essen verabredet ist. Sie hat mich gebeten, dir das hier zu geben.« Und damit greift er in die Tasche und zieht meine Geldbörse heraus.

Das Herz hämmert mir laut in den Ohren, aber diesmal nicht vom Laufen. Ich kann es kaum glauben. Ich halluziniere schon wieder. Das kann doch nicht wahr sein.

»Hast du deine Zunge verschluckt?«, fragt er lachend, aber man merkt ihm die Nervosität an.

Unsere Blicke begegnen sich. *Nein, das hier ist wirklich wahr.*

»Es tut mir leid.« Die Worte sprudeln mir nur so aus dem Mund. »Ich wollte nicht einfach gehen, ohne mich zu verabschieden …«

»Hey, schon okay, du brauchst es mir nicht zu erklären«, wiegelt er achselzuckend ab und scheint fast peinlich berührt.

»Doch, muss ich wohl«, widerspreche ich fast schon verzweifelt. »Meine Schwester hat angerufen, und ich habe das ganze Zimmer nach meinem Handy abgesucht, und ich wusste, dass du eine Taschenlampe im Rucksack hast …« Ich habe diese Sätze schon so oft im Geiste aufgesagt, mir vorgestellt, wie es wäre, würde ich ihn tatsächlich wiedersehen, aber jetzt stolpere ich über die Wörter, die mir als einziger großer Wasserfall über die Lippen blubbern. »Ich habe den Verlobungsring gefunden«, platze ich heraus.

Erst ist alles still, und dann scheint er zu begreifen.

»Du hast doch nicht gedacht …?«, setzt er an, und ich nicke.

»Ich habe so einiges gedacht«, murmele ich leise.

Und dann erzähle ich ihm alles. Welche falschen Schlüsse ich gezogen habe, die Nachricht meiner Schwester, wie ich den Bus nach Jodhpur genommen habe und dass die beiden beschlossen haben, mit dem Heiraten noch ein wenig zu warten. In einer verschwiegenen Ecke dieses Edel-Pubs in Covent Garden, bei mehreren Gläsern Weißwein und im Verlauf etlicher Stunden, sprudelt alles aus mir heraus. Und dann erzähle ich ihm von den beiden Frauen im Flieger …

»Du hast die beiden im Flieger kennengelernt?« Er kann es kaum glauben.

»Ja«, entgegne ich nickend. »Ist das nicht ein Zufall?«

»Oder Schicksal«, brummt er leise.

Und dann ist er an der Reihe. Er erzählt mir von seinem Vater, und wie er ihm sein Geheimnis anvertraut hat. Von dem Ring und dem Juwelier in Jaipur, bei dem er den Stein neu hat fassen und polieren lassen. »Weil Dad wollte, dass alles perfekt ist«, und warum es ihm so wichtig war, nach Indien zu fahren und dieses Versprechen einzulösen. »Für mich hat er alles aufgegeben«, sagt er kopfschüttelnd. »Er hat die Liebe seines Lebens verlassen, die Frau, die er liebte, und ich wollte, dass sie den Grund dafür erfährt. Nicht nur weil es der letzte Wunsch meines Vaters war, sondern weil ich mich irgendwie dafür verantwortlich fühlte.«

»Verantwortlich, warum denn das?«, frage ich.

»Weil ich der Grund dafür war, dass mein Dad nicht nach Indien zurückgegangen ist und die Frau geheiratet hat, die er liebte«, entgegnet Jack leise. »Weil ich dieses ungeborene Kind war.«

Und da plötzlich begreife ich, was er damit meinte, als er sagte, das Leben sei manchmal kompliziert, und dass die Liebe, die wahre Liebe, doch allem widerstehen könne.

Dann redet er über uns. An dem Morgen, als er aufwachte und ich einfach verschwunden war, ist er mit Rocky stundenlang durch die Stadt gefahren und hat mich überall gesucht. »Bis ich schließlich zu dem Schluss gekommen bin, dass du getürmt bist, weil du dir das mit uns noch mal anders überlegt hast«, sagt er und sucht meinen Blick, der ihm bestätigen soll, dass er sich irrt. »Wobei Rocky gesagt hat, ich soll die Hoffnung nicht aufgeben, und ich soll dich schön grüßen, wenn wir uns wiedersehen.«

Verdutzt gucke ich ihn an. »Wirklich?«

»Ja, er schien felsenfest davon überzeugt, dass wir uns wiedersehen«, erklärt er und lächelt fast ein wenig schüchtern. Dann guckt er mich fragend an. »Was ist denn?«

»Ach, gar nichts.« Verwundert schüttele ich den Kopf. »Aber auf dem Weg hierher ist mir etwas wirklich Eigenartiges passiert.«

»Eigenartig, was denn?«

»Na ja, das klingt jetzt sicher völlig verrückt …« Ich unterbreche mich und frage mich, ob ich ihm das wirklich erzählen soll, aber dann zucke ich nur die Achseln und rede weiter. »Ich habe Rocky in dem kleinen Ambassador hier mitten in London vorbeifahren gesehen. Ich meine, ich weiß, das ist unmöglich, aber ich hätte schwören können, dass er es war …« Verlegen lachend verstumme ich. »Ist das nicht abgefahren?«

Nachdenklich schaut Jack mich an.

»Nicht so abgefahren wie die E-Mail, die ich heute Morgen bekommen habe«, antwortet er nach kurzem Schweigen. »Die wurde zwar schon vor Wochen verschickt, aber irgendwie ist sie wohl in meinem Spam-Ordner gelandet. Es war eine Mail von der Autovermietung in Indien, die sich wunderte, warum ich mich am Bahnhof von Delhi nicht wie vereinbart von ihrem Chauffeur habe abholen lassen.«

»Was? Aber …« Verwirrt verstumme ich. »Aber wer war Rocky dann?«

Jack schüttelt nur den Kopf. »Wer weiß? Vielleicht unsere gute Fee?«

Es ist ein Witz, und ich muss lachen. Aber möglicherweise hat er Recht, überlege ich und denke zurück an unsere irre Reise durch Rajasthan. Wären Rocky und sein kleines weißes Auto nicht gewesen, was wäre uns nicht alles entgangen: der Taj Mahal, die Wüste, Udaipur … Ich erinnere mich daran, was er gesagt hat, als er uns in Udaipur zusammen gesehen hat. »Mein Job wäre damit wohl erledigt.« Damals habe ich mir nichts dabei gedacht, aber jetzt …

Jetzt frage ich mich, ob er vielleicht nicht ohne Grund am Bahnhof von Delhi auf uns gewartet hat; ob wir in der Wüste wirklich eine Panne hatten; ob es tatsächlich nur ein bizarrer Zufall war, dass ich im Flieger neben den beiden Damen saß; ob das alles nicht vielleicht Teil seines Plans war, Jack und mich zusammenzubringen. Es klingt verrückt, verrückter noch als verrückt, und vielleicht liegt es auch nur an meiner überbordenden Vorstellungskraft, die hier die Grenzen zwischen Fantasie und Wirklichkeit verwischt. Ich meine, so wird es wohl sein, *oder nicht*? So was ist doch eigentlich unmöglich.

Aber irgendwie hat Indien so etwas an sich. In diesem geheimnisvollen Land scheint auch das Unmögliche möglich; ein entrückter Ort mit heiligen Seen und romantischen Sagen, in denen man in der Zeit zurückreist; mit Königreichen, in denen Astrologen das Schicksal der Menschen in den Sternen lesen und Wahrsager in die Zukunft blicken.

»Ich hab gehört, du hast mir einen Korb gegeben.«

»Was?« Verdutzt schaue ich auf und sehe, wie Jack mich schief anlächelt.

»Diana hat dich gefragt, ob du mit mir einen Kaffee trinken möchtest, und du hast dankend abgelehnt.«

Ich werde rot, als ich verstehe, was er meint. Natürlich, damals, als Diana und ich zusammen beim Mittagessen waren und sie unbedingt wollte, dass ich mich mit diesem Kerl auf einen Kaffee treffe …

»Du warst das?«, frage ich und schnappe ungläubig nach Luft. Aber ja. Jetzt ergibt plötzlich alles einen Sinn.

Er lacht gutmütig, aber noch ehe ich weiter erklären kann, werden wir von einer ausgelassen lauten Feierabendmeute unterbrochen, die krakeelend unseren Tisch umringt. »Komm, lass uns gehen«, sagt er. Wir stehen auf, und er hilft mir in den Mantel, dann geht er an den Tresen und zieht das Portemonnaie heraus. »Ich zahle nur schnell.« Der Kellner reicht das Kartenlesegerät über die Theke, und als er seine Kreditkarte hineinsteckt, erhasche ich einen Blick auf seinen Namen. *Jack Simon.*

Sofort muss ich an Rockys Prophezeiung denken, und mir stockt der Atem. »Du heißt Simon mit Nachnamen?«

Jack dreht sich zu mir um. »Ja, warum?«

In meinem Herzen explodiert ein kleines Freudenfeuerwerk, aber ich lächele bloß und schüttele den Kopf. »Ach, nur so, Rocky hat da so was angedeutet.«

Gemeinsam gehen wir nach draußen in die Dunkelheit. Ausnahmsweise haben die Meteorologen Recht behalten; es hat angefangen zu schneien, die Straßen sind wie mit Puderzucker bestreut, und um unsere Köpfe tanzen Schneeflocken.

»Und warum bist du jetzt in London?«, frage ich, als wir unter einer Straßenlaterne stehen bleiben.

»Ich habe einen Anschlussflug nach Hause«, entgegnet er ganz ruhig.

Die Enttäuschung raubt mir fast den Atem. Diese Antwort wollte ich nicht hören.

»Wann denn?«

Sein Blick geht zu seiner Armbanduhr. »Vor ungefähr einer Stunde.«

Sehen Sie, so ist das mit der Liebe – immer wenn man denkt, man weiß, wie der Hase läuft, wartet sie mit einer unerwarteten Überraschung auf.

»Und was hat Rocky sonst noch gesagt?« Er tritt näher, und ich spüre seinen warmen Atem auf meiner Wange.

»Dass ich großes Glück habe«, sage ich und schaue zu ihm auf. Unsere Blicke treffen sich, und er schaut mir tief in die Augen und lächelt.

»Na, wenn das so ist …« Er nimmt mich in die Arme und zieht mich ganz fest an sich. »Dann sind wir schon zwei«, sagt er leise und küsst mich.

Und so kommt es, dass die Liebe dort, Tausende Meilen von Indien entfernt, auf einem verschneiten Bürgersteig in London, endlich ihren ganzen Zauber entfaltet.

Alexandra Potter

wurde in Bradford, West Yorkshire, geboren. Sie hat mehrere Jahre in Los Angeles gelebt und als Journalistin für Hochglanzmagazine wie *Elle*, *Vogue* oder *OK!* gearbeitet. Inzwischen konzentriert sie sich voll und ganz auf das Schreiben und lebt abwechselnd in London und Los Angeles. Mehr zur Autorin und zu ihren Büchern finden Sie unter www.alexandrapotter.com

Von Alexandra Potter außerdem bei Goldmann lieferbar:

Der Wunschzettel. Roman (als E-Book erhältlich)
Ein Mann wie Mr Darcy. Roman (als E-Book erhältlich)
Heute schon geträumt? Roman (als E-Book erhältlich)
Träumst du noch oder küsst du schon? Roman (als E-Book erhältlich)
Der Wunschtraummann. Roman (als E-Book erhältlich)

GOLDMANN
Lesen erleben